中国社会科学院老学者文库

比翼双飞在人间
——波兰文学和汉学研究文集

张振辉◎著

中国社会科学出版社

图书在版编目（CIP）数据

比翼双飞在人间：波兰文学和汉学研究文集 / 张振辉著 . —北京：中国社会科学出版社，2019.10

（中国社会科学院老学者文库）

ISBN 978-7-5203-4992-5

Ⅰ.①比⋯　Ⅱ.①张⋯　Ⅲ.①文学研究—波兰—文集②汉学—波兰—文集　Ⅳ.①I513.06-53②K207.8-53

中国版本图书馆 CIP 数据核字（2019）第 200601 号

出 版 人	赵剑英
责任编辑	孙　萍
责任校对	周　昊
责任印制	戴　宽

出　　版	中国社会科学出版社
社　　址	北京鼓楼西大街甲 158 号
邮　　编	100720
网　　址	http://www.csspw.cn
发 行 部	010-84083685
门 市 部	010-84029450
经　　销	新华书店及其他书店
印刷装订	北京君升印刷有限公司
版　　次	2019 年 10 月第 1 版
印　　次	2019 年 10 月第 1 次印刷
开　　本	710×1000　1/16
印　　张	46.5
插　　页	2
字　　数	585 千字
定　　价	198.00 元

凡购买中国社会科学出版社图书，如有质量问题请与本社营销中心联系调换
电话：010-84083683
版权所有　侵权必究

前　言

　　本书收集了改革开放以来我在中国社会科学院外国文学研究所工作期间写的一些有关波兰文学、波兰的汉学以及波中交往历史方面的论文。在波兰文学方面，有一部分论文对波兰文学史上各个时期和流派作了综合的论述，有的还将它们和中国文学作了比较研究；另一部分则对波兰文学史上各个时期一些具有代表性的作家以及20世纪有世界影响的文学理论家和他们的主要作品作了深入的研究和介绍，有些作品因为我已经把它们翻译成中文出版，也收进了它们的译者前言或序。文集中虽因我已撰写和出版了《密茨凯维奇传》，而没有对密茨凯维奇这位波兰伟大的爱国主义诗人进行单独的论述，但该文依然突出了波兰从古到今文学发展的主要特色，对我们了解在西方文学中占有重要地位的波兰文学从古到今的发展，有很大的帮助。

　　另外，关于波中交往以及波兰汉学研究的历史也是源远流长的。目前已经发现的历史文献证明，早在13世纪中叶，也就是著名的马可·波罗来到中国之前，就有波兰人来到了今中国新疆和内蒙古一带，对那里的风土人情进行过考察。后来在17世纪中叶，波兰耶稣会传教士卜弥格来到中国，曾在当时南明王朝的朝廷里任职，不仅代表南明王朝出使过罗马教廷，成为中国古代封建王朝第一次出使西方国家的代表，而且他还以一生的精力，对中国的历史、政治制度、语言文字、文化习俗、地理环境、著名物产、动植物和中医等都进行了广泛深入的研究，撰写了大量有关这些方面的著作，并在西方发表，造成了深远的影响。卜弥格不仅是波兰汉学研究的开创者，也是向西方介绍中国古代文明的第一人，我的这部论文集中收进了三篇论文，对他的生平和业绩作了详细的介绍。

除了卜弥格外，从 17 世纪直到 20 世纪上半叶和抗日战争时期，还有许多波兰友人到过中国，他们有的把当时西方的科学知识和研究成果带到了中国，这是他们的西学东渐；有的为波中两国的文化交流做出了贡献，增进了两国人民相互之间的了解，发展了两国之间的经济和贸易关系，参加了中国的城市和交通运输的建设；有的甚至直接参加了中国的抗日战争，在战场上建立了不朽的功勋。此外，在波兰国内，一些政界和文化界的著名人物虽然没有到过中国，但对中国古老的文明也产生了极大的兴趣，写过这些方面的著作，同时也表达了他们要和中国进行交往的热切愿望。当前，在波兰汉学研究方面最有成就的是爱德华·卡伊丹斯基。我的这本论文集中的论文也对他们进行了详细的介绍，使我们对作为"一带一路"沿线国家的波兰和中国交往的历史和现状，会有一定的了解。

张振辉

2018 年 10 月

目　　录

波兰文艺复兴时期的杰出诗人科哈诺夫斯基
　　——纪念诗人逝世四百周年(1530—1584)……………（1）
《亚当·密茨凯维奇书信选》中译者前言………………………（11）
《齐普里扬·诺尔维德诗文选》中译者序………………………（23）
波兰批判现实主义文学的形成和发展……………………………（48）
《旅美书简》中译者序……………………………………………（59）
显克维奇历史小说的创作成就……………………………………（109）
显克维奇的《你往何处去》………………………………………（113）
论普鲁斯的中、短篇小说创作……………………………………（123）
《玩偶》中译者前言：一面时代的大镜…………………………（137）
论普鲁斯的《玩偶》………………………………………………（159）
奥热什科娃和她的《涅曼河畔》…………………………………（180）
波兰和中国古典小说中的幽默……………………………………（193）
论热罗姆斯基的创作………………………………………………（212）
《福地》中译者前言：一幅资本主义发展的真实画图…………（247）
波列斯瓦夫·普鲁斯的《玩偶》、弗瓦迪斯瓦夫·莱蒙特的
　　《福地》和茅盾的《子夜》
　　　——产生于不同历史条件下的有趣比较 ………………（262）

评《黑夜与白昼》 (276)
波兰20世纪小说形式的演变 (288)
论波兰象征派文学 (303)
波兰20世纪荒诞派戏剧 (319)
波兰现代文学中存在主题的演变 (336)
波兰现代诗歌创作流派的形成和发展 (357)
切斯瓦夫·米沃什和他的诗歌创作 (382)
《维斯瓦娃·希姆博尔斯卡诗文选》译者序：
　　在无限的时空里 (412)
诗人与世界
　　——译维斯瓦娃·希姆博尔斯卡诗歌的体会 (439)
《塔杜施·鲁热维奇诗选》中译者前言：用眼睛跟踪
　　和歌唱 (445)
我译塔杜施·鲁热维奇的诗 (451)
斯瓦沃米尔·姆罗热克的小说创作 (463)
赫贝特的诗意花园
　　——《花园里的野蛮人》（中译者前言） (469)
赫贝特诗歌浅论 (478)
20世纪50年代波兰文坛的思想斗争 (497)
20世纪80年代初波兰报刊关于文学和政治关系的
　　讨论 (505)
波兰战后40年文学发展概况 (514)
波兰"反小说"剖析（上） (541)
波兰"反小说"剖析（下） (547)
英加登：《论文学作品》中译者前言 (551)
罗曼·英加登论作者、受众和文学作品的关系 (567)
卜弥格向西方传播中国文明成就的贡献 (585)

卜弥格与明清之际中学的西传 ………………………（616）
卜弥格著作的文学特色 ……………………………（649）
波中交往的历史渊源 ………………………………（675）
92 岁波兰汉学家的中国情缘 ………………………（730）

波兰文艺复兴时期的杰出诗人
科哈诺夫斯基
—— 纪念诗人逝世四百周年

  1984年8月22日，是波兰文艺复兴时期杰出诗人扬·科哈诺夫斯基（1530—1584）逝世四百周年。这位诗人虽然对于中国的读者来说至今还不很熟悉，他的作品在中国也没有大量地介绍过来，可是他在波兰文学乃至整个东欧文学史上的重要地位，以及他在欧洲文艺复兴时期的独特地位，却是早已为世公认的。我们今天纪念他，是因为他以他的人文主义思想，与中世纪反动教会和封建主义的黑暗统治进行了毫不妥协的斗争，为人类的正义和美好的未来、为被压迫者获得自由和解放奋斗了一生，他以他的杰作教育人民热爱祖国，分清什么是真善美、什么是假恶丑，为人类文化和思想宝库，增添了一颗独放异彩的明珠。

  诗人生活的时代，是一个社会矛盾十分尖锐复杂的时代。中世纪的波兰，教会和大贵族掌握国家政权，在国内有很大的势力。在他们所控制的学校里，只向学生讲授神学和各种唯心主义宗教哲学，宣扬蒙昧主义，排斥一切科学和新的思想。与此同时，在农村，由于劳役制庄园的发展，中小贵族地主的社会地位也提高很快，他们越来越多地参与了国家事务的管理；在城市，资本主义的萌芽逐渐以工场手工业的形式出现，市民阶层在社会上的影响也越来越大。波兰正是在这种新的阶级的产生和发展的基础上，同时也在当时蓬勃发展的西欧宗教改革运动的影响下，在 15 世纪末和 16 世纪，出现了改革派。这种改革派不仅存在于统治阶层中，也存在于民间；他们的改革不仅针对教会的政治和思想统治，而且涉及国家机构和社会政治生活中的各个方面，因而形成了一个广泛的社会政治运动。当时波兰在科学发展的基础上，还有许多改革派的领袖和学者，都为波兰科学文化的发展，为自由、平等理想的实现，进行了长期的奋斗。

科哈诺夫斯基 1530 年出生在腊多姆附近齐岑村的一个贵族家庭，家里拥有相当数量的庄园和土地。他父亲曾在桑多梅日任律师，诗人的童年是在农村度过的，他从小和各阶层农民生活在一起，对他们的富于宗教和民族特点的风俗习惯以及贫苦农民遭受压迫的情况十分熟悉。中学毕业后，他于 1544 年去当时驰名欧洲的克拉科夫大学攻读人文科学。当时克拉科夫作为波兰政治和文化的中心，是旧的天主教教会和改革派斗争十分激烈的地方。科哈诺夫斯基在新的环境中，开始对波兰封建统治阶级的腐朽黑暗有了深刻的了解，并且接受了人文主义思想，表示拥护波兰改革派的进步纲领。1551—1552 年，他曾去立陶宛的克鲁莱维耶茨，并在那里居住了一段时间。克鲁莱维耶茨是当时欧洲宗教改革运动极为热烈的地方，科哈诺夫斯基除了和这里的活动家有过密切交往之外，还悉心阅读了当时波兰著名思想家和社会活动家安杰伊·莫杰夫斯基（1503—1572）的著作，这对他的进步世界观的形成和创作都有很大的影响。1552 年，科哈诺夫斯基去欧洲文艺复兴的发源地——意大利，在帕多瓦的大学里深造，他在这里学习了古希腊和古罗马的文学以及希腊语、拉丁语，同时也对意大利文艺复兴时期的文学和艺术有了进一步的认识。后来他去巴黎，又结识了法国文艺复兴时期著名诗人龙萨和他的七星社，在它的宣言《保卫与发扬法兰西语言》的影响下，科哈诺夫斯基更加明确作为一个波兰诗人，应当摆脱教会和拉丁语的束缚，为用自己的民族语言进行创作而斗争。随后他还去过罗马、那不勒斯、马赛和尼德兰王国,除了中途短期因父母相继逝世回家两次之外,直到1559年,他才永远地回到了波兰。

科哈诺夫斯基回国后,有一段时间,他居住在首都克拉科夫,和封建统治阶级中的各种人物有过许多接触和联系,甚至还短时期任过国王的私人秘书。他这时虽然拥护和支持改革派,但在组织上没有加入任何一派,有时由于生活需要和为了处理好各方面的关系,还不得不和一些保守派人物进行周旋,这种状况对于他来说,显然是不能长期忍受的。

1570年,科哈诺夫斯基毅然离开了克拉科夫,回到了他家的黑林村领地上,他在写给一个朋友的信中谈到他来黑林村的原因时说:"我可以简单地告诉你,这里的收入虽然菲薄,但我的思想不会遇到危险,我的心也自由些。"在这个僻静的乡村里,他参加田间劳动,领受着大自然的美,并和勤劳朴实的农民生活在一起,获得了新鲜的创作灵感,写出了不少优美动人的杰作。1578年,他又曾去立陶宛、克拉科夫;再回黑林村后,就很少外出了。一直到1584年,他来到了卢布林,并逝世于此。

科哈诺夫斯基早在意大利求学期间就开始了诗歌创作,最初他用拉丁文写诗,回国后才用波兰文创作。他一生写下的作品十分丰富,主要的有长诗《旗》《诗神》《萨堤洛斯》[①],又名野蛮的丈夫》《团结一致》《象棋》《旌旗招展》,又名《普鲁士的进贡》《圣约翰节前夕之歌》《挽歌》,诗集《哀诗》《短诗》《歌》和诗剧《拒绝希腊使者》等,此外他还写过一些散文作品,翻译过宗教赞美诗。这些作品凝聚了他一生的心血,充分表现了他的艺术才华和对祖国事务的关心。诗人一生虽然直接参加的社会政治活

---

① 或译萨梯里,希腊神话中最低级的林神,司丰收的精灵,酒神狄俄倪索斯的随从。神话把他们都描写成一群酒色之徒。

动并不很多，可是他的作品的思想内容却涉及了波兰几乎所有社会阶层的斗争和生活，远远超出了当时欧洲文艺复兴时期诗人一般局限在反映他们反对教会的禁欲主义、要求个性解放、崇尚科学和理性的范围。以题材而论，科哈诺夫斯基的诗歌可以分为三大类：一类是主要反映社会阶级矛盾和民族矛盾方面的重大题材，这些作品有强烈的政治性，生动地展示了波兰16世纪资本主义萌芽时期的社会面貌；第二类是反映波兰社会各阶层的风俗习惯、描写祖国秀丽风光的作品；第三类则是诗人写他个人和家庭生活中遭遇的作品。这三类作品不仅取材和思想内容不同，而且在艺术上也各具特色，它们充分表现了波兰文苑这一时期的繁荣景象，代表了这一时期诗歌创作的高峰。

在第一类作品中，科哈诺夫斯基首先把批判的矛头指向了波兰教会，如在《致圣父》这首诗中，他对那不勒斯教皇、波兰教会以及僧侣们的伪善、贪财、在伦理道德和生活作风上的堕落腐化，作了大胆和无情的揭露：

> 他们为了贪财，出卖了神圣的祭坛，
> 他们把永垂不朽的上帝送上了市场，
> 他们日夜酗酒，全不守人伦之道，
> 他们唯恐天下不乱，爱的是男盗女娼。

可是这些人都往往装得道貌岸然，他们自称是圣父圣灵的代表，看不起劳动人民，残酷剥削农民的血汗，这不能不引起诗人的义愤。在《传教士》这首诗中，他写道：

> 有人问一个传教士："牧师！
> 你为什么教人做的是一套，
> 可你自己做的却是另一套？"

在当时情况下，科哈诺夫斯基发表这样笔锋犀利的诗歌，是要冒风险的。他的作品不仅代表波兰的改革派，也代表社会下层的被压迫者，向最上层的统治者发动攻击。当然，科哈诺夫斯基并不反对宗教信仰，但他对上帝的看法和教会把上帝看成是具有无限权力、主宰一切的神是不同的。他说："教会不能包括你，你到处存在，在深渊，在海中，在地上，在天上。"他认为上帝就是大自然，它创造了山川和大海，也创造了一年四季：春天百花盛开，夏天的雨水使谷物生长，秋天是丰收季节，冬天里万物得以休眠。它使人类能够生存，为人类造福。这种观点不仅反映了人们从中世纪宗教神学的精神枷锁中解放出来，走向美好生活的要求，也促使人们去探索大自然的奥秘。它的出现，在当时波兰的思想解放运动中，充分表现了社会新兴阶级向上进取的精神，是很有代表性的。

在揭露教会腐朽黑暗的同时，科哈诺夫斯基的作品还对当时包括世俗统治者在内的整个反动统治阶级和剥削者进行了各方面的抨击。诗人在克拉科夫居住期间，目睹封建官僚和大贵族拥有大量的地产和金银财宝，终日挥霍无度，从来不事劳动，他认为这种不合理的状况不仅现在存在，而且早已有之，这是他们的祖宗给他们留下的一笔"可耻的遗产"。在农村，贵族地主用鞭子抽打农民，强迫农民在他们的庄园里进行无偿劳动，当牛做马。诗人出于对被压迫者的同情，要求贵族老爷改变这种"野蛮的习性"，关心农民的疾苦，他在《一个农民的怨言》这首诗中，通过一个农民和老爷的对话，形象地表达了农民阶级要求社会平等的思想：

老爷，过去我们在一起喝酒，
老爷对农民从不歧视，

>　　可今天却已是另一个样，
>　　一切都变得神圣不可侵犯。

　　在科哈诺夫斯基翻译的一些宗教赞美诗中，也常常把上帝描绘成一个为穷人伸张正义的裁判官的形象，诗人的意图，与其说是劝说人们信仰作为一个神灵的上帝，还不如说他是希望人们把自己崇拜的上帝看成是一个正义的化身，而不是一个压迫者：

>　　主啊！
>　　你的名字叫作正义的法庭，
>　　只要我的良心尚在，
>　　定对你虔诚地信奉。

　　诗人不仅关心被压迫者的不幸命运，揭示社会的不平，他对当时的国家机构和议会中的黑暗以及内外政策上的许多弊端，也做了深刻的揭露，说明他在政治上具有不同凡响的卓识远见。诗剧《拒绝希腊使者》是波兰文学史上的第一部戏剧。它虽以荷马史诗《伊利昂纪》中特洛伊王子帕里斯在希腊拐走斯巴达王墨涅拉俄斯的妻子海伦的故事为题材，可是通过诗人的再创作，就和波兰的现实联系起来了。当希腊派使者来特洛伊要求特洛伊王子归还海伦并以战争来威胁国王的时候，一些官吏被王子帕里斯收买，为他的强盗行为作辩护，另一些主持公正的人在政府里没有发言权，而国王的态度又不明确，他一会儿支持王子，一会儿又站在王子的反对派一边，使政府内部争吵不休。作者通过一个人物的独白，表面上抨击特洛伊的统治者，实际上揭露了波兰王国政府和议会中的真实情况，表达了他忧国忧民的思想感情：

啊！王国内部一片混乱，它的末日就要

来临，这里既没有法律，也没有正义，

这里的一切，都靠金钱收买。

后来波兰几个世纪的衰亡，完全证实了诗人的预见。

对于异族侵略，富有爱国思想的科哈诺夫斯基也从来都是十分警惕。16世纪中叶，克里米亚的鞑靼人和南方的土耳其人常进犯波兰，国王齐格蒙特·奥古斯特死后，在新的国王还没有选出来的时候，鞑靼人趁波兰国内政局混乱之机，入侵波多莱，土耳其人也强行插手波兰事务，而大贵族统治者则一味贪图享乐，置国家安危于不顾，这便引起了诗人极大的愤慨，他在这时期的诗作中，称侵略者为"强盗"和"豺狼"，说只要他们出现在哪里，哪里就再也没有牛羊和牧童，田园就变成了废墟；可是波兰人却要等到自己遭到损失后，才能变得更聪明点。他一再告诫统治者要御敌于国门之外，而不要让敌人在祖国的土地上肆虐猖狂。

就是在离开克拉科夫后，科哈诺夫斯基也没有停止对国家大事的关心。继承奥古斯特王位的斯太凡·巴托雷是一个好大喜功的国王，当他对外发动侵略战争时，许多农民的耕马被拿去当了战马，贵族成天练习骑射，人民在战火中大量死亡，而国王却以为这可以使他名震天下。诗人对此同样十分不满，他在他的作品中深刻揭露和谴责了这种非正义战争给人民带来的灾难、给国家造成的巨大损失，他希望波兰能有一个和平的环境，建设成一个繁荣富强的国家。

科哈诺夫斯基熟悉贵族宫廷的生活，写过一些反映他们娱乐活动的作品，著名长诗《象棋》就是一篇比较有代表性的作品。它写的是两个年轻的伯爵博热伊和费多尔为争夺丹麦国王塔尔塞斯的一位公主而进行的一场象棋比赛的过程。作品不仅细致地刻画了双方在比赛中如何施展计谋,他们的心情如伺随着他们每走一步的成败得失时而紧张、时而舒畅、时而感到懊悔等情况,而且通过旁观者们的各种表现,烘托出了比赛紧张激烈的气氛,使整个场面有声有色地展现在读者的眼前,这部作品在艺术上有较高的成就。

诗人长期居住在黑林村,写过许多反映农民风俗习惯的作品,其中最著名的就是《圣约翰节前夕之歌》。根据波兰古老的民间习俗,姑娘们在圣约翰节前夕,要围在篝火旁跳舞,这时候,她们12人手牵手地围成一个圈,在音乐的伴奏下,一边跳舞,一边轮着唱歌,歌词内容大都反映农民丰收的喜悦以及他们生活中的欢乐和挫折。诗人是在波兰文学史上第一个将这种富于诗意的民间风习用波兰文写在作品里的,表现了波兰文艺复兴时期的创作家对于继承民族文化传统的关心和热爱。在他的笔下,读者不仅可以看到农民欢庆节日的热烈场面,而且也深深地体会到他们对于美好生活的向往:

> 为了面包我们辛勤劳动,
> 什么困难我们都不害怕,
> 美好的光景一定要到来,
> 苦难的岁月将到此终了。

科哈诺夫斯基的景物诗大都采取了田园诗式的描写手法,"牛羊在溪边饮水,牧童吹着他们自制的笛哨,和煦的春风轻轻地吹来,鸟儿在枝头歌唱",一幅使人感到愉快和悠闲自在的景象,表现了诗人对大自然、对尘世生活的热爱,与教会宣扬的禁欲主义和宗教哲学针锋相对。在《在菩提树下》这首诗中,作者对景物不是进行单纯的素描,而是运用拟人化的手法,把景物写成一个活的、能表达感情的生灵,这样便使读者于诗中描写景物而言不再是旁观者，而是能够和它在感情上产生共鸣，从而有身临其境的感觉。

>朋友！请你坐在我的叶子下面！
>请你来我这里休憩一番！
>我向你保证，
>这里永远晒不着太阳。
>凉风从庄稼地里徐徐吹来，
>夜莺和椋鸟呢喃细语，
>蜜蜂从我的花中采集花粉，
>它们将在你的餐桌上，
>送来一样上等的食品。
>我要悄悄地告诉你，
>你在我这里乘凉，
>可以睡得十分甜蜜，
>十分甜蜜。

在第三类作品中，以诗人在他的刚满"三十个月"的二女儿乌尔舒拉死后写的长诗《哀歌》最为著名。这首长篇抒情诗共分十九段，写得层次分明，结构严谨，在表达作者失去他的爱女后的感情变化时缠绵悱恻，十分真实感人，是波兰文艺复兴时期不可多得的佳作。诗中作者首先以简练的笔触，写出了由于乌尔舒拉的突然死去给他带来的极大痛苦，接着马上转到他对乌尔舒拉生前的回忆：女儿在世时最爱唱歌，唱得像夜莺一样动听，当父母有烦恼时，她总是给他们带来欢乐；现在，她吃过的点心仍在，她睡过的小床仍在，她到过的所有地方仍在，她的歌声仍然回荡在父母的耳中，而她却不在了。写到这里，作者把笔锋一转，感到乌尔舒拉似乎没有死，她在向父母做最后的告别："我的妈妈，我再也不能侍候您了，我再也不能坐在您的桌旁了。"在这些生动的笔触中，不仅形象真实地刻画出了诗人此时此刻感情起伏变化的每一个细节，而且也反映出了作者所处环境笼罩着的凄凉气氛，达到了寓情于景的艺术效果。最后，诗人面对残酷的现实，只得无可奈何地喊着："乌尔舒拉！你在哪里？你是否飞上了那无际的蓝天，和那些小天使一起飞翔？你是在天堂里，还是在幸福岛上？""不管在哪里，都要怜悯我的痛苦？"他的心情是复杂的，一方面因为感觉再也见不到自己的女儿极为悲痛；另一方面，又幻想女儿即使死了，也会像她在世时那样的纯洁并得到幸福。作者这样来宽慰自己，并在他的感情激动达到高潮之际，结束他的长诗，给读者留下强烈的印象。

科哈诺夫斯基的诗歌在波兰文艺复兴时期不仅最广泛地反映了时代的面貌，表现了时代精神，深刻地揭示了人的思想感情，而且在诗歌的表现艺术上也进行了很大的革新。他的创作在许多方面都大大丰富了波兰诗歌的表现形式和手法。他是波兰第一个用十四行诗的形式进行创作的诗人。在16世纪的波兰，绝大多数诗人和作家都用拉丁文创作。科哈诺夫斯基的大部分作品是用他的民族语言文字——波兰文写成的，这些作品无论在思想上还是在艺术上，都达到了波兰文艺复兴时期的最高水平，对当时和以后波兰社会和文学的发展影响极大。这种影响表现在用波兰文创作的本身，它不仅能更加广泛和深入地反映波兰人民的生活，也促进了波兰民族文学的形成和发展。许多世纪以来，以科哈诺夫斯基为代表的波兰民族文学的爱国主义和人道主义精神，得到了密茨凯维奇等伟大诗人和作家的继承和发展，形成了波兰文学的优秀传统。

（原载《东欧丛刊》第五辑）

《亚当·密茨凯维奇书信选》
中译者前言

波兰最伟大的爱国主义诗人亚当·密茨凯维奇（1798—1855）的一生不仅创作了一系列波兰文学史上具有世界影响的著名的经典，如长篇叙事诗《塔杜施先生》和诗剧《先人祭》等，而且他也将他一生的精力，甚至他的生命都献给了波兰从沙俄、普鲁士和奥地利的压迫下获得自由和解放的伟大斗争。他的书信在波兰长期以来都保存得非常完整，由华沙读者出版社于1955年出版的《亚当·密茨凯维奇全集》中有三卷是他的书信，收集了他一辈子的书信1100多封。密茨凯维奇一生的经历十分坎坷，由于他把全部智慧和精力投入了他为之奋斗的波兰民族解放事业以及他对他的亲友和同志的关心和热爱，所以他不论在什么地方居住和工作，都给他的亲友甚至他所在的地方的政府机关写了很多信，这些书信有的表示他对他的亲友无微不至的关心和真挚的爱；有的表现了他在欧洲其他地方侨居或流浪期间对故乡的思念；有的反映了他一生文学创作的状况和他对外国文学、哲学或历史著作的翻译，对斯拉夫语言的研究，以及他对他所见到和他同时期的波兰或西方一些作家和诗人的作品的评价；有的反映了他曾经在瑞士和巴黎的大学里讲拉丁文学和斯拉夫文学的各种感受。此外还有许多书信都集中地反映了他为完成投身的波兰民族解放的伟大事业，在不同时期所进行的各种革命活动，所有这一切都很系统和详尽地记载了他一生极为复杂的经历。我在这里选译了密茨凯维奇的书信176封，并对它们的内容做了丰富且详细的注解，这些书信都是密茨凯维奇具有代表性的，将有助于我们对这位伟大诗人辉煌的人生进行更深入的了解。

亚当·密茨凯维奇1798年12月24日生于立陶宛诺伏格鲁德克城郊查奥希村一个小贵族家庭。他的父亲米科瓦伊于1794年在波兰民族英雄塔杜施·科希秋什科（1746—1817）领导的抗俄民族起义爆发期间，参加过革命诗人雅库布·雅辛斯基（1759—1794）领导的起义斗争，母亲是一个地主管家的女儿。密茨凯维奇在中学学习期间，就对文学产生了很大的兴趣，并开始写诗。1815年中学毕业后离开家乡，他来到立陶宛的首府维尔诺，考进了维尔诺大学数理系，可是他对物理和数学没有兴趣，于是第二年春天转入了该校历史和语言文学系。密茨凯维奇在维尔诺大学学习期间，波兰各地出现了许多反抗沙皇统治、争取民族独立的秘密革命组织。维尔诺大学当时也是一个大学生秘密活动的中心。密茨凯维奇当时常参加学校里的社交活动，1817年9月，他和他的几个最亲密的朋友一起成立了一个"学习爱好者会社"，简称"爱学社"，这个社团成立之初，只是为了社员之间在学习上互相帮助。1819年，在它的章程中便规定了要关心"民族的事业"，通过"发展民族的教育为祖国谋福利"，这样它就成了一个宣传爱国主义和民主思想的革命组织。密茨凯维奇当时除了参加这个社团在青年中宣传爱国主义思想之外，他仍继续他的文学创作。他这时期的文学创作主要是撰写文学评论文章、创作散文和诗歌等。密茨凯维奇早期的文学作品一开始就充满了对旧世界的批判，它们塑造的英雄人物表现了革命战斗的精神，闪耀着理想的光辉。

1819年，密茨凯维奇在维尔诺大学毕业后，暑假来到了他的故乡诺伏格鲁德克的一个叫杜哈诺维奇的贵族庄园，在那里遇见了一个贵族小姐玛蕾娜·维列什恰库芙娜，两人曾一见钟情。随后在这一年9月初，他在维尔诺大学又领到了在一个中学任教的委任书，来到了立陶宛的一个小镇考乌纳斯，在这里当了一名中学教师，但是他这时期和维尔诺的"爱学社"的战友们仍有密切的联系。1820年暑假期间，密茨凯维奇又回到他的故乡诺伏格鲁德克，见到这里所有的一切都变了样，过去的亲友现在有的不在了，有的变得都认不出来了，感到无限的悲哀，因此他在1821年7月25日写给他的友人、"爱学社"的社员扬·切乔特的信中说："我一离开维尔诺，就马上感到不应该离开那里。我一路上都感到非常寂寞和孤单，当我走进一栋过去是我们现在已经是别人的房子里后，便在那曾经是我们的院子里跑来跑去。我心中的感伤使我不忍去看那空空如也的四周，我们以前住过的那一间厢房的门是开着的，但里面一片漆黑，你可以到我这里来看看。我在这里什么人也没有见到，也听不到过去那种'亚当！亚当！'的叫唤声。这种痛苦层层叠叠地压在我的心上，使得我长时间透不过气来。我走遍了房子里所有的角落，可是当我打开仓库的大门时，突然见到我们过去的那个女仆从上面走下来了，在黑暗中只看见了她一个模模糊糊的身影，她是那么苍白，看起来非常穷困，我真是很难把她认出来。经过互相呼唤了一声才认出了她，这时我们都哭了。这个女仆曾长年住在我们这里，靠劳动养活自己，现在她生活无着落，仍不得不在这里栖身，也只能一个人孤孤单单地在这里转来转去。我身上如果有最后一个格罗什，都是要给她的。"密茨凯维奇这时又从鲁达来到了杜哈诺维奇，他在这个庄院的大门前就见到了不久前还爱过的那个贵族小姐玛蕾娜·维列什恰库芙娜，但是她因为出身高贵，不能和密茨凯维奇这么一个社会地位低下的中学教师结合，密茨凯维奇看见她后，非常感慨地说："她坐在一辆马车上，我马上认出了她，实际上是感觉到了她就在这里。我不知道，我不知道这是怎么回事，我们之间已经错过了,所有的一切都成了一张白纸。我不敢去呼叫,也不知道我是怎么到这里来的。我要想想,我过去是怎么见到她的?我当时心里是怎么想的?这栋房子已经是另外一个样了,过去的一切都不存在了,我不知道,它的壁炉在哪里?钢琴在哪里?"

但在这一时期,"爱学社"由于密茨凯维奇的倡导,后在立陶宛的格罗德诺、克列明涅茨、沃伦以及其他一些城市也建立了秘密组织。由于它的"为民族谋福利"的社会活动在波兰影响很大,要求参加该社的人越来越多,因此在1820年秋天,维尔诺大学的青年学生又成立一个叫"爱德社"的秘密组织,它和"爱学社"具有同样的性质。1822年,密茨凯维奇在领导他的"爱学社"和"爱德社"的各种秘密活动的同时,又创作、整理和出版了他的第一部诗集,这部诗集收进了他从大学时代就开始创作的《歌谣和传奇》。随后在1823年4月他又出版了他的第二部诗集,包括长诗《格拉任娜》和诗剧《先人祭》的第二部和第四部。

19世纪20年代初,欧洲和俄国革命走向高潮,沙俄专制主义者却充当了欧洲宪兵的角色,他们不仅镇压俄国国内秘密组织的革命活动,也开始对立陶宛的秘密组织进行搜捕,"爱德社"由于被人供出了他们的活动情况,致使包括密茨凯维奇在内的"爱德社"和"爱学社"一百多个成员遭到逮捕。密茨凯维奇于1824年10月22日被判流放俄国。这一年11月8日,他和几个和他一样被流放到俄国的战友来到了彼得堡。翌年一二月间,经沙皇政府同意,他去了南方的敖德萨,在这里的风景区克里米亚的旅游中,创作了一部《十四行诗集》,其中包括《爱情十四行诗》和《克里米亚十四行诗》。克里米亚半岛风光旖旎,又曾长期在鞑靼汗国的统治下,受到土耳其伊斯兰文化的影响,充满了异国情调,是浪漫主义诗人向往的地方。密茨凯维奇来到克里米亚后,这里的高山、草原、悬岩、峭壁、古堡和坟茔都令他产生了无限的遐想,这一切也给了他取之不尽的创作灵感。1827年1月7—19日,密茨凯维奇在莫斯科写给与他同时期的波兰著名爱国者和民主革命家约阿西姆·列列维尔（1786—1861）的信中说，他在克里米亚"经受了海上暴风雨的袭击，我是那些最健康的人中的一个，因为他们不仅最有力量，而且在目睹这些十分有趣的景象时，能够保持清醒的头脑。我曾经踩在克里米亚石灰岩山（样子像一个古代的饭桌）的云层上，在吉拉伊①的沙发上睡过觉，在玫瑰节和已经过世的汗的管家下过象棋。我在小彩画中看见了东方是个什么样子"。他的《克里米亚十四行诗》对他在这里的种种见闻，做了绘声绘色、充满了诗情画意的描写，使它成了波兰文学史上最著名的十四行诗的经典。1828年，密茨凯维奇又出版了另一部长篇叙事诗《康拉德·华伦洛德》。

1829年3月，沙皇尼古拉表示准许他离开俄国。密茨凯维奇离开俄国后，先后到过德国的汉堡、德累斯顿、魏玛，瑞士的苏黎世、洛桑、日内瓦，意大利的米兰、佛罗伦萨、托斯卡纳和罗马等地；并曾长期居住在法国的巴黎，这是1830年在华沙爆发的波兰抗俄民族起义失败后，大批波兰爱国者流亡国外最集中的地方。1834年，密茨凯维奇出版了他一生中最重要的作品：长篇叙事诗《塔杜施先生》，关于这部长诗的创作他在给亲友的信中，也曾多次提到，如他在1833年5月底写给同时期的著名诗人尤利扬·乌尔森·涅姆采维奇（1757—1841）的信中说："我正在写一部农村题材的长诗，希望保持对我们过去那些风俗习惯的记忆，描绘出一幅我们的乡村生活、狩猎、游戏、打仗、袭击等的图画。故事情节发生在立陶宛，大概在1812年，那个时候还有许多古代的传说，还可见到过去乡村生活残留下来的一些习俗。"1834年4月19日在写给他的大哥弗兰齐谢克·密茨凯维奇的信中又说："我现在正要印出来的我的一部新作写的是立陶宛，你在那里可以

---

① 古代克里米亚汗的一个王朝的名称。

找到我们的家庭生活和打猎的描写，还有律师的见解等。我写这些东西的时候，就好像回到了我们那可爱的家乡。"他在1834年2月14日写给友人安东尼·爱德华·奥迪涅茨的信中也说："作品中最好的是对我们国家的自然风光和家庭的风俗习惯的描写。"长诗确有不少诗人家乡自然风光和美好习俗的描写，透出了诗人对故乡的思念。在这里，他想到了立陶宛茂密的森林、广袤的田野和如茵的牧场，涅曼河河水静静地流淌，他想到了立陶宛古时候的景象，真希望有什么奇迹能够把他送回故乡。还有波兰古代的民族服装、饮宴、游乐、狩猎、集会、争辩、斗殴和打仗等，其中许多场面都是诗人在波兰大波兰地区走访一些贵族庄园所见到的，有的他还亲自参加过，当然已经不限于立陶宛。所以他在作品中反映的贵族日常生活的场景非常真实，而这也是密茨凯维奇自己认为他这部长诗写得最成功的地方。

对波兰从沙俄、普鲁士和奥地利的残酷的民族压迫下获得解放，密茨凯维奇从一开始就认为要采取武装斗争的方式，"以暴力反抗暴力"，推翻占领者在波兰的反动统治，这是拯救波兰唯一的办法，他在1835年8月初写给和他同时期的著名诗人波赫丹·扎列斯基（1802—1886）的信中，对当时欧洲和波兰的局势发展，曾经提出五点非常重要的看法，这也很集中地表现了他的政治观点，他认为：

  1. 在基督教欧洲的政治建筑物中，那根支撑着整个大厦的柱子要倒下来了。

  2. 被所有政治上的盟友抛弃了的波兰人不得不要求获得他们本来应当有的权利，这种权利叫我们以暴力反抗暴力。因此我们的民族认为，武装起义乃是拯救两千万人的波兰的唯一的办法。

  3. 凭良心说，未来的时刻已在召唤我们的民族投入战斗，我们也在召唤它，它会听从自己合法政权的命令。

4. 敌人的打算都会要落空。

5. 议会通过的决议说明了所有占领者的政府的法令都是无效的，波兰民族不承认它们的合法性，外国人也应当明确这一点。

此后在1839年、1840年和1841年，密茨凯维奇曾先后在瑞士的洛桑大学和法国巴黎的法兰西大学讲授拉丁文学和斯拉夫学。在这些讲座中，他并没有局限于对斯拉夫各国文学的介绍，而是广泛地涉及了这些国家的历史和文化等诸多方面的发展状况，成了一门斯拉夫学的课程。他的讲座中也提到了法国在使欧洲各民族相互接近中所起的作用，来这里听讲的大都是波兰人，此外还有法国等二十几个国家的人，就连当时流亡法国的波兰侨民中贵族集团的代表亚当·恰尔托雷斯基（1770—1861），波兰爱国者、曾参加1830年11月爆发的波兰抗俄民族起义的弗瓦迪斯瓦夫·扎姆伊斯基（1803—1868）和法国著名女作家乔治·桑这些在法国和波兰侨民中影响很大的人物，也都来听过他的课，而且对他的评价都很好。巴黎的《民族报》一次报道说："任何一个讲座都没有这么使人感兴趣……它展示了人们至今不知道的文学宝库。"1840年年底，流亡巴黎的波兰侨民正集资买了一个价值一千零五十法郎的银杯，赠给了密茨凯维奇，碑上刻写了"亚当·密茨凯维奇，留作纪念，1840年12月25日"的字样。这一天正好是圣诞节，又是密茨凯维奇的命名日，他的友人雅努什凯维奇邀请他，以及和他同时期的波兰浪漫主义代表诗人尤利乌斯·斯沃瓦茨基（1809—1849）等37人参加一个晚宴，在宴会上，斯沃瓦茨基受与会者的委托，亲手将银杯赠给了密茨凯维奇，所以密茨凯维奇在第二天，也就是1842年12月26日在写给著名诗人波赫丹·扎列斯基的信中说："法国人很喜欢我的课，如蒙塔仑贝尔、福谢和凯尔戈莱①等,他们认为,这个讲堂的设立就是作为大学里一般的讲课,也是很明智的。……昨天我们在尤斯塔切吃了一顿丰盛的晚宴,斯沃瓦茨基在这里还即兴赋了一首诗,我也回应了一首,这是我自创作《先人祭》以来从未有过的灵感。"

最重要的是,密茨凯维奇在这个讲座上讲到了他对"祖国"这个概念的理解,他说"祖国"这个词在波兰最早的史学家加尔·阿诺尼姆(10—11世纪)用拉丁文写的《编年史》中就已出现,因此自波兰于公元966年建国以来,在波兰人中就有这个概念。密茨凯维奇认为,祖国包括波兰从古到今社会生活中的一切,既表现在物质方面,也包括精神方面,爱国主义就是"要创造一个自由、幸福和强大的祖国"。对一个波兰人来说,不仅波兰是他的祖国,而且不论什么地方,只要他心系波兰,那里就有他的祖国。这当然也反映了密茨凯维奇和当时侨居国外的波兰爱国者中普遍存在的爱国思乡的心境。

1841年5月初,一个立陶宛的宗教神秘主义者安杰伊·托维扬斯基从瑞士的布鲁塞尔来到了巴黎。他原是维尔诺大学法律系的研究生,年轻时就醉心于研究人性心理状况,有一套宗教神秘主义的思想观点。早在1832年他在彼得堡时,就跟密茨凯维奇的妻妹海仑娜·马列夫斯卡和她的丈夫弗兰奇谢克·马列夫斯基有接触。1835—1836年,他在德国的德累斯顿又和密茨凯维奇的友人安东尼·爱德华·奥迪涅茨交往密切,因此他对密茨凯维奇和他的妻子策琳娜的情况非常了解。托维扬斯基来到巴黎后,于1841年7月30日前来拜访密茨凯维奇。这时密茨凯维奇的妻子策琳娜得了精神病,已住进精神病院。托维扬斯基假惺惺地对密茨凯维奇的不幸表示关心,他说,上帝在召唤你们,他会帮助策琳

---

① 让·弗洛里亚洛·凯尔戈莱伯爵(Jan Florian hr. Kergoley,1803—1873):法国政治家,密茨凯维奇认识他。

娜尽快恢复健康。托维扬斯基还要密茨凯维奇把策琳娜从医院里接回来。与此同时，他还向巴黎的波兰流亡者保证，说他们很快就可以回国，他们不幸的命运已经结束了。密茨凯维奇作为一个爱国者，这一时期的思想本来深受宗教神秘主义的影响，而这时他又看到波兰在巴黎的侨民和波兰国内的状况非常不好，如他早在1833年3月22日致诗人尤利扬·乌尔森·涅姆采维奇的信中就说："我感到不高兴的是我现在从文学转向我们那可怜的政治了，你幸好住在伦敦，不可能从近处看到流亡者身上的伤疤和虱子，可我们的一双眼睛看到了祖国这么多的不幸，又看到我们的同胞是这个样子，的确是无法忍受的。"托维扬斯基现在这番话对他来说，当然有很大的诱惑力。因此他后来有很长一段时间，一直紧跟托维扬斯基的脚步，不仅尊他为大师，在1842年5月初，还和托维扬斯基以及一些和他一样信奉托维扬斯基的波兰流亡者在巴黎近郊的一个农舍里开会，宣布成立一个"上帝事业集团"，同时，他在法国的楠泰尔还成立了一个叫"波兰圈"的组织。宣扬要在宗教博爱思想的指导下，实现斯拉夫和世界各民族的统一。为了达到这个目的，波兰民族负有特殊的使命，要通过自己受苦受难使世界各民族得到拯救。这显然是一种空想。特别是当时无论在波兰还是欧洲都存在严重的民族和阶级矛盾，这种思想宣传不论对波兰还是对欧洲的民族解放运动都是不利的。托维扬斯基这种欺骗性的神秘主义宣传也引起了法国政府的不满，1842年7月16日，他接到了法国内务部要他离开法国的命令，18日就离开巴黎到比利时去了。此后，密茨凯维奇受托维扬斯基的委托，继续领导"上帝事业集团"和"波兰圈"的活动，在波兰侨民中，后来又在法国人中发展信徒，而且要加入这个集团的信徒宣誓，忠于它的"事业"。由于他们的活动比较分散，密茨凯维奇又将集团或"波兰圈"的成员分为若干小组，每组七人，平日各个小组可以单独活动，每礼拜派一个代表开一次团会，一般由密茨凯维奇主持，平日他对各小组的活动也很关心。

但不论密茨凯维奇如何相信托维扬斯基的宗教神秘主义说教，他还是要把他的信仰和他所崇拜的拿破仑，和波兰民族的命运联系起来，不论在什么情况下，他都没有放弃对波兰民族解放事业的关心。如他1844年7月底写的一封"致审查为拿破仑建立纪念碑的图像的委员会的委员们"的信中说："法国大革命的爆发使基督教有了新的需求，为我们这个地球开辟了一个新的时代。拿破仑作为法国大革命的精神之火和新的追求的具体体现，将所有那些在基督教前进的道路上走得最远的人们都团结起来，朝着一个精神的目标前进。拿破仑是一个新时代的法国人，他也是一个波兰人，一个意大利人，甚至部分地是个德国人，因此他种下了各族人民新的大联合的种子。""法兰西民族热爱拿破仑，他们都愿意跟随着他，因为他带领他们走上了一条真正的进步的道路。他的精神也是他民族的精神，这里也表现了耶稣基督的精神，是很圣洁的。拿破仑战争的胜利果实和他的精神果实既属于他，也属于法兰西。"密茨凯维奇认为，拿破仑和他的精神也就是他心目中自由、平等和博爱的宗教人道主义精神，能够指引波兰民族和人民获得解放，不仅使波兰从沙俄、普鲁士和奥地利的民族压迫下获得解放，也要使波兰人民从波兰国内的封建压迫下获得解放，如他1847年7月27日写给菲利克斯·弗罗特诺夫斯基的信中，说他的"波兰圈"里"以后还有各种要做的事，而现在我们就是要尽力保持我们这种波兰的朴实和真诚，要从那个已经灭亡的祖国，那个压制了一切最深刻感情的贵族的粗暴行为和在我们中已经根深蒂固的贵族老爷傲气的罪孽中解救出来。这个贵族老爷的傲气本是犹太人和法国人的习性，在巴黎有其存在的社会条件。兄弟啊！现在是我们在相互之间的接触中，要改变这种习性的时候了，如果能这样，说明我们有了提高，能够达到大师的要求了"。

19世纪40年代末，在全欧洲出现了伟大的革命风暴。欧洲一些国家革命的胜利也使波兰的流亡者受到了极大的鼓舞，这时期，密茨凯维奇也一直关心欧洲和波兰革命形势的发展，在革命形势的影响下，他已经认识到要推翻封建专制主义，改变旧的社会秩序，必须马上建立波兰的武装部队。当时，波兰流亡者的各派首领也一直努力要在巴黎建立波兰军团，到波兰去作战。密茨凯维奇希望教皇支持波兰在罗马建立军团，1848年3月29日，一些拥护密茨凯维奇的政治派别的人在他那里开会，决定马上建立一支波兰军队，并做出了一个政治改革的决议，内容包括把土地分给无地少地的农民，男女平等，各阶层人民平等，在决议上签名的有14个人，这就是密茨凯维奇要建立的军团的基本队伍。1848年4月10日，他率领由11人组成的军团队伍从罗马出发，来到意大利的佛罗伦萨，沿途受到意大利居民的热烈欢迎。密茨凯维奇也给巴黎的《法兰西报》写文章，号召斯拉夫各民族团结起来，支援意大利，反对他们共同的敌人奥地利占领者。巴黎的波兰流亡者也有一批自愿者来到佛罗伦萨，参加了密茨凯维奇的军团。后在米兰甚至受到了意大利临时政府总统的热烈欢迎，他在市政厅里发表讲话，又一次指出波兰人和意大利人遭遇到了同样的民族悲剧，都在为自由而战斗，"为了人民共同的自由"，两个民族要团结起来。

他这一时期的书信有很多都反映了他正积极筹备，要在意大利建立波兰军团的事，他认为在意大利不仅要建立波兰军团，而且还要建立斯拉夫军团，和意大利人民并肩战斗，反对奥地利侵略者。1848年欧洲各国的革命最后失败，密茨凯维奇并没有对前途丧失信心，后来波兰的流亡者打算在土耳其建立一个波兰军团，这个军团的成立得到了法国国王拿破仑第三的支持，1855年夏天，英国和法国在土耳其反俄的战争中取得了胜利，这两个国家也同意在土耳其建立一个波兰师，9月22日，密茨凯维奇来到了土耳其，10月6日，他又去过保加利亚的布尔加斯新港，见到这里已有波兰的流亡者建立的军团,他希望在这里再建一个犹太军团,和波兰军团一起,为被瓜分和奴役的波兰获得自由而战,但11月27日,他在土耳其因染上了霍乱而死去,很遗憾没有见到他愿望的实现。密茨凯维奇不仅是波兰历史上最伟大的爱国诗人,而且也是一位伟大的思想家和革命家,他将他的毕生精力,甚至他的生命都献给了波兰民族的解放事业,虽然他的一生并没有看到波兰恢复国家的独立,但是他的思想和他在波兰文学史上早已被公认为经典的作品却对波兰后世产生了巨大的影响,因为他作为波兰浪漫主义文学流派的主要代表,不仅在艺术上有了许多可贵的创新,而且他的作品中表现的爱国主义和革命民主主义的思想激励着一代又一代的波兰人,去为他们民族美好的未来而奋斗。密茨凯维奇不仅是波兰历史上最伟大的人物之一,他在世界各国的人民中也早就享有很高的声望,所以在1955年,联合国教科文组织为纪念他逝世一百周年,宣布他为世界文化名人,受到各国人民的敬仰。

《齐普里扬·诺尔维德诗文选》
中译者序

  齐普里扬·卡米尔·诺尔维德（1821—1883）是波兰19世纪浪漫主义后期占有重要地位的诗人和作家，同时他也是一位著名的哲学家、文学理论家、画家和雕塑家。他出生于华沙附近的拉哲明县的拉斯卡—沃格乌赫村一个小贵族家庭，父亲是个机关职员，但他很小就失去了双亲，由祖母抚养长大。诺尔维德在华沙上中学时就开始写诗，不仅表现了他的文学才能，而且也反映出作为一个初出茅庐者对于事物敏锐的观察。后来不知什么原因他中学没有读完就辍学了，因此他又回到了故乡拉斯卡—沃格乌赫村，在一些亲戚家里住了几年。这期间，他阅读了许多波兰古代的文学作品，尤其喜爱波兰文艺复兴时期的代表诗人扬·科哈诺夫斯基（1530—1584）的诗歌。后来他在华沙学过绘画，并在一些宣传部门工作，负责监督一些贵族出身的人的地位的迁升。

  1840年，诺尔维德在华沙一些报刊上开始发表他的文学作品，他一生发表的作品主要的有论诗歌的文集《除夕》（1848），诗集《社会四方的歌》（1849）、《奴役》（1848—1849），散文《黑花》（1856）、《白花》（1858）、《一把沙土》（1858—1859）、《言论自由的事》（1869）、《沉默》（写于1882年，

1902年发表），长诗《悼念贝姆的诗》《致公民约翰·布朗》《波兰的犹太人》和《肖邦的钢琴》（1865—1866），剧本《被召唤者》（1948—1949）以及短篇小说集《辛格沃思勋爵的秘密》（1883）等。我在这里选译了他的一部分诗歌、散文和书信，都是他具有代表性的优秀作品，并特意按它们发表的先后次序作了排列。这些作品充分地表现了他的思想倾向和艺术成就，也真实地反映了他一生的经历。诺尔维德早期的作品就表现了他对下层劳动人民的尊重和热爱，受到波兰诗坛的好评，有人当时就称他为"诗歌之鹰"。1842年夏天，他和他的一些友人走遍了波兰的马佐夫舍地区，后来还去了克拉科夫，通过这些地方的实地考察，他对波兰的民间艺术产生了很大的兴趣，这也充分表现了他对社会下层被压迫者的同情，因为他从小失去双亲，也曾是个孤儿，所以他对社会上孤儿的痛苦十分了解，在《孤儿们》这首诗中，诺尔维德看到了这些孩子本来是"美丽的花朵"，但他们失去了父母，贫困至极，无人关照，这是不合理的社会制度造成的，他对他们坦诚地说：

> 我要到你们那里去，手里拿着一盏明灯，
> 给你们说真话，
> 面色苍白、眼皮发肿的穷孩子们！
> 你们在那些悲戚的人群中是那么孤单，
> 但不得不永远面对这眼前的一切。
> 你们的心跳是那么急促，
> 这世上的一切都和你们隔绝，
> 你们是美丽的花朵
> 被疯狂的命运撕碎，撒在一座新坟上，
> 或者被编织成苦难的花环，戴在你们的头上。

还有那被遗弃的私生子，他因为"不合法"，生下来就被人歧视，"总是被这些目光盯着"，"感受到了那数不清的伤痛"，可是他有什么罪过？"他有自己的父母，但不知道他们在哪里"。最后：

> 他像一只蝴蝶掉进了蚁窝，
> 本想张开被撕破的翅膀，
> 在流浪中去另觅生路，但这一切都白费了。
> 因为他又遇到了一个不知从哪里来的凶神恶煞，
> 在他的身前身后，把他又拉又扯，
> 要砍杀他，这个可怜的躯体，
> 要吃掉他，这条可怜的生命。
>
> 可是，
> 那些百无聊赖的贵人就可以
> 不受责罚地嘲笑他们。年长的为他们辩护，
> 说这很好，"谁叫那些傻孩子哭呢？"

面对社会的不公、以强凌弱，诺尔维德产生了不满的情绪。1842年，他在友人的资助下，开始去西欧各地旅行，此后他再也没有回到华沙和他的故乡拉哲明县。在告别他的故乡拉哲明县时，他写了一首情真意切的诗《告别》，描述了他多年来在家乡见到的一切，依依不舍，十分感人：

> 别了，亲爱的墙垣！
> 这里有我儿时呵护过我的小床。
> 基督被钉上十字架的灵光
> 迎来了五彩缤纷的朝阳。
> 可今天，在它的周围，

却长满了寄生的小草。
那个用小草编织的褐色十字架
为我的离去在给我祝福，
这是我能与之告别的
仅有的遗物。

它不仅是家里的遗物，
也是墓地里的遗物。

我还要和你们：窗玻璃和
彩虹的光芒告别，
你们就像我家里必不可少的
一幅幅彩画，一张张圣像。
在你们身上，我首次
见到了这里的乡村和天空，
我相信你们画的都是乡村和天空，
就像我见到了它们一样。

在国外期间，他首先去过德国的南部和意大利的佛罗伦萨，对这些地方的艺术作品特别感兴趣。在佛罗伦萨，他还继续了他对绘画和雕塑艺术的深造。后来他又去过罗马、柏林、当时属于波兰普鲁士占领区的西里西亚和比利时的布鲁塞尔。1848年，他沿地中海去过希腊和地中海上的克里特岛。这期间，他参观欧洲各地，写过许多怀古的诗，如在《白色的大理石》中，写他参观希腊的古迹，想起了古希腊的战争和传世的文明：

美丽的古希腊，你那大理石的肩膀令人惊异。
你心地善良……我要问，荷马现在怎么样？

他是否还在叫你对他的合唱组唱星星之歌？
他的坟地或农舍在哪里？说吧！就小声地说吧！
埃格的海浪冲击着岩石的海岸，奏响了诗的韵律！

人人都喜爱的古希腊！菲迪亚斯怎么样了？
他是不是教过你让那些观众的身子都适当地歪着，
像上帝一样缓慢地前行，把躯体当成是灵魂？
他是不是被关在监牢里？米齐亚德斯是不是在打仗？
特米斯托克莱斯、图齐迪德斯、齐蒙……难道都是罪犯？
古希腊啊！那个甜蜜蜜的亚里士多德现在怎么样了？
是不是有人学会了原谅别人，
而他自己就像流放者那样受尽折磨？
老福西翁什在争夺荣誉，
你是不是给他下了毒……苏格拉底又怎么样？
　　　　　　　　　　　　啊！女士！
蓝眼睛，雅典娜的侧身像，雕得很匀称。
这是你的神庙的废墟，就像你一样，很俊美。
见到它很高兴，告别它依依不舍，
露水浇灌的小堇菜流下了眼泪，
只有它在流泪，它长出来就是为了流泪。

　　后来，诺尔维德在巴黎住过很长一段时间，为了谋生，他不得不在这里从事各种职业，一直生活在贫困中，但他和当时侨居巴黎的波兰积极浪漫主义代表诗人亚当·密茨凯维奇、尤利乌斯·斯沃瓦茨基以及著名的钢琴大师肖邦有密切的联系，对他们表示无比的敬仰，这些都写在他的散文《黑花》中。后来他还去过美国，在纽约为一家杂志当过一名插图画师，以绘画和雕刻为职业。1854 年，他又回到了巴黎，度过了他的后半生。他在巴黎也写过一首著名的怀古诗《苏格拉底，你给雅典人做了什么》，诗中提到了他所景仰的许多为促进世界历史和文明向前发展，做出伟大贡献的名人，除古希腊这位著名的哲学家苏格拉底外，还有意大利文艺复兴诗人但丁，第一个发现美洲新大陆的哥伦布，葡萄牙文艺复兴时期杰出诗人卡蒙斯、拿破仑、密茨凯维奇以及在1794年曾发动和领导波兰抗俄民族起义，后来又参加过美国独立战争的波兰民族英雄塔杜施·科希秋什科等。

亚当·密茨凯维奇（1798—1855）不仅是波兰积极浪漫主义的代表诗人，而且也是波兰最伟大的爱国主义诗人和波兰民族解放斗争的战士，诺尔维德当时和他交往很深，对他非常敬仰。1855年夏天，英国和法国在土耳其反俄的战争中取得了胜利，这两个国家表示同意在土耳其建立一个波兰师，为波兰的民族独立而战斗。当年9月22日，密茨凯维奇曾经来到土耳其，10月6日，他又去过保加利亚的布尔加斯新港，见到这里已有一个波兰的流亡者建立的军团，他希望在这里再建一个犹太军团，和波兰军团并肩战斗，但11月27日，他在土耳其因染上了霍乱而死去。1856年1月9日，他的遗体被运回巴黎，1月21日，巴黎圣抹大拉教堂为他举行葬礼，遗体葬于蒙特姆仑乔墓地。直到1890年7月4日，密茨凯维奇的灵柩才被运到克拉科夫，重葬于瓦维乌城堡的地下圣堂里。诺尔维德根据这个历史背景，在《苏格拉底，你给雅典人做了什么》这首诗中，表达了对这位为波兰民族独立而牺牲的诗人和战士的无限怀念：

> 至于你在一个什么样的骨灰盒里歇息，
> 它放在哪里，是怎么放的，这不重要。
> 因为你的坟墓还会重新打开，
> 人们都要再次宣扬你的无限功德，
> 过去因为没有对你表示敬仰，

大家都很感到愧疚
现在会向你第二次流泪，
流下更加伤心的热泪，
虽然大家都见不到你了。

　　密茨凯维奇的代表作长篇叙事诗《塔杜施先生》充分地表现了他的爱国主义和民主主义思想观点，真实反映了许多波兰优良的传统习俗，深受波兰读者的喜爱，是波兰文学史上最著名的文学经典，诺尔维德于1866年5月中在巴黎写给和他同时代的著名作家尤泽夫·伊格纳齐·克拉谢夫斯基（1812—1887）的信中也说："什么作品最有价值，当然是我们最热爱的祖国和民族的史诗。《塔杜施先生》就是这样一部民族史诗。……这当然是一首最有民族特色的长诗，诗中描写了人们的吃喝，采集蘑菇，等待法国人来为他们的祖国做点什么。它当然是一部杰作，它所描写的风光比雷斯达尔最迷人的风景画都要高超。"

　　诺尔维德在国外期间，经常想到的是他当时在沙俄、普鲁士和奥地利三个占领者压迫下遭受苦难的祖国，以及那许多为波兰民族独立而战斗和牺牲的爱国者，在《我的祖国》这首诗中，他怀着十分沉痛的心情写道：

我的祖国的脚印沾满了鲜血，
头发中撒满了沙土。
我虽然倒了，但我认识她、她的面孔和王冠，
这是阳光。

我的先辈从来不知道有别的祖国，
我用手触摸了她的双腿，
我吻过我的先辈们身系的

粗制的皮带。

请不要告诉我，祖国在哪里，
因为田地、村庄、战壕，
还有鲜血、身躯和她的伤痕，
这就是她①的印迹或脚步。

《首都》一首是诗人在巴黎写的，他目睹了西方资本主义社会中的阶级矛盾和斗争的突出表现，对它作了真实的写照：

这里有两群人，是那么心神不安、浑身颤抖，
一群人盼着巨额利润和财富从天而降，
另一群人虽辛勤劳动，却连一片面包都得不到，
胸中充满了义愤。

他还看到了工人的罢工，尽管遭到资产阶级的残酷镇压，但罢工仍取得了胜利：

这里采取了两种行动，表现了两种态度，
一方面是工厂主在拼命地追击什么，
另一方面是工人们证明
他们已经把活干完，
并且在罢工中取得了胜利。

在《沉默》这篇散文中，他对巴黎的社会黑暗、资产阶级一味追逐个人利益的庸俗作风进行了尖锐的讽刺，他认为巴黎的人

---

① 这里把祖国拟人化，所以我用了"她"这个人称代词。

群整天发出极大的喧闹,"他们除了一心一意追求个人的利益之外,任何别的东西,任何值得尊重的想法都不知道,他们也没有别的感受"。"他们的肺和嘴不管说什么话还是变成什么样子,除了表现他们热衷于对利益的追求外,不会去做别的事情。""一个人的这种追求利益的热望不管在什么情况下都可以表现出来,与此同时,不管是什么事,什么利益或者什么思想在他的自白中都会说出来。他对所有的一切的看法,都是以他个人为出发点。""这个形象从不放弃自己的出发点,在他自己的这个位置上,他会有一个光鲜的幻想,他的幻想除了和他自己有关的事物外,所有别的一切都不会想到。这种倾向没有也不可能揭示一个绝对的真理,他在他的表述中,一个字也没有提到大公无私,没有提到知识和感情。"但是"除以上外,这些人群和这种喧闹还有一种表现,这就是他们对他们所在的那个时代人们最喜爱的时髦的追求,他们一张开嘴就会说出他们对什么的看法,表现他们对别人的感觉,把自己的想法和他们想到的别人的想法联系起来。如果说第一种表现任何时候都不会放弃个人的出发点的话,那么这两种表现根本就没有自己的出发点"。

但是诗人无论在什么地方,都看到了那里社会下层的劳动人民遭受的苦难,因为他自己长年流浪在异国他乡,也遭受了同样的苦难,所以他在《我们的土地之歌》中,表白了他对被压迫的劳动人民的真情实感:

> 我把人民看成是我的兄弟,为它的痛苦流尽了眼泪,
> 因为我知道,它拥有的一切,
> 就是我不得不忍受的苦难。

因为对被压迫者的同情,诺尔维德在他的作品中还极力讽刺西欧各国那些资产阶级的执政者只知道高谈阔论,对人民的疾苦

一点也不关心：

> 我想，如果老百姓无法维持生活，
> 病得连说话都喘不过气来
> 可预言家却弹出了最高的音调，
> 那么这个世上的空气又怎能令人感到舒爽。

诺尔维德是一个虔诚的基督教徒，所以他的诗歌都带有浓郁的宗教色彩，这尤其表现在他在外国流浪的艰难岁月中，如他在《我的歌（二）》中写道：

> 我来到了这个国家，
> 有人从地面上拾起一块面包，
> 是为了对上天的恩赐表示敬仰。
> 主啊！我多么想你。
>
> 我来到了这个国家，
> 只因为捣毁了白鹳的鸟巢，
> 我犯了大错，要为所有的物种效劳。
> 主啊！我多么想你。
>
> 我来到了这个国家，这里对我的第一个礼遇，
> 就表明了人们对基督永远的信仰，
> "你将受到赞美！"
> 主啊！我多么想你。

但在这些作品中也表现了宗教人道主义的精神，在《祈祷》一诗中，他说：

> 这是乐趣，这是逗笑，
> 七重天上散发着夏天的气息，
> 因为你给了大地最美好的恩赐
> 当人们伤心流泪，两眼看不见的时候，
> 你为他们恢复了光明，
> 使整个天空都闪耀着光彩。

但是诺尔维德对那些西方国家的教会和僧众不关心人民的疾苦，特别是俄罗斯的教会不关心波兰人民遭受沙俄民族压迫的痛苦深恶痛绝，他于1850年11月写给友人奥古斯特·切希科夫斯基的信中说："我多年来，都想到过教堂，我在那里也工作过。但我今天不能到那里去，因为我如果是那里的僧众，明天就可能变成异教徒。我不能去那高深莫测的教堂。我在那里待过，也曾是那里的工作人员，可是它在英国不知道爱尔兰人的痛苦，在俄国也不知道波兰人的痛苦。它是那么不关心人们的痛苦，自己也会走向灭亡。"可见诺尔维德的信教是不脱离欧洲和波兰的现实的，他永远站在社会中被压迫者一边。

诗人也很注重一个人的伦理道德的修养，他认为，一个人首先不能失去诚信的品德：

> 你的诅咒和欺骗都没有用，
> 因为这是对你自己的背叛
> 你非得找回你的诚信，跨过这道门槛，
> 但你也许又找不到，为什么？
>
> 《为什么》

因此诺尔维德对他所见到的社会现实中的人们道德水平的低

下，表示了极大的不满：

> 这是过去那个世纪的光明正大，
> 可是现今这个世纪标出的是粪土。
>
> 《思想和真理》

但诗人认为，他热爱的祖国波兰无论是过去的民主政体，还是波兰人的思想道德水平和精神面貌，在他所见到的欧洲都是最好的，虽然波兰当时在西方受到一些人不怀好意的攻击，但波兰民族的民主传统是不容否认的：

> 没有一个波兰国王上过断头台，
> 因此有个法国人对我们说：你们都是暴动分子！
>
> 没有一个波兰的僧人亵渎过品德，
> 因此有个异教徒对我们说：你们也是异教徒！
>
> 没有一个波兰的犁犁过别人的田地，
> 因此我们会被看成是盗贼。
>
> 没有一个波兰的灵魂抛弃过自己的人的精神，
> 因此会有人教我们，什么是历史。
>
> 《诅咒》

他在 1862 年 11 月 14 日致友人米哈利娜·扎列斯卡的信中更是十分明确地指出："这就是波兰的社会，一个民族的社会。我不否认，这是一种伟大的爱国主义精神，别的社会都没有这种精神。""所有表现了民族的爱国主义和继承了民族的历史传统的思想感情都是伟大和高贵的感情，所以我在华沙的街上如果遇到一个流浪儿，也会脱帽向他致敬。如果不是爱国主义，不是民族和社会的感情，那从一开始就被认为是渺小的，甚至是可耻的，一想起它就可怕。要向上帝呼唤正义，要解决农民问题。有三个教皇曾先后向波兰提出要解决农民问题，认为这是一个民族问题，而不是一个基督的问题。如果我们的祖国是这么一个社会，它①对每个人在各方面都很负责；是这么一个民族，它对每个波兰人都很有感情的话，那么我们的两条腿就可以站立起来，就是一个完整的人，一个受到尊敬的人，一个非常了不起的人。"

诺尔维德不仅在他的诗歌创作和书信中与祖国人民紧密地联系在一起，而且也十分关心在波兰和世界上发生的一系列重大的历史事件，例如长诗《悼念贝姆的诗》《致公民约翰·布朗》《波兰的犹太人》和《肖邦的钢琴》（1865—1866）等就是这方面的突出表现。

《悼念贝姆的诗》是一首献给波兰著名爱国者贝姆（1794—1850）的长诗，尤泽夫·贝姆参加过1830年11月在华沙爆发的抗俄民族起义，后来又领导了1849年的匈牙利革命，1850年在与奥地利和沙俄前来镇压革命的侵略军的战斗中牺牲。长诗主要写贝姆牺牲后为他举行葬礼的情景，这当然是诗人的想象。在送葬的队伍中，有人举起了缀饰着月桂的宝剑，有人捧着一支支点燃了的蜡烛和军功章，灵车由一匹战马拉着，随后是一群年轻人敲打着斧钺和盾牌，就像给中世纪的骑士举行葬礼一样，这是诗人对这位波兰民族英雄表示的敬仰，但贝姆不仅为波兰民族的独立，而且也为匈牙利人民的解放而战斗，他身体力行波兰爱国者提出的"为了我们和你们的自由"这个国际主义口号所提出的要求。来到坟地后，送葬的队伍中又有人用矛刺那匹拉着灵车的战马，

---

① 这里说祖国是一个社会，所以我用了"它"这个代名词。

要它继续往前走去。作者用了许多象征的手法，表现了这支送葬的队伍感天动地的恢宏气势：

> 影子啊！你的手在铠甲上已经折断，战士高举的火炬
> 照亮了你的膝盖，可你为什么要离去？
> 宝剑缀饰着绿色的月桂，烛火在田野里哭泣。
> 隼鹰展翅高飞，战马奋蹄起舞，
> 这里所有的一切都飞到了天上，
> 就像士兵带着他们的营帐，在天空中流浪。
> 军号在凄厉地哀号，这哀声越来越大，
> 军功章在天上展开了宽阔的翅膀，
> 就像一些被长矛刺中的巨龙、火怪和飞鸟，
> 但这杆长矛却显示了许多战略的思想。

说明贝姆虽然死了，但他的战斗并没有结束：

> 他们再往前走，当快要走到坟前的时候，
> 他们看见了路边有一道深渊，深渊里漆黑一片，
> 人类没有办法把它挪到别的地方去，
> 但他们仍用长矛刺那拉着灵车的战马。

他们就是遇到有可能陷进去的最危险的深渊，也要奋不顾身地往前走去。诗中这个送葬的队伍最后变成了一支军队，因为／一个民族麻木的心终于觉醒，它眼中的霉菌被清除了／他们在为争取波兰民族独立的战斗中，终于取得了胜利。

《致公民约翰·布朗》中的主人公约翰·布朗（1800—1859）是美国19世纪著名的废奴主义者，1859年在美国曾领导黑人进行了一场反对白人的奴隶制压迫的起义斗争，斗争失败后被敌人绞

杀。在诺尔维德看来，由华盛顿和波兰的民族英雄塔杜施·科希秋什科[①]创建的美利坚合众国到这个时候，已经完全失去了它过去的民主精神，有色人种依然遭受压迫和奴役：

> 我的王冠上的火焰熄灭了
> 夜已降临，黑人脸上的黑夜。

　　这首诗是以作者写给英雄约翰·布朗的一封信的形式写成的，它就像一只白色的海鸥，要飞越重洋，飞到牺牲者的绞刑架下，这时候英雄的头发也变白了，可是他要拯救的黑人的脸却更黑了。这里似乎表现了某种悲观的情调，但诗人要人们重新认识像约翰·布朗这样的美国人民的儿子，英雄虽然死去了，可他的精神是长存的：

> 因为我的诗歌已经成熟，一个人可能牺牲，
> 但诗歌不会死去，人民会站起来。

　　整个作品不论形式还是内容都表达了诗人对英雄由衷的赞美，相信他所代表的自由平等的民主精神终将取得胜利。今天我们看到，黑色人种在美国依然受到歧视，他们仍在为他们的人权和自由进行不懈的斗争，这也足以证明诺尔维德对于资本主义社会问题洞察深微和富于远见。
　　《波兰的犹太人》这一首诗的产生是因为在 1863 年一月起义爆发前，在 1861 年某一天，波兰人在华沙为一些被沙俄宪兵枪杀的波兰爱国者举行隆重的葬礼，有一个在死者们的棺材前高举着十字架的波兰人被沙俄宪警枪杀。在他倒下去的时候，旁边有个

[①] 因为塔杜施·科希秋什科参加过北美独立战争。

年轻的犹太人米哈乌·郎迪马上跑上来，接过了死者手中的十字架，继续往前走去，表示他在波兰反对沙俄占领者压迫的战斗中，永远和波兰人站在一起。诺尔维德因此写了这首诗，表示他对当时在欧洲和波兰受到歧视的犹太人的敬仰。在他看来，不论在北美被奴役的黑人，还是欧洲的犹太人，都具有舍己为人的高尚品德，他们和包括波兰在内的世界上一切被压迫民族一样，都要获得自由和解放。同时他也表示他对沙皇的侵略"本性早已知晓"。这个侵略者"骑在马上会像牧童一样，再也没有牲畜"，只是孤身一个，最后必然遭到失败。

此外，诺尔维德在1862年5月19日写给友人孔斯坦齐娅·古尔斯卡的信中，还联系到当时在欧洲和北美发生的一系列的历史事件，以更大的社会面，揭露了一些国家的资产阶级统治对革命人民的血腥镇压，他认为这些革命者的死，都是为了"在他们死后让别人比他更高贵和幸福一点"。他说："1851年——这是好些年前——要走过这些平坦的石板路，经过街心公园去马格达莱拉，就不得不小心地踩在从这里流过的红色的血上，这血是从外交部那边往下，经过这条宽阔的街道流过来的。这是一些死去的人的血。这些死去的人以为这血从他们的血管流出来，能使那些因为他们的牺牲而活下来的人，有更多的自由，变得更加高贵和幸福。""几年前，在索尔菲里诺附近的一个广场上，就有五万个人的心停止了跳动。他们在遭受了极大的痛苦而死后，内脏又被挖了出来，撒满了整个广场的地面。由于日光的暴晒，都腐烂了，一些野狗都跑过来舔食着这些死者的遗体。他们都是一些人啊！享有过他们的母亲和兄弟姊妹对他们的爱。他们的死，是为了别人在他们死后，能够活下来，比他们更高贵，也更幸福。几个礼拜前在美国，也有八万具尸体在一个广场上，一天之内被挖出了内脏，流了红色的血。这也是为了在他们死后让别人比他们更高贵和幸福一点。"诺尔维德对于这些革命者为了被压迫者的自由和解放而牺牲的伟大精神，表示由衷的敬仰。

诺尔维德作为波兰浪漫主义后期的诗人也很看重一个人的道德修养，他认为品德的力量可以改变一个人的命运，即使对社会下层的被压迫者来说也是这样，在《告别》一诗中，他还写道：

> 他们都是穷苦人，
> 一些最普通的老百姓，
> 对大世界表示厌恶，
> 如果没有痛苦便是快乐，
> 这都在午前的睡梦中，
> 他们在梦中高兴地见到了自己的童年，
> 没有想要算计什么，
> 对仇恨也能够分担，
> 可怜的人们！希望他们的品德
> 能够照亮他们生命的夜晚。

对诺尔维德来说，美不仅表现在有爱心这个道德的层面上，还表现为大自然的美和艺术的美，他的《肖邦的钢琴》就表现了艺术的崇高和美，这是一首著名的诗，它是根据1863年9月19日在华沙发生的一个政治事件写成的。这一天有人在华沙扎姆伊斯基宫暗杀镇压1863年一月起义的刽子手——沙俄驻波兰王国的总督贝尔格将军，但未成功。沙俄占领者当局为了进行报复，派兵烧毁了这座宫殿，把里面一架肖邦的钢琴也抛到了街上。诺尔维德是肖邦的好友，他听到这个消息后非常感慨，因而写下了《肖邦的钢琴》这首诗，诗中表达了他对这位伟大的音乐家真挚的友谊和无比的敬仰，诗人以许多生动的比喻不仅指出了肖邦和他的音乐在世界文化史上的崇高地位，也由衷地抒发了他对波兰祖国的热爱。作品一开头，诗人就回想起了他在巴黎最近几次会见肖邦，他对这位波兰最伟大的音乐家和他的音乐表示了由衷的赞誉：

> 这些日子我在你的身边，弗雷德雷克①！
> 你的手，一双石膏一样白净的手，
> 一双誉满全球的手，
> 不时触着鸵鸟的翅膀。
> 我看见那牙骨键盘
> 在不停地跳动……
> 你，就像一尊大理石雕像，
> 但你身上没有雕琢的痕迹，
> 巧夺天工，旷古奇迹，
> 天才啊，不朽的比格玛里翁。

在诗人看来，肖邦的音乐和比格玛里翁这个神话中的人物的艺术都是最美的，就像天堂一样：

> 就像古老的德行，
> 走进了村子里的松树林，
> 她自言自语地说：
> "我在天上已经获得了新生，
> 天堂的大门就是我的竖琴，
> 林中的小道变成了我的彩带
> 我在白色的庄稼中看见了一块圣饼，
> 艾玛努埃尔已住在军营。"

这是一幅多么美妙的景象，诗人还说："这里就是波兰"，因

---

① 即肖邦，肖邦的全名是弗雷德雷克·肖邦。

为肖邦的音乐植根于波兰，来自波兰的故土，诗人感叹地说：

> 这里就是波兰，
> 她在历史上的鼎盛时代
> 曾经享誉四方，
> 就像彩虹一样地辉煌，
> 可她现在变成了车轮制造匠。

由于今天的波兰已经被沙俄、普鲁士和奥地利三国瓜分，这位可以和古希腊著名雕塑家菲迪亚斯①以及基督的门徒大卫的业绩媲美的伟大艺术家的"钢琴在花岗岩马路上已被人抬走"，这是沙俄刽子手对这位波兰的天才和世界文明的践踏，诗人最后十分痛心地说："理想失落在马路上，花岗岩在低声地哭泣。"充分表达了他对肖邦的敬爱和对刽子手们的憎恶。诺尔维德的作品不仅表现了他对他的祖国波兰和享誉世界的波兰艺术和文化的无限热爱，而且他对世界上所有的被压迫民族的苦难寄予深厚的同情，希望他们获得自由和解放，他还希望世界上所有的人都有基督的仁爱之心，从此不再有纷争，他的诗歌就是他在这些方面最真诚的表达。

在诺尔维德的散文中，最重要的是《沉默》，它实际上是一篇学术论文，集中地表现了诺尔维德的哲学观点。他在《沉默》中写道："由于时间的飞逝，我们终于感受到了这种特殊的完美（如索福克勒斯的悲剧的完美），但这种完美也不说明索福克勒斯之前的悲剧，或者说最早出现的悲剧艺术就要低一等，因为那些最初出现的悲剧也是很完美的，它已经获得了它那个时代的信仰的认可，反映了那个时代的知识水平。"

---

① 希腊雅典雕塑家，活动于约公元前490年至公元前430年。

他认为这种"完美"应当成为一个体系，一个艺术和思想的体系，甚至是一个伦理道德的体系，像古希腊哲学的集大成者亚里士多德那样，它会"显示更多的光彩，带来更多的好处"。诺尔维德认为："不管怎样，一个人总是在衷心地期盼着那种完美的出现，因为它会向我们展示进步和更加美好的境界。"在他看来，"完美"一是包括对真理的追求，例如那个正直的第欧根尼对那些在柏拉图学园里努力工作的人们表示的关爱，他见到他们在寻找真理，便理所当然地大声问道："他们什么时候能够将他们发现的真理的要求实现？"另一方面，"这种完美也需要不断地创新和充实（不断地充实，没有止境）"，因为追求真理也是没有止境的，真理根据现实情况的不断变化，更需要发展。

一个人如果期盼着完美的出现，或者在追求真理，他也不能脱离实际，他要"积极参与到这些每天都有的戏剧的表演中去，他对这是负有使命和职责的。在这种情况下，他是不是对这些每天发生的事或者人类最初的劳动状况和他们的期盼也能多少有一些了解，即便是并不重要的了解"？诺尔维德还明确地指出："我不认为，一个人什么都知道就够了，因为我想的是，一个人总是不断地需要知道更多的事情……怎么回事，比所有的还多吗？一个人要知道（我这么说）每一个季节、每一个昼夜、每一个时刻发生的每一件事。他作为一个社会的人，一定要知道在这么多的情况下，这么多次发生的所有的事情。"也就是说，既不能脱离现实，还要不断了解社会现实中出现的新的事物，也要了解历史，这样也能找到真理，做到完满。

诺尔维德认为："沉默"是一种很重要的意识表达的方式，他这里说的"沉默"实际上是一种暗示，一个人说话，不要把他要表达的意思在话中都清楚地表达出来，其中有的语句可以提供一种暗示，诺尔维德称为沉默，他说：这种沉默"无疑是一种新的表达方式"，也是说话人"一种心理作用"的表现。那么为什么

"不要把所指的对象讲得很清楚"呢？诺尔维德认为：这是因为"每一个客体的自身都有一定的亮度，它也能够作一番自我表白"。因此在这里表示沉默"就是要让这个对象作一番自我表白，让沉默变为表白，在事物的自我表白中，其内涵会变得更加充实"，"能够正确无误地展示它的全部内涵"。诺尔维德说：法国启蒙思想家"孟德斯鸠认为，有时候，沉默远比说出来能够表达更多的意思"。从一篇讲话的整体来看，沉默无疑"是讲话中最生动的一部分，它在每一个句子中都有表现，它也是一个句子连接下一个句子和讲话中的另一个意思的纽带。第二个句子往往就是第一个句子的暗示，第三个句子是第二个句子的暗示，第四个句子也是第三个句子的暗示"。"既然沉默和每一个单独的语句以及包含着这些语句的一个讲话的整体结构有这么紧密的联系，那么它当然是很有表现力的。"例如，"如果你说：'你好吗？朋友！'这里的沉默[①]表现在我很久没有遇见你，或者没有见到你，所以你要问：'你好吗？朋友！'因为这个沉默的表示，下面还可能有别的话，这就是：'你好吗？朋友！我好久没有见到你哪，是不是该主动地问你一下？'""一个讲话中的语句如果不能表示一种沉默，不能有所发挥，那它们就是抽象的和苍白无力的。一个讲话中的语句如果都是这么苍白无力，那么这个讲话就不可能显得生动活泼。"

诺尔维德认为，"沉默"在古希腊哲学家"毕达哥拉斯那里，是一个哲学概念"，但是"这个概念不是产生于埃及，它最早也不是希腊和毕达哥拉斯的一个概念，它是产生于亚洲的一个最古老的宗教和哲学的理论概念，曾用于实践，毕达哥拉斯流浪到古巴比伦，在那里当了奴隶，才接受了这个概念"。人们可以长时期地保持沉默，"两年、三年、五年和七年保持沉默"。可以一个时代保持沉默，这个时代没有说出来的东西，甚至要到未来的一个时

[①] 这个"沉默"的意思也是暗示。

代才把它说出来,并且表示对它的看法。诺尔维德要问:"那么这么做是不是要坚持真理?是不是要对真理进行检验或者对它有所表示?但不管怎样,这么做是有好处的,它既可以阐明正确的事物,也可以指出一些错误的东西。这种做法为什么和在什么地方能够得到更新和补充,从而代替过去的做法?或者说它是不是已经在发挥作用?我认为不是这样,因为要形成一个体系就要有一个完整的概念,它的内部因素处于融和的状态,能够表现出一种既面面俱到,而又有适度和突出的亮点的思想观点。这就是它要具备的一切。"因此在诺尔维德看来,"沉默"既然是一个哲学概念,就应当有一个完整的体系。

诺尔维德在《沉默》中还谈到了寓言,他认为:"寓言都不能证明什么的存在,但尽管这样,它却能说明一个理所当然的道理。一个寓言能够说出这样的道理,所有的寓言加在一起,就能证明一个很重要的事实的存在,我甚至不敢想这是什么",但寓言总是用假托的故事或自然物以拟人手法来说明某个道理或教训,在诺尔维德看来,这"说明了这个世界事物发展的规律和精神发展的规律是很相似的"。寓言和"沉默"也有密切的关系,因为"被认为不合逻辑的自白往往就成了寓言,它说明了一个事实,即一个人的自白和沉默的表示,能够说明他和别人是疏远还是亲近。在毕达哥拉斯很久以前,自白者们的沉默就有这种表示。在他很久以后,有的人就根本不用口语来表示,他们在适当的时候,作一个很普通的手势,在地上拣一个小石头扔了出去,树叶在风的欢拂下嗖嗖作响,用手指碰一下身边的一个东西。这里可以看到,他们是多么想用这种表示寓意的方式来表达他们心中所想,虽然他们每个人想的都不一样。这种表面上看来很不明确的表达方式和一些事物深藏的秘密正是毕达哥拉斯的荒诞学说的特征。"

在诺尔维德的哲学思想中,还有一个"亲近"的概念,在我们今天看来,它就是指事物的对立统一,他说:"如果说到亲近,我以为，这是人的精神状态所表现的一个最突出的特点，我不知道我们的这种亲近是以什么形式表现出来的，因为我们的每一种感觉和每一个思考虽然都清楚地表现了我们的思想观点，但这一切都是我们在脑子不清醒的状态中表现出来的。还有我们不管做什么，都是从亲近开始，然后对它进行增补，使它更加亲近。在这个旋转得比我们的脉搏还快的行星上，我们也一直处于这种状态。可以说，亲近不是我们一时的需要，而是由我们的生存条件所决定的。这种亲近能使两大智慧的宝石，即明白事理和属于人的本性的不明白事理结合在一起，这才是一个完整的人。"这就是说，不管什么事物，包括人在内，都是一个对立统一的整体，在这个整体中的各种因素，相互之间都必须处于融和即"亲近"的状态。

在谈到各民族文学创作的历史时，诺尔维德认为人民的文学"是一个以自己逐步取得的成就表现人类的成长和走向成熟的过程，它的第一批作品就是喂给孩子的食物，一直到许多年之后，它才成为男人的食品。在最初出现的文学作品中，并没有那种意味深长的颂歌和宣传伦理道德和押了韵的严肃的语句，也没有早先出现的那种宏伟的史诗"。"这些给孩子们写的书可能写得很幼稚，但这不是孩子的幼稚，而是因为它和神的宗亲关系，继承了神的性格。"诺尔维德这里说的是古代的神话，以西方文学为例，古希腊神话当然是一个最突出的例子，诺尔维德说这是给孩子写的书，说明了人类在文明发展的最初阶段，对于大自然和社会的认识有很大的局限，有许多方面因为达不到科学认识的水平，就只好寄托于对神的想象和神话故事的创作了。诺尔维德还形象地说，在神话时代，希腊人崇奉的最高天神，也就是他们认定的奥林波斯山上的主神，"宙斯不管在什么时候、在什么地方都是第一个在场，也是最后一个和站在中间的一个，他带着燃烧的闪电站立起来，所有的一切都是从他那里来的。他是大地的地基，是明亮的天空的轴心，他是一个君主，他既是一个破坏者，也是一个创造者"。

但是这种神话不仅产生于古希腊，在世界各国历史的早期，也都出现过神话故事和传说，有的见之于民间口头文学，有的有文献记载，例如中国古代的典籍《山海经》《庄子》《楚辞》和《淮南子》等中都有神话传说的记载。这些神话故事不仅展示了先人极为丰富的想象，而且也表现了他们高尚的道德品质和理想的追求，以及他们高水平的艺术创作的能力。

诺尔维德认为，文学创作的最初阶段，是没有散文的，"一个人进入世界的第一步，他的智慧就表现出他是一个诗人。即便是另外一个富于理智的人，我们通过对历史的最初阶段的研究，也能够证明他是一个诗人"。不管是神话传说，还是早期的诗歌，虽然是"为孩子"写的，但都是"表现了崇高和伟大的情感的作品"，"为了展示理性的事物"。所以诺尔维德认为："就是古代的智者中最明智的孔夫子在他的几乎是官方的文献中，也吸收了最初出现的颂歌和歌曲的营养。"

诺尔维德在谈到古代的史诗作品时说，"在第一个神话和神奇的省略时代之后"，便产生了史诗，例如荷马的史诗《伊利亚特》和《奥德赛》就是在希腊神话的基础上产生的。荷马"史诗中的英雄人物踏着他们的奥林波斯的脚步前进，但他们没有出现在历史题材的散文中，也不代表国家和民族的利益，没有反映政治和经济问题。历史题材的散文沉默不语了，因此便产生了既美丽而又丰满的史诗形象，但是这种史诗反映历史内容的水平并没有降低。史诗必然让历史题材的散文沉默不语，照我们的看法，如果说史诗已经形成了一个整体，成为文献，那么在它的时代过去之后，在它的腹中曾经沉默不语的历史著作就要露面了"。"神话（神奇的）、史诗和历史，这就是我们在人的思想的发展和对时代的表述的过程中看到的东西。"

诺尔维德的这些作品不仅种类和艺术形式多样，内容涉及面广，也表现了他崇高的思想境界和对人类社会、历史和文化发展过程以及他所处的那时代许多现实问题的敏锐的观察和深刻的认识。

波兰批判现实主义文学的
形成和发展

  19世纪的欧洲，现实主义是继浪漫主义文学之后产生的一个主要流派，它作为文学创作的基本方法侧重于客观如实地反映现实生活，力求真实再现社会典型环境中的典型人物。在19世纪30年代以后，西欧各国资本主义制度得到巩固，但资本主义的社会矛盾也日益加剧，各种弊病越来越明显地暴露出来，加之科学技术的发展和唯物主义反对宗教唯心主义的胜利以及空想社会主义学说的传播，促使人们以更加客观的立场去看待和研究资本主义的社会问题，在文学中便产生了现实主义流派；如若再以批判的眼光去看待现实和进行创作，就产生了批判现实主义。波兰现实主义文学产生于19世纪70年代，当时波兰被沙俄、普鲁士和奥地利三国瓜分，遭受残酷的民族压迫。由于这种压迫的加剧，1863年1月在当时被沙俄占领的波兰王国的首都华沙，爆发了著名的抗俄民族起义，这次起义虽然失败了，但也迫使沙俄占领者于1864年在波兰王国实行了农奴解放政策。波兰王国农奴解放后，资本主义发展很快，与此同时，在华沙也产生了代表新兴资产阶级政治立场的实证主义纲领。这个纲领提出，在波兰，要尽力发展资本主义经济，发展科学和医疗事业，进行城市建设和普及教育，反对旧的封建等级制度和种族歧视，主张男女平权和社会各阶层平等。这个纲领提出的实行资本主义民主、发展经济的做法在当时是有进步意义的,在文学创作界,一些著名的作家如爱丽查[①]·奥热什科娃、亨利克·显克维奇、波列斯瓦夫·普鲁斯和玛丽娅·科诺普尼茨卡等最初也曾以为只要实行这个纲领,就能使长年遭受残酷民族压迫的波兰走向复兴,他们早期的作品曾对这个纲领的实施表示赞同。但是在存在严重的阶级和民族压迫的波兰社会中,实证主义者坚持资产阶级的政治立场,反对一切形式的革命斗争,并且对沙俄占领者妥协和投降,他们的纲领在许多方面都不能实现。人们看到的是,民族压迫日益加剧,社会贫富不均和阶级矛盾不断加大,下层劳动人民依然陷于极端贫困的状态。上述作家因此开始对黑暗现实表示不满,把他们的作品转向了对现实的揭露和批判。在这种情况下,便产生了当时在波兰文坛占主要地位的现实主义和批判现实主义的文学。

现实主义和批判现实主义以小说创作为其主要表现形式,在当时的波兰社会发挥了巨大的作用。爱丽查·奥热什科娃在谈到这种文学时,曾经深刻地指出:"小说是人类智慧的混合成果"[②],它"不仅能反映,而且同样能创造它反映的那些为大家都能看到的现象。""把它们提高到能使音调和形态、相似和对照、前因和后果都能达到美学上和哲学上的和谐。""每一部有才能而且能很好地展开的小说,永远是,而且只能是从对世界某种环境的观察中获得自己的构思。"[③] "小说的意义和优美是依赖于小说的构思和完成,同样也依赖于内容和形式的统一。"[④] "一切艺术作品的

[①] 有人译为"艾丽查",但笔者译为"爱丽查"。
[②] 引自艾丽查·奥热什科娃《论叶什的小说》,林波译,见《古典文艺理论译丛》第4册,人民文学出版社1962年版,第27页。
[③] 以上均引自艾丽查·奥热什科娃《论叶什的小说》,林波译,见《古典文艺理论译丛》第4册,人民文学出版社1962年版,第28页。
[④] 引自艾丽查·奥热什科娃《论叶什的小说》,林波译,见《古典文艺理论译丛》第4册,人民文学出版社1962年版,第30页。

意义和美的大小，是要由在作品中的典型所表现出来的世界或人类现象的多少来决定的。"① 作为现实主义文学的小说要表现的，归根结底是"整个民族的典型"，是"所有人的哭泣和欢笑、愿望和叹息、社会的衰落和兴盛"②。

亨利克·显克维奇（1846—1916）的创作针对当时波兰的社会状况，大都以他气势恢宏、具有史诗风格的长篇历史小说来表达他强烈的爱国、战斗和民主主义的思想精神。他认为波兰具有民族解放斗争的光荣传统，她过去"发生过伟大的事件，出现过伟大的人物，那里有过令人振奋的东西"。③ 作家看到了现实的黑暗面，但他要通过再现波兰历史上这些伟大的事件、伟大的人物和令人振奋的东西，来鼓舞他所在的现实中的全体人民的斗志，去和占领者进行坚决的斗争，以恢复波兰民族的独立。显克维奇也正是因为他所创作的这些"史诗风格更是达到了艺术上绝对完美的地步"④ 的历史小说，于1905年获诺贝尔文学奖，成为波兰第一位获得诺贝尔奖殊荣的伟大作家。

显克维奇于1883—1888年创作和发表的著名的历史小说三部曲中的《洪流》就是这方面的代表。这部作品取材于17世纪50年代初，瑞典封建主入侵波兰，对波兰各阶层人民进行疯狂的掠夺和压迫，波兰人民在国王的领导下奋起反抗，最终把侵略者赶出了自己的国土。作者在小说中首先揭露了战争初期侵略者在他们占领的波兰国土上进行了疯狂的掠夺、抢劫、屠杀、亵渎波兰传统的宗教信仰等种种罪行，使波兰人民经历了从未有过的巨大

---

① 引自艾丽查·奥热什科娃《论叶什的小说》，林波译，见《古典文艺理论译丛》第4册，人民文学出版社1962年版，第35页。
② 同上书，第36页。
③ 转引自阿利娜·诺菲尔《亨利克·显克维奇》，华沙，国家出版社1959年版，第169页。
④ 见显克维奇《第三个女人》，林洪亮译，漓江出版社1987年版，第552页。

灾难。正是这种残酷的压迫促使他们迅速觉醒，奋起反抗。后来由国王领导、爱国将领统率和指挥开始发动反侵略的战争，得到了波兰全体人民的拥护和支持，因而很快就打败了敌人。通过小说中对现实的真实反映，可以看到，这场反侵略战争取得胜利的决定因素一是波兰各阶层人民的积极参与；二是国王在这次波兰反侵略的战争中，起到了团结和领导人民反抗侵略者直至取得最后胜利的核心作用；三是波兰爱国将领灵活机动的战略战术和正确无误的前线指挥。在战争初期，由于波兰过去长时期内忧外患，经济衰落、兵力不足，瑞典侵略军在波兰毫无准备的情况下，迅速占领了几乎整个波兰，国王扬·卡齐米日也被迫逃到当时属于奥地利的西里西亚去了。有一部分大贵族甚至背叛祖国，投降了敌人，但社会下层包括农民、手工业者、市民和一部分中小贵族从一开始就没有停止过反侵略的战斗。后来，因为瑞典侵略者相继侵犯波兰大贵族的利益，最初投降的贵族大部分又回到了反侵略斗争的队伍中来。由爱国将领统率的正规军发动的阵地战和运动战，配合农民、山民的游击战，"随时随地能化作汪洋洪流，使一切入侵者无助地陷入灭顶之灾"[①]。通过显克维奇在作品中的描写，我们可以看到，他深深懂得，不论在什么社会、什么时代，只有人民才能够创造历史，但是一个英明的领导者在国难当头的时候，可以起到团结各阶层人民抵御外敌、争取民族独立的作用，在和平时期，他也能领导人民去争取自身的彻底解放，为建立一个民主、自由和富裕的美好社会而奋斗。显克维奇认为这一切的获得都得依靠人民，而获得的一切胜利成果，也要让全体人民共享。

  显克维奇在 1900 年发表的历史小说《十字军骑士》情节与《洪流》有些相似，它描绘的是 15 世纪初一个侵占波兰北部沿海

[①] 见张振辉《显克维奇评传》，社会科学文献出版社 1991 年版，第 174 页。

一带的日耳曼骑士团对当地的波兰人民进行残酷压迫,并且进一步入侵波兰内地以及邻国的立陶宛,波兰和立陶宛两国因此结成联盟,奋起反抗,在1410年,两国联军在格龙瓦尔德打败了骑士团。这是波兰历史上第一次反侵略战争的伟大胜利,对波兰后世的民族解放斗争有深远的影响。显克维奇在小说中通过描写各种人物受到骑士团残酷迫害的不幸命运,揭露了侵略者凶恶狡诈的本性,正是侵略者的压迫本性激起了波兰和立陶宛人民的反抗,他们这场反侵略战争的正义性不证自明。显克维奇认为只有正义战争才能得到人民的支持和拥护,取得最后的胜利。这部小说的出版不仅对于当时普鲁士占领者的民族压迫和波兰人的反压迫斗争有明确的针对性,而且后来在希特勒法西斯占领波兰期间,因为它对波兰爱国者和人民的鼓舞作用,德国法西斯把它列为禁书。

和显克维奇不同的是,波列斯瓦夫·普鲁斯(1847—1912)的小说大都是以波兰社会现实为题材。如他1886年出版的长篇小说《前哨》的故事就发生在普鲁士占领区的一个农村,占领者当局当时想要占领波兰的农村,主要采取大量移民的办法,妄图利用他们在经济上的雄厚实力控制这里的一切,然后对波兰农民采取同化政策,使波兰农村变成普鲁士的农村。可这一切遭到了波兰农民的极力抵制和反抗。小说主人公斯利马克是一个波兰的中农,德国移民要买他的土地和财产,对他进行利诱和威逼,但他没有屈服,始终坚守着波兰农村的这个前哨,表现了他的爱国主义思想精神。

普鲁斯在1887—1889年发表的长篇小说《玩偶》是他的代表作,作品通过一个华沙破落贵族子弟斯坦尼斯瓦夫·沃库尔斯基的社会经历,在广阔的背景上,真实再现了那个时代波兰王国特别是华沙的社会面貌。主人公沃库尔斯基年轻时是一个波兰的爱国者和革命者,曾在一个年长于他的友人热茨基的引导下参加过1863年的一月起义,后被流放到西伯利亚。1870年回华沙后,曾饱受饥饿的煎熬,但他1877年去了保加利亚,因为那里爆发俄土战争,他利用这个机会搞军需供应的买卖,挣得了几十万卢布的巨款,成了一个暴发户。回到华沙后,他便联合一些贵族,开了一家规模很大的对俄贸易公司,成了华沙商界的头面人物。普鲁斯在小说中,将其主人公描绘为一个19世纪下半叶波兰新兴资产阶级的代表人物。沃库尔斯基善于洞察资本主义市场行情的变化,能够抓住机会,大胆进取,获得成功;在资本主义商业的经营上,他所表现出来的才能和魄力,都远远胜过那些旧的贵族。沃库尔斯基做买卖也很讲诚信,这种诚信和关心消费者利益的经营方式,使得他在资本主义市场的竞争中永远立于不败之地。同时他也十分关心波兰的社会福利,常为穷苦的人排忧解难,还为十几个失业者安排了工作,为几百个人创造了就业的机会,受到了他们的拥戴。

但在当时的波兰王国,虽然资本主义迅速发展、实证主义民主思想得以宣传,但封建贵族依然占有很高的社会地位,享有特权,主人公沃库尔斯基为了自己的发展,也不得不依靠这个阶层人物的支持,因此他曾极力和他们拉拢关系,并且还真心爱上了一个贵族小姐。这个贵族小姐的家庭已经败落,沃库尔斯基在她父亲生活上有困难的时候,给予了很多帮助。但是他后来发现,他爱的这个贵族小姐是个庸俗的女子,她表面上和他接触,是为了得到他对她父亲濒于破产家庭的支撑,可背后却和别的男人私通,还无耻地咒骂对她和她父亲有恩的沃库尔斯基,致使沃库尔斯基最后在绝望中自杀。他在自杀前,还将他的全部财产分送给了一些生活困难的穷苦人和那些他认为能够为波兰的复兴做大事的人。在普鲁斯笔下,沃库尔斯基是波兰新兴资产阶级的代表,他拥有巨额财产,虽然想和享有特权的贵族拉拢关系,但更多是为了波兰的复兴,为他眼中的穷苦人谋福利。普鲁斯十分看重像他笔下沃库尔斯基这样的人才,认为他如果不去接触那些腐朽没落的贵族，会为波兰的繁荣富强做出更大的贡献。

小说对波兰社会那些旧的封建贵族作了无情的批判和揭露。这些人不事劳动，饱食终日，生活作风腐化堕落，甚至为了个人私利，去勾结波兰民族的敌人沙俄占领者的代表，置自己民族的危亡于不顾；但他们又自视高贵，看不起所有别的社会阶层的人。在作者看来，这是一个波兰社会无法清除的毒瘤。小说的结尾笼罩着浓郁的悲观情绪，除了沃库尔斯基的自杀，那个曾经引导沃库尔斯基参加一月起义、之前还参加过1848年匈牙利革命的革命者热茨基也死了。还有一个在作者看来能为波兰的复兴干一番事业的人因为国内没有这样的条件，也要到国外去。爱国主义作家普鲁斯在他的小说中，没有像显克维奇那样，表现出乐观向上和激昂慷慨的情调，但他的作品最真实、深刻地揭露了波兰现实的黑暗，所以他的小说《玩偶》一直被当作波兰批判现实主义的代表作。

著名女作家爱丽查·奥热什科娃（1841—1910）的作品也以波兰社会现实为题材，但更侧重于反映社会中妇女解放的问题。波兰旧的贵族为了显示他们的文明和高贵，他们的家庭成员爱讲法语，年轻女子要学会弹钢琴，但无须参加社会工作，因而都没有受过系统的文化和职业教育。奥热什科娃1872年发表的长篇小说《马尔达》描写的女主人公就出生在这样一个家庭，她从小在优裕的生活环境中长大，作为一个贵族小姐，她没有受到过系统的文化教育，在父亲和丈夫相继去世后，她的家庭面临破产，而她自己又不具备从事某种社会职业的能力，因而无法单独谋生，最后走投无路进行盗窃，在警察的追捕下，跌倒在一条车轨上，被路过的马车轧死了。作品通过女主人公的悲剧，揭露了封建贵族这个虚伪的陋习和当时社会的男女不平等。

长篇小说《涅曼河畔》（1887）是奥热什科娃的代表作，它以19世纪末立陶宛格罗德诺城涅曼河畔米涅维奇一带农村生活为题材，通过爱国贵族别涅迪克特·柯尔钦斯基一家、少有土地的农民安哲里姆·包哈狄罗维奇和他的哥哥耶瑞以及耶瑞的儿子扬在1863年一月起义前后的变化，真实地反映了19世纪末波兰农村的社会面貌。别涅迪克特在一月起义期间，曾站在起义者的一边，起义失败后，他因受到沙俄占领者的横征暴敛和银行、高利贷者的敲诈勒索而面临破产。作为一个爱国者，他拒绝了他的二哥多米尼克要他去俄国升官发财的建议，而坚守在自己的家园和土地上。但作为一个封建贵族，为了挽救他家的危局，他对周围的贫苦农民进行残酷的压迫，引起了他们的强烈反抗。

别涅迪克特的大哥安德若依和他不一样，他一直对农民友善，同情他们的疾苦，他年轻时就和安哲里姆、耶瑞关系密切。小说生动地描写了爱国贵族和农民一起参加起义斗争的场景，作者为起义的失败而悲痛，号召人们缅怀先烈，继承他们的遗志，去为祖国的独立而战斗。别涅迪克特的儿子维托里德也曾用"人与人的平等和友爱"[1]的思想来劝导他父亲改变对农民错误的态度。但在作者看来，一月起义后的波兰社会中，真正能够继承起义的爱国和民主传统的，是受压迫最深的贫苦农民，作者把"祖国的复兴和强盛"[2]的希望寄托在他们的身上。

奥热什科娃对小说人物的刻画，也以爱祖国、爱人民和爱劳动作为衡量他们的道德标准。在小说人物的画廊中，农民的形象占有重要地位，例如安哲里姆，他为人宽厚，从不计较个人得失，不仅在一月起义中经受过革命的洗礼，也是个劳动能手，既会种田，又会干木匠活，还是一个有经验的园艺家。耶瑞的儿子扬年轻时正值一月起义爆发，民族、家庭和他自己遭

---

[1] 见艾丽查·奥若什科娃《涅曼河畔》，施友松译，人民文学出版社1979年版，第555页。
[2] 同上。

受的苦难他永远不会忘记，对沙俄占领者怀有深仇大恨。他生性淳朴、善良、正直，不仅具有熟练的劳动技能，而且有丰富的生产知识和较高的文化水平。但在贵族阶级中，有的人物经历曲折，如别涅迪克特有个外甥女尤斯青娜，她父亲达若茨基年轻时挥霍无度，贪图女色，母亲遭受的屈辱曾给她幼小的心灵带来了极大的痛苦。她在父亲破产后来到了柯尔钦，过着寄人篱下的生活，受到这里的贵族亲友的歧视，因此对贵族的等级制度和腐化堕落充满了仇恨，为自己的不幸感到痛苦。这时候，她来到了扬的田庄里，感到只有在这个朴素但是"有朝气"的"新的世界"[①]中，才找到了真正的乐趣。后来她也愉快地参加了农田和麦收的劳动。在和扬的接触中，扬的爱国思想和他朴实、率真的品德和个性，以及他对她热情的关怀，使她对扬产生了炽热的爱情。因此她决心做一个她出身阶级的叛逆者，真正来到劳动人民中。她的叛逆行为在贵族阶级中曾引起过极大的震动，但她告诉舅舅别涅迪克特，扬"将把我领到他的贫穷的，然而是自己的家里，使我不仅可以得到快乐的生活，而且有可能运用我的双手和头脑帮助他从事劳动，为了我们自己，也为了别人"[②]。这些话充分地表现了她崇高的精神风貌。尤斯青娜不仅在小说中占有重要地位，而且在奥热什科娃的全部创作中，在波兰文学史上，都是闪耀着理想光辉的形象之一。奥热什科娃对于波兰社会的解放，特别是妇女解放的看法较她同时代的其他进步作家表现更深刻的地方在于，她不仅认为社会上所有的人，包括各阶层的妇女都应从事劳动，自食其力，而不应不劳而获，社会也应当为她们创造适合从事某种劳动的客观条件。她号召妇女和传统所有制的

[①] 见艾丽查·奥若什科娃《涅曼河畔》，施友松译，人民文学出版社1979年版，第148页。

[②] 同上书，第596页。

一切陈腐观念作彻底的决裂，走向下层，和劳动人民同呼吸、共命运，齐心协力地改造旧的社会。

玛丽娅·科诺普尼茨卡（1842—1910）是个诗人和作家，她写过一系列短篇小说和诗歌作品，1910年发表的长篇叙事诗《巴尔采尔先生在巴西》是其代表作。长诗所反映的社会现实是19世纪80年代到20世纪初，波兰农民由于缺少土地，在国内无法谋生，曾大批迁移到西欧、北美和南美，遭受了流落异乡的痛苦。长诗中所描写的农民来自波兰全国各地，因为感到自己在波兰已经没有生路，所以去巴西谋生，可这也是一条充满了艰险的路。首先，由于他们乘坐的船条件极为艰苦，许多小孩死于饥饿和疾病，尸体被抛入大海。侥幸活下来的人到达了巴西一个港口城市，他们曾住在这里的一个营棚里，后来到城里去，希望那里的政府分给他们土地。这时他们遇到了一些德国人，自称是那里的政府所派，要这些波兰农民登记入册，让他们服封建劳役，还要向他们征收赋税，这引起了波兰农民极大的不满，便愤然离开了这里另觅生路。他们穿过了一片大草原，经历了无数艰难险阻，又有许多人死去。途中还遇见了一些从咖啡农场来的黑人，这些黑人比他们更穷，要和他们争夺食物，便和他们发生了打斗，双方死伤众多。

最后，他们又来到了一个港口城市，高兴地看见这里居住着波兰侨民，于是来到侨民营里做客，却发现这些侨民已失去了本民族的习俗，孩子们连波兰话都不会讲了，港口工作也十分繁忙。有一次，农民们看见一条船上有人要拍卖一些口袋，里面装的是那些在船上饿死和病死之人的遗物，许多人争相购买这些便宜货。他们在一个口袋里还发现了一封死者临终前写给父母的信，信中表达了他对双亲和乡土的思念以及不能与亲人相见的痛苦。这些农民后来在港口的一个船坞里找到了工作，但这里气候炎热，劳动条件极为艰苦。有一天，港口举行罢工游行，波兰农民抬着一个饿死的同胞的尸体也参加了游行，他们把这当成是对当局的血泪控诉。尽管士兵挥舞军刀，对游行者进行威胁，他们也不害怕。

长诗真实而又生动地反映了波兰农民在 19 世纪末被迫流亡国外的原因和他们在国外谋生的苦难经历。作品的最后一段是在俄国 1905 年革命爆发后所写的，诗人在波兰和俄国蓬勃发展的革命形势的鼓舞下，构思了一个港口工人罢工的场面，这不仅反映了 19 世纪末在俄国和波兰的民族和阶级斗争尖锐化的现实情况，也表明了诗人坚决拥护革命的态度。另外，作品把波兰农民遇到的那些德国人描绘为当地的资产阶级统治者，并描写了他们对波兰农民的敲诈勒索，也表明作者对普鲁士占领者的仇视。

波兰 19 世纪批判现实主义文学针对当时波兰遭受沙俄、普鲁士和奥地利占领者残酷的民族压迫下的黑暗现实，进行了全方位的解剖和分析，真实、深刻地反映那个时代的面貌，不仅充分表现了以上这些具有代表性的作家的爱国主义和民主主义的思想精神，也为读者认识那个时代的波兰提供了真实的见证。

（原载《北京第二外国语学院学报》2016 年第 4 期）

《旅美书简》中译者序

《旅美书简》是波兰著名作家、1905年诺贝尔文学奖获得者亨利克·显克维奇（1846—1916）的一部优秀的报告文学作品，在它出版一百多年来，一直以其深厚的社会和历史底蕴、爱国主义和民主主义的思想观点，以及独特的艺术魅力吸引着广大读者，它不仅是显克维奇的主要著作之一，在波兰文学史上，也占有十分重要的地位。

一

亨利克·显克维奇所生活和创作的年代是波兰人民遭受沙俄、普鲁士、奥地利占领者残酷压迫、灾难深重的年代。波兰于1795年被以上三国瓜分后，人民曾不断地举行反压迫的民族起义，为恢复国家的独立而战斗。1863年1月爆发的抗俄民族起义是其中规模最大、影响深远的起义之一。它失败后，占领者又加剧了对波兰的民族压迫：他们不仅将成千上万的波兰爱国者监禁、屠杀和流放到西伯利亚，还在他们所占领的波兰王国和当时属于波兰的立陶宛，极力推行俄罗斯化民族压迫政策。从19世纪60年代，也就是1863年的一月起义失败后到80年代初，波兰民族解放运动处于低潮时期。当时波兰社会上层阶级一味贪图享乐，置民族危亡于不顾，对占领者表示臣服和投降。在社会上一些激进的知识分子中，也产生了悲观失望的情绪，他们虽有炽热的爱国心，但看不到自己民族解放的前景；其中一部分人虽然过去参加过波兰民族解放运动，但这时背弃民族革命的立场，随波逐流，成了上层阶级的附庸。80年代初，波兰无产阶级革命运动开始兴起，但在社会上还影响不大，因此，对于波兰真正的爱国者和民主主义者来说，这是一个十分困难的时期。

由于一月起义的影响，沙俄占领者1864年在波兰王国实行了农奴解放，但这里的社会情况当时十分复杂：一方面，因为封建贵族的残余依然存在，旧式贵族在社会上占有很高的地位；另一方面，城乡资本主义在有利的条件下，开始迅速发展。在城市，由于俄国和德国资本的侵入，同波兰的资本竞争激烈，波兰工人阶级受到国内外资本双重的剥削和压迫，陷入极端贫困。在农村，由于急剧的土地兼并，除少数地主仍占有原有的土地外，大部分土地又迅速集中在新产生的农业资本家的手中，广大农民失去了土地，成了资本家的雇佣劳动者，依然处于被压迫的地位。

19世纪60年代末，波兰新兴资产阶级的政治代表提出了一整套社会改革和国家建设的纲领：实证主义。他们反对封建等级制度和蒙昧主义，提倡发展资本主义工商业，以及科学和医疗卫生事业，普及城乡教育，进行城市建设，主张男女平权和社会各阶级平等。实证主义当时在反封建和促使资本主义民主制度的建立上起过一定的进步作用，但是由于它的提出者所表现的软弱性，在社会上遇到强大的阻力后，在许多方面都未能实现。面对沙俄占领者的民族压迫，实证主义者也和所有上层阶级一样，主张妥协和投降。因此，他们既未能促成波兰社会的变革，也没有促进波兰民族解放运动的发展。在80年代波兰无产阶级革命运动兴起后，实证主义者就落后于社会的发展了。

亨利克·显克维奇出生于波兰卢布林省武库夫县沃拉·奥克

热雅村一个破落地主的家庭。这是一个富有波兰民族解放革命传统的家庭：显克维奇的祖父在拿破仑的军队里当过军官，父亲年轻时参加过波兰1830年11月爆发的抗俄民族起义，母亲也有很高的文化素养。因此显克维奇从小受到父辈的爱国主义思想和文化教育的熏陶，不仅对文学产生了浓厚的兴趣，还曾立志当一名军官，决心为祖国的独立而战斗一生。

1858年，显克维奇全家从故乡伍库夫来到华沙。在这里读完中学后，显克维奇于1865年进入了华沙中央大学（华沙大学前身）法律系，后又遵从母亲意愿，进了该校的医学系，最后才转入他所喜爱的文学系。在大学学习期间，他就开始参加华沙的各种社会活动，为报刊写过不少政论、小品和文学评论文章，揭露了各种社会弊端，深受实证主义思想观点的影响。与此同时，他也开始发表小说作品，如短篇小说《徒劳无益》（1872）和短篇小说集《沃尔希瓦皮包里的幽默作品》（1872）等。前者以俄罗斯基辅大学的学生生活为题材，实际上写的是华沙中央大学的学生在当时控制该校的沙俄占领者的压迫下的不幸遭遇，表现了作者对占领者的痛恨。后者包括两个短篇：《谁都不是预言家》和《两条道路》。这两篇小说都以实证主义的改革为题材，前者写一个大学生毕业后从事农副业生产和在农村普及文化教育的工作，但因受到封建贵族的阻挠，最后失败。后者通过一个精明强干、决心为社会谋福利的企业家的形象的塑造，歌颂了新兴资产阶级向上进取的精神，作者所描写的主人公的政治立场和实证主义者却不一样，他对沙俄占领者的侵略和压迫表示坚决反抗，他要把他工厂里的外国人统统赶走，反映了作者爱国主义的思想立场。

1873年，显克维奇经朋友介绍，在华沙《波兰报》当了一名记者，负责给这家报纸的"无题"专栏撰写反映华沙生活状况的小品和报道。这些报道的涉及面很广，如华沙的政府机关、学校、养老院、博物馆、银行、各种股份公司、俱乐部、街道、动物园、房产主对佃户的敲诈勒索、贵族的家庭舞会、慈善事业以至乞丐等,几乎无所不包。这些文章激情饱满,一开始就受到了华沙社会各界的重视,不仅显示了显克维奇的文学才华,也反映了他对波兰社会,较之过去有了更加全面和深刻的认识。

此后一个时期,他的创作转向了对他的童年和少年时代的回忆,如在1875—1877年发表的短篇小说《老仆人》《哈妮娅》和《塞利姆·米扎》,都歌颂了像他这样出身爱国贵族家庭,参加过波兰民族解放斗争的光荣传统。

1876—1879年,显克维奇以《波兰报》记者的身份旅游欧美,写下了著名的《旅美书简》(以下简称《书简》)。他这期间和1879年回到波兰后,还发表了一系列中短篇小说,如《炭笔素描》(1877)、《音乐迷扬科》(1879)、《奥尔索》(1879)、《穿过大草原》(1879)、《一个家庭教师的回忆》(1879)、《为了面包》(1880)、《灯塔看守人》(1881)、《胜利者巴尔代克》(1882)、《酋长》(1883)和《第三个女人》(1888)等。它们中有的反映波兰农村封建统治者对贫苦农民的压迫;有的揭露黑暗社会如何扼杀人才;有的描写19世纪中叶,在美国加利福尼亚州发现金矿后,欧洲移民来到这里后发生的各种情况;有的反映波兰贫苦农民离乡背井,去北美谋生的痛苦经历;有的揭露沙俄和普鲁士占领者对波兰的民族压迫和北美殖民主义者疯狂屠杀印第安人的罪恶。这些作品在思想和艺术上都达到了很高的水平,在国内外有很大的影响。

19世纪80年代中期,显克维奇对波兰黑暗现实表达了强烈的不满,他不仅痛恨波兰民族的敌人沙俄和普鲁士占领者,不满波兰上层阶级对占领者的妥协投降,也清楚地看到了实证主义纲领不能拯救波兰。由于在现实中找不到出路,他的创作转向了历史题材,企图从波兰过去的民族解放运动中找到爱国者和人民群众如何英勇战斗、战胜敌人的光辉典范,通过它们的再现，激发当前波兰社会各阶层的爱国心，鼓舞人民的斗志，去和占领者进行坚决的斗争。这时期，他创作了他的主要作品历史小说三部曲：《火与剑》（1883—1884）、《洪流》（1884—1886）和《伏沃迪约夫斯基先生》（1887—1888）。《火与剑》写的是17世纪中叶波兰地主和乌克兰农民的战争，《洪流》和《伏沃迪约夫斯基先生》以17世纪中叶波兰反抗瑞典和土耳其侵略的战争为题材，热情讴歌了波兰爱国者和广大人民团结一致、不怕牺牲，最后打败侵略者的英雄业绩，是波兰历史小说不可多得的杰作。

19世纪90年代初，显克维奇写了两部反映现实生活题材的小说：《没有准则》（1889—1890）和《帕瓦涅茨基一家》（1893—1894）。前者通过一个没落贵族一生追求一个贵族小姐终究未达目的的情节，表现了主人公思想消沉，精神空虚；后者写一个没落贵族善于钻营谋利、投机取巧，成了暴发户后又回归田里，最后成了一个热爱故乡的劳动者。

此后，显克维奇又写了两部优秀的历史小说：1895—1896年发表的《你往何处去》以公元1世纪古罗马帝国尼禄皇帝统治时期为背景，深刻揭露了罗马奴隶社会统治者对下层人民的残酷压迫，也歌颂了男女主人公坚贞的爱情。19世纪90年代末，普鲁士占领者加剧了对波兰的民族压迫，显克维奇针对这种情况，于1897—1900年发表了他著名的《十字军骑士》，作品取材于14世纪和15世纪初波兰北方人民遭受日耳曼骑士团残酷压迫和他们的反抗斗争，揭露了日耳曼骑士团阴险狡诈、毒如蛇蝎的侵略者的本性，热情歌颂了波兰中小贵族和农民群众抵御异族侵略、维护民族的尊严所表现的同仇敌忾、无所畏惧的战斗精神。

进入20世纪以后，显克维奇还发表了长篇小说《光荣的战场》（1903—1905）、《旋涡》（1909—1910）和《在沙漠和丛林中》（1910—1911）等作品，其中《光荣的战场》和《在沙漠和丛林中》的影响较大。

第一次世界大战爆发后,显克维奇迁居瑞士的韦维,他的最后一部小说《军团》以波兰爱国将领扬·亨利克·东布罗夫斯基(1755—1818)1797年在意大利创建波兰军团所进行的民族解放斗争为题材,但他未能完稿,便于1916年11月15日逝世。

显克维奇一生的创作在思想和艺术上都取得了很大的成就,长期以来,在波兰和世界各国享有很高的声誉,正是由于"他的成就显得既巍峨高大,又浩瀚广阔,同时在各个方面都表现得高尚和善于克制。他的史诗风格更是达到了艺术上绝对完美的地步"[1],他于1905年获得了诺贝尔文学奖。

二

早在19世纪70年代,显克维奇就和波兰当时一位著名的戏剧表演艺术家海伦娜·莫杰耶夫斯卡(1840—1909)认识。她和她的丈夫还有他们在波兰文艺界的朋友经常来往,在一起谈论国家民族的命运,对黑暗的社会现实表示不满,但因为找不到出路,感到十分苦闷,想离开波兰,去寻找一个自由的世界。因为当时欧洲人普遍认为,美国经济高度发展,是一个真正民主和自由的国家,1875年年底,显克维奇和莫杰耶夫斯卡夫妇等便决定去美国的加利福尼亚州游览居住,那里风景优美,气候宜人,生活着各种野生动物,也是打猎的好地方。这个决定马上得到了《波兰报》编辑部的赞同,显克维奇最后和《波兰报》商定,由编辑部先替他们支付去美国的旅费,并给予他们一部分生活费用,显克维奇到美国后,负责把他在旅途中和到美国后的见闻写成书信,及时寄给《波兰报》,在该报给读者作长篇文艺性的报道,以获得

---

[1] 显克维奇:《第三个女人》,林洪亮译,漓江出版社1987年版,第552页。

的稿酬偿还编辑部给他预付的款项。

1876年2月19日，显克维奇先和他的一个朋友从华沙出发，途经德国的柏林、科隆，比利时的布鲁塞尔，来到法国的沿海城市加来。从这里渡过海峡，在伦敦参观了两天，然后来到了利物浦。2月23日，显克维奇登上了英国白星轮船公司的"日耳曼号"远洋客轮，经过七天七夜在大西洋上的航行，到了纽约。他在纽约待了五天，随后便乘火车去美国西部，沿着哈德逊河行驶，途经尼亚加拉瀑布和底特律、芝加哥、奥马哈等大城市，又走了七天七夜，最后来到了加利福尼亚州的旧金山。

显克维奇在旧金山住了几个月，认识了这里的一些波兰侨民，并和一个早在1871年就到了美国、熟悉这里风土人情的波兰侨民霍拉因一直保持着密切的联系。1876年6月20日，他和他的朋友离开旧金山，来到加利福尼亚南部洛杉矶附近一带，找到了一个离太平洋不远的叫阿纳海姆的小村镇，在这里租了一栋周围有果园的房子居住。随后他又去到附近一个渔港阿纳海姆·兰丁，住在一个德国酒店老板马克斯·尼布龙的家里。他在尼布龙的带领下，还游访了附近圣安娜山中的许多地方，认识了约翰·哈里森和普莱森特·卢伊兹扬奇克夫妇等一些深山老林中的开拓者。9月中，莫杰耶夫斯卡和她的丈夫也从波兰来到了旧金山，后来他们也到了阿纳海姆。他们原打算在这里开办一个农场，但因遇到困难，这个打算没有实现。1877年1月，莫杰耶夫斯卡去了旧金山，开始学习英语，准备在美国开始她的舞台生活。显克维奇也告别了他喜爱的阿纳海姆，回到了旧金山，他把他这个时期的经历写在《书简》的第七章至第十一章中。

显克维奇这次在旧金山只待了几个礼拜，利用空闲时间游访了塞巴斯托波尔和马里波扎等地。1877年8月20日，他从霍拉因给他的信中获悉莫杰耶夫斯卡将在旧金山美国舞台上用英语演戏，便又来到旧金山，看到莫杰耶夫斯卡在美国演出获得了很大的成功，感到十分高兴。10月初，他接受了加利福尼亚一个狩猎俱乐部的邀请，兴致勃勃地去怀俄明州的草原上捕猎野牛，后因在旅途和打猎中过度劳累，染上了疾病，又回到了旧金山，在这里休养，他将这段经历写在《书简》的第十二章至第十四章中。此外他在这里还写了三篇很有价值的文章，即《美利坚合众国的波兰移民区》《北美美利坚合众国的波兰移民区》和《加利福尼亚的华人》。

1878年年初，显克维奇来到波士顿，再次遇到了在这里表演的莫杰耶夫斯卡，随后他们一同来到纽约。5月下旬，显克维奇终于离开美国，乘船回到了欧洲，此后，他在伦敦和巴黎等地又待了一段时间，直到1879年年初，他才回到阔别了三年的波兰。

三

《书简》中的书信都是显克维奇在旅美期间写的，这些书信大都以报告文学或政论文的形式写成，对他途经的国家、地区、城市、乡村的政治、经济、社会制度、各民族人民的生活状况和风俗习惯、大自然风貌以及作者本人的旅途生活等，都作了非常详细的报道。这些报道虽然大都是到过这些地方之后写的，可是却使读者感到这似乎就是他乘坐火车、轮船，或者在城市的街道上、公园里、北美的草原上或荒山野林中参观游览时的笔记，表现了作者敏锐的观察力和惊人的记忆力。

显克维奇把这些书信寄来华沙后，《波兰报》从1876年5月9日起，便以《利特沃斯的旅行书简》为题陆续发表，到1878年2月才发表完毕。1881年，在波兰因要出版一套显克维奇作品选集，又将这些书信按序分成章节，编辑成书，题名为《旅行书简》。《旅行书简》后来再版，才改名为《旅美书简》。

显克维奇的这部著作，不单是他个人在旅游欧美期间的生活和见闻的报道，它还是一部研究北美社会、历史、地理和风土人情的著作，作者在科学论述的基础上，又赋予它鲜明的艺术特色。因此，它既是一部内容丰富的科学著作，也是一部优秀的文学作品，对我们认识那个时代的美国很有帮助。

《书简》主要讲的是美国 19 世纪 70 年代的社会状况，但在该书的"序"和第一章中，也反映了他对欧洲一些高度发展的资本主义国家社会的看法。在显克维奇对于国际事务的看法中，表现了他不仅期待着一个独立自由的波兰，而且希望世界各国人民都能在一个自由与和平的环境中建设自己的国家，这当然和他的进步的家庭出身、和他亲身遭受民族压迫的痛苦有密切的关系。当他来到比利时的布鲁塞尔这座美丽的城市时，他对这里居民讲礼貌与和善的性格产生了好感："你听到的只有这劳动和和平的声音，因为这幸福的一对，早就在这里择定了自己永久的栖居地。""在比利时这片又长又宽的土地上，到处都是那么平静和寂寥，使人感到无比的幸福，真的可以说：耶稣基督已经走遍了这个国家。同时也可以毫不夸张地说：这是世界上最幸福的国家。"（序）

可是当他经过柏林时，首先映入眼帘的，却是那些他所痛恨的德国士兵，他们不仅是他的祖国和民族的压迫者，也是欧洲各国人民和平生活的最大威胁，因为"在他们的大礼服的褶子里，蕴藏着战争和火灾"。比利时是普鲁士的邻国，"也许几年之后，莱茵河那边戴尖顶头盔的人会来到这里。到那时，今天的和平居民将听到阿提拉马的叫声，夜晚隆隆的炮声会吓走村里的夜莺"（序）。

显克维奇对英国，特别是伦敦的印象很深。他看到这里"存在土地私有制，资方和劳方之间的斗争和无产阶级；饥饿和黑暗就像乌云一样地笼罩着这个国家的未来"（第一章）。在海德公园，他发现一个 16 岁的穷孩子，父亲是清道夫，被政府无端逮捕和流放，母亲生病，还有三个姐妹、三个弟弟，都在做盒子，以维持全家生活。显克维奇说："这个联合王国的自由公民实际上各种权利他都享有。他也可以利用这些权利，如人身保卫法规定的权利。他有选举权，他的全权代表在下议院为他说话。我在说些什么呀？这个自由公民很富有。比如这个海德公园是公有的，当然也是他的；不列颠博物馆呢？水晶宫呢？广场、花园、妓院呢？都是他的。因为他是英国人，所以印度、澳大利亚、加拿大都是他的。他有陆军、舰队，他是一个真正的达官贵人。哎！他从前天起就饿着肚子了，可怜的人！这里有一个先令，去买点吃的吧！"（第一章）在作家看来，大不列颠如此富有，称霸世界，为什么这个16岁的孩子，全家干活，却要挨饿？而且"英国有成千上万的人以此为生，可实际上他们要饿死的"（第一章）。这是一幅多么富于讽刺的图景。

显克维奇认为，贫困还会导致犯罪，必须设立各种机构，给人们指出谋生之路，如果有人犯了罪，应当让他们在劳动和学习中受到教育，弃恶从善。在这方面，英国比波兰做得更好。他在伦敦见到了一个改造失足女青年的教养所，了解到她们在这里读书、劳动、祈祷，不仅忏悔了罪过，也学会了谋生的本领。社会各阶层对她们不是歧视，而是关心，教养所看到她们确实弃恶从善后，把她们释放，还为她们找了工作。

显克维奇认为这个机构很好，失足青年走出教养所后，会为社会做出有益的贡献。英国人是讲究实效的，他们在解决社会问题和克服社会弊病上，能够采取比波兰更加切实有效的办法。

总的来说，显克维奇对西欧各国社会的看法有两点。第一，这些国家虽然存在阶级对立和贫富不均，但它们都在进行和平建设，而且发展得很快，皮卡第"是一个很富的国度，这里土地肥沃，特别是工厂林立，到处都可见到秩序井然和富足的景象"（序）。科隆高耸的教堂"既美丽，又高贵，笼罩在祥和和宁静的氛围里"(序)。从比利时去法国边境的铁路两旁,种植得像花园一样。英国人"都很聪明。他们不是用石头阻挡社会潮流的前进,而是力图驾驭这种潮流,修浚它流经的堤岸"(第一章)。第二,西欧国家的人民更懂得文明礼貌。显克维奇每到一个地方,都感到这里居民和善和诚恳的面孔好像都在对他微笑,"每一段城墙,每一个角落都展示了一个令人肃然起敬和富于教育意义的伟大传统"(序)。他的这些赞词表明他看到这些国家,主要是好的一面,并且以此和被沙俄、普鲁士、奥地利统治的不自由的波兰相比,这是可以理解的。

四

美国是显克维奇在《书简》中要着重介绍和评论的对象。这一点,他在路经英国时就已说明:"说到英国,无论是它们的社会和政治,还是它的生活习惯,我都不准备着力描写。我的目的是去美国旅游。"显克维奇两年多的时间在美国的耳闻目睹和亲身感受十分丰富,可概括为以下三个方面。

第一,作为一个波兰实证主义纲领的信奉者,显克维奇首先注意的是美国工农业、铁路和城市建设的发展以及美国人的生活和政府机构中的情况。

19世纪下半叶,美国的工业生产发展十分迅速,因为南北战争之后,代表北部工业生产的资产阶级战胜了南部种植园奴隶主集团,废除了奴隶制,为资本主义工业在全国范围内的发展扫清了道路。到1860年,美国已由原来一个比欧洲工业发展落后的国家跃进到了总产值居世界第四位;到1894年,美国工业年产值就居世界首位了。随着工业的发展,铁路和城市建设以及工业人口的增长也极为迅速。美国的铁路多半是私人资本建造的,政府为了进行鼓励,规定每修建一英里铁路,除将铁路两旁一定数量的土地赠予建造者外，还发给他们很大数额的补助金。这一方面促进了美国铁路的兴建，另一方面，也使资本家从铁路股票和土地的投机买卖中大发横财。随着工业的发展，工业人口和城市人口也迅速增加，在这种情况下，城市建设的相应发展是必然的。19世纪50—60年代，不仅在美国东部，而且在西部原来较为荒凉的俄亥俄、印第安纳、伊利诺伊、密歇根和威斯康星等州，都建成了很大数量的铁路网。美国人口增加与19世纪上半叶欧洲各民族向这里大量移民有直接的关系。移民的增加为工业生产提供了大量廉价的劳动力，因此在1840—1860年，美国城市人口在全国总人口中的比例由8.5%增加到了16.1%，许多大工业城市到1860年都已拥有几十万甚至百万以上的人口，随之而来的，便是城市建设大规模的发展。

这些情况，显克维奇每到一个地方，都能听到和见到。如在纽约，他首先见到的是"这座城市的巨大、热闹和工业文明使你为之惊讶"（第三章）。尤其是芝加哥，他对这座新兴城市有许多好感："街道简直是异乎寻常的宽阔，房屋到处都很大，而且显得庄严，它们的建筑形式和装点都十分豪华"（第四章）。在这些大城市里，由于工商业集中，人们的工作也特别紧张。在买卖交易中，尽快地了解行情信息非常重要，这就需要先进的通信设备。美国的通信设备除当时已遍布全国的电报通信网外，就是报刊，单纽约几家报刊的发行量，就比当时欧洲报刊的总发行量还多。这些报刊和欧洲报刊的内容不同的是，它们重视国内的政治斗争和经济信息的报道，而很少刊登文艺作品。正是由于居民的高效劳动和高度发展的通信联络，才保证了美国这时期的经济发展大大超过欧洲。

显克维奇在旅游中还目睹美国当时金矿和银矿的开发相当普遍，但主要集中在西部的加利福尼亚、怀俄明和亚利桑那等州。他到过西部许多地方，发现这里到处都是荒原和原始森林，人烟稀少，可是金银藏量十分丰富。在加利福尼亚州野地难以数计的溪河里，"没有任何不同于金子的东西"（第九章）。人们在这里虽然大都以手工开采，但产量很高。在怀俄明州，有的地方金沙大片堆积，有的地方金块甚至裸露在外，俯拾即是。亚利桑那矿多人少，移民们还以金银作为交换的手段。

显克维奇认为美国西部的繁荣，当时主要靠金银的开发。一个地方有了金矿或银矿，就会有人把铁路修到那里，美国资本家看到修建铁路有利可图，又能得到政府的支持，在这方面十分卖力。所以在19世纪70年代，美国西部的许多州和地区，哪怕是那些荒无人烟的地区，都已经修了很多铁路；在富庶的加利福尼亚州，铁路密如蛛网，而且大部分是在近年修建的。

铁路建成后，就会有大批移民来到它们所通往的矿区或其他自然条件较好的地方定居。一个地方随着人口的增加，便出现了商品交易，建起了住宅、街道，同时设立各种经济管理机构和设施，城市就诞生了。一些投资兴建铁路的资本家，在得到政府给他们铁路两旁的土地之后，遇到有利时机，就把土地高价出卖。许多无业移民也乐意购买这些土地，因为他们可以在这里从事工农业生产，利用交通方便的条件，将产品运往附近的城市或人口集中的地方去销售。这样既可使做土地买卖的铁路资本家赚大钱，又能让一部分移民安居乐业，还有利于一些刚刚兴起的城市繁荣经济。

显克维奇认为内华达州和加利福尼亚州的大部分城市都是由矿工新村发展起来的。"矿工盖着一排排房子，商人运来了货物，要卖给矿工，牟取大利，于是开商店，来了许多顾客，旅馆也开张了；因为人们有钱，便开设银行。在那些昨天还有狼叫，印第安人扒人头皮的地方，今天建起了城市。"

美国资本主义工业和城市建设迅速发展，主要是因为这个年轻国家的人民有着比古老欧洲更大的进取精神和劳动干劲，这是美国人的性格。显克维奇在《书简》中，每谈到这一点是不乏赞词的："这是一个多么年轻、勇敢、充满了生气勃勃的内在力量的民族。"美国人民的进取精神是和他们的出身以及他们当时所处的历史条件有关的。首先，他们多数原都是社会下层从事手工业和农业劳动的欧洲移民。为了摆脱压迫和贫困来到北美，本来就带有一股改造自然、建设新世界的强烈愿望；而这里又不像欧洲和波兰那样受长期的封建政治和思想传统以及其他落后因素的束缚，他们能够毫无拘束地自由生活，充分施展自己的才能，再加上他们原来就掌握各种生产技能，他们就会以百倍的干劲，为实现他们的美好愿望去努力奋斗。正如马克思1882年为《共产党宣言》俄文版写的序言中所正确指出的那样："这种移民还使美国能够以巨大的力量和规模开发其丰富的工业资源，以至于很快就会摧毁西欧特别是英国迄今为止的工业垄断地位。"[1]

显克维奇认为美国人最爱谈生意买卖，这已成了他们生活中不可缺少的东西。为了赚钱，便出现了竞争，这种竞争也促使人们去不断地探索，克服困难，改变环境，创造物质财富，因而它不是社会弊端，它将促使社会的发展。人们虽都希望获得更多的钱，但金钱作为社会物质财富的标志，对大多数的美国人来说，尤其是对于美国劳动人民来说，是通过辛勤劳动得来的。美国人重实干精神，在他们眼里，一个人拥有金钱的多少并不决定他的价值，决定他的价值的是他的劳动和他对社会的贡献。如果没有千百万美国人的辛勤劳动，北美19世纪的经济腾飞是不可想象的。这方面的例子在《书简》中有许多记载，例如铁路的修建往往十分艰难，因为它要经过许多荒野地带，地形复杂，气候恶劣。显克维奇在游历期间，有许多亲身感受，从纽约到旧金山的铁路是修得较早的，他乘火车在纽约州这样人烟稠密的地区走过

---

[1] 《马克思恩格斯选集》第1卷，人民出版社1995年版，第250页。

时，还可看到铁路两旁十分原始和荒蛮，那么从这里往西走去，要经过些什么地方就不难想象了。他在旧金山乘火车去怀俄明州打猎经过落基山的途中，还曾遇到这样触目惊心的景象："任何地方的铁路都没有这么多的弯道，当火车走在山旁时，我感到它好像走在一块极为陡峭的斜坡上的沟道里，左边是耸入云霄的山峰，右边是深不可测的鸿沟。……车厢的顶部仿佛擦着岩石，车身则高悬在深渊上，中间连一道相隔的栏杆都没有。"（第十二章）在当时的技术条件下，要在这样险峻的岩石上修建铁路绝非易事。

当时称为"扬基"的美国佬，也就是普通的美国人在改造大自然中表现的这种不怕困难和勇往直前的精神，照显克维奇的说法是："美国对他们来说还是太小了，他们打算铸造一个铁网，将北美这个世界所有的地区都网进来。至于这种设想能不能实现，我看是不容置疑的，因为这些自由人民的干劲是不知道有危险的，他们只有一个真正的口号，就是前进！"（第十一章）

第二，随着美国工业和铁路建设的迅速发展，它的农副业的发展和土地经营中，却出现了很复杂的情况。

最初美国各地的土地可以随便占有，显克维奇来到这里时，看到纽约州和东部其他各州人口密集，已经没有空闲土地等待移民了，在西部各州则还有许多地方有待人们去开发。在横贯大陆的铁路两旁，显克维奇看到到处都在急急忙忙地建农场、盖房子，可是一切都还没有安排就绪，说明主人占有土地为时不久，他们在这里扫除了周围的原始森林，为国家的经济发展是出了力的。但是在农村的拓荒者之间也存在激烈的竞争，结果拥有大量土地和先进技术的农业资本家占了优势，小农经济在竞争中遭到失败，走向破产，农村因而出现大量资本主义农场。这种情况主要存在于美国东部。

在美国西部，照显克维奇看来，人们占有土地不是为了安家落户，而是做投机买卖。因为这块土地的获得，本来就没有花钱或者只花了很少的钱，可是他们利用自然条件，在这里可以建起一个农场，将它高价卖给农业资本家或者新来这里安身的移民，以牟取暴利，就像铁路资本家的土地买卖一样。如果来这里的移民很多，或者附近兴起了城市，他们的农场或土地还可以卖更高的价。因此在土地买卖中，发财是很容易的，可有时地价下跌，也会导致一部分投机商破产。

真正占有土地或者买地安家落户的，大都是新来的移民。他们在这块地上经营农副业，从事手工业，不仅摆脱了他们过去贫困的处境，还可达到相当富裕的水平，美国西部地多人少，竞争没有像东部那么激烈，这些移民可以在这里安居乐业。

《书简》中还谈到另外一种土地占有者，他们不是在平原地区、铁路线旁或者城市附近占有土地，而是在西部的深山老林中，或者在荒漠上开辟一块土地安家落户，靠打猎或者根据周围自然条件以从事某种副业或牧业为生，生活条件十分艰苦。他们来到这种艰难地方的原因很多，各自身份也不一样。《书简》中说："决心这么生活下去的首先是外国的流浪者，他们来到美国后不通语言，没有资金，但又不愿接受任何依附关系，因此他们除了来到这里没有别的出路。此外还有在生活中倒霉的人、被法律追捕的人、寻求孤独的不幸者，还有那些性情古怪的冒险者，他们把放荡不羁看得比世界上的一切都重要。"（第八章）

这里说的外国流浪者，实际上是一个民族问题，《书简》中论述很多。所谓"性情古怪的冒险者"，如显克维奇在阿纳海姆·兰丁附近的圣安娜山中游玩时，遇到过的一些砍伐森林的人就是。这些人住在荒原上，常来附近的森林砍伐木材，运到城里去卖，有了钱就酗酒，直到花得一文不剩。他们放荡不羁的性格是由他们所处的环境和他们的生活方式铸成的。因为在这里，他们不得不和严酷的大自然斗，和野兽斗，还要和侵犯他们利益的当地的印第安人进行斗争。他们遇到敌人侵犯时，通常采用所谓的"私刑"，将他们抓到的俘虏随意处死。这些地方当时还没有建立州或地方政府，美国国家法律管不了他们，因此他们的任何行动都无人追究。他们的"私刑"乃是一种无政府状态的表现。这种"私刑"有时表现得极为残酷，只要是对某某个人的侵犯，无论侵犯者是他的什么亲戚或朋友，他都可以毫不留情地将对方处死，这样便常常导致社会矛盾的激化，甚至导致战争的爆发。

在《书简》中，显克维奇就那些在生活中遭遇不幸，因而悲观厌世、来到深山隐居的人也谈得较多，因为他在圣安娜山中就曾认识这样两个人，还和他们住了一段时间。这种人过去大都出身社会上层，但不是奴隶主，有过一段曲折的经历。有的人则在南北战争中参加南方军队作过战，战后家庭破产，流落深山。他们来山里后，在森林里以打猎为生，有的也从事一些山中有发展条件的副牧业，前者生活艰苦，后者稍富有些。这些人和冒险分子不同，他们勤劳朴实，热情好客，从不和人打斗，是深山老林中真正的拓荒者。

第三，美国政府机构中的贪污腐败。

19世纪下半叶的美国，虽然工业发展迅速，劳动人民表现出了一往无前的进取精神，可是美国资产阶级的政府机构却很腐败。仅它的财政部和陆军部内，当时就揭露出了许多骇人听闻的舞弊案，有的奸商和政府官吏勾结，偷税漏税，而无人过问。贪污的现象也不仅出自中央政府，在各州政府、市政府以及商业、金融和运输业中均可见到。特别是在铁路兴建和自然资源开发中新产生的富有阶级道德之低落实属罕见，如肆无忌惮的铁路投机和许多企业股份大量掺水，这些就是导致1873年经济危机爆发的重要原因。

显克维奇对这些严重的社会问题深有了解。他到美国不久，就已看到这里的政府、法庭和两个最大的政党——共和党和民主党内部的黑暗："世界上没有一个法庭像他们的法庭在诉讼事务上，有那么多的营私舞弊。"这种舞弊"不仅可以说明诉讼的事，而且反映了美国所有行政机构的情况"。"共和党和民主党之间的斗争连续不断，胜利不是在这一方，就是在另一方。任何时候也不允许同一个人长久地把持政府的大权。某个党一旦当政，就立即罢黜所有迄今在职的官员，安插自己的同党。这些被安插的人都把这看成是对他们的赏赐，他们知道，他们在这条板凳上是坐不长久的，最多两年，或者三年，于是就趁机拼命捞取一切可以捞到的油水。"（第三章）

显克维奇刚到纽约，就对他所看到的那些靠剥削起家的美国资产阶级代表人物表示了极大的厌恶，他说："乍看这不是一座居住着这种和那种民族的城市，而是一个商人、企业家、银行家、官吏聚集的地方，是一些世界主义者、吸血鬼聚集的地方。"（第三章）在1877年9月9日从旧金山写给《波兰报》的信中（这封信也收在《书简》中），还谈到他在这里看见了工人罢工："这里正像全美国一样，发生了铁路工人的罢工，这是因为他们每天的工资减少了。我见到了气氛很激烈的集会，在会上有人开枪射击，用砖头、拳头和鞭子打了起来。"（利特沃斯的信）

可见他对美国上层统治阶级的反动和劳动人民斗争的性质认识得相当清楚，但在《书简》中，像这样的记载却不多见。这可能是因为他在美国工业集中、社会上的阶级压迫和斗争也表现得最激烈的东部各州逗留的时间太短，没有能够了解那么多的具体情况，也可能因为他把注意力主要放在发现美国社会好的一面，没有十分重视美国的黑暗面。但不管怎样，显克维奇指出了美国这个国家机器是不好的，人民为了美国的发展，付出了辛勤的劳动，统治者为了牟取私利，却不择手段，"这是一个坏透了的制度"（第三章）。

五

在《书简》中，显克维奇对美国人民的社会观念、道德风尚和风俗习惯也作了很多的介绍。他认为美国的自由平等、美国的民主，比欧洲表现得更为充分。在欧洲，就像法国这样资产阶级革命进行得较为彻底的国家里，"尽管在所有的教堂上都写了'平等、博爱和自由'的字样……它们不过是一种拉封丹的童话而已"。而美国才是个真正民主的国家，"民主在这里不仅是国家的，也是人们习以为常的，美国不仅有法典和理论，而且它们在实践中都得到了贯彻和执行"（第六章）。这种民主首先表现在对劳动的看法上，在欧洲，人们认为劳动有贵贱之分，在经历了资产阶级革命的欧洲资本主义国家中，不仅没有消除封建等级观念，而且形成了资产阶级以财产多寡划分等级的新等级观念。

可是美国不是这样，在这里，每种劳动都受到尊重。因此人们从事什么职业，没有贵贱之分，鞋匠、律师、工程师都是一样。如果一个共和党或民主党人，他过去当过将军，或者在参议院担任过显要的职务，而他今天成了一个酒店老板或者一个杂货店老板的话，他的社会地位在人们看来，并没有降低。美国社会既然主要是由出身于农民和手工业者的欧洲移民组成，那么他们首先"习惯于通过劳动的表现去看一个人的主要价值，把劳动看成是他们掌握的最有力的武器和最大的功绩"（第六章）。美国社会当时确实存在激烈的阶级斗争，但这主要表现在资本家对工人的经济剥削和工人的反剥削上，在人们的思想意识中，却没有像古老的欧洲那样根深蒂固的等级观念。显克维奇既很了解欧洲的历史和现状，他在美国所接触的，又大都是一些劳动者，他懂得他们对劳动平等的看法，并且以此和欧洲的观念相比，便得出了一个结论："因此，对劳动的尊重，不管在什么地方，也不管在什么情况之下，都会促使人们建立平等互利的相处关系，这种关系的建立又使这种尊重得到保持，社会平等主要表现在没有差别。总之，只要将一句拉丁文的谚语——从深渊到深渊①——改一下，就可用来说明美国的情况，说明他们的民主，说明这里的平等又招来了平等②。"（第六章）

造成社会各阶层平等的第二个原因是教育的普及。在这一点上，美国也胜于欧洲。显克维奇在谈到欧洲的教育制度时说："国家发展教育事业不是为了全民族，只是为了属于社会上层的、有知识的老爷的世界，这便造成了社会各阶层人们在智力发展上的差异；由于这种差异，在社交和习惯上的平等就不可能了。"（第六章）实际上，资产阶级国家发展教育固然有它的倾向性，但主要是劳动者当时生活在这样一个社会中，他们往往不得温饱，又何谈受教育。

显克维奇认为美国的情况不同，美国"社会的注意力，主要放在开办全民都能学习的小学上。……教育在这里的普及面极广，普及了每一个人，毫无例外"（第六章）。此外，学校进行"教育的范围也比欧洲广，这里不仅教读和写，每个学生除了可以学到读和写的技能之外，还能学到数学、地理、自然科学以及社会科学方面的许多知识"（第六章）。一个普通劳动者，他在中小学毕业后，学到了多方面的知识，会看报，有能力参加社交活动，了解经济信息和国内政治斗争的情况，他还掌握某种技艺，无论做什么工作都能胜任，这显然比欧洲国家中那些目不识丁的愚昧的农民优胜得多。

美国当然也有不少不得温饱的失业者，他们无力送自己的子女上学，但总的来说，美国社会各阶层从上到下，都比欧洲国家

---

① 原文是拉丁文，这是《圣经》中的一种说法。——原注
② 原文是拉丁文。

更加重视公民中的普及教育。这里的劳动者能够受到初等或中等教育的比例比欧洲大。显克维奇最后得出了一个结论：美国一个普通的劳动者一方面比欧洲国家的城市贫民或者穷苦农民更有知识，另一方面他又不具欧洲社会受过高等教育的贵族和资产者那么高的知识水平，因此美国各社会阶层人们知识水平的差别，比欧洲国家上层和下层阶级知识水平的差别要小得多。实际上，欧洲国家的贵族和资产阶级老爷许多饱食终日，不事劳动，并不都有很高的知识水平，可是人们之间知识水平差距的缩小，倒是美国民主的体现。

由于劳动没有贵贱之分，人们所受教育和知识水平相差不远，美国人的社交生活也比欧洲表现了更多的平等。在欧洲，"上层阶级的文明和下层阶级就像被一道鸿沟隔离开了似的，比如说一位贵族公子，如果让他和一个农民站在一起，我们就会认为他们出身于两个不同的行星"。可是美国人的平等社交却已成了习以为常，"仆人和自己的雇主同坐一张桌子旁，因为他们同属一个社交集团。在农村的社交舞会上，穿得十分漂亮的农场主的女儿，可以和父亲的长工一起跳舞，把他们看成是自己的男伴；铁路上的乘务员闲时可以逗着高贵的女士们玩。堂倌在餐厅里和顾客是完全平等的，两者可以毫无拘束地谈话。一句话：这里任何地方都没有差别，到处都是一样，只有一个大的社交集团，全民都是它的参与者"（第六章）。

对美国妇女解放的问题，显克维奇也很关心，这个问题当时不仅在美国，而且在波兰、在欧洲一些国家都存在。这里所说的妇女解放不是指妇女从被压迫中得到解放，而是指妇女走出家庭，参加社会工作。显克维奇认为，在欧洲一些发达的资本主义国家中，妇女已经相当普遍地在工厂、邮电局、政府机关和银行里工作。但是在一些资本主义发展较晚的国家，比如在波兰，旧的封建习惯势力对妇女参加工作会造成一定的阻力。

有些妇女能够冲破社会阻力参加工作，大都是为生活所迫，或者决心不依靠丈夫，自食其力地生活，她们也大都出身社会下层。社会上层的妇女，特别是贵族妇女，担当社会职业的还不多。美国的情况则不一样，据显克维奇了解，美国妇女除一部分担任中、小学教师外，她们很少担当别的社会职业。为什么？他认为这是因为美国富裕，每个男人每天只需工作六小时，他的收入就可养活全家。一个女人出嫁后，靠丈夫的收入，日子过得不错，因此她感到自己没有必要再去找工作。她整天梳妆打扮，悠闲自在，只管接待客人，丈夫雇来的男工既当保姆，又当厨师、园丁，替她干所有的家务活，"世界上没有一个地方的妇女像美国妇女这样自由自在，法律溺爱她，习惯给她自由，舆论甚至在她恶作剧时也捧着她，男人对她温情脉脉。这种对女人的敬爱是盎格鲁—撒克逊族的一个特性，它在美国比在英国表现得更为突出"（第六章）。

在显克维奇描绘的这幅美妙的图画中，可以看到这至少是一个中等以上的富裕家庭，它是不带普遍性的。一般来说，在一个普通劳动者的家庭里，丈夫让妻子在家里操持家务，是考虑到比另雇保姆在经济上更为合算。此外，还有那些住在贫民窟里的穷人的妻女，她们在丈夫无力养活她们时，难道可以安然自在地待在家里，而不去社会上挣钱糊口吗？所以说，显克维奇虽然正确地指出了美国多数妇女不参加社会工作的实际情况，但他对美国各阶层的家庭和妇女生活的状况，是介绍得不全面的。

六

上面提到，美国是一个多民族的国家，美国的民族问题历来是一个严重的社会问题。白人各民族之间，在法律和社交上是平等的，可白人对于这里的有色人种，不仅没有平等看待，而且进行极其残酷的压迫。这种压迫在人类史上实属罕见。有关美国的民族问题，在《书简》中论述很多。在显克维奇看来，美国的民族矛盾，主要是盎格鲁—撒克逊族移民和当地土著印第安人、墨西哥人以及华人之间的矛盾。

印第安人本是南北美洲最早的居民，他们早在3万—5万年前就已定居在这里。公元15世纪末，西班牙、荷兰、法国和英国殖民者相继入侵，对这里的印第安人进行掠夺、奴役和屠杀。16世纪末，西欧殖民主义诸国之间，开始争夺北美的资源和地盘。英国虽然是后起的殖民主义国家，因为它有大批移民进入北美，在这里便逐渐占有更多的土地，在17和18世纪，它连续打败荷兰、西班牙和法国殖民主义者，最后在北美的殖民争霸中取得了胜利，并占领了北美北部、东部和南部的大片土地。由于殖民地的扩大，这里的人口增长很快，在迁来的移民中，有英格兰人、苏格兰人、爱尔兰人、德国人、法国人、瑞士人和犹太人等，英国殖民主义者便在他们当时占领的地区建立了十三个殖民地。移民们生活在一起，逐渐有了共同的语言、共同的地域、共同的文化和发展中的经济联系，终于形成了统一的美利坚民族。

1776年，北美殖民地人民不堪英国殖民主义者的奴役和压迫，在独立战争中，打败了英国殖民主义者，建立了美利坚合众国；原先英属十三个殖民地，这时便成为美国最早的十三个州。

美国独立后，人民群众用鲜血换来的胜利果实，却被资产阶级和奴隶主所占有。新的统治阶级上台后，就开始了向北美西部扩张的所谓"西进运动"。这个西进运动在19世纪上半叶达到了高潮。美国在继续和英国、西班牙、墨西哥的战争中占领或通过外交手段"购买"了西部大量土地，到1867年，它从沙皇俄国手中取得了阿拉斯加后，便基本上形成了现在的版图。西进运动也是美国资产阶级大量掠夺西部印第安人土地的过程。这些白人统治者首先要求印第安人接受他们的不平等条约；如果印第安人不愿接受，他们就以武力把印第安人从自己的土地上赶走或者剿灭他们。此外，美国资产阶级还骗使印第安人将土地廉价卖给他们，然后派兵把他们赶到白人指定的"保留地"内或者押解到荒无人烟的西部边远地区。

在这一过程中，美国资产阶级以各种野蛮残酷的手段，屠杀了难以数计的土著印第安人，掠夺了他们长年劳动创造的大量财富。而对美国殖民者的扩张和压迫，印第安各部落在他们的首领特库姆塞、"黑鹰"和"骑牛"等的领导下，也和殖民者进行了历时二十多年的反抗斗争，最后他们因受历史的局限，加之双方力量悬殊，遭到失败。到19世纪末，由于白人的野蛮屠杀，西部许多印第安部落几近灭绝，留下少数印第安人，也是北美土地上最受歧视的民族。

《书简》在谈到美国民族问题时，对印第安人的历史和现状介绍得最多。显克维奇早在从纽约去旧金山的途中，火车经过艾奥瓦州时，他在车厢里就遇见了一批要去黑山掠夺苏族印第安人开采的黄金、霸占他们土地的白人"冒险分子"。这是一些矿工，"他们舍弃了他们的职业，期待在矿山获得神话般的利润"，而资产阶级报纸上则"充满了关于黑山富于戏剧性的事变的描写，这些描写常常是有意夸张的，只能激起白人的仇恨，它们不是叫人们不去参加这些战斗，而是激励所有不安分的精灵去寻找血的冒险，去对红肤色的人进行报复"（第四章）。美国政府一方面对印第安人许下诺言，和印第安人签署协定，规定哪些地区属于印第安人，另一方面又以各种手段，指使"冒险分子"去印第安人那里进行冒险，这种情况当时几乎到处都有。

显克维奇来到美国西部，正是这里的白人和印第安人的战争打得最频繁和最激烈的时候。这种冒险分子不仅是矿工，有些自称为西部边疆的开拓者，实际上都是西进运动的参加者，他们已经习惯于和印第安人打仗。面对他们的侵犯，印第安人开始是和他们讲理的。他们首先拿出政府给他们在牛皮上写的文件、盖的印章和签名来证明他们的土地所有权，然后又派代表团去找艾奥瓦州州长或美国总统，可是这都无济于事。因为白人殖民者"完全不把印第安人当人看待，他们把消灭印第安人看成为人类立功。在边境上的美国人看来，白人有像消灭响尾蛇、灰熊和其他有害动物一样的权利来消灭印第安人"，这样就必然使得他们和印第安人"之间的相互关系已经到了最高限度的紧张"（第四章）。

既然白人殖民者对印第安人背信弃义，残酷无情，印第安人也没有表示畏缩，照显克维奇的看法，"这个种族是坚强的，虽然没有开化，他们在全美的土地上，将毫不屈服地英勇牺牲，他们不和也不能和在他们面前以最坏形式出现的文明妥协"（第四章）。有的印第安部落当时人数还很多，如《书简》中所说的黑山地区的苏族印第安人，他们拥有上万人的军队，他们不仅和冒险分子打仗，还直接和政府军打仗，并且在战斗中也取得过很大的胜利。面对这里的侵略和反侵略、压迫和反压迫的斗争，显克维奇的态度很明确，他说："如果有人问我，真理在哪一边，我只要根据单纯的，而不是诡辩的原则，凭正义和良心判断，我的回答是，真理在印第安人一边。"（第四章）

可是西部各族印第安人由于历史的局限，他们的武器原始，没有严密的组织纪律，在战争中最后失败，命运十分悲惨，他们不仅"丧失他和他的祖先赖以生存的一切"，而且在许多地方被白人几乎斩尽杀绝，显克维奇从纽约去旧金山的途中本希望看到一些过去的印第安人，可是他发现，印第安人不仅在密歇根州，而且在毗邻的俄亥俄州、印第安纳州、伊利诺伊州都不见了，因为在这些不断爆发的残酷的战争中，所有印第安人"不管他们接受了文明，还是仍然生活在野蛮状态，都在以骇人听闻的速度从地平线上消失"（第四章）。于是，在他们的"坟墓上，学者教授讲授各民族的法律。在狐穴里建起了律师的事务所，在狼栖息过的地方，牧师开始放羊"（第四章）。

这是一幅多么阴森可怕的图景。资本主义殖民者的文明对待弱小民族，就是这样把他们看成野兽，要"毫不留情地和粗暴地把他们从地平线上消灭掉"（第四章）。然后在这些民族成千上万人的尸骨上，建立起自己的乐园，显克维奇在这些带有强烈讽刺性的描写中，充分表现了他对殖民者的憎恨和对印第安人不幸命运的同情。

印第安人面对凶恶的宁死不屈，在显克维奇看来，还不只是他们对白人一种单纯的民族仇恨和绝望挣扎的表现，主要是他们已经具有某种高度发展的思想修养，在长时期和大自然、和敌人的斗争中，也铸就了伟大的精神和品德。他在靠近黑山的一个车站上，有幸遇到几个苏族印第安人，他看见他们面对身旁白人对他们的辱骂，表现得异常的冷静和毫无惧色，感到十分敬佩。他认为这种人即使被敌人绑在刑柱上，也会"不以最微小的筋肉的颤抖表现出痛苦，相反的是，他这时只感到应以对敌人的辱骂和向敌人提起他们以往使他遭受的血的屈辱来激起他们的狂怒"，而这正是这个种族的一个"令人惊奇、非常令人惊奇的特性"（第四章）。因此在他们和敌人的斗争中，不仅涌现了成千上万个勇敢的斗士，也出现了像布尔这样的民族英雄。这位英雄虽因他的民族的失败而流落异乡，但他公开表示："我发誓要永远记美国人的仇，他们说话不算数，他们撕毁了协定，他们昨天答应给的东西今天不给，他们把我们的弟兄像野兽一样地宰杀。我将在战场上与他们奉陪到底，我要扒下他们的头皮，要扒他们的妻子和孩子的头皮，要火烧他们的营帐。"（第十四章）他的凛然正气和英雄气概就是在美国，也受到人们的敬仰。人们给他画像，报纸发表他的讲话，说这是一个传奇式的人物，"只等库柏或者华盛顿·欧文来给他穿上神仙的衣服，让他永垂不朽了"（第十四章）。

在至今活着的印第安人中，显克维奇看到他们的生活极为悲惨。住在保留地里的印第安人要受到四周驻扎着白人军队的塞堡的监视，这种保留地还随时可能缩小。他们如果流放在外，命运就更惨了。他曾满怀深情地写道："我在内布拉斯加和怀俄明州草原上的一些站上，还遇到过所谓文明化了的印第安人。他们所构成的也是一幅贫穷和绝望的图景，男人们衣衫褴褛，肮脏，下流，女人们常常向车厢中伸出两只干瘦的手讨乞。……他们不再和白人打仗，不再抢劫，打猎，可他们得到的是围裙……和歧视。"（第四章）这些幸存者在极坏的生活条件下，一部分死于饥寒和疾病，另一部分酗酒，或者去盗窃，最后也逃脱不了被欺骗或打杀的命运。在美国这样一个工业发达、有高度物质文明的国家里，作为有色人种的印第安人竟无立足之地。显克维奇所揭露的史实足以证明资本主义文明的统治者对于他们所歧视的民族，乃是最野蛮和最凶恶的。

其实，北美印第安人并不是那么没有开化。据显克维奇了解，他们的思想文化已经发展到了很高的水平，他们有自己的神话和诗歌。这些东西善于利用人和大自然提供的素材，构思巧妙，富于想象，闪耀着印第安人智慧的光芒。比如一个传说谈到天帝如何创造人时说，天帝先在地上抓了一把土，捏成一个人形，放在火里烧，第一次烧过了头，把泥人烧成了炭，但他还是活下来了，就是黑人；于是他又捏了一个泥人，这个却没有烧够，成了白人。直到第三次，天帝有了经验，才把他的泥人烧好了，这便是最好最美的印第安红人。

印第安人尤其能够明辨真善美和假恶丑的东西，"他们所有人都很有洞察力，善于将真理和即使小到糖粒那么大的欺骗区分开来"（第四章）。这种说法并不过分，因为他们在长期反抗白人压迫的斗争中，已经充分认识到殖民者的虚伪和狰狞的面目，他们的洞察力是在严酷的阶级斗争和民族斗争的熔炉中锻炼出来的。

显克维奇认为，欧洲人现在是把自己的文明中的黑暗面和具有破坏性的一面展现在这个民族面前，这是不对的；他们应当把它的"好的、温和的，有保护性而非破坏性的一面"展现在印第安人面前。这种文明应当是一位"和蔼可亲的教师"，去教会印第安人他们不知和不会的东西，使他们在文明道路上尽快地发展起来，赶上时代前进的步伐，而不应像现在这样，压迫他们，消灭他们。

这里表现了显克维奇人道主义的立场，是正义的，但他在介绍西部印第安人的情况时，也有一些地方不够公正。在《书简》中，他指出了印第安人由于生活贫困去盗窃有其社会和历史原因，但他在描写这种情况时，对白人过于美化。如上面提到的白人的"私刑"，根据《书简》中的介绍，主要是对付印第安人的，只要某个印第安人杀了一个白人，或者偷了白人家的牲畜，那么被害者所有的邻居都会马上放下自己哪怕最紧要的工作，去为他报仇，他们可以杀害许多无辜的印第安人，然后迫使印第安人把肇事者交出来，任凭他们处置。在这种情况下，印第安人的犯罪，除了为生活所迫外，往往是出于对白人压迫者的深仇大恨，要进行报复，可是白人对他们就更加肆无忌惮了，到头来，众多的受害者还是在弱者一方。可是显克维奇却说这是"为了维护白人相互之间的团结，是出于对正义、对一切社会由野蛮状态走向文明所需具备的两个基本条件的要求"（第八章）。这当然不对，因为白人使用"私刑"，实际上表明了他们比印第安人更加凶恶，更加野蛮。

对于印第安人的缺点，如惯于偷窃、贪小利、酗酒等，显克维奇在《书简》中作过一些带讽刺的描写，他认为这是他们道德败坏的表现，说明这个种族在走向灭亡。但这并不是他对他们的轻蔑，其中包含着某种同情。总的来说，显克维奇尊敬印第安人，他在圣安娜山中认识的一个美国拓荒者的妻子就是一个有印第安血统的女人，她聪明能干，受到远近亲友的爱戴和尊敬。这位白人拓荒者也很热情好客，他不仅娶印第安女人为妻，对附近的墨西哥人、印第安人都很友好；他和妻子一同劳动，日子过得不错。这种情况在美国当时是少见的。可是在显克维奇的笔端，却倾注着他对他们由衷的赞美，他认为这才是美国各民族平等和团结的最好的体现。

在《书简》中，显克维奇也谈到了来自欧洲各国移民的相互关系，他认为在美国，虽有来自欧洲的西班牙人、德国人、波兰人、法国人和俄国人等，但美国人，包括美国政府，都没有有意去同化、驱赶和压迫他们，他们之间处得很好。

可是我在上面已经谈到，早在美国独立之前，美国殖民者就已征服了以上这些民族，而成为北美的统治者，并且使英语成了这里的通用语言。语言作为一种人们交往的工具，它对另一民族的同化作用，要比行政命令方式同化作用有效得多。对这一点，显克维奇也是很了解的："我在任何地方也没有见过民族同化像美国这么快。来到美国的德国人、法国人、波兰人、俄国人的孩子即使会说自己祖国的语言，他们相互之间也说英语。"（第十章）

因此欧洲的移民，不管他们什么时候来到美国，他们在这里，虽然形式上可以享有某种独立自治，甚至保存自己民族的风俗习惯，但他们在语言上，迟早要被美国人同化。盎格鲁—撒克逊族人在北美既然占统治地位，他们无论哪方面在竞争中都占优势，从墨西哥人社会地位的低落，显克维奇清楚地看到了这一点。

这里的墨西哥人是西班牙移民的后代，他们大都居住在曾是西班牙殖民地的亚利桑那州。这些人不爱劳动，但又挥霍无度，还以自己的出身自傲，瞧不起其他民族。他们中许多人曾有相当数量的土地和财产，随着这里美国人的大量增加，他们在竞争中失败、破产，丧失了一切，有的被迫来到山里，过着游牧生活，他们的土地便落入美国人手中。所以显克维奇说："盎格鲁—撒克逊人不让墨西哥人参加农业和工商业经营，他们这样做不是通过政府某种强制的、采取措施的办法，不是通过禁令，不准墨西哥人参加这种经营，而是因为他们比墨西哥人更为勤劳，有更大的干劲和更好的禀赋。"（第十章）

这些墨西哥人陷入贫困后，和印第安人一样，酗酒、盗窃，有时也不免遭到美国人的"私刑"的无情打击，命运很悲惨。这本是美国一个严重的社会问题，只是显克维奇看到墨西哥人的缺点更多一些，不过这种情况的产生，如上所说，也是有其他历史原因的。

华人在美国当时也是一个严重的民族问题。据统计，1876年，单住在加利福尼亚的华工就有5万人。他们大都是在美帝国主义侵华后，被帝国主义分子掳掠或拐骗去的。1844年中美《望厦条约》签订后，美商在上海和广州开设洋行，便开始了掳掠和拐卖华工。办法很简单，殖民者收买中国的官僚、流氓和歹徒，深夜用木棍将行人打昏后，捆绑或装入麻袋，送上趸船运走。到美国后，殖民者把他们当奴隶高价出卖，从中牟取暴利。1848年加利福尼亚发现金砂矿后，美国殖民者采取另一种办法，他们在华南沿海宣传美国西部富庶，以所谓"赊单制"招募华工，诱使他们去美国西部。这些华工到美国后，受雇于各家公司，或在高山上修铁路，或开垦沙漠、沼泽地，或挖掘运河，或当伐木工，他们在艰苦的条件下干重体力活，死亡很多。面对残酷的剥削和压迫，华工曾多次举行罢工斗争，要求改善劳动条件和提高工资。华工在政治上也深受压迫，如加利福尼亚州通过的名目繁多的排外性征税法案，便主要是针对他们。经济危机爆发时，工人失业，资产阶级胡说这是因华工的竞争而造成的，煽动美国工人反对华工，以转移资产阶级和美国工人的矛盾。

显克维奇在他收入《书简》的专题论文《加利福尼亚的华人》中，怀着深厚的同情，对华人在美国受压迫的悲惨命运，作了真实的描绘。他对美国殖民者诱骗华人的"赊单制"的反动性有深刻认识,并以极大的义愤,揭露了加利福尼亚这些殖民者"华人公司"的狰狞面目:"所有这些斜眼睛的居民都是由华人公司运送来到加利福尼亚的。……这些公司租的是'太平洋轮船公司'的船,它们在广州、上海和其他的港口城市将'苦力们'装进自己的舱里。当然,公司为他们支付旅费,在他们去旧金山找到工作以前,维持他们的生活。这是世界上最卑鄙的垄断之一,它实际上和奴隶制一样,因为不难理解的是,一个贫穷的'苦力'为旅费,为生活的第一需要,为衣服,为农具或采矿的工具欠了债,他这时通过只有中国人才能做到的最大的节约,用他找到的职业给他支付的酬劳金来偿还,可是他无论何时也还不清公司的债。因此,华人干脆就是奴隶,他们的全部劳动都在为公司牟利。再说,公司还对他们进行管理和判决,他们所要的东西只准在公司的商店里购买,公司商店也给他们贷款。这样我们就不难理解,一个华工任何时候都摆脱不了公司的控制。"如果一个华工懂得英语,并不顾一切地要和公司脱离关系,他最后还会遭到公司所雇的恐怖组织的暗杀。美国的法律虽然明文规定对任何人不得使用暴力,并且承认华人有和白人平等的权利,但对恐怖组织暗杀华人却不加干涉,也认可这些垄断公司把华人当成奴隶。显克维奇说:"如果不是从法律的观点来说,没有必要对公司进行干涉的话,美国的自由精神早就把这种可恶的垄断埋葬和消灭掉了。"实际上,美国的法律和自由精神,在对待有色人种上,从来都是虚伪的。

有的华人虽然不受垄断组织的控制,但他们在社会上也受到歧视。在城里,他们大都只能干一些白人认为是最下等的劳动,如在旅馆里当差,在小饭店和火车站当厨师或侍者,在工厂或手工作坊里当雇佣工人,在富人家里当保姆等,其工资收入"是很低的,在最坏的情况下,他们比白人,甚至白种女人的工资收入至少低两倍"。

在乡下，华人有一部分在矿山劳动。据显克维奇了解，白人矿工是不容许和他们相邻的华人占有矿山的，"如果华人先占了矿，他们就用枪把他们赶走。今天，当一切都掌握在行会的手中，当矿区已归大的股份公司所有，而在尚未被私人占有的政府的土地上，又没有发现新的矿层的时候，白人尚且得不到享有权，更何况华人呢？华人只能居住在早就被那些单个的矿工或者公司所抛弃的、旧的矿地上，他们的收入当然是很少的"。由于劳动价格低廉和收入微薄，华工的生活条件很差。他们当初被美国资本家拐骗，本来是一个人来的，因此没有家，许多人住在阴暗的贫民窟里，几十个人一间房，"这里的一切都很脏，很破烂，令人窒息，……是传染病的滋生地"。

可是华工在一些地方也确实形成了和白人工人强大的竞争，资本家为了牟取暴利，他们宁愿雇用华工，而不愿雇要价高的白人工人。照显克维奇看来，这一方面"给需要仆役和人手的富裕阶级带来了恩惠，在资本和劳动的斗争中，他们无疑使资方占了优势"。另一方面，也造成了华工和白人工人之间的矛盾。"其结果，在旧金山和整个加利福尼亚，就出现了强大的反华宣传，在这种宣传中，有成千上万的人参加，为的是制止给加利福尼亚运来新的'苦力'和用一切办法把过去的赶走。"有时美国工人还和警察一道，对华工施加暴力，导致双方激烈的斗争，直到因为"风潮发生的铁路管理机关同意不减少白人的工资和开除铁路所属工厂里的华工之后，一切才算平静下来"。

显克维奇其实只看到了一些表面的现象。首先，他在《书简》中没有一个地方提到华工怎样和压迫他们的美国资产阶级进行斗争，却以大量篇幅渲染美国工人的反华风潮，好像华工和白人的矛盾，主要表现在和白人工人之间，而不是和白人资本家之间。这当然不对。因为美国工人和华工的矛盾冲突本是美国资本家为了获得超额利润，残酷剥削工人而造成的，应归咎于美国资本家。

由于经济危机而造成工人失业,也是美国当时的普遍现象,是资本主义制度所决定的。不能把挑起美国工人和华工冲突的罪责加在被压迫的华工身上,更不能颠倒黑白地说黄种人"到处都在排挤白人",或者"华人已经剥夺了十万个白人的工作"。看来,显克维奇对于美国某些社会矛盾的根源和实质还不够了解,这一点不仅表现在他对美国工人和华工冲突的认识上,也表现在上面提到的他对墨西哥人在美国为何社会地位低落的看法上。

在《书简》中,显克维奇对居住在加利福尼亚的华人的生活习惯以及他们的工作态度、作风也做了许多介绍。这里的华人除当雇工外,还有一部分在城里从事各种自由职业,或者在乡下务农。据显克维奇了解,"整个旧金山都靠华人的蔬菜过活"。他们不论干什么都很认真,又快又好,而且他们的产品质量优越,价格低廉,所以勤劳、朴实乃是中国劳动人民的美德。

华人另一个民族特点是,他们虽然来到了大洋彼岸,可是他们的思想感情和他们的祖国仍然保持着紧密的联系,他们的信仰和习惯也没有改变。他们来美国,虽因贫困的驱使,可目的和欧洲移民不同,他们并不打算在这里安家,他们干什么都是为了赚钱,等攒够了钱,再归故里,安度晚年,他们不能永远离开祖国和故乡。在显克维奇生活的时代,人们的视野远不如今天这样广阔,对世界、对自然的认识也很不够,华人当时在美国的情况和今天不可同日而语。可是显克维奇看到这些却认为:"如果我们以客观的眼光来看这些问题,就应当承认,在华人身上,加利福尼亚失去的也许比得到的多。华工被解雇了,这是真的,可是他们要从美国把钱拿走,他们并没有使这个地方的工商业富足起来。"因此"对于美国这个年轻的共和国来说,华人的来到是不利的"(《在北美美利坚合众国的波兰移民区》)。这和他上面的说法又是自相矛盾的,因为华人在这里受美国资本家老板的残酷剥削,为美国社会创造了大量的物质财富,而且他们在某些方面,当时还为旧金山的人民提供了生活的保障。此外他们在美国早期的铁路，特别是旧金山的铁路的修建中，也做出了无可估量的巨大贡献，这些都是显克维奇耳闻目睹的。

据作家了解，当时加利福尼亚的华人大都信佛教。他认为佛教有其人道的一面，它的教义表现了对人民疾苦的同情，主张人人平等，不承认阶级的存在，但佛教又是一种悲观主义哲学，它认为穷人的一生是一个受苦受难的过程，人的存在就是不幸，只有进入涅槃才能脱离人世的苦难，得到永久的幸福。显克维奇由此又得出一个结论：中国劳动人民信佛教，是因为向往平等，为了解脱厄运，但他们对社会中的压迫和不平不是去反抗、斗争，而是企图逃避现实，在宗教的虚幻中去寻求安慰，寄希望于死后进入天堂，因此华人虽受压迫，但他们没有热情，没有社会责任感，没有斗争精神，不为别人付出牺牲。

在这里，显克维奇通过加利福尼亚的一些华人的宗教信仰，企图从理论和哲学的高度，来证明华人的自私和奴性，他认为华工在和美国工人的竞争中取得胜利，实际上是这种奴性的胜利，它不仅"使资方占了优势"，也"给美国社会增添了奴隶制因素"等。作为一个民主主义作家的显克维奇不能接受佛家出世哲学和不关心社会事务、不反抗社会压迫的立场是可以理解的，可是他在加利福尼亚不去深入观察当时华工在美国各地多次反抗美国资产阶级剥削的斗争，却以他所见到的少数华人中存在的消极因素，做出逆来顺受、甘当奴隶，不反抗压迫乃是中国人的民族性的结论，这却是武断和错误的，证明他对中国劳动人民数千年来反封建压迫的英勇斗争和19世纪反帝反封建的革命斗争还很不了解，在这方面对他们抱有轻蔑的态度。可是总的来说，显克维奇十分同情美国华人的不幸，赞扬他们的智慧和勤劳，他对华人的压迫者美国殖民主义和资产阶级的罪恶进行了深刻的揭露，说明他要为中国劳动人民伸张正义，希望他们能够通过反压迫的斗争，赢得自由和解放。

显克维奇对他自己的民族波兰移民在美国的生活情况也很关注，在他收入《书简》的另外两篇专论，即《在美利坚合众国的波兰移民区》和《在北美美利坚合众国的波兰移民区》中，作了较为详尽的介绍。在19世纪上半叶，波兰人就有不少长期侨居国外，主要在欧洲。他们大都是一些爱国者和革命者，由于领导和参加了波兰这一时期的民族解放斗争，失败后被迫流亡国外的。1863年一月起义后，波兰人去国外作政治避难的情况不多了，但是又有不少波兰人——主要是社会下层的农民、工人和手工业者，他们不堪国内的民族、阶级压迫和贫困的处境，去国外谋求生路。尤其是以上提到的，当时在欧洲社会，普遍存在一种看法，认为北美是一个富饶美丽、民主自由的世界，穷苦人在那里定能摆脱贫困，获得自由。而美国一些资本主义企业和公司的经纪人也来波兰和欧洲各国，鼓吹那里是一个所谓黄金遍地的世界，诱导着大批的欧洲人到那里去。所以，19世纪60—90年代，在波兰曾有不少人移民北美。他们去美国后，最初由于人生地不熟，在生活上遇到很多困难：有的受到把他们诱骗来此的资本家企业主或他们的经纪人的残酷剥削，遭遇很惨；有的在路上把钱花光了，却没有找到工作或栖身之地，全家饿死。但也有幸而得到早先就已居住在这里的波兰移民的帮助，找到了适当的工作或一块土地，安下了家。据显克维奇介绍，19世纪60年代，在美国的波兰侨民有7万—9万人，几乎分布于美国所有的州，但主要集中在芝加哥、密尔沃基和这附近一带。他们在城里大部分从事手工业、经商，在乡下则务农，有的是农场主，有的是雇佣劳动者，就像其他欧洲国家的移民一样。城里的波兰移民都组织了各种社会团体，叫协会；在乡下则由牧师领导，成立了教区。这是为了移民内部在遇到困难时互相帮助和防止别的民族对他们同化。但这种同化是不可避免的，他们通过社交、通婚，不仅被美国人同化，而且也会被这里比他们人数更多和更富有的德国移民同化。因为在北美,"一个民族只要人数较多,较为富裕和较有组织,它在美国就有较高的地位,它就能够更多地参与美国的内政,美国的法律条文和政府机构也会更加维护它的利益"。德国移民在这里对波兰人的压力,并不小于在波兰的普鲁士占领区波兹南和西里西亚,这种压力虽不是来自行政方面,而是来自德国移民高于波兰人的社会地位和有利于他们的习惯势力,但因为它是作用于离开了祖国母亲,在各方面又无力抵抗的波兰移民,所以也是很可怕的,显克维奇说:"我还没有见过一个波兰人娶德国女人或美国女人为妻,他们的孩子会说波兰话的。"德国移民被美国人同化,波兰移民又被美国人和德国移民同化,看来这是一种大鱼吃小鱼、小鱼吃虾米的现象。为了阻止这种情况的发展,他也曾想过办法,如将各地波兰移民组织起来,建立移民区,在移民区内办学校、图书馆、医院等,在一起时讲波兰语,可以防止遗忘祖国的语言。此外,还要团结在美国的波兰籍犹太人,这些人人数多,生活富裕,和他们在一起不仅扩大了波兰语的使用范围,也有利于提高波兰人在美国的社会地位。但是他的这种想法,由于历史条件的限制,当时在美国是没法实现的,即使实现了,也阻挡不了波兰移民被美利坚民族同化的趋势。但应指出的是,这种同化并不具有社会压迫的性质,和白人殖民者对待有色人种的态度完全不同。

七

在《书简》中显克维奇主要写的,是他自己在旅游欧美中的生活经历和感受。首先,他作为一个受过欧洲古老文化熏陶和家庭良好教育的知识分子,对在美国大城市中看不到名胜古迹是很反感的,他认为这是一个民族文化和知识水平低、精神空虚和思想简单的表现。"纽约不仅没有使我感到高兴,而且叫我大失所望。欧洲每个城市都有自己的特点，真正值得一看。巴黎有成千上万个这样的特点，伦敦也是一样，维也纳有斯泰凡教堂，柏林有考尔巴赫的画，布鲁塞尔有维尔茨的画和圣古杜拉教堂，日内瓦有运河，罗马有教皇和古罗马的遗址，科隆有全世界最古老的教堂，克拉科夫有瓦维乌城堡和马泰伊科的画。……你在什么地方都可以看到刻画在墙壁和石头上的历史，什么地方都有某种民族的特点、某种伟大的理想，它在迷茫的过去已经产生。纽约却没有这些……"（第三章）

可是显克维奇早就腻味了城市生活。欧洲国家的一些文化名城虽然保存了各民族几千年灿烂的文化遗产，但封建主义蒙昧、资本主义市侩、社会道德沦丧使他不能忍受，因此他想到大自然中去呼吸新鲜空气。在《书简》中，他以大部分的篇幅描写他在加利福尼亚、亚利桑那和怀俄明州的草原、群山和沿海一带游历和生活的情况。他曾经梦牵魂萦地想要到这些新的、大自然的广阔天地里，和美国的拓荒者们，和草原、深山老林中的印第安人一起生活和打猎，了解他们的习性和当地的地理环境，欣赏这里的自然风光，如今终于如愿以偿了。因此，他便成了这些活动最积极的参加者，这是他来北美的主要目的。

在纽约去旧金山的途中，显克维奇除参观了许多大城市外，具体地说，他还观赏了东部大湖区的农村建设和尼亚加拉瀑布，看到了西部内布拉斯加、怀俄明、犹他和内华达州的大草原、落基山、雪山和盐湖。尤其是在加利福尼亚的阿纳海姆附近一些地方，他目睹了许多他一生中从未见过的亚热带禽鸟和昆虫，如蜂鸟、鹦鹉、啄木鸟、知更鸟、鹧鸪和蝴蝶等；野生动物如松鼠、黄鼠、腮鼠、山狗、獾和响尾蛇等；在植物中有棕榈、扁桃、橙子和仙人掌等。他很喜爱这些珍奇的动植物，对其中一些做了仔细的观察和研究。在阿纳海姆·兰丁海滨，他发现这里是一个海鸟的王国，使他最感兴趣的是鹈鹕。有时他可以在海滨沐浴，收集各种贝壳、海星和海生植物，观赏渔夫打鱼，窥测海狮的活动和习性。在圣安娜山中，他因为有机会较长时间和拓荒者们住在一起，不仅熟悉了他们，也丰富了自己的生活：白天去山里打鹿、野鸡、山鹧鸪和响尾蛇，或者几个人一起跋山涉水，去很远的地方猎熊，有时又在家里驯马，参加墨西哥人或印第安人习惯的游戏和竞赛。吃住都和他们一样：烧鹿肉、煮兔肉，坐在石板和牛角上，夜晚在篝火旁取暖，睡在青苔上，就像半开化的野人。

从旧金山乘船至加利福尼亚南部海边的一个小城蒙特雷，他也兴致勃勃地观赏了这里壮美的海景以及鲨鱼和海鸥的逗戏。然后从蒙特雷去洛杉矶，回来时赶上洛杉矶至旧金山铁路修成后的首次通车；他在火车途经莫哈韦沙漠边界上的一个小站下了车，又去莫哈韦游玩，十分欣喜地看到那荒凉的沙漠上出现了火车。而最使显克维奇难忘的，是加利福尼亚某狩猎俱乐部邀他去怀俄明草原上的那次猎捕野牛。二十多个人从旧金山乘车来到怀俄明州的一个小站佩莎，然后带着马、小车、食品和火药等，组成马帮，到达目的地后，便开始对一大群野牛进行围捕。在这场大规模的狩猎中，人和野兽进行搏斗，充满了惊心动魄的场面，显克维奇领受了平日他最喜爱的狩猎中的欢愉。

在和大自然的接触中，显克维奇感到他的生活更有意义了，他有了山野生活和狩猎的经验，获得了有关野生动植物和各种自然现象的许多感性知识，从中吸取了灵感，因而他的思想感情更加丰富，视野更加开阔。显克维奇把大自然看成是世上最天真、最纯洁和最美的东西，特别是在北美这些深山老林中，对他来说，一切都是那么新鲜、奇妙、充满了活力，那么富于诗意。在和山里的居民一起野餐时，他甚至想到原始人茹毛饮血的时代。虽然这里也有生存斗争，有时和大自然斗争甚至十分激烈和凶险，可是人们感到这并非你争我夺，互相仇杀；在这里，无论自己的感觉器官还是思想意志，都可得到锻炼。山里的人粗犷、好斗，但却很淳朴、直爽和热情，与显克维奇在华沙上流社会中接触过的一些自私、虚伪和保守的人相比，这些人使他感到更加亲近，他认为这才真正是一个"走向生活、希望生活和相信生活的世界"。

显克维奇对大自然有一种朴素的爱。他在任何自然环境中，都善于发现其中真、善和美的东西。他有时感到，如果自己的存在和自然合而为一，这才是最幸福的。当他看到尼亚加拉瀑布汹涌澎湃的激流时，他说："在这中间有压抑，也有欢乐。这种欢乐总是在我忘却自己的短暂时刻，在我忘记了人生，而全神贯注于自然的时候就会产生。"（第四章）因此他认为他在加利福尼亚的华人中了解的佛教中的涅槃也不是什么虚幻的东西，而是大自然的存在："涅槃是总的存在，个人的灭亡。一滴水落在海洋里，就和海洋连在一起了，它不再是一滴水，不再是某种单个的东西，可是它存在于总的存在之中。人类的'我'也是一样，他会分散在涅槃里，他作为'我'已不存在，他不知道有自己，简单地说，他不存在，但又存在于涅槃之中。"（《加利福尼亚的华人》）

显克维奇并不相信佛教关于人死后要上天堂或下地狱的神秘主义说教，他在这里把佛说成是一种泛神论，认为神即自然界，神存在于自然界的一切事物之中，没有超自然的主宰力量，这是一种唯物主义的自然观。他在《书简》中，每对一种现象表达看法，总是把它归结到大自然那里去，他感到只有当他自己融合在大自然中，也就是全神贯注于大自然时，他才真正领略了大自然的真谛，感受了它无尽的伟力，从而忘记他过去在波兰与各种上流社会人物的交往和接触，摆脱那个他所厌恶的令人窒息的环境，来到了一个新鲜、自由和富于朝气的环境之中。

显克维奇虽然对他过去所处的环境表示不满，离开了波兰，来到了他所爱的自由天地，可是他又无时无刻不在怀念他的祖国和故乡。这种游子之心几乎每到一个地方都会自然而然地流露出来，十分真挚感人。如他在欧洲的旅途中，在德国多伊茨城停留时，看见那里的一座教堂，便想起他儿时在乡村教堂做晚祷，白发苍苍的牧师吟诵祷文、农民唱歌时的情景。当他乘船从加来来到英国东部沿海的一个港口，他又想起了自己家里的壁炉，自己的写字台、墨水、吸墨纸，想起在朋友那里举行的晚会、社交、《华沙信使报》和书桌上的《每日新闻》，"一句话，想起了他的奉公守法的日常生活中的一切"（第一章）。到美国后，显克维奇在许多地方，都曾触景生情地想到波兰此时的景象和季节；有时到了一个风景优美的地方，就不由自主地以为自己在一个波兰的花园里。这一切都表明，他虽身在国外，但他和祖国在思想感情上仍有千丝万缕的联系。

尤其是当他看到他的友人莫杰耶夫斯卡在美国演出的成功，感到无比激动。其所以这样，原因很多。首先，他看到莫杰耶夫斯卡用波兰语演的莎士比亚的悲剧《哈姆雷特》中的奥菲利娅这个角色在成千上万侨居美国的波兰人中引起了很大反响，大大唤起了他们的爱国思乡之情。"这些人在公共场所，很久，很久没有听到过祖国的语言了。因此毫不奇怪的是，他们听到这种语言后所表现的激动是难以形容的。多少珍贵的，可是已经淡忘的往事现在又活生生地显现在观众的面前。……人们听着听着，禁不住流下泪来。在静悄悄的剧院里，我们那声音嘹亮和纯洁的语言与那嘶哑的英语相比，就像天使的音乐，它笼罩了一切，它胜利了，它传遍了所有的地方，它征服了所有观众的心。"（利特沃斯自旧金山的来信）面对这种热烈的场面，作为一个爱国作家，怎能不感到由衷的高兴！再者显克维奇还目睹莫杰耶夫斯卡表演的成功，非同一般的成功，她确实轰动了美国。他深感她那场场爆满的演出和观众热烈的掌声、欢呼声，那献给她的数不清的花冠和花篮，那报刊上无数篇赞美她的文章，还有记者蜂拥而至的拜会、采访和美国各大城市剧院老板接连不断的预定合同，这是美国任何一个著名艺术家都未曾享有过的。他为有这样一位友人和自己民族的艺术家而感到自豪,这种自豪感在《书简》的有关记载中,常常溢于言表:这些"对世界上的一切都最冷漠的美国观众"看了莫杰耶夫斯卡的表演后,竟感动得"号啕大哭起来",他们"破天荒地请艺术家出来谢幕达十一次"(海伦娜·莫杰耶夫斯卡夫人在旧金山英语舞台上的表演)。一些报刊还说,"艺术家不仅是波兰的,她也是全世界的"(海伦娜·莫杰耶夫斯卡夫人在旧金山英语舞台上的表演)。

显克维奇的激动和自豪也不仅是因为莫杰耶夫斯卡个人获得了成功,更主要的是,他看到了她的卓越的表演给祖国波兰带来了荣誉:"这里的报刊已经明显地改变了对我们的看法,它们现在普遍注意到了斯拉夫民族的非凡的才能,它们提到了哥白尼,它们对我们表示了深深的敬意。"(《利特沃斯自旧金山的来信》)

尤其是显克维奇看到莫杰耶夫斯卡虽然受到美国人民的爱戴和敬仰,但她和他一样,仍处处表现了思念祖国之情,他被她的爱国心所感动,满怀深情地写道:"虽然她已经全身光彩无比,虽然荣誉,财产和百倍广阔的艺术前途就在她面前,她仍然说:'我要写信给华沙,我以后不管是在美国还是在英国,也不管是在什么城市,都要用波兰语演奥菲利娅。'随后她还几乎眼泪汪汪地补充了一句:'我一定要,一定要去华沙演出,哪怕我这一辈子只有一次。'向远渡重洋,给祖国带来了荣誉,在幸福和光荣中不忘自己的人的天才致敬。"(莫杰耶夫斯卡夫人在旧金山英语舞台上的表演)在作者的这些肺腑之言中,除了表现他对莫杰耶夫斯卡的崇敬外,不也充分表明了他对他的祖国波兰是热爱至深的吗!

八

从以上对《书简》的综述可以看到，它是作家从美国社会、历史和大自然等多方面的情况出发，进行广泛的采访和综合的研究，以宏观的表现及理论的升华而铸成的一种报告文学兼政论的新的形式。它不仅在内容上表现了知识性、趣味性、文学性和哲理性兼而有之的特点，在形式上也是显克维奇的新的开拓，作者时而以坦诚的笔调表露激情，深深地打动着读者的心灵，时而以夹叙夹议的方式，道出人生的哲理，发人深省。因此这是一部很富独创性的著作。此外，在这部著作一些细节的描写中，我们也可看到它的鲜明的艺术特色。例如写景，显克维奇每到一个地方，都对周围环境进行细致观察，同时抓住其中的主要特点，给读者描绘出一幅幅绚丽多姿、形象逼真、很富于感染力的图画。如写大海，作者每次展现的画面都迥然不同。他在乘"日耳曼号"客轮横渡大西洋时，看到那在暴风雨袭击下的大海就像一头狂怒的野象，"它在喧闹，在咆哮，在翻滚，它向天空吐着泡沫，它和大气混为一团了，一句话，它变得更加肆无忌惮了"（第二章）。在这一概括性的描写中，作者只用了几个动词，就勾勒出了大海磅礴的气势。接着他又从自己乘坐的这艘船、大风、海水等方面细致而又富于立体感地表现了这一极为动荡的场面：

船几乎不是在往前走，而是一上一下地从云端落入深渊，又从深渊升上了云端。除了天空、水、空气、旋风和它们的阴暗的背景乱七八糟地混杂在一起之外，别的什么都看不见。风有时像一把大锤在你的身上敲打，有时像钻子似的钻进你的皮肉，它在戏弄着海浪和轮船。雾气在空中飘游，形成了水珠，不时飘到了我的脸上。大团大团的海水冲到了甲板上，或者从甲板上飞了过去，落到了船的另一边。我必须尽全力地站稳脚跟，才能不被海水冲走。（第二章）

可是当轮船快要到岸时，就完全是另一番景象：

> 桅杆后面飞来了一群群海鸥，一面尖声地叫着，一面在天空中翻着跟头。我们遇到的船只也越来越多了，一些大的汽艇、帆船和渔船在一动也不动的透明水镜上移动，镜中还留下了桅杆和风帆的倒影。在大洋中曾不断刮着的那种刺骨的寒风也全都消失了，我们的面孔开始吻着春天甜蜜和温暖的空气。（第三章）

作者通过这些很有特征的描写和准确的比喻，栩栩如生地展示了一幅使人感到安宁和愉悦的画面，和以上的图画形成鲜明的对比，也充分表现了他和其他旅客在和凶狂的海浪搏斗之后，此时此刻因为胜利地到达了目的地而产生的喜悦心境，产生了寓情于景的效果。

显克维奇在美国各地参观、游览在《书简》中也留下了许多美妙的风景画，其手法各异。不管作者是从自己的视角写景，还是从景物的角度写景，他都能准确地把握其中富于特性的东西，因此他笔下的风景画的形象十分鲜明。请看他在乘火车从纽约去旧金山，途经安大略湖畔时一段景物的描写：

> 铁路总是靠着湖岸，有的地方近到湖水甚至可以冲洗到路基上来了。我这时从窗口往外望去，感到火车好像奔驰在湖面上。在那湛蓝的湖水和天空的衬托之下，时而映出一片白色的帆影，时而在远处，显现出从一只看不见的轮船的大

口中吐出来的一缕灰色的烟丝。湖边有的地方,因为水退出了堤防,便形成了平坦的河滩。河滩上近水的地方,都有一些小小的房子,岸边的桩子上还拴着一些小船,它们在不停地摇晃,性急地拉扯着链索,企图挣脱身子,跑到远处的水面上去。(第四章)

这一幅幅蒙太奇式的画面,把读者的视线带到了这里,饶有兴味地目睹这些变换着的湖边景色。可是作者在有的地方,也是带着感情色彩来写的,因而他的风景画就有更强的可感性。请看他对尼亚加拉瀑布的描写:

伊利湖的洪流通过一个血盆大口流到了安大略湖里,在它下落的时候,由于突然失去了底部,在两个地方就掉进了万丈深渊。第一眼看去,好像地面经受不起这样的重压和这股由于受惊而极端疯狂和野蛮的洪水的冲击。

这里的天空是阴沉沉的,又像被撕破了一样。云层被旋风吹赶得忽而聚在一起,忽而散开,仿佛一群群奔驰着的野马。四周许多黑色的山岩被劈开了,现出一副凶恶的嘴脸。流水的轰隆声使你震耳欲聋。急劲的风将水点不断地吹来,抽打着人们的面孔。有时瀑布的下端,突然冲出一股云雾,遮住了眼前的一切,然后又消散了,这当儿你可以看见一团团的浪花,整个瀑布犹如在掌上了。(第四章)

天空、水、风和云雾都在急剧地运动,作者在描写它们的动作时,使用一些形象鲜明的名词、动词、形容词,如"血盆大口""重压""撕破""野马""凶恶的嘴脸""震耳欲聋""突然冲出"等,无疑有助于凸显这里整个瀑布气势凶猛、令人生畏的场面,给读者留下难忘的印象。

在《书简》中，还可见到许多拟人化的景物描写，或者以景物为烘托，反映出作者和其他人物的性格、经历和思想感情的变化。

显克维奇特别喜爱加利福尼亚的野生动物，他在写这些动物的生活习性时，便情不自禁地赋予它们以人的喜怒哀乐，这比纯客观地描写有更大的艺术感染力。如他在写蜂鸟的习性时，先形象地勾画出了它小翅膀抖动得极为迅速这一特性，接着把它比作一个孩子："是所有鸟的宠儿，因此谁也不敢欺侮它，只有丑陋的蜘蛛在暗中害它，可是这孩子和蜘蛛进行顽强的斗争，经常把它们打败。它并不比蝴蝶更加怕人，经常在人们头上飞旋。它生活得很快乐，在橙子叶上搭自己的窝，有吃、有喝，不用交税。它很富足、很自由，受到宠爱，也很幸福。"（第七章）

作者不仅喜爱它的个性，也很羡慕它的自由的生活。作者感到，在人类社会中，有许多人并不具有这样的禀赋和生活条件，他虽没有直接表露他的这些感受，但却把这种思想情感倾注在他所喜爱的蜂鸟的描写中了。此外，《书简》中有的写景还往往是为了反映笼罩着周围环境的一种气氛，表现人物的个性。如显克维奇在圣安娜山中居住时，他对山林夜景的描写，就有这样的效果：

> 读者，你想想，这一簇簇血红的火焰映照着月光的空中散发着雨点般的火星。……你会听到石头走廊里有无数瀑布在轰隆隆地响着，远处还有由山和岩石形成的黑魆魆的、庄严雄伟的圆戏场，这个圆戏场在银色的月光照耀下，反显得更黑。坐在篝火旁的人们也给周围的景物增添了罗曼蒂克的魅力。你会说，他们是卡拉布里亚的强盗或平多斯的强盗。墨西哥人看起来比萨姆、卢丘什、约翰和普莱森特更野蛮。他们照印第安人的习惯，在篝火旁坐在一起，脸上同时表现

出了印第安人的严肃和西班牙人的骄傲表情。这种表现在他们破烂的、遮不住赤裸裸的膝盖和手肘的衣服的对照之下，显得尤其明显。(第十章)

还有一种情况是作者一面写景，一面抒发他对周围环境的感受，深入细致地表露自己的心理状态。这种写法在《书简》中例子很多，它们有时表现为他对他所见到的事物的看法，有时是他从他看到的景物中得出的联想，有时就是他一时的感受，这些感受无疑丰富了他写景的抒情色彩。

此外，通过写景，有时还可引出一段触目惊心的历史，这种触景生情往往并非他个人生活中的某种感受，而是透露了他对社会问题的看法。比如他在纽约至旧金山经内华达州的途中，看到铁路两旁险峻的群山，于是想起这里曾发生过白人和印第安人的战争：

> 我想，人们对在月光照耀下的这片荒凉的野地连看都不愿去看的。这里的一切都显得死气沉沉：植物连影子都没有，任何地方都找不到活着的生灵，岩石就像一具具死尸，周围像一大片坟地，有时甚至让人想起这是一个在死亡的梦幻中的国度，一个恶魔统治的国度。
>
> ……
>
> 在这个奇异的国度里，连地名都使人感到悲哀和可怕。例如火车右边这些阴森森的群山就叫战斗山。整个这一大片平地就是一个战场，白人和印第安人不久前还在这里打过仗。这里所有地名的产生都与一段痛苦的历史相关。一个熟悉这些地名的旅行家说过："这里有人打死过一整马帮的拓荒者。那里一次就打死了十二个印第安人，有人还把印第安人窒息在洞穴里。"(第五章)

以上诸类手法各异的景物描写，在《书简》中不胜枚举，它们显示了作者的才华，证明他无时无刻不在悉心探索大自然的秘密以及它和人类的关系。当他看到了大自然中既有美也存在凶险的时候，他不是畏缩不前，而是感受到其中无穷的乐趣，因而这也促使他进一步去发现自然的真谛。

《书简》在艺术上还善于运用各种诙谐的语言，以富于幽默感的场景来表现各种生活情趣。

显克维奇笔下的幽默表现形式有很多。当他对他所遇到的某人某事有好感，但又觉得其中有某种可笑和有趣味的东西时，他对此人此事的描写不仅曲折生动、引人入胜，而且具有深邃的内涵。如他写自己和旅伴来到伦敦，在车站买了票后，发现自己要托运的行李已被侍役送上了火车，但是没有给他们开收条，显克维奇问了站上许多工作人员这是为何，谁都没有给予回答，他感到奇怪，认为这是倒了霉，他的一个旅伴还气愤地表示，如果他们当真倒了霉，那他的脚就不再踏进这个国家了。直到一个会德语的旅伴询问了一对了解英国习惯的男女，才明白这是一场误会。显克维奇要说明英国社会秩序好，行李在车站上托运后，无须开收条，谁都不会偷窃或冒领，可是他在这里的描写中，却绕了几个有趣的弯子，最后才说明了事实真相。

《书简》中表现的第二种幽默带有讽刺意味，但这种讽刺比较温和，显克维奇对他所描写的对象并无恶感，只是以逗趣的方式，营造一个活泼的场面。如他在从利物浦去纽约的轮船上，一次，船长沉着机智地驾驶轮船从冰山包围中脱了险，立了大功，旅客们在第二天吃饭时都举杯向船长表示致敬，还三呼万岁，但是这却使船长窘态百出："这次祝酒使可敬的船长感到很突然，因为他这个时候嘴里正嚼着一大块牛排，当他受了惊的理智懂得了这里所作的古希腊英雄的比喻和把他捧得很高之后，他必须把这块牛排咬碎，并且不惜一切代价把它吞下去。这个可怜的古希腊英雄一下子涨红了脸，眼珠也从眼窝里暴出来了，但牛排依然塞在他的喉咙里，最后他不得不满嘴食物地声明，说他很高兴，就像喝了一杯酒①，他对所有聚集在这里的人表示感谢；因为这块牛排太硬，还向大家表示了道歉，他还说'这些坏透了的厨子一定是喝醉了'等等，等等。"（第二章）

像这样的幽默在《书简》中很多。以下还可列举显克维奇带有更多讽刺的幽默。一些噱头的描写反映了他对他所写的对象是很轻蔑的。显克维奇认为美国人的文化素养比欧洲知识阶层的人低，他瞧不起他们不懂音乐。在他去纽约的轮船上，美国旅客还举行过一次音乐会，他对这次音乐会，自始至终都是以讽刺笔调来描写的：

> 早晨六点钟，我们在船上举行了一次音乐会，天气很好，太阳红彤彤的火光，通过轮船厚厚的玻璃窗照了进来。一个大个子男人为音乐会作了开场白，他满脸喜气洋洋但又神情严肃地站在钢琴旁，说："女士们和先生们！② 你们一会儿就可听到举世闻名的艺术家之一N小姐③的演奏了。如果你们至今没有听说过她，那只是因为她的谦逊和她的才华一样，都很伟大。美国以她而感到自豪，欧洲人却很妒忌，因此我请大伙儿洗耳恭听。N小姐④演奏的是很著名的肖邦先生创作的一首练习曲。请听！请听！"
>
> 小姐⑤坐在钢琴旁，把肖邦歪曲到了这个地步，以致我们

---

① 原文是英文。
② 同上。
③ 同上。
④ 同上。
⑤ 同上。

波兰人实在觉得不堪入耳。随后就是雷鸣般的掌声,演讲的人站了起来,又说:

"女士们和先生们!① 你们都知道,可恶的耗子给我们的粮食和箱子造成了多大的损害,现在是报复的时候了。这是世界上最著名的男高音歌唱家 M. 夏利,他将以自己无与伦比的嗓音把这里的耗子统统吓走。我向你们保证,每一只耗子都会宁愿一百次地跳进大西洋的激流中去,而不愿听我们过一会儿将要为之赞叹的乐曲。"

一阵新的雷鸣般的掌声结束了我们演说家的讲话。现在可以听到"欢迎!欢迎!"的叫喊声。M. 夏利站在为他伴奏的小姐②的身旁,开始唱着一首意大利歌曲:"啊!我的姑娘!③"如果是意大利人听了,肯定会得精神病,我很难描述盎格鲁—撒克逊族人是怎么缺乏音乐感的。在十几个男女歌唱家中,没有一个嗓门听起来不牙痛的。可是美国人却特别以他们自己和自己的才能感到自满,他们甚至带着一种傲气问我们,你们在欧洲听到过这样的东西吗?我也很坦率地告诉他们说,我在欧洲的确没有听过类似这样的东西。(第二章)

在这里,主持人言过其实的赞扬、观众盲目的捧场和演员们的拙劣表演形成了鲜明的对比,作者运用了许多生动而贴切的比喻,并穿插着他对此情此景所表示的态度,使场面显得十分活跃。《书简》中还有许多富有鲜明艺术特色的描写,读者在阅读中自有更多的体会。

---

① 原文是英文。
② 同上。
③ 原文是意大利文。

我的这个译本是我早在20世纪80年代末根据波兰华沙国家出版社1965年出版的《旅美书简》的波兰文原著直译过来的，译完后曾由老伴王砚修手写或用电脑打字誊清，但后来搁置了多年，今天能够得到中国社会科学出版社的支持出版，感到非常高兴。

译本中的注释，后面如果写了"原注"，那是波兰华沙国家出版社当年出版《旅美书简》的原著时，另请波兰专家加上去的。如果没有写"原注"，就是我的注释。

（本文作于2013年3月4日）

显克维奇历史小说的创作成就

2016年是波兰著名现实主义作家、诺贝尔文学奖获得者亨利克·显克维奇（1846—1916）诞辰170周年和逝世100周年。这位不仅在波兰，而且在世界各国都拥有广泛读者的作家，因为他"史诗风格更是达到了艺术上绝对完美的地步"的历史小说成就，成为波兰第一位荣获诺贝尔文学奖的作家。在中国，自鲁迅在20世纪初开始对他的作品进行译介以来，显克维奇的主要作品都已译成中文出版，在读者中同样享有很高的声誉。

不朽的爱国主义表达

显克维奇生活和创作的时代，是波兰长时期遭受民族压迫、民族解放运动蓬勃发展的时代。爱国主义作家显克维奇，针对当时波兰的社会状况，以气势恢宏的长篇历史小说来表达他强烈的爱国主义精神。他希望通过再现波兰历史上一些伟大的和令人振奋的人物与事件，来鼓舞现实中人民的斗志，去赢得民族的独立。

显克维奇的历史小说大都以波兰历史上的反侵略和民族解放斗争为题材，《洪流》就是这方面的突出代表。这部作品以17世纪50年代瑞典封建主入侵波兰为背景，将人物放在各种矛盾斗争和复杂的社会环境之中，通过他们的行动、语言和复杂的生活、斗争的经历，来表现他们的思想、个性、道德和才能。他善于铺展生动、曲折和充满悬念的故事情节，不仅反映广阔的社会背景，也使活动在社会环境中的各种人物血肉丰满、栩栩如生。

所以，他的历史小说规模宏伟，情节引人入胜。此外，他还常常设计许多激动人心的场面，重视感情和气氛的烘托。作者所展现的战争场面不是单纯的互相仇杀，而往往是由于战争双方所表现的英雄主义，使整个场面显得激昂慷慨、可歌可泣。作家在刻画他喜爱的英雄人物时，总是赋予他们崇高的思想品德和超凡的聪明才智，让这一切在各种尖锐复杂的斗争中得到充分表现。

《洪流》中的英雄人物扎格沃巴在和敌人的斗争中，遇到任何危难都表现得沉着冷静，善于随机应变，化险为夷，并且富于幽默感。与此同时，他的语言表达有丰富的想象力，对各种状况能作绘声绘色的表达，可他在言谈中又爱吹牛皮，爱自我吹嘘。像扎格沃巴这样的人物形象，不仅在显克维奇的作品中，而且在波兰文学史上，都是最生动的艺术形象之一。所以，瑞典皇家学院授予显克维奇诺贝尔文学奖时，曾评价扎格沃巴这个人物形象，"将永远在世界文学的那些不朽的喜剧性格的画廊中占有一席地位，他完全是一个独创性的人物"。

强烈的民主主义诉求

显克维奇于1896年出版的历史小说《你往何处去》是他在世界上影响最大的作品。这部小说以古罗马朱里亚·克劳迪乌斯王朝的最后一个皇帝尼禄在位时期为背景。

在显克维奇笔下，尼禄的反动和凶残，突出地表现为他下令焚烧罗马城和对基督教徒的迫害。尼禄是个爱虚荣的皇帝，他想写一篇反映特洛亚灭亡的长诗，并使之成为超越荷马史诗的千古绝唱。他为了要获得特洛亚城毁灭的真实灵感，竟密令禁卫军总督火烧罗马城。在这场惨绝人寰的灾祸中,罗马城无数居民被大火烧死,丧失了赖以生存的一切,最终被迫奋起反抗。

尼禄此时为了转移视线,又大肆造谣,说罗马的大火是基督教徒放的,并把他们全数逮捕,赶到古罗马著名的圆形剧场中,让狮、狼、虎、豹这些猛兽把他们全都咬死,使得圆形剧场上血肉横飞,惨不忍睹。显克维奇以其非凡的艺术功力,真实再现了这场两千年前人类社会的大悲剧,突出了它的极端野蛮、凶恶和残暴,所以诺贝尔奖的授奖词在谈到《你往何处去》的艺术成就时,对以上两个场面的描写也给予了很高的评价:"关于罗马大火的描写和圆形剧场中血腥场面的描写是无与伦比的。"

理想的人道主义讴歌

显克维奇的小说塑造的人物鲜明突出。《你往何处去》的主人公维尼茨尤斯出身罗马官僚贵族家庭,从小就养成了贪图享乐、自私、任性和粗暴的习性。他爱过一个被当作人质的外国首领的女儿莉吉亚。他最初的爱,是狂热和自私的。但通过后来和莉吉亚的接触,他在思想上起了很大的变化,从爱莉吉亚的形体美转变为爱她身上的仁爱精神。在这种精神的感召下,他对他的家奴宣布了自由并抛弃了贵族生活。

基隆也是小说中的重要人物,他本来是一个作恶多端的坏人,阴险、虚伪、狡诈、贪财。他曾陷害一个基督教的神父格劳库斯,后来当尼禄要捕杀基督教徒时,他又向尼禄自告奋勇去搜捕,以邀功请赏。但尽管如此,他的灵魂却并不是无可挽救的,当他在圆形剧场目睹基督教徒被野兽吞食的惨状时,他感到无限的痛苦和内疚,尤其是当他看见被他出卖的格劳库斯在御花园里被活活烧死时还宽恕自己,终于良心发现挺身而出,大胆揭露了尼禄放火的事实真相。显克维奇塑造的维尼茨尤斯和基隆这两个人物,说明了不管他们有什么固有的缺点，只要身上还有一点积极因素，就可以把他们教育和改造过来，使他们成为高尚的人。

总的来说，显克维奇的历史小说中表现的这种爱国主义、民主主义和人道主义的精神，都是以激动人心的场面描写和思想性格十分突出的人物刻画来激励和打动读者的，他的历史小说在波兰早已成为家喻户晓的现实主义文学的经典。今天，我们纪念他，更对他在文学创作中的伟大的思想和艺术成就表示由衷的敬仰。

（原载《中国社会科学报》2016年11月21日文学版）

显克维奇的《你往何处去》

在波兰文学史上，19世纪是一个群星灿烂、光照千秋的伟大时代，而其中最耀眼的一颗文学艺术之星就是显克维奇。他以他那"既巍峨高大又浩瀚广阔，……达到了艺术上绝对完美的地步"的"史诗风格"的小说创作的成就，于1905年获诺贝尔文学奖，他是波兰第一位获此殊荣的文学大师。他的作品，特别是他的历史小说以其卓越的艺术成就受到波兰和世界各国读者的普遍喜爱和高度的评价，使他成为一位享誉世界的历史小说作家。

亨利克·显克维奇（1846—1916）出身于卢布林省伍库夫县沃拉·奥克热伊村一个爱国贵族的家庭。他在大学学习期间就开始创作和发表文学作品。在1883—1888年发表的历史小说三部曲《火与剑》《洪流》和《伏沃迪约夫斯基先生》体现了他的历史小说的史诗风格，它们所取得的成就，确立了他在波兰文学史上的重要地位。后来在1895—1896年和1897—1900年，他又相继发表了历史小说《你往何处去》和《十字军骑士》，这是他后期创作的两部最重要的作品，其中《你往何处去》的艺术成就更是世所公认。

这是一部以公元1世纪罗马尼禄皇帝统治时期为背景的历史小说。它的产生可以追溯到显克维奇的青年时代，那时他对古罗马的历史就产生了很大的兴趣，读过许多有关古希腊罗马历史和神话故事的书。19世纪80年代末和90年代初，他还多次来到罗马，参观这里的名胜古迹。1893年初他来罗马参观时，一个在大门上刻有拉丁文"主啊！你往何处去？"字样的小教堂引起了他极大的兴趣。传说耶稣的门徒彼得在罗马遭受迫害死里逃生，在这里遇见了耶稣。他问耶稣："主啊！你往何处去？"耶稣答道："我要让人们把我钉在十字架上。"显克维奇自此得到启发，于是决心写这部以《你往何处去》为名的历史小说。1894年夏天，他来到波兰南部著名风景区和旅游胜地扎科潘内游玩，对小说已有全盘的构思。一年前，这里有个牧师曾倡议盖一座教堂，但是这座教堂还没有盖好，牧师就死了，现在，有人发起把它盖好，并请显克维奇发表演说，显克维奇讲了他在罗马听到的那个"你往何处去"的小教堂的传说，并把他获得的酬金捐献给了教堂的建设。1895年年初，他便全力以赴地投入了这部小说的创作。由于报刊编辑部的约定，小说于同年3月在《波兰报》《时代报》和《波兹南日报》上同时连载，到第二年2月就载完了，并于这一年出版了单行本。

公元1世纪是古罗马对外扩张和奴隶制经济迅速发展的时期。朱里亚·克劳迪乌斯王朝的最后两个皇帝克劳迪乌斯和尼禄在位的时候（54—68），上层统治阶级内部争权夺利的斗争十分激烈。尼禄是克劳迪乌斯的妻子阿格丽披娜和她前夫所生之子，阿格丽披娜为让尼禄取代克劳迪乌斯的儿子继承皇位，将克劳迪乌斯毒死。尼禄当上皇帝后，和他的母亲、老师塞内加以及元老院发生了矛盾，他又狠毒地杀害了他的生母、妻子和老师塞内加。公元64年，罗马城发生大火，民间流传是尼禄下令烧的，尼禄为了转移视线，把火灾的发生归罪于当时属于社会下层的基督教徒，将他们大批地逮捕和杀害。此外他还以才子艺人自居，吟诗演唱，用布施和举办娱乐活动来收买游民无产者，挥霍无度，加重了各行省的租税负担，因而激起了人民的反抗。在国内阶级矛盾更趋尖锐的形势下，元老院宣布废黜尼禄的皇位，他逃出罗马，最后自杀。小说不仅真实地反映了这一历史背景，而且成功地塑造了尼禄这样一个暴君的典型。作者以他凶残暴戾、贪得无厌、爱虚荣、好猜疑而又胆小怕事等多方面的性格表现，指出了他倒行逆施、恶贯满盈的罪行，他的灭亡是不可避免的。

基督教当时在罗马社会，特别是在罗马社会下层已有很大的影响，这是因为他们宣扬的宽恕、仁慈、公正和博爱的教义在罗马这个野蛮残酷的社会中容易为广大被压迫阶级所接受，代表他们的利益。但是这个宗教要求它的信徒"爱敌人"，"心甘情愿地忍受屈辱和迫害"，同时把人的最大幸福看成死后才能够得到，说明它对压迫采取不抵抗主义，因而也决定了它不可能引导人民去推翻罗马奴隶主的统治。小说以主要篇幅描写以彼得和保罗为首的基督徒们的宗教活动以及他们所宣扬的思想和道德，用来对比罗马奴隶主统治阶级的反动、腐朽和没落，显示了这个宗教当时所起的进步作用和它所具有的改造世界特别是改造人的精神世界的力量，因此这部小说又被称为"真正基督的史诗"。在基督精神的感召下，小说中两个主要人物维尼茨尤斯和基隆在思想、道德和行为上的转变就是一个突出的例证。

维尼茨尤斯出身罗马官僚贵族的家庭，从小就养成了贪图享乐、自私、任性和粗暴的习性。一个莉吉亚国的国王为了表示永不侵犯罗马帝国的边境，在罗马留下女人质莉吉亚。维尼茨尤斯对她一见钟情，是看她长得很美，想占有她，他的爱是狂热和自私的。因为在他看来"莉吉亚既然是皇帝赐给他的，他就不用去细问她的出身了。……只要找回了她，他爱怎么处置都可以"[①]。

---

① 见显克维奇《你往何处去》，张振辉译，人民文学出版社2000年版，第124页。

后来他和莉吉亚以及罗马的基督教徒有过长时期的接触，在这种接触中，最初他还认为这个宗教所宣扬的仁慈、公正和博爱是要消灭罗马现有的统治，消灭一切差别，放弃当时被罗马征服的各民族的统治，承认他们和自己平等的地位，这是他作为一个贵族子弟不能接受的。但他后来终于为莉吉亚以德报怨的精神所感化，开始接受基督教义的熏陶，而且他的一个舅舅裴特罗纽斯这时也写信对他进行教育，说"那些下等人和动物都只能感受到肉欲的欢乐，一个真正的人和他们是不同的，因为他把爱情当成是一种高尚的艺术。他既能享受到爱情的甜美，又懂得它的全部神圣的价值。他把爱情铭刻在心，不仅得到了肉欲的满足，而且在灵魂上还能得到更大的满足"[①]。小说通过主人公细致而又激动人心的心理描写，反映了他在思想上起了很大变化的过程，他从对爱莉吉亚的形体美转变为爱她身上所体现的基督的仁爱精神，他对他的家奴宣布了自由。为了莉吉亚，他抛弃了他的贵族生活，甘愿去经受痛苦的折磨，甚至冒着各种危险，多次寻找一度失踪的莉吉亚，终于赢得了他所期盼的幸福。他和莉吉亚结合后，不仅自己得以安享这"无限幸福"的生活，也让他们的仆人信仰基督，主仆互敬互爱，和睦相处。作者把他们的幸福结合看成是一个基督教的理想世界。

基隆也是小说中的一个重要人物。他自称是哲学家、医生和占卦者，也确实有一些聪明的天赋，他不仅口齿伶俐，而且当维尼茨尤斯失去莉吉亚后，他不管莉吉亚藏在什么地方，都能够帮维尼茨尤斯找到她。但基隆是个作恶多端的坏人，阴险、虚伪、狡猾、贪财、好吹牛等多方面的劣性都集中表现在他的身上，他曾一再陷害基督教徒和医生格劳库斯，而且要杀死他；

[①] 见显克维奇《你往何处去》，张振辉译，人民文学出版社2000年版，第165页。

后来当尼禄一伙要捕杀基督教徒时，他又向尼禄自告奋勇地要去搜捕基督教徒以邀功请赏，他的这种行为可谓十恶不赦。但尽管如此，他的灵魂却并不是不可挽救的，如他在竞技场上一看见那些基督教徒被野兽吞食的惨状，便感到无限的痛苦和内疚，尤其是当他看见被他出卖的格劳库斯在御花园里被活活烧死的时候还宽恕了他，终于良心发现，感到自己罪孽深重，并开始以最坚决的行动立功赎罪。在皇帝的御花园里，面对那些在这里看基督教徒被绑在火刑柱上烧死的观众，他指出焚烧罗马真正的纵火犯就是尼禄，为此他自己也被钉死在十字架上。显克维奇在维尼茨尤斯和基隆这两个人物的塑造中，说明了不管他们有什么固有的缺点或者做了什么坏事，只要他们身上还有一点积极因素，基督教的仁慈博爱就可以把他们教育和改造过来，使他们成为高尚的人。

裴特罗纽斯是古罗马的著名作家，也是尼禄的近臣。他博学多才、情趣高雅，但他贪图享乐，瞧不起社会下层的劳动人民，因此他不愿接受基督的教义。他以他的聪明才智和丰富的社会经验曾经博得尼禄的信任，但他瞧不起尼禄那低劣的诗歌和蹩脚的表演。当尼禄和他的禁卫军司令官蒂盖里努斯要将火烧罗马的罪责转嫁给基督教徒并杀害他们时，他虽不能接受基督教的教义，但深信他们是无辜的。为了伸张正义，他敢于冒着生命危险，当面揭露尼禄一伙的罪恶阴谋，这样他和尼禄便产生了不可调和的矛盾，也决定了他的悲惨命运。他对维尼茨尤斯的关心和爱护也表现了他的自我牺牲精神。

除了人物的塑造外，显克维奇在他的作品中，善于描写生动曲折的故事情节，其中悬念的设置又能产生引人入胜的效果。在罗马大火和将基督教徒赶到圆形剧场及御花园里残酷处死那些章节的描写中，更是充分显示了他真实再现那远在两千年前人类社会的剧变和人们生活情趣的艺术功力，因此授予他诺贝尔奖的授奖词中，在谈到《你往何处去》的艺术成就时，对以上两个场面曾经给予很高的评价："关于罗马大火的描写和角斗场中血腥场面的描写是无与伦比的。"①

关于罗马大火的起因，显克维奇在小说中，通过主人公维尼茨尤斯说明了尼禄这个蹩脚诗人要写一个反映一座城市被大火焚烧的悲剧，因此要看到这座城市真的被大火烧毁的情景，使他获得创作的灵感。此外，尼禄也特别讨厌罗马和苏布拉区那些脏臭熏人的街道，因此他便命令他的禁卫军司令官蒂盖里努斯去焚烧了罗马城。正如作品中写道，"他讨厌这座城市，也仇恨城里的百姓。他只爱他的诗歌。当他终于看见一场和他正要描写的内容差不多的悲剧已经发生的时候，他再也压制不住心中的狂喜了。这个蹩脚的诗人终于感受到了他所期盼的幸福，这个朗诵家终于产生了伟大的激情，这个孜孜不倦的探索者在他见到的这幅凶险可怕的图景中也终于找到了灵感"②。

可是，这场大火不仅使得"大竞技场和周围的商场以及房屋全都化为灰烬了"，而且"火势蔓延得很快，一下子就烧到了市中心。罗马自被布列努斯征服③以来，还从来没有遇到这么大的灾难"④。"老百姓不是被大火烧死，就是在惊慌和混乱中被踩死、挤死……罗马全都完了。"⑤ "一座世界最大的城市在山坡上燃烧，向混乱的人群喷发着灼人的热气，用浓密的烟雾把他们埋葬，使

---

① 见显克维奇《第三个女人》，林洪亮译，漓江出版社1987年版，第549页。
② 见显克维奇《你往何处去》，张振辉译，人民文学出版社2000年版，第449页。
③ 布列努斯，高卢人的国王，在公元前391年率领高卢军队打败了罗马人，攻入罗马大肆抢劫，放火烧毁了罗马城。
④ 见显克维奇《你往何处去》，张振辉译，人民文学出版社2000年版，第414页。
⑤ 同上书，第415页。

他们抬头看不见天日。"① "所谓法律的尊严、政府的管制、家族关系和等级差别全都被人们弃之脑后。奴隶们在这里用木棍殴打公民。角斗士们从市场上抢来烧酒,一个个喝得烂醉,然后他们结成一伙,在街边的广场上横冲直撞,狂呼乱叫,还拼命地追赶着城里的居民,只要抓到一个就拳脚交加,抢夺他的财物。"② 一大批野蛮人"还肆无忌惮地行凶打人,抢走人们披在肩上的衣服,掳掠年轻的妇女"③。"由于这场火灾的发生,无法估量的财富全都化为灰烬,城市居民失去了他们的一切。几十万人栖息在城外,无衣无食,无家可归。"④ 一个基督的使徒说:"真是罪恶滔天,劫数就像大海一样无边无际。"⑤

就是在这种情况下,尼禄在他无比的欣喜中获得灵感后,自以为能创做出一部伟大的传世之作,在他看来,和罗马"这座巨大城市的毁灭相比,特洛亚的灭亡又算得了什么呢"?"荷马和他相比,又算得了什么呢"?"那个手里拿着自己雕凿的竖琴的阿波罗和他相比,又算得了什么呢"?⑥ 因此他便即兴创作,吟唱起来,并且马上赢得了一些追捧他的人的"暴风雨般的掌声,可是远处的群众却对他发出了愤怒的吼叫。因为这时候,谁都知道是他下令烧毁罗马的,他要欣赏这样的惨景,要对它唱一首歌"⑦。显克维奇在这里以罗马人民在大火中遭受的苦难和暴君的爱虚荣、极端自私和残酷的对比,通过他所描写的一个又一个令人震惊的场景,突出了他在这里表现的主题。

---

① 见显克维奇《你往何处去》,张振辉译,人民文学出版社 2000 年版,第 417 页。
② 同上书,第 416 页。
③ 同上。
④ 同上书,第 444 页。
⑤ 同上书,第 461 页。
⑥ 同上书,第 449 页。
⑦ 同上书,第 450 页。

古罗马的竞技比赛是这个奴隶社会的传统习俗，在意大利罗马保存至今的古罗马的圆形剧场便是这种习俗的见证。作者在小说中所展示的画面更是突出地表现了这个社会的野蛮和残暴，在一次这样的竞技搏斗中，有成千上万的罗马人甚至以极大的兴趣来观看这个杀人的场面，竞技者如果把对方砍杀，便可赢得场上观众热烈的掌声和丰厚的赏赐，由于牺牲者的众多，竞技场的"沙土上出现了大片大片乌黑的血迹，越来越多的光身或者披着甲胄的尸体像一捆捆稻草似的堆在地上。活着的人踩在尸体上继续拼杀，各种武器互相碰撞。有的人两只脚被刀剑砍伤，倒在地上。观众们看得兴高采烈，渐渐陶醉在那些斗士的死亡中，为死亡而欣喜若狂，他们的眼睛饱享着死亡的奇观，他的肺部呼吸着带血腥味的空气"[①]。作者在再现那两千多年前古罗马奴隶社会的这个生活场景时，带有强烈的讽刺意味。

罗马竞技场上不仅有这种生死搏斗的表演，在小说中还展示了让野兽吞食基督教徒这种更加残暴和野蛮的行径。显克维奇在这里不仅突出了这社会的野蛮残酷，而且也充分反映了基督教徒对命运的逆来顺受，如作品中写道，竞技场上，"这时在观众眼前便展现出了令人毛骨悚然的景象：一个个人头被狮子的血盆大口吞了下去。尖利的兽牙撕开胸脯之后，把里面的心肺全都扯了出来，还听得见咬碎骨头的咯吱声响。有的狮子嘴里噙着死者的肋骨或者脊椎骨，在场地上疯狂地乱跑，像是要找一个僻静的地方美餐一顿。……观众们都从座位上站起来了。有些人想看得更加清楚，便离开自己的座位，从走道上到下面去，于是又拼命地你推我挤，乱踩乱踏，不顾死活。有些性急的人好像自己也要跳到比赛场上，和狮子一起去撕咬那些牺牲者似的。因此这里不时便

[①] 见显克维奇《你往何处去》，张振辉译，人民文学出版社2000年版，第544页。

可听到野兽的怒吼声和咬牙声、狼狗的狂吠声、观众的鼓掌声和喝彩声，还有牺牲者非人的惨叫声和哀婉的呻吟声"①。就是在这种情况下，这些基督教徒也没有表现出丝毫的反抗。就像使徒彼得说的那样，他们要"心甘情愿地忍受屈辱和迫害"。

使徒彼得这里为了表现基督精神，他"画着十字和这些在野兽的利齿下丧命的人们告别，为他们的苦难和流血牺牲祝福，也为他们被撕咬得不成形体的尸首和从血迹斑斑的沙土地上飞走的灵魂祝福。有些基督教徒抬头望见他后，脸上都显得明亮起来，看见他在他们头上画着十字给他们祝福和告别，一个个都露出了微笑。可是彼得自己心里却像刀割一样的痛苦，他对主耶稣不停地祈祷着：'啊，主啊！一切都是遵照你的意愿，为了你的光荣，为了证明你的真理，我的这些羔羊都牺牲了。你叫我去照管他们，我现在要把他们都还给你了，请你清点一下数目，把他们收回去吧！请你治好他们的剑伤，解除他们的痛苦吧！请你赐予他们比在这里遭受苦难更加伟大的幸福吧！'"② 因此这些基督教徒，也只有在他们死后，才能获得幸福。

小说中描写的竞技场上最后一场表演也非常精彩。作者在这里设置悬念，以吸引读者的注意力。维尼茨尤斯多次寻找他心爱的莉吉亚，最后他发现莉吉亚也和别的基督教徒一样，被关在了罗马的监狱里，他甚至来到监狱里见到了她，但却没办法把她救出去，他以为莉吉亚和别的基督徒一样，是必死无疑的。但不久后就迎来了竞技场上的最后一次表演，这时谁也没有想到圆形剧场上突然出现了莉吉亚的那个仆人乌尔苏斯，这个力大无比的莉吉亚人自从打死罗马最有名的格斗士克罗顿后，便在罗马人中享

---

① 见显克维奇《你往何处去》，张振辉译，人民文学出版社 2000 年版，第 552 页。

② 同上书，第 553 页。

有极高的声誉,所以他的出场特别引人注目。可是他也和别的基督教徒一样,准备在这里死去。但这个时候,他突然看见一头凶猛的日耳曼大野牛从圆形剧场边上打开的铁栅门里跑了出来,直奔场内,它的两个犄角之间绑着一个女人,正是莉吉亚。出于对女主人的忠诚,乌尔苏斯便马上前去,和野牛搏斗,并以其超凡的神力,扭断了野牛的脖子,把它打死。由于他打死了野牛,才救了莉吉亚,因而赢得了观众的喝彩。这些观众为他的英雄壮举所感动,因此强烈要求皇帝赦免了莉吉亚,才使维尼茨尤斯和她有了幸福的结合。这同样是一个惊心动魄的场面,作者的描写是合乎情理的。

显克维奇的一系列历史小说作品曾被译成多种外国文字,在世界各国流传很广。小说《你往何处去》自问世以来,更是受到读者的青睐,它的译本种类和发行量之多又居显克维奇所有作品之冠。此外它还曾被改编成话剧和歌剧,以它的故事还创作了大合唱,编成了芭蕾舞在许多国家上演,甚至还绘成了连环画在巴黎出版。后来意大利、法国和美国好莱坞又多次将它改编,拍成电影在各国上演,受到热烈的欢迎。因此,《你往何处去》不论是以小说形式出版,还是以其他形式出现,其影响之大,在波兰文学作品中都是首屈一指的。

论普鲁斯的中、短篇小说创作

波兰19世纪下半叶，是现实主义小说创作繁荣时期，这不仅表现在长篇小说创作上，也充分表现在中、短篇小说创作上。这一时期的中、短篇小说的题材、结构和表现手法都与长篇小说不同，前者虽然不像后者那样，能以较大的艺术概括，揭示波兰广阔的社会、历史面貌和各阶层人民的生活状况，而往往只反映生活的一个侧面，可是前者却能赋予它们所反映的生活以小中见大的艺术效果。在这方面，著名作家普鲁斯的中、短篇小说表现得尤为突出，就其作品所反映的现实生活的思想深度和艺术价值来说，和他的前辈以及与他同时代的作家相比，都要略高一等。他的作品不仅是他毕生现实主义创作成就的重要组成部分，而且在波兰文学史上也占有重要地位。早在20世纪50年代中国就已开始翻译介绍普鲁斯的中、短篇小说，这里试就其思想和艺术特点作一综合的论述。

普鲁斯是以短篇小说开始其文学创作生涯的。早在19世纪70年代初，他就开始创作短篇小说；虽然在80年代，他已将主要精力用于创作长篇小说，可是他的中、短篇小说创作从未间断，到19世纪末，他已经出版了五本中、短篇小说集。他的中、短篇小说可以分为四大类。

第一类主要是指普鲁斯早期发表的作品。他这时受实证主义思想影响甚深，作品虽然反映了社会现实中的一些重大问题，但作者是以实证主义思想观点来看待这些问题的，比较明显地表现出了这种观点的历史局限。这类作品中最有代表性的是1870年发表的短篇小说《可诅咒的幸福》。作品写的是一个热衷于实现实证主义社会纲领的机械师维尔斯基，他虽然失了业，却时刻想着为社会谋福利的各种计划。后来他继承了叔父一笔巨大的遗产，打算拿出一部分来办工厂并救济一个穷苦的织手套工人和他认识的一个穷大学生。可这时他却被一个银行老板的太太奥美莉娅勾引，成了她的情夫，因而华沙舆论开始指责他，他的朋友对他表示不满，那个穷苦的大学生也退还了他所资助的救济金。后来维尔斯基有所悔悟，认识到自己在奥美莉娅家里得到的是"该诅咒的幸福"，可这为时已晚，因为那个大学生已经辍学，织手套工人的大孩子已经死去。维尔斯基的妻子也在绝望中死去了，最后他的所有计划不仅没有实现，自己反落得家破人亡。普鲁斯在对主人公的一生做出评价时说，维尔斯基忘记了一个道理，即"社会是个整体，当一部分没有履行自己的职责时，其他的部分就会死亡"。这里作者几乎把实证主义口号逐字逐句地搬到小说中来了，尤其是在小说的结尾，作者安排维尔斯基的一个朋友革洛茨基突然出现在维尔斯基埋葬妻子的墓地上，对维尔斯基说："你只是病了，跟我走吧！"在普鲁斯看来，他所塑造的主人公本来是个热心人，在人生的道路上只不过是跌了一跤，只要他认识到自己对社会应负的责任，就一定可以站立起来，继续前进。

19世纪70年代末期，普鲁斯由于给华沙进步杂志撰写各种文章，对波兰社会各阶层有了更广泛的接触和了解，因此也就更深入地了解到波兰社会下层劳动人民的痛苦生活，看清了上层贵族资产阶级的腐朽堕落。虽然他这时仍然相信实证主义思想纲领是波兰的救世之宝，在一些政论文中，不时对实证主义加以歌颂，但他的小说则着重于揭露现实的黑暗。这些作品大都是70年代末或以后写的，具有较高的思想艺术价值，属于第二类的作品，它们主要反映波兰社会下层劳动人民的悲惨命运，歌颂他们崇高的道德品质，同时揭露社会的黑暗。如果说，在普鲁斯之前，波兰文艺复兴、启蒙运动和浪漫主义时期的诗人和作家的作品大都局限于只反映贵族阶级的生活和刻画贵族阶级的人物的话，那么普鲁斯的这些作品能够放眼于波兰社会下层劳动人民的生活，包括工人、农民、机关职员等，题材又十分广泛，确实表现了一个现实主义作家的进步立场和广阔视野。这类作品中的佼佼者有《安泰克》（1881）、《米哈尔科》（1880）、《在假日里》（1884）、《顶楼上的房客》（1875）和《一件背心》（1882）等。

《安泰克》的主人公安泰克是一个农民的孩子。他母亲虽有少量土地，但必须每天给人做工，才能维持全家生活。安泰克从小就十分聪明，禀性倔强，喜爱木雕艺术，他雕刻的风车、猫、小木盒、神像等，技艺之精美使人感到惊讶。一次他在维斯拉河那边看见一架风车，便要用木头照样雕刻出来，回家后他一心想着这件事，因此无心去干母亲叫他干的各种家务活，母亲只好送他到村铁匠那里去当学徒。安泰克在那里受尽欺凌和压迫，不能发挥自己的特长，也学不到知识。后来维斯拉河泛滥，毁坏了他家的庄稼地，母亲无力再养活他，不得已叫他离家外出去找工作，自己养活自己。

小说通过安泰克的遭遇，广泛地反映了波兰农村的愚昧、落后、阶级对立以及各阶层人物的面貌。如乡村教师对安泰克的蛮横无理，铁匠的穷凶极恶以及酒店老板用安泰克的精美雕塑品去做投机买卖，剥削安泰克的劳动等都写得很真实。在作者笔下，安泰克一家显然是农村中社会地位最低、受压迫最深的农民。人们看到，在这个社会里，一个贫苦农民的天才不仅遭到扼杀，而且连生存的权利都没有。

《米哈尔科》也是描写一个农民青年的遭遇。在当时波兰农村，许多贫苦农民因为在乡下无法谋生，经常跑到城里来寻找工作，因此农民流入城市的现象是很普遍的，米哈尔科就是这样一个进城谋生的农民。这篇小说和《安泰克》不同的是，它所描写的气氛和情调不似《安泰克》那样阴郁、悲伤、令人感到没有出路。作品通过主人公米哈尔科高尚品德的刻画，使小说表现了乐观精神，使人们在这个黑暗社会中能够看到一线光明，这在普鲁斯的短篇小说中，是不多见的。米哈尔科是一个孤儿，几乎一无所有，可是他很淳朴、善良，富于正义感和自我牺牲精神。来到华沙后，他先在一个建筑工地上干活，在这里见到一个穷苦的女孩子遭受欺凌，出于对她的同情，他宁愿自己忍饥挨饿，把省下的钱给她，当他看到她的劳动所得被人抢走时，立刻义愤填膺地为她打抱不平，可是他所遇到的却是人们恶意的讥讽和打击，因而不得不离开这个工地，去另觅生路。后来米哈尔科在维斯拉河另一边的一个工地上找到了工作，但他在这里的境遇更惨。他的工钱本来就很少，还遭到监工的无理克扣，自己穷得连租个地方睡觉、买双鞋的钱都没有。雨季工地停工，米哈尔科被解雇，从此流落街头，忍饥挨饿，夜晚露宿在富人家住宅的墙角下。可是他并没有向现实屈服，而是顽强地生活着。一次，他在华沙街上发现一栋新盖的房子倒塌了，墙背后一个两腿被屋椽压断的人在痛苦地呻吟，一块大石头高悬在这个受难者的头上；人们胆怯地纷纷离去，只有米哈尔科感受到那个受难者的痛苦，他想到那个人和他一样，也是从乡下来这里谋生的，因此他毅然冒着生命危险，把这个不幸者救了出来，当人们要寻找这个受难者的救命恩人时，米哈尔科早已离开了人群。

整个短篇洋溢着激动人心的热情和生活情趣，尽管米哈尔科遇到了社会上的自私、野蛮和落后势力的打击，可是他的高尚品德始终压倒了前者。除主人公外，还有像他在去华沙途中遇到的那个技师，十分同情和关心米哈尔科，一路领米哈尔科去华沙，给他吃的，给他介绍工作。在作者笔下，这些朴实和心地善良的劳动者，无疑是他最喜爱和崇敬的。

类似的描写也表现在小说《在假日里》。小说通过两个农村的学生假期时在家闲谈而展开，其中一个讲他过去目睹的一桩激动人心的事：他家附近一个农民的茅屋失了火，屋主人下地去了，留下一个婴孩，可大门是关着的，火势越烧越旺，严重地威胁着孩子的生命，情况非常紧急。一会儿孩子的母亲来了，在绝望地呼救。这时在人群中，突然出现一个才15岁的女孩，她勇敢地闯进烟雾弥漫的茅屋，机智而敏捷地把孩子救了出来。在作者看来，在危急的时刻，最能看出一个人道德品质的优劣，成年人做不到的事，一个天真的农民孩子却能做到。

反映农民和工人生活的题材也出现在小说《顶楼上的房客》中。这篇作品的情调和以上作品不同。如果说以上作品中，在主人公身上，还多少表现了一些光彩照人的东西的话，那么在《顶楼上的房客》中，作者就集中地写主人公和他一家的悲惨遭遇了，这里的气氛甚至比《安泰克》还要阴沉和凄惨。建筑工人雅库布一家七口，五个孩子两个身患重病，可是他自己却不幸从建筑架上摔下来成了残疾，靠妻子替人洗衣养活全家。后来家里债台高筑，什物当尽，在饥寒交迫中，女主人咒骂不幸的丈夫，雅库布不得不拖着病腿，挣扎出外寻找面包，可是他却接连遭到人们的讽刺、诬蔑、咒骂和殴打。雅库布在绝望中回到家里，他的妻子又因一个孩子失踪出外寻找，他连亲人也没有告别，就悬梁自杀了。雅库布死后，一个犹太无赖还跑来为雅库布打碎了玻璃找他赔钱，真是穷人生无活路，死后也不得安宁。小说自始至终充满了作者对波兰资本主义社会愤怒的控诉。

普鲁斯除了反映工人和农民的生活之外，他的短篇小说中，也常出现城市其他社会阶层的小人物。这些小人物和受压迫的工人、农民一样，在严酷的现实中，也都是挣扎在死亡线上；他们正是在这种艰难的环境中，充分表现了自己的高尚情操和品德，作者同样给予他们深厚的同情和由衷的赞誉。如《一件背心》，这篇小说很短，却是一篇感人肺腑的作品。作者通过一件背心的故事的回忆，以辛酸的笔调，真实地反映了一个小职员和他妻子的一段悲惨历史：丈夫在机关里是个编外人员，无固定收入，又患肺结核病，妻子知道他病情严重，内心十分痛苦，可是一见到他，又"哭里带笑地"进行安慰。丈夫明知自己将不久于人世，却故意责备妻子为他过于担忧，又把自己身上穿的背心的带子天天收紧，企图表明自己已经痊愈长胖，使妻子得到安慰；而妻子也偷偷地将丈夫的背心的带子截短，向丈夫证明他的确在恢复健康长胖了，因而不感背心太肥，使他放心养病。两口子始终没有向对方说穿背心的秘密，可是这个可怜人终于在贫病交迫中死去。整个作品和《顶楼上的房客》一样，充满了凄凉和感伤，读者越是看到男女主人公的处境悲凉，越是感到他们互爱精神的可贵。而像这样相依为命的一对，当他们在人世间已经无法生存下去的时候，社会上却没有人向他们伸出援手，这难道是公正的吗？作者字字句句都表现了他对现实的不满、抗议和对主人公的同情，发人深思，催人泪下。

第三类作品同样是反映波兰社会下层人民的不幸命运，就其思想内容来说，和以上第二类作品实际上分不开；不同的是，这些作品在反映被压迫者的痛苦的同时，以更多的笔墨揭露了资产阶级的伪善、鄙吝及其穷凶极恶地剥削劳动人民的反动面貌，从而更加深入地揭示了现实的阶级矛盾，使读者充分地看到这个社会的道德沦丧，人与人之间的利害冲突已经达到了不可调和的地步，对黑暗现实的揭露，较以上作品更加深入了一步。在这些作品中，影响较大的有《改邪归正的人》（1881）、《孤儿的命运》（1876）、《回浪》（1880）等。

《孤儿的命运》主要是揭露资产阶级慈善事业的虚伪。机关职员温岑季死后，留下寡妇姝若和不满三岁的雅西。亲戚彼得夫妇虽然收留了他们，可彼得将姝若当仆人驱使，还常无故打骂雅西。娘儿俩无法忍受，出走后又得到另一个慈善家安瑞姆的收养，他们在这里虽境况较好，但安瑞姆不久后就破产了。接着姝若在贫病交迫中死去，孤苦伶仃的雅西随后又相继得到慈善家卡罗尔和裁缝店老板杜尔斯基的收留，可是他们也把雅西当作玩物，任意欺凌打骂。雅西由于反抗，又被他们逐出了家门。正当雅西走投无路的时候，幸得安瑞姆的再次收养，因而获得新生。小说对吃人的资本主义社会作了强烈的控诉，淳朴、正直和聪明的雅西遭到伪君子的迫害，主人公的坚强不屈的性格，也正是在和周围恶势力的斗争中锻炼成长的。可是在小说的结尾，作者对资产阶级慈善事业虚伪性的揭露，仍然不够彻底；这篇作品是普鲁斯早年写的，无疑还受实证主义思想的影响。

在《改邪归正的人》中，作者成功地刻画了一个悭吝人的丑恶形象。主人公乌卡什是个房产主，他从小就养成了自私自利、损人利己的恶习，后来他幸运地和一个既漂亮又富有的女子结了婚。妻子死后，给他留下了房产和一个女儿。乌卡什要独占房产，很快就把女儿嫁出，没有举行婚礼，没有给嫁妆，亡妻留下的房子也没有留给女儿，以至引得女儿和女婿跟他打起官司来。他的房客因为缴不起房租，他要当众拍卖房客的工具。他胸前挂着三万卢布的抵押字据单，是他敲诈勒索得来的，但他从不修缮房屋，而且一有借口，就挑剔房客。总之，乌卡什在阳世度过的70年中，没有给人做过一件好事，因此他在地狱里受到了审讯。检察长见他举不出一次过去的无私、高尚的行为，便根据辩护律师的建议，叫他当众作一次大公无私的表演。可是在表演中，他依然暴露了唯利是图、损人利己和悭吝的本性，他甚至连一双自己已经丢进垃圾桶的破鞋也不肯无偿地让给一个跛了脚的、十分可怜的女乞丐，他把自己的灵魂看得只值50戈比。最后魔鬼对他的判决是:"我要把他从地狱赶出去,以免败坏我们的名声。让他回阳世去,让他永远永远困守在他的抵押字据和钞票里,守住他的房子,拍卖穷苦房客的家财和欺侮自己的孩子。在这里,他那令人生厌的形体会把地狱玷污,而在阳间,他在伤害人们的时候,可以为我们效劳。"在普鲁斯看来,像乌卡什这样灵魂极端丑恶的人,是无可救药的。作家通过现实的深刻观察和艺术构思,将主人公塑造成了一个具有典型意义的人物。他的笔调既深沉,又富于幽默感,在这种幽默中,可以看到作者对他所深恶痛绝的主人公进行了无情的鞭笞。乌卡什的形象,在普鲁斯的短篇小说作品中,无疑是给读者留下印象最深的一个。

《回浪》则是直接写波兰资本家对工人的压迫和工人反压迫斗争的作品。小说主人公阿德勒是一个雇用600名工人,每年可得利润几千卢布的纺织厂老板,是一个贪得无厌的吸血鬼,他一生中,施尽一切罪恶手段,从工人担负不了的劳动中,尽可能多地榨取财富。他的儿子斐迪南是一个浪荡公子、流氓。斐迪南在国外挥霍无度,仅仅两年,除花掉父亲寄给他的2万卢布之外,还欠下58000多卢布的债。阿德勒为了弥补儿子造成的亏损,肆意克扣工人的工资,还迫使厂里唯一的医生退职离厂。斐迪南回国后,阿德勒满心希望他成为自己剥削事业的继承人,可是斐迪南一到厂里,他的那副流氓嘴脸就暴露无遗。此后,厂里名目繁多的所谓"节约"、罚款和加班加点,逼得工人无路可走。厂里有个技术熟练的工人哥斯拉夫斯基,由于需要养活全家,每天拼死拼活地从早晨五点干到深夜,终于在一次事故中受了重伤。因为厂里没有医生,哥斯拉夫斯基因未得到及时治疗而死去。工人们群情激愤,不顾阿德勒的阻挠和威胁,都离厂去为哥斯拉夫斯基送葬,并呼吁罢工。因为组织不好,加之内部仍有一些胆小怕事者,罢工最后被阿德勒镇压下去。可是哥斯拉夫斯基的死却引起了社会舆论对阿德勒父子的强烈谴责,一位正直的法官萨坡拉在报纸上公开揭露他们的罪恶,斐迪南在跟萨坡拉的决斗中丧命。最后,阿德勒在绝望中,也疯狂地纵火烧了工厂,自己和工厂同归于尽。

主人公阿德勒是很富于典型性的。普鲁斯通过他残酷压迫工人的一生,真实地反映了波兰资本主义社会中你死我活的阶级斗争的历史状况,指出了资产阶级由于它的反动和悖逆人民,必然走向灭亡的趋向。《回浪》是当时波兰文学唯一较为成功地反映劳资矛盾和波兰工业无产阶级斗争的作品。

第四类作品是反映波兰当时遭受沙俄、普鲁士和奥地利占领者的民族压迫和波兰人民的解放斗争的,其中较有代表性的,是短篇小说《已逝的声音》(1883) 和《在月亮旁》(1884) 等。作者慑于波兰王国在沙俄占领者统治下的书刊检查,不可能直接去描写波兰现实中的民族解放革命斗争,因而在这些作品中,他侧重于描写主人公流亡国外的不同经历,表现他们的爱国热情和革命思想。就题材来说,这些作品和以上分析的各类作品有所不同,可是它们所描写的主人公的命运和思想,同样是在当时被占领的波兰资本主义现实中产生的。

《已逝的声音》的主人公是一个参加过法兰西民族解放运动的老上校军官,他1871年年底复员住在里昂,感到法兰西是个高尚的民族,有革命传统,可是它今天变了,人们享乐腐化,金钱决定一切。因此他决定离开这个他长期战斗过的地方,回到华沙。上校在华沙看到贵族老爷太太、公子小姐同样终日寻欢作乐,置民族危亡于不顾,思想趣味十分庸俗,因此他又感到他所热爱的祖国波兰也和法国一样,思想上十分矛盾。这时他认识了一个穷苦的鞋匠,鞋匠很崇敬他,并教育孩子要像他这样作人,上校很受感动,立即离开他原来租赁的阔绰的住宅,搬进了一栋简陋的房子,这时他感到心情舒畅。当他看到维斯瓦河,看到故乡辽阔的旷野和森林,他才觉得他呼吸到了这半个世纪没有呼吸过的新鲜空气,他决定长期留在这里。普鲁斯要指出的是,在19世纪下半叶，法国，也包括波兰的贵族和资产阶级已经失去了他们曾经有过的革命性，他们已经走向腐朽没落，只有穷苦的劳动者才是波兰民族解放运动的真正继承者。

《在月亮旁》写一个长期远离祖国、流浪在外的法国教师的痛苦经历。弗朗索瓦先生年轻时就从事教育工作，他当时因看到法国教育制度有许多不合理的地方，力图进行改革，结果遭到人们的反对，被迫辞职，到英国去。他在英国一住十年，挣得了一大笔钱，最后决定回法国去，可是他乘的船在里斯本附近触礁了，幸亏被人救起，才幸免于难，但随身带的钱则全部落入大海。

此后，弗朗索瓦到过突尼斯、意大利和波兰，都是在阔人家里当家庭教师，可是每当他挣得一大笔钱准备回法国时，他的钱最后总是被主人骗走；每当他到了法国边境，又由于各种原因，而踏不上祖国的土地。弗朗索瓦在国外待了30年，遭受了许多折磨和苦痛，最后来到了科隆，他的最后一个主人没有骗他，使他终于挣得了一笔钱，回到了法国。可在他回国之前，他还是遭受了一次侮辱。小说的笔调十分沉痛，普鲁斯虽然写的是一个法国人流落异乡、被人欺凌的辛酸历史，但在当时波兰被沙俄、普鲁士、奥地利三国瓜分的情况下，这无疑充分表现了作者的爱国主义思想和因祖国沦亡而感到的痛苦心情。

普鲁斯的中短篇小说深刻地反映了波兰社会现实，思想境界较高，也很有艺术特色。如果说他早期的作品还多少受了英国作家狄更斯的影响，如《孤儿的命运》中的雅西的经历，使我们很自然地联想到狄更斯的《雾都孤儿》中的主人公奥利佛·特维斯特的话，那么在他19世纪80年代和以后写的作品中，就形成了自己独特的艺术风格。普鲁斯小说创作的一个突出特点是，对于作品的主题思想，他善于采取多种表现手法，使之产生强烈的艺术效果。有的作品他写得朴实无华，显得真实自然，但有的作品又构思奇特，往往带有强烈的讽刺意味，有时使读者很难相信这两种风格不同的作品出自一个作家的手笔。

例如小说《米哈尔科》和《在假日里》，它们主要通过人物的刻画，来体现这种朴实而自然的风格。米哈尔科是个淳朴的农村青年，作者通过他的语言、行动以及他的心理活动的生动描写，把他的个性展现在读者面前。如米哈尔科在来华沙的路上，经过一个市镇，这个从来没有进过城的农民立刻感到这里的一切都很新奇，他觉得"每一所房子里面的灯光都多得像天上的星星。他在一百回葬礼上看见的灯光，都没有他在那一个市镇上看见的多"。火车头冒出的浓烟遮住了两旁一排排的房屋，他以为这是"什么地方失了火"。来到华沙的建筑工地上后，泥水匠们看他老实，都叫他"傻小子米哈尔科"，有的对他开玩笑："你愿意纳点进门礼吧？""不然就让我们揍你一顿。"米哈尔科傻呵呵地回答说："俺宁愿挨一顿揍。"这些细节使读者感到这是人物思想感情最真实的流露，毫无造作和不符合人物性格逻辑发展的地方。

《在假日里》中的那个小姑娘也描写得十分生动。她没说一句话，作者只写她的几个富有特征性的动作，寥寥数笔，就将这个形象栩栩如生地突现出来，如她冲进大火中救出婴儿后，自己并没有烧伤，仅烧坏了手帕，烧掉了几根头发，现在又坐在一边剥土豆，高高兴兴地哼着小调。人们打听她是不是婴儿的姐姐，回答说不是，她在地主家当长工。小姑娘凭她的勇敢机智和助人为乐的精神，做了一件她周围的人都做不到的好事，可她并没有把这当一回事，从她的平凡中，可以见到她的高大，在她的天真烂漫中，闪耀着她的高贵的品德。

另一部分作品在手法上和以上作品迥然不同，其中以《改邪归正的人》《一件背心》《在月亮旁》和小说《影子》（1885）表现得较为突出。在《改邪归正的人》中，作者颇为新颖地描绘了一个地狱世界，这当然具有极大的讽刺意义，一方面充分表达了他对主人公的痛恨，另一方面也反映了他对华沙社会各阶层的看法。在普鲁斯的笔下，这座地狱表面上看十分恐怖和奇特。这里可以听到成千上万人可怖的呻吟声和铁锁链叮叮当当的巨响，律师克雷斯平的一只平常尺寸的手套扔在地上，竟发出像几百磅重的铁块掉下来时的轰隆巨响。这里的人有的跛脚，面带疤痕，有的骨瘦如柴，像一具骷髅，有的身子像蜘蛛、面孔像人，等等。但实际上，这个地狱又不可怕，因为这些人大都是在阳世犯了罪或者得了不治之症，死后来到这里的，他们在这里并没有受到惩罚。乌卡什虽是在梦游中来到这里，可是他比以上的人犯罪更大。普鲁斯以幽默的笔调，把乌卡什在地狱中的所见所闻和受审经过，写得很风趣。辩护律师尽管以自己全部辩说才能进行狡辩，可是在场的法官依然无动于衷地沉睡着。乌卡什表演的所谓大公无私的行为，却是写出了一张出售产业的广告，检察长读后，法官们都愣住了，辩护律师紧咬着嘴唇，魔鬼捧腹大笑，在这些描写中，人物的思想感情表现得何等鲜明生动。作者通过乌卡什在地狱街道上的见闻，以漫画的笔触，巧妙地把地狱比作华沙："市政府里，有十几个委员会在开会讨论下水道、城市清洁、肉价飞涨及诸如此类的事情。由于这些受人尊敬的与会者天天在每件事上的议论都是老生常谈而没有进一步的结果，因而他们不能忍受这种苦闷和绝望，便从窗子里跳到街上，身子像熟透西瓜一样摔得粉碎。""杂志的编辑们永无休止地在盛着几千乃至几万杯水的锅底下鼓风吹火，徒劳无益地想把水烧开。他们无比勤恳地工作，直到头脑发呆的程度，而水却总是温热，即使最后发臭，也仍然是温热的。"对以上这些人，作者认为他们做不出任何于社会有益的事，自然是既可悲而又滑稽可笑的。而主人公乌卡什，他连在地狱里都遭到厌弃，那么回到阳世，不更是害群之马了吗！

作者对地狱的气氛，对主人公在地狱中的遭遇、表现和见闻的描写，用意显然不在于突出地狱的可怕，而主要是通过这一形象比喻来表示对华沙现实的不满和对主人公的轻蔑，其思想内涵是很深刻的。

《一件背心》的创作构思也很新颖。作者描写的男女主人公都在欺骗对方，本来不是件好事，因为这样做并不能避免他们面临的悲剧，而只能促使悲剧的迅速来临，可他们的这种做法又正是他们互爱和互相关心体贴的集中表现，这就使他们的处境更显得辛酸和凄凉。在小说的结尾，作者又添上了一段寓情于景的描写，则更增添了悲剧的气氛：

"'他们俩什么时候可以见面，彼此把这件背心的秘密拆穿呢？……'我仰望苍天，暗暗地思忖。

可是人间几乎没有苍天。雪尽在落着，这样猛，又这样冷，大约连坟墓里死人的骨头也会冻结了。"

《在月亮旁》和《影子》的构思和手法十分相似。它们的新颖之处，都是在刻画人物的命运的同时，伴以某种象征和比喻的描写，以加强艺术效果。在《在月亮旁》中，作者以月亮围绕地球的转动，比喻主人公弗朗索瓦的遭遇，既形象、准确，而又寓意深刻，正如主人公所说：

"它曾经是地球的一部分，是地球的儿子。后来脱离了地球，正像我离别了法国一样。长期以来，它本来以为它会回来的，可是它没有回来，因为思念故土，死了。

它的所有活动，就是不断地和一种使它远离地球的离心力作斗争。它总想跑到地球那里去，可是那无情的命运又总是不允许它去。它有时通过极大的努力靠近了它的母亲一步，但它的凶恶的敌人也很快地就阻住了它，把它驱赶到更加远离它的母亲的地方。"

这里充分表达了主人公"举头望明月，低头思故乡"的心情。

《影子》写一个路灯工人，他每天晚上举着一个小小的火把，在华沙街旁人行道上迅速奔跑，每遇一盏路灯，就高举火炬，把路灯点着，天天如此，年年这样，谁也不知道他的名字，谁也不晓得他是什么模样。最后他悄然死去，人们连他的坟墓也找不到，如同影子，无声无息，只在黑夜才能出现。作品几乎没有情节，可是这里的象征和比喻的描写却造成了浓厚的悲剧气氛，给读者留下了深刻的印象。

（原载《东欧季刊》1987年第3期）

《玩偶》中译者前言：
一面时代的大镜

波列斯瓦夫·普鲁斯［这是他的笔名，现在通用，他的真名是亚历山大·格沃瓦茨基（1847—1912）］是我们熟悉的波兰19世纪杰出的批判现实主义作家。早在20世纪50年代，中国就先后翻译和介绍过他的中短篇小说和长篇小说《前哨》。现在推出的长篇小说《玩偶》是普鲁斯小说创作的代表作，就像一面时代的大镜，这部作品最为广泛和深刻地反映了它所在的那个时代波兰的社会面貌。由于它在思想和艺术上所取得的成就以及它的影响，自它问世以来，一直被公认为波兰批判现实主义的代表作，不仅在波兰文学史上，而且在欧洲现实主义文学中，都占有十分重要的地位。

波兰在1795年被沙皇俄国、普鲁士和奥地利三国瓜分灭亡之后，长期以来，由于占领者的残酷压迫，波兰人民为恢复民族独立的斗争从未间断，如爱国将领扬·亨·东布罗夫斯基（1775—1818）于1796—1797年在意大利建立"波兰自愿军团"、爱国贵族1803年11月在华沙发动和领导的抗俄民族起义、1846年2月在克拉科夫爆发的民主革命等虽都遭到失败，但它们不仅在波兰，而且对当时欧洲各国的民族解放运动都曾产生很大的影响。19世纪50年代后期，波兰民族解放运动又走向了一个高潮，当时在属于沙俄占领区的波兰王国，出现了主要由青年学生组成的秘密革命小组。1861年，由于革命形势的发展，这些小组便合成了一个统一的革命组织"红党"。这个组织在华沙，由波兰革命民主主义者领导，参加的除了青年学生外，还有工人、手工业者、城市贫民、市民、农民、军官、中小贵族和中小资产阶级等。其左翼领导认为要发动抗俄民族起义，首先必须动员广大农民，以革命的方式消灭农村的封建关系，同时和俄国革命相结合，才能战胜沙俄专制主义和他们强大的占领军，恢复波兰民族独立。可是与此同时，波兰贵族地主和大资产阶级因为惧怕革命的到来，也组成了反革命的"白党"。"白党"反对举行民族起义，特别是反对有农民参加的民族起义，他们随时准备向沙俄占领者投降。在1860年和1861年，华沙大学生和工人不断举行大规模的游行示威，和沙俄军警发生流血冲突。1862年起，"红党"左翼开始在华沙的工人和学生中进行起义的宣传和组织工作，成立了中央民族委员会，争取俄国革命力量的支持。1863年1月22日，中央民族委员会宣布自己为临时民族政府，颁布了宣言和土地法令，宣布废除封建农奴制，农民将无偿地获得土地，同时号召波兰和立陶宛人民参加起义，推翻沙皇统治，为建立独立和民主的波兰而战斗。从1月22日夜到23日，由工人、手工业者、学生和农民组成的6000名起义军，响应临时民族政府的号召，向驻扎在波兰王国的10万沙俄占领军发动了攻击。"红党"左翼也在农村执行土地法令，力图将农民发动起来，把民族起义发展为土地革命。但是由于敌我力量悬殊，装备简陋的起义军在波兰王国、立陶宛、白俄罗斯都遭到了失败，一些"红党"左翼的领导人被捕牺牲，起义的领导权因此被乘虚而入的"白党"篡夺。"白党"掌握了起义的领导权后，马上停止了执行1月22日的土地法令，因此在他们控制的地区，地主又强迫农民服封建劳役，许多原先参加过起义斗争的农民又退出了起义队伍。1863年秋，由于沙皇政府不断增兵，实行残酷的镇压，势孤力单的起义军连遭失败，这时虽然起义军的罗·特劳古特将军接管了民族政府，继续领导革命，但是沙俄军队已经控制了波兰王国的大部分和立陶宛、白俄罗斯，"白党"和贵族资产阶级也公开投降了沙皇政府，特劳古特因此无法执行1月22日的法令，就在这个时候，沙皇亚历山大二世为了收买人心，于1864年3月2日，颁布了在波兰王国废除农奴制度的敕令，规定废除农民的一切封建义务，他们将成为自己份地的主人。农民看到能够获得土地，都离开了起义队伍，4月，特劳古特被俘，后英勇就义，坚持了一年多的起义终于被沙俄占领者镇压下去了。

　　一月起义失败后，沙俄不仅将波兰成千上万的革命者和爱国者关进监狱、杀害或流放到西伯利亚，而且更加残酷地在波兰王国推行俄罗斯化民族压迫政策。这里的自治机构被彻底消灭，原先自上而下所有的行政机关都被归属于沙俄帝国的有关部门，在政府、法院和学校里规定使用俄语，禁止使用波兰语。并且强迫波兰这样一个视天主教为他们传统的宗教信仰的民族改信俄罗斯的东正教。由沙皇任命的总督兼任华沙军区司令，掌握波兰王国最高军政大权，连波兰王国这个名称也被禁止使用，而代之以"维斯瓦边区"。总之，沙俄占领者不仅要将波兰王国和沙俄帝国合并，使之成为帝国的一部分，而且要通过改变波兰人的母语和他们的宗教信仰，消灭他们的民族性，使之和俄罗斯民族融为一体，这是沙皇对外扩张的突出表现。为了防止波兰人的反抗和各种形式的爱国主义活动，沙俄占领者在王国各地布满了军警和特务，把那些他们认为可疑的分子随时送交军事法庭审判，同时建立严厉的书刊检查制度，旨在消除波兰人的一切爱国主义的言论。

　　虽然存在残酷的民族压迫，波兰王国的资本主义经济这一时期却得到了迅速发展。早在18世纪末和19世纪初，波兰就已经有了资本主义经济的萌芽。19世纪50年代初，沙皇政府要使波兰王国在行政管理上成为沙俄帝国的一部分，就撤除了它和帝国之间的关税壁垒，实行了统一的关税保护政策。这种政策虽然反对波兰国家的独立，却为波兰王国的工业生产开辟了广阔的东方市场。此外，在19世纪40年代末至60年代初，华沙至维也纳、柏林、彼得堡的铁路也相继修成通车。它们将西里西亚工业中心卡托维兹、华沙和国外的销售市场连在一起，也有利于王国工业的发展。农奴解放后，许多自由的农民流入城市，为工业的发展又提供了廉价的劳动力。由于工业人口的增多和生产工具的革新，各种工业部门的产值便大为增加，例如作为波兰王国工业的主要部门的纺织工业在1860—1879年增产了4倍，五金工厂的数目从60年代到90年代也增加了5倍，煤的产量增加了15倍。

在政治上，当时依然占有很高的社会地位的封建贵族和新兴资产阶级对沙俄占领者采取妥协投降的态度，60年代后期到70年代，一大批革命者和爱国者被迫流亡国外，波兰王国的民族解放运动处于低潮时期。在思想领域中，则出现了华沙的所谓老刊物和新刊物之争。以《华沙图书馆》《华沙报》《华沙信使》和《插图周刊》为代表的老刊物宣扬对占领者妥协投降，维护古老的封建制度和地主对农民宗法制的统治，反对一切资本主义的社会改革，表现了波兰王国旧的贵族地主的政治立场。新刊物有《每周评论》和《田地》等，在它们的周围，聚集着一些华沙中央大学的学生。成立于1862年的华沙中央大学当时是波兰王国唯一的高等学府，由于沙俄占领者的民族压迫政策，它于1869年就改成了一所俄罗斯的大学。一月起义爆发期间，中央大学有许多爱国学生参加过起义战斗或者支援起义的工作，现在他们又在华沙的新刊物上极力宣扬资产阶级社会改革的思想，提出了称之为实证主义的政纲。他们最有名的代表亚历山大·希文托霍夫斯基（1849—1938）1866—1870年在中央大学和后来的俄罗斯大学毕业后，就参加了《每周评论》的编辑部，在刊物上发表了题为《我们和你们》《社会和文学的霉菌》和《面对进步的传统和历史》等一系列文章，阐述了他的实证主义观点。他揭露了封建愚昧和落后，提倡思想解放、男女平等、各社会阶层平等。在实证主义者看来，所谓实证主义就是肯定一切在社会实践中适用的和行之有效的东西。根据这个原则，他们在《每周评论》上发表政论，要求言论自由、宗教信仰自由，但他们反对封建迷信。1872年，《田地》杂志又进一步提出了一个称之为有机劳动的纲领，要求在波兰王国多办工厂和作坊，开设各种各样的商店，发展科学技术。实证主义者对蒸汽机和火车的制造、发展电力、修建铁路很感兴趣，在他们的文章中，极力颂扬科学家、工程师、企业主、商人和银行家在发展资本主义工商业中做出的伟大贡献。1873年，《每周评论》又提出了一个建设农村的纲领：基层工作，就是在农村办学校、开图书馆、建立医院和防疫站，以提高农民的文化水平，改善农民居住的卫生条件和健康状况，通过村社自治赋予农民管理村社的权利。实证主义的宣传在促进波兰王国资本主义经济的发展、建立民主制度和在农村普及教育等方面，起过一定的积极作用，但它并不触及波兰民族独立这一重大的问题，对沙俄占领者也采取了妥协投降的态度，这就很明显地表现了它的局限。在19世纪60和70年代，随着资本主义的迅速发展，波兰无产阶级的队伍也在不断地扩大，由于遭受残酷的剥削和压迫，他们和资产阶级的矛盾也更趋激化，面对贵族资产阶级投降沙俄占领者，争取波兰民族独立和社会革命的任务就历史地落到了波兰王国无产阶级的肩上。早在70年代，在华沙和罗兹等地的工人，就组织了大规模的罢工运动。1877—1878年，华沙成立了第一批有工人和学生参加的社会主义小组。1882年8月，卢德维克·瓦伦斯基（1856—1889）在它们的基础上，建立了波兰第一个无产阶级革命政党"大无产阶级"，它的纲领要使土地从个人所有转为劳动者集体所有和社会主义国家所有，同沙皇专制制度做坚决的斗争，实现民主、自由和平等，这个党曾领导工人的罢工。它失败后，1888年初，它的党员马尔琴·卡斯普夏克在华沙又成立了"第二无产阶级党"。翌年，在尤利扬·马尔赫列夫斯基的领导下，又成立了一个波兰工人联合会。1892年，"第二无产阶级党"和工人联合会合并，成立了一个新的政党：波兰社会党。1892年，原先侨居国外的社会主义者又在华沙建立了波兰王国社会民主党。1899年12月，波兰王国和立陶宛的社会民主党人决定将他们的两个党合并，建立了波兰王国和立陶宛社会民主党。这些无产阶级的政党在80和90年代，通过领导一系列的工人大罢工和五一游行，同沙俄占领者和投降沙俄的大资产阶级进行了坚决的斗争。

一月起义后，在波兰王国的文学创作中，是实证主义和批判现实主义文学兴起和走向繁荣的时期，一些著名的作家在他们早期的作品中，照实证主义的思想观点，热情歌颂了19世纪60年代和70年代波兰资本主义经济的发展。但由于社会阶级和民族矛盾的激化，他们对现实有了更加广泛和深入的了解，便把自己的创作迅速转向了揭露社会的黑暗面，或者歌颂波兰过去民族解放斗争的革命传统，希望唤醒在人们中一度沉寂的爱国意识，去为一个独立、自由的祖国和公正、合理的社会而斗争。普鲁斯是这一时期批判现实主义文学的杰出代表，他出身于卢布林省赫鲁别索夫县的一个小贵族家庭，年幼时就失去了双亲，后来由他父母的一些亲戚抚养长大，曾在卢布林的一所实科中学学习。1861年2月普鲁斯来到凯尔采，受到当时在这里的他的哥哥"红党"成员列昂·格沃瓦茨基的影响，参加了一月起义，在战斗中受了伤，曾在医院治疗，后来又被关进沙俄占领者的监狱。出狱后他进了卢布林的一所中学，毕业后1866年考进了华沙中央大学数学物理系，因个人没有经济来源，在那里学了两年就辍学了，后来曾在普瓦维的农林经济研究所深造。来到华沙后，他在利尔波普工厂里当过工人，后来他还当过照相师和统计局的职员，但仍不忘自学自然科学和逻辑学，同时参加了许多在群众中普及教育的工作。

早在1864年，他在《礼拜日信使》上就开始发表通讯报道式的文章；1866年，在《节日信使》上发表过幽默作品；1872年，在《田地》上还发表过普及电的知识的文章。同年在《家庭保护人》上，他首次用波列斯瓦夫·普鲁斯这个笔名发表了一系列以"老阵容的来信"为题的政论。1874年，他在《苍蝇》杂志上发表了一篇富于哲理性的短篇小说《哲学家和普通人》，这是他发表的第一篇文学作品。1875年，他在《田地》上发表短篇小说《顶楼上的房客》。从这一年3月23日开始，至1887年，除1882年和1883年外，他在《华沙信使》上开辟"时事"栏目，连续十年，发表了大量政论文章。与此同时，他在《阿泰内乌姆》和《新闻》上，也发表了大量的随笔和特写，这些文章虽然不长，但内容丰富，涉及华沙生活的各个方面，在社会上有很大的影响，它们的作者也就成了当时最著名的政论家之一。

普鲁斯在70年代末和80年代初，创作和发表了大量中短篇小说，其中重要的有《孤儿的命运》（1876）、《米哈尔科》（1880）、《改邪归正的人》（1881）、《手摇风琴》（1881）、《安泰克》（1881）、《一件背心》（1882）、《他》（1882）、《正在静下去的声音》（1883）、《童年的罪恶》（1883）、《在月亮旁》（1885）等。这些作品描写了下层劳动人民的痛苦生活，颂扬了他们舍己为人的高尚品德，揭露了市民阶层的自私、虚伪和贪婪的面貌。中篇小说《回浪》（1880）写的是工厂主如何压迫工人，工人被迫奋起反抗，最后取得胜利的故事，说明作家对波兰资本主义社会的阶级压迫和斗争有深刻的认识。以上作品表现了普鲁斯对被压迫者的同情和他的民主主义思想立场，在艺术上，作家善于在矛盾和斗争中揭示人物的性格，运用抒情、讽刺、虚构、夸张和平易的叙述等多种艺术手法来表现作品的主题思想，表现了他的艺术才华。1886年，普鲁斯发表了他的第一部长篇小说《前哨》，它通过一个农民由于受到德国殖民者的打击和侵犯，而陷入种种灾难的描写，深刻揭示了波兰农村的民族矛盾，以及贫苦农民在民族和阶级双重压迫下的悲惨命运。小说《玩偶》是普鲁斯的第二部长篇，此后在1890—1893年和1895年，他还先后发表了长篇小说《解放了的女性》和历史小说《法老》。前者描写一个女性热心农村公益事业，但由于社会上的尔虞我诈、自私狭隘，她的努力受到阻碍，落得个悲惨的结局。后者以古埃及第十九王朝拉美西斯十二世法老统治末期的社会为背景，反映了埃及统治集团内部的矛盾和农民、手工业者、奴隶遭受祭司、贵族和腓尼基大富商的压迫的痛苦。普鲁斯晚年对在沙俄统治下的波兰资本主义黑暗现实不满，但又找不到出路，因而陷入悲观，他这时期的作品在思想和艺术上都不如他的前期作品，影响不大。

　　长篇小说《玩偶》的创作和发表最初是以边写作边发表的方式，先在华沙《每日信使》1887年269期上开始连载，到1889年142期载完，第二年就出了它的单行本，也就是小说的初版。作品主要写一个破落贵族的子弟沃库尔斯基的一生，但它通过他个人曲折的生活经历的描写，在广阔的背景上，真实展现了波兰王国特别是华沙那个时代的社会面貌。主人公年少时当过饭店里的堂倌。他和他父亲都不满意他们所处的这种被人瞧不起的低贱的地位，他父亲要用钱去打官司，认为只要打赢了官司，就可以收回祖上失去的产业，恢复过去贵族的地位。但沃库尔斯基却把家里的钱拿去买书，不顾别人对他的嘲笑，发奋自学，终于考上了大学。后来他在一位革命者列昂和他的朋友热茨基的影响下，参加了一月起义，起义失败后，他被流放到西伯利亚。在西伯利亚艰苦的条件下，他坚持从事科学研究工作，并且取得了成就。可是当他1870年回到华沙后，却有半年找不到工作，饱受饥饿的煎熬，最后他不得不和一个比他大许多且新寡的明采尔杂货店的老板娘结婚。过了三年，他的妻子死了，沃库尔斯基继承了明采尔两代人经营的杂货店的全部产业。

一次偶然的机会，他去戏院看歌剧表演，看见了一位出身名门的漂亮的贵族小姐伊扎贝娜·文茨卡，便对她一见钟情。他知道，在当时的社会条件下，要赢得这样一位地位很高的贵族小姐，"就必须不做商人，要做就得做一个富商。至少出身贵族，和贵族阶级的人有关系，首先是要有很多钱"。他很快就给自己弄到了一个贵族出身的证明文件，并趁当时在保加利亚爆发俄土战争的机会，和一个他在西伯利亚认识的莫斯科富商苏津去那里做军需供应的买卖，很快就挣得了几十万卢布的巨款，因而成了一个暴发户。回到华沙后，他又新建了一个规模较大的服饰用品商店，并开始千方百计地想要和伊扎贝娜小姐以及她周围的贵族阶层的人们接近，博得她对他的好感。普鲁斯在小说中，非常真实和生动地描写了按照当时的风俗习惯，一个出身社会下层的人。要进入贵族社会、赢得贵族小姐对他的爱，在社交上所必须做出的努力。

伊扎贝娜的祖辈原是一个有巨额财产的贵族世家，到她父亲托马斯掌管家业的时候，遇到波兰王国的农奴解放，在资本主义的自由竞争中，像他这样的旧式贵族，既不善于经营，在生活中又极端地奢侈浪费，就必然走向破产。沃库尔斯基为了和他拉拢关系，便用自己拥有的大量钱财，以各种方式明里暗里来救助他：他在和托马斯打牌时有意输钱给他，他高价收买托马斯的期票和托马斯祖传的银器、餐具。他给伊扎贝娜小姐的姑妈伯爵夫人开办的保育院慷慨捐款，得到了这位贵夫人的赞赏。后来他甚至以比原价高出很多的价钱竞买了托马斯那栋古旧的房子，因此他很快就得以自由地出入托马斯和伯爵夫人的门庭，跻身于贵族社会。此时一位在贵族社会受到尊敬的公爵还特意请他和贵族合办了一家对俄贸易公司，沃库尔斯基因此成了贵族中的风头人物。为了取悦伊扎贝娜，他极力装出绅士的派头：购置私人马车，出入风驰电掣；他被请在托马斯家里吃饭的时候，在伊扎贝娜面前炫耀他见过英国的爵士如何吃羊肉，还大谈用刀子吃鱼的道理。他本来对赛马毫无兴趣，但因为打听到了伊扎贝娜和她的姑妈要去看一场赛马，就马上抢买了一匹赛马，在比赛获胜后，又立即把马卖掉，把卖马的钱亲手交给了在场的伊扎贝娜小姐，请她作为对伯爵夫人的保育院的捐资转交给她。为了克热索夫斯基男爵对伊扎贝娜的"冒犯"，他还和他进行了决斗。伊扎贝娜所崇拜的意大利演员罗西来华沙表演，他又特意买通许多人去为罗西捧场和献礼。此后，他无论在什么地方，都尽力想要和伊扎贝娜接近，向她表述他的心意；凡是伊扎贝娜的要求，他无不满足；甚至她的一个举动、一个眼色、一个笑声都能使他的情绪产生很大的波动。这个贵族小姐虽不拒绝和他接近，但她始终瞧不起他这个商人，而只是想利用他为自己办事。在作者笔下，伊扎贝娜不仅高傲、自私，而且在作风上十分庸俗和卑鄙，她虽然和沃库尔斯基交往频繁，也不拒绝沃库尔斯基对她的示爱，甚至到最后还接受了他的求婚，但她背地里却和别的男人卖弄风骚，对沃库尔斯基进行无耻的攻击和恶毒的咒骂。沃库尔斯基对这些当然不是没有察觉，而且他对她的诚信和爱慕也曾有过几次动摇，但是每次动摇之后，他都反过来自责，因此当他终于认清了这个贵族小姐的本来面目后，就不可避免地陷入了悲观失望。他的结局是他抛下全部财产，背着朋友和熟人的突然出走，有的人说他到莫斯科他的朋友苏津那里去了，有的说"他到敖德萨去了，打算从那里去印度，再从印度去中国和日本，然后横渡太平洋到美国去"，有的说"他和奥霍茨基两个人也许会在巴黎那个古怪的盖斯特那里会面，"有的在波兰的一些地方又遇见过他，有的还说他留下了如何分配他的财产的遗嘱，但是根据他的思想性格的发展和他一生的经历及未了的遭遇来看，他一定是立下遗嘱后自杀了。

在主人公沃库尔斯基的身上，可以看到19世纪下半叶波兰新兴资产阶级代表人物一些突出的特点：第一，他对资本主义市场行情的变化有敏锐的洞察力，善于抓住时机，大胆进取，迎难而上，获得成功。在资产主义的商业经营上，他所表现出来的才能和魄力，都远远胜过那些旧的贵族。如他在保加利亚挣了巨款后回来，对热茨基说："我一个人仅半年挣的钱就比明采尔一家两代人半个世纪挣的钱多了十倍。这些钱我是冒着子弹、匕首和伤寒的危险而挣来的，要得到它就得有一千个明采尔在他们的店里戴着帽子出大汗。"沃库尔斯基在买卖经营上与众不同的是，他有远大的眼光，他根据沙皇在经济上将波兰王国和沙俄帝国视为一体这个实际情况，在宣布创建那家对俄贸易公司和它的职能的一次会上，向股东们提出了一整套切实可行的计划："华沙是西欧和东欧之间的贸易转运站。一部分法国和德国的货物在这里集中，由我们经手销往俄国，这样我们从中便可获得可靠的利润。"由于他的经济实力雄厚，在那家对俄贸易公司中，他一个人投入的资本就占公司总资产的5/6。他也经常订购来自巴黎或莫斯科的货物，给俄国商人贷款，他自己的那家服饰用品商店还在莫斯科开了个分店，这更增进了他和俄国广大市场的联系，为他提供了施展才能的广阔天地，因而他只经过一年的努力，就使那家对俄贸易公司的营业总额超过了资本的十倍；当公司的董事会在公司举行的最后一次会上向股东们宣布这个情况时，大家都激动不已站了起来，向当时没有到会的他表示感谢。第二，普鲁斯是把他的主人公作为一个做买卖诚实守信、关心穷人的疾苦、为社会谋福利的资产者来描写的。如作者写他在保加利亚的战场上虽然到处都在冒险，但是就连公爵也说："我可以给沃库尔斯基担保，伯爵夫人跟我说过，我也问过一些上过战场的军官，其中还有我的外甥，他们对沃库尔斯基只有一个看法：他做军需粮秣的买卖是很正派的。士兵们每吃到好的面包都说，这是用沃库尔斯基的面粉烤出来的。"公爵还说他的诚信"已经引起地位最高的人的注意"。他做买卖首先想到的是"给消费者供给便宜一点的货色，要打破那些剥削我们的消费者和工人的厂主们的垄断"。这种诚信和关心消费者利益的经营方式，也使他在资本主义市场的竞争中立于不败之地，但给那些不善经营的厂主们却带来了极大的威胁，作为一个竞争的参与者，当然不会顾及他的对手。在增进社会福利方面，他在维斯瓦河边散步，曾想到在这里修建林荫道，铺设自来水管，使华沙的居民能够喝到清洁卫生的饮水。他看到那许多无衣无食、身患重病的穷苦人，便想到"就是我这笔并不宽裕的财产，也能解救几千个家庭"。他说他为几十个人安排了工作，为几百个人创造了就业的机会，还有数以千计的人从他的廉价商品中得到了好处，这并没有夸大，因为他确实救助过一些社会下层的穷苦人和善良的人，为他们安排工作、住处，给他们解决了生活上的困难，甚至让失足的女青年得到了改造，变成了自食其力的人。在沃库尔斯基这个人物的塑造上，充分表现了普鲁斯受华沙实证主义者的思想影响。可是，就是这样一个作者极力推崇的人却陷入了对一个贵族小姐的爱的追求中，因为他把这看成是他生活的主要目的，任何事情都不能使他放弃这种"幸福"，可是他这种追求却是毫无希望的，这个庸俗可耻的贵族小姐也不值得他爱。普鲁斯认为，他的主人公是误入了歧途，他本来是为爱而挣得了财产，当他发现自己受骗上当，失去了这种爱后，他那巨额的财产也就不需要了；同样，他既然失去了生活的目的，那么对他来说，活在这个世界上也没有必要了。作者为他这样耗费了他那有才华和社会责任感的一生感到十分惋惜，他认为，像沃库尔斯基这样的人如果把他的全部智慧和精力奉献给社会，波兰就会得到复兴，只可惜他的主人公所在的这个社会充满了自私和欺骗，到处都是腐化堕落的现象，而主人公的身上也有缺陷，他的这种愿望不能实现。此外，从沃库尔斯基的社会关系和他跟俄国巨商联手经营的情况来看，也反映了一月起义后的波兰资产阶级联合封建贵族,在政治上向沙俄妥协投降的态度。沃库尔斯基年轻时参加过波兰民族解放斗争,但是他从西伯利亚回到华沙后,在一月起义后的社会环境中,就把这件关系到民族存亡的大事置之脑后了,普鲁斯在这方面,并没有对他的主人公进行批评和谴责,大概是因为沙俄书刊检查机关的干涉,他不可能在小说中更多地反映这些敏感的问题,或者在当时波兰民族解放运动处于低潮时期,每个人都一心为自己谋利,对民族的命运毫不关心,就像小说中所描写的那样,作为一个现实主义作家的普鲁斯反映了真实情况。在这个人物的塑造中,普鲁斯主要通过他和别的人物的对话及他的心理描写,来反映他的思想和个性。沃库尔斯基生性好强,而且十分执拗,他决定要做的事,或者他坚持的观点,不管谁的劝阻或请求,都改变不了,因此他跟别人说话简单明了,斩钉截铁,有时甚至表现出十分粗暴的态度。但是他在追求伊扎贝娜的时候,对这位贵族小姐就不一样了,他对她几乎是百依百顺,说起话来小心谨慎、彬彬有礼,但即使在这种情况下,他对那些无所事事、饱食终日、奢侈浪费的贵族的批判,依然是很坚决的。沃库尔斯基遇到下面两种情况,在思想上也曾有过动摇:一是当他发现他所爱的伊扎贝娜小姐有在他看来不轨的行为的时候,他对她产生过怀疑;二是在追求个人幸福和全心全意为社会谋福利之间如何进行选择,他也有过动摇,普鲁斯把他的这些动摇看成是他的思想性格最重要也是最真实的表现,因为他在这些方面的动摇和选择就是他对人生道路的选择,决定了他的未来,小说这方面以较大的篇幅对他做了深入细致的心理描写,有的地方写得引人入胜,甚至激动人心,是普鲁斯的成功之笔。沃库尔斯基不仅在波兰19世纪文学,而且在整个波兰文学史中,都是塑造得最出色、影响最大的资产阶级代表人物的形象,也是古往今来波兰文学的创作中,最突出和最具有经典性的人物之一。

一直是沃库尔斯基店里的老掌柜的热茨基也是一个很重要的人物。他出身于一个有波兰民族解放斗争传统的家庭，父亲在扬·亨·东布罗布斯基在意大利组织领导的"波兰自愿军团"里当过兵，后来在波兰王国内务部当过差。就像当时波兰许多爱国者和革命者一样，他也是个拿破仑的崇拜者，在热茨基小的时候，他就教导他："上帝派波拿巴一家来，是要在这个世界上建立秩序"，"要时刻准备，响应他们的第一个号召"！他还亲自对他进行军事训练，要他"准备战斗"！热茨基因此很快就锻炼成了一个和他一样，对拿破仑无限崇拜的革命战士，他参加过匈牙利1848年的民主革命，在战场上，表现了高度的乐观主义的精神，和战友们一起英勇战斗，曾给奥地利占领者以沉重的打击。匈牙利革命失败后，他曾陷入悲观："匈牙利已经不存在了。平等……从来就没有过平等……公平……永远也不会有。"后来他曾长期流亡在外，到过欧洲许多国家，但他无时无刻不在思念着他的祖国波兰和故乡华沙："我曾不止一次地打算豁出命来也要去看看那松树林子和用麦秸盖的茅屋。我常常像个孩子似的在梦中喊着我要回家，醒来之后我泪流满面，又穿上衣服，跑到了街上，因为我觉得那一定是老城街和围墙街。要不是不断传来路易·拿破仑已当上总统，还要建立一个帝国的消息，我或许会在绝望中自杀。"回到华沙后，他在霍普费尔的饭店里认识了沃库尔斯基，还引导他参加了一月起义。可在一月起义后的新的社会环境中，他那自由、平等的理想和他对拿破仑的崇拜却被人耻笑，就连他的模样也被说成"像害胆石症时的拿破仑"。但这时候，他也曾受到实证主义思想的影响，而且他自己也有一定的经商才能，他不论在明采尔的杂货店还是在沃库尔斯基的服饰用品商店里当掌柜的时候，也不管店老板在不在店里，或者管不管他的铺店，他都尽心尽力地工作，使伙计们精诚团结，和睦相处，把生意做得红红火火，赢得了很大的利润。例如沃库尔斯基那一次去巴黎，服饰用品商店由他经营了一段时间，老板回来后，了解到"铺子的交易额每天、每个礼拜都在上升，有几十个新来的商人跟他建立了关系"，"由于铺子里的货物销路大增，伊格纳齐先生自己做主，租了一间新的库房，还雇了第八个伙计和两个进货的工人"。这里也可看到波兰王国资本主义工商业发展繁荣的景象。热茨基心地善良，乐于助人，富于自我牺牲精神，他尤其关心比他年轻的和他关系十分密切的朋友沃库尔斯基，他不仅关心他的事业，而且关心他的生活。作为和沃库尔斯基有几十年深交的老朋友，他对他的思想、性格和才能都深有了解，但他自己在新的社会环境中，他那从来都关心祖国命运的思想和他善良的品德，却使他跟不上形势的发展。他过去一直认为沃库尔斯基只关心政治，别的什么都不管，所以当沃库尔斯基看上了伊扎贝娜，一直在追求这位贵族小姐后，他很长时间都没有发现，他不理解沃库尔斯基为什么有时候毫不关心店里的买卖，却一心一意地去做那些在他看来十分怪异而实际是为了讨得伊扎贝娜欢心的事情，他更不满意俄国富商苏津邀沃库尔斯基去巴黎做大买卖，可以赚很多钱他却不愿意去。他有时感叹他的斯塔赫要不是遇到各种阻碍，不知道会给波兰社会做出多少有益的事情来。当他了解到沃库尔斯基在"闹恋爱"后，他理所当然地极力反对他对这个庸俗的贵族小姐的痴迷，而希望他能和淳朴善良的斯塔夫斯卡太太结婚。他本来自己也爱上了斯塔夫斯卡，但他宁愿牺牲自己对她的爱，也一定要把沃库尔斯基和斯塔夫斯卡撮合在一起，如果做不到这一点，他死也不甘心。可是他不仅没有做到这一点，而且令他失望的是，沃库尔斯基在失恋之后，不顾他的苦心劝阻，把他的服饰商店卖给了犹太人，还退出了那家大家寄予希望的对俄贸易公司。在主人公快要了结自己一生的时候，他终于明白了："他为匈牙利的利益战斗过，也曾等待拿破仑的子孙来改造世界，可事实是怎样的呢？不仅世界没有变好，而且拿破仑的子孙都死光了，什兰格包乌姆倒成了商店的老板。"热茨基的一生是有过革命经历的一生,他热爱他的祖国波兰,心系祖国和人民的命运,但他到最后也没有看到他所期盼的一个平等和公正的世界的出现。普鲁斯在塑造这个人物的时候,以极大的热情充分反映他的许多高尚的品德,但他指出了,像热茨基这样参加过民族解放斗争的爱国者和拿破仑的崇拜者是他那个时代的人,他不可能适应一月起义后的新的社会环境,他对这个环境格格不入,作者以富于幽默感的笔调,通过他的一言一行和心理描写,生动地反映出了他的这种状况,有时候,他对某些事情的发生很不理解或者很不满意,甚至更加突出地表现了他那过于善良的品德,使他变得愚钝了。沃库尔斯基要他在罗西演出的时候向这个意大利人献礼,也不说明为什么要这么做,这使热茨基非常恼火,但因为是他亲爱的斯塔赫的要求,他还是勉强地去了。来到戏院里后,他的表现是那么紧张和不自在,他那"华沙人不习惯的礼貌","甚至他的那副拿破仑第三的面像,都很令人疑惑不解"。"虽然大家都不认识他,但还是一眼就看出了他的那顶大礼帽是十年前的,那条领带是五年前的,那件深绿色的礼服和那条方格子紧身裤的年代甚至更加久远,人们都把他看成是外国人,因此当他问一个服务员去正厅怎么走的时候,在他们中便爆发出一阵笑声。"作者这些带幽默的描写不仅没有讽刺的意味,反而使读者觉得这个人物十分可爱。

在小说中,普鲁斯把批判的矛头主要指向封建贵族,在他的笔下,这个阶级的人们不事劳动,生活中挥霍无度、奢侈浪费,作风上庸俗、堕落,充分反映了一个没落阶级的特征,他们的代表人物也都具有鲜明的思想和个性,他们那丑恶的言行和举止中所表现出来的性格,正是作者讽刺的对象。伊扎贝娜的父亲托马斯既自私又贪婪,他极力要把他那少得可怜的本金放在沃库尔斯基那里,利用沃库尔斯基要和他拉关系,便向他大肆敲诈勒索,因为他已经破产到非得靠这种敲诈勒索所得来的利息,来维持他一家人奢侈浪费的生活了。这个贵族虽然在生活上和经济来源上都要依靠沃库尔斯基，但他又瞧不起他眼中的这个商人，他要他的女儿伊扎贝娜经常请沃库尔斯基吃饭，尽心地款待他，想从他那里得到更多的好处，但他深信他的女儿是不会嫁给沃库尔斯基的，作者通过他和沃库尔斯基的交往，对他那卑鄙、可耻而又可怜的面貌，做了入木三分的刻画。他的妹妹伯爵夫人表面上比他冠冕堂皇，她甚至请沃库尔斯基来到了她的大客厅里，让他结识了众多的贵族，使他受到了他们的称颂。但她也同样是为了利用沃库尔斯基，希望他给她的保育院以更多的利益。其实，她骨子里比托马斯更瞧不起这个暴发户，她宁愿让伊扎贝娜跟斯塔尔斯基这个贵族出身的流氓结婚，也不愿把她的侄女嫁给沃库尔斯基。公爵在贵族阶层中地位很高，他也成天地高喊为了"我们这个不幸的国家"，据说"他的感受和思考都是和千百万人联系在一起的，他的期求和受苦都是为了千百万人，但他从来没有做过一件有益的事情"。他自己也承认，他所属的那个贵族阶级的人们既没有能力也没有魄力，使这个国家得到复兴。但在贵族阶级中，却有一个人物是值得称颂的，这就是议长夫人。这个老妇人有自己的庄园财产，但她平等地对待自己的长工，关心他们的生活和后代，奥霍茨基来到扎斯瓦维克后，对沃库尔斯基说："您看见那些很大的房子吗？那都是长工们住的房子。""那边还有一栋是他们子女的保育院，那里有 30 来个孩子在玩耍，穿得整齐又干净，像贵公子一样。那边还有一幢别墅是养老院，现在有 4 个老人住在那里，他们在给客房里的床垫清洁马鬃，从中寻找他们在这里度假的乐趣。我到过这个国家各种各样的地方，看见长工们都像猪一样住在圈里，他们的孩子也和小猪一样在泥潭里嬉戏。可是当我第一次来到这里后，我擦亮眼睛一看，便以为自己到了一个乌托邦岛上。"早在 18 世纪下半叶的波兰启蒙运动作家克拉西茨基所刻画的开明地主的典型形象在这里又出现了。议长夫人不仅对待长工十分友善，而且她和沃库尔斯基的叔父那次不幸的恋爱，也说明了她反对等级制度对爱情的扼杀，她对爱情是忠贞不二的。议长夫人虽然有巨大数目的财产，但她却不像别的贵族那样挥霍无度，她在生活上非常简朴，死后把她的大部分财产都无私地捐献给了慈善事业：医院、育婴堂、补习学校和养老院等，而没有给她的孙子斯塔尔斯基。她认为，与其把它拿到摩纳哥赌场里去，还不如用来救济孤儿。作者在刻画这个人物时，将她理想化了，因而也使她和那些腐朽没落的贵族形成了鲜明的对比。

伊扎贝娜小姐是小说的主要人物之一。作者在她的身上虽然费了不少笔墨，但她所表现出来的性格特点并不复杂：娇生惯养，高傲自私，玩弄男性，她在许多男人面前卖弄风骚，但她没有爱过任何一个男人。她瞧不起沃库尔斯基，当然也不会爱他，但她却时时利用沃库尔斯基的爱，让他为她效劳，最可耻的是那一次她和她的父亲托马斯去克拉科夫，让沃库尔斯基给他们买了一个车厢房间的票，还让她的流氓表哥斯塔尔斯基同往，可是她在途中竟用英语和斯塔尔斯基对沃库尔斯基肆意诽谤和攻击，还以为他听不懂。作者最后让她进了修道院，但舒曼却意味深长地问道："她是想跟上帝卖弄风情，还是要在过分的冲动之后休息一下，以便以后好好生生地出嫁呢？"作者对于这个人物的刻画，是和小说名称《玩偶》有关系的。实证主义政论家亚历山大·希文托霍夫斯基在小说《玩偶》出版后，认为这个"玩偶"就是指伊扎贝娜。但普鲁斯当时对希文托霍夫斯基回答得很明确：小说的"名称是偶然定下来的"。他还着重地指出："伊扎贝娜小姐不是玩偶，玩偶是斯塔夫斯卡家的洋娃娃。"后来在1897年，普鲁斯写给《华沙信使》的主编的一封信中还说，他原想用《三代人》作为小说的名称，即过去的理想主义者热茨基、过渡的人物沃库尔斯基和新时代的理想主义者奥霍茨基。但他这一年在报纸上看到了一个盗窃小孩的洋娃娃的真实案件的记载，"这个事实引发了我对整个小说的构思,借此用'玩偶'一词做了它的名称"。所以《玩偶》这个名称是后来才用的。但是在1934年,波兰文学理论家和文学史家亨利克·日琴斯基(1890—1941)又说这个"玩偶"就是伊扎贝娜。这又使一些人想起了沃库尔斯基那家服饰用品商店卖给什兰格包乌姆后,热茨基生前最后一次,把商店里原有的"那些玩具全都拿了出来,摆满了柜台,还上紧了它们的发条。在他的一生中,这已经是第一千次听到那能奏乐的鼻烟壶的旋律,看见那只熊如何爬上了杆子,从玻璃器具中流出的水推动着磨坊里的水轮车,一只雄猫追着一只老鼠,克拉科夫的青年男女跳舞,一个骑师骑在一匹拉紧了缰绳的马上奔驰。他瞧着那些没有生命的玩具的活动,在他的一生中,也是第一千次重复地说:'玩偶呀!全都是玩偶!我原以为,它们的行动是按照自己的意愿,但它们却是由发条来指使的,那些发条也和它们一样,是盲目的。'"由此引发的思考,也不是没有道理,例如小说中的奥霍茨基在批判那些腐朽没落的贵族时,对热茨基曾经一针见血地指出:"您想想看,那些整天山珍海味,但没有什么事可干的富翁,或者说那些有钱的人吧,一个人总得用什么办法去消耗他的精力,如果他不干活,就一定会去寻欢作乐,或者至少去刺激一下神经。要寻欢作乐和刺激神经,就少不了漂亮、穿着豪华、风趣、受过良好教育,并且为了这种需要还受过特殊训练的女人,这本来就是她们飞黄腾达的唯一的事业。"像斯塔尔斯基、伊扎贝娜、埃韦莉娜以及"她那个阶层里千百个其他的女人",他们在生活中只知道寻欢作乐,玩弄异性,那么把他们比成是没有灵魂的玩偶也没有错。

和普鲁斯憎恶的那些贵族相反的是,小说中那些社会下层的劳动人民正是他所热情歌颂的对象:我们看到,就在沃库尔斯基跟伊扎贝娜和斯塔尔斯基去克拉科夫的途中,听到这两个人对他进行诽谤和攻击而处于绝望境地的时候,他在一个叫斯凯尔涅维采的小站下了车，想卧轨自杀，这时他曾帮助在该地找到巡道工职务的韦索茨基救了他。作者通过这件事的对比，意味深长地指出："他也明白，在他最不幸的一瞬间，当一切都背叛了他以后，这块土地，这个朴实的人和上帝，总还是忠于他的。"另一处，石匠文盖维克在扎斯瓦夫附近那个城堡的废墟上，给伊扎贝娜和沃库尔斯基讲的那个公主和铁匠的故事是那么美妙和生动，连伊扎贝娜也不由得连声赞叹："我真没想到，在乡下有这样的传说，而且一个普通人会把它讲得那么好听。"普鲁斯这些描写，表现了他对下层劳动人民是多么尊敬和爱戴。除了以上主要人物，小说中的其他人物也都个个性格突出、栩栩如生，形成了一道绚丽多姿的人物画廊，读者在阅读小说的过程中，同样会有更多的体会。

小说的结尾反映了浓郁的悲观情绪：首先，像沃库尔斯基在巴黎所见的盖斯特那些据说"能够改善世界的面貌"的物质：比白金还重的金属，比绒毛、比水，甚至比空气还轻的金属，像玻璃那么透明的金属只不过是这位化学家的"痴心妄想"，舒曼最后对热茨基说他"完全疯了，全科学院的人都在笑话他的痴心妄想"。而沃库尔斯基这样本来可以被寄予复兴波兰的希望的人也死了，那个贵族中最开明和慈善的议长夫人死了，最后一个浪漫主义者热茨基也死了，理想主义者奥霍茨基要到国外去，原来服饰用品商店的老伙计克莱茵因为参加宣传社会主义的活动被抓走了，在店里忠于职守的李谢茨基也走了。只留下了大家都不喜欢的犹太人什兰格包乌姆和骗子马鲁谢维奇。作者通过沃库尔斯基的这家服饰用品商店和他创办的对俄贸易公司从兴旺发达走向衰败的描写，表达了对社会的不满。因为沃库尔斯基在文明高度发展的巴黎所看到的，是"所有的方面都在为幸福而工作"。"在英国，有多少商人的家族被授予了爵士的头衔？在英国，社会正处于创造的时代。那里的一切都在走向自我完善，已经到了较高的阶段。"可是在波兰，这里的"一切都在走向堕落腐化和蜕变。一些人死于贫困，另一些人死于寻欢作乐、荒淫无耻。为了喂饱那些无能之辈，大家废寝忘食地干活，怜悯养育了一批厚颜无耻的懒虫。而那些连最简单的家具什物都不具有的穷人，身边只有永远饥饿的孩子，他们最大的利益就是早死"。在普鲁斯看来，像沃库尔斯基这样的能人离去之后，小说中描写的那些虚无主义者，也就是社会主义思想的宣传者的力量是那么弱小，他们的行动是那么幼稚，人们对他们也没法寄予希望，波兰这个等级森严、贫富悬殊的社会面貌就改变不了啦！此外，一月起义后，人们，几乎是普鲁斯见到的所有的人，都对恢复波兰民族的独立那么漠不关心，也使他感到失望，由于沙俄书刊检查制度的干涉，他不可能以很大的篇幅，直接描写波兰19世纪抗俄民族解放斗争，但是他通过对热茨基、卡茨参加1848年匈牙利革命的描写，以及以象征及暗示表现革命者列昂引导包括沃库尔斯基在内的一些爱国青年参加一月起义的经过，表达了他对波兰民族解放斗争的怀念。像热茨基这样的民族解放运动的老兵死后，他似乎再也看不到恢复国家独立的希望了。他认为，虽然在一月起义后，波兰资本主义经济繁荣发展，但在沙俄占领者统治下的波兰社会的面貌并没有改变，面对他所不满的现实，他找不到出路，因此陷入了悲观失望。小说深刻揭示和剖析了当时有关波兰民族和人民命运的许多重大问题，充分表现了作家的爱国主义思想精神。此外它还通过热茨基的回忆，在更大的背景上，真实展现了当时一些欧洲大国争夺势力范围的斗争和各国革命形势的发展。小说对华沙当时的城市面貌，包括街道、商店、旅馆、剧院、公园的地理位置，也做了相当详细的描写，而且在今天看来，它们依然是正确无误的。但普鲁斯这里描写的主要是维斯瓦河西岸的城区，他没有或者很少提到维斯瓦河东岸的普拉加城区，因为华沙的西岸是它也是波兰王国的政治、经济（主要是金融和商业）和文化中心，东岸则主要是工业区，作者通过华沙西岸城区的历史再现，可以看到整个波兰王国的社会缩影。《玩偶》作为19世纪波兰批判现实主义的代表作和一部关于华沙的小说，是波兰和世界文学中的一部不朽杰作，它将流传千古而不失其认识价值和艺术魅力。我的这个译本是根据弗罗茨瓦夫奥索林斯基民族出版社1991年出版的波兰文原著翻译过来的。这个版本的《玩偶》分两卷，每一卷的每一章都有许多脚注，这些脚注对小说的创作和发表的经过以及它的文本的含意做了非常详细的考证和说明，因此它们合在一起，也就构成了一部研究这部作品的学术著作。正因为这些脚注有较高的学术价值，我将它们在保全其基本内容的情况下，做了一些文字上的压缩后，也都翻译过来，这样不仅丰富了这个译本的内容，而且也为喜爱或者想要进一步地研究和了解普鲁斯和他这部杰作的读者提供了方便。

论普鲁斯的《玩偶》

发表于1887—1889年的长篇小说《玩偶》是波兰19世纪著名的批判现实主义作家波列斯瓦夫·普鲁斯（Bolesław Prus，1847—1912）的代表作，也是波兰批判现实主义文学的代表作，是波兰文学史上最重要的经典作品之一。作为一部现实主义文学的经典，它的主题内涵当然离不开它所产生的那个时代。波兰早在1795年就被沙俄、普鲁士和奥地利三国瓜分和占领，这种被占领状态延续了一个多世纪。普鲁斯出生于当时被沙皇俄国占领的波兰王国的华沙，在他生活和创作的年代，残酷的民族压迫曾经迫使波兰人多次举义反抗，1863年1月在华沙爆发的波兰抗俄民族起义无论规模还是影响上都是最大的一次。起义失败后，沙俄占领者进一步加重了对波兰的民族压迫：由沙皇亲自任命俄国的反动官僚在这里担任的总督兼华沙军区司令掌握波兰王国的军政大权。在沙俄当局掌握和控制的波兰王国的政府、法院和学校里规定使用俄语，强迫波兰这样一个视天主教为他们传统宗教信仰的民族改信俄罗斯的东正教。在整个王国布满沙俄军警和特务，为防止波兰人的反抗和以各种形式出现的爱国活动，把那些他们认为可疑的分子随时送交军事法庭严加审讯，同时建立严厉的书刊检查制度，以消除波兰人的一切爱国言论。在行政划分上，沙俄当局力图将波兰王国并入沙俄帝国的版图，把它称为俄国的

"维斯瓦边区"。因此，他们把波兰王国和沙俄帝国也当成了一个统一的经济发展的实体，早在19世纪50年代初，沙俄当局就取消了两国之间的关税壁垒，为了这个统一体的经济发展，他们又于1864年在波兰王国废除了封建农奴制。波兰王国的农奴获得解放后，给城市提供了大量廉价的劳动力，使得这里的资本主义经济迅速发展，但是与此同时，旧的封建贵族依然占有很高的社会地位。由于历史形成的封建等级制度，下层劳动人民在民族和阶级的双重压迫下，处于极端贫困的境地，而这又阻碍了波兰社会的发展，因此，华沙一些青年知识分子在一些进步刊物上极力宣扬社会改革的思想，提出了实证主义的政纲，其中包括有机劳动和基层工作，前者要求在王国多办工厂，多开商店，发展科学技术、工业生产和贸易；后者要求在农村开办学校，建立医院和防疫站，以提高农民的文化水平，改善他们居室的卫生条件和健康状况。实证主义者倡导男女平等、社会各阶层平等，他们在促进波兰王国资本主义的发展、建立民主制度和农村普及教育方面，起过一定的积极作用，但是他们并不触及波兰民族独立这一重大的问题，对沙俄占领者采取了妥协投降的态度。实际上。当时王国整个封建贵族和新兴资产阶级都是这样。虽然在《玩偶》发表的那些年代，波兰王国的无产阶级革命运动已经兴起，但是影响不大，波兰民族解放运动处于低潮。

一

小说《玩偶》通过一个破落贵族的子弟沃库尔斯基曲折的社会经历，在广阔的背景上，真实再现了那个时代波兰王国特别是华沙的社会面貌，是一部史诗式的作品。主人公年少时当过饭店里的堂倌，他发奋读书，后来考上了大学，在一位革命者列昂和一个年长于他的朋友、波兰19世纪民族解放运动的老兵伊格纳齐·热茨基的引导下，参加过1863年的一月起义，曾被流放到西伯利亚。他在西伯利亚艰苦的条件下，从事科学研究，并且取得了很大的成就。可是他于1870年回华沙后，饱受饥饿的煎熬，最后不得不和一个比他大许多且新寡的明采尔杂货店的老板娘结婚。过了三年，他的妻子死了，沃库尔斯基继承了明采尔一家两代人经营的杂货店。一次偶然的机会，他在戏院里看歌剧表演，见到一位出身名门的漂亮贵族小姐伊扎贝娜·文茨卡，便爱上了她。他知道，在当时的社会条件下，要赢得这样一位地位很高的贵族小姐的爱情，"就必须：不做商人，要做就得做一个富商。至少出身贵族，和贵族阶层的人有关系。首先是要有很多钱"[①]。于是他马上给自己弄到了一个贵族出身的证明文件，并于1877年去保加利亚参加那里爆发的俄土战争，搞军需供应，很快就挣得了几十万卢布的巨款，成了一个暴发户。回到华沙后，他又新开了一个规模较大的服饰用品商店，从此他便极力和这位贵族小姐及其亲属、朋友拉拢关系，处处为他们效劳，后来他还联合一部分贵族，开了一家规模很大的对俄贸易公司，成了华沙商界的头面人物。但他最后发现伊扎贝娜是一个庸俗、堕落的女子，感到自己受了骗，在绝望中自杀。

普鲁斯在小说中，是把他的主人公作为一个19世纪下半叶波兰新兴资产阶级代表人物来描写的，在沃库尔斯基的身上，表现出了这方面的许多突出的特点：他很善于洞察资本主义市场行情的变化，能够抓住时机，迎难而上，大胆进取，获得成功。在资本主义的商业经营上，他所表现出来的才能和魄力，都远远胜过那些旧贵族。沃库尔斯基在经营上眼光远大，他能根据沙皇在经济上将波兰王国和沙俄帝国视为一体，并且对西方实行开放政策

---

① 波列斯瓦夫·普鲁斯：《玩偶》，张振辉译，上海译文出版社2005年版，第93页。

这个实际情况，在宣布创建对俄贸易公司时，向股东们提出了一整套切实可行的计划："华沙是西欧和东欧之间的贸易转运站。一部分法国和德国的货物在这里集中，由我们经手销往俄国，这样我们从中便可获得可靠的利润……。"[①] 由于他的经济实力雄厚，在对俄贸易公司中，他一个人投入的资本就占公司总资产的5/6。他只经过一年的努力，就使对俄贸易公司的营业总额超过了资本的10倍，而且获得了80%的利润。

　　沃库尔斯基做买卖也很诚信，这种诚信和关心消费者利益的经营方式，也使他在资本主义市场的竞争中永远立于不败之地。同时他也十分关心波兰的社会福利，常为穷苦的人排忧解难。他为几十个人安排了工作，为几百个人创造了就业的机会。沃库尔斯基最后看出了伊扎贝娜的本来面貌，在失恋后想要在一个小站上卧轨自杀的时候，这里有一个巡道工救了他，因为他年前给这个工人在这里找到了工作。沃库尔斯基极力救助那些穷苦的人是出于对他们的同情，因为他自己年少时也有过同样的经历。

　　但是沃库尔斯基和贵族小姐伊扎贝娜交往后，思想上就产生了矛盾，一方面，他依然关心华沙的社会公益事业，救济和帮助那些穷苦的人，但另一方面，他把自己的主要精力和钱财用于取悦和拉拢伊扎贝娜和贵族阶级的代表人物。他在和伊扎贝娜的父亲托马斯打牌时有意输钱给他，他高价收买托马斯的期票和托马斯祖传的银器、餐具。他在伊扎贝娜的姑妈伯爵夫人组织的复活节募捐会上慷慨捐款。后来他又以比底价高很多的价钱竞买了托马斯那栋古旧的房子。他本来对赛马毫无兴趣，但因为打听到了伊扎贝娜和她的姑妈要去看一场赛马，就抢买了一匹赛马，在比赛获胜后，又把马卖掉，把卖马的钱亲手交给了在场的伊扎贝娜，

---

① 波列斯瓦夫·普鲁斯：《玩偶》，张振辉译，上海译文出版社2005年版，第204页。

请她把这些钱作为对保育院的捐资转交给伯爵夫人。伊扎贝娜所崇拜的意大利演员罗西来华沙表演，沃库尔斯基应她的要求，特意买通了许多人去为罗西捧场和献礼。沃库尔斯基后来也曾看到伊扎贝娜虽然表面上并不拒绝和他交往，但背地里却和别的男人勾搭，甚至对他进行无耻的攻击和恶毒的咒骂。在这种情况下，他对她的爱慕也曾有过动摇，但他每次都反过来自责，又恢复了对她的爱恋。普鲁斯在塑造他的主人公形象时，常采取心理描写的手法，通过他的内心斗争充分展示他那坚强而又带有执拗的个性，同时也不掩饰他性格中软弱的一面，通过微妙的心理活动把沃库尔斯基由于情场挫折而发生的心理变化表现得淋漓尽致。在他的事业心同爱情的历次较量中，每次都是事业心败北。在普鲁斯笔下，他的主人公虽是个新兴资产阶级的代表人物，但他无论在哪方面都是一个近乎完美的资产者的形象。他年轻时曾为波兰民族的解放而战斗，受过长期流放的痛苦；在一月起义后的新的社会环境中，他以自己的才能和勇于进取的精神，为波兰民族工商业的发展和改善下层劳动人民的生活状况做出了很大的贡献。他品德高尚，对爱情忠贞不贰，他的朋友热茨基曾竭力促成他和淳朴善良的斯塔夫斯卡太太的婚姻，他对斯塔夫斯卡也有好感，并且帮她克服了生活上的困难，但他始终没有答应热茨基的要求，即使他失恋之后，也没有和斯塔夫斯卡结婚。他虽是个资产者，但他丝毫也不看重自己的钱财，他将钱财一部分用于赢得贵族小姐的芳心，另一部分献给了波兰社会的公益事业，在他失恋后决意自杀之前，他把全部财产献给了在他看来对波兰社会的进步有益的人。像这样的资产者的形象不仅在波兰以往和与《玩偶》同一时期产生的文学作品中从未有过，就是在西方文学特别是西方19世纪批判现实主义的文学中也未曾有过。普鲁斯根据波兰当时和资本主义高度发展的西方国家不同的社会情况，成功地塑造了他的理想人物，这种理想人物所能达到的道德水平在我们的社会中，或者在今天的世界上，依然是十分少见的，因此他不仅在当时是一个文学上的创新，而且在今天也有很大的现实意义。

小说中沃库尔斯基服饰用品商店的老掌柜热茨基也是一个很重要的人物。他出身于一个具有爱国传统的家庭，他父亲早年参加过在意大利组建的"波兰志愿军团"，为恢复波兰国家的独立而战。他父亲是个拿破仑的崇拜者，以为拿破仑会给波兰带来民族独立，会在全世界伸张正义。热茨基受父亲的影响，也对拿破仑十分崇拜，为了实现"自由、平等、博爱"的理想，他参加过1848年匈牙利革命，后曾长期流亡国外，回到波兰后，他又引导比他年轻的沃库尔斯基参加了一月起义。在一月起义后的新社会环境中，他受实证主义的思想影响，主张发展波兰民族工商业，而且他自己也有一定经商的才能，作为沃库尔斯基服饰用品商店的老掌柜，他善于团结店里的伙计，使大家齐心协力把生意做好。同时他也十分看中沃库尔斯基的才能，因此他对沃库尔斯基为了赢得伊扎贝娜的欢心所采取的一切行动都不理解。热茨基心地善良，乐于助人，他很赞赏沃库尔斯基对穷人的救助，他自己也很关心穷人的疾苦，他曾经说，像沃库尔斯基"这样的人在世界上可真是独一无二，怎么不叫人喜爱呢！是的，其实就我来说，我也是有这样一个好心肠的，只是要我那么做，却还缺少一点东西……这就是亲爱的斯塔赫拥有的那五十万卢布"[1]。除了生意买卖外，他在生活上对沃库尔斯基也很关心。当他知道自己的朋友爱上了伊扎贝娜后，他理所当然地极力反对，同时他又极力想要让沃库尔斯基和他心目中最好的女人斯塔夫斯卡结婚。其实他自己早已爱上了斯塔夫斯卡，但他宁愿牺牲自己的爱，也一定要将沃库尔斯基和斯塔夫斯卡撮合在一起，认为只有这样，他的斯塔

---

[1] 波列斯瓦夫·普鲁斯：《玩偶》，张振辉译，上海译文出版社2005年版，第637页。

赫才能得到真正的幸福，这是多么伟大和无私的爱。

　　普鲁斯在塑造这个人物时，以很大的热情，生动地反映了他的许多高贵的品德和他有过革命经历的一生。由于他的思想、感情已不能为当时的人们理解，他只有通过写回忆录倾诉衷肠。在他的回忆中读者看到了一月起义的全过程。小说中人物形象的塑造充分反映了普鲁斯的思想。一月起义后，他也非常赞许华沙实证主义者提出的"有机劳动"和"基层工作"的纲领，主张利用当时波兰王国一些有利的条件，极力发展波兰的民族工商业，改善穷苦人的生活状况。他认为沃库尔斯基这样对祖国复兴有用的人才最后悲惨的结局主要是社会造成的。他把批判的矛头指向了那些腐朽没落的贵族。这些人社会地位很高，但他们在生活上骄奢淫逸，挥霍浪费，而又不事劳动，年轻的公子、小姐甚至荒淫无耻，又极端傲视其他阶层的人们。在普鲁斯看来，这些人是过去的封建余孽，他们不仅是社会的寄生虫，他们那腐朽堕落的生活方式也对人们的风俗习惯造成了很坏的影响，毒化了波兰的社会生活。例如伊扎贝娜的父亲托马斯，这个出身于名门世家的大贵族，他的祖上出过大批元老院的元老，他的父辈有过几百万的家财。1864年农奴解放后，因为他的庄园里再也没有农奴来无偿地替他耕地和种庄稼，而他自己又不会经营土地，加上长期养成的奢侈浪费的生活习惯，坐吃山空，很快就走向了破产。在普鲁斯笔下，这是一个极端自私而又贪婪的贵族，他此时在经济上已经窘迫得只好向家仆借钱来维持巨额的生活开支。他也正好利用沃库尔斯基拉拢他的机会，便把自己的一点少得可怜的本金放在沃库尔斯基那里生息，对这个富商肆无忌惮地敲诈勒索。有时沃库尔斯基没有完全满足他那贪得无厌的要求，他就大发雷霆，但有时又对沃库尔斯基感激涕零。这个贵族虽然在生活上和经济来源上都要依靠沃库尔斯基，但他又瞧不起他眼中的这个商人。他要他的女儿伊扎贝娜常请沃库尔斯基吃饭，尽心地款待他，只是想从他那里得到更多的好处，因为他深信自己的女儿不会嫁给商人，可他自己最后却因为女儿玩弄手腕和卖弄风骚不成功，在失望之余自杀了。普鲁斯对他那可耻而又可怜的面孔作了入木三分的刻画，而他那最后的结局，更突出地表现了作者对这个人物的厌恶之情。伊扎贝娜是小说的主要人物之一，普鲁斯在她的身上虽然费了不少笔墨，但她的性格特点并不复杂：娇生惯养，高傲自私，玩弄男性。她对许多男人卖弄风骚，但她从未爱过任何一个男人。她瞧不起沃库尔斯基，当然也不爱他。她对他一再欺骗，无非想要利用他为她和她的父亲效劳。其实，《玩偶》中塑造的年轻的贵族女子形象或多或少都有这些特点。因此，小说发表后，就在波兰的许多研究家中引起了争论，这个"玩偶"指的是谁或指的是什么？著名实证主义政论家亚·希文托霍夫斯基（1849—1938）认为它指的是伊扎贝娜。但普鲁斯却马上否定了这种说法，他说，小说的"名称是偶然定下来的"。"伊扎贝娜不是玩偶，玩偶是斯塔夫斯卡家的洋娃娃。"[①] 后来在1897年，普鲁斯在写给《华沙信使》报主编的一封信中还说，他原想用《三代人》作为小说的名称，即过去的理想主义者热茨基、过渡性的人物沃库尔斯基和新时代的理想主义者奥霍茨基。但他这一年在报纸上看到了有关一个盗窃小孩的洋娃娃的真实案件的记载，"这个事实引发了我对整个小说的构思，借此'玩偶'一词做了书名"。但在1934年，波兰文学理论家和文学史家亨·日琴斯基（1890—1941）又说这个"玩偶"是伊扎贝娜，因为小说中的奥霍茨基在批判那些腐朽没落的贵族时，对热茨基曾经一针见血地指出："您想想看，那些整天山珍海味，但没有什么事可干的富翁，或者说那些有钱的人吧，一个人总得有什么办法去消耗他的精力，如果

[①] 《玩偶》，"序"，（波兰）弗罗茨瓦夫奥索林斯基民族出版社1991年版，第13、14页。

他不干活，就一定去寻欢作乐，或者至少去刺激一下神经……要寻欢作乐和刺激神经就少不了漂亮、穿着豪华、风趣、受过良好教育，并且为了他的这种需要还受过特殊训练的女人……这本来就是她们飞黄腾达唯一要做的事情。"① 像斯塔尔斯基、伊扎贝娜和"她那个阶层里千百个其他的女人"，在生活中只知道寻欢作乐，玩弄异性，那么把他们比成没有灵魂的玩偶也没有错。对这一点，无论小说的读者还是普鲁斯的研究家，都可以有不同的理解。小说中除了以上主要人物之外，还有许多次要的人物，这些人物虽然和作品的主题思想没有直接的联系，但在作者的笔下，也表现了其突出的个性。例如男爵夫人克热索夫斯卡，她原是托马斯那栋房子里的租户，她的楼上当时住着几个大学生，经常对她施恶作剧，欺侮她；而她和她的丈夫男爵因在家庭财产的支配上有矛盾，丈夫常年不跟她住在一起，使她得不到他的保护，这给她带来了很大的痛苦；但她因为有个女儿死在她租赁的那间房里，对女儿的思念使她不忍离去，因此她要把托马斯的那栋房子买下来，沃库尔斯基有意抬高房价的行为使她大为恼火，认为沃库尔斯基欺侮她。但是沃库尔斯基并不是真的要那栋房子，所以她后来仍将它从沃库尔斯基手里买了过去，并在法院起诉，赶走了那些曾对她恶作剧的大学生，她的丈夫也回来了，这对她来说，应当是心满意足了。但这时候，她却和一个流氓无赖马鲁谢维奇一起，在法庭上诬告善良的斯塔夫斯卡偷了她女儿生前玩过的一个洋娃娃，直到沃库尔斯基亲自出庭作证，说明斯塔夫斯卡的洋娃娃是在他的服饰商店里给她女儿买的，这件事才得以了结。作品里的一些人物因为她的反复无常，常叫她疯子，普鲁斯对这个人物是以一种幽默的笔调来写的，但也多少带有一些讽刺意味。

---

① 波列斯瓦夫·普鲁斯：《玩偶》，张振辉译，上海译文出版社2005年版，第850页。

小说的结尾反映了浓郁的悲观情绪，首先是沃库尔斯基在巴黎见到盖斯特，他那些据说"能够改善世界面貌"的科学发明后来遭到人们无情的嘲笑，小说中的一个人物舒曼医生对热茨基说他"完全疯了，全科学院的人都在笑话他的痴心妄想"。沃库尔斯基也死了，他的悲剧结局是不合理的封建等级制度造成的，也是贵族的堕落腐化造成的，因此舒曼说："他死了，是封建主义残余葬送了他……他的死，大地为之震动……一个有趣的典型。"[1]"最后一个浪漫主义者"也就是波兰最后一个革命者热茨基死了。那个贵族中最开明和慈善的议长夫人也死了。理想主义者奥霍茨基因为波兰"就连科学研究的气氛都没有。这是一个暴发户的城市，视真正的研究家为粗野的人和疯子"，也要到国外去。在沃库尔斯基服饰商店里忠于职守的李谢茨基因为不满意犹太人什兰格巴乌姆当了店主和流氓无赖马鲁谢维奇来到了店里，他也走了。普鲁斯通过沃库尔斯基的服饰用品商店和他创办的对俄贸易公司从兴旺发达走向衰败的描写，充分表现了一个爱国作家对波兰前景的担忧。一月起义后，虽然资本主义迅速发展，但是由于各种腐朽黑暗势力的统治和沙俄占领者的民族压迫以及人们对于波兰民族事务的漠不关心，他似乎再也看不到波兰恢复国家独立和民族复兴的希望了。但在波兰文学史上，却还没有一部作品能够像他的《玩偶》这样，对于波兰被沙俄、普鲁士和奥地利瓜分后的19世纪，特别是在19世纪下半叶的社会状况以及其中出现的各种复杂的问题，作了如此深刻的剖析。

二

小说的结构形式和一般现实主义小说故事情节按时间的先后

---

[1] 波列斯瓦夫·普鲁斯：《玩偶》，张振辉译，上海译文出版社2005年版，第862页。

次序推进，最后形成一个整体的结构不同，它在描写主要情节发展的同时，在一些章节中，插进了热茨基的回忆，通过这种回忆，一方面叙述了沃库尔斯基青少年时代的经历，而这一切又和小说主要情节的发展在时空上是颠倒的；另一方面，热茨基又很详细地描述了自己参加1848年匈牙利革命的经过；而这种叙述又与小说的主要情节剥离。故而这种结构形式在小说产生的时候就遭到波兰研究家的指责。亚·希文托霍夫斯基说：小说"最差的方面大概是计划、系统和结构，特别是大范围的结构。很明显，普鲁斯在开始写自己的小说的时候，既没有想到要用多大的篇幅，对小说的情节和所有的人物形象也没有一个完整的构思。一直到动笔写起来的时候，他才产生了一些想法，引进了一些形象"①。波兰当代著名文学评论家尤·科塔尔宾斯基也说这部小说"有极其丰富的插曲、场面、形象和景象，这是它最吸引人的地方。但是它的一个大错是在艺术上不统一，不和谐……遗憾，很遗憾，整体的建构杂乱，没有秩序。作品的几乎所有的部分都写得很好，但它们连接得很不好"②。其实，小说《玩偶》的这种结构形式早在19世纪上半叶波兰浪漫主义的文学作品中就曾有过，这一流派的著名诗人尤利乌斯·斯沃瓦茨基（1809—1849）的长诗《贝尼约夫斯基》（1841—1845）以波兰18世纪巴尔同盟为背景，写贝尼约夫斯基这个贵族的各种经历，它的某些章节也插进了和作品的主要情节无关的作者对于他所见到的世事的评论。亚当·密茨凯维奇的长诗《康拉德·华伦洛德》（1828）某些部分也作了颠倒时空的描写。此外，《玩偶》的结构形式后来在波兰20世纪的现代派小说中也经常采用，而且有

---

① 亚·希文托霍夫斯基：《亚历山大·格沃瓦茨基》（波列斯瓦夫·普鲁斯）（1890），见《波兰文学批评》第3卷，第129页。

② 转引自雅尼娜·库尔奇茨卡—沙洛尼《波列斯瓦夫·普鲁斯》，华沙普及知识出版社1975年版，第390页。

所发展。这种结构形式因为和波兰传统的以及和《玩偶》同时期的波兰批判现实主义文学其他作品有所不同而遭到研究家们的指责。其实它不论在当时还是后来都不是什么新奇的东西，在笔者看来，这种结构形式也有它的优点，这就是它在情节的发展中能够增加悬念，收到引人入胜的效果。主人公热茨基的回忆也扩大了小说所反映的时代背景，因为这与他过去参加1848年匈牙利革命和他后来生活的那个时代（一月起义后的波兰王国）是有密切联系的。

普鲁斯在塑造人物形象时，除了前文所说的擅长心理描写之外，也很善于以幽默的笔调来反映各种不同的场景，表现人物的性格，这是他在小说中运用的最重要的艺术手法之一。小说中的热茨基就是一个充满幽默情趣的人物，但是他的幽默和普鲁斯同时代的著名作家，1905年诺贝尔文学奖获得者亨利克·显克维奇（1846—1916）笔下的幽默又大不相同，显克维奇在历史小说三部曲《火与剑》《洪流》和《伏沃迪约夫斯基先生》中，成功地塑造了一系列为了波兰民族解放而斗争的英雄形象，有的形象是很富于幽默感的，这种幽默往往表现出了英雄人物的大智大勇。普鲁斯则主要是通过幽默的描写来表现主人公热茨基与众不同的思想和性格，因此他的幽默是在日常生活中表现出来的。这种幽默描写的例子在小说中俯拾即是。

其实，普鲁斯对这个人物的富于幽默的描写是带有忧郁情调的，其中表现了他对现实不满的情绪。作家以充满幽默的笔调将热茨基淳朴善良的个性自然而又非常真实地表现了出来。在一些场景中，读者看到他对周围环境是如何难以适应，有时候，由于过于善良，倒使他变得愚钝了，这种愚钝虽然引出了笑话，却反而使人觉得他更加可爱。作为革命者的热茨基的"愚钝"和人们对他的嘲笑反映了这位忧国忧民的作家内心的痛苦。

三

《玩偶》作为一部波兰民族的史诗自发表以来，不仅早已被公认为是波兰19世纪批判现实主义的代表作，而且对后世产生了深远的影响，这主要表现在以下两个方面。一是像沃库尔斯基和热茨基这样为波兰民族的解放和复兴事业而奋斗了一生的人物形象在以后的波兰文学作品中曾不断地出现，说明他们深深地扎根在每一个波兰人的心灵中。例如：波兰20世纪初的著名作家斯泰凡·热罗姆斯基（1864—1925）在他早期发表的中篇小说《一个坚强的女人》中，就成功地塑造了一个献身农村教育事业的女教师斯坦尼斯瓦娃的形象。她出于善良的愿望，从繁华的大城市华沙，来到了一个贫困的乡村教书，想用她的知识消除农民的愚昧，就像沃库尔斯基想搞科学实验一样，她在极其艰苦的条件下，写成了一本《初等物理学》的手稿，想拿去出版。和他不同的是，她一直生活在极端的贫困中，即使在这种情况下，她还以自己微薄的收入供养了一个老妇人，给老人买了一具寿材，为她准备了后事。而她自己却因为长期的劳累和艰苦的生活，染上了伤寒病，因农村缺医少药，不幸死去，表现了更大的牺牲精神。热罗姆斯基的长篇小说《无家可归的人们》（1898—1899）和《玩偶》一样，也是一幅波兰社会的全景画，主人公托马斯·尤蒂姆是个鞋匠出身的医生，一个慈善事业家。他在华沙、契塞和扎格文比亚煤矿区等地对工人和贫苦农民的处境做了广泛的调查，了解到工人全都在被严重污染的环境中生活和劳动，许多人感染了肺病，患了癌症。地主庄园里的长工和牲口住在一起，卫生条件极差，常常患疟疾。尤蒂姆决心动员社会力量，以改善他们的生活和劳动条件，他号召医生们担负起社会责任，去救助劳苦的人们，却遭到了拒绝。他在契塞作为一家医疗公司的医生，去给农民治病，又遭到公司经理和行政管理人员的打击和阻挠。热罗姆斯基是把主人公作为一个全心全意为无产阶级谋求幸福,具有大公无私品德的人物来塑造的,只要世界上的"人们还受到过分劳动的榨取、工厂毒气的毒害","住在像野兽洞穴似的房子里",他就要忘我地工作,直到自己停止呼吸。可是由于不合理的社会制度,他的一切努力都失败了。在长篇小说《罪恶史》(1908)中,热罗姆斯基也描写了一个与《玩偶》中议长夫人身边同样的乌托邦世界,而且有了进一步的发展:大贵族博增塔伯爵把他自己的庄园、财产全部都献给了贫苦农民,让他们在这里从事集体化和机械化的劳动。他还为他们和他们的家属建了漂亮的住宅,开办了学校、医院、养老院、图书馆等各种公共设施。但是在博增塔死后,农庄的土地被他的妻子拍卖,无地的农民又恢复了往日的贫困,这里所有的一切都破败了,博增塔的墓碑上也刻满了咒骂他生前所做的一切的文字。

《玩偶》是一部再现19世纪下半叶华沙社会生活全景的作品,它除了真实地反映了当时华沙各阶层的生活状况之外,对华沙的城市面貌:街道、学校、教堂、工厂、商店、住宅、剧院、公园、法院、赛马场甚至墓地的地理位置和人们在这些地方活动的情况,也都作了相当详尽的描写。小说中沃库尔斯基应邀参加华沙各界名流在伊扎贝娜姑妈伯爵夫人沙龙里的大聚会、伊扎贝娜和她的父亲在剧院里看罗西的表演和沃库尔斯基为罗西捧场,还有他参加赛马和华沙法院里审案的场面都写得十分真实、生动。伯爵夫人邀请沃库尔斯基出席她的沙龙里华沙贵族的一次盛大聚会,他因为是华沙商界最著名的资产者,在这里成了众人注目的中心人物,那个贵族中地位最高的公爵对他赞扬有加,甚至表示要把他当成自己的"亲兄弟"。那位最受尊敬的议长夫人十分动情地讲述她和沃库尔斯基的叔父有过的那段不幸恋情。这一切都说明,作者在这里不是单纯地描写大贵族高雅豪华的沙龙生活,而是要通过这种描写，突出主人公在当时波兰社会中的巨大声望，由于这种声望，连贵族阶层中的一些头面人物也不能不对他表示尊重。此外在这次华沙大贵族的聚会中，一个沙俄占领军的将军也是伯爵夫人邀请的客人之一。波兰当代著名文学评论家尤泽夫·巴胡日认为：这种情况的出现意味着伯爵夫人要和占领者当局搞好关系，这在当时的贵族中是常见的，从而充分说明波兰贵族对沙俄占领者妥协投降的态度。

剧院场面的描写生动地表现了伊扎贝娜对罗西的崇拜和沃库尔斯基对这位他所爱恋的贵族小姐的逢迎，他能够利用自己的巨额钱财和在华沙的声望，按照伊扎贝娜的要求，随意调动许多人去为罗西捧场。小说中描写的法院审讯男爵夫人起诉斯塔夫斯卡偷洋娃娃的案件，结果由沃库尔斯基叫人把那个"被偷"的洋娃娃拆开，里面露出了他的服饰用品商店的商标，这才证明被告斯塔夫斯卡的这个洋娃娃是在他的商店里买的，而不是偷的。这看起来非常可笑，可是根据普鲁斯本人的说法，案件的审讯当时确有其事，只不过作者在小说中把它写得更加幽默和风趣罢了。有的社会生活真实场景普鲁斯虽然没有直接写出来，但对它们作了许多暗示，这在波兰的文学作品中也是独一无二的，因此这部小说也就成了研究 19 世纪华沙的一部弥足珍贵的历史文献。由于这个原因，自它发表以来，就引起了波兰许多文学、历史、地理和民俗学家的兴趣，于是形成了一股考证热，这种考证甚至延续到了今天。就像中国红学界过去和现在存在的"索隐派"一样，但是索隐派对《红楼梦》的人物考证大都是一些个人的猜想，而波兰学界对《玩偶》的考证则是有事实根据，因此大都是可信的。例如根据尤泽夫·巴胡日的考证，普鲁斯在描写他的主人公关心华沙的公益事业时，甚至把他自己曾极力支持过的一些公益事业，如在华沙维斯瓦河岸边修一条林荫道和铺设自来水管的真实事件纳入了他的主人公的想象中，这种虚虚实实、真真假假的描写也是他创作《玩偶》的重要手法之一。

沃库尔斯基来到了维斯瓦河的岸边，他惊奇地发现，在一片面积有好几莫尔格的广阔的平地上，有一大堆令人恶心的垃圾，臭气熏天，在阳光照耀下，它几乎晃动起来了。可是华沙的饮用水，就蓄在距离它只有几十步远的地方。

"这里是所有传染病的滋生地，"他想，"今天，如果有人从自己家里倒出了什么东西，那么明天，他又会喝到这些东西，然后，他就会被抬到波翁茨基墓地里去，而这反过来又将他的病传给他依然活着的亲人。"

这里该修一条林荫道，铺设自来水管，山上有洁净的泉水可以饮用，每年可以防止好几千人死亡，好几万人生病……不是什么大工程，但受益却不可估量，大自然是知道如何回报的。"[1]

"华沙不断地扩展，正在向维斯瓦河扩展，如果沿着河岸铺设一条林荫道，那里便可建起一个最漂亮的街区，有高楼大厦、商店和大街……"[2]

后来果然有一位英国工程师威廉·林德利做了一个安装输水设备的设计，并得以实施，从此以后，华沙死于流行病的人就明显地少了。在华沙维斯瓦河边修林荫道的事在19世纪华沙各界也议论过多年，1897年4月2日《华沙信使报》还报道了成立一个波兰法国协会的消息，这个协会准备用2500万卢布的资金来修建这条林荫道，可是这个计划没有实现。两次世界大战之间，波兰政府还制定了一个修建的方案，工程开始后，由于第二次世界大战爆发而被迫停止，这条林荫道战后才建成。以上事实证明了普

---

[1] 波列斯瓦夫·普鲁斯：《玩偶》，张振辉译，上海译文出版社2005年版，第99页。

[2] 同上书，第89页。

鲁斯的预见是正确的。

　　小说在描写华沙的城市面貌时，其中有许多街道、学校、住宅、剧院、法院、公园等，都是按照普鲁斯生活和创作《玩偶》的那个年代它们所在的地方和面貌反映出来的，普鲁斯对它们中有的没有说出名称，而只是在人物的对话和场景的描写中暗示一下，这当然是他创作的需要，但是由于他的这种暗示准确无误，所以华沙人或熟悉华沙的人一看便知道他所指的是什么。例如普鲁斯在小说中写道："在一些光秃秃的树木的后面，可以看见大学一片黄颜色的大楼。"① 这里说的是华沙中央大学，它在19世纪60年代，是波兰王国唯一的一所综合性大学，普鲁斯年轻时在这里学习过，一月起义后，沙俄占领者为了加强对波兰学生的俄罗斯化教育，在1869年把它改造成了一所俄罗斯大学。作家在小说中提到它，是颇有感慨的。沃库尔斯基来到华沙耶路撒冷大街，想起了童年时住在新世界大街，听到一个工厂里传来的汽笛声使他感到高兴。巴胡日认为，这就是利尔波普、劳乌和勒文斯坦股份公司的工厂，它是波兰王国生产工具和机器的最大的工厂之一。普鲁斯年轻时，在这里干过活。根据小说的主要人物沃库尔斯基和热茨基在华沙的生活状况和活动的范围，波兰的普鲁斯研究家们还认定了这两个人物住在什么地方。在他们看来，前者应当住在克拉科夫城郊街四号，因此根据一位研究家的建议，1937年在这幢住宅墙上挂了一块纪念牌，上面写的是："斯坦尼斯瓦夫·沃库尔斯基，波列斯瓦夫·普鲁斯在名为《玩偶》的长篇小说中赋予了生命的人物，1863年起义的参加者、西伯利亚的流放者、商人、首都华沙城的公民、慈善事业家、学者，生于1832年，1878—1879年在这栋房子里住过。"热茨基则住在这条街的七号，

---

① 波列斯瓦夫·普鲁斯：《玩偶》，张振辉译，上海译文出版社2005年版，第96页。

1937年在这所住宅的一间厢房里,也挂过一块长圆形的纪念牌,牌上写道:"伊格纳齐·热茨基,波列斯瓦夫·普鲁斯的长篇小说《玩偶》中赋予了生命的一个人物在这里住过。他原是一个匈牙利步兵的军官,参加过1848年战争。他还是个商人、著名的回忆录作者。死于1789年。"

  普鲁斯对小说中这么多的事物和场景按照它们在现实中的原貌或隐或显地去进行描写,并不是自然主义单纯的描摹,也不是对现实生活纯客观写照。他对华沙社会面貌和自然环境这些细节的真实描写,是让每一个波兰的读者在他们的祖国沦亡的时候,不要忘记波兰民族的解放事业,不要忘记他们的首都和故乡华沙的一草一木和这里发生的一切。因此,波兰人不论在什么地方,只要读到《玩偶》,就一定会引起他们对祖国和故乡的思念以及对童年生活的回忆,而备感亲切。20世纪初波兰一位著名的社会评论家卢德维克·克日维茨基(1859—1941)曾说:"正像英国的狄更斯和法国的巴尔扎克一样,普鲁斯在我们这里乃是历史自然的见证,这个见证可以告诉千秋万代,在19世纪后半叶的波兰,人们是怎么生活的。他的小说中的人物是虚构的,但是他们每天所处的环境、他们的生活方式以及他们的思想过程却是形象的现实。"[①]

  除了对华沙的真实描写之外,小说中还不乏对当时巴黎情景的反映。如沃库尔斯基在巴黎就见过一位"很了不起"的催眠术教授帕尔梅利的神奇表演,作家将这表演写得妙趣横生。今天在中国和世界各国广泛运用的催眠术,原来在那个时候的欧洲就已经有了。据说"催眠"这个医疗上的术语,是英国医生J. 布雷德在1852年首次采用的。小说在热茨基的回忆中,也暗示了当时西

---

① 转引自亨利克·马尔凯维奇《普鲁斯和热罗姆斯基》,波兰国家出版社1954年版,第35、36页。

欧各国政局的变化特别是他们为争夺势力范围的争斗以及一些国家的民族解放运动形势的变化。而这又和波兰的民族独立密切相关。如在小说第一卷的第一章中，写到华沙内衣店和酒铺的老板们、马车厂和制帽厂的厂主们的活动，在他们的谈话中，既称赞俾斯麦这位德意志铁血宰相为天才，又指责当时的法国总统麦克—马洪穷兵黩武。前一种情况的出现，是因为俾斯麦在俄土战争中站在英国一边，反对俄国，曾支持波兰反对沙俄占领者的斗争。后者是因为麦克—马洪在1873—1879年的法国执政期间，在和德国的战争中遭到了失败，使波兰人原寄希望于法国支持波兰恢复国家独立的梦想终于破灭。

沃库尔斯基服饰用品商店的老掌柜热茨基参加1848年匈牙利革命，反对当时俄罗斯、普鲁士和奥地利三国的神圣同盟，也是为了波兰民族的解放。但是这次革命被奥地利反动当局镇压下去了，他和许多当时也参加了这次革命的波兰人一样，不得不长期流亡国外："我们一共五个人脱离了剩下的队伍，砍断了刺刀，化装成农民，把手枪藏在衣服里面，往土耳其那地方走去，因为敌人在追赶我们，哈伊纳乌的一帮匪徒在追赶我们。"[①] 据巴胡日考证：1848年匈牙利革命失败后，在1849年8月18—19日，大约有800名参加这次革命的波兰士兵越过塞尔维亚边境，往土耳其那方去了，后来又有许多人去了英国。热茨基和他的同志们是走另一条路去土耳其的。[②] 热茨基流亡国外几年后，来到了波兰被奥地利占领的地区加里西亚，想从这里偷越国境，回到他的故乡华沙，但他很可能被奥地利警察抓住。还有波兰研究家认为，主人公这里暗示了1848年以后，西方国家对波兰流亡者的态度，他们

---

① 波列斯瓦夫·普鲁斯：《玩偶》，张振辉译，上海译文出版社2005年版，第160页。

② 《玩偶》第一卷第十章注45，波兰弗罗茨瓦夫奥索林斯基民族出版社1991年版，第229页。

在法国、比利时、瑞士、意大利和德国都被赶了出来，只有英国才对他们比较宽容。① 回到华沙后，热茨基参加了一月起义的战斗，也经历了它的失败，但他后来在担任沃库尔斯基服饰用品商店老掌柜的期间，仍无时无刻不在关心波兰民族的解放事业："政治局势越来越明朗化了。出现了两个同盟：一方是俄国和土耳其，另一方是德国、奥国和英国。如果真的是这样，那就是说，战争随时都可能爆发，一些非常非常重要的问题都会在这场战争中得到解决。"② 这是什么意思呢？根据华沙《插图周刊》的报道，1879年5月中，俄国派遣了奥布鲁切夫将军出使伊斯坦布尔，和土耳其政府秘密谈判，西方认为这两个过去的对手会建立联盟。③ 与此同时，奥国和普鲁士为了反对俄国和法国，也结成了联盟，这个联盟得到了英国的支持，④ 热茨基期望这些联盟之间的矛盾有可能导致恢复波兰国家的独立。像热茨基这样的人物不论在哪里参加民族解放战争，不论流亡国外还是回到波兰后过和平生活，他的思想和言行都永远脱离不了当时波兰和欧洲各国的形势和民族解放运动。普鲁斯这里避开了他所在的沙俄占领区的波兰王国的民族解放斗争，而主要写波兰和欧洲各国人民反抗奥地利压迫的斗争，所以他对某些历史事件或人物的描写有的比较隐晦，有的就不那么隐晦，有的只是一种暗示，有的就很明显地表现出来了。热茨基的回忆录中记载的事件在《玩偶》问世时早已成为过往，对波兰已经没有现实意义，但它们深刻反映了作为爱国者的普鲁斯在一月起义后的社会现实中，看不到恢复波兰独立的前景

---

　① 《玩偶》，第一卷第十章注54，波兰弗罗茨瓦夫奥索林斯基民族出版社1991年版，第234页。
　② 波列斯瓦夫·普鲁斯：《玩偶》，张振辉译，上海译文出版社2005年版，第755页。
　③ 见1879年5月17日出版的华沙《插图周刊》177期的"国外政治评论"栏。
　④ 见1879年4月19日出版的华沙《插图周刊》173期的"国外政治评论"栏。

和他对过去民族解放斗争革命岁月的怀念。他的《玩偶》作为波兰19世纪批判现实主义的代表作和一部关于华沙的小说永远不会失去其深刻的认识价值和无穷的艺术魅力。

（原载《欧洲语言文化研究》第3辑）

奥热什科娃和她的《涅曼河畔》

爱丽查·奥热什科娃（1841—1910）是波兰19世纪著名批判现实主义作家。她生于立陶宛格罗德诺一个爱国的地主家庭，从小受过资产阶级民主思想的教育。17岁时，奥热什科娃嫁给了一个贵族，在丈夫的领地里居住，她开始目睹波兰农民遭受压迫的悲惨生活，十分同情和关心他们的命运。

1863年1月，在当时沙俄占领者统治的波兰王国，爆发了由波兰爱国贵族和资产阶级领导的具有资产阶级民主革命性质的抗俄民族起义；同时在立陶宛也爆发了人民反抗沙皇压迫的斗争。奥热什科娃拥护起义，她在这期间积极参加了起义部队中的通信联络、采办粮食和给起义战士缝制衣裳的工作，还曾掩护一个受到沙俄当局追捕的起义领导人。起义失败后，她丈夫的领地被当局没收，她仍回到父亲的领地居住，过了不久，这个祖传的领地也渐趋破落，她不得不把它卖掉；此后她为生活所迫，打算去华沙找一个电报员的职业谋生，可是沙皇统治下的波兰，从事这个职业的只能是俄国女人，一个波兰人就连这点权利也被剥夺了。这期间，奥热什科娃因备受民族压迫和家庭不幸的痛苦，她为自己民族的失败而悲愤，为祖国的前途和命运担忧，可是她又不能完全和自己出身的贵族阶级决裂；当她看见这个阶级这时逐渐丧失它过去的革命性而走向没落时，她心情不能不感到矛盾、茫然，找不到出路。正是在这种情况下，她开始了自己的创作。

1866年，奥热什科娃在华沙《插图周刊》上发表了她的处女作短篇小说《荒年》。此后她在短时期内连续发表了许多作品，她早期的作品题材丰富，内容广泛，刻画了许多献身科学的工程师、教师、学者，同情穷人的医生、律师，热心民族工商业发展的企业主、商人和贵族资产阶级慈善事业家的人物形象，把他们描绘成社会文明和进步的创造者，同时对那些饱食终日、游手好闲，却又自视"高贵"的封建地主也进行了讽刺。奥热什科娃向来重视波兰社会中妇女解放的问题，她为此参加过许多社会活动，曾长期奔劳和努力；可是她也看到，在弱肉强食的资本主义社会中，妇女要真正获得解放是不可能的，因此她在60年代末和70年代初创作了一系列反映妇女不幸命运的作品，其中最有影响的是长篇小说《马尔达》（1872）。

1876—1889年是奥热什科娃创作的主要阶段。她这时期的作品深刻和广泛地反映了社会中许多重大问题，刻画了一系列典型人物形象。在小说《梅伊尔·埃卓福维奇》（1878）中，奥热什科娃揭露了社会上层阶级对穷苦的犹太人的压迫；短篇小说集《不同的范围》（1879—1892）反映了城市贫民、手工业者、小商贩的贫穷痛苦的生活，对唯利是图的资产阶级进行了批判。这时期她还发表了两组不同题材的长篇小说，一组叫《幽灵》，包括《幽灵》（1880）、《守墓人西尔维克》（1880）、《齐格蒙特·瓦维奇和他的同学们》（1882）和《原始人》（1883）等，这些作品触及了资本主义社会中劳资矛盾的问题，同时反映了波兰社会主义革命的初期活动；另一组小说以立陶宛农村生活为题材，包括《底层》（1884）、《久尔济一家》（1885）、《涅曼河畔》（1887）和《乡下佬》（1888），它们揭露了因沙俄农奴制长期统治所造成的农村愚昧落后，描写了贫苦农民在沙皇和地主资产阶级压迫下的悲惨命运，热情歌颂了劳动人民高尚的道德品质。

90年代以后，奥热什科娃还写过揭露资产阶级唯利是图的长篇小说《寻求金羊毛的人》(1899) 等许多作品。1905年革命对奥热什科娃震动很大，她虽然当时不能完全理解革命的意义，但她拥护革命。在她晚年写的短篇小说《光荣属于被战胜者们》(1910) 中，她又一次生动地再现了1863年起义斗争的场面，深刻地指出了起义的失败是由于爱国贵族没有依靠人民的力量，说明奥热什科娃直到她生命的最后一息，从来没有忘记波兰人民的解放事业。

《涅曼河畔》是奥热什科娃的代表作，它于1887年1—12月分章发表在《插图周刊》上，第二年被印成单行本。全书出版后，在社会上引起了普遍的重视，很快就被译成了几十种文字。一位批评家当时就正确地指出：《涅曼河畔》"除了是一部田园诗外，也是一部荷马式的著名史诗，它使作者万古不朽"。[①] 小说以19世纪末立陶宛格罗德诺城涅曼河畔米涅维奇一带农村生活为题材，通过对贵族地主别涅迪克特·柯尔钦斯基一家和缺少土地的农民安哲里姆·包哈狄罗维奇及他的侄儿杨一家在一月起义前后的变化，以及他们复杂的社会关系的描写，深刻地反映了19世纪波兰农村的社会面貌。

别涅迪克特出身于进步贵族家庭，他在起义爆发时，受爱国和民主思想的影响，曾站在起义斗争的一边。起义失败后，由于沙皇的民族压迫加剧，波兰社会的民族矛盾和阶级矛盾日益尖锐，别涅迪克特这时在祖传的柯尔钦领地上虽然努力经营，但因他受到沙俄当局的横征暴敛和银行、高利贷者的敲诈勒索，也渐趋破产；别涅迪克特没有向沙皇屈服，他坚守着自己的家园和土地，表现了他的爱国主义立场。可是另一方面，他这时作为一个产业

[①] 转引自艾·扬科夫斯基《爱丽查·奥热什科娃》，波兰国家出版社1973年版，第300页。

主，却对雇工进行了残酷的压迫，为了挽回家庭昔日豪华的局面，他在和现实的斗争中，由于斗不过压迫他的沙皇势力，就把矛盾转嫁到他周围的贫苦农民身上：别涅迪克特一方面企图强占他的一位邻居农民华必安·包哈狄罗维奇的土地和牧场，另一方面，当包哈狄罗维奇一姓中另一些更贫苦的农民因缺乏牧场无法获得饲料，把牲口放到了他的田地上时，他甚至和他们打官司，并依仗自己的富有欺压他们，遭到了他们的强烈反抗。

奥热什科娃不仅真实地反映了别涅迪克特这样的爱国贵族在一月起义后走过的具于典型意义的生活道路，而且深刻揭示了在农奴解放后各阶层农民的不同生活状况：如雅斯芒特这样的新生富农是为数极少的；自耕农华必安虽因土地较多而比其他农民富裕，但他在和别涅迪克特打官司中耗费了大量钱财，加之沙俄当局还屡次强征他儿子去当兵，他的境遇也每况愈下了；有的农民即使辛苦攒够了钱，又因当时沙俄法律规定不准波兰人在立陶宛购买土地，"想再买进土地也一样困难"；一些人因缺少土地，家里人口多，贫困逼得他"走投无路，求救无门"，那些"完全丧失了土地"的包哈狄罗维奇们，就更是无法生存下去。

奥热什科娃除暴露了一月起义后在沙俄统治下波兰农村尖锐复杂的民族矛盾和阶级矛盾外，她还企图通过她早在起义爆发期间从革命者那里接触到的资产阶级自由、平等、博爱的思想口号来解决这些矛盾。她在创作这部小说时曾说："小说情节的主线是1863年起义。书报检查给创作带来了困难。但是，不以它为主线，则一切问题都不可能解释清楚。"[①]

小说的这条主线是通过别涅迪克特的大哥安德若依和安哲里姆的哥哥即杨的父亲耶瑞这两个在人们回忆中出现的人物的思想

[①] 转引自《涅曼河畔》"前言"，见奥热什科娃《涅曼河畔》，人民文学出版社1979年版，第4页。

和行动开始的。安德若依虽出身贵族，但他年轻时和农民包哈狄罗维奇一家关系密切，在他的带领下，耶瑞与他一起参加过一月起义，并在战斗中牺牲，安德若依祖传的财产也被沙皇没收了；后人为纪念他们为祖国献身的精神和他们之间的崇高友谊，把他们合葬在同一坟墓里。在柯尔钦斯基和包哈狄罗维奇两家看来，安德若依是以行动体现自由、平等、博爱思想的榜样，他和耶瑞的合家是代表这一民主思想的象征，对两家后代有深远的影响。

《涅曼河畔》是波兰文学中最早描写一月起义的作品之一，作者大胆地描写了起义爆发前后各种动人的场面。当时柯尔钦庄园曾是涅曼河上武装起义的一个中心点，贵族和农民起义爆发前夕在这里聚集一堂，共筹革命大事；起义爆发后，安德若依和耶瑞上战场时亲人送别和流血战斗的情景，也依然给人留下深刻的印象。作者为起义的失败而悲痛，她号召人们继承先烈的遗志，去为祖国的独立自由而奋斗。但作者也看到，在一月起义后的波兰社会中，像别涅迪克特的儿子维托里德这样出身贵族有爱国思想的激进分子终究是少数，只有当前受压迫最深的农民才能继承起义的爱国和民主传统：包哈狄罗维奇一姓的农民，不仅在起义爆发时和爱国贵族一起高举民族武装起义的大旗，英勇杀敌，许多人献出了生命，而且他们现在也比谁都更加怀念那些起义中死难的烈士。作者把她梦寐以求的"祖国的复兴和强盛"理想的实现，寄托在农民身上。

作者在小说中突出的另一个思想，就是热爱劳动和乡土，它主要表现在老雅库布讲述的16世纪杨和采齐里亚的故事及作者对于他们死后合葬的坟墓的描写中。杨和采齐里亚是包哈狄罗维奇家族的祖先，他们当时虽分别出身于农民和贵族家庭，可是他们来到涅曼河畔后，爱上了这块土地，通过长期的艰苦劳动，终于把这片荒地变成了一个良田千亩、富饶美丽的乐园，为包哈狄罗维奇氏族奠定了基础，千百年来，在包哈狄罗维奇们中，是人们无限崇敬的对象。作者在描写农村收割场面时，还以很大的篇幅生动描绘了农民劳动丰收的愉快情景，突出表现了劳动的美和它的伟大创造力，反映了农民对自己在劳动中建立起来的家园的无限热爱。奥热什科娃看到农民经过长时期的劳动生活锻炼，他们不仅有熟练的劳动技能、丰富的生产知识和生活经验，而且具有许多高尚的道德品质，她认为他们不仅是社会物质财富的唯一创造者，也是波兰民族特点最忠实的维护者、波兰古老文化的保护者和继承者。在小说中，不仅雅库布没有忘记包哈狄罗维奇劳动祖先创建家业的历史，而且青年农民也都会唱许多反映他们劳动和爱情生活的优美的民歌；在农民华必安女儿的婚礼上，还可看到农民保持的波兰民族传统的风俗习惯，作者所反映的这一切，也无疑具有深厚的生活基础。

奥热什科娃在刻画人物上向来具有鲜明的倾向性，《涅曼河畔》也具有这个特点，她在这里就是用以上这些爱祖国、爱人民、爱劳动的思想作为衡量人物的价值和判定他们在社会中所处地位的主要尺度的。农民形象在小说中占有重要的地位，他们在德行、性格、才智方面所表现的突出的优点是很可亲的，杨的母亲的直爽、热情、能干和乐观，杨的一个同母异父的妹妹安东宁娜的勤劳和善良，还有杨的邻居农家姑娘雅德威加的泼辣和勇敢都无不生动形象，给读者留下深刻的印象；而他们中，尤以安哲里姆和杨的形象最为鲜明突出，安哲里姆不仅在一月起义中受过革命的洗礼，而且长期饱尝沙俄民族压迫的痛苦，他热爱祖国和乡土，起义失败后，看到了青年一代中有可以继承革命民主传统的种子，便把未来的希望寄托在他们的身上；安哲里姆是个劳动能手，他为人也很宽厚，从不考虑个人得失，遇事很能忍让。他的侄儿杨在年幼时，正值起义爆发，民族、家庭和自己所遭受的苦难使他至今记忆犹新，因此他对革命先烈无限崇敬，对沙俄占领者深恶痛绝。后来他和一个破了产的贵族小领主的女儿，也是别涅迪克特的一个远方的外甥女尤斯青娜有过接触,他也真心诚意地要求并帮助她在劳动中做一个自食其力的人。他的善良、纯朴、正直、勤劳和勇敢的优秀品德对尤斯青娜产生了很大影响。作者塑造这个人物,说明她看到了波兰民族解放和建立一个正义、美好社会的希望。

在贵族阶级中,许多人在一月起义后的现实中,在思想道德和生活方式上都走向了腐朽没落;可是他们中的极少数人又因个人生活环境、经历不同,也会产生一些不同或完全例外的情况。他们有的出身进步贵族家庭,在新的环境中,经历了曲折的生活道路,如别涅迪克特;有的虽然在思想上没有忘记一月起义的革命民主传统,可是在行动上却没有或者不完全按照过去的思想准则去做,如安德若依的妻子安德若约娃,她因为不能脱离贵族的生活环境,没有像她丈夫那样去参加保卫祖国的战斗和接触贫苦的劳动人民,同时她因对儿子济格蒙特的娇生惯养,也没有将他教育好,可是安德若约娃对劳动人民十分同情,从来都把丈夫看成自己的"朋友和同志",当她儿子要求她出卖家产,到国外寻求欢乐时,她表示绝不做这种出卖民族利益的罪恶勾当,在这一点上,安德若约娃在起义失败后的黑暗社会现实中,保持了自己的晚节。目标是别涅迪克特的邻居基尔洛太太虽出身贵族家庭,但由于她和仆役、工人、雇农劳动生活在一起,她的脸晒黑了,手变粗了,也同样有了朴实、善良和热情的品德和作风。在奥热什科娃看来,一个贵族出身的人,如果他能参加劳动、热爱劳动人民、和他们生活在一起,他就可以克服贵族的阶级偏见,自己也成为劳动人民中的一个。奥热什科娃在小说中除了刻画了像基尔洛太太这样的人物外,像维托里德和尤斯青娜这样的形象更为典型,他们代表贵族阶级中少数有爱国和民主思想的激进青年一代。

维托里德年少时受过一月起义资产阶级民主思想的教育,他常缅怀先烈,决心继承他们的遗志。他在农业大学毕业后回到家乡，一心要把"爱和智慧的光辉"献给人民；他利用自己在大学中学得的知识，为改善农民的劳动和生活条件做了不少有益的工作，因而受到农民的极大欢迎。作者通过这个人物的刻画，一方面反映了她是如何希望农民从阶级压迫和贫困下获得解放；另一方面，她也辩证地指出了脑力劳动和书本知识在创造物质财富中有和体力劳动同样重要的作用，可是贵族出身的知识分子只有决心和劳动人民结合，在生产实践中才能发挥他的脑力劳动和书本知识的特长，为人民和社会做出贡献。尤斯青娜虽出身贵族，但因父亲年轻时挥霍无度，贪图女色，她从小遭遇不幸，母亲遭受的屈辱在她的心上留下了很深的印记。她来柯尔钦后，因自己家业破产，寄人篱下，受到了贵族亲友的歧视和济格蒙特的侮辱，因此她对贵族的封建等级观念和种种丑恶的不道德行为充满了仇恨，为自己的不幸处境感到十分痛苦。这个时候，尤斯青娜来到了安哲里姆和杨的田庄，她感到在这个人们劳动的朴素和"有朝气"的"新世界"中，才真正找到了愉快和自由；在同杨一起看到包哈狄罗维奇的祖先杨和采齐里亚的坟墓、听到雅库布讲的故事后，她为他们劳动创业的事迹和他们在共同劳动生活中建立的真挚爱情所深深感动。后来，她和农民一起参加了麦收劳动，作为对贵族阶级轻视劳动的陈腐观念的挑战，在和杨的接触中，杨的爱国思想和美德，以及他对她的热情关怀，使她对这个"如此朴实，如此直率"的劳动者产生了火热的爱情；杨带她去瞻仰了烈士陵墓，给她讲了一月起义时父辈英勇斗争的事迹后，她感到自己"从来没有听说过那样一种勇敢精神……自我牺牲和为了理想而进行的殊死斗争"，因此，尤斯青娜，一个贵族家庭的叛逆者便决心甩掉自己和这个腐朽没落阶级的一切联系，同时也卸下了自己思想上的一切包袱，真正来到了劳动人民中。当基尔洛太太向她提出鲁瑞茨向她求婚的事时，她对被贵族阶级誉为"高尚""优美""诗意""荣誉""恩赐"和"奇迹"的家产和门第之类报以最鄙视的态度；而当他在贵族亲友中宣布她已爱上了杨时，他们有的"举止和神态都改变了"，有的竟"感到歇斯底里症快要发作了"，有的甚至破口大骂，可见她的大胆的叛逆行为在她出身的这个阶级中引起了多么大的震动。可是尤斯青娜对这一切一笑置之，在女主人公的笑声中，包含着她和作者对于贵族群丑多么大的讽刺；最后，尤斯青娜向她的舅舅别涅迪克特深情地表白，杨"将把我领到他的贫穷的，然而是自己的家里。我不仅可以得到快乐的生活，而且有可能运用我的双手和头脑帮助他从事劳动，为了我们自己，也为了别人"。这些话语又反映出主人公和作者多么崇高的思想境界。

尤斯青娜是奥热什科娃在小说中最精心塑造的人物形象，她不仅在小说中占有重要地位，而且在奥热什科娃的全部创作中、在波兰文学史上都占有特殊地位。奥热什科娃对社会解放，特别是妇女解放的看法较她同时代其他进步作家深刻的地方在于，她不仅认为社会上任何人，包括妇女都应从事劳动，自食其力，社会也应为他（她）们创造这样的条件，而且她号召妇女和传统所有制的一切陈腐观念作彻底的决裂，走向下层，和劳动人民同甘苦，改造社会。这里看到，在奥热什科娃的世界观中，不仅她的民主主义思想十分彻底，而且也已存在着社会主义的思想因素，这是无疑的。

奥热什科娃在小说中除成功地刻画了她的理想人物外，对一月起义后在政治上走向反动，在伦理道德、生活作风上走向腐朽堕落的封建贵族也进行了无情的揭露。如别涅迪克特的二哥多米尼克，他在波兰民族危亡灾难深重的时刻，为了贪图个人享乐，不仅将祖传的领地卖给了俄国人，还跑到俄国去，投靠到一个沙皇公爵的门下，这是个十足的卖国贼，沙俄占领者的奴才。别涅迪克特的姐夫达若茨基则一味损人利己，不仅利用别涅迪克特欠他的债来进行高利贷剥削，而且假借别涅迪克特要为姐姐支付嫁妆的名义，企图迫使别涅迪克特出卖庄园的领地，以便拿出钱财，满足他的穷奢极欲，这是一个只顾个人享乐、从不顾及他人以至民族利益的人。沃洛夫席那的领主鲁瑞茨表面上道貌岸然，但却是个十足的流氓和赌棍，在一次为了争夺女人的决斗中受了伤后，他就开始吸吗啡，后来吸上了瘾，在赌场和情妇身上，他将祖传的巨额财产挥霍殆尽。安德若依的儿子济格蒙特和他的父亲完全不同，他不仅蔑视劳动人民，而且也嘲弄爱国者的献身精神；同时他还是个骗子、一个极端利己主义者，他骗取了天真善良的妻子克洛琪里达对他的爱和她的财产后，将她玩弄够了，抛弃了她，企图再来欺骗尤斯青娜。在被尤斯青娜揭穿后，他又要出卖祖传领地，并把他从克洛琪里达那里骗来的财产带到国外去挥霍，可是他却恬不知耻地把这一切说成是"神圣的爱情"和"文明人"的要求。他知道尤斯青娜爱上了杨后，就凶相毕露了："假如你嫁给鲁瑞茨，我们就属于同一阶层，将来还会继续来往，……可是你打算跟这班流氓混在一起，使得你对我来说不再存在，我对于你也一样！"可见他的一切都无不和他的阶级本性密切相连。恩格斯曾明确地指出："人们自觉地或不自觉地，归根到底总是从他们阶级地位所依据的实际关系中——从他们进行生产和交换的经济关系中，吸取自己的道德观念。""道德始终是阶级的道德"。[①]

从以上可以看到，在《涅曼河畔》中，奥热什科娃在揭露一月起义后社会黑暗的同时，充分反映了她爱祖国、爱人民的思想。她希望农村中有进步思想的贵族和农民一道参加劳动，在消灭阶级对立，在互助、互让、互爱、平等相待的基础上团结和生活在一起，一同建设一个没有剥削，人人自食其力、丰衣足食和富饶美丽的新世界。这一点，不仅在当时有很大的进步意义，就是我们今天读来，仍不能不为它的深刻的民主性和人民性所感动。可

---

① 恩格斯：《反杜林论》，《马克思恩格斯选集》第3卷，第133、134页。

是，在一月起义后的波兰社会中，特别在80年代初，由于贵族资产阶级走向反动腐朽和波兰无产阶级革命运动的兴起，争取波兰民族独立和社会革命的任务，已经历史地落到了波兰无产阶级的肩上，劳动人民要获得解放，只有在无产阶级领导下，通过暴力革命，彻底推翻沙皇和波兰地主资产阶级的反动统治，而没有其他的路可走。奥热什科娃不能接受无产阶级暴力革命的思想，她在《涅曼河畔》中，企图通过宣传资产阶级曾经提出过的进步思想口号来解决资本主义本身的矛盾，希望在80年代末已经走向腐朽没落的波兰资本主义社会又回复到它过去曾经有过的革命时期，这当然只是一种幻想。这一点，除了在正面人物的思想发展中可以看到外，尤其突出地反映在作者对别涅迪克特最后的思想转变的描写中：别涅迪克特在一月起义时，曾接受过资产阶级革命思想，在起义后，也和那些寄生淫乐、置民族危亡于不顾的贵族地主不同，但他在遇到现实中的矛盾和斗争时，也深感安德若依"所处的是另一种时代"。他对维托里德说，当你"想方设法处理各种事务的时候，你才会知道理论和实践之间、现实和理论之间的区别"。作者写他最后在维托里德用平等、博爱思想进行劝导后，他和包哈狄罗维奇的和解是不合逻辑的，因为他和他们之间争夺土地的根本矛盾究竟如何解决，作者在小说中并没有做出明确的回答，对封建资本主义不合理的土地制度究竟如何改革，作者当然也不可能有深刻的认识。和奥热什科娃同时代的一位波兰批评家曾指出："调和一致的思想……如果作为社会改革的出发点，这种思想本身就没有说服力。"[①] 但尽管如此，《涅曼河畔》所反映的民主主义思想及其所达到的高度，是和它同时代的波兰其他现实主义文学作品所没有能够达到的，《涅曼河畔》不失为波

---

① 见万达·阿赫列姆维乔娃《爱丽查·奥热什科娃的"涅曼河畔"》，波兰学校出版机关1965年版，第42页。

兰 19 世纪批判现实主义的不朽杰作。

《涅曼河畔》在艺术上也有其鲜明的特点。首先，它写的都是涅曼河上农民的日常生活，作者在再现生活时，不仅使它显得那样自然和逼真，一切都是有血有肉，纷繁多姿，就像生活按其原来的面貌流到了纸上，而且她也善于抓住生活的本质，同时又有细致入微的观察。作品的结构也很严谨，故事情节的发展虽然仅包含在 4 个月的时间内，可是却反映了十分丰富的内容。

奥热什科娃善于采取多种手法刻画人物，她有时把众多的人物放在激烈的矛盾和冲突中表现他们的性格，有时则又通过细致的心理描写来反映人物的思想变化。她很重视感情的描写，在小说中，特别对于正面人物的心理描写，往往是很富于抒情诗意的。奥热什科娃还常将环境或细节的描写和刻画人物的性格紧密地结合起来，这些描写是带有鲜明的倾向性的，包含着作者对人物的褒贬和爱憎。安哲里姆和杨的住房及庄园里的家具摆设虽然都很简朴，可是这一切都是主人通过自己劳动创造的，给人们带来了生气勃勃和清新明朗的感觉。在别涅迪克特的庄园里，虽还留下了过去豪华生活的遗迹，但从它今天整个败落的景象和这里到处可见的翻修、钉补的痕迹，也足见主人生活经历了多大的变化、他为支撑这趋于破产的家庭局面做了多大的努力。又如别涅迪克特的邻居基尔洛，作者写他说话时总爱用几句蹩脚的法语，他每看见别涅迪克特的妻子，就"用发光的、钻刺般的眼睛盯着"她那双娇嫩的手，"像馋嘴人那样欣赏了一番"便吻起来，这个帮闲企图讨好主人家和上流社会人士的庸俗可耻的面貌，在这里暴露无遗。

《涅曼河畔》是一部很富于民间风格和乡土气习的作品。作者不仅多方面地、生动活泼地反映了农民的日常生活习俗，而且从丰富的民间文学中吸取了营养，经过去粗取精、加工提高，为作品增添了民族艺术的特色。小说在写景上也很具特色，这主要表现在奥热什科娃善于将涅曼河畔瑰丽多彩的农村风光，按照其本来面目，写得绘声绘色、变幻无穷，富于浓郁的诗情画意："整个草场色彩绚烂，光怪陆离，灿烂的阳光的斑点在绿茵中无声无息地晃动，小鸟儿吱吱地叫，昆虫发出好似金属的铮铮声，在已经像水晶一样透明的初秋的空气中散发着一阵阵的清香。"作者还善于通过写景，通过人物触景生情、情景交融的心理描写，生动地反映出农村欢欣愉快的景象，充分表现出她对农村的热爱。读者在她的描写中，不仅可以看到栩栩如生的大自然美景，而且也为它的抒情的色调所陶醉、为之神往，从而使自己有身临其境的感觉，正如和作家同时代的一位批评家所说："在任何其他的小说中，我都没有感觉到像在《涅曼河畔》中这样的田园和庄稼的气味。这是波兰最优美的书之一。"[①]

（原载《东欧丛刊》第 3 辑）

[①] 见万达·阿赫列姆维乔娃《爱丽查·奥热什科娃的"涅曼河畔"》，波兰学校出版机关 1965 年版，第 56 页。

波兰和中国古典小说中的幽默

人们在谈到幽默时，认为它是一种智慧或品德的象征。它可以表现在那些妙趣横生的言语中，也可以表现在引人发笑的行为举止中。但并不是所有的逗趣都包含幽默，富于幽默感的逗趣不论在理智还是感情上都处于一个较高的境界，它表现了一个人高度的聪明才智和思想情操。幽默在中外一些著名作家的文学作品，特别是小说作品中是屡见不鲜的。它不仅反映了这些作家的思想和道德修养，而且也集中地体现了他们的艺术风格。这里就以波兰和中国古典文学几部经典著作中的幽默描写，来谈谈我的看法。

众所周知，波兰著名的爱国主义作家、1905年诺贝尔文学奖获得者亨利克·显克维奇（1846—1916）的长篇历史小说《火与剑》和《洪流》，波兰19世纪批判现实主义的代表作家波列斯瓦夫·普鲁斯（1847—1912）的长篇小说《玩偶》，以及中国明朝吴承恩的神怪小说《西游记》和清代吴敬梓的讽刺小说《儒林外史》，这些作品在幽默描写上，都有极高的艺术造诣。它们不仅手法高妙，而且富有深刻的内涵，显示了作者的睿智和崇高的思想境界。波兰和中国的古典小说产生于完全不同的历史背景和社会环境，出自不同民族作家的手笔，它们在包括幽默描写在内的思想和艺术上具有不同的特点。但是由于人类共有的人性，也就是每个人，尤其是这些著名作家所共有的喜怒哀乐，表现在这些作品的幽默描写中，也有一些共同或类似的东西。其中有的用于颂扬小说中的英雄人物的高贵品德和伟大业绩，有的则用于讽刺人们在思想品德上的缺陷和社会的愚昧、落后。

一 颂扬的幽默

用于颂扬人和事物的幽默描写在波兰和中国古典小说的创作中占有很重要的地位，因为各民族的伟大作家大多热衷于歌颂他们本民族的历史或者社会光辉灿烂的一面，或者他们认为弥足珍贵和永垂不朽的思想精神，并以独特的方式将它们表现出来。例如，《火与剑》与《洪流》，这是显克维奇在1883—1888年创作和发表的著名的历史小说三部曲的前两部。前者以1648—1649年赫麦尔尼茨基勾结克里木汗国发动哥萨克暴动为背景。乌克兰当时属于波兰，赫麦尔尼茨基在领导哥萨克的过程中又投靠了俄国，引进俄国的军队和波兰对抗，波兰因此不得不和俄国交战14年之久，后来遭到失败，乌克兰的大片领土从此便被俄国占有。赫麦尔尼茨基本是一个乌克兰贵族骑士，但他因为勾结克里木汗，投靠沙俄，引狼入室，使波兰丧失了领土，被显克维奇看成是卖国贼。作家在小说中是把抗击赫麦尔尼茨基的波兰军队主帅耶雷梅·维希涅维茨基这个历史人物和几个虚构的英雄人物当作爱国者来描写的。在这些虚构的人物中，波兰贵族出身的扬·扎格沃巴被写得最为生动，他那富于幽默感的个性和他在与敌人的战斗中表现出的机智勇敢被描写得最突出。

例如有一次，哥萨克头领尤雷克·博洪想要霸占库尔策维卓娃公爵夫人的侄女海伦娜，遭到公爵夫人的反对，他便带领他手下的哥萨克士兵和公爵夫人的全家进行搏斗，打死了包括公爵夫人在内的许多人，当时在场的扎格沃巴看到这种情形，便决定将海伦娜从这个恶魔的手中救出来。他很聪明地首先假装和哥萨克士兵一起庆贺他们取得的胜利,对他们大声地喊道:"喝呀,别舍不得。使劲儿喝!赶快喝!这酒不酸不涩,不会倒牙的。今天只有傻瓜才不为首领的健康喝它个痛快。"①其实他们的首领博洪在搏斗中也受了重伤,扎格沃巴把这些哥萨克士兵灌醉后,便趁博洪一时动弹不得,带领海伦娜逃离了魔窟。他要把她护送到较为安全的卢布内或佐洛托诺沙去,但从公爵夫人的家里去那些地方,途中到处都是暴动的乌克兰农民和哥萨克士兵,是一条极其凶险难行的路,再加上他单身一人,带着一个招人耳目的漂亮公主,又增加了他旅途的艰难。可正是在这种情况下,他能保持冷静,以他特有的勇敢机智和富于幽默感的个性,想出各种有趣的办法,不断地克服艰难险阻,胜利地到达了目的地。首先,他将自己装扮成一个卖唱的盲乞丐,将海伦娜扮成一个哑男童,跟在他的身后,使路遇的乌克兰农民看不出他们波兰贵族的身份。后来,他们真的遇到了手持大镰刀和长矛造反的乌克兰农民,扎格沃巴便借机对他们大肆鼓吹说:"我也到过卢布内,亲眼见过耶雷梅王公。真是吓死人!只要他一声吼,连森林里的树木都打颤,只要他一跺脚,大地都会裂成峡谷。连国王都怕他,各路统帅见他都俯首帖耳、百依百顺,所有的人都畏他如畏火!他的兵马多过鞑靼的汗,胜过土耳其的苏丹。嘿嘿,你们干不过他,孩子们,你们绝对干不过。将来不是由你们去收拾他,而是他会来收拾你们。你们懵懵懂懂,可我清楚,所有的莱赫都会来帮他,而你们知道,一个莱赫,就是一把战刀!"这下可把那些农民吓坏了,他们中间马上"响起了一片恐怖的喃喃声"。扎格沃巴看到这种情景,便假装要他们快到赫麦尔尼茨基那里去,去支援他,说是他们去得越

---

① 本文中《火与剑》原文均引自易丽君、袁汉镕译,花山文艺出版社1997年版的《火与剑》。

多,"赫麦尔就越能成事",又造谣说赫麦尔尼茨基就在特雷赫蒂米努夫,要他们先去佐洛托诺沙,然后去特雷赫蒂米努夫,还煞有介事地说什么赫麦尔尼茨基正在那里等着他们。那些愚昧无知的农民果然听信了他的这些话,还请他同他们一起去。扎格沃巴见到他们有求于他,又说他的老腿走不了那么远的路,他和他的哑童儿现在也饿坏了,要求农民们给他们车坐,给他们饭吃,于是他和海伦娜在一个老农家里美美地享用了一顿羊肉,喝足了蜜酒,睡了一夜,养足了精神。第二天一大早,便坐上一辆舒适的农家大车,由几十名手持长矛和大镰刀、骑着马的农民护送,大摇大摆地往佐洛托诺沙走去。当他们来到第聂伯河边后,他决定带着海伦娜马上渡河,可是当他挤上了一条渡船时,就发现博洪的哥萨克士兵已经赶到了河岸,但他并没有因此而惊慌,而是又心生一计,对船上的农民造谣说这是耶雷梅的哥萨克士兵,要来宰他们了。因此他要他们赶快划,划到对岸把船劈掉,让那些哥萨克士兵过不来。就这样,他骗取了造反农民对他和海伦娜的护卫。在这条凶险的道路上,他既轻松又舒坦地走了过去。像这样反映高度智慧和勇敢精神而又带有许多风趣幽默的描写,我们在小说《洪流》中也可以找到,而且它们也表现在扎格沃巴这个人物的身上。作为显克维奇历史小说三部曲的第二部《洪流》写的是 1655 年和 1656 年,瑞典封建主侵略波兰,波兰爱国者和人民在国王的领导下抗击侵略,直至取得最后胜利。这次事件发生在赫麦尔尼茨基领导的乌克兰哥萨克暴动之后。

　　扎格沃巴和他在《火与剑》中就已出现的老战友扬·斯克热图斯基、米·伏沃迪约夫斯基等这时也属于波兰抗击瑞典侵略者的爱国阵容,他们原在维尔诺总督、立陶宛大统帅雅努什·拉吉维尔麾下服役,但是后来,雅努什宣布投降瑞典,扎格沃巴看到这种情况,他的爱国精神使他第一个站了出来,表示和这个卖国贼决裂。雅努什便把他和他的几个战友囚禁起来,派部下罗赫·科瓦尔斯基押送到比尔瑞，企图借瑞典人之手把他们杀掉。在这次押送途中，谁也没有料到扎格沃巴施计，竟和科瓦尔斯基攀起亲戚来，他硬说他是科瓦尔斯基的表叔，对罗赫煞有介事地说："我们正是血统至亲！我们相逢，可真是老天有眼，因为我就是千里寻亲来到立陶宛的，我正是专程来看望科瓦尔斯基家族的人的。虽说我如今身陷困境，而你则骑在马上，有充分的自由，可我还真想张开双臂拥抱你，因为亲人毕竟是亲人。""圣典有言：'人若丧父，必以舅父父之。'这就是说，舅父享有做父亲的权力，你得听他的。罗赫，你若违背这种常理，就是有罪……无论是统帅的权力还是国王的权力都不能否定这种长辈的权力。"这一席看似故弄玄虚却旨在让科瓦尔斯基弃暗投明、与卖国贼脱离关系、投身到爱国阵容来的话，使得这个只知道盲目服从上级军令、头脑简单的军官昏昏然如堕五里雾中，最后他终于睡着了。可这正合扎格沃巴的心意，他趁科瓦尔斯基丧失警惕，便偷偷地将他身上的斗篷和头盔都脱下来，给自己穿戴上。他还从他身上搜出了雅努什王公给比尔瑞要塞的瑞典司令官的信，把它藏在自己身上。然后他又把自己的毡斗篷和帽子盖在科瓦尔斯基身上，趁夜色昏暗，谁都看不清楚，便骑上这个军官的马溜走了。

　　过了一阵，不知情的斯克热图斯基把科瓦尔斯基当成了扎格沃巴，还埋怨道："他答应说要想点子，可什么点子也没有想，却睡得这么香，还打呼噜呢。"另一个被押送的斯克热图斯基的战友也说："让他睡吧……显然是跟那个傻乎乎的指挥官谈话太费精神了。他跟那人耍嘴皮子、攀亲戚，无非是想争取押送队的头目，但这只能是枉费心机，不会有任何结果。"可就在这个时候，没有忘记被困的战友们的扎格沃巴却从伏沃迪约夫斯基的家乡劳乌达搬来了救兵，有人看见后，便对科瓦尔斯基讥讽地说："这是你的亲戚来看望你啦！"他们和科瓦尔斯基的士兵经过一番激战，终于将力大无比的科瓦尔斯基擒获，解救了斯克热图斯基等人。像这样神出鬼没而又富于幽默感的聪明机智确实令人惊叹,所以斯克热图斯基说:"是他,不会是别人!而且还擎起一竿马尾旌!他竟自封起统帅来了。就凭这异想天开的举动,不论在哪里我一眼就能认出他来……"

瑞典科学院1905年在授予显克维奇诺贝尔文学奖时发表的授奖词中,对他笔下的扎格沃巴这个艺术形象也做过高度的评价:他"将永远在世界文学的那些不朽的喜剧性格的画廊中占有一席地位,他完全是一个独创性的人物"。

《西游记》也是一部充满了幽默情趣的作品,和波兰乃至整个西方古典文学不同的是,它产生于一个佛教和本民族的道教在历史上有着深远影响的国家,而且是一部以公元7世纪唐代高僧玄奘去印度佛教圣地天竺国取经为背景的神怪小说,因而包含着许多产生于中国民间的佛教和道教的神话故事。在孙悟空这个人物的塑造上,作者也用了许多幽默生动的描写,表现他的聪明机智和无所畏惧,赞美他惩恶扬善、法术高强和他对师父唐僧的耿耿忠心。

如在"法身元运逢车力/心正妖邪度脊关"/"三清观大圣留名/车迟国猴王显法"/"外道弄强欺正法/心猿显圣灭诸邪"这些章回中,说他与师弟猪八戒、沙僧三人来到车迟国的一个三清道观,看见道观的祭台,上有三清,即元始天尊、灵宝道君和太上老君的神像,神像前有许多供品,他们肚子饿了,要吃那些供品,便把那神像全都推倒在地,由猪八戒把它们搬到了一个大的茅坑里,藏了起来。然后他们三人又使法术变成那三尊神像的模样,坐在祭台上。这道观里有三个妖道叫虎力大仙、鹿力大仙和羊力大仙,他们来到祭台前一看,那些供品像是被人吃了却不见人,因而疑惑不解。他们以为这是三清显圣,便想趁此机会求祭台上的三清神赐给他们圣水。坐在祭台上的孙悟空知道他们的意愿后,马上对他们说:"我欲不留些圣水与你们,恐灭了苗裔;若要与你,又忒容易了。"① 于是要他们拿器皿来,那几个妖道马上拿来了水缸、砂盆和花瓶。孙悟空又要他们到门外去,说是天机不可泄露。等他们出去后,孙悟空、猪八戒和沙僧便各自撒了泡尿在那些器皿中,于是骗得那些妖道把他们的猴尿和猪尿当圣水喝了。但孙悟空也不隐瞒他们的身份,随后他对这些妖道说明了他们是大唐来的僧人。这下可把妖道们气坏了,原来他们都是这车迟国国王的国师,怎肯受这样的侮辱。等到国王第二天要给唐僧师徒倒换关文,给他们放行的时候,这些妖道便要和他们比试法力,说是他们如果赢了,就放他们西去,如果输了,就要推往杀场斩首。对孙悟空这样曾经大闹天宫的齐天大圣来说,几个妖道的本事当然算不了什么。那些妖道首先要比呼风唤雨,他们中的虎力大仙马上登上在王宫外搭起来的两座高台。他一念起咒语,天空中果然风起云涌,就要下雨,可孙悟空一点也不慌,他随即升到半空中,对那施风的风婆婆、还有推云童子、布雾郎君和施雨的龙王一一地说道:"我保护唐朝圣僧西天取经,路过车迟国,与那妖道赌胜祈雨,你怎么不助老孙,反助那道士?"他们听了都知道取经是如来的佛旨,理在孙悟空一边,再者他们也见过当年孙悟空大闹天宫的厉害,不敢不听他的话,于是马上收了那刮起的风和云雾。虎力大仙见自己没有弄到风和雨,百般无奈,只得从台上下来。他下来后,便由孙悟空、猪八戒和沙僧的师父唐僧到台上去,唐僧不会呼风唤雨,便由孙悟空使法,风婆婆和龙王都听他的,霎时间,天空中又刮起了大风,布满了黑云,随后便下起了瓢泼大雨,唐僧师徒在比试中取得了胜利。

但那些妖道并不服输,他们又要跟唐僧师徒比坐禅。唐僧是个和尚,坐禅是他的本行,他当然不怕。这一次先由虎力大仙坐到一座台上,然后由孙悟空把唐僧送到了另一座台上。另一个鹿

---

① 本文中《西游记》原文均引自人民文学出版社1972年版。

力大仙看到这样，马上搞了一个恶作剧：在自己的脑后拔了一根短发，将它变作一只大臭虫，爬到唐僧的头上，企图咬他，使他无法静坐。可这马上被孙悟空发现，于是孙悟空又变成一条更加厉害的蜈蚣，爬到那虎力大仙的光头上咬他。那道士痛得坐不住了，一个跟斗栽下来，几乎丧了命。妖道们又失败了。可是他们仍不甘心，便又搞了个隔板猜物的把戏，国王站在妖道一边，马上命令将妖道们都知道的一件非常珍贵的山河社稷袄和一条乾坤地理裙放在一个红漆柜子里。他以为这次妖道们一定会取得胜利，可孙悟空见到后，又使法变作一只小虫，钻到那柜子里，将里面的东西变成一口破钟，然后从柜里出来，叫唐僧猜钟，唐僧又胜利了。国王见到这种情景，大吃一惊，但他仍不相信为什么会这样，因此他又在御花园里摘了个桃子，放在柜子里，结果打开柜子一看，却是个桃核，唐僧又猜中了。最后虎力大仙亲自动手，将他的一个道童藏在柜子里。孙悟空看到后，干脆变成这个老道的模样，钻进柜里，对他的徒弟说唐僧和前两次不一样，会猜里面真的是道童。于是他又把这个道童变成一个小和尚，出来后将柜里的实情告诉了唐僧。结果打开柜门一看，果然是和尚，还是唐僧猜中了。

　　从小说中描写孙悟空和妖道们这些幽默风趣的斗法中可以看到，其中前两次一是要说明他的法术比妖道高强，二是强调了他护送唐僧去西天取经事业的正义性和他在天宫的威望，这两点是他取得胜利的保证。后三次他和国王以及妖道们的争斗则更多地表现了他不仅幽默而且执拗的个性，说明他能毫不费力地改变既成事实，以逗趣的方式随意捉弄他的对手，使他们失败后甚至有苦难言。

　　不管是显克维奇的扎格沃巴，还是吴承恩笔下的孙悟空都是这两位作者所属的那个民族和所在的那个国家家喻户晓的人物。这些人物既具有坚持正义、勇往直前而又聪明机智、幽默诙谐的共同特点，又具有他们不同的民族性和个性。他们的聪明机智、幽默诙谐对于读者来说能够产生引人入胜的艺术效果，他们将永远活在读者的心中。

二　日常的幽默

这里说的日常的幽默就是小说主人公在日常生活中表现出来的幽默，例如，普鲁斯在《玩偶》中塑造的斯坦尼斯瓦夫·沃库尔斯基服饰用品商店的老掌柜热茨基，他就是一个在日常生活中很富于幽默感的人物。他也是一个真挚的爱国者，在波兰被沙俄、普鲁士和奥地利占领的 19 世纪，他参加过 1848 年匈牙利革命，同奥地利占领者进行了坚决的斗争，后来他又引导比他年轻的朋友斯坦尼斯瓦夫·沃库尔斯基参加 1863 年 1 月在华沙爆发的波兰抗俄民族起义。起义失败后，沃库尔斯基被流放到西伯利亚，曾在那里从事科学研究工作。后来回到华沙，和一个名叫明茨洛娃的寡妇结了婚。妻子不久死去，他便继承了明茨洛娃一家两代人经营的一个杂货店的全部产业。这个杂货店经过他的经营和改造，不久就变成了一家颇具规模的服饰用品商店，他让他的老朋友热茨基当了这家店铺的掌柜。

在一月起义失败后，人们看不到通过武装斗争获得波兰民族解放的光明前景，于是有人主张通过发展教育提高生产力以求得波兰民族的生存和振兴。这一时期，波兰资本主义工商业经济得到了迅速发展。小说主人公沃库尔斯基在华沙一家剧院观看歌剧表演时，遇见了贵族小姐伊扎贝娜，并对她一见钟情。但由于他的社会地位低下，难以高攀，便决心靠个人奋斗，使自己成为一个富商，以提高自己的身价。那时正好在保加利亚爆发了俄土战争，沃库尔斯基乘机搞军火买卖，一下子发了大财，成了新兴资产阶级的暴发户。回到华沙后，他便以他的金钱极力为伊扎贝娜效劳，并和她的亲属以及贵族阶层中的代表人物拉拢关系，想要博得他们的欢心和好感。热茨基和沃库尔斯基不同，他没有像沃库尔斯基那样去走个人发迹的道路，他也不会去和上层封建贵族拉关系，而且他还十分痛恨那些饱食终日、奢侈浪费、腐化堕落的贵族，认为他们毒害了整个社会。他这时候依然关心波兰民族的命运，他认为发展资本主义经济和社会公益事业能够振兴波兰，他的朋友沃库尔斯基有这方面的条件，能够干出一番事业。他和沃库尔斯基过去在波兰民族解放斗中结下的友谊很深，因此他很希望沃库尔斯基能够为波兰民族的复兴、为人民的福利献出他的全部智慧和精力，可是他却看到沃库尔斯基自从爱上伊扎贝娜小姐后，就再也不关心他那服饰商店的买卖，有时甚至放弃大宗买卖不做，而一心一意地去为伊扎贝娜小姐和她的亲属效力，甚至唯她之命是从，他对这些很不理解。普鲁斯以幽默的笔调，通过主人公的言行，生动而又形象地反映出了他的这种心态。例如，意大利著名歌剧演员罗西到华沙演歌剧《麦克白》，担任主角。伊扎贝娜不仅认识而且非常崇拜这位歌唱家，因此她希望在罗西演出的那天，沃库尔斯基能动员和买通一些人去为他捧场。热茨基听说沃库尔斯基要把他店里的伙计拉去看歌剧表演，给罗西送花环，已经很不满意，可这时沃库尔斯基又要他亲自去给这个意大利人献礼，也不说明为什么要那么做，这更使得热茨基大为恼火，但因为是沃库尔斯基的要求，他又不得不去。来到戏院后，他的表现是那么紧张和不自在，因此闹出了一些笑话：首先是他连自己的座位都没有弄清楚，沃库尔斯基给他的票是正厅第一排，他却跑到楼座上去了。再者，他那"华沙人不习惯的礼貌"，"甚至他的那副拿破仑第三的面像，都很令人疑惑不解"。"虽然大家都不认识他，但还是一眼就看出了他的那顶大礼帽是十年前的，那条领带是五年前的，那件深绿色的礼服和那条方格子紧身裤的年代甚至更加久远，人们都把他看成是外国人，因此当他问一个服务员去正厅怎么走的时候,在他们中便爆发出一阵笑声。"① 看完戏回到家里后,他躺在床上,还做了几个对他来说很不体面的噩梦,梦见看戏时由糖果厂老板皮弗克替他给罗西献上的那件礼物是一个小包,小包里原来是热茨基自己一条泛黄的旧裤子。罗西看到后很生气,便拿出来展示在当时也在戏院里的伊扎贝娜、沃库尔斯基和上千名观众面前。那可恶的皮弗克还乘机火上浇油地说:"这是商人斯坦尼斯瓦夫·沃库尔斯基和他的经理伊格纳齐·热茨基的一件礼物!"于是在戏院里引起一阵大笑,使热茨基当众出丑。作者这些带幽默的描写清楚地说明了他的主人公是属于过去那个时代的人,他对一月起义后新的社会环境很不适应,所以他有时候就要闹笑话。至于沃库尔斯基一直在追求伊扎贝娜小姐的事,他也是很长一段时间都不知道,甚至在所有别的人都知道后,他还是不清楚,因此他对沃库尔斯基为了讨好这个贵族小姐的一些行为感到奇怪,当他了解到真实情况后,当然会引起笑话:

> 我突然起了疑心(我自己也不知道这是为什么),以为沃库尔斯基出人意料的出行和政治有关。我决定要向舒曼探听一下,于是采取了一个巧妙的办法,说道:
> "我觉得沃库尔斯基好像在……闹恋爱了。"
> 医生在人行道上停住了脚步,把身子靠在那根手杖上,开始大笑起来,引起了行人的注意。幸好街上的行人还不是很多。
> "哈哈!……您到今天才有这么了不起的发现吗?哈哈……您这位老先生真可爱!"

---

① 本文所引《玩偶》原文均由笔者译自波兰文原著。

热茨基生性淳朴、善良，乐于助人，他对沃库尔斯基包括他的事业和生活都很关心。当他知道沃库尔斯基爱上了这个庸俗的贵族小姐后，当然极力反对，他对舒曼说他不知道为什么一件像爱情那样普普通通的事情会把一个男人弄成这个样子，他希望他的好朋友能够得到真正的幸福。因此当他认识和他一样淳朴、善良的斯塔夫斯卡太太后，他一定要让沃库尔斯基和她结婚："我最宝贵的、亲爱的沃库尔斯基！我就是粉身碎骨，也要让他和斯塔夫斯卡结婚！""就是闪电把我打死，我也要让沃库尔斯基结婚！"后来他看到斯塔夫斯卡家里没有收入，生活上遇到了困难，沃库尔斯基介绍她在他支撑的一个商店里当出纳员，每月发给她很高的薪水，热茨基当然非常喜欢，他很风趣也很坦率地说："其实就我来说，我也是有这样一个好心肠的，只是要我那么做，却还缺少一点东西……这就是亲爱的沃库尔斯基拥有的那五十万卢布。"可是当他看到他掌管的这个服饰商店的一个普普通通的伙计也爱上了斯塔夫斯卡后，他就很不以为然了："她出去的时候，克莱因还特别殷勤地给她开了门，他的这个举动使人感到，要么他把她当作了我们的老板娘，要么他自己就爱上了她。这个笨蛋！……他也住在男爵夫人那栋房子里，有时他也去拜访斯塔夫斯卡太太，可他总是那么愁眉苦脸地坐在斯塔夫斯卡太太那里，有天晚上，他去拜访的时候，海卢尼娅甚至问她的奶奶，克莱因先生今天是不是喝了蓖麻油？……真是白日做梦，他怎么可以想要得到这么一个女人呢？"

另一次，热茨基以沃库尔斯基全权代表的身份，到沃库尔斯基出高价新买的伊扎贝娜的父亲托马斯的那栋房子里去查看租户居住和缴纳房租的情况，那里发生的事也很有趣。走进这栋房子，首先见到的是它的管理员维尔斯基先生的一家。这一家人很穷，维尔斯基的妻子不满地对他说："我丈夫虽然替有钱的先生们效劳，但他要是不去煤栈里干活，不替律师们抄抄写写，我们连吃的都没有。"随后她就跑了出去，叫她的小女儿小心地盯着热茨基，热茨基说她是一个"非常瘦小、穿一身青铜色的裙衣和一双很脏的袜子的小女孩……她在门旁边那张椅子上坐下，用一种既表示怀疑又很悲伤的眼光望着我。我任何时候都没有想过这么大年纪会被人看成是小偷"。但是当他了解到维尔斯基和他一样，以前参加过波兰民族解放运动，也是一个拿破仑的崇拜者后，他马上对他表示友好，大声叫道："维尔斯基先生，如果沃库尔斯基还要收你的房租，那就让魔鬼把我抓走吧！"

实际上，在热茨基这个人物身上，无不表现他那充满了幽默诙谐的个性，他不仅现在而且过去也是这样。如他回想起他年少时在老明采尔杂货店里当过学徒，遇到这个店主既吝啬又凶恶。有一次，他看见明采尔的儿子弗兰茨卖给一个女顾客葡萄干时，柜台上掉了一粒，便捡起来吃了。"可是当我正要把那塞进了牙齿缝的核剔出来时，我觉得我的背上好像被一根烧红了的铁棍狠狠地揍了一下。"这个店主不仅用铁棍打他，而且用皮鞭狠狠地抽他。"我全身痛得卷成一个线团，从此我在店里再也不敢拿什么东西往嘴里送了，杏仁、葡萄干，甚至香果我都觉得有胡椒的辣味。"但他对老明采尔还是忠心耿耿的，事事都为他这个店的发展着想，虽然有的想法显得可笑："讲句老实话，姆拉切夫斯基还是靠边站吧！……遗憾的只是他是那么矮小，长得那么难看，为了招引女顾客，我们不得不给他找一个虽然笨手笨脚但是长得很漂亮的小伙子当帮手。有个这样的伙计在那里，女人们会坐得久些，她们不会那么挑剔，也很少讲价钱。"

普鲁斯这里写的不是扎格沃巴或者孙悟空那样的英雄人物，他笔下的主人公也没有表现出英雄人物那么高度的机敏和智慧，但是他那淳朴、善良和坦诚的个性，通过他富于幽默感的言行和心理活动，表现得非常鲜明和突出，给读者留下了美好的印象。

三　讽刺的幽默

　　《儒林外史》是中国清代一部著名的讽刺小说。顾名思义，它讽刺的对象主要是当时的文士，他们热衷科举和不合理的八股取士，由此便产生了一种恶劣的社会风气。中国封建社会自隋唐以来，历代的科举制度都是用以考选各级官吏的后备人员，许多知识分子为了获得功名利禄，经历了许多年的寒窗苦读，有的甚至考到满头白发，依然在考。到了清代，八股取士又进一步约束了人们的思想，考生做文章只能根据孔孟《四书》的内容命题，不可越雷池一步。一些有正义感和远见卓识的知识分子看到了科举考试的不合理性，对它产生了不满，《儒林外史》的作者吴敬梓就是他们中的代表。他对当时知识分子参加科举考试的情况十分熟悉，他在小说中以幽默、讽刺的笔调，展示了一幅又一幅知识分子一味追求功名的可笑而又可悲的图景。

　　例如小说第三回写道：周进苦读了几十年书，连个秀才也没有考上。有一次，他和他的舅舅金有余到省城里的贡院参观，他一来到这里便触景生情，感到自己潦倒一生，没有获得功名利禄，一下子便哭得晕了过去。幸得旁边的人给他的嘴里灌了些水，这才苏醒过来。金有余对众人说："你看，这不是疯了么？好好到贡院来耍，你家又不死了人，为什么这号嚎痛哭是的？"[①] 周进听到这话，更是哭个不停，甚至哭得满地打滚，口吐鲜血。后来旁边的人知道了他伤心的原因，便商议着凑些银子，在国子监给他买了个监生，这样他就可以算在国子监里毕业了。周进见到他们这样，以为从此可以做官，享福一辈子了，便对他们卑躬地说："若得如此，便是重生父母，我周进变驴变马，也要报效！"他还趴到

---

① 本文中《儒林外史》原文均引自人民文学出版社 1977 年版。

地上给他们磕了几个头，马上就不哭了。

又如众所周知的范进中举的故事，也具很大的讽刺意味。范进家里原来很穷，他的岳父瞧不起他。有一次，朋友约他去乡试，他没有盘费，去和岳父商议，被岳父痛骂了一顿："像你这尖嘴猴腮，也该撒泡尿自己照照，不三不四，就想天鹅屁吃！"可范进瞒着岳父，还是到城里去参加了乡试，回来后，又被岳父骂了一顿。等到发榜的那天，他家里连早饭米都没有了，母亲要他将家里一只生蛋的鸡拿到集市上去卖，买几升米来煮粥吃。范进走后不久，没想到马上就有一些人骑着马敲锣打鼓来范进家里报喜，说是他在乡试中中了举人，还要向他家里讨喜钱。他母亲便让邻居把范进找了回来，范进起初不信，还埋怨邻居不该夺他手里的鸡，说是要卖了去救家里人的命的。可是当他走进屋里，一看报帖上明明写着他中了广东乡试举人第二名，便喜得晕倒在地，不省人事。等他醒过来后，又从地上爬了起来，拍手大笑，喊道："我中了！我中了！"并往门外跑去，没走多远，便一脚踹在一个水塘里，弄得满身是水，两手黄泥，然后又往集上跑去，众人拦不住他。原来一个穷得没有饭吃的人，中了举，要做官，享尽荣华富贵，他真的喜疯了。怎么办？邻居们马上出了个主意：让他平日最害怕的人，也就是他的岳父赶到集上扇他一耳光，说这样可以治好他的疯病。这一招果然奏效，范进挨了他岳父一耳光后，就不疯了。

可是有的人有了功名利禄又是那么鄙吝，如小说中的严监生，在临终之前，他还伸着两个指头，不肯断气。他的几个侄儿和家里其他的人都不知道他这是什么意思，有的说是他还有两个亲人没有见面，有的说他有两笔银子，没有交代清楚，有的又说他想到了他的两处田地，众说纷纭，但他只是摇头，表示不是。最后，还是他的姨太太赵氏明白他的心意，便对他说："爷，只有我能知道你的心事。你是为那灯盏里点的是两茎灯草，不放心，恐费了油。我如今挑掉一茎就是了。"说罢，忙走去挑掉一茎。众人看严监生时，点一点头，把手垂下，登时就没了气。

另一个例子，写王玉辉家贫，他的女婿死了，女儿怕父亲养不起她，也不愿累了公婆，便要辞别父母和公婆，和丈夫一起死去。她的母亲和公婆都百般劝她，不要自寻绝路，只有王玉辉同意她这么做，说这是青史上留名的好事。后来女儿茶饭不食，饿了八天，死了，母亲哭得死去活来，王玉辉走到床边说："你这老人家真是个呆子！三女儿她而今已是成仙了，你哭她怎的？她这死得好，只怕我将来不能像她这一个好题目死哩！"因仰天大笑道："死得好！死得好！"大笑着，走出房门去了。这个故事更以血淋淋的事实，讽刺了封建礼教的吃人本质。

像这样带有浓重的讽刺意味的幽默描写，不管它写的是悲还是喜，都说明了一种不合理的社会制度是如何扭曲了人们的灵魂，使他们变得极端的自私和愚昧。作者在这里采取了夸张的手法，但他越是夸张，就越是显露出他的幽默和讽刺的锋芒，也愈是暴露了小说人物那可耻而又可怜的灵魂。小说《西游记》中也有讽刺性的幽默描写，但是它们和《儒林外史》这一类的描写相比，讽刺的成分要少一些，幽默要多一些，而且它们和小说产生的社会环境也没有像《儒林外史》联系得那么紧密，因为《西游记》毕竟是一部神怪小说，而不是以现实为题材的小说，它所包含的社会内容要少一些。小说侧重写人物的个性，如在"三藏不忘本/四圣试禅心"这一回中，写唐僧师徒四人取经途中的一天，遇到了一座云雾笼罩的庄院，孙悟空一看，便知这是神仙点化，自有奥秘，但他不敢说出来，怕泄露天机。这时天色已晚，庄里走出一个半老不老的妇人，请他们进去，盛情相待。妇人称自己是个寡妇，有祖传家资万贯、良田千顷，还有三个女儿，尚未出嫁，愿招他们入赘，共享荣华富贵。唐僧决心去西天取经，他当然也不会留下。孙悟空知道这四个女人是神仙变的，特意来这里，要探明他们是否一心向佛，他当然也不会上当。沙僧生性老实，他当即表示："弟子蒙菩萨劝化，受了戒行，等候师父；自蒙师父收了我，又承教诲；跟着师父还不上两月，更不曾进得半分功果，怎敢图此富贵！"只有猪八戒本来贪色，去西天取经意志不坚，来到这里又不明实情，一听妇人说得这么诱人，便"心痒难挠"，想要留下。因此到了晚上，他就假托要去喂马，来到了后门，看见那妇人带着三个女子在那里观赏菊花。猪八戒一心想当女婿，马上对那妇人叫了声"娘"，那妇人把他带到了一间内堂房里，便要求他拜丈母娘，猪八戒也真的给她拜了几拜，还问她道："娘，你把哪个姐姐配我哩？"他的丈母娘道："正是这些儿疑难：我要把大女儿配你，恐二女怪；要把二女配你，恐三女怪；欲将三女配你，又恐大女怪；所以终疑不定。"八戒道："娘，既怕相争，都与我罢，省得闹闹吵吵，乱了家法。"老妇道："岂有此理！你一人就占我三个女儿不成？！"八戒道："你看娘说的话。哪个没有三房四妾？就再多几个，你女婿也笑纳了。我幼年间，也曾学得个熬战之法，管情一个个服侍得她喜欢。"那妇人于是叫她的三个"女儿"出来，让猪八戒摸着哪个，就把哪个许配给他，可是他左摸右摸，什么也摸不着，反而自己碰到了墙上，碰得嘴肿头青，只好气喘吁吁地坐在地上。那妇人又逗他说，她的女儿个个谦让，不肯招他。猪八戒听后又厚着脸皮说："娘啊，既是她们不肯招我啊，你招了我罢。"那妇人生气了，斥他没大没小，但她又说她的三个女儿每人都有一件珍珠衫，只要猪八戒穿得上哪一件，就把哪个女儿许配给他。于是他拿着一件穿了，可没想到这珍珠衫马上变成了几条绳索，把他紧紧地捆住，那妇人也不见了。等到第二天，唐僧、孙悟空、沙僧来看时，猪八戒被捆在一株树上，疼痛难忍，只得向他们求救。

像这样既有讽刺又带幽默而侧重于幽默的描写，我们在普鲁斯的《玩偶》中也可以看到。在19世纪80年代的波兰俄占区，也出现过无产阶级革命政党领导的社会主义运动，但是它的力量十分微弱，影响不大，普鲁斯也不认为它在改变社会现状上能起什么作用。他在小说《玩偶》中虽然写了几个住在沃库尔斯基那栋房子里的大学生谈论马克思的剩余价值论；沃库尔斯基的服饰用品商店里的伙计姆拉切夫斯基有一次从莫斯科回来，还带来了三个他称为"伙计"的人，他们的秘密活动引起了沙俄警察的注意。但这一切，他都是用带有讽刺的笔调来写的。那些住在沃库尔斯基的房子里的大学生从来不缴房租，当热茨基来到这里催他们缴房租时，他们中的一个便说："如果社会要我缴房租，那就得使我给人补课挣得的钱缴得起房租"，"我父亲是个很能干的医生，他白天晚上都工作，收入大概也不错，而且他很节省……一年最多也只能省下三百卢布！你们这栋房子值九万卢布，我父亲要是以实实在在的劳动所得来买这栋房子，他就得活三百年，开三百年处方。但是我不相信新的房主已经工作了三百年"。姆拉切夫斯基还大肆宣扬什么"只有土地、房屋、机器，甚至妻子这所有的一切都公有后，才会出现人间天堂"之类的谬论。那些大学生不仅不缴房租，他们在生活上也很不检点。当管理人维尔斯基陪着热茨基来到了他们的房里，说邻居指控他们不该裸着身子在房间里走来走去时，有的年轻人甚至大发脾气："那老头是不是疯了？难道要我们在这样的大热天穿上皮大衣？真是岂有此理！""得啦，"管理人批评说，"你们应当想到他有个成年的女儿。""这和我有什么关系？我又不是她的父亲。一个老小丑！说实在的，他在造谣，因为我们并没有裸着身子。""我亲眼见过。"那管理人按捺不住了。"我敢赌咒，那是造谣！"那年轻人大喊大叫，脸都气红了，"不错，马列茨基没有穿衬衫，但他穿了衬裤；帕特凯维奇没有穿衬裤，但穿了衬衫。列奥卡迪亚小姐不就看见一整套衣服了吗！"

　　从以上的论述可以得出一个结论：不管是在波兰还是中国的古典小说中，写什么样的幽默都是由作者的创作思想和审美情趣以及他们所运用的题材来决定的。显克维奇的小说主要是历史题材，他希望通过再现波兰历史上的民族解放斗争中的英雄业绩，激发人民的爱国热情和斗争意志，去同现实中的沙俄、普鲁士和奥地利占领者进行坚决的斗争，以恢复波兰的民族独立。所以他的历史小说主要写波兰民族解放斗争中的英雄人物，在表现他们对祖国的忠诚和挚爱以及他们的勇敢机智的时候，采取了幽默的描写手法。普鲁斯的小说主要刻画他的主人公那富于幽默感的个性。他的主人公的言行举止不合时代潮流，但他热爱祖国、品德高尚，因此当他在一些场合闹出笑话的时候，反而显得十分可爱。普鲁斯因为写的是日常生活，他对主人公无论是颂扬还是讽刺，都是适度的，他热爱他的主人公，但对他讽刺的对象，并没有表现出很大的仇恨和鄙视，他的讽刺是一种玩笑式的讽刺。《西游记》因为是神圣小说，它的作者可以极大限度地发挥想象，小说中的人物既具神的无所不能的本领和变幻莫测的特点，又具人的思想和习性，作者对他歌颂的人物极力发挥自由的想象，用幽默的笔法展示他的聪明机智和他的事业的正义性。他的讽刺也是适度的，只是为了劝慰那些在思想和性格上有缺点的人改邪归正，正如上述"三藏不忘本/四圣试禅心"这一回的一首诗中写的那样："从此静心须改过，若生怠慢路途难！"小说中那些具有宗教神话色彩的想象是那么丰富多彩，在世界文学中，是无可比拟的。《儒林外史》则不一样，它的作者因为对中国封建社会不合理的科举考试和吃人的封建礼教不满、鄙视甚至仇恨，他讽刺的矛头非常尖锐，他在富于幽默的描写中深刻地揭露了社会的黑暗。

（原载《欧洲语言文化研究》第 2 辑）

论热罗姆斯基的创作

斯泰凡·热罗姆斯基（1864—1925）是波兰19世纪末20世纪初著名批判现实主义作家。像他这样不仅继承了前辈进步和革命文学的优秀传统，而且对和他同一时期以及以后的波兰文学和整个波兰社会都有极为深远影响的作家，在波兰文学史上是不多见的。当时波兰文坛老一辈的著名作家显克维奇、普鲁斯、奥热什科娃、科诺普尼茨卡的创作高潮已经过去，面对新的革命形势，他们大多数都由于阶级局限，已不能继续前进，在同辈的作家中，除莱蒙特等仍坚持现实主义创作道路外，许多作家都走上了当时在波兰风行的象征主义和颓废主义创作的歧途。而热罗姆斯基却在一条充满矛盾的、艰难曲折的道路上一步步前进着，他一生所写的作品，包括小说、戏剧、政论、书信、日记等，共30多卷，这些作品不仅深刻揭露了在沙俄统治下的波兰资本主义社会的腐朽黑暗，充分反映了波兰被压迫的下层人民的痛苦境遇和他们争取解放的强烈要求，而且刻画出许多波兰爱国志士和革命者的形象，描绘出他们为之奋斗的一个正义、美好社会的光辉图景。

热罗姆斯基正是以他对被压迫者的深厚同情，以他敢于和强暴的统治者进行不妥协的斗争，为了人民的自由解放奋斗到底的精神，赢得了波兰人民的爱戴，长期被誉为波兰"现代人的精神领袖""波兰文学的良心",他的创作不仅在波兰文学史上占有很重要的地位,而且也是世界进步和革命文学宝库的珍藏。

一

热罗姆斯基生活和创作的时代,是波兰人民遭受深重的民族和阶级压迫、波兰社会矛盾十分复杂、无产阶级所领导的波兰民族解放运动和社会革命兴起和蓬勃发展的时期。1863年1月爆发的波兰抗俄民族起义失败后,沙俄占领者加剧了对波兰的经济剥削和政治压迫:他们一方面在波兰王国从中央到地方的政府和各级行政机构中,极力排除担任要职的波兰人,代之以他们直接从俄国派来的大小官员,掌握控制这里的各级领导权,使波兰在行政上名副其实地成为沙俄帝国的一部分;另一方面,他们在学校禁止波兰学生讲波兰话,规定一切课程用俄语讲授,对波兰人强制实行俄罗斯化。

由于一月起义的影响和国内外形势的发展,沙皇被迫于1864年在波兰王国实行农奴解放;可是这次农奴解放很不彻底,旧的封建地主在城乡仍有很高的社会地位和很大的政治势力。在农奴解放后,由于资本主义的发展,在19世纪七八十年代,土地兼并和阶级分化激烈,大部分耕地迅速集中在除旧的封建地主外的新兴农业资本家手中,广大农民在经济上沦为赤贫。

波兰王国城市资本主义在19世纪80和90年代发展迅速,逐渐形成了一支无产阶级队伍。资产阶级为了自己的发展,和贵族结成联盟,勾结沙俄占领者,镇压人民的反抗,在国内则宣传他们的实证主义建国纲领。实证主义在六七十年代,在反封建旧习、提倡科学民主和普及教育等方面,起过一定进步作用;但由于它反对继承波兰19世纪上半叶的民族解放斗争传统,同时反封建并不触及封建社会制度、封建压迫和农民的土地问题,相反在国内宣扬所谓社会"循序渐进"的发展以及"缓和矛盾"等阶级调和主义的主张，因而后来在波兰无产阶级革命运动兴起时，它就起着阻碍革命发展的作用。

随着资本主义社会矛盾的加剧，早在80年代初，波兰就兴起了无产阶级革命运动，同时也开始产生了无产阶级革命政党，在当时祖国沦亡的历史条件下，波兰无产阶级具有双重任务，即举行起义来争取自己民族的独立，同时还要进行革命，推翻本国的封建贵族和资产阶级的反动统治。这个革命运动在90年代发展到了高潮，1893年，在波兰著名革命领袖卢森堡、马尔赫列夫斯基和捷尔任斯基领导下，成立了"波兰社会党"（史称"老波兰社会党"，以别于稍后成立的另一个"波兰社会党"）。在此之前，也就是1892年，侨居国外的波兰社会主义者在巴黎，也成立了一个"波兰社会主义者国外联盟"。1893年1月，这个"联盟"和波兰国内的这个"波兰社会党"建立过联系。这一年7月，"波兰社会党"改名为"波兰王国社会民主党"。"波兰社会主义者国外联盟"随后在10月，也建立了一个"波兰社会党国内组织"。

这个"波兰社会党国内组织"就是新成立的波兰社会党，它曾把恢复波兰民族独立作为党的主要任务，吸引了不少工人群众参加。它的左派主张同俄国的无产阶级团结起来，进行反对沙皇反动统治的斗争。但后来党内以毕苏茨基为首的右派反对在国内进行推翻地主资产阶级统治的社会革命，而且控制了这个党的领导权，使该党成了一个国际工人运动的右翼政党。"波兰王国社会民主党"则于1900年和立陶宛社会民主党合并，成立了"波兰王国和立陶宛社会民主党"，继续领导波兰的工人运动。因此，19世纪末和20世纪初的波兰无产阶级革命运动，是在极为复杂和尖锐的社会矛盾和党派斗争中发展和前进的。

热罗姆斯基出身于凯尔采省城附近斯特拉钦村一个小贵族家庭。他的祖父参加过拿破仑军队，曾为祖国的独立和自由战斗，父亲在 1863 年 1 月起义时给起义战士运送过粮食，曾被沙皇囚禁；三个堂兄也参加过起义战斗，一个还在战争中牺牲。一月起义失败后，热罗姆斯基的家破产了，他的童年是在父亲后来租佃的地主庄园中度过的，这时姑妈常给他讲祖辈参加波兰 1830 年 11 月和 1863 年 1 月起义以及波兰和外国民族英雄和爱国者为了自己民族的解放而斗争的故事，他从小就对科希秋什科、裴多菲[①]、加里波第[②]、密茨凯维奇等十分崇拜。1876 年，父亲送他去基埃尔策上中学读书，这是一所被沙俄占领者控制、对波兰青年实行奴化教育的学校。因此，热罗姆斯基从小不仅深受家庭爱国主义传统思想教育的影响，而且他自己对一个被压迫民族所遭受的深重苦难，也有切肤之痛。

父母死后，热罗姆斯基以担任地主家的家庭教师为生。在庄园里，他目睹长工遭受残酷封建压迫的悲惨境遇，十分同情他们的命运。1886 年，热罗姆斯基进了华沙兽医学校，他在大学的生活极为贫困，1888 年因参加进步青年秘密组织的爱国活动被沙俄当局逮捕入狱。出狱后热罗姆斯基去农村进行调查，进一步了解波兰农村阶级对立的状况，这时也受到实证主义建国纲领的思想影响，可是他反对实证主义背弃波兰民族解放斗争传统和在国内问题上的阶级调和主义观点，认为"民族的团结"只是为了反抗占领者，而在国内，"一个正直的人，不应祈求贵族发慈悲来改变人民的厄运，……而要进行社会革命"[③]。

1892—1896 年，热罗姆斯基在瑞士居住，结识了许多侨居的一月起义的参加者和波兰无产阶级革命活动家，有机会和他们就许多波兰社会问题进行探讨；可是他思想上很矛盾，一方面看到在波兰存在严重的民族压迫和阶级压迫，必须进行社会革命，另

[①] 裴多菲（1823—1849），匈牙利诗人，资产阶级革命民主主义者。
[②] 加里波第（1807—1882），意大利 19 世纪民族解放运动革命民主派领袖。
[③] 热罗姆斯基 1889 年 4 月 6 日日记，见斯泰凡·热罗姆斯基《日记》第 3 卷，华沙读者出版社 1956 年版，第 335 页。

一方面他又不能接受马克思主义。

热罗姆斯基正是在这种复杂的思想状况下，开始了自己的创作。他一生的作品大致可分四个阶段：第一阶段主要包括他19世纪90年代的作品，其中除他发表的三部短篇小说集《短篇小说集》（1895）、《乌鸦麻雀要啄碎我们》（1895）和《小说作品集》（1898）外，还创作了长篇小说《徒劳无功》（1898）。第二阶段包括他20世纪初至1905年革命前的作品，主要的有长篇小说《无家可归的人们》（1898—1899）和《灰烬》（1902—1904）。第三阶段包括他从1905年至第一次世界大战期间的创作。最后一个阶段则是在1918年波兰独立后到他逝世前一段时间的创作。如果从热罗姆斯基的思想发展和重大转变的过程来看，他的创作又可以以1905年革命为界线，分为两个阶段，他一生的创作和他的思想发展一样，经历了曲折、矛盾和艰难的过程，也反映了一系列他的前辈所未曾认识和接触的问题。

在他的初期创作中，从题材来看，大致可分两类，一是反映国内阶级压迫和下层人民苦难命运的作品；二是描写波兰人民遭受民族压迫和他们的反抗斗争的作品。

前一类作品反映了波兰王国虽然经过农奴解放，但波兰农民仍遭受封建主义和资本主义的双重压迫。如果说在热罗姆斯基以前的批判现实主义作家如普鲁斯、奥热什科娃、科诺普尼茨卡等大都局限于在作品中反映城市贫苦知识分子、小职员以及其他劳动者的不幸命运，揭露贵族资产阶级腐朽没落的道德面貌的话，热罗姆斯基在自己的作品中直接反映农村无产阶级和半无产阶级遭受压迫，则具有更大的典型性和深刻性。

在短篇小说《忘记》中，贫农奥巴略因儿子饿死了，无钱安葬，在地主的锯木厂里拿了四块板子给儿子做棺材，竟遭到地主和欺下媚上的守林人的毒打。在小说《徒劳无功》中，长工出身的拉德克回忆他童年在地主家放牲口时，管家竟"用缰绳把他的背打得满是伤,直到这个作恶的家伙坐下来感到厌烦了才算罢休"。作者所揭露的情况说明,1864年农奴解放不彻底,直到19世纪90年代,在波兰王国的农村,农民依然没有人身自由,任地主宰割。在短篇小说《彼得博士》中,新兴资本家比雅科夫斯基的剥削手段则比封建地主更为狡猾,他从破落地主波利赫诺维奇手中廉价买来了一块含有大量石灰岩的山地,利用当时农村大批破产农民找不到生路的处境,召雇了他们,表面上"好心地为他们安排了工作",实际上对他们进行敲骨吸髓的压榨,"监工总是一清早就爬起来,叫醒徒工们去干活,直到深夜,他们才回到他们那破旧不堪的宿舍里"。在《黄昏》中,雇农瓦列克为生活所迫,和老婆被地主雇去挖泥炭,可是原来讲好的工钱却被无理克扣。

在这些作品中,热罗姆斯基出于他对被压迫者的深厚同情,和迫切想要改变他们痛苦命运的愿望,还刻画了许多全心全意为劳动人民谋福利、不惜牺牲自己一切的进步知识分子的形象,如在短篇小说《一个坚强的女人》中,乡村女教师斯塔瓦斯瓦娃在农村极端艰苦的条件下,默默无闻地为普及农民教育进行忘我的工作,最后积劳成疾,在贫困中死去。在《徒劳无功》中,乡村教师帕卢什基耶维奇贫穷潦倒,身患肺病,但他甘愿为贫农出身的孩子拉德克得到求学的机会付出毕生精力,"看到周围世界的一切愚昧,看到人们对他施展的卑鄙的恶行和无耻的暴力,却毫不在意地一笑置之"。在《彼得博士》中,彼得听到他父亲用自己剥削工人剩余价值得来的钱供他升学时,他甚至和父亲公开决裂,表示一定在劳动中挣得钱,来偿还"这笔辛酸可怕的债"。

热罗姆斯基描写的这些人物如果和普鲁斯在长篇小说《玩偶》(1887—1889)中刻画的对穷人大发慈悲的资产阶级暴发户伏库尔斯基和女地主议长夫人相比,自然有很大的不同:普鲁斯认为在波兰上层社会中,还有"好心"的资产者,他们关心穷人的疾苦,用他们的财产可以改变穷人的命运,他们才是被压迫者的救世主;

而热罗姆斯基则深刻地洞察了那些资产阶级慈善事业的虚伪性,在他的小说中,没有所谓"好心"的资产者,他对资本主义给劳动人民带来贫困和苦难的所谓"文明"深恶痛绝,希望在他十分熟悉和了解的当时波兰进步的知识阶层中,找到一些真正热心公益事业的人,通过他们的努力,使劳动人民摆脱贫困、愚昧和被压迫的地位。因此,热罗姆斯基所刻画的进步知识分子不是以劳动人民救世主的姿态出现的,他们常常是深入劳动人民中,和他们同甘共苦,为他们谋福利努力奋斗,表现了深厚的人道主义,在当时阶级压迫、人们等级观念还很严重的社会环境中,这些激进人物的出现,显然具有很高的思想水平和很大的社会意义。

反映波兰民族解放运动题材的创作在19世纪90年代的波兰文学中是很繁荣的。显克维奇早期创作的短篇小说以及历史小说三部曲(1883—1888)、普鲁斯的长篇小说《前哨》(1886)和《玩偶》以及奥热什科娃的《涅曼河畔》(1887)等都或多或少地接触到了这一题材;这些作品的主要特点如下:第一,它们中一部分只反映历史题材,以借古讽今,没有直接揭露现实中的民族压迫和反抗;第二,有的作品,如显克维奇的短篇小说和普鲁斯的《前哨》虽然写的是现实题材,但它们大都限于对普鲁士占领者在波兰的经济侵略和推行日耳曼化政策的揭露上,很少反映沙俄占领者对波兰的民族压迫;第三,像《玩偶》和《涅曼河畔》这样的作品是波兰文学中最早反映一月起义题材的作品,从这方面来说,有很大的历史意义,可是作者迫于沙俄当局的书刊检查,他们在小说的具体描写中,也只能采取暗示或侧面表现的手法,而没有将整个历史事变充分、全面地反映出来。热罗姆斯基早期创作的这方面作品不同的是,它们不仅大胆地、毫不隐讳地揭露了在波兰王国现实中最严重的民族压迫——沙俄对波兰的民族压迫,而且对沙俄占领者统治下的黑暗现实,及波兰社会各阶层对于占领者的不同态度和立场进行了前所未有的正确分析;这些作品不仅反映了他从小对沙俄民族压迫的深刻认识,也表现了他对波兰社会问题极为敏锐的观察力和历史唯物主义态度。

《徒劳无功》正是作者根据他在家乡基埃尔策中学读书时的见闻写成的,所以他的感受尤深。小说所描写的学校校长克利斯托奥布利亚得尼可夫和副校长查别尔斯基是专由沙俄当局派来的沙皇民族压迫政策的推行者。为了达到使波兰孩子从小接受俄罗斯"正教、风俗习惯,准备战时为它战死,在和平的日子里为它工作"的既定目的,他们一方面对那些顺从的孩子拉拢和利诱,将他们培养成奴才和帮凶;另一方面禁止学生在学校里讲波兰话,让俄国教员在课堂上肆意歪曲斯拉夫民族历史,侮辱波兰民族,宣扬大俄罗斯沙文主义,同时收买波奸,在全校学生中布下特务网,严密监视学生的言行,有谁不轨就会遭到监禁、毒打以致开除,把学校完全变成了对波兰学生进行残酷迫害的监狱。

在中篇小说《坟》中,作者通过在某县城沙俄军营中服役的波兰士兵齐赫的见闻,无情揭露了当时最腐朽黑暗的沙俄政权和军队的种种罪孽和丑闻:军营里的校官经常毒打波兰士兵,还强迫他们高喊"乌拉!"并回答他们提出的各种带侮辱性的问题。县政府里的沙皇官吏和小姐太太将他们从波兰人民身上榨取的血汗挥霍无度,过着荒淫无耻的寄生生活。副县长克乌茨基是个甘当沙皇走狗的波兰人,由于强迫波兰合并教徒加入俄罗斯正教有功,受到占领者的赏赐。科长扎帕凯维奇虽然出身贫苦,但想向上爬,竟无耻地迫使他的女儿嫁给一个终日迷于酒色的沙俄警官。短篇小说《乌鸦麻雀要啄碎我们》更是直接反映了沙俄占领者如何屠杀波兰爱国志士,作品以一月起义失败为背景,通过一个起义的参加者在战斗失败后的逃亡中被沙俄士兵杀害,尸体又被一群乌鸦和麻雀啄食,最后他的马匹和衣帽也被一个农民盗走的惨痛历史,不仅控诉了占领者的血腥罪行,而且揭露了波兰上层统治阶级中的一些卖国贼和刽子手的凶恶面貌。热罗姆斯基在1892年曾去加里西亚，看到奥占区的波兰贵族对奥地利占领者卑躬屈膝的态度，感到十分痛恨；在小说中，他直接沿用他们当时咒骂起义者的称呼"捣乱鬼"，描写这些象征他们的麻雀乌鸦因为啄食了"捣乱鬼"的脑髓，获得了所谓"光荣的称号"，他的用意，显然不仅在于抨击加里西亚贵族资产阶级，小说以一月起义失败为背景，是通过隐喻曲折的手法，揭露波兰王国的贵族资产阶级对沙皇采取同样卑躬屈膝的态度，这里的批判更尖锐。

热罗姆斯基在他早期的作品中，也热情歌颂了现实中的波兰民族解放斗争，他认为一月起义失败后的波兰人民继续进行的民族解放斗争，也是继承了18世纪末和19世纪上半叶的民族解放斗争传统。《坟》的主人公齐赫就是当时波兰王国一个爱国秘密组织的成员，企图把沙俄当局禁止阅读的波兰爱国主义文学作品在军营里散发；在一次行军中，齐赫路经一个科希秋什科起义战士的坟墓，他吻了坟上的土，流下了泪，感到现在才认识了祖国。在《徒劳无功》中，热罗姆斯基同样写了这个被沙俄占领者控制的学校里爱国学生秘密组织的活动，他们在爱国的波兰教员掩护下，在课堂里讲述诗人密茨凯维奇战斗的一生，朗诵他歌颂1830年十一月起义的诗篇，同时秘密聚集在一起，阅读波兰19世纪抗俄民族起义的历史。小说充分反映了热罗姆斯基对沙皇占领者的痛恨和对被压迫的祖国和民族的热爱，他怀念波兰民族解放运动的光荣历史，向往斗争，认为只有不屈不挠的战斗，才能使祖国获得自由，就如主人公博罗维奇最后所说："我既没有见过革命，也没有见过起义，可是这并不能证明我没有权利去感受压迫，想到它，并尽我的全力去反抗它。"

热罗姆斯基正是在这种既感到波兰民族解放斗争失败的痛苦，而又向往斗争和继承19世纪爱国主义民主传统的思想状态中，认真地研究了他所感受最深的一月起义失败的原因。他正确地认识到这次起义的失败，除了反动势力强大外，最主要的是起义的领导脱离农民群众；关于农民在波兰民族革命中的地位和作用，热罗姆斯基认为无论在历史上还是在现实中都是十分重要的。在《乌鸦麻雀要啄碎我们》中，那个农民为什么要盗走被沙俄士兵杀害的起义者的衣帽呢？是为了"报那长年奴役，使人民愚昧无知，遭受剥削、屈辱和痛苦的仇"；可是起义的右翼领导者没有也不愿意看到这一点，他们在起义中不仅没有动员农民群众参加战斗，而且当农民自发参加起义后，他们还对农民实行镇压，这就造成了他们和农民之间的尖锐矛盾，这种矛盾的产生，充分暴露了波兰贵族革命的局限性。

综观以上，可以看到：如果说热罗姆斯基在年轻时写的日记中，对于波兰社会革命的概念还不够明确的话，那么他在这一时期的文学创作中，通过揭露国内的阶级矛盾，反映贫苦农民遭受压迫的状况以及沙俄对波兰的民族压迫，总结波兰民族解放斗争失败的经验教训，实际上已经明确指出了这种社会革命的意义和必要性。

二

在19世纪90年代末和20世纪初，华沙一些进步知识分子在波兰王国和立陶宛社会民主党的领导和影响下，进行了许多具有民族和民主革命性质的群众活动，如在1898年10月24日，他们借为密茨凯维奇的纪念碑举行落成典礼之机，组织华沙各社会阶层举行了反沙俄占领者的示威游行，在波兰民族解放斗争史上有很大的历史意义。沙皇对此也十分害怕，立即进行了武力镇压，逮捕了数以千计的爱国者。热罗姆斯基积极参加了这些活动，于1899年又一次被沙俄当局逮捕入狱。

正是在这个时候，热罗姆斯基创作了长篇小说《无家可归的人们》。作家这时期因为和华沙的工人接触很多，这部小说就是以波兰无产阶级生活状况为题材的。主人公鞋匠出身的医生尤蒂姆从巴黎医科学校毕业后，回到波兰，他在华沙、扎格文比亚煤矿和契塞等地广泛地了解了工人和贫苦农民的痛苦生活状况：华沙工人居住条件极差，他们租佃的房子矮小简陋，头可以顶到天花板，室内潮湿见水，周围也被工厂的废水所污染；街上的搬运工人每天只有一条生黄瓜和一片面包当午饭。在化工厂里，工人呼吸被硫、磷酸蒸气污染的空气，肺部都感染了严重疾病。在契塞乡下，在地主家扛活的长工也是一样，和牲口住在一起，由于卫生条件差，常患疟疾。

尤蒂姆正是当时华沙进步知识分子的典型形象，他同情劳动人民的疾苦，以为如能团结华沙医疗界人士，向社会呼吁改善工人的处境，就能迫使占领者当局和资产阶级进行社会改革，可是当尤蒂姆在华沙医疗界的会议上宣布自己改善华沙工人居住卫生条件的计划时，却遭到了许多医生的反对。他在契塞的一家医疗公司的医院里给农民治病，也因该公司经理和行政管理员的反对而遭到失败。

热罗姆斯基在小说中，除以很大的篇幅反映了波兰城乡无产阶级的生活状况外，还表现了以下两点。第一，作者是把主人公作为一个一心为无产阶级谋福利，不惜牺牲个人，具有大公无私高尚品德的人物来描写的，尤蒂姆认为：只要世界上"人们还受到过分劳动的榨取、工厂毒气的毒害"，"住在像野兽洞穴似的房子里"，他就要忘我的工作，直到自己停止呼吸；他把劳动人民的幸福看成是自己的幸福，认为在被压迫者无家可归的时候，自己也是无家可归的。在尤蒂姆身上，可以看到他和热罗姆斯基早期作品中刻画的如斯塔尼斯瓦娃、彼得和帕卢什基耶维奇是同一类型富于人道主义精神的进步知识分子典型人物；可是热罗姆斯基在这时期，因为受华沙革命运动的影响，他所刻画的尤蒂姆无论在视野还是活动范围方面，显然比他在早期作品中描写的激进人物更加广阔，尤蒂姆的思想也已初具民主主义的因素，这表现在尤蒂姆不仅同情关心被压迫者的命运，还对那些上流社会的统治者怀有很大的仇恨，他在华沙医疗界的会议上谴责他们只为上层阶级服务的倾向，对一些医生认为"世界是狡猾的工业大王的"看法表示坚决反对，认为社会的不平等正是造成压迫和无产者不幸的原因。像尤蒂姆这样能够把自己的命运和劳动人民的命运紧密联系在一起的激进人物，实际上已经超出了人道主义思想境界，而更前进了一步；特别是他出身社会下层，从小对被压迫者的痛苦境遇有较深的了解，他的思想和行动，在作者的笔下就具有很大的真实性。第二，在小说中，热罗姆斯基对于那些资本家的唯利是图和依附于他们的市民知识分子的自私自利的面貌进行了无情的揭露：例如在华沙医疗界会议上，有的医生在反对尤蒂姆的社会改革计划时，干脆说为富人做事有钱赚，谁都愿干，为穷苦人做事，得不到好处，谁也不干；在契塞，医疗公司经理和行政管理员所表现的自私尤为突出，他们不仅反对尤蒂姆给附近农民治病，还在附近的公园里挖了一个水池养鱼，要做投机买卖，而不去管这样造成附近腐草堆积，繁殖细菌，使这里的农民中流行各种传染病，给他们造成更大的灾难。作者刻画的这些人物和尤蒂姆恰成鲜明的对比，因而也更突出了作品的主题思想。

《灰烬》取材于18世纪末和19世纪初波兰民族解放运动的历史。18世纪末，在波兰面临被沙俄、普鲁士、奥地利三国瓜分危机十分严重的时候，于1794年，爆发了科希秋什科领导的抗俄民族起义。1795年波兰被瓜分亡国，不久后，波兰爱国将领东布罗夫斯基在意大利成立了"波兰志愿军团"，继续为波兰民族解放而英勇奋斗，在这时期，一些具有资产阶级民主思想的先进分子已经提出了解放农奴的口号；可是当时面对波兰民族解放运动和农奴解放这些重大问题，还存在十分复杂的历史情况，热罗姆斯基在小说中，通过具有各种不同思想和政治立场的人物的经历和他们的表现，对当时的历史情况作了真实的反映：例如主人公彼得是波兰民族解放运动初期具有爱国和民主主义思想的先进分子代表人物，他虽出身贵族，但他年少时就和家庭决裂，参加了科希秋什科起义，在战斗中负伤后，幸得一个农奴出身的战士密赫奇克的救护，才免于牺牲。起义失败后，他就和密赫奇克住在一起，靠种地放牧为生。彼得年少时曾是密赫奇克的农奴主金杜尔特的朋友，现在他要求金杜尔特在自己的庄园里解放农奴，恢复密赫奇克的人身自由，金杜尔特不仅拒绝彼得的要求，而且仇恨彼得，等彼得死后，他便命令他的爪牙毒打密赫奇克，然后强迫他去当兵。

又如另一个主人公拉尔泽夫斯基，他是当时贵族巴尔同盟的盟员，参加过反普鲁士侵略的战斗。他的政治立场是拥护波兰民族解放斗争，但又反对国内进行资产阶级民主改革；与他相反的是，当时普鲁士占领者虽对波兰进行民族压迫，却又主张农奴解放，因此拉尔泽夫斯基既和普鲁士占领者有着尖锐复杂的矛盾，也和被压迫的农奴有矛盾。

像彼得这样的人，在18世纪末和19世纪初的波兰，因为他的先进思想在社会上还呈萌芽状态，是为数很少的。可是封建农奴制度在三个占领区的统治当时却还十分巩固，就是在爱国志士的阵容中，也还有像拉尔泽夫斯基这样顽固坚持反对农奴解放反动立场的人，农奴虽然参加了波兰民族解放运动，也得不到自身解放，这是一种情况。

普鲁士占领者在19世纪初在波兰提出农奴解放的问题，他们的目的并不是要使波兰农民真正获得解放，而是为了发展资本主义，将农民置于资本主义的压迫下，以便在对波兰进行残酷政治压迫的同时，从波兰掠夺更多的物质财富，这又是一种情况。

综观以上，可以看到以下几点：在19世纪末和20世纪初的波兰民族和民主革命中，革命的领导者是具有爱国和民主主义思想的贵族，革命的参加者是爱国贵族和农奴，革命的主要对象是沙俄、普鲁士占领者和国内反动封建势力；革命的领导者对于像巴尔同盟里的爱国贵族，既要支持他们的爱国立场，又必须和他们反对农奴解放的反动立场做坚决的斗争，对于农奴，则必须为他们谋求彻底解放的道路。可是这些方面，无论在科希秋什科起义中，还是在1830年的十一月起义中，都没有完全做到，热罗姆斯基在创作这部小说时，对这一时期的波兰民族解放运动已有更深入的研究和了解，他所再现的历史图景，是很典型和真实的。

小说中提出的另一个问题，是波兰民族的解放斗争应当主要依靠外援还是必须依靠自己的力量；在当时的历史背景下，这个问题和拿破仑有密切关系，因此也涉及对拿破仑的评价问题。1795年波兰被瓜分后，东布罗夫斯基在意大利成立"军团"时，参加的有流亡国外的波兰农民和小贵族，后来他们中许多都参加了拿破仑军队，把祖国独立的希望寄托在拿破仑身上，可是他们的希望不仅落空，而且自己成了拿破仑战争的牺牲品。事实证明，单依靠外援是不能使波兰民族获得解放的；但在19世纪初和上半叶很长一段时间，在许多波兰爱国者中，存在对拿破仑的个人崇拜，把他看成是波兰民族的救星；密茨凯维奇在《塔杜施先生》中就曾以十分兴奋的情绪，描写了1812年拿破仑军队来到波兰时的情景。热罗姆斯基经过了半世纪，对历史情况看得更清楚了。他在《灰烬》中所描写的拿破仑的崇拜者，以及他对拿破仑的评价是更符合历史事实的。如主人公车得罗出身破落贵族，有爱国和民主思想，他违背父亲要他继承祖业的愿望，参加"军团"后，以为只有跟随拿破仑去打仗，才有办法拯救波兰，但他后来却和许多"军团"战士一样，充当了拿破仑1808年和1809年镇压西班牙人民的刽子手，直到最后也没有觉悟。像车得罗这样的拿破仑的盲目崇拜者，在波兰爱国志士中是为数不少的。在热罗姆斯基的笔下，就是东布罗夫斯基也不例外，拿破仑1807年在波兰建立华沙大公国时，他还向他的部下热情宣布这是我们每个人生活开始的一年。热罗姆斯基不仅真实地反映了当时波兰民族解放运动的这一历史情况，同时也正确地揭示了拿破仑战争的历史作用。在小说中，他一方面颂扬了拿破仑支持维也纳人民反抗奥地利封建统治斗争的胜利和拿破仑的军事才能，另一方面也深刻揭露了拿破仑在西班牙、意大利进行侵略战争的反动性，特别是1809年初在西班牙萨拉戈萨的大屠杀。热罗姆斯基不只热情歌颂了西班牙人民的反侵略斗争，而且还反映了一部分过去崇拜过拿破仑的"波兰志愿军团"战士的觉悟，一个"军团"战士在西班牙对车得罗曾表示，他参加军队不是为了把西班牙人活活烧死，不是为了消灭城市和乡村，有的骂拿破仑是法国革命的叛徒、专制主义者。在这里，侵略者们凶恶的面貌及被压迫者的觉醒和反抗表现得十分清楚。总的来看，在反映18世纪末和19世纪初的波兰民族解放运动的历史状况方面，在波兰文学史上，还没有一部作品如《灰烬》这样的深刻和全面。

三

从1905年至波兰于1918年取得民族独立前一段较长的时间，热罗姆斯基的思想经历了极大和极为复杂的转变。在1905—1906年革命高潮到来时期，热罗姆斯基对革命表示了热情拥护，他生平第一次看到，这才是波兰真正的社会革命，他以为这次革命会引导波兰民族和人民走上自由解放的道路，他这时在给一个朋友的信中写道："我有真正的意图，要在五月初去波兰王国，那里产生了新的世界，出现了新的人们，伟大的神圣的思想苏醒了，到处可以感到新生活的脉搏在跳动。"[①] 随后他参加了卢布林省纳文

[①] 转引自《斯泰凡·热罗姆斯基选集》"序言"，见《斯泰凡·热罗姆斯基选集》第3卷，苏联国家出版社1957年版，第34、35页。

切夫城的工人集会和示威，同时在各地人民群众中又积极组织爱国和革命宣传教育活动，但他的活动又立即遭到沙俄当局的监视和镇压，不久后又一次被逮捕入狱。与此同时，热罗姆斯基对毕苏茨基一伙在革命中所暴露的叛徒嘴脸也看得更清楚了，他一针见血地指出他们是要"用自己的压迫代替外来者的压迫"[①]；他在革命高潮中发表的许多散文对英雄的波兰无产阶级进行了热情的歌颂，如在1905年发表的《剑梦》一文中，他在描写一个在沙俄绞刑架下将要就义的波兰士兵的光辉一生时写道："你右手握枪准备射击，你赤着脚走遍了祖国的大地。你的脚磨出了血，可正是在这一夜里，你给这个被外国士兵蹂躏的穷苦人的国家带来了独立。正是在这一夜里，他带来了神圣无产者的宣言，它宣告无产者有权摧毁富人的强力。"在1906年写的《无遮盖的马路》中，他还满怀热情地生动描绘了群众革命斗争的场面："在这个场景中，歌声冲破一切障碍发出来了，它已成为从伟大人民的灵魂深处爆发出来的自由的吼声。人群迈着坚定和自豪的步伐前进，他们虽然沉默不语，可是用子弹开辟了自由的道路。"这表明热罗姆斯基已经认识到，只有通过群众性的斗争，通过武装斗争，才能推翻沙俄和波兰地主资产阶级的反动统治，使人民获得自由。他对波兰社会革命的性质、任务和手段，认识得更清楚了。革命失败后，热罗姆斯基曾有很长一段时间为革命的失败感到悲痛，他痛恨资本主义黑暗现实，痛恨反动统治者对爱国者和革命者的迫害和屠杀，如在1914年，他住在扎科潘内时，曾遇到列宁，在奥地利当局逮捕列宁后，他还和几个波兰进步作家诗人一起，联名公开向奥地利当局提出了抗议。

  他在这时期发表的作品主要有短篇小说《林中回声》

---

① 转引自《斯泰凡·热罗姆斯基选集》"序言"，见《斯泰凡·热罗姆斯基选集》第1卷，苏联国家出版社1957年版，第36页。

（1905），剧本《玫瑰》（1908），长篇小说《罪恶史》（1908），《生活的美》（1912）和《与恶魔的斗争》（1914—1919）等。《林中回声》和《玫瑰》都深受革命运动的影响，不仅生动真实地反映了波兰1905—1906年革命斗争中各种复杂的场面，而且成功地塑造了一系列爱国者和革命者的英雄形象，在思想上较他的前期作品进了很大一步。《林中回声》的主人公里姆维特原在他卖国贼伯父罗兹乌茨基领导的沙俄军队里服役，伯父要把他训练成沙皇的走狗；可是里姆维特是一个革命者，他的坚定的爱国主义信念不容许他出卖祖国，最后他终于毅然诀别了他的伯父，参加了起义军的游击队，并领导这支队伍和沙俄占领者进行了英勇战斗，打得敌人丧魂落魄、狼狈不堪。后来里姆维特不幸被捕，他面对敌人的威胁和审讯，表现了坚贞不屈和乐观主义精神，想着自己虽死并不可怕，还要培养革命后代："面对着死神，我命令，让我的儿子，我那6岁的彼得，好好地被教养成一个波兰人，像我一样。我命令，要告诉他，……关于他父亲的一生，直到最后的结局。我命令他为他的祖国服务，在必要的时候，要为祖国牺牲，不眨一下眼，不叹一口气，就像我一样。"

　　小说对沙皇刽子手和波兰卖国贼的丑恶形象也作了毫不留情的揭露，如乡镇录事奥尔萨科夫斯基，这是一个臭名昭著的赃官，他上讨好罗兹乌茨基，下勒索农民、欺压百姓，无恶不作；俄国人舒金，他很残忍，可是色厉内荏，面对里姆维特所表现的勇敢精神，他很害怕："你怎么敢这样看着我们，仿佛你是个英雄。"

　　《玫瑰》更是以很多场面直接反映了工人革命斗争的情况：在一个工厂厂房里，举行集会的工人揭露工厂主把从他们身上榨取的利润送给了莫斯科警察，控诉资本家卖国贼勾结沙皇镇压工人革命的罪行，指出那些莫斯科佬的大炮、刺刀和绞刑架就是用他们的骨头和血肉制成的。可是这里有的人在演讲中，虽然指出了世界的明天属于无产阶级，却又说什么波兰的独立只不过是乌托邦，谁要使波兰脱离俄国，他就是革命的敌人，这就是列宁批评过的卢森堡在忽视波兰民族自决这一点上所犯错误①在波兰工人运动中的不良影响的表现。

在另一个场景中，热罗姆斯基又一次再现了一月起义的历史。这是在一个木棚里，有人为纪念一月起义周年举行讲座，同时放映幻灯片，发现它上面画的是一个农民追赶一个遍体鳞伤的起义战士时，他立即把它放在一旁，又拿出另一张画有一群农民在战场上救护受伤起义战士的幻灯片，指出这是"力量"，是"祖国的美景"，这里反映了热罗姆斯基在1905年革命的影响下，已经敏锐地洞察到波兰的爱国者在新的革命高潮中，已经认识到他们过去脱离农民群众的错误，走上了团结和依靠工农力量的正确道路，这和他在创作《乌鸦麻雀要啄碎我们》和《灰烬》时相比，前进了一步。

剧本的主要人物波舍什奇、扎戈兹达、恰罗维奇和《林中回声》中的里姆维特一样，都是衷心的爱国者和坚贞不屈的革命者，他们和那些穷凶极恶、厚颜无耻的沙俄刽子手以及叛徒安哲里姆之流形成了鲜明的对比。波舍什奇是以一个主持正义的裁判官形象出现的人物，他在序幕的独白中，颂扬了波兰爱国者不怕牺牲的精神，预言在民族起义中殉难的战士的坟上，会开出象征荣誉的玫瑰花。扎果兹达表示他在监狱中绝不和沙皇妥协，不和叛徒资产阶级站在一起，因为他看到了波兰农民"如何在痛苦中，在猪狗一样的生活中呻吟"，"工人是怎样死在自己的机床——断头

---

① 波兰无产阶级革命家卢森堡（1871—1919）并不忽视波兰民族的独立，她认为在资本主义社会制度的条件下，民族问题只有与无产阶级革命相联系和在无产阶级革命的基础上，才能真正得到解决，这是对的，但是她从这里却又引出了一个错误的结论，即波兰必须首先取得无产阶级革命的胜利，然后才可提出民族独立的问题，因此她在领导波兰革命中，认为不必马上提出波兰独立的口号，反对波兰民族自决的要求，这样就不利于动员波兰人民把争取民族解放的斗争和争取社会解放的斗争结合起来，犯了策略性的错误。

台旁"。恰罗维奇说他像爱父母一样地热爱祖国，他要把波兰建设成一个天堂世界，在这里没有盗贼和贫困。在监狱里，他的立场十分坚定，表示与其在耻辱中活，不如死去。和他们相反的是，叛徒安哲里姆虽然早先也参加过革命，可是他叛变后，用恶毒的语言咒骂波兰民族，宣称莫斯科的士兵将永远在绞刑架下示威；他不仅出卖同志，而且充当沙皇的间谍，企图从被关在监狱里的革命者那里探听情报，向沙皇邀功请赏。这个民族败类是作者无情鞭笞的对象。

《玫瑰》在反映波兰民族和民主革命运动方面，不仅在热罗姆斯基的作品中，而且在当时的波兰文学中，无疑都是最深刻和最大胆的作品。然而，波兰1905年革命和社会主义思想长期以来对他的影响还不止这些，在革命失败后很长一段时间，他一方面对黑暗的资本主义社会继续进行了深刻的揭露；另一方面，他虽然没有看到革命的胜利，但也从未忘记过劳动人民的解放事业，时时憧憬着一个没有剥削压迫，具有高度文明、人人平等、自由美好的新世界，这些在他以后的许多作品中，都有充分的反映。

说到社会主义思想，长期以来，由于"波兰王国和立陶宛社会民主党"的宣传，在20世纪初的波兰王国是有广泛影响的。当时一些著名的作家和社会活动家都写过有关波兰农村生产社会主义合作化和劳动集体化的著作，但大都带有空想的色彩，他们并没有指出如何才能达到这一目的。热罗姆斯基不同，他在接触到社会主义思想时，对它的理解包含着革命的含义，他所憧憬的新世界是在彻底摧毁了旧的世界后，重新建立起来的世界。因此，他在自己这一时期的创作中，不仅对黑暗的旧世界进行了新的讨伐和更深入的批判，而且也提出了他的社会主义理想。

例如在《与恶魔的斗争》中，热罗姆斯基刻画了一个向往真理的热情有为的青年涅拉茨基，他长期在经过大革命洗礼的法国流浪，想在这里找到为被压迫者谋求解放的道路，可是他看到，这个过去由烈士的鲜血养育起来的共和国现在已经变成大富豪、高利贷者、骗子和殖民主义者统治的国家，他们为了掠夺非洲黑人开采的黄金，在那里进行惨无人道的屠杀，镇压这些有色人种的反抗。在《罪恶史》中，女主人公爱娃本是一个出身社会下层、秉性善良的姑娘，可是被流氓、骗子和强盗利用、欺骗和玩弄，而堕入犯罪的深渊；后来，爱娃在一个思想激进的庄园主博增塔那里得到拯救。博增塔把自己的庄园和财产全部献给了贫苦农民，组织他们在这里从事集体化和机械化劳动；在他的领导下，土地归集体所有，农民不再受剥削，得以享有自己的劳动成果。他们还建了许多工厂，美丽的住宅、公园，开设了许多图书馆、游艺室、医院、疗养所和学校等，他们具有各种科学知识，因此劳动生产率很高，生活十分幸福美好。博增塔还指出，社会主义者是未来祖国的建设者，他所做的一切就是革命战争和无数流放在西伯利亚的爱国志士所要求实现的一切。爱娃在那里不仅成为一个自食其力的劳动者，而且还培养起大公无私的品德情操。

这无疑是一个同时具有精神和物质文明的美好世界，它和车尔尼雪夫斯基在《怎么办》中描写的女主人公薇拉·巴夫洛芙娜的第四个梦中关于未来世界的想象是很相似的，而热罗姆斯基在设想人们思想道德水平的提高方面，还似乎更胜一筹，1905年革命和波兰无产阶级政党当时传播的马克思主义和社会主义思想对热罗姆斯基这一时期的思想和创作的发展，起了很大的积极作用。

四

热罗姆斯基的创作对波兰民族解放运动的历史和19世纪末20世纪初波兰社会许多富于本质意义的方面，无疑做了最深刻的揭示，可是在他的作品中，也暴露出他世界观和思想发展上存在深刻的矛盾和局限，这些矛盾主要表现在以下几个方面。

第一，热罗姆斯基关心和同情下层劳动人民，特别是城乡无产阶级的疾苦。在他的许多作品中，大量且十分真实地反映了工人、贫苦农民、下层知识分子以及其他劳动人民在沙俄占领者和国内地主资产阶级压迫下的痛苦生活；在他的早期作品中，刻画了一系列为改善劳动人民的境遇、为人民谋福利不惜牺牲个人的思想激进的贫苦知识分子和爱国者的形象，但由于他当时没有看到工农群众可以摧毁黑暗的旧社会和建设一个美好新社会的力量，他在波兰社会中找不到改变现状的出路，因此他所刻画的这些激进人物面对黑暗势力时又大都显得软弱无力，他们有的最后在贫病交迫中死去，有的因为斗不过周围环境而归于失败。

在他早期的作品中，被压迫者的形象也是写得不成功的，《忘却》中的奥巴略在遭到地主狗腿子毒打时，只会连声请求"老爷开恩""饶恕"，《彼得博士》中"身躯瘦弱""衣裳褴褛"的石工和《无家可归的人们》中的产业工人、贫苦农民，在作者的笔下，都是一些逆来顺受、对自己被压迫的处境毫无反抗的群氓。还有像尤蒂姆的弟弟维克多·尤蒂姆，一个炼钢工人，他开始时对压迫者似乎还能表现出一点反抗性；可是他后来在瑞士的一个工厂里当工人，思想品德反而变坏了，当他妻子从华沙来找他时，他完全忘记了自己过去受过的苦和他的阶级兄弟，一心想的只是"哪里挣钱多，我就到哪里去"。在热罗姆斯基当时看来，波兰城乡无产阶级还处于愚昧、落后、在政治上尚未觉醒的状态，有待少数激进知识分子去为他们努力奋斗。他所刻画的这些知识分子在从事他们的社会工作时，既不可能得到这个社会上层统治者的支持，又脱离工农群众，不相信工农群众有改造社会的觉悟和力量，他们就只能孤军奋斗，这就是他们最后无不失败的根本原因。

此外，这些人物从事的社会活动的内容也大都没有超出实证主义的范围，如《一个坚强的女人》中的斯塔尼斯瓦娃和《徒劳无功》中的帕卢什基耶维奇在农村从事教育工作，宣传科学，在坚持宗教迷信和社会等级的牧师和贵族中"宣传自由思想"，以及尤蒂姆为城乡无产阶级和下层劳动人民改善居住和工作卫生条件的活动，都包括在华沙实证主义者当时宣扬的"有机劳动"和"基层工作"两个纲领内。在《徒劳无功》中，进步学生在学校里除阅读和宣讲波兰19世纪爱国主义文学作品和波兰民族解放运动史外，他们最感兴趣的，也不过是一些自然科学和唯物主义哲学的读物。宣传和实行实证主义纲领在反封建习俗、普及教育以及在一定程度和范围内改善下层人民的生活状况上有可能取得某种效果，可是应当看到，在当时封建势力还十分强大的波兰社会条件下，像实证主义这样哪怕只在一定程度上表现了进步性的资产阶级纲领，要付诸全面实现，也是不可能的。热罗姆斯基虽然当时已认识到在波兰必须进行一场社会革命，但这种社会革命究竟如何进行，他当时还不十分清楚，因此他在自己这时期的作品中，就不可能直接反映波兰无产阶级革命运动，而只能提出和当时在波兰社会仍有相当影响的实证主义者同样的社会改革的方案。

第二，热罗姆斯基对资本主义社会的阶级压迫、经济剥削、殖民掠夺、道德沦丧和沙俄占领者的反动腐朽，以及他们压迫波兰人民的种种罪恶，进行了深刻的揭露。后期在1905年革命的影响下，他对波兰无产阶级的觉醒、它在20世纪初波兰民族和民主革命中所居的重要地位，以及它所领导的革命的任务和对象开始有所认识，成功地塑造了一系列闪烁着理想光辉的革命者的英雄形象；可是在1905年革命失败后，热罗姆斯基在很长一段时间曾经陷入悲观。有时，他在同一部作品中表现了他在革命高潮中和革命失败后的两种不同，甚至充满矛盾的思想感情，如在《罪恶史》中，他一方面赞颂了革命，另一方面明显地暴露出他在革命失败后所产生的苦闷、悲观和感到茫然的情绪：女主人公爱娃原来在博增塔的集体化农场里工作，后来她离开了农场，作者写她两年后再来看时，农场已被卖掉了，她在这里除看到一片荒凉外，还发现博增塔也死了，他的墓碑上刻写了许多责骂死者和他生前所做的一切的文字；善良正直的爱娃感到自己有责任卫护博增塔，她猛烈地踢打着墓碑，可是直到她精疲力竭，也未能把它踢倒；她这时感到"世界上没有任何优美、高尚的东西"，"人类比淤泥还脏臭和可厌"；后来，她自己也因在强盗面前卫护一个她曾爱过的男人而死于强盗之手。

在小说中，人们看到的是，革命者死去，革命被人诅咒，理想已经破灭，社会中充满了罪恶和黑暗，正直的人无法生存，整个社会都无法拯救了。当然，热罗姆斯基的矛盾心情仍是出于他对波兰资本主义黑暗现实的极端痛恨，但更是出于他对劳动人民获得解放的美好未来的向往和因为感到失去这种未来产生的惋惜，出于他急切想要看到光明却又看不到光明的痛苦，所以高尔基说，《罪恶史》是一部"悲观主义的书，但也是一部诚恳的书"[①]。

第三，热罗姆斯基通过他对波兰民族解放运动一百多年来的历史的深入了解，表现了他对波兰民族革命的对象、革命的领导、方针和依靠力量有着较之其他波兰进步作家更深刻的认识，他从深刻洞察波兰资本主义社会中人民遭受民族和阶级的双重压迫，进一步发展到了对新的时期由波兰无产阶级领导的民主革命表示热情拥护的态度，认识到这个革命目的在于推翻沙俄占领者和波兰地主资产阶级反动统治的伟大意义；可是在革命暂时没有达到这个目的时，他除了如上所说，感到苦闷、茫然之外，有时甚至对革命群众运动采取否定的态度，有时从感到理想的破灭到进行各种幻想，有时又退回到他早期曾相信过的实证主义教育救

[①] 转引自《斯泰凡·热罗姆斯基选集》"序言"，见《斯泰凡·热罗姆斯基选集》第1卷，苏联国家出版社1957年版，第36页。

国的道路上，这些方面，在他后期的作品中也表现得十分清楚。

如在《与恶魔的斗争》中，主人公涅拉茨基在法国，虽然看到法国资本主义的社会黑暗，可是他在这里看到法国工人运动中出现的工团主义和无政府主义时，就把整个工人运动全都看成是这样而加以否定，认为工人运动根本不能使无产阶级和劳动人民获得解放，结果涅拉茨基甚至感到必须用"资本主义的法宝——金钱"来战胜资本主义的恶魔。一个偶然的机会，他获得了一个资本家死后的百万遗产，他便用它在东布罗夫矿区买了矿井和工厂，打算在这里建立工人合作化的企业单位；可是他方才开始工作，就被强盗杀害，他的全部财产后来也落到了他的骗子岳父手中，其结局的描写和《罪恶史》中颇有类似之处。在《玫瑰》中，作者在结尾部分，写恰罗维茨出狱后，却又在波舍什奇的鼓励下，和他的弟弟别内迪克特用自己的全部财产办起了学校，还准备办农场，提高农业工人的工资，主人公的这些活动反映出他们的思想发展是前后矛盾的。在《生活的美》中，热罗姆斯基还幻想了一个玻璃世界，在这里让农民住上玻璃房子，用上玻璃家具，既卫生又明亮，使农民减少疾病；同时在维斯瓦河上建水力发电站，让整个玻璃世界有很好的照明，用玻璃板铺路，使农民行走方便；用机器耕田，代替农民的沉重劳动，使他们丰衣足食。尽管这个也和博增塔的农场一样，十分美好，可它究竟是一种幻想，一种寄托了作者的某种希望而实际上不能实现的幻想。

综上所述，可以看到，热罗姆斯基在1905年革命失败后，他一方面深感痛苦、茫然，甚至最后发展到对革命群众斗争的形式持否定态度，怀疑它是推翻资产阶级反动统治、创建新社会的唯一正确的道路，表现了他对革命的动摇性；但另一方面，他即使这样，也从来没有忘记过波兰民族和劳动人民的解放事业，他的矛盾、痛苦心情的产生，也正是因为他热切盼望被压迫者能够得到彻底翻身，但在革命低潮时期又看不到人民的智慧和力量，看不到胜利的希望。他的这种思想感情在他在波兰获得独立后的一系列社会活动和他于1925年发表的最后一部长篇小说《早春》中,也反映得十分突出。

五

在第一次世界大战结束阶段,由于普鲁士和奥地利在战争中的失败、苏联十月革命的胜利,以及波兰人民长期以来的英勇战斗、流血牺牲,波兰于1918年获得独立。可是独立后的波兰国家政权却被以毕苏茨基为首的波兰社会党右派势力夺得,它们执行反对波兰工人阶级、反对列宁和布尔什维克领导下的苏联的路线。波兰王国和立陶宛社会民主党以及波兰社会党的左派面对资产阶级势力的猖狂进攻,于1918年年底联合组成了波兰共产主义工人党(1925年改称为波兰共产党),领导波兰无产阶级与新的反动统治者作了毫不妥协的斗争。1920年7月30日,党领导人民在比亚威斯托克地区建立了社会主义政权——波兰临时革命委员会,它虽然仅存在几个星期就失败了,但预示了24年后波兰人民共和国的成立。

在这期间,热罗姆斯基的思想发展就像他前一阶段一样,又经历了十分矛盾和痛苦的过程。在开始时,他对于独立国家社会面貌的改变曾寄予很大的希望,他在这年11月在扎科潘内的一次群众大会上发表演讲时说:"波兰将是正义的体现,她会擦干穷苦人的眼泪,清除他们脸上的尘土和头上的贫穷,把土地分给人民的儿子们,实现波兰最伟大的政治家亚当·密茨凯维奇的遗愿。"[①] 1919年,他从扎科潘内来到华沙,参加了许多进步知识分

[①] 密茨凯维奇的长篇叙述诗《塔杜施先生》的主人公塔杜施在和佐霞结婚后对妻子曾说:"我们自己自由了,我们也要让农民们同样自由。"他还决定把自己的土地分给农民。文中的引文转引自弗·维特《斯泰凡·热罗姆斯基》,见弗·维特《斯泰凡·热罗姆斯基》,苏联科学院出版社1961年版,第310页。

子的社会活动，如宣传波兰收复了长期被普鲁士占领的波罗的海边的土地，他还以此为题材写了两部作品《风从海上来》（1922）和《海之间》（1924）。同时，他又在进步作家中发起成立了波兰作家协会，在1920年召开的波兰作协第一次代表大会上通过了包括热罗姆斯基签名的宣言，这个宣言号召作家为劳动人民的自由而斗争，表示"我们对自己的敌人：阶级和民族的利己主义、侵略性的军国主义、剥削阶级的意识形态、资本主义和僧侣主义反动的世界联盟绝不妥协"①。热罗姆斯基还在工人中组织了各种艺术团体，目的在于通过各种宣传手段，反映和表达他们的生活状况和要求；可是他后来却越来越看到，在独立后的波兰，工人和农民依然受着残酷的压迫和剥削，他们的命运并没有得到改变，他的希望和努力都落空了，热罗姆斯基说："我对事情经过的理解经常是错的，一切和我所想的、预料的和估计的都不一样。"② 他怀着失望的心情问道："这就是将骨灰撒遍了祖国土地的当代英雄的神圣愿望的体现吗？不是。今天的波兰不是英雄们和他们的歌手、伟大诗人们所向往的波兰，这不是比它的周围高尚，而是低下的波兰。"③ 热罗姆斯基的最后一部长篇小说《早春》，就是他在这种矛盾和失望的心情中创作的。

《早春》对独立后的波兰社会各阶层的生活状况和政治面貌作了广泛和真实的反映。主人公崔扎莱是一个出身小官僚的知识分子。他的祖辈参加过波兰民族解放运动，全家在十月革命前住在俄国的巴库，崔扎莱在中学读书时就参加过俄国革命。母亲死后，父亲色维莱要把儿子领回波兰，他告诉儿子，说他有一个表哥巴

---

① 转引自弗·维特《斯泰凡·热罗姆斯基》，苏联科学院出版社1961年版，第315页。
② 转引自《斯泰凡·热罗姆斯基选集》"序言"，见《斯泰凡·热罗姆斯基选集》第1卷，苏联国家出版社1957年版，第44页。
③ 同上书，第43页。

雷卡在波兰设计建造了一座玻璃炼钢厂，厂房是玻璃造的，是全体职工的财产，在这里没有罢工，工人可以住上比美国富人的别墅更华美的玻璃宫殿；巴雷卡还要在农村给农民盖玻璃房子、玻璃学校、玻璃牲口圈、温室；在维斯瓦河里安装一个大的玻璃水槽，用来储水，进行灌溉、发电，这样可以保持环境卫生，实现农村现代化文明。色维莱不久逝世，崔扎莱回到波兰，可是他在哪里也没有找到玻璃房子。崔扎莱进了华沙医科大学，不久，波兰政府就发动了对苏联的战争，他因受波兰地主资产阶级政权宣传的欺骗，参加了这场战争；战后他仍回到波兰，在革命的影响下，参加过工人群众的集会和华沙五一游行。

崔扎莱是个具有双重性格的人物，一方面，他同情劳动人民的疾苦，拥护无产阶级革命。他回波兰后，因为没有找到他父亲告诉他的玻璃工厂和房子，看到波兰现实和占领者统治的时候没有两样，感到失望，指出波兰社会还需通过暴力进行改革。就是在自己参加了波兰地主反对苏联的战争时，他也曾感到这是对自己过去参加革命事业的背叛，而且最后，他还肯定了俄国布尔什维克党领导的无产阶级革命的伟大功绩，他对他的朋友加约维茨说："为了干一番我们不了解的新的事业，为了毁掉旧的东西，你有列宁的勇气吗？"可是另一方面，崔扎莱出身官僚家庭的许多旧习却又没有改变，他常爱和一些上层社会的人混在一起，享乐腐化，在生活作风上，和一个真正的革命者仍有很大的区别。

热罗姆斯基在小说中，通过主人公的见闻，充分反映了独立后的波兰劳动人民的生活状况，如在纳弗沃希附近的农村，农民由于无地少地，夏天不得不出外逃荒，冬天冻死饿死，战时被迫到国外去流浪。作者还描写在工人的集会上，革命者无情揭露毕苏茨基的资产阶级政府的反动面貌，在它的统治下，许多革命者被关进监狱，遭到各种酷刑，被迫害至死，他们所得的待遇比在沙皇的监狱里还坏。作家虽然对独立后的波兰表现出了悲观失望，可是他的《早春》和他过去的作品有所不同：这就是他在十月革命的影响下，开始认识到在波兰也必须经过一场像在俄国发生的那样的社会革命，才能真正改变现实的面貌，建立新的社会。

热罗姆斯基是波兰民族和人民的歌手，在和他同时代的作家中，没有一个像他那样深刻感受同时在自己的作品中反映被压迫的民族和人民的苦难，也没有一个像他那样深刻地揭露了资本主义的社会黑暗，他以他的创作，为了人民的解放和祖国美好的未来奋斗了一生。热罗姆斯基拥护波兰无产阶级领导的革命，他把革命的理想看成是自己的社会理想；他最好地继承和发扬了波兰伟大诗人密茨凯维奇的爱国主义和革命民主主义的传统，并且进一步发展到了社会主义思想高度。他在自己的作品中，以极大的热情反映和歌颂了波兰无产阶级革命，虽然他在革命失败后表现出了悲观、失望和动摇，在他的作品中，许多主人公往往是脱离人民群众的个人奋斗者；但热罗姆斯基终究相信人民的力量，认为波兰资本主义社会必须经过彻底的改变，经过革命，才能达到这个理想的目的。

热罗姆斯基和他的创作对波兰19世纪末和20世纪初的民族解放运动和无产阶级革命的影响很大。波兰无产阶级革命领袖尤·马尔赫列夫斯基和他曾结下了十分深厚的友谊，马尔赫列夫斯基很喜爱他的作品，并为它们的出版曾经长期奔波努力。在20世纪30年代，波兰革命诗人弗·布罗涅夫斯基和作家玛·东布罗夫斯卡、列·克鲁奇科夫斯基的创作都深受他的影响，他们十分推崇热罗姆斯基，把他看成是自己的先驱者。

六

热罗姆斯基的创作在艺术上也很有特色。一部艺术作品创作的成功与否，常常决定于人物形象的塑造，热罗姆斯基很擅长于刻画人物，经常把人物放在革命斗争的高潮中，放在激烈的矛盾冲突和十分典型的环境中，来表现他们的典型性格，这样不仅使人物富有鲜明的时代特点，充分表现出他们的个性，而且通过人物的塑造，也进一步突出了作品的主题思想。《无家可归的人们》中的尤蒂姆，他出身平民，了解和同情工农大众的疾苦，有为工农谋福利而献身的精神，可是他也受社会上资产阶级的思想影响，因而又轻视工农，脱离工农群众；他在巴黎上了大学，回华沙后，走到家门口的感觉是，自己是从国外回来的，受过高等教育，要和下等人见面，是耻辱，他把自家的亲人看成是下等人。在契塞，他事事得求助于资本家、公司经理，一次医疗公司监察委员会开会，参加会议的都是资本家的代表，尤蒂姆又为自己出身低贱未能进入上层社会生活领域而感到遗憾。热罗姆斯基正是把主人公放在资产阶级和下层劳动人民的利益发生尖锐矛盾和冲突的环境中，来表现主人公的复杂性格。通过这些描写，他不仅突出了小说号召社会关心工农疾苦的主题思想，而且十分真实地塑造了一个虽然同情劳动人民的命运但又没有走上革命道路的知识分子的形象，明确指出了像尤蒂姆这样的知识分子改造社会的道路在波兰社会中是走不通的。在《早春》中，主人公崔扎莱的典型性格正是在十月革命和波兰独立后不久，阶级矛盾和民族矛盾极为尖锐复杂的环境中形成的。崔扎莱虽然年少时受过革命思想的教育，但他回到波兰后，又不可避免地受到波兰反动统治者的民族主义宣传的影响，当时毕苏茨基进攻苏联，打的是爱国主义旗号，在遭受了一百多年沙俄民族压迫的波兰人中，自然是很有煽动力的，主人公崔扎莱在阶级斗争极为复杂的社会环境中，没有摆脱知识分子的动摇性和思想矛盾，在他和上层阶级的频繁接触中，也不可避免地常常误入歧途。在这里，作者同样成功地刻画了一个大革命时代的波兰进步知识分子的典型。

象征手法是热罗姆斯基创作时代波兰文坛许多诗人普遍运用的手法。它的特点是能够十分形象地表现作家的某种思想倾向，有时使之达到拟人化或拟物化的程度；对于前辈批判现实主义作家来说，它是一个创新，但它在某种程度上又继承了波兰19世纪上半叶的浪漫主义文学艺术传统，在密茨凯维奇和斯沃瓦茨基的诗歌作品中，都成功地采用过象征手法。热罗姆斯基是一个杰出的现实主义者，他用这种手法的目的，主要在于突出他的作品的主题思想。

例如《乌鸦麻雀要啄碎我们》中的乌鸦和麻雀、《生活的美》和《早春》中的玻璃世界和玻璃房子都包含有某种象征意义，在这些象征的描写中，美和丑、善和恶的形象都表现得十分鲜明和生动。《无家可归的人们》中的尤蒂姆，在他最后一事无成时，他在绝望中独自立于郊外，发现一棵从根部裂开的松树，感到凄凉，听到这松树在低声地饮泣。在《玫瑰》中，热罗姆斯基还描写了一个爱国者当，他在监狱中发明了一种神秘的火，可以烧光沙皇的军队和碉堡；在剧本的结尾，恰罗维茨单枪匹马和沙皇军队战斗，再次被捕后还用当的火去烧沙皇的军队，也烧死了自己；他临死时，头上隐约出现了波舍什奇的幻影，胸前开出了一束玫瑰花。在这里，作者显然把人物为民族自由而牺牲看成是最高的荣誉，但也以象征手法反映出他在革命失败后找不到出路的矛盾心情。

热罗姆斯基的创作手法还受了密茨凯维奇的诗剧《先人祭》的影响，一是剧本中描写的沙俄贵族官僚的跳舞会，刽子手们在这里为他们把波兰人民的革命镇压下去而得意忘形，狂欢淫乐；可是舞厅里突然出现了一个十分可怕的女人，她身披沾满了鲜血的黑外衣，头发被铁索捆住了，无力的双手靠在一柄剑上，血从剑上流下来，她以乌黑的、表示愤怒的双眼望着人群。热罗姆斯基以她象征波兰民族的失败和人民对沙皇刽子手们不共戴天的仇恨。二是革命者们在沙皇狱中的刑讯室里遭受酷刑和舞会场面同时出现，形成了鲜明的对比，具有强烈的艺术效果，给人们留下深刻的印象。

比喻也是热罗姆斯基经常运用的表现手法。他有时以物喻物，有时以物喻人，两者都十分生动和形象。例如他把爱人比作音乐，既有柔和而又深沉的个性，又有美好动听而又发人深思的语言。他把波兰比作一棵长在贫瘠土地上的白杨，它的眼睛凝视着周围美好的世界，它的枝叶却已枯萎，它的树干也弯下了腰，可是这棵白杨后来因为人们的辛勤灌溉和照管，重又繁茂地生长起来，焕发出了青春。他在写海浪时，说它既十分洁净，又蕴藏着巨大的力量，可以洗净人们在暴力面前表现的懦弱和胆怯、人们的愚昧和自私。他把和沙俄占领者勾结在一起的波兰卖国贼比作可恶的乌鸦，它十分贪婪地啄食被沙皇士兵杀害的一月起义战士的脑袋，企图吃掉他的一切"自由思想"，摧毁这次起义的"最后一个碉堡"，等等。像这样极为美妙比喻，在他的作品中真是不胜枚举。

写景是热罗姆斯基描写中的一大特长。他的景物描写充分具备波兰象征主义和印象主义作家和诗人的特色，他笔下的画面总是那么瑰丽多彩、有声有色，而且动中有静，静中有动，使读者不仅可以看到，还可以听到、闻到、触到所描写的景物，给读者以身临其境的感觉。他进一步把写景和典型环境的描写结合起来，丰富了场面的描写，衬托出环境的气氛。例如在《林中回声》中，伴随着罗兹乌茨基滔滔不绝地讲述自己如何镇压波兰民族起义的历史，作者以生动的笔触，描写远处人们砍伐林木的情景，使场面透着恐怖的气氛，同时在读者面前现出一幅幅有如电影镜头似的清晰画面：

营火烧得很旺，护林人不断地添柴。干燥的杜松燃烧着，发出哗哗唰唰的欢声。从对面晚霞弥漫的森林里，传来嘁嘁的斧声。它的回声越过森林，越过圣十字枞树林，没入湿润的、带着睡意的、静寂的荒野。……在斧声中，不时听到一棵将要折断的大树的那种预示不祥的嘎嘎声，听到它那茂密的枝叶的窸窣声和撞击声，还有那震耳欲聋的打雷般的大树倒地声。回声跟这倒地声连成一片，把它送入遥远的黑夜；这悲惨的消息，这最后一斧的令人心碎的讯息，就越去越远，终于消失了。整座森林在倒下，在崩溃，每一棵大树的吼声都是这永远难忘的一刹那的见证，打黑暗的深处用活的语言发出了呼唤。

又红又大的月亮从森林的帷幕后面钻出来，悠然航行在一块块乌云中间。围着营火的人们默不作声。空气变得寒冷了。

又如在《灰烬》中，作者以大量的篇幅，描写了波兰土地上荒野茂密的森林，这里有很多野兽，还有古老的遍布绿荫的公园和农民五彩缤纷的庄稼地，一是为了衬托出封建贵族游猎生活的丰富多彩，二是为了反映书中所写战争场面的雄伟壮观，也显得很有特色。

热罗姆斯基很重视感情的描写。他的人物的对话和在作品的许多细节描写中，无不反映出作者和人物突出的爱和憎，具有鲜明的感情色彩。如在《坟》中，作者写一次副县长克乌茨基在家为沙皇军官举行舞会，齐赫深恶痛绝地对这个卖国贼说："尊敬的主人，你杯中的酒已经变成血和泪了。"另外一次，一个有革命思想的俄国医生维尔金也是参加克乌茨基的命名酒会，当一个来参加酒会的中学俄语教师科布切维茨要为"迅速地、有成效地和彻底地使这个国家俄罗斯化"而干杯时，到会的只有维尔金没有喝酒，他愤怒地骂了一句"畜生"，拿起酒杯往火炉上把它砸碎，

"那沿着光滑、白净的瓷细细流下来的酒，就像眼泪一样"。《乌鸦麻雀要啄碎我们》揭露了沙俄士兵的残忍，他们发现文雷赫是起义的参加者后，咒骂他是"狗崽子"，用长缨枪捅他的肚皮，还用从他身上搜寻到的空酒瓶把他的头骨打碎。在以上这些经过细心构思、充满了激情、十分形象的细节描写中，都充分反映了作者对沙俄占领者的极端仇恨，以及他为波兰民族的失败所感到的悲愤。

热罗姆斯基善于将景物描写和表现人物的思想感情结合起来，如在《黄昏》中：

> 夜从远方来到，一派浅蓝色的森林变暗了，湖水上的光芒也消失了，兀立在晚霞中的枞树投射着无限长的阴影。在山丘上砍伐森林的地方，间或可以看到发红的树桩和石块；在它们上面，时而燃起星星点点的火焰，然后又归于熄灭，……树木和灌木丛失去了光彩和自然的本色，在幽暗中，忽儿现出各种奇形怪状，忽儿变成乌黑的一片。
>
> ……这是黄昏的时刻，当所有的形体逐渐消匿不见的时候，当一片灰暗笼罩着大地的时候，瓦尔科娃被恐怖攫住了，她觉得自己头上的毛发已经竖起，好像有一群蚂蚁在她身上爬过，大雾像一个个活着的怪物，慢慢地向她爬了过来，冲她伸出了两只湿漉漉的爪子，抓住了她的脖子，在她的胸脯上搔痒。

在这些拟人化的、情景交融的描写中，不仅突出了奥莱巴·瓦列克两口子劳动的艰苦，而且很形象地反映出了他们由于担心在自己这一天的劳动中，病饿在家的孩子可能已经死去而感到的不安。

又如在《徒劳无功》中，热罗姆斯基写主人公博罗维奇初从家乡来到克莱雷科夫后，一天黄昏时刻，来到公园，看见喷泉的水溅泼在铁栏杆上，洒落在周围的石钵子里，发出滴滴答答的声响，便触景生情，想起了自己家门前的潺潺流水声，更加激起了他对故乡的怀念。这些描写无疑加重了人物的感情色彩。

有时在作者笔下，因为人物感情发生变化，景物也随之改变。《灰烬》中的一个主人公拉法尔在高兴的时候，看到花楸果呈现一片美丽的金黄色，而在他感到烦恼时，这同一棵花楸果树在他看来，它的果子却变得像酸涩的野果一样，它的树枝就像一只怪兽露出了可怕的门牙，在发出狂笑。在《生活的美》中，主人公彼得一次来到野外的牧场上，他因为想到美好的未来世界，心中十分高兴，感到这牧场上的每根嫩芽似乎不是从泥土里生长出来的，而是从他心中长出来的，一朵朵鲜花使他全身都产生了扑鼻的芳香，风吹得嫩绿的小草发出簌簌的响声，虫儿唧唧地叫着，显出一片欢乐的气氛，就像响起了美丽的交响音乐一样。在《玫瑰》中，博舍什奇在看到监狱外面闪着的电光时，他觉得这电光在笑，但它是一种恶意的笑，预示着不祥之兆的笑；而《生活的美》中的彼得有时不仅感到野外的大树在对他微笑，而且天空中的月亮光、家里的穿衣镜、大海的浪涛都在对着他笑，可这种笑却是一种使他感到幸福的笑。以上显然都是一些带有十分浓厚的主观和浪漫主义色彩的描写，就像人物戴着感情的有色眼睛去看周围世界一样，然而它们总是那么丰富多彩、变化无穷，就像大自然本身一样，就像人们思想感情的无穷变化一样，给读者留下难忘的印象。

当然，在热罗姆斯基的某些小说中，或也出现自然主义倾向的描写，这种描写不管是写景也好，叙述故事也好，都往往过于琐细，脱离主要情节和主题思想，因而也使他的部分作品的结构显得不够严谨，在19世纪末20世纪初波兰文学创作界脱离现实主义的倾向表现得十分严重的情况下，这也不能不说是它的不良影响的表现；可是自然主义不是热罗姆斯基创作的主要倾向，他的创作艺术的最大特点是不仅继承了显克维奇、普鲁斯等的波兰现实主义艺术传统，而且吸取了和他同时代的波兰象征主义和印象主义表现手法中有益的东西，从而在形式上大大丰富了波兰现实主义小说创作。

（原载《外国文学研究集刊》第七辑）

《福地》中译者前言：
一幅资本主义发展的真实画图

弗瓦迪斯瓦夫·莱蒙特（1867—1925）是中国读者熟悉的杰出的波兰现实主义作家，在欧洲和世界文坛有较大的影响。他的代表作《农民》和《福地》不仅在波兰文学史上占有重要地位，而且早已被公认为世界现实主义文学名著。1924年莱蒙特"由于他伟大的民族史诗式的作品《农民》"而获得诺贝尔文学奖。

鲁迅先生30年代在研究东欧被压迫民族文学时，对莱蒙特十分推崇。早在40年代，中国就已经开始翻译莱蒙特的小说。中华人民共和国成立后，他的作品得到了更为广泛的介绍。不久前中国出版了《农民》的新译本。现在我们把他的另一部重要长篇《福地》译介给读者。

一

莱蒙特生活和创作的时代，是波兰被沙俄、普鲁士、奥地利三国瓜分，人民遭受残酷的民族压迫和阶级压迫，灾难深重的时期。1863年一月起义失败后，在三个占领区，特别是在沙俄和普鲁士占领区，占领当局都加重了对波兰的民族压迫。1864年的农奴解放，为波兰城乡资本主义的发展提供了有利条件；与此同时，沙俄为了将它占领的波兰王国和沙俄帝国完全合并，取消了王国和帝国之间的关税壁垒，波兰城市资本主义工商业因此具备广阔的销售市场和足够的劳动力，在80—90年代发展很快。波兰著名无产阶级革命家卢森堡曾经指出："在1800—1877年，工业发展的主要条件——销售市场、交通道路和工业后备军——都形成了，俄国和波兰的工业成了资本主义初期积累名副其实的金库。1877年以后，开始了大规模的资本积累和大企业迅速创建的时代，随之而来的是生产迅速增长。"这时，华沙的五金工业、索斯诺维茨的采矿和钢铁工业、罗兹的棉花和羊毛工业等都从工场手工业变成了强大的现代化机械工业。当时波兰处于殖民地地位，外国资本——俄国、法国、德国、比利时、英国的资本大量入侵，一方面造成了波兰民族资本和外国资本之间激烈的竞争，另一方面，波兰的工业品也可以借此出口外国，如波兰的纺织品当时就曾大量销往立陶宛、白俄罗斯和乌克兰等地，甚至远销中国，使资本家获得高额利润。工业的长足发展，使波兰王国成为原料的买主和新商品的输出者。在这种情况下，大工业企业和资本便迅速集中在人数越来越少的实力雄厚的资本家手中，波兰王国的资本主义开始由自由资本主义向垄断资本主义过渡。

70和80年代的波兰王国农村，也发生了急剧的土地兼并和阶级分化，结果是大部分土地仍集中在一部分旧式地主和新起的农业资本家手中，农民虽然获得人身自由，但由于没有土地或者土地很少，无法摆脱贫困的处境，许多人重又当上地主和新兴农业资本家的雇工，或者流入城市，加入城市无产阶级的队伍，遭受资本主义压迫和剥削。

随着波兰资本主义的发展，无产阶级、半无产阶级和地主资本家之间的阶级矛盾日益尖锐。早在70年代末，由于马克思主义的传播，无产阶级领导的革命运动就在波兰兴起。1882年，华沙工人运动领袖路德维克·瓦林斯基领导成立了波兰第一个无产阶级政党"无产阶级"。1893 年，在著名革命领袖卢森堡和马尔赫列夫斯基领导下，"波兰王国社会民主党"诞生。1900 年，波兰王国和立陶宛的无产阶级联合，成立了著名的"波兰王国和立陶宛社会民主党"。这些政党领导了华沙、罗兹等大工业城市和农村的无产阶级罢工运动，曾使 80、90 年代的波兰工人运动出现一个又一个的高潮。

1867 年，莱蒙特出生于罗兹附近的大科别拉村。他父亲曾是乡村教堂的风琴师，后来又靠租佃经营地主农场的收入维持全家生活。他母亲和几个兄弟曾参加一月起义，反抗沙俄占领者的压迫。他自己在读书时，也因坚持讲波兰话、不肯讲俄语而被官办学校开除。莱蒙特 18 岁时，就离开家乡，独立谋生，当过裁缝、肩挑小贩、铁路职员、小站站长，并在工厂里干过各种杂活，还做过流浪艺人、写生画家和修道士等。他常常挨饿和露宿街头，受到贵族的歧视，正如他的一个朋友当时所说："莱蒙特经常是生活在四轮马车下，而不是在四轮马车上。"

由于莱蒙特年轻时长期处于被压迫的地位，和社会下层接触较多，他对资本主义的罪恶和劳动人民的悲惨境遇有较深的了解，他的文学创作也正是在他饱尝辛酸的环境中开始的。他在回忆这些生活时曾经写道："这种职业、这种贫困、这些可怕的人们我已经领受够了，我说不出我受过多少苦。""我不准备描绘我开始文学创作的这些年代的生活，我在这些年里，由于流浪街头，遭受贫困，最严重的贫困，我是十分不幸的。"

19 世纪 80 年代末，莱蒙特开始创作短篇小说，主要的如《汤美克·巴朗》（1893）、《正义》（1899）、《母狗》（1892）等，都是反映波兰城乡劳动人民的悲惨命运。作者不仅对那些阴险残暴的工头、地主，仗势欺人的管家，伪善的村长、神父进行了揭露，而且成功地刻画了许多对社会黑暗敢于反抗、坚持正义和淳朴善良的劳动人民的形象。

90年代，莱蒙特创作了两部长篇小说：《女喜剧演员》（1895）及其续集《发酵》（1896）和《福地》（1897—1898）。前者通过一个艺人的不幸遭遇，反映了在资产阶级颓废艺术风行一时的社会环境中，真正的才华和抱负得不到施展，揭露了资产阶级庸俗、腐化、堕落的生活方式。1902—1908年莱蒙特创作了以波兰农村生活为题材的伟大史诗《农民》。这部长篇小说以波兰王国20世纪初和1905年革命前后的广大农村为背景，深刻反映了波兰各阶层农民为争夺土地而进行的你死我活的斗争，揭露了沙俄占领者勾结地主对波兰实行民族压迫和镇压波兰人民反抗斗争的罪恶，生动地描写了波兰农村各阶层的日常生活和风俗习惯，塑造了一系列的典型人物。从《喜剧演员》到《农民》是莱蒙特小说创作的主要阶段，这一时期的作品在思想上艺术上都获得了突出的成就。

从这以后直到1925年他逝世前，他虽然还创作了不少长、短篇小说，可是其中除少数外，大部分作品，特别是他晚年写的作品都不成功。长篇三部曲《一七九四年》（1911—1918）取材于18世纪末波兰被瓜分前于1788—1792年召开的所谓"四年会议"和科希秋什科起义，作者揭露了当时贵族富豪勾结沙俄出卖民族利益的罪恶行径，但许多细节描写歪曲了历史，丑化了波兰伟大民族英雄科希秋什科的形象。以后发表的短篇小说如《被判决的》《幻想家》《吸血鬼》和《暴动》等，也较他的前期作品大为逊色，表明莱蒙特晚年在思想上趋向保守。

二

《福地》是莱蒙特的主要作品之一，它首先于1897—1898年同时在华沙的进步刊物《每日信使》和克拉科夫的《新改革》上分章发表，然后于1899年成书出版。小说以罗兹80—90年代的工业发展为题材,对波兰王国19世纪资本主义社会状况进行了全面且深刻的揭露。90年代的罗兹,是波兰和外国垄断资本主义高度发展和十分集中的地方,小说所写的印染厂老板布霍尔茨和棉纺厂老板莎亚就是垄断资本的代表人物。布霍尔茨由于拥有亿万财产,被人们看成是"罗兹的统治者""罗兹的灵魂""千百万人生命的主宰",他死之后,全罗兹为他举行盛大的葬礼,所有的工厂这一天都停工,全体职工都被派去送葬。莎亚来到恩德尔曼家参加资本家们的聚会时,到会的工厂老板们都得听从他的意见,对他百依百顺,正如达维德·哈尔佩恩所说:"大家在这条大狗鱼面前,都感到自己只不过是一条小鲍。因而他们总是担心是否马上就被他吞食,这就是这些小工厂主和莎亚的关系。"

通过《福地》,我们在罗兹和波兰王国的垄断资本主义形成过程中,可以看出以下几个特点。

第一,这些资本巨头大都是新兴资产阶级的代表人物,他们本来出身下层,社会地位低微,由于能够适时看准资本主义经济发展的千变万化,善于通过各种投机取巧的手段牟取暴利,因而在很短的时间内就成了暴发户,爬上了社会最高地位;像这样的暴发户,往往比那些旧的贵族资产阶级更加贪婪、狡诈和无耻。如莎亚,他起初不过是一家小商店的掌柜,穷得吃不饱饭、穿不暖衣,住在犹太贫民窟里,后来他做陈货贱卖的投机生意,挣得大批钱后开始办工厂、放高利贷……就逐步上升到主宰一切的高位。奥斯卡尔·迈尔不久前还是布霍尔茨厂里一名普通职工,后来不仅成了拥有亿万资本的棉织厂老板,而且获得了男爵头衔。卡奇马列克虽然出身地主,后来却沦为贫苦的种地者,可是他和那些大量去城里做工的破产农民不同的正是,他看到了罗兹已经"扩展到了乡下",城里的阔老板要做生意、建厂,就要"大兴土木",因此他攒钱开砖厂,安装现代化的蒸汽机,很快就成为阔老板。特别是那个棉纱头巾厂老板维尔切克,本是乡村教堂风琴师的儿子,"祖祖辈辈都受强者的欺凌和压迫",自己小时也放过牛,在修道院里干过最下等的杂活,而他却正因为自己一无所有,"像一只饿狗一样"追求金钱和享乐。他做投机买卖,把同行挤垮,向穷人放高利贷不择手段,就是搞得对方家破人亡也毫不退缩。当他爬上工厂老板的宝座后,就再也瞧不起那些年轻时和他一起放过牲口的朋友了。

第二,资本主义社会中大鱼吃小鱼、小鱼吃虾米的生存竞争在19世纪的波兰王国表现得十分激烈,尤其是经济危机来到时,对社会几乎所有阶层的生活状况都会产生不同程度的影响。就资本家们来说,小一点的企业在危机中往往倒闭,中等甚至最大的企业也遭到亏损。面对这种形势,他们为了生存、发展和谋利,不惜采取最狡猾、最卑劣和最残酷无情的手段,就是对自己的亲友也毫不例外,正如博罗维耶茨基对特拉文斯基所说:"罗兹,这是一带森林,是丛林。你如果有一双铁腕,你就要大胆地干,要毫不留情地把亲近的人掐死,要不然他们就会把你掐死,喝你的血,对你吐唾沫。"博罗维耶茨基虽然为布霍尔茨印染厂的发展立过大功,但布霍尔茨的女婿克诺尔在得知汉堡的美棉将要涨价的消息后,为了自己尽多地抢购,却向博罗维耶茨基严守秘密。而当博罗维耶茨基在情妇家里得知这个情况后,他也联合莫雷茨、马克斯抢先去汉堡,因而独自获得了巨额利润。莫雷茨本是博罗维耶茨基的多年好友,但他趁博罗维耶茨基邀他合伙开工厂之机,利用对方缺乏现金,便从银行家格罗斯吕克那里借来大笔款项,长期不还,以扩大自己的投资额,企图把"好友"挤掉,独霸工厂;后来工厂遭到火灾,博罗维耶茨基面临破产,他又凶相毕露地要退出全部投资,逼得对方几乎处于绝境。博罗维耶茨基自己也是一样,他建厂一半的钱是用了他情人安卡的,可是当他把安卡的钱用完后,竟无情地抛弃她,和一个百万富翁的女儿结了婚。在资本家眼里,金钱就是一切,甚至连女儿也可以当成商品出卖。

格林斯潘几次三番要把女儿梅拉嫁给一个她不爱的阔老板,最后他看中了莫雷茨,因为他以为莫雷茨可以霸占博罗维耶茨基的工厂,而莫雷茨则在嫁妆问题上敲了格林斯潘一大笔。

在这些十分复杂、尖锐的斗争中,由于波兰当时所处的特殊历史情况,还包含着不同民族之间的矛盾,如银行家格罗斯吕克为了联合罗兹所有的犹太资本家同博罗维耶茨基、特拉文斯基等波兰资本家竞争,就曾多次挑拨莫雷茨和博罗维耶茨基的关系。莫雷茨借他的债不还,他本来很恼火,但他了解到莫雷茨阴谋夺取博罗维耶茨基的工厂时,就立刻和莫雷茨攀亲靠友,表示支持他的行动,说什么"必须让大伙都看清局势,手拉手,紧密地团结起来",实际上是要把波兰资本家搞垮,把德国人赶走,让犹太人独霸罗兹的工商业。

一些工厂主由于自己掌握的生产工具不够先进,或者仍处于旧的手工业生产阶段,或者经营方式不够灵活,适应不了斗争的局面,在竞争中就必然遭到失败、破产,特拉文斯基的严重亏损和老巴乌姆的彻底垮台便是鲜明的例子。

第三,资本家在进行你死我活的生存斗争的同时,他们积累资本最主要的手段,无疑是榨取工人的血汗。19世纪末的波兰王国,由于大批农民流入城市,产生了劳动力过剩的现象,资本家把雇佣工人完全不当人看待。工人不仅生活条件极差,劳动保健和生产安全也没有基本的保障。在布霍尔茨的厂里,一个工人被机器砸死了,厂主不仅不负法律责任,不给死者家属抚恤,而且那个工人刚死,工头就强迫其他工人立即在他伤亡的机器旁干活,还威胁说要扣全车间工人的工资,以赔偿被死者的血染污的布料。布霍尔茨死后,工人为他送葬,他的女婿甚至连这一天也要扣除工人的工资。特别是在危机到来,或者工厂老板用机器代替手工劳动的时候,大批工人被解雇,生活无着落,贫病交迫,命运极为悲惨。布霍尔茨厂里的医生维索茨基一次路遇的一个工人就是一例，这个工人的四个孩子不是给机器砸死就是死于疟疾，没有一个活着，他自己也因事故折断了腿骨，只剩下老伴，孤苦伶仃，无依无靠。

资本家对工人不仅敲骨吸髓地剥削，而且肆无忌惮地进行人身侵犯和侮辱。棉纺厂老板凯斯勒在家里开下流舞会，竟强迫许多女工参加，把她们当成满足自己兽欲的工具。在这里，工人所受的残酷压迫几乎和古罗马社会中的奴隶没有什么区别。

正是在对无产阶级进行残酷压迫和剥削的基础上，百万富翁们过着极端奢华享乐的寄生生活。那些阔太太和少爷、小姐们，成天无所事事，更是头脑空虚、作风庸俗，男的一味勾引有夫之妇，女的则以逗犬为乐，有时凑在一起就酗酒，开下流舞会，模仿下等动物的动作……正如维索茨基对他们所说："烦腻是富人的通病……你们对一切都感到厌烦，因为你们什么都能有，什么都可以买到。你们除了玩外，什么都不与之相干。可是最疯狂的游戏到头来也不过是烦腻。"

总之，在这个社会中，人们拜倒在金钱脚下，而金钱又成为导致种种罪恶的根源。小说一个主人公说得很中肯：在某种意义上，"只有穷人才能独立自主，就是最有钱的百万富翁也是没有独立自主的。一个享有一个卢布的人就是这个卢布的奴隶。……像克诺尔、布霍尔茨、莎亚、米勒和千百个这样的人，他们都是自己工厂的最可怜的奴隶，最没有独立自主的机器，别的什么也不是"！莱蒙特能从资本主义社会的经济基础出发，分析和揭露这个黑暗社会中的生存竞争、阶级压迫、贫富不均、道德沦丧以及其他一切具有典型意义的社会现象产生的原因，表明他的观察是相当深刻敏锐的，小说在这方面可以当之无愧地列入波兰批判现实主义文学的杰作。

可是莱蒙特看不到改变这个社会状况的根本出路。尽管小说创作的年代正是罗兹工人运动蓬勃发展的时代，莱蒙特由于他的局限,不仅没有描写工人运动,他所刻画的无产阶级形象和群象也是不成功的。在他的笔下,这些深受资本家压迫的劳动者虽然有时表现了对老板的仇视和对雇用劳动的厌恶,可是他们对压迫却很少反抗,在自己的同伴被机器砸死后,见到凶恶的工头,就像"一群被山雕吓坏了的小鸟一样"。像阿达姆·马利诺夫斯基这样在妹妹被老板侮辱后,为了复仇,敢于和老板作拼死斗争的工人,在小说中为数不多。从这方面来说,莱蒙特的这部长篇和他早期创作的一些短篇小说相比,是后退了。

在既对黑暗社会痛恨和不满,而又没有改变现状的根本办法的情况下,莱蒙特有时只好对社会邪恶采取回避的态度,从一些在他看来是品德善良的人的家庭生活中找到安慰,他所描写的老巴乌姆和尤焦·亚斯库尔斯基家中的友爱关系就充分反映了这一点。巴乌姆慷慨好施,对年幼的孙辈也很爱护,每当他回到家里,逗孩子们玩,就形成一种十分欢乐幸福的场面,他对博罗维耶茨基曾深有感触地说:"一年有这么一天,就不错了。在这一天里,可以把全世界的生意买卖和生活中的一切麻烦都忘掉,共享天伦之乐。"尤焦家里十分贫困,父亲经常失业,弟弟患了痨病,全靠他在马克斯·巴乌姆事务所里供职和母亲缝制衣裙出卖,或者当家庭教师挣几个钱维持生活。纯朴善良的尤焦每回到家,就把挣来的钱一文不留地交给妈妈。对于患病的弟弟,兄弟姊妹都极为爱护。像这样生活虽然贫困,但充满了温暖和相亲相爱的社会下层的家庭,和上流社会一味尔虞我诈、你争我夺、自私自利的阔富人家相比,在莱蒙特看来,显然一个是真、善、美,另一个是伪、恶、丑的象征。在这里表现了莱蒙特的人道主义思想观点。

三

小说在人物刻画上,也反映了作家的创作特色。莱蒙特所刻画的人物性格鲜明、栩栩如生，不仅充分体现他的创作意图和思想倾向，也大都具有相当的社会典型意义。像布霍尔茨、莫雷茨和维尔切克这样集中表现了资本主义社会中一切贪婪、高傲、狡诈、阴险和残酷无情的典型性格的人物无疑是莱蒙特鞭笞的对象。布霍尔茨这个罗兹数一数二的亿万富翁因为有钱，他藐视一切，认为他的财富都是自己劳动所得，说什么是他养活了工人；他把工人看成畜生，可以任其驱使、宰杀，对于那些参加过罢工和革命的工人更是极端仇视。在他看来，世界上必然有一部分人像他这样可以穷奢极欲，高居于亿万人之上，享尽人间的欢乐；也必然有一部分人一无所有，永远受压迫，这就是一个资本主义社会统治者典型的世界观和生活逻辑，作者对这个资产者的心理状态作了入木三分的刻画。

博罗维耶茨基是一个内心世界十分复杂和矛盾的人物，他的形象在一定程度上也反映了作者的思想矛盾。博罗维耶茨基从其根本立场来说，是站在维护资产阶级统治一边的，他很熟悉资本主义企业的经营方式，最有资产阶级的处世经验，深深懂得在罗兹"这个欺骗和盗窃成风的地方，谁如果有一点和大家不同，他就别想存在下去"。他说："生活的全部智慧，就在于适时地发怒、笑、生气和工作，甚至在于适时地退出生意买卖。"由于他精明能干、事事内行，又善于在布霍尔茨面前逢迎讨好，深得布霍尔茨的信任。有一次，当那个被机器砸死的工人的妻子来工厂要救济金时，见习生霍恩叫她去法院打官司，博罗维耶茨基便马上以撤他的职来威胁，并教训他说："你是工厂里千百万齿轮中的一个，我们收你并不是要你在这儿办慈善事业，是要你干活。这儿需要一切都发挥最好的效用，照规矩办事和互相配合，可是你造成了混乱。"另一次，在博罗维耶茨基自己建厂时，脚手架倒下压伤了几个工人，安卡想将其中一个无家可归的孩子接来家里治疗，博罗维耶茨基对她也进行了同样的讽刺和嘲弄。在生活作风上，博罗维耶茨基和其他的阔老板也没有什么区别,他从来没有爱过什么女人,却常背着楚克尔,勾引他的老婆;他对安卡和卡玛的态度,更是脚踏两只船,表里不一,充分表现了他庸俗的一面。在这一点上,莱蒙特真实地揭露了这个资产者思想性格的本质方面,表现了作者的现实主义态度。

然而,博罗维耶茨基在许多方面又与德国和犹太资本家很不相同。在企业经营管理上,他认为应当重视产品的质量和买者的需求,必须改变罗兹外国企业家为了牟取高额利润,大量生产次品、欺骗消费者的倾向。他也不像德国资本家那样,在自己企业遇到亏损时,用火烧工厂去骗取保险公司的大量保险费。他对朋友讲信义和友爱,同背信弃义的莫雷茨适成对照。他对那些有求于他的穷苦人,或者因工厂事故死亡的工人的家属,有时也很热心帮助和照顾。从这些描写可以看出,作者认为波兰资本家比犹太和德国资本家的品德作风在某种程度上要高尚些。在莱蒙特看来,罗兹工业的振兴,必须由波兰人来领导,因为在"这个欺骗和盗窃成风的地方",只有少数的波兰资本家比较诚实、正直和富于友爱精神。在祖国沦亡的时候,莱蒙特出于对掠夺波兰财富的外国资本家的憎恨,在这里所表现出来的民族情绪,是可以理解的。

小说中像霍恩、维索茨基和安卡等人物,是作者热情歌颂的对象,莱蒙特认为在这个黑暗社会中这是一些真正敢于和邪恶进行斗争、闪耀着人道主义理想光辉的人物。霍恩为人正直,他不仅在遇事不公时,敢于和博罗维耶茨基顶撞,而且面对凶恶的布霍尔茨,也能和他进行坚决的斗争,痛骂这个自命不凡的大老板是"德国猪""豺狼""贼""无耻之徒",就是被解雇也在所不惜,因为他不只对布霍尔茨,而且对罗兹的欺骗、压迫,对"这可恶的工业匪帮"早已痛恨之极。维索茨基同情穷人的疾苦,并富于自我牺牲精神,他常给穷人看病,从来不向他们要钱,因此他尽管终日劳累,却依然十分贫困,连自己也要靠母亲养活。安卡也具有善良和同情穷苦人的美德,她衷心爱博罗维耶茨基,为他牺牲了一切,尽管后来产生了分歧,直至被他抛弃,也没有记恨于他。作者对这些动人形象的刻画和他深刻揭露资本主义社会的黑暗一样,无疑给小说增添了思想光辉。

四

《福地》真实地反映了波兰19世纪末的资本主义社会面貌,成功地塑造了许多性格鲜明的人物形象,在艺术手法上具有鲜明的特点,这些特点主要表现在以下两个大的方面。

第一,莱蒙特对于他所痛恨的人物和社会现象往往利用象征的、外形的描写以及其他夸张的描写进行辛辣的讽刺,具有强烈的艺术效果。例如作者写布霍尔茨这个罗兹最大的富翁表面上十分凶恶,实际上只不过是一个病入膏肓、行将就木的人,他的意图显然不仅是指这个阔老板生病,而是象征这整个靠剥削千百万工人血汗起家的资产阶级已经腐朽没落,必然走向灭亡。尤其是作者写布霍尔茨的私人医生用砒霜疗法给他治病,还对他说什么"类似的病用类似的方法治疗对人的体质来说是最适合的",这进一步暗示,对于社会邪恶,唯一的办法就是以毒攻毒,把它消灭。

又如对布姆—布姆这个酒鬼、骨结核和精神病患者,作者首先抓住他外貌的主要特征,给他画像:"面孔的颜色就像浸透了血的油脂。他的浅蓝色眼睛有点突出……他的稀疏的头发紧贴在高高隆起的方形额头上,这额头上的皮肤褶皱很多……他的身子老是向前躬着,看起来就像一个老色鬼。"接着莫雷茨在酒店里半开玩笑似地宣布布姆—布姆要出卖自己:"他老了,残废,很丑,也很蠢,可是他的卖价很便宜!"然后布姆—布姆见到博罗维耶茨基后,又神经质地不断在博罗维耶茨基的身上扯来扯去,似乎感到博罗维耶茨基身上有许多扯不干净的线一样。所有这些象征性的描写，突出地表现了一个病态社会的种种丑象，具有强烈的讽刺意义。

第二，莱蒙特对波兰社会的了解既深刻又广泛，他善于对社会环境、各阶层的生活状况、风俗习惯等进行多方面的描写。在《福地》中，人们的工作、娱乐、社交、礼拜，以及罗兹的工厂、房屋建筑等的描写几乎无所不包，它们呈现在读者眼前，犹如一幅幅逼真的风俗画，而总起来又给人绚丽多彩的印象。莱蒙特擅长写景。他的表现手法，在某种程度上受了当时流行的象征派艺术的影响，力求色彩鲜明、形象生动。例如他写工厂厂房里的情景就是这样："天色阴沉，他现在什么也瞧不见。可是那机器上的最大的轮子却像一头怪兽一样，在疯狂的转动中喷射出闪闪发亮的铁火。这铁火有的散成火星落到地上消失了，有的往上猛窜，好像要破壁而逃。可是它冲不破墙壁，只好上下来回地穿梭，同时发出吱吱喳喳的响声。它的穿梭动作相当迅速，很难看清它的形状，唯一可见的就是它从钢铁车床的平滑表面上，不断升起的一团团烟火。这银白色的烟火在催着轮子转动，在整个这座阴暗的塔楼里散发着无数的火星。"

这种声色俱显的描写有时又和人物活动和思想感情变化的描写融合在一起，形成了某种气氛。试读以下一段：

> 在这万籁俱寂的夜中，他们久久地坐在这间客厅里，外界的任何音响都未能透过墙壁和壁纸传进来。这两个沉溺于爱中的人儿，就好像被萦绕在他们上面的欢乐的云雾所包围，好像完全失去了自由和力量。在这里，到处可以闻到扑鼻的香味，可以听到他们的吻声，他们激动的说话声和客厅里丝缎的沙沙响声，可以看到像蒙蒙细雨一样愈趋微弱的红绿宝石色的灯光和壁纸、家具的模糊不清的颜色。这些颜色一忽

儿隐隐约约地现出光彩，一忽儿在灯光照耀下，似乎不停地左右跳动，似乎在客厅里慢慢地移动。然后，它们便在房里散开了，同时在愈趋浓密的黑暗中失去了自己的光彩。这个时候，只有那尊佛像却仍在奇妙地闪闪发亮，在它头上的一些孔雀翎的后面，还有一双眼睛在越来越悲伤、越来越神秘地望着它。

类似的描写显然是为作者塑造人物、以景怡情服务的。小说所写的罗兹上流社会人士在戏院里看戏的那个场面也是这样。有人报告经济行情恶化，在资本家中间引起了极大的不安，而坐在戏院上层廉价座位上的一般市民因为经济危机对他们威胁不大，仍然在聚精会神地看节目、欢笑、喝彩，这就狠狠地刺激了那些忧心忡忡的百万富翁，莱蒙特写道："这笑声宛如从二楼泻下的一片水浪，像瀑布一样轰隆隆地响着，洒泼在池座和包厢里，洒泼在所有这些突然感到心绪不安的人的头上，洒泼在这些躺在天鹅绒座位上，身上戴满了钻石首饰，自以为有权力、自以为伟大而藐视一切的百万富翁的身上。"这些风趣、形象和富于讽刺意味的描写，明显地透露了作家对这班资产者的蔑视。

小说对农村景色的描写，洋溢着诗情画意。在莱蒙特心目中，农村和肮脏发臭、垃圾成堆、废水泛滥的城市街巷，以及带着"罗兹的俗气"的矫揉造作的百万富翁的宫殿建筑相比，才的确充满了生气勃勃的景象，显现了真正自然的美；作者深恶痛绝城市资本主义的腐朽没落，对农村有时则流露出深情的热爱，这一点也突出地表现在写景中，例如下面一段描写：

月亮高悬在窗前，照亮了屋里淡蓝色的尘土，同时把柔和的清辉洒在沉睡的小镇、空寂的小巷和广阔的田野上。田野里盖满了微波起伏的麦浪，它的上方静静地弥漫着透明的薄雾。草地和沼泽上冉冉升起灰白色的水汽，像香炉里冒出的青烟一样，一团团飞向碧空。在淡雾中，在洒满露珠，像梦幻一样沙沙作响的庄稼中，蟋蟀越来越清晰地唧唧叫着；这成千上万的鸣叫声时断时续，以颤抖的节奏一刻不停地在空中传播；应和它们的是青蛙的大合唱，它尖厉的鸣叫发自沼泽地上：呱，呱，呱，呱！

上面我们对《福地》及其作者作了一个大略的介绍。最后要说明的是，这个译本是根据波兰文学出版社 1957 年出版的《莱蒙特选集》，直接从波兰文译出的。

波列斯瓦夫·普鲁斯的《玩偶》、弗瓦迪斯瓦夫·莱蒙特的《福地》和茅盾的《子夜》
——产生于不同历史条件下的有趣比较

将外国和中国某个历史时期的社会背景,以及反映这种不同社会背景的外国和中国的文学作品加以比较,是一桩特别有趣的事。波兰19世纪著名批判现实主义作家波列斯瓦夫·普鲁斯(1847—1912)的代表作《玩偶》(1887—1889)和波兰于1924年获诺贝尔文学奖的作家弗瓦迪斯瓦夫·莱蒙特(1867—1925)的小说《福地》(1897—1898)都是波兰19世纪现实主义文学经典,而茅盾的小说《子夜》(1932)是中国20世纪现实主义的经典。《玩偶》《福地》和《子夜》的作者虽然创作于完全不同的国家和民族不同的历史条件下,但这并不妨碍我们在这些作品表现的主题中找到不同和共同或者相似的东西。

一

波兰自1795年开始,到1918年这一百多年,一直被沙俄、普鲁斯和奥地利三国瓜分和占领,失去了它作为一个国家的独立。中国自1840年鸦片战争后,由于遭受西方帝国主义的侵略,也曾长时期变成了一个半封建半殖民地的国家,这两个国家和民族几乎是在这同一时期遭遇了西方列强侵略和压迫。这期间,在沙俄占领的波兰王国的首都华沙,于1830年11月和1863年1月,曾先后两次爆发著名的波兰人民抗俄民族起义,但都遭到沙俄占领者的血腥镇压而失败。特别是在1863年的一月起义失败后,数以千计的起义的参加者、波兰的爱国者和革命者被沙俄占领者当局杀害或者流放到西伯利亚。与此同时,沙俄占领者当局更加剧了对波兰王国的民族压迫,这不仅表现在极力限制波兰人的言论和行动自由,残酷镇压波兰人一切公开和秘密的爱国活动上,而且规定这里的政府机关、法庭和波兰学校里用俄语交流和教学,波兰的学生在学校也一定要讲俄语。沙俄占领者对波兰实行俄罗斯化民族同化的政策,企图在根本上消灭波兰人的民族性。

1864年一月起义虽然失败,但是由于它的巨大影响,沙俄占领者1864年在波兰王国也不得不实行了农奴解放,在波兰几百年封建农奴制压迫下的农奴终于获得了人身自由。但是波兰王国农奴解放后,这里的农村出现了急剧的土地兼并,原来的贵族地主有的采取资本主义的土地经营方式,成为新兴的农业资本家,有的因不善经营而遭到破产,此外还有一些富有的农民因为在土地的兼并中获胜,也成了新的农业资本家。那些获得解放的农奴因为没有土地,要寻找他们生存的条件,有的去城里打工,成了城市的无产阶级,有的则成了这些农业资本家的雇佣劳动者,同样受到前者的剥削,而大多数的解放农奴依然和他们过去一样,陷入了极端的贫困。波兰王国除了农村资本主义的发展外,流入城市的解放农奴大都来到首都华沙和罗兹这些政治、经济和文化中心城市。这里由于廉价劳动力的大量增加,也促进了城市资本主义的发展。沙俄占领者在对波兰采取民族同化政策的同时,在经济上,也把波兰王国和俄罗斯看成是一个统一体,对它实行面向东西方开放的政策,这样就为波兰王国城市资本主义经济的发展创造了条件，因此在19世纪70和80年代，在波兰王国的许多城市，资本主义的工业和贸易得到了迅速发展。旧的封建贵族这时候虽然在经济上不占优势，一部分甚至遭到破产，但在社会上依然占有很高的地位，而那些原来社会地位较低但在城市资本主义经济的发展中赢得机遇，因而成了暴发户的新兴资产阶级的代表人物也力求提高自己的社会地位。正是在这个时候，华沙的实证主义者也提出对社会实行资本主义民主改革的有机劳动和基层工作的口号，主张在城乡发展工商业，普及教育和男女平等，这当然也有利于波兰王国资本主义的发展。

普鲁斯在他的小说《玩偶》中塑造的主人公沃库尔斯基就是波兰王国这样一个从社会下层发展起来的新兴资产阶级的代表人物，他出身于一个破落贵族的家庭，年少时当过饭店里的堂倌。他的父亲因为不满他们所处的被人瞧不起的社会地位，要用他的钱财去打官司，以收回他失去的产业，恢复他过去贵族的地位。但是沃库尔斯基并不满意他父亲的这种做法，他年少时在大学里读书，和一些有爱国思想的年轻人，特别一个当时参加了华沙秘密爱国组织"非常出众"① 的年轻人列昂接触，受到他们的革命思想的影响，懂得人生的理想是要建立一个"没有愚蠢、贫困和不公正的""美好的世界"，②"从那个时候起，人与人之间就没有区别了，贵族和平民、农民和犹太人，大家都成了兄弟……"③ 与此同时，他在一个比他年长并曾参加过1848年匈牙利革命的友人热茨基的带领下，参加了1863年的一月起义。起义失败后他被流放到西伯利亚，在西伯利亚极其艰苦的生活条件下，他从事科研工作，并且取得了成就。后来他回到华沙，在新的社会环境中，

---

① 见波列斯瓦夫·普鲁斯《玩偶》，张振辉译，上海译文出版社2005年版，第404页。

② 同上书，第406页。

③ 同上。

便开始了自我创业的人生道路。最初，他在一叫明采尔的杂货店里当过伙计，这家杂货店老板死后，他和比他大许多的老板娘结婚。过了三年，妻子死后，他便继承了明采尔两代人经营的杂货店的全部产业，成了一个富有的商人。

后来在一个晚上，沃库尔斯基在华沙一家剧院看戏，在包厢里见到了一个漂亮的贵族小姐伊扎贝娜·文茨卡，便对她一见钟情，他知道，在当时的社会条件下，要赢得这样社会地位很高的贵族小姐对他的倾心，"就必须不做商人，要做就得做一个富商。要出身贵族，和贵族阶级的人有关系，首先要有很多钱"。为达此目的，他趁当时在保加利亚爆发俄土战争的机会，用他的前妻死后留给他的3万卢布的现金，和一个他在西伯利亚认识的富商苏津去了那里，"冒着子弹、匕首和伤寒的危险"①，做军需供应的买卖，很快就挣得了25万卢布的巨款，成了一个新兴资产阶级的暴发户。回到华沙后，他对他的老朋友热茨基谈到他在保加利亚做那笔买卖的情景时说："我走了大运……像一个赌徒，一连十次在轮转赌盘上押同一个号码，我都赢了。这真是个大赌博！几乎每个月我都押上了我的全部财产，每天都要冒着生命危险去干。"② 在普鲁斯的笔下，这就是19世纪下半叶，波兰王国新兴资产阶级发迹过程的真实写照。与此同时，沃库尔斯基在保加利亚，由于军需物质运送的需要，也给他造成了有利条件，使他很快就办好了证明他的贵族出身的手续。回到华沙后，他马上新建了一个规模较大的服饰用品商店。此后为了进一步和贵族阶层的人们拉拢关系，他首先要利用一切机会和伊扎贝娜小姐接触，以赢得她和她的家人对他的好感。这个时候，他还看到伊扎贝娜的

---

① 见波列斯瓦夫·普鲁斯《玩偶》，张振辉译，上海译文出版社2005年版，第37页。

② 同上。

父亲也正面临破产的局面，便以自己大量的钱财，明里暗里来救助他。

此外，为了和华沙贵族阶层有更加广泛的接触，他还特意学会了英语，在参加伊扎贝娜家的午宴时用英语和来这里的一些贵族宾客们谈话，装出他的贵族绅士的派头。另外他还给伊扎贝娜的姑妈伯爵夫人开办的保育院慷慨捐款，也得到了她的赞赏。特别是他利用当时波兰王国经济发展上已经形成开放的局面，和华沙一些贵族阶级的代表人物，联合开办了一家对俄贸易公司，而他的投资就占这家公司资产总量的5/6，他这时以他经商的才能，和他善于利用国际市场运转赢得的机遇，只经过一年的努力，就使这家公司的营业总额超过它的资本的十倍，沃库尔斯基因而成了波兰王国头号资产者，在社会上赢得了极高的声誉，这时几乎没有能够和他竞争的对手。在普鲁斯的笔下，沃库尔斯基不仅有卓越的经商才能，还是一个很讲诚信的资产者，他的成功也有赖于他的诚信。他也一个具有人道主义和民主精神的资产者，他很同情穷人的疾苦，总是想着要为他们排忧解难，这当然和他年轻时像列昂这样的革命者对他的影响有关系。如他有一次在华沙街边的一条人行道上，就想到了"那几十个他从五月一日就给了他们工作的人。此外还有几百个人，他在一年中要给他们创造就业的机会。还有数以千计的人，由于买了他的价廉物美的商品，他们穷困的处境也有了改变"[1]。此外沃库尔斯基对首都华沙这座城市的建设也很关心，因为有"一个外国资本家为计划修建维斯瓦河边的林荫道征求过他的意见。他对那条大道的修建有自己的想法：华沙不断地扩展，正在向维斯瓦河扩展，如果沿着河岸铺设一条林荫道，那里便可建起一个最漂亮的街区，有高楼大厦、商

---

[1] 见波列斯瓦夫·普鲁斯《玩偶》，张振辉译，上海译文出版社2005年版，第87、88页。

店和大街……"① 但是普鲁斯认为，他的主人公沃库尔斯基挣得巨额钱财的目的是他对伊扎贝娜的爱，因此当他发现他所爱的这个贵族小姐是一个极端自私和堕落的女人，而且她也从来没有真心爱过他时，他就在绝望中自杀了，为此他的好友热茨基十分惋惜。但沃库尔斯基毕竟是一个有爱国心的资产者，他在自杀前还立下遗嘱，要把他留下的巨额钱财分送给他认为能为波兰国家的建设做出贡献的人，以及和他有过交往的穷苦人。

但是在普鲁斯笔下，除了沃库尔斯基这样充满了活力和人道主义精神的新兴资产阶级的代表人物外，当时波兰王国的社会到处都是一片黑暗，正如他的主人公想到的那样："这是一个国家的缩影，这个国家里的一切都在走向堕落、腐化和蜕变。一些人死于贫困，另一些人死于寻欢作乐、荒淫无耻。为了喂饱那些无能之辈，大家都废寝忘食地干活，怜悯养育了一批厚颜无耻的懒虫。而那些连最简陋的家具什物都不拥有的穷人，身边只有永远饥饿的孩子，他们最大的利益就是早死。"② 这与其说是小说主人公还不如说就是作者本人当时在和上自波兰的封建贵族下至广大的穷苦百姓的广泛接触中所见到的一切。在小说的接尾，不仅主人公沃库尔斯基自杀了，而且那个曾经引导沃库尔斯基参加1863年一月起义的爱国者热茨基以及贵族阶级中那位最开明和慈善的议长夫人也都死了。那个沃库尔斯基认为能为波兰的国家建设做出贡献的理想主义者奥霍茨基因为波兰"连科学研究的气氛都没有"，人们"视真正的研究家为粗野的人和疯子"，也要到国外去。这里充分表现了普鲁斯对波兰的社会黑暗是感到十分悲观的。

---

① 见波列斯瓦夫·普鲁斯《玩偶》，张振辉译，上海译文出版社2005年版，第89页。
② 同上书，第91页。

二

和普鲁斯的《玩偶》不同的是，莱蒙特的小说《福地》的故事情节发生在19世纪90年代的罗兹，这时候波兰王国已有高度发展的资本主义工商业经济，罗兹作为波兰王国主要的工业城市当时拥有许多大的钢铁厂和棉纺厂，用机器生产代替了原来的手工劳动，使生产率大为提高。特别是棉纺工业，罗兹在整个波兰王国占有特别重要的地位。由于产品的增多，便大量地倾销国外，使工厂主获得了高额的利润。但是与此同时，外国的资本特别是西方国家的资本也大量地涌进罗兹，和波兰民族工商业的发展竞争激烈，与此同时，由于资本家对工人的残酷剥削，也激起了工人的反抗。在当时欧洲马克思主义的宣传和国际共产主义运动的影响下，波兰王国早在1882年，在卢德维克·瓦伦斯基（1856—1889）的领导下，就成立了波兰第一个无产阶级革命政党"无产阶级党"，坚持民族解放和无产阶级革命斗争。"无产阶级党"被镇压后，1887年在华沙，又建立了一个"第二无产阶级党"。而1892年5月初在罗兹，也发生了大规模的工人罢工，反动军警枪杀了许多罢工工人，这就是后来被称为"罗兹暴动"的著名工人运动。

《福地》所再现的波兰社会正是在这个历史背景下。莱蒙特通过对小说中一系列资产阶级代表人物的塑造，充分揭露了他们在利益的争夺上所表现的贪婪、狡诈、虚伪和道德沦丧，以及他们对工人的残酷剥削和压迫。例如小说中罗兹某印染厂的厂长、德国人布霍尔茨就是一个外国垄断资本的代表人物。布霍尔茨拥有亿万财富，被人们看成是"罗兹的灵魂""千百万生命的主宰"，他死之后，全罗兹为他举行葬礼，所有的工厂这一天都停工，全体职工都要去为他送葬。

波兰资本家博罗维耶茨基和犹太资本家莫雷茨也在罗兹合股开了一个印染厂。博罗维耶茨基对工人的剥削和压迫十分残酷,他的厂里工伤事故连续发生,他非但不采取安全和救护的措施,而且还逼迫工人在事故发生后立即去机器旁干活,他还要求他们赔偿事故给他的工厂造成的损失。但博罗维耶茨基表面上却装着道貌岸然,还假惺惺地关照工人,为乡下来的穷苦人解决生活困难,提出要使他的生产"高尚化"的口号。与此同时,他又和莫雷茨合伙从国外买来廉价商品,在国内高价出售,牟取暴利。另一个资本家、罗兹一家棉纺厂厂长犹太人谢亚也是一样,他榨取工人血汗不择手段,甚至从工人的医疗金中千方百计地加以克扣肥私。他本来也是一个有巨额资本的大业主,许多小一点的工厂主都得听从他的摆布,可是他在商品生产和市场竞争上,却没有博罗维耶茨基那么有办法,因此他感到博罗维耶茨基对他是个很大的威胁,他说博罗维耶茨基要吃掉他,比最坏的德国人还坏。

站在谢亚一边的犹太银行家格罗斯吕克为了压倒博罗维耶茨基,联合了罗兹所有的犹太资本家来对付他。格罗斯吕克在这里,首先看中了莫雷茨,打算让莫雷茨成为他们在博罗维耶茨基内部的代理人。他对莫雷茨说:博罗维耶茨基搞什么生产"高尚化",是要破坏不仅谢亚而且整个罗兹棉纱的生产;他诽谤犹太人,自己装正派。还有另一个波兰资本家特拉文斯基也和博罗维耶茨基一样,要降低商品的价格,提高了工人的工资,因此别的工厂的工人都表示,如果不付给他们像特拉文斯基付给工人那么多的报酬,他们就不干活;这么下去,几年后,博罗维耶茨基和特拉文斯基就会使整个罗兹破产。这说明在当时的罗兹,犹太资本家和波兰资本家的矛盾和冲突,是表现得十分尖锐的。

可是莫雷茨比博罗维耶茨基和犹太银行家格罗斯吕克更加阴

险和狡诈。他表面上和多年老友博罗维耶茨基"合作",并对格罗斯吕克说,自己的资本在博罗维耶茨基那里有更多的利息,他愿和他站在一起;另一方面,他又向这个犹太银行家借贷3万马克,长期不还,作为他在博罗维耶茨基厂里的投资,企图利用博罗维耶茨基一时缺乏资金,排挤掉博罗维耶茨基,夺得他的工厂的所有权。格罗斯吕克开始没有看出莫雷茨对博罗维耶茨基所施的计谋,要他立即还钱,还骂他是贼,但是当他了解莫雷茨的目的后,又十分赞赏莫雷茨手段高明,在这种情况下,莫雷茨便私下和格罗斯吕克订了合同和对付博罗维耶茨基的行动计划。

博罗维耶茨基因为不知道莫雷茨背后的活动,对他一直很信任。一次,博罗维耶茨基去了柏林,他新建厂房突然失火,工厂损失非常严重,保险公司的赔偿远远抵不了他的损失。莫雷茨这时一方面假意对博罗维耶茨基表示同情,并极力推卸自己的责任,另一方面又向博罗维耶茨基提出他要退股和要买博罗维耶茨基遭灾后的工厂的地皮。博罗维耶茨基看到莫雷茨居心不良,一怒之下,便和他断了交。但博罗维耶茨基也是一样,他后来要重建工厂,一半的钱是用了他情人安卡的,当他把安卡的钱用完后,竟无情地抛弃了她,和一个德国的百万富翁的女儿结了婚。其实主人公博罗维耶茨基虽然重新获得了这块福地,但他也感到金钱和利益给他带来的并不是幸福,而是苦闷和烦恼,是套在他身上的枷锁。

如果说普鲁斯的《玩偶》描写的是1863年一月起义以后波兰王国的现实,这里资产阶级的兴起还为时不久,在市场上还没有那么多的竞争者,而且像主人公沃库尔斯基这样的新兴资产阶级的代表人物年轻时也受到过民主和爱国思想的影响,所以在社会上那种资产阶级的你争我夺、尔虞我诈还较为少见,读者在作品中见到的,更多是那些旧的封建贵族的寄生生活和道德沦丧;那么莱蒙特的《福地》则产生于波兰王国资本主义已经高度发展的时期,旧的封建贵族已失去了它过去对社会的影响,资产阶级的激烈竞争充分地暴露出了他们凶恶狡诈的面貌。

三

茅盾的小说《子夜》产生于20世纪30年代半封建半殖民地的中国,西方帝国主义对中国的侵略、帝国主义在中国为了争夺它们的势力范围相互之间的矛盾和斗争,还有中国境内各派反动统治者和军阀之间的混战,以及随之而来的赋税的加重,使得广大的劳苦大众和反动统治者的矛盾日益加剧。而中国民族工商业的发展因为受到帝国主义洋商的压制和阻挠,不得不做出种种让步,在利益上受到侵犯,便转而从榨取工人的血汗中寻找出路,因而也使得他们和工人阶级的矛盾更加尖锐,这样便促使了由中国共产党所领导的无产阶级革命运动的迅速发展。

小说主人公吴荪甫是这一时期中国民族资产阶级的代表人物,他原先在他的家乡双桥镇开了两三家钱庄、当铺和银楼,此外他在这里还经营了一家电力厂、米厂和油坊,资本雄厚,而且他当时还有一个宏大的计划,"打算以一个发电厂为基础,建筑起'双桥王国'来"[1]。但是他的这个理想,在一个只有"近十万人口"的双桥镇却难以实现。因此他来到了大上海,在这里办了一家丝厂和他的益中信托公司,便马上"用最有利的条件收买了那七八个小厂"[2],与此同时,他还帮助了另外一些企业的发展,认为这些企业的倒闭,"也是中国工业的损失,如果他们竟盘给外国人,那么外国工业在中国的势力便增加一分,对于中国工业更加不利

---

[1] 《子夜》,见《茅盾文集》第3卷,中华工商联合出版社2015年版,第81页。
[2] 同上书,第186页。

了"①。所以吴荪甫不仅在开办工厂和企业上精明强悍，而且他还具有远大的目标，这就是要振兴中国的民族工商业，但是在当时的社会条件下，这将遇到各种各样的阻碍。首先是强大的外商势力以及依靠这些外国殖民主义者的中国买办势力对他的压制，使他在竞争中往往处于被动，最后不能不遭到失败。

  小说的作者茅盾不仅对中国当时的社会状况非常了解，而且他还通过小说中的一个人物，说明了在这个半封建半殖民地的社会过去也是这样："中国办实业算来也有五六十年了，除掉前清时代李鸿章、张之洞一班人官办的实业不算，其余商办的也就不少；可是成绩在哪儿呀？还不是为的办理不善，亏本停歇，结局多半跑到洋商手里去了。"② 吴荪甫本来以为"只要国家像个国家，政府像个政府，中国工业一定有希望的"③！他本来有一个振兴中国工商业的"大计划"，但他现在面临的首先是金融资本家赵伯韬的威胁。赵伯韬是一个美帝国主义豢养的买办金融资本家，有"美国的经验和金钱做后台老板"，又可以凭借蒋介石法西斯政权的力量对他的支撑，在政治和经济上与吴荪甫相比都具有绝对的优势。在当时全国各地军阀混战、盗匪横行，局势极不安定的情况下，他却操纵了上海的公债投机市场，以他的金融资本支配和扼制上海民族工商业的发展，他还公然宣称："中国人办工业没有外国人帮助都是虎头蛇尾。"④ 针对吴荪甫，他是"等他爬到半路就扯住他的腿"⑤！而吴荪甫的丝厂虽然也有一定的规模，他的益中信托公司也掌握了上海一些小的工厂的财权，他要把它"造成了一个

---

① 《子夜》，见《茅盾文集》第 3 卷，中华工商联合出版社 2015 年版，第 82 页。
② 同上。
③ 同上书，第 42 页。
④ 同上书，第 201 页。
⑤ 同上。

'反赵'的大本营",① 但事实上,他此时不仅在"公债上损失了七八万",② 而且他的丝织工业在国外还遇到了一个更有力的竞争对手,这就是日本,因为"日本丝在里昂和纽约的市场上就压倒了中国丝"③。因此上海市面上丝价猛跌,使他的厂也亏了大本,吴荪甫对他的厂里的工人不得不承认:"我们的'厂经'成本太重,不能和日本竞争,我们的丝业就要破产了;要减轻成本,就不得不减低工资。"④ 不仅上海的丝业,有人还说,近来上海的整个工业都"真是江河日下。就拿奢侈品的卷烟工业来说,也不见得好;这两三年内,上海新开的卷烟厂,实在不算少,可是营业上到底不及洋商。况且也受了战事影响。牌子最老、资本最大的一家中国烟草公司也要把上海的制造厂暂时停工了。奢侈品工业尚且如此"⑤! 另外就在这个时候,吴荪甫家乡双桥镇的匪祸"不但使他损失了五六万,还压住了他的两个五六万,不能抽到手里来应用"。因为有人要他顾全镇上的市面,不得不极力维持他的一些厂房的铺面。

面对各方面的压力以及竞争中的失败给他的工厂造成的巨额亏损,他不得不在丝厂里增加工人的工作时间并克扣工人的工资,想以这种办法来挽回他的损失,这样便引起了厂里工人的罢工,而且是有组织的罢工。根据作品中的提示,共产党领导的革命运动不仅在湖南、湖北和江西一带盛行,而且吴荪甫的"丝厂总同盟罢工是共产党七月全国总暴动计划里的一项",⑥ 因此不仅吴荪甫的工厂罢工,整个上海的工潮也"愈来愈厉害","自从三月份以来,公共租界电车罢工,公共汽车罢工,法租界水电罢工,全

---

① 《子夜》,见《茅盾文集》第 3 卷,中华工商联合出版社 2015 年版,第 220 页。
② 同上书,第 272 页。
③ 同上书,第 28 页。
④ 同上书,第 35 页。
⑤ 同上书,第 315、316 页。
⑥ 同上书,第 269 页。

上海各工厂不断的'自发的斗争',而且每一个'经济斗争'一开始后就立刻转变为'政治斗争',而现在就已经'发展到革命高潮'"。① 与此同时,乡下的农民也发动了反封建的起义斗争,吴荪甫从报纸上就看到双桥镇被起义的农民占领,他觉得这会损害他在这里的产业,他甚至对他们表示极大的愤恨:"我恨极了,那班混账东西!他们干什么的?"② 他对他的吴少奶奶说:"是的,农匪打开了双桥镇了——我们的家乡!三年来我的心血,想把家乡造成模范镇的心血,这一次光景都完了!"③

通过以上三部小说所反映的不同国家的时代背景的对比可以看到,不论19世纪和20世纪初的波兰,还是20世纪30年代的中国,都存在严重的民族和阶级矛盾。波兰自1795年被沙俄、普鲁士和奥地利占领后已经亡国,表现在沙俄占领区的波兰王国,是这里的中央政权和地方各级行政领导权都完全掌握在沙俄占领者的手中,他们对波兰采取了俄罗斯化民族压迫的政策,并对波兰一切谋求民族解放的言论和行动实行残酷的镇压。另外,由于沙俄占领者在经济上实行向东西方开放的政策,不仅没有阻挠而且促使了这里的资本主义经济迅速发展。但是到了19世纪90年代,波兰王国随资本主义的发展所出现的各种矛盾也充分地暴露出来,这一方面表现在波兰与在波兰的外国资本竞争中所产生的矛盾更加尖锐,这些资产者为了搞垮对方,不惜采取一切凶残卑鄙的手段;另一方面也表现了他们对工人阶级残酷的剥削和压迫,这一点我们在小说《玩偶》和《福地》中都可以很清楚地看得出来。20世纪30年代的中国则不一样,它虽然是一个半封建半殖民地的国家,西方帝国主义和殖民主义在这里享有各种特权,对中国进

---

① 《子夜》,见《茅盾文集》第3卷,中华工商联合出版社2015年版,第243页。
② 同上书,第78页。
③ 同上。

行掠夺，但是中国并没有亡，它的中央政权掌握在蒋介石集团所控制的国民党手中；中国的民族资产阶级虽有发展，但还十分脆弱，其实力远不能和西方帝国主义、殖民主义者以及国民党政权维护的中国买办资产阶级相比，他们的发展因而遭到后者的压制，再加上当时军阀混战，各地盗匪横行，也使他们遭受无尽的损失，因此他们把矛盾转向一直遭受他们剥削和压迫的工人阶级。中国工人阶级因为遭受买办和民族资产阶级的双重压迫，便在中国共产党领导下，发动城市的罢工运动，而资产阶级在这种情况下，也利用工贼、特务和反动军警来破坏和镇压工人的罢工运动。与此同时，乡下的农民也发动起义斗争，小说中除了反映上海大规模的工潮，也提到了彭德怀的红军攻占了岳州以及湖南、湖北和江西共产党的革命活动。但这部作品主要是写双桥镇和上海。这就是小说中反映的当时中国国内的形势，正如在上海当时出现的罢工运动中散发的一张传单上所写的那样："军阀官僚豪绅地主买办资产阶级，在帝国主义指挥之下联合向革命势力进攻，企图根本消灭中国的革命，然而帝国主义以及中国统治阶级内部的矛盾亦日益加深，此次南北军阀空前的大混战就是他们矛盾冲突的表面化，中国革命民众在此时期，必须加紧——"[①] 在20世纪，因为中国共产党领导的新民主主义革命和社会主义革命取得胜利，使中国从半封建半殖民地的国家变成了一个社会主义国家，而波兰不论在它被沙俄、普鲁士和奥地利瓜分的19世纪，还是在1918年获得国家的独立后，都走上了资本主义发展的道路。它在19世纪80年代以后，虽然出现了无产阶级政党领导的革命运动，但是它的力量薄弱，影响不大，未能改变波兰社会当时的发展趋向。

[①] 《子夜》，见《茅盾文集》第3卷，中华工商联合出版社2015年版，第174、175页。

评《黑夜与白昼》

玛丽亚·东布罗夫斯卡（1889—1965）是波兰当代最著名的革命作家，她的创作在波兰现代文学中占有很重要的地位。早在20世纪50年代，她的作品就已开始在中国介绍，在国内有广泛的影响。长篇小说《黑夜与白昼》发表于1932—1934年，是东布罗夫斯卡的代表作，它共分四卷，即《博古米乌和芭尔芭娜》《无尽的忧愁》《爱情》和《逆风》。作品虽主要写的只是一个破落地主博古米乌·涅赫奇茨和他的妻子芭尔芭娜·奥斯特辛斯卡一家三代的经历，可是它通过这一家的生活变化和他们复杂的社会关系的描写，深刻地反映了从1863年一月起义失败后，经1905年革命，到1914年第一次世界大战开始爆发期间几乎半个世纪的波兰历史和社会生活。

小说主人公博古米乌出身于爱国贵族家庭，他15岁时，就和他思想激进的父亲米哈乌一起参加过一月起义。起义失败后，米哈乌不仅祖产被沙皇没收，自己也和妻子一道被流放西伯利亚，他后来死在西伯利亚，年少的博古米乌被他们的一个本家收养，得以幸存。像米哈乌这样的贵族家庭，对波兰民族解放运动和资产阶级革命显然是做了很大贡献的，列宁在谈到波兰一月起义时曾指出："只要俄国和大多数斯拉夫国家的人民群众还在沉眠不醒，只要这些国家还没有什么独立的群众性的民主运动，波兰贵族的解放运动，不但从全俄、从全斯拉夫的民主运动的观点，就是从全欧民主运动的观点看来，都有头等重大的意义。"①芭尔芭娜也是破落地主出身，她的外祖父在拿破仑军队里当过少校，受过法国革命思想的影响，哥哥达尼尔也参加过一月起义，可是她家的破产主要因她父亲在农奴解放后不适应新的社会环境，同时自己在生活上挥霍无度造成的。博古米乌和芭尔芭娜两家先辈破产后，走上了不同的生活道路：芭尔芭娜的父亲当过县长，父亲死后，母亲在家乡省城卡利涅茨办寄宿学校，姐姐泰蕾莎当过教师。哥哥达尼尔后来也以教师为职业，并开办文具商店，嫂嫂米莎琳娜和她的儿子安哲尔姆则经营商业。博古米乌和芭尔芭娜结婚后，他一直在他父母熟识的克仑帕农庄担任管家的职务。在19世纪后半叶，波兰农奴解放后，像博古米乌和芭尔芭娜这样的贵族地主家庭所经历的生活道路，是富有普遍和典型意义的。

在一月起义后的新的社会环境中，"贵族的波兰已经消失而让位给资本主义的波兰了。在这种条件下，波兰不能不失去其特殊的革命意义"②。博古米乌正是这样，他虽然爱劳动，但也深受波兰资产阶级实证主义的思想影响，他对自己过去参加民族解放运动的革命历史，只在和妻子谈话中作一些回忆，而对家里祖产如何被沙皇没收，则已不关心了。博古米乌一心务农，后来经过泰蕾莎的介绍，和妻子搬到卡利涅茨附近地主达列涅茨基的大庄园里，仍靠租佃地主土地经营谋生。在这里他搞农副牧多种经营，在买卖中获得红利，采取资本主义经营方式，他和妻子经过多年努力，使塞尔比诺夫从原来的一片荒芜迅速发展起来了。博古米乌要剥削他的长工，但他又不得不每年把自己经营收入的大

---

① 列宁：《论民族自决权》，见《列宁选集》第2卷，第472页。
② 同上书，第473页。

部分分给达列涅茨基，因此他又受到庄园主的剥削。博古米乌并未意识到这一点，当他妻子和女儿阿格涅什卡一再向他指出他是在为富人效劳时，他对她们说："孩子，我为富人效劳吗？我为土地。"他认为他在这样一个自认为世外桃源的环境中，坚持循序渐进地发展农业经济，一定能够为社会做出贡献。

可是资本主义社会阶级压迫和阶级斗争的事实却不断打破他的梦想：1905年革命席卷卡利涅茨，农业工人罢工，博古米乌很同情工人的痛苦境遇，但又害怕革命，担心在他经营管理的庄园发生罢工，因为这会侵犯他所要维护的庄园主的利益，同时又将毁灭他的这个安乐天地。博古米乌不断考虑着："难道庄园主的利益和仆役的利益就不可能调和吗？"为此他一方面设法改善了庄园里长工的生活条件，另一方面又主动召来了一批失业者到庄园工作；可是庄园里的长工对他依然不满，同时那些来塞尔比诺夫的失业者，由于受到革命风潮的影响，也唱起革命歌曲。博古米乌因此感到十分苦恼，自己又陷入了不可解的矛盾中。博古米乌的实业救国和阶级调和主义的社会观点，实际上是阻碍革命前进的，体现了实证主义者的政治立场。革命风暴过去后，博古米乌以为塞尔比诺夫又将平安无事，因此他便在庄园原来发展的基础上，进一步设想大兴排水工程、提高产量的计划，他在没有取得达列涅茨基同意的情况下，甘愿把妻子的钱拿出来，放在和他订合同的土壤改良公司里作抵押。可是博古米乌这一次遭遇很惨，因为达列涅茨基这个地主极端自私狡猾，起初他见他的庄园经过博古米乌的经营，能从中捞取巨额收益，便写信百般夸奖博古米乌，骗取博古米乌的信任，现在他了解到博古米乌要他花钱了，便背着博古米乌把庄园卖给了别人。这一情况是博古米乌为实现他的计划一切都安排齐备后才知道的，达列涅茨基还拒绝补偿他在庄园土壤改良工作中付出的代价，博古米乌在精神上受到了严重打击，濒于绝望，终于认识到世界"都是为了这些所有的人，而不是为了这些劳动的人"。

东布罗夫斯卡通过博古米乌的生活道路的描写，不仅真实地刻画了一个由爱国贵族变成实证主义忠实信徒的典型，而且她深刻地指出了在私有制和阶级压迫的社会中，博古米乌所信仰的实证主义既要维护私有财产制，又企图回避资本主义社会的阶级压迫和阶级斗争，这种改良主义社会纲领是不可能实现的，也解决不了波兰的社会问题。

在小说中，东布罗夫斯卡在反映波兰1905年革命时，她抱着十分同情和拥护革命的态度，以雄浑有力的笔触，广泛和真实地描写了卡利涅茨、华沙以至整个波兰和俄国在革命爆发时的情况和它的磅礴气势。作者热情歌颂了华沙和卡利涅茨等地的工人、农民在革命高潮中罢工游行，要求民主自由、提高工资、改善生活条件、缩短工作时间，以及学生罢课反抗沙皇在学校推行民族压迫政策的斗争，生动地描写了他们轰轰烈烈的战斗场面。同时她还真实地反映了部分小有产者在革命中表现的激进态度，如公证人霍尔桑斯基，他参加卡利涅茨革命分子会议，揭露资本主义的"自由"是"一只老虎咬另一只，只为了给自己留下更多的食物"。他和妻子利用各种办法在物质上援助那些被沙皇关押的政治犯，帮助受迫害的革命者偷越边境，去国外避难。

当高唱着"红旗歌"[①]的示威群众引起沙皇恐慌的时候，刽子手们将波兰的革命者成批地逮捕入狱，严刑拷打和残酷杀害，使整个波兰变成了一座人间地狱。另外，博古米乌、芭尔芭娜、米莎琳娜等在谈话中，也说他们了解到全俄铁路、邮政部门的工人、警察都罢工了，工厂、商店关闭了，沙皇的军队也举行暴

---

① 波兰革命诗人博·切尔文斯基（1851—1888）于1881年创作的一首革命诗歌，它后来被谱上了曲调。在19世纪末和20世纪初波兰工人运动和群众中流传很广。这首歌还曾流传到俄国，列宁读后十分称赞，并说"必须为俄国创作这样的歌曲"。

动，反对政府；报纸公开揭露沙皇政府的杜马只不过是"几百个笨蛋盲目完成那上层阶级意志和命令的东西，所有俄国的知识分子都嘲笑它"。这一强大的革命风潮又波及几乎整个波兰王国，芭尔芭娜从霍尔桑斯基那里知道，在华沙，沙皇在假惺惺地公布自由宣言的同一天，军队就向民众开枪了，卡利涅茨也几乎和这里一样。作者这种点面结合的描写深刻地说明，1905年卡利涅茨人民的斗争并不是孤立的，它是整个帝俄和波兰无产阶级革命的一部分。

面对革命形势的发展，波兰的地主和资产阶级也暴露了他们反革命卖国贼的面貌，这是由于他们的利益要求沙皇的保护，而沙皇也必须依靠他们作为自己在波兰巩固反动统治的社会基础。卡利涅茨钢铁厂厂长帕弗沃夫斯基怀着切齿的仇恨咒骂罢工的群众是"盗贼"，叫嚷要砍杀革命的"挑衅分子"。农业资本家奥斯特辛斯基说："我以为罢工来到的话，我们就必须联合起来，如果我们怕他们，他们就会坐在我们的脑袋上。"平日由于替达列涅茨基暗中监视博古米乌有功，在塞尔比诺夫残酷榨取雇工的血汗，受到这个地主宠爱而飞黄腾达的卡特尔巴，看到农业工人罢工和听到有的庄园的管家全家被农民杀死的消息后，又跑到博古米乌家来商讨对策，叫嚣"要以暴力来反对暴力"。新生富农普日贝拉克由于刚从社会下层爬上资产阶级地位，他不仅自己要安享富贵，而且幻想儿孙后代也永远都成为老爷，因此比那些老的资产阶级更害怕革命者夺去他的财产。有的地主资本家在发生罢工时，甚至跑去请来沙皇军队"维护秩序和安全"；有的在村会上，当爱国农民提出村会文件要用波兰文写时，他们凶相毕露地说什么目前最迫切的事是抓"盗贼"。照他们看，土地分配的事，要有沙皇的命令才能决定，而农村里的"盗贼"则随时都会夺去他们的权利和一切。

在革命高潮来到时，地主资产阶级中可能出现少数同情革命的开明人物，如芭尔芭娜家过去在卡利涅茨的邻居帕明托夫庄园主伊拉罗夫斯基，他和其他地主资本家不同，认为革命是由于社会制度已经到了必须改变的程度才发生的，革命不仅破坏，也会建设。卡利涅茨某工厂主策格拉尔斯基，他关心自己厂里工人的生活，当他看到工人在他的厂里游行示威时，他没有禁止，还拒绝沙皇军队开进他的工厂镇压工人，为此他甚至被占领者当局逮捕。

东布罗夫斯卡深刻的现实主义表现在，她不仅反映了资产阶级代表人物策格拉尔斯基某个时候能表现出同情革命的一面，也揭露了他在革命高潮来到时，又企图以改良主义办法来缓和或者代替革命的政治倾向。策格拉尔斯基同情革命是仅在一定限度内的，他在和帕弗沃夫斯基的辩论中，说什么革命发生是由于人与人的伦礼道德问题没有解决，如果道德不变，社会制度变了也没有用。因此他提出既要反对政府镇压工人，又要制止革命范围继续扩大，要在工人中开展合作化运动和普及社会教育工作。策格拉尔斯基宣称他的改良办法是"大胆的开头"，他是"最大的革命者"，可是他厂里的工人对他的主张都很怀疑；霍尔桑斯基也对他说：没有政治制度的改变，谈不上道德的改变，当前是要推翻沙皇，建立立宪民主的国家，不是仅满足工人暂时经济利益和提高社会道德水平的问题。

以上看到，东布罗夫斯卡在她创作小说的30年代，对1905年革命就有正确的认识，她对革命时期的波兰社会和阶级状况以及革命任务的分析，是很深刻和透彻的。和作家同时代的一位波兰批评家就曾指出："从《黑夜与白昼》不难看出，她的观点，她评价社会的准则是植根于1905年革命运动的。"[①]

[①] 转引自艾娃·柯热尼奥夫斯卡《论玛丽娅·东布罗夫斯卡及其他》，波兰科学院出版社1956年版，第63页。

在小说中，东布罗夫斯卡通过马尔青和阿格涅什卡这两个人物的生活道路，对波兰19世纪末和20世纪初工人运动中的机会主义派别、波兰社会党的右派的思想和路线进行了深刻的揭露和批判。马尔青和阿格涅什卡年轻时都有一股强烈的革命热情。马尔青在1905年以前就在国外参加了波兰社会党早期的革命活动，后来在卡利涅茨做过许多秘密的革命工作。阿格涅什卡在革命来到时，也参加了学校里的秘密爱国组织、学生罢课和示威游行，和同学们一起高喊"莫斯科的学校滚蛋"！可是他们后来因受波兰社会党右派的思想和政治路线的影响，都没有走上正确的道路。1905年革命失败后，侨居瑞士的波兰社会主义者在洛桑开会，马尔青在会上虽然强调了社会主义者要为波兰劳动人民所迫切需要的民族独立而奋斗，但他却着意回避了无产阶级在争取波兰民族独立的同时，必须在国内进行阶级斗争，推翻波兰地主资产阶级的反动统治、建立人民民主的社会制度的问题。

东布罗夫斯卡从无产阶级革命立场出发，对此也有深刻的观察。她在小说中，通过参加会议的维耶乔雷克和瓦德维奇的发言，一方面批判了会议上有人宣扬卢森堡"为向大俄罗斯民族主义作机会主义让步大开方便之门"[①]的忽视波兰民族自决权的错误观点，另一方面也深刻揭露了波兰社会党右派的狭隘民族主义，指出他们表面上唱爱国主义和革命的高调，实际上要建立的，依然是地主资产阶级统治、遭受外国帝国主义压迫的国家。此外，马尔青的活动方式也是波兰社会党惯用的暗杀沙皇政府中的个别首脑人物的方式，只能使自己脱离人民，陷于孤立，而绝不能战胜敌人。与此同时，阿格涅什卡也在洛桑上大学，她和马尔青不久结了婚。后来他们甚至都相信策格拉尔斯基的所谓合作化的改良主义道路，以为这样可以拯救波兰，这是波兰社会党在对波兰社

---

① 列宁：《论民族自决权》，见《列宁选集》第2卷，第450页。

会经济改革问题上所表现的机会主义观点。20世纪初,在波兰鼓吹所谓合作化运动最卖力的波兰社会党人艾·阿勃拉姆夫斯基曾表示,只要通过宣传教育,普遍提高了社会道德水平,增强了人们的互助,消除了私有观念,"这个时刻,基于剥削和竞争上的资本主义制度就会和平和自然而然地死去"[①]。认为不需要通过暴力,向资产阶级夺取政权,同时砸烂旧的国家机器,而幻想反动统治者发善心,通过改良来使劳动人民获得解放,这显然是历史唯心主义的欺人之谈。东布罗夫斯基小说中在这一点上,将马尔青、阿格涅什卡和资产阶级中的开明人士策格拉尔斯基联系在一起,有其深刻的含义。

在第一次世界大战爆发前夕,马尔青和阿格涅什卡一直在等待战争的爆发,以为它会给祖国带来独立。大战爆发后,他们立即回国,参加了波兰社会党右派首领毕苏茨基在克拉科夫组织的军团,目的是要勾结普鲁士和奥地利,企图依靠这两个占领者的力量,推翻沙皇在波兰的统治。可是后来当普鲁士军队占领了卡利涅茨时,祖国危亡,人民涂炭,马尔青和阿格涅什卡和他们参加的军团最后并没有来卡利涅茨,他们无法拯救波兰。作者通过以上情况的介绍不仅说明了波兰社会党的这种企图只不过是一种荒诞的幻想,而且她还预示了她的男女主人公这样下去,终会走向为法西斯主义服务的道路,如阿格妮茨卡后来在华沙认识的马尔青的表弟、社会党人奥尔沃维奇就是一个类似后来的法西斯分子的人物形象。奥尔沃维奇不仅为帝国主义战争大造舆论,而且极力鼓吹个人或少数人决定人类命运的法西斯反动理论。马尔青的思想和他虽然还有不同,可是作者通过写这两个人物的活动,明确指出了波兰社会党右派和

---

① 转引自艾娃·柯热尼奥夫斯卡《论玛丽亚·东布罗夫斯卡及其他》,波兰科学院出版社1956年版,第70、71页。

毕苏茨基的道路，就是使波兰成为30年代法西斯专政和殖民地国家的道路。

东布罗夫斯卡所以能早在30年代，就对波兰无产阶级领导的民主革命的性质、对象、手段和目的有深刻的认识，是基于她爱祖国、爱人民，关心劳动人民的疾苦、命运和他们如何真正获得彻底解放。东布罗夫斯卡仇恨波兰民族的压迫者和卖国贼，可是她看到了人民在革命中所表现的伟大力量。她在30年代虽然还没有看到革命的胜利，但她坚信未来终将属于人民。她的这一思想不仅表现在她对1905年革命的认识中，也反映在小说最后几章对波兰人民遭受战争灾难的描写中。战争开始时，由于沙俄占领者驻军被调到别处去打仗，卡利涅茨一度摆脱了民族压迫，出现了波兰人民自治的局面，百姓过上了他们从未有过的安居乐业的生活。可是不久德国军队占领了卡利涅茨，在这里焚烧城市、屠杀居民，使成千上万的波兰人家破人亡，流离失所。作者为自己民族的苦难感到极大的痛苦，可是她也洞察了波兰人民在国难当头时所表现的热爱祖国、不畏强暴、舍己为人的崇高品德，她又以此而欣慰。作者的这种思想感情，在对芭尔芭娜和她的女仆尤尔卡、德国面包师密列尔和犹太马车夫希姆谢尔等人物的刻画中，表现得很突出。

芭尔芭娜思想比博古米乌激进。她常向别人自豪地说她外祖父给农奴免除了劳役，平等对待。她对博古米乌没有很深的感情，但她认为他是由于为祖国献出了一切，才落得寄人篱下的，所以应当爱她。照她看，只有因参加起义而丧失了财产、落了魄的人才算是上等人，而对那些在祖国遭到严重失败后仍然富有的人，就欠一次革命把他们从地面上消灭掉。在1905年革命中，她揭露了沙皇的一切许愿都是骗局，她痛斥那些来她家里搜查的沙皇士兵说："你们这样折磨和迫害穷苦人不感到耻辱？你们用逮捕和搜查将什么也得不到，只会引起人们的反抗。"她和帕弗沃夫斯基辩论时说："我不认为罢工是犯罪,如果先生你像他们这样生活的话,你也会参加罢工。"帝国主义战争爆发期间,她面对德国侵略军的凶狂没有表现出丝毫畏惧,那个曾骗取了博古米乌一块场地去做投机买卖的安哲里姆这时请她同他一家去俄国避难,说什么波兰的未来要靠三个占领者国家的和解,俄国已经宣布了给波兰人自由的法令,等等。芭尔芭娜痛恨这个民族败类,表示她任何时候也不去俄国。直到最后,她自己的生命财产受到了严重的威胁,她才在尤尔卡的催促下离开了卡利涅茨,加入了难民的队伍。芭尔芭娜单独一人在外,她惦念着孩子,但又无法得到他们的音讯,能不感到万分痛苦吗,可是她仍然乐观地对给她赶马车的犹太马车夫希姆谢尔说:"谁知道,在这些不幸和欺凌中,难道不会产生一个纯洁的新世界。"

尤尔卡、密列尔、希姆谢尔这些劳动人民的形象在作者笔下,表现得尤为淳朴、善良、无私和有正义感。尤尔卡在战乱中和芭尔芭娜患难与共,她在和芭尔芭娜离开卡利涅茨时,到处告诉人们芭尔芭娜的去向,想到阿格涅什卡等如果来卡利涅茨,可以找到自己的母亲。芭尔芭娜为此深受感动,要给她钱,尤尔卡又想到芭尔芭娜是一个人在外,孤苦伶仃,而自己还可以回家,所以她没有收下。德国人密列尔是芭尔芭娜逃难途中遇见的。他过去是卡利涅茨的面包师,他同样爱自己的祖国,开始他对卡利涅茨这么多难民来他这里不理解,因为他认为德国军队是不烧城市不杀百姓的,这是有人恶意制造混乱,要败坏他祖国的名誉。可是后来,他派了一个仆人去城里,这个仆人回来告诉他,说德国巡逻队枪杀了他的马,还打伤了他的手。密列尔听后,为自己民族败类的盗匪行径感到羞愧,他从此不再在人群中露面。希姆谢尔是博古米乌和芭尔芭娜早在塞尔比诺夫就认识的马车夫,他同情受难者和芭尔芭娜,战争爆发后,他本来可以运载来自加里尼克的难民,赚很多钱,但他宁肯不要一个戈比,也不愿看到这一场惨绝人寰的不幸。他表示不要芭尔芭娜一文钱,把她送到她愿意去的地方。

总结以上,可以看到,东布罗夫斯卡在反映波兰19世纪末和20世纪初的历史面貌时,她基本上从历史唯物主义观点出发,对波兰当时的民族矛盾和阶级矛盾以及波兰工人运动的状况,作了真实的描绘。她所描绘的历史图景,对波兰无疑有很大的现实意义。在30年代,以毕苏茨基为首的萨拉奇亚反动政府对外投降和勾结希特勒德国,对内疯狂镇压波兰民主和革命力量,他们也要求文学歌颂领袖,把领袖神化,实际上是为了巩固毕苏茨基的统治。东布罗夫斯卡在小说中对波兰社会党右派和毕苏茨基的真实揭露,能够帮助波兰人民彻底认清30年代波兰资产阶级统治者的反动面貌。在后来希特勒德国侵占波兰期间,东布罗夫斯卡对于帝国主义战争的描写又鼓舞了人民同仇敌忾,去和万恶的侵略者进行坚决的战斗,为了争取一个真正独立、自由和民主的波兰。

《黑夜与白昼》不仅在思想上有较高的成就,而且在艺术上也很有特色。东布罗夫斯卡创作的一个鲜明特点是,她善于十分细致深刻同时又高度概括地描绘广阔的社会生活画面。小说除了深刻揭露了它的那个时代富于本质意义的社会事变外,对各种人物的个人经历、遭遇、家庭生活、风俗习惯都作了十分细致生动的描写,而这一切在作者笔下,又是十分自然的,每一部分都有其来龙去脉和连贯的筋络,和整体如血肉不可分割。因此作者所描绘的生活画面既瑰丽多彩,又典型真实,就像生活按其本来面貌映到了纸上一样。东布罗夫斯卡擅长刻画人物,她作品中不仅主要人物,而且许多次要人物的思想性格都十分鲜明突出。东布罗夫斯卡通常是把人物放在尖锐复杂的矛盾冲突中,通过人物的行动来反映他们的典型性格。在刻画主要人物时,作者笔触细腻,对次要人物虽然有时着墨不多,但却能在反映人物性格关键的地方,勾上画龙点睛的一笔,给读者留下深刻的印象。如对博古米乌和芭尔芭娜，作者不仅充分地反映了他们在各种情况下表现的不同政治态度，而且写出了他们不同的个性，写得有血有肉，富有浓厚的生活气息。博古米乌社会阅历丰富，处世待人谨慎而自然，对什么都富于耐性。他没有读过多少书，可是他认为，"许多人大学毕业，拥有渊博的书本知识，却在生活上什么也不会，他们无论对社会、对人群都没有什么用处"。"最重要的是要有一门专门技术，能够处世做人。"而他的这一套自认为可以应付自如的生活态度，又是和他的社会观点和政治态度分不开的。芭尔芭娜对于新的生活环境，没有博古米乌那样的适应能力，平日也较丈夫易于激动。她因出身诗书门第，从小就养成了读书的喜好，可是她的一个儿子托马舍克不仅在学校里成绩很差，而且堕落成了流氓，为此她比博古米乌感到更大的痛苦。她对儿子既恨又爱，她迫切希望儿子变好的心情，比博古米乌更溢于言表。可是她的愿望并没有实现，因此她在亲友面前，总是为自己没有教育好儿子而感到羞愧。小说中对人物的许多细节描写都十分抒情和生动。东布罗夫斯卡创作的语言通俗、流畅，而又丰富优美，人物的对话也富于个性化、口语化。在运用文学语言上，她继承和发展了波兰19世纪现实主义创作的传统，长期以来，被人们誉为波兰当代的语言大师。她的《黑夜与白昼》在思想和艺术上都不失为波兰革命文学中一部不朽的杰作。

(本文原载《外国文学研究》1980年第3期，这次发表时，其中一些波兰文人名和地名的译法有了改变)

波兰20世纪小说形式的演变

波兰20世纪的小说创作较之19世纪无论在内容上还是形式上都产生了很大的变化。社会生活的新内容和新世纪各个时期文学创作中新流派的出现，都对波兰20世纪小说创作的发展产生了极大的影响。文学作品的思想内容和艺术形式虽然不可分割，但艺术形式依然是具有一定独立性的，这是因为它不仅反映作家的思想观点，而且更重要的是表现了一个作家的艺术修养和情趣，代表了他的创作风格。波兰20世纪作家和西方许多作家一样，比19世纪作家在艺术上具有更大的独创精神。根据波兰20世纪小说创作形式演变的历史特点，我们可以将它分为三个时期：第一个时期出现在19世纪末和20世纪初，第二个时期是20世纪30年代，第三个时期在第二次世界大战后。

一

19世纪末，波兰文坛上出现了象征派诗歌。象征派诗歌在当时一些波兰文艺理论家和诗人眼里是一种"至高无上"的艺术，可是这种"伟大的艺术"却是一种凌驾于"生活之上、世界之上"的艺术，一种普通人所无法理解和接受的艺术。

象征派在19世纪末和20世纪初的小说创作中的表现有所不

同。波兰这时期的小说创作中，现实主义流派依然占主导地位。著名作家、1924年诺贝尔文学奖获得者弗瓦迪斯瓦夫·莱蒙特（1867—1925）以及斯泰凡·热罗姆斯基（1864—1925）等的小说无论在思想上还是在艺术上，都继承了波兰19世纪如亨利克·显克维奇（1846—1916）和波列斯瓦夫·普鲁斯（1847—1912）等作家的爱国主义和现实主义文学传统，但他们的表现手法较之19世纪的现实主义文学大师又大有创新。这种创新首先表现在他们在自己的作品中大量运用了19世纪作家未曾运用的各种象征手法。由于它们运用得十分生动、活泼，包容着深刻的内涵，增加了作品的艺术感染力，因而大大丰富了波兰现实主义文学的艺术宝库。

如莱蒙特于1899年发表的小说《某日》，在象征手法的运用上就是成功的一例。小说主人公普里什加出身于一个农民家庭，他来到罗兹城，受雇在一家印染厂里开升降机，一干就是20年。他那年深日久的机械的、一成不变的劳动方式使得他完全失去了自我意识，感到自己和工厂那无数的机器并没有什么不同，他自己也"不过是一架机器""一架最老的机器"；久而久之，他便"渐渐忘记了自己，忘记了自己的生命，有时连他曾经做过什么事、在哪里生的都记不得了"。

普里什加不仅失去了自我，而且也感到他周围的人都和他一样，"像忠实的狗似的伺候这些机器、依赖这些机器"，可是他们又"像柠檬似的被工厂榨干，抛掉"。因此他认为，这些人有赖于工厂和机器才能活命，他们一旦失业，就没有生活的保障；但是他们在工厂里，又受到机器敲骨吸髓的压榨，也难以保命，这就是他几十年来在工厂里所见到的现状。普里加什长期处在这种环境中，他的思想方法和精神状况已经形成了一个定势。他走到罗兹的大街上，看到那许多行人，觉得他们也好像是一些"机器的小零件"，"他们的动作多年来一直适应着机器的动作。土黄色的脸，有点驼的背，老是垂下的头，溜肩膀和瘦弱的身体，这一切都好像适合狭窄的车间、适合机器的样式、适合工厂的需要和要求似的"。他认为周围的一切都这样，他不仅自己处于异化的状态，而且整个世界都异化了。

后来普里什加的房东拉西戈太太从乡下回来，要他辞掉工厂的职务，去"乡下买块地做一个当家的"，这便使他心中产生了美好的梦想。在一个星期天，他来到郊外的田野，看见那里"到处洋溢着奇异、美妙的生活"，于是自言自语道："我得走，我受够了，我得走！"但他第二天早晨去上工，又强烈地感到那"钢铁的野兽"不让他走。经过一番激烈的思想斗争，他最后还是屈从了这"汽笛的怒吼"和工厂的压力。在莱蒙特看来，整个资本主义的城市社会结构都已经变成了一台威力无比的吃人机器，你只要来到这里，就会被它吃掉，而绝不可能逃出它的魔掌。莱蒙特的比喻真实反映了资本主义早期发展中，工人往往把他们遭受压迫的痛苦归咎于使用机器，因而他们痛恨大机器生产，可是他们又脱离不了这种生产方式。从小说《某日》的象征艺术来看，我们可以将它和后来卡夫卡的《城堡》（1926）相比，一个揭露资本主义文明的吃人本质，另一个反映了现代官僚机构的高不可攀。两部杰作所采用的手法是一样的，但莱蒙特的《某日》的创作和发表的时间比卡夫卡的《城堡》早了近30年。

斯泰凡·热罗姆斯基在小说中运用象征描写的目的和手法与莱蒙特差不多，但由于他小说中表现的不同的思想主题，他的象征的含意和莱蒙特的象征也有所不同。热罗姆斯基是一位倾向于革命的作家，因此他在小说中运用的象征的内涵往往和社会改革、理想、革命有着密切的关联。如他晚年发表的一部小说《早春》（1924），写一个出身于官宦家庭的知识分子一生的经历。主人公崔扎莱在十月革命爆发期间住在俄国的巴库，后来随父亲色维莱回到波兰。色维莱告诉他，有个表哥巴雷卡在波兰设计建造了一座炼钢厂，厂房是玻璃造的，属于全体职工；这里没有罢工，工人住的是比美国富人的别墅更豪华的玻璃宫殿。巴雷卡还要给农民盖玻璃房子、玻璃牲口圈、温室，在维斯瓦河安装一个大玻璃水槽，用来灌溉和发电，实现农村现代化文明。色维莱不久逝世，崔扎莱在波兰的任何地方都没有找到玻璃工厂，后来他在革命的影响下参加了工人群众的集会和华沙五一游行。热罗姆斯基在这里用象征手法描写理想破灭，反映他对波兰 1918 年取得国家独立后的资本主义社会现实悲观失望的情绪，但他在无产阶级革命斗争中，又似乎看到了改变社会面貌的希望。他那富于理想主义的创作，尤其是他的这个玻璃宫殿的象征对以后波兰进步和革命作家如玛丽亚·东布罗夫斯卡、弗瓦迪斯瓦夫·布罗涅夫斯基和列昂·克鲁奇科夫斯基等都曾产生很大的影响，就连战后出现的一些社会主义现实主义流派的作品，也把这个象征视为波兰无产阶级和人民长期追求的幸福理想，因而热罗姆斯基曾被誉为波兰"现代人的精神领袖"，他的象征不仅是一种艺术表现的手段，而且也是他一心为波兰人民谋求幸福的思想境界的一种表现。

二

在两次大战之间的现代主义文学流派中，影响最大的是荒诞派文学。早在 20 世纪 20 年代初，波兰文坛上就出现了荒诞派戏剧，随后在 30 年代又出现了荒诞派小说，它们都是在第一次世界大战结束和波兰获得国家独立后阶级矛盾依然十分尖锐的环境中产生的。这一流派在 20 年代的代表斯坦尼斯瓦夫·伊格纳齐·韦特凯维奇（1885—1939）是一位享有世界声誉的剧作家。他在 20 年代和 30 年代不仅创作和发表了一系列艺术上新颖独特的荒诞派剧作，而且还提出了一整套荒诞派戏剧理论。他认为，物质生活条件的改善和社会矛盾的激化，会导致人类精神生活的空虚，导致社会秩序混乱，以至罪恶、灾变的产生。每个人都会遇到这种混乱和灾变，从而体验到所谓"异常的感觉","戏剧的任务在于使观众进入一种特殊状态","为了创造一个整体,可以完全自由地改变生活和世界",也就是说,既然世界充满了罪恶和灾变,剧作家便可自由地创造一个荒诞的世界。在这个世界中,剧中人既改变自己,又改变世界,同时他又被别人、被世界改变,这种改变往往是灾难性的。因此韦特凯维奇的荒诞派戏剧理论是建立在世界面临灾变的思想基础上的,反映了他对第一次世界大战后的现实的看法。

继韦特凯维奇之后,著名剧作家和作家维托尔德·贡布罗维奇(1904—1969)是波兰30年代荒诞派文学的代表。他不仅创作戏剧作品,而且也发表了一系列荒诞派小说。他的小说和荒诞派戏剧不同的是,小说中写的大都是作家个人的生活经历,有的虽也接触到政治问题,但不针对现实,这些小说在艺术上采用了一系列荒诞、怪诞和隐喻的描写手法,表现了强烈的讽刺意味。

荒诞描写在波兰19世纪的浪漫主义和现实主义作品中就出现过。如伟大浪漫主义诗人亚当·密茨凯维奇(1798—1855)在他的诗剧《先人祭》的第二幕中,根据立陶宛民间祭祀亡灵的仪式,描写了许多鬼魂的形象,其中有恶霸地主的鬼魂受到鸟群的攻击,说明被压迫的农奴死后也要向地主报仇。现实主义作家波列斯瓦夫·普鲁斯在他的短篇小说《改邪归正的人》中,也描绘了一个地狱世界。主人公乌卡什原是一个极端悭吝的房产主,有一次,他梦游地府,受到地狱法庭的审讯。这座地狱十分奇特和恐怖,可以听到成千上万人可怖的呻吟和铁锁链的巨响。这里的人有的跛脚,面带疤痕;有的骨瘦如柴,像一具骷髅,有的身子像蜘蛛,面孔像人等。可这个地狱又不可怕,因为这些人大都是在阳世犯了罪或者得了不治之症,死后来到这里的,他们在这里并没有受到惩罚。

作者通过乌卡什在地狱的街道上的所见所闻,巧妙地把地狱比作华沙,"市政府里有十几个委员会在开会讨论下水道、城市清洁、肉价飞涨以及诸如此类的事情。由于这些受人尊敬的委员天天的讨论都是些老生常谈，没有进一步的结果，他们忍受不了这种苦闷和绝望，便从窗子里跳到街上，身子像熟透了的西瓜一样被摔得粉碎"。"杂志的编辑们永无休止地在盛着几千甚至几万杯水的大锅底下鼓风烧火，想把锅里的水烧开，他们干起活来无比勤勉，直到头脑发呆也不休息，可水却只能烧到温热，直到最后发臭了，也还是温热的。"这些人干不出任何有益于社会的好事，既可悲又滑稽可笑。

作者笔下的主人公乌卡什从小就养成了自私自利损人利己的恶习。后来他幸运地和一个漂亮而又富有的女子结了婚。妻子死后，给他留下了房产和一个女儿。乌卡什要独占房产，很快就把女儿嫁了出去，不但没有给女儿嫁妆，没有把亡妻的房子分给她，甚至连婚礼都没有给她举办，以致引起女儿、女婿和他打起官司来。有个房客因为交不起房租，他要当众拍卖这个房客干活用的工具。他胸前挂着三万卢布的抵押字据单，也是他敲诈勒索房客而得来的，而且他从不修缮房屋，一有借口还挑剔房客。总之，乌卡什在阳世度过的70年中，没有做过一件与人为善的好事。鉴于这种情况，辩护律师要求他在地狱法官们面前，做一次大公无私的表演。可是他在这里的表演，却更加彻底地暴露了他那唯利是图、损人利己的丑恶面貌。法庭因此对他由厌恶转而产生了极大的愤怒，最后极端蔑视地做出了判决："我们要把他从地狱赶出去，以免他败坏了我们的名声。"这个悭吝自私的房产主再回到阳世，岂不依然故我！因此，19世纪不论浪漫主义还是现实主义文学中的荒诞，都有深刻的现实意义。

20世纪30年代荒诞派小说和以上作品不同。首先，它们在细节描写中从来不涉及鬼神地狱这些富于宗教幻想或者用作比喻的东西，它们除了反映作者个人的生活经历之外，也接触到一些社会问题，但都超越时空的限制，是从宏观历史的角度出发的，而不是像

19世纪的现实主义大师或者莱蒙特和热罗姆斯基的作品中那样，密切而又具体地联系波兰现实。例如贡布罗维奇的小说《宴会》（1938），它写一个国王举行婚礼的经过，没有交代故事发生的时间和地点。这是一个极其贪婪残暴的国王，他要和一个外国公主雷纳塔·阿德莱德·克里斯蒂娜结婚，但是他在举行婚宴前要索取一笔贿赂没有成功，因而感到不快。首相、法官和大臣们怕他在宾客面前表现出贪婪的丑态，特意将他的婚宴办得特别气派和豪华。

作者为了揭露主人公的丑恶面貌，以怪诞和夸张的手法，描写了一系列在生活中不可能发生或者难以想象的场景，富有强烈的讽刺意味。国王来到宴会大厅后，公主一看他那"一副办事员的蠢相"，"一脸市侩气，像个猥琐的水果小贩和下流的敲诈犯、俗不可耐的生意人"就"厌恶得浑身颤抖"。实际上，这不是什么婚宴，而是国王和他的大臣们一场出乖露丑的大表演。在宴会进行的过程中，大家都保持沉默，两眼注视着国王的动作。忽然听到有人摆弄着口袋里的钱币，发出哗啦哗啦的响声，使法官和内阁大臣们都紧张起来。他们认为，这是哪个参加婚宴的敌国大臣在玩弄阴谋，企图以这种方式勾起国王"变态的贪婪心理"，让他当众出丑，声誉扫地。

国王听到这响声后，果真为这区区几个小钱所打动，"把世界上的一切全忘了"，因此他不自觉地舔了舔嘴唇，可是这"舔嘴唇的声音像一颗炮弹在全体宾客中间爆炸了，全体宾客都羞愧得满脸通红"。随后国王又突然伸出了他的舌头，大臣们和在场的主教、伯爵夫人、侯爵夫人以及其他宾客看到国王这样，也都伸出了舌头。大厅旁边那面反光镜把这个动作重复了一遍又一遍。国王看见大家都模仿他的动作，感到十分恼怒，他"发狂地用拳头猛捶桌子，打碎了两只盘子"；但大家并不怕他，依然学他的样子，每个人都打碎了两只盘子。法官甚至认为，这种模仿是"为维护王国的尊严向国王进行的公开斗争"的一种方式。

但他们愈是这样，国王就愈是火冒三丈。后来他从席位上站起来，开始在大厅里绕着圈子跑，客人们也跟着他一起绕圈子。这时国王两眼血红，突然大叫一声，像发了疯似地向他的妻子——克里斯蒂娜公主猛扑过去，当众把她掐死了。男宾客看到国王这么做，也像发了疯似地，一下子掐死了许多在场的女人。"公主倒在地上死去了，被掐死的夫人们倒下了。无数面镜子把这种静止状态，这种可怕的沉默不言、可怕的静止状态放大了，膨胀得越来越大，越来越大……"最后，国王惊慌失措，终于逃跑，大臣和宾客们也跟着他逃跑了。据说这是在向茫茫的黑暗"做一次超越一切的冲锋"。

从婚宴上沉默不语地模仿国王的各种丑态一直到恶作剧地杀人，还把这看成是为了维护王国的尊严，这在生活中当然不可想象。但小说的深刻内涵就在于通过这些怪诞甚至骇人听闻的事件描写，最充分和最形象地揭露了统治阶级凶残丑恶的面貌。

除贡布罗维奇外，布鲁诺·舒尔茨（1892—1942）也是一位30年代影响很大的荒诞派小说家。他的短篇小说集《肉桂商店》（1934）和《用漏斗计时器作招牌的疗养院》（1936）等大都以他父亲一生的经历为题材。他的父亲是个商人，因经营不善，在资本主义社会激烈的竞争中遭到失败而破产。如《肉桂商店》中的《鸟》和《蟑螂》以及《用漏斗计时器作招牌的疗养院》中的《父亲最后一次逃走》中，通过这一题材的选择，采用了一系列不同于传统现实主义小说的创作手法，进行大胆的虚构，成功地塑造了一个资本主义社会中小人物的异化形象。这些作品不是直接反映"父亲"在激烈的竞争环境中，由于不善经营而遭到失败破产的全过程，明确指出历史必然和人物命运的因果关系，而是写"父亲"由于个人的种种怪癖，无法适应环境，才导致了悲剧的结局。在这中间，作者穿插着许多荒诞的描写，以反映"父亲"作为一个小人物的可悲命运，其中也可看到卡夫卡的影响。

如在《鸟》中，舒尔茨写"父亲"对鸟有一种特殊的爱好。他平日大量搜集各种珍禽异鸟，把它们养在家里，后来引起家人不满，他不得不一个人搬到顶楼上的两间储藏室里去住，那两间贮藏室也就成了鸟的栖居地。每天早晨，鸟的叫声响遍全屋，使大家不得安宁。"父亲"由于爱鸟入迷，难得下楼来和家人见面。一天他下楼来，家里人发现他的身子变小了，他的双手变得和秃鹰的爪子一样。他见到家人后，还摆着两只像翅膀一样的胳膊，发出一声声像鸟一样的鸣叫，于是家里人断定他那爱鸟的癖好使他也变得像一只鸟了。这是"父亲"的第一次变形。后来家里的女仆阿德拉来到他住的那两间贮藏室里，发现地板和桌子上堆满了鸟粪，臭气熏天，便把他的鸟全都赶了出去，从此"父亲"就成了"一个失去了王位和王国的流亡的国王"。

"父亲"失去鸟的王国后，在家里又遇到了蟑螂的袭击。有一天，大批蟑螂突然从墙壁和地板的裂缝里爬出来，发出一声声尖叫，一下子把他吓疯了。从此他连"行动都变了"，好几天一个人躲在衣柜里和鸭绒被下面，查看他的皮肤和指甲的硬度，并且模仿蟑螂的爬行动作。家里人再也见不到他，因此断定他"正在变成一只蟑螂"。可是母亲却说他"出门去了，要去周游全世界，因为他现在担任的职务是商品推销员"。舒尔茨笔下主人公的变形和卡夫卡的格里高尔·萨姆沙的变形都象征着资本主义社会中的异化，但两个主人公的人生经历是不同的：卡夫卡笔下的格里高尔长年奔波在外，挣钱养家，可是当他变成甲虫后，家里人对他感到厌恶，他只有悄悄地死去，暴露了世上人际关系的冷漠，就是在一个家庭里也不例外。舒尔茨笔下的"父亲"性情怪僻，意志薄弱，他作为一个弱者，在资本主义的生存竞争中，不可避免地成了大鱼吃小鱼、小鱼吃虾米的牺牲品。这一点，在《父亲的最后一次逃走》中看得更清楚。

这里写的是"父亲"由于买卖亏损，他的商店破产了，因此不得不摘下招牌,由母亲一个人在店里做未经正式批准的买卖,出售剩下的货物。"父亲"又多时不见,家里人都以为他死了,"我和母亲后来在楼梯上发现了一个大蝎子,和他相像,令人吃惊",这说明"父亲"又一次变形了。此后作者便着意描写"父亲"变成蝎子后的各种细小的动作,把这个蝎子称为"我的父亲",字里行间,透着无限的辛酸和悲哀:"我望着他沿着墙纸往上爬,出于本能的厌恶,不由得打了个冷战。""看到他拼命地摇动他那些腿,无可奈何地以他自己为中轴旋转,真叫人悲哀和可怜。"面对这个悲惨的结局,作者的"我"真是无可奈何,只好责备"我"的母亲。可实际上,"我"的心里也很明白,只有这种办法才能使"父亲"从绝望的处境中解脱出来,因为"命运已经无所不用其极地彻头彻尾地毁掉了他"。异化描写在以上提到的莱蒙特的小说中已有表现,不同的是,舒尔茨以各种怪诞和反常的形式表现异化,更具震撼人心的艺术魅力。

三

波兰战后小说形式的演变是从1956年以后开始的,它主要表现在两个方面。第一,作家在小说中倾向于淡化故事情节,或者把故事情节写得不合逻辑;通过现实和回忆交错的描写着意颠倒时空,有时还造成时空结构上的混乱;不着意形象的塑造,采取西方现代派小说一贯的表现手法。第二,小说创作趋向于政论化和散文化,这种倾向在西方现代派小说创作中未曾有过,更具波兰小说形式演变的特点。

就第一个方面来说,最著名的作品是塔杜施·孔维茨基(1926—)[①]的《当代圆梦书》(1963),这部小说写的是40年

---

① 已于2015年去世。

代和50年代一系列的历史事件和人物。小说分三层结构：第一层写一些身份不同的人来到了一个叫索瓦的盆地，其中有教师、伯爵、共产党员、铁路工人、第二次世界大战期间在立陶宛参加过抵抗运动的游击战士，甚至还有瘸病患者。由于各自生活经历的不同，他们每个人都打算对自己的过去进行反思。可是他们所在的这个地方周围是一片森林，与世隔绝，而且他们知道这里还会变成一个水库，所以都感到灾祸即将到来，并在威胁着他们。

随后作者把故事发生的时间和地点转到了德国法西斯占领时期的维尔诺，通过那个游击队员的回忆展现一系列战争场面，形成小说的第二层结构，和第一层结构似乎没有必然的联系。这个游击队员在炸铁路时看见一些俄国战俘从德国法西斯的军车里逃了出来，但车厢里还有许多人被纳粹分子运送到死亡营去了。小说在描写战争环境中，还穿插着一段主人公的恋爱故事。最后又回到了索瓦盆地，聚集在这里的人开始讲他们的过去。那个教师说他参加过日俄战争，后来到过德国，看到那里到处都是饥饿和贫困。第二次世界大战爆发后，为了躲避战争灾祸，他逃到了西伯利亚，到战后才回到波兰。接着所有的人又从这个盆地走了出来，他们发现了附近有1863年1月波兰抗俄民族起义战士的坟墓，在一条也叫索瓦的小河里还打捞到了起义战士的遗骨和战士戴过的十字架，他们认为这些起义者是在与哥萨克士兵的战斗中牺牲的。在附近的铁路旁他们又找到了另外一些坟墓，那里埋葬着当年在与德国法西斯匪徒的战斗中牺牲的波兰游击队战士和苏联红军战士。大家感叹不已，觉得在这个世界上，不仅过去，就是现在也依然充满了不幸和灾祸。小说为了创造这个变幻的结构形式，采取了回忆、倒叙和时空颠倒等一系列手法，使读者感到眼花缭乱，是波兰战后现代派小说形式创新最初的尝试。它发表后，在国内外曾经引起高度重视，被译成多种西方文字。

扬·保罗·克拉斯诺登布斯基（1947— ）的小说《戒酒》

（1989）在这方面也是一个突出的例子。它的主人公亚当是个 28 岁的年轻人，他因酗酒患了精神病，和妻子莫尼卡离婚后，在医院里治了 7 年，不见好转。小说几乎没有什么故事情节，但在主人公的刻画上，采取了一些怪诞和意识流的手法，对他十分奇特和变幻无常的心理状态作了细致的描写。亚当在医院里有时想到莫尼卡遇到了车祸，脑袋被轧碎了，向他伸出了一双血手。可是他又看见她迅疾地跑在街上，她蓬乱的头发随风飘荡，他想过去给她梳理头发，此时他很爱她已经长得很长的头发。他要追上莫尼卡，但他追得头昏眼花，唇干舌燥，也未能追上。他很害怕自己什么时候就会死去，是不是已有征兆，表明他近期就会死去，在他生日来到之前就会死去呢？他觉得他已经死在病床上，牧师坐在他的床边，在他身上涂油，合上了他的眼皮。可是他又觉得自己没有死，牧师在教堂旁边租了一栋房子，准备让他出院后有个住处。而他却在街上被流氓打得遍体鳞伤，被送进医院急救。他发现自己身上长了许多毛，像个猴子，难看极了，而且他的体型也变了。过去他骨瘦如柴，现在胖得肚皮打褶了，这是因为他吃药过多。母亲死后，他对父亲说，他住了几十年医院，以后要和他住在一起，父亲拒绝了他，因此他对父亲怀恨在心。他曾有过一只心爱的狗瓦帕。有一次，瓦帕遭到一条大狼狗的袭击，他去救它时，也被狼狗咬伤了肩膀，这个伤疤至今还在。他当时没有去找这条狼狗的主人，也没有问这是不是条疯狗，但他感到他被疯狗咬了，这就成了他的心病。

亚当之所以患精神病，不仅是因为他酗酒，而且还有政治原因。在他紊乱和奇特的思绪中，他把自己看成一个持不同政见者，他看到旧的"协会"被解散后，他的朋友又成立了新的协会，而他却不能参加这个新的协会。他不仅不能参加他们的活动，也许还有人会到这个他看成是疯人院的医院里来抓他，把他关在监牢里。他躺在病床上，总是听到外面警车的叫声。

从以上作品可以看出，波兰战后小说不管采取什么手法，就它们所表现的内容来说，都和作者在战争时期和战后所参加的政治活动有着密切的联系。可见他们在探索新的小说形式的同时，并没有脱离他们所处的历史时代和社会环境。

第二种倾向即小说形式的政论化和散文化，也是在1956年以后开始出现的。它的早期具有代表性的作品是威廉·马赫（1917—1965）的《黑海滨的群山》（1961）。这部被称为波兰"反小说"的代表作以日记体写成。它讲的是主人公亚历山大同他的伙伴切斯瓦夫和安杰伊游历在黑海滨的山林里，回忆自己在德国法西斯占领时期的遭遇。切斯瓦夫和安杰伊全家被法西斯匪徒杀害，他们曾在黑海滨同法西斯匪徒以及与之勾结的乌克兰盗匪进行过斗争。亚历山大被关进了集中营，女友尼尔和她的母亲被他的一个朋友巴扎利杀害。战后亚历山大在波兰南部的山中找到了巴扎利，但他并没有因为自己的情人被巴扎利杀害而要对他进行报复。他听到切斯瓦夫和安杰伊讲述自己的遭遇时非常激动，认为波兰民族就是在黑海滨的群山、在和法西斯匪徒的斗争中成长壮大起来的，任何强大的恶势力都消灭不了一个坚强不屈的民族，正义和善良能够战胜一切。

小说结构形式的独特之处，表现于作者在某些章节中，以他和他的主人公亚历山大的对话或讨论的形式，完全脱离故事情节，发表他对当代文学、礼会和当代人的看法。因此在这些章节中，作者写的实际上是学术论文，而不是小说。他认为，当代文学可分为两大类：一类是理性主义的现实主义文学。现实主义作家在他们的作品中，总是把故事交代得清清楚楚，就好像对社会现象都了解透了，而实际上，他们的经验非常幼稚、贫乏。另一类是非理性主义文学。这种文学常常描写一个神秘的世界，读者对它难以理解。马赫认为，社会现象纷纭驳杂，如果认为它们可以条理化，就会导致简单化的理解。文学作品反映的既然是个非常杂乱的社会，对它当然可以采取一些杂乱甚至荒诞的表现形式，这种荒诞不过是一种表面现象，其中可能就有新的发现。马赫还就现代文学中包括以上各种现象提出疑问：文学作品中表现荒诞是否由于受到战争灾祸和飞速发展的科技文明的影响？在某些作家看来，正是战争灾祸和科技进步导致了对传统观念、传统价值和生活方式的否定，给当代人造成了信仰危机。

这部小说发表后，波兰评论界对它褒贬不一。有的评论家说它只能算是杂感或政论式的作品，而不是小说。有的则认为，小说中以哲理性的文字代替传统现实主义小说形式，能够更深刻和多方面地揭示世界的秘密，引发读者的思考。

塔杜施·孔维茨基1977年发表的小说《波兰的综合体》的结构形式也表现了政论化的倾向。它由两个故事组成：一个以1863年一月起义为背景，写一支游击队在森林里战斗，取得了一个又一个胜利，但他们后来了解到起义在全国范围内遭到了失败。一次，他们遇到起义领导者，他对他们说，起义失败后，他曾一度流亡国外，现在他要去华沙，重新担负起领导起义政权——国民政府的责任，他要和波兰的爱国者站在一起，为争取波兰的独立和自由而战斗到底。

另一个故事回到了波兰现实：一些人在华沙一家首饰店的门前排队，于是天南地北地闲聊起来。有的谈论阿拉伯人和以色列人打仗，巴勒斯坦劫机者向女人和孩子开枪；有的说在一些国家发生了地震和水灾，意大利人戴着铁帽环绕地球飞行等，都是世界各地当前发生的一些耸人听闻的事件。可是，更多的人在抱怨波兰没有言论和出版自由。一个作家说，他是一个奴隶，一个没有面孔的奴隶，一个从属于集体的奴隶。一个教授在言谈中还把世界分成独裁和自由两个部分，认为独裁损害人的尊严，一个国家如果获得了自由，就可加入自由民族的家庭。因此这里展现的实际上是一个由一些普通公民议论当前时事的场面，和小说中的第一个故事毫无关联，但作者却是以两者交叉的形式来写的。他首先在一些章节中叙述第一个故事，然后描写这个众人议论的场面，再后又来叙述第一个故事，依此类推，从而给读者充分展现小说时空的变幻无常以及小说情节和议论文字交替出现的艺术形式。

　　波兰战后小说形式演变的原因是多方面的，但主要的是，一些作家认为，在现代社会中，由于科学技术的迅速发展，导致影视、广播和迪斯科在群众中的广泛普及，人们在这些娱乐活动中，可以有更多的机会直接获得美的享受，因此传统现实主义小说在读者中的市场就缩小了。人们在影视、广播和迪斯科中能够轻松愉快地享受一番乐趣，也增长了有关大自然和人类社会的知识，因此再也不愿费许多脑筋去阅读那些讲述冗长乏味的故事的长篇小说。在这种情况下，旧的小说形式必须加以改变，其中最根本的就是要简化小说故事情节的描写和人物形象的塑造，而代之以政论或散文。因为写政论或散文对作家来说，便于直接发表他对世界的看法，一些读者如果不乐意阅读情节复杂、人物众多的现实主义小说，可以从这种政论化或散文化的小说中，很快而且比较方便地了解作家的社会观点，这样在作家和读者之间，便可直接而又自由和畅所欲言地交流思想，密切他们的感情联系，这对他们来说，又何乐而不为呢？但笔者认为，这种政论化和散文化的作品实际上是传统小说和散文或政论的拼凑，并没有什么特殊的美学价值。只是自1956年以来，波兰小说家不断探索新的艺术表现形式，已经成为一种不可逆转的趋势，他们有的受西方后现代主义的影响，有的独辟蹊径，建构了自己新的创作形式。

（此文原载《东欧季刊》1996年第2期和第3期，
收进本书时，个别作家加上了逝世的年代）

论波兰象征派文学

波兰象征派文学产生于19世纪末，一直延续到20世纪30年代，它的产生曾经受到西方哲学和象征主义文学的影响，但它因为存在和发展于波兰这一特定的历史时期的社会环境中，又决定了它不仅具有比西方象征主义文学发展的时期更长，而且在思想和艺术上都不同于西方象征派的特点。在波兰象征派文学中，诗歌和戏剧占主要地位，其代表人物如文艺理论家哲龙·普热斯梅茨基、斯坦尼斯瓦夫·普日贝谢夫斯基，诗人卡齐米日·泰特马耶尔、波列斯瓦夫·列希米扬、莱奥波尔德·斯塔夫和剧作家斯坦尼斯瓦夫·韦斯比扬斯基等形成了这一流派的核心，此外它在这一时期的小说中，也有强烈的反映。它所留下的极为丰富的文学遗产，对波兰20世纪文学的发展，曾经产生了深远的影响。

一

19世纪70年代，波兰新兴资产阶级的政治代表鉴于波兰经济文化发展的落后，曾经提出一个旨在发展工农业和人民教育事业的实业救国的政治纲领——实证主义，可是这个纲领在长期的实施过程中，没有取得成效。许多知识分子包括作家对被沙俄、普鲁士等占领者统治下的黑暗现实表示不满，但他们又找不到出路，因此产生了悲观失望的情绪。一部分思想活跃的年轻的文艺评论家和作家对于西方哲学和现代派文学开始产生很大的兴趣，并在波兰加以介绍。在西方现代派文学思潮的影响下，他们对波兰传统的批判现实主义文学和鼓吹实证主义施政纲领的所谓倾向性文学，从思想到形式发动了猛烈的攻击，指出它们已经过时，不能反映新的时代精神，于是提出了"艺术至上"和"个人至上"的口号。首先起来发难的是哲隆·普热斯梅茨基（1861—1944），他于19世纪90年代中期在华沙主办《希梅拉》月刊，发表文章，提出在艺术中不存在平均主义的观点。他认为"伟大的艺术"只有具备高等知识和文化素养的精神贵族才能理解和接受，它和人民隔着一道不可逾越的鸿沟，传统现实主义和实证主义文艺属于大众文艺，所以是等而下之的文艺。那么这种"伟大的艺术"是什么？它就是"象征的艺术"。"象征的艺术"是一种"本质的艺术和不朽的艺术"，"它在直观类比的后面隐藏着永恒的因素，它要揭示一个没有边际的非直观的天地"。[1] 与此同时，斯坦尼斯瓦夫·普日贝谢夫斯基（1868—1927）在他在克拉科夫主办的刊物《生活》上发表的题为《我的自白》的文章中，更是提出了一整套"为艺术而艺术"的理论。他也认为艺术是一种永恒的、超越时空的独立存在，它没有目的，它的目的就是它自己，它是一个"绝对的灵魂"。"艺术家既不属于任何民族，也不属于世界，他不属于任何思想，也不为任何社会服务。他在生活之上、世界之上，他不受任何法律和人的力量的约束，他是老爷中的老爷。"[2] 显然，他们反对传统的现实主义文艺不只是为了追求艺术

---

[1] 哲隆·普热斯梅茨基：《梅特林克剧作选》"序言"，见《青年波兰中学三年级文学课本》，（华沙）学校和教育出版社1989年版，第182页。
[2] 斯坦尼斯瓦夫·普日贝谢夫斯基：《我的自白》，见《波兰文学批评》第4卷，（华沙）国家科学出版社1959年版，第156页。

上的革新，主要是因为他们把文艺看得至高无上，把艺术家看成是普通群众无法理解的天才。在他们看来，"所有对于未被阐释的事实的假定都意味着对至今所不了解的知识进行无止境的探讨，不断发现人和人性中新的天地，指出在我们所掌握的知识小岛的周围还有无尽秘密的海洋"①。既然现实主义文艺不过是一个"知识的小岛"，那么象征主义作为一种"伟大的艺术"目的就在于发现"人性中新的天地"和"无尽秘密的海洋"，可是这种发现是无知的群氓所不能理解和接受的。波兰浪漫主义诗人亚当·密茨凯维奇在他的诗剧《先人祭》中，也曾提出"诗歌具有伟大力量"的观点，它"与上帝相称"，"是伟大的歌，创造的歌"，他笔下的抒情主人公康拉德是一个"超乎凡人"的英雄，但康拉德热爱他的民族和人民，他的诗鼓舞人民去为争取自身的解放而斗争；而哲龙·普热斯梅茨基和斯坦尼斯瓦夫·普日贝谢夫斯基的"伟大艺术"和"天才"诗人是脱离社会和人民，甚至是和他们对立的。他们从尼采的"扩张自我"和"超人"哲学中获得了思想借鉴，认为艺术家"不受任何法律和人的力量的约束"，却有权蔑视普通的人，实现自己灵魂和意志的扩张。因此他们的"天才"艺术便形成了波兰象征主义文学理论的第一个基点。

可是普热斯梅茨基和普日贝谢夫斯基的以上理论发表后，在波兰文艺界马上引起了很大的争议，因为波兰作家长期以来，是处在一个自己民族遭受压迫的社会环境中，他们不可能逃避这个环境，因此也就不能不对处在这个环境中的国家民族的命运表示密切的关心，于是一些热衷于波兰社会事务的作家和评论家首先发言，对普热斯梅茨基和普日贝谢夫斯基的观点进行驳斥。路德维克·克日维茨基在他发表的《论艺术和非艺术》一文中说：

---

① 哲隆·普热斯梅茨基：《梅特林克剧作选》"序言"，见《青年波兰，中学三年级文学课本》，(华沙)学校和教育出版社1989年版，第182页。

"艺术是心灵所有方面的再现，……社会的本能、直观的欲望、受折磨的状态、对女人的怀念，这些因素只要是真诚的，在艺术中都应占有同样的位置。"① 瓦茨瓦夫·纳乌科夫斯基认为文艺是为大众服务的，没有等级之分。斯坦尼斯瓦夫·布若佐夫斯基说，波兰现代主义者提出艺术自动化，要求艺术脱离现实，这不说明他们能够创造伟大的艺术，只说明他们根本不懂艺术。在处于革命斗争时期的波兰，文艺和现实是不可分离的。阿尔杜尔·古尔斯基在他的《青年波兰》一文中，指出波兰现代文学应当继承密茨凯维奇的爱国主义思想传统："我们热爱祖国的一切，相信我们民族的未来。我们热切希望我们对祖国的颂扬最终能够打动人心。"②

争论的结果，导致了一些倡导象征主义文学的人的观点的改变或者在原来的思想基础上吸收新的观点，例如作家和评论家耶日·茹瓦夫斯基（1874—1915）对"艺术至上"和"个人至上"曾经作过这样的解释："唯我独尊乃是创造心灵真实艺术的条件，……它的一种表现就是一个民族的唯我独尊，所有唯我独尊的艺术都应当是民族的艺术。这种艺术的素材内容源于民族的生活，因此也必然盖上这种生活精神、民族生活精神的烙印。"③ 普日贝谢夫斯基在他后来发表的一篇题为《论戏剧和舞台》的文章中，也改变了他过去的观点，他说："如果要揭示一出悲剧，以及世世代代人们的全部生活和这出悲剧的秘密联系的深层形而上意义，并指出在这个悲剧中，整个天空是如何展开的，象征是不可

---

① 路德维克·克日维茨基：《论艺术和非艺术》，见《波兰文学批评》第四卷，（华沙）国家科学出版社1959年版，第167页。
② 见《青年波兰，中学三年级文学课本》，（华沙）学校和教育出版社1989年版，第179、180页。
③ 耶日·茹瓦夫斯基：《艺术中的象征意义》，见《青年波兰，中学三年级文学课本》，（华沙）学校和教育出版社1989年版，第183页。

少的。"① 因此，要求以象征表现民族压迫和民族解放的题材便形成了波兰象征主义文学理论的第二个特点。这个特点和上述"艺术至上""个人至上"，反对社会功利主义的观点是矛盾的，这种矛盾正好说明波兰象征主义文艺理论的产生既受西方哲学和现代文艺思潮的影响，又不能脱离波兰特定的社会环境对于它的制约，因此它的内在矛盾在一定条件下是可以转化而达到统一的，这种既矛盾又统一的理论对于波兰象征主义文学创作的发展，曾经长时期地起过指导性的作用。

二

在波兰象征派诗歌的创作中，影响最大的是卡齐米日·泰特马耶尔、波列斯瓦夫·列希米扬和莱奥波尔德·斯塔夫。卡齐米日·泰特马耶尔（1865—1940）是波兰早期象征派诗歌创作的代表。他出身于一个爱国贵族的家庭，父亲参加过1830年11月爆发的抗俄民族起义，起义失败后，他的财产被沙俄当局没抄，泰特马耶尔随同父母迁居克拉科夫，全家靠母亲当家庭教师挣钱度日，生活十分清苦。泰特马耶尔早年当过记者，在第一次世界大战爆发期间，还主编过一个宣传爱国主义思想的周刊。他一生发表的作品很多，其中如《诗集》（1891）、《诗歌第二卷》（1894）、《诗歌第三卷》（1898）等比较集中地反映了他的诗歌的创作思想和艺术特色。他早期的诗歌也像一些西方象征派诗人一样，表现了怀疑、痛苦和绝望的情绪。出于对波兰现实的怀疑，他首先对实证主义的施政纲领提出了质疑："你实用主义的要求是什么？你快乐的要求是什么？/你给我们留下了什么？你让我们知道了什

---

① 见《青年波兰，中学三年级文学课本》，（华沙）学校和教育出版社1989年版，第181页。

么?"可是他从怀疑现实,进而怀疑整个世界、怀疑人的价值:"我厌倦所有的行动,我嘲笑所有的热情／我幻想的偶像已经从神坛上掉下／我要把它抛到垃圾堆里,让万人践踏。"他感到"在所有的一切中,怀疑最可怕",它是一种"永远绝望的痛苦"。他把人生比作一次可怕航行,任凭命运的摆布,不知何方是彼岸:

  我的小船触了暗礁,
  游过浑浊的人生和脏臭的泥泞,
  天空中黑云密布,没有阳光,不见星星。

  为了从痛苦和绝望中寻求解脱,他呼唤涅槃:"让失望的昏影在我眼中永远消失,涅槃／把胸中的痛苦彻底埋葬,涅槃!让天国降临人间,涅槃!"

  在这些诗中,反映了泰特马耶尔的颓废情绪和宗教意识,可以看到叔本华的"生命意志的本质就是痛苦"这个命题盖下的烙印,为了摆脱痛苦,只有中断欲求,出世涅槃。但是泰特马耶尔崇尚艺术,他认为在这个绝望的世界里,只有一个东西放射着希望之光,那就是艺术,艺术是最崇高的,"艺术万岁／一个身无分文的穷汉／贫困掐着他的脖子,要把他掐死／他会死去,像狗一样地死去／尽管我们的生活平淡无奇,艺术万岁"!这种艺术至上和普日贝谢夫斯基的"艺术至上"是不同的,普日贝谢夫斯基把艺术摆在和群众对立的位置上,他们所追求的,并非真正的艺术至上,而泰特马耶尔把艺术看成出淤泥而不染,才是真正的艺术至上。

  泰特马耶尔一生写过许多景物诗,这些作品充分体现了他的象征主义艺术特色。耶日·茹瓦夫斯基在谈到波兰象征主义诗歌的艺术本质时说:"艺术家在走向通往心灵的道路时,要创作综合的作品,既包括内容,也表现本质,每一种颜色、声调,每一个形体，每一句话都是作品内部'氛围'的表现。"只有这种"综合的作品才可能是内心生活的象征"。① 泰特马耶尔的写景具有这样的特征，以《夜雾中的乐调》这一首为例，诗人通过小湖边的夜景和人们想象中的活动，企图给读者造成一种轻盈、欢快而又变幻不定的感觉：

> 安静！安静！切莫惊醒那沉睡的湖水！
> 我们在辽阔的原野上翩翩起舞，
> 我们在月亮旁手舞彩带，
> 晚霞把金光撒在我们身上。
> 远方漂流的河水给我们送来了哗啦啦的响声，
> 微风吹拂着林中的云杉和雪松，
> 让我们尽情吸吮这山坡上醉人的花香。

这是一个"综合作品"，有声、有色、有气味、有动作，诗人陶醉在大自然的美景中，但他在这里没有写实，而充满了主观的想象，以想象的景物和动作造成氛围，间接反映他的心境。首先，这种主观性是单方面的，和西方象征派诗中的人和景物互为象征的通感描写有所不同；再者，这里的抒情主人公并不出现于诗中，读者读完诗后，也就不一定能够准确地把握他在这里要表达的感情，所以他在发挥主观想象的同时，也给读者留下了想象的余地。

泰特马耶尔诗中的象征有的是有明确含意的，如他诗中常常出现的"晚钟的响声""灰暗的黄昏""泥泞""白色的霜""黑黝黝的屋顶""空寂的野地""黑暗笼罩着的山岳和森林""坟地"

---

① 耶日·茹瓦夫斯基：《艺术中的象征意义》，见《青年波兰，中学三年级文学课本》，（华沙）学校和教育出版社1989年版，第184、185页。

"坐在坟上的少女"等，大都象征人类或者某个民族生存的状况和命运，而不是指某某个人；如果说它们表现了个人，也只是表现个人对人类或民族的认识，因此它们具有宏观把握历史和现实世界的内涵。但因泰特马耶尔的想象十分丰富，他在他的象征中，有时又给读者设置许多难解的谜。如在《贝壳》一首中，他看见他的桌上摆着一块他所喜爱的古旧的贝壳，便拿起来放在耳边，听见它发出悦耳的声音后，他感到他的心马上飞到了辽阔的野地，那里有潺潺的流水和阴暗的黄昏，他在那里听到了草木的沙沙声响和远处传来的脚步声。他想起了美洲大陆上的原始森林和印第安人，他来到了无人居住的荒岛上，发现这里有狮子，猴群欢跳在梧桐树上。他要去遥远的异国，那里见不到太阳，可是天上照着月亮，他在林中会迷失方向，只有这个贝壳才能告诉他在什么地方。这是一个荒诞的幻想，有的评论家认为诗人力图以它摆脱当时笼罩诗坛的悲观主义气氛，有的说作者创造了一个诗的梦境、一个童话世界，受了波兰古代童话的影响，至今没有普遍认同的解释。

波列斯瓦夫·列希米扬（1877—1937）是波兰象征派后期的代表诗人。他出身于一个波兰化的犹太知识分子家庭，早年学过法律，后在舅舅、著名诗人安东尼·朗格的影响下，对文学产生兴趣，开始写诗，并曾参加普热斯梅茨基的《希梅拉》月刊的编辑工作，1911年以后，又从事过波兰戏剧改革的工作，后一直创作诗歌，到逝世前未曾辍笔。正是由于他的努力和成就，不仅丰富了波兰象征主义诗歌的宝库，且使这一流派发展的时期延长了许多。列希米扬的诗歌想象奇谲，风格独特，在他生前和死后一个时期，曾不为人理解，遭到冷遇，直到1965年以后，波兰开始大量翻译、介绍和研究西方现代派文学，这位"怪才"才被"发现"而受到文坛的重视。人们发现在他的诗集《牧场》（1920）、《影子饮料》（1936）和《林中杰伊巴》（1938）等中，展现了波兰前期象征主义诗歌中未曾有过的奇特景象。这里充满了悲观主义的情调，在作者看来，人和自然有着不可克服的矛盾，人世的一切都是虚幻的，它在走向没落。如收集在这些集子中的《杜休维克》一首中，诗人写一个年轻人巴伊达拉带着一匹瘦马和一头牛周游世界，有一天他累了，在一片森林旁睡下，他梦见近旁的土坑里跳出一只叫杜休维克的怪兽，向他扑了过来。这只怪兽嘴像青蛙，屁股像母鸡，还有一条尾巴，它的吼声终于把他惊醒，于是他问身旁的瘦马："杜休维克惊我的梦，你为什么不用蹄子踢它？"瘦马没有回答。他又问牛："杜休维克要以它的丑恶毒化我的心灵，你为什么不用角把它赶走？"牛也没有回答。最后他质问上帝："你既然创造了我，创造了瘦马和牛，为什么还要创造一个杜休维克？"这个故事也像从童话中来的，诗人把大自然看得十分险恶，而人对它却没有抵抗的能力。《士兵》写一个在战争中受伤致残的士兵，回到家乡后，亲友都看不起他，嘲笑他。他过去的情人见他跛脚，行走艰难，表示和他同甘苦共命运："你可笑，我也可笑，/我这个可笑，爱你的可笑。/上帝跛脚，人也跛脚，谁都不知道他们为什么跛脚。/跳吧！跳吧！跳到天国里去。"《两个人》写一对相爱的情侣最后双双病死的悲剧："他们想在坟墓里相爱，但爱情已死灭。"等他们再回到这个世界上，这个世界也不存在了。在《布维什钦斯基先生》中，布维什钦斯基爱一个存在又不存在的姑娘："是谁创造了她？谁都没有创造她，因为她来到这个世界上，本来就没有生命，也不会死去。"他和她一起来到一个果园，看见她那金色的睫毛映照着园里的水池，但他却摸不着她的发辫。后来她又消失不见，在她消失不见后，他却爱上了她，永远！永远！《姑娘》中的十二个兄弟听到一堵墙那边有女人的声音，于是想用锤子把墙敲倒，后来他们劳累过度，全都死了，他们的影子便继续敲，"影子乏力"之后，锤子又自动地敲。墙被敲倒后，那边却什么也没有。这些作品的创作构思和西方象征派诗歌有明显的不同，诗人着眼于人生和人所生存的这个世界，这个世界充满矛盾，它所存在的一切比如本来十分珍贵的爱情却是那样辛酸、那样虚幻，人的追求永远也达不到目的，但是这个世界是存在的，它在走向没落，死亡。诗人除了写现实外，没有别的暗示，他的意境和形象既朦胧又明白，既飘忽又确定；这里虽无突发式的感情冲动或者细节真实的描写，但他通过奇特构思所展示的富于浓重象征意味的场景具有震撼人心的魅力。列希米扬也很重视诗歌语言的运用，为了真实地刻画形象，他常采用一些古语或者生僻的字，甚至创造新字，其中一部分能够达到预期的效果，但有的就难以卒读了。

莱奥波尔德·斯塔夫（1878—1957）在波兰现代文学史上，是一个经历和创作了好几个时期的诗人。他年轻时学过法律，1898年开始发表诗作，后经青年波兰时间，两次大战之间，到战后波兰一直保持着旺盛的创作精力。他的最后一部诗集发表于1958年，即他逝世后一年。斯塔夫早年发表的诗集如《威力梦》（1901）、《灵魂的一天》（1903）和《献给天堂的鸟》（1905）等是在波兰象征主义思潮影响下写成的。其中具有代表性的作品如《秋雨》主要以景物烘托诗人的感情，这是象征派诗歌常见的手法，深秋下着小雨，使人感到郁闷，诗中出现的"坟墓""送葬""死""灰白色的房子""空寂无人的果园""花朵化成的灰烬""魔鬼到了花园里"，以及多次重复的"秋雨敲打着窗子"的叠句更是增加了凄凉愁惨的氛围，十分形象地表现了诗人处在孤独、茫然和感伤的心绪之中："我不知道是谁抛下了我，抛下我孤独一人?"但斯塔夫和别的象征派诗人不同，他没有把自己永远置于感伤绝望的狭小天地里，他在他的另一些诗中，热情歌颂了劳动的伟大创造力，他认为尼采的"超人"并不是什么超乎凡人的天才，而是在艰苦的劳动和物质财富的创造中锻炼出来的意志坚强的人。《铁匠》中的铁匠把粗糙的矿石炼成了钢，他在这种劳动中，也炼就了"一颗坚强有力、引以自豪的心",因此劳动不仅创造物质财富,也炼就了人。斯塔夫后来从象征主义走向现实主义创作道路,正是因为他对世界和人的观点有了改变。

三

波兰这一时期的小说创作以现实主义流派为主,但是它和19世纪现实主义小说的艺术风格也有不同,其中主要的就是采用了过去未曾有过的象征主义描写,如著名作家斯泰凡·热罗姆斯基(1864—1925),他一生曾多次参加波兰民族解放运动,他的小说也主要以波兰民族遭受沙俄占领者压迫和他们的反抗斗争为题材,遵循现实主义创作原则,成功地塑造过一系列的典型形象,但是他也经常运用象征主义手法。他的象征主义描写不仅未见于波兰19世纪现实主义大师们的作品,而且和西方象征派作品的描写也有不同,例如他的小说在处理人物和景物的关系上,较之一般地运用暗示、烘托和通感,就有了进一步的发展。短篇小说《乌鸦和麻雀要啄碎我们》以1863年一月起义失败为背景,通过一个起义的参加者在战斗失败后的逃亡中被沙俄士兵杀害,尸体又被一群乌鸦麻雀啄食,最后他的马匹和衣帽也被一个农民盗走的惨痛的历史,控诉了占领者的血腥罪行,揭露了波兰卖国贼和刽子手的狰狞面貌,也反映了这次起义的失败,除了反动势力的强大外,还有起义的领导者脱离农民,使农民对他们产生了敌对的情绪。作者在这里既写实,又以乌鸦和麻雀这些象征不祥和人们所厌恶的禽鸟来象征波兰统治阶级中的卖国贼和刽子手,因此他的象征具有很强的政治喻义。热罗姆斯基在写这篇小说时,对当时奥地利占领区波兰统治阶级中投降派的代表人物斯坦尼斯瓦夫·塔尔诺夫斯基伯爵深恶痛绝,他当时在给妻子的一封信中说:"在一切坏蛋面前,已经铺开了一条通往爵位的道路，只要他们趴在地上，舔一舔皮鞋，他们就会成为大官。"他在小说中，直接沿用投降派当时咒骂起义者的称呼"捣乱鬼"，说乌鸦和麻雀由于啄食了"捣乱鬼"的脑髓，获得了所谓"光荣的称号"，他的用意，不仅旨在抨击奥占领区的波兰贵族，小说既以一月起义为背景，说明他在暗示沙俄占领区波兰王国的贵族资产阶级对沙皇也采取同样奴颜婢膝的态度，并和他们一起镇压起义。

热罗姆斯基描写景物的另一个特点就是它们的可感性很强。爱尔兰著名象征派诗人叶芝说过："一种感情在找到它的表现形式——颜色、声音、形状或者某种兼而有之之物之前，是并不存在的，或者说，它是不可感知的，也是没有生气。"[①] 热罗姆斯基比这更进了一步，他所描写的景物不仅具有鲜明的色调，而且能够散发着浓重的气味，有的就像实物或实景一样，使读者感到身临其境。这种"综合"和泰特马耶尔的"综合"不同的是，它不是幻想，而是最最真实的现实，但它因为倾注了作者的全部爱憎，具有很大的感染力。如他的长篇小说《忠实的河流》（1912），说的是一个地主庄园管家的女儿莎洛美雅救护一个在一月起义战争中负伤的起义战士奥德罗冯施，使其免遭沙俄士兵的杀害的故事，作者描写战争过后伤者在死尸堆中挣扎的情景就很生动：

> 这两人的伤口正在流血，身上的热气整夜都在温暖着他，他们的哀号和呻吟不时地将他从垂死的昏迷中唤醒，使他恢复生命的呼吸。但是，连这两个人也已经安静下来，身子发凉，模样变得十分难看，就像四周浸透鲜血的麦茬地一样怕人。……这些本来都是伤员，但是被他们的同胞，不久前的阴谋家，而现在是敌人的一名指挥官下令杀死了。他们的尸

[①] 见龚翰熊《现代西方文学思潮》，四川大学出版社1987年版，第76页。

体被敌人的士兵剥得一丝不挂，浑身被刺刀扎烂，一次又一次地被军官的指挥刀捅得几乎钉在地上，他们的头颅被用手枪顶住打得粉碎，被钦格里部队的炮车碾得稀烂。

周围一大片沙土渗进了尸体的全部鲜血，泥土被染红，耕地的硬土块泡软，积雪融化。一具具尸体被抓住双脚从四面八方拖来，尸体上的头发把广阔的田野扫得干干净净，僵直的手指把土地耙松，垂死的人们把临终的遗言留在垄沟里，他们的最后一声叹息扰乱了垄沟的宁静。

西方象征派诗人常常采用景物拟人化的描写，是因为他们认为，人和事物可以互相感应、互相渗透。这种感应和渗透有时可以达到和谐和统一，有时又产生矛盾，但不管是人的方面，还是景的方面，都处于主动。在热罗姆斯基的小说中，这种景物拟人化的描写是和人物塑造密切相关的，它既表现了作家对人和万物之间的关系的认识，也是他塑造人物的一种手段。在他那里，景物拟人化可以发展到感情拟人化，从而使感情变成可以感触的形象或物体，产生特殊的艺术效果。请看《忠实的河流》中一段表现奥德罗冯施从死尸堆里爬出来的心情的描写：

怪影和噩梦，可怕的幽灵和神秘的声音将他团团围住，吓人的恶魔一会儿化作大树，一会儿化作张牙舞爪的野兽，不断地朝他扑来，从他的头顶上空疯狂地掠过。两条胳膊沉沉的，像灌满了铅一样。一双手一会儿仿佛很大，悬挂在天花板下，一会儿又变得很小，小得他感觉不到它们的存在。两只脚伸向不同的方向，像是架在锯木机上的两根原木。脑袋仿佛一块烧红的铁砧，好几个彪形大汉举起铁锤在拼命地敲打。

作者通过一系列十分可怕的形体和影像的活动，使读者感到奥德罗冯施已经处在被恶魔、猛兽和凶汉包围的极其恐怖的环境中，而实际上，这正是主人公的痛苦心情最形象的表现。

四

波兰象征派在戏剧文学中的代表是斯坦尼斯瓦夫·韦斯皮扬斯基（1869—1907），他既是一位很有成就的剧作家和戏剧改革家，又是著名的诗人和画家。韦斯皮扬斯基年轻时曾就读于克拉科夫美术学院，后来又去意大利、瑞士、法国和德国深造，这期间创作了大量美术作品。他在巴黎习画期间开始对戏剧产生兴趣，回国后创作了历史剧《华沙歌》（1898）和《十一月之夜》（1904）等，并在克拉科夫剧院担任舞台设计和布景的工作，以他在巴黎学到的西方现代戏剧演出的知识，对波兰戏剧在舞台布景、化妆和音响效果等方面进行了富于创新的改革，取得了很大的成功，他是第一个创作并亲自导演波兰古典和现代戏剧的剧作家。维斯皮扬斯基的象征主义戏剧都以波兰民族解放运动为题材，和波兰象征派诗歌的创作思想有很大的不同，在手法上，他受西方象征派戏剧影响，但也有许多创新。

《华沙歌》和《十一月之夜》是他在这方面的代表作，它们都取材1830年十一月起义，《华沙歌》的故事发生在1831年2月25日，起义已经到了最后阶段，前方的仗打得十分激烈。起幕后，出现在观众面前的是华沙城郊一座庄园的客厅，庄园主的女儿玛丽亚因为情人尤泽夫·鲁茨基正在一个受到敌人威胁十分危险的地方站岗放哨，感到心神不安，在焦急地等待有关前方战事的消息，和她在一起的还有起义军总指挥赫沃比茨基将军和他麾下的几个军官。玛丽亚的妹妹安娜在钢琴旁弹唱着一首激动人心的《华沙歌》，以鼓舞人们的情绪，可是赫沃比茨基这个拿破仑的崇拜者向在场的人讲完波兰农民起义在反抗异族侵略的斗争中建立的历史功绩之后，却不顾一切地宣扬死亡，散布悲观情绪。他突然想起是他同意鲁茨基去最危险的地方站岗放哨的，他赞扬鲁茨基的勇敢，但预感到他会牺牲。过了不久，前方有人带来了起义部队打了败仗的消息，在场的人听后，要求赫沃比茨基马上以实际行动担负起领导民族革命的职责，但赫沃比茨基这时感到他已无力挽回起义失败的命运，因而没有接受大家的要求。一个军官最后把鲁茨基的死讯告诉了玛丽亚，玛丽亚悲痛欲绝。

剧中没有安排复杂的情节，而侧重于主要人物心理活动的描写。赫沃比茨基早先就知道鲁茨基已经死去和起义军在前方打了败仗，但他没有把实情告诉玛丽亚，而玛丽亚从赫沃比茨基面部忧伤的表情和他的一些反常的举动，又似乎已经猜出。这对她来说，是难以接受的，因此她一方面责怪赫沃比茨基不该对她隐瞒事实，"你没有直说，他不会回来了"；另一方面又要求他对她发誓，说鲁茨基"会回来的"。她的矛盾心情在她和将军的谈话中得到了充分的反映，由此还造成一种气氛，使在场的人都强烈地感受到他们所遇到和将要遇到的一切都是命中注定，他们中的任何人都摆脱不了这个走向灭亡的命运，只能在这里消极地等待。剧中颂扬了十一月起义参加者为国献身的伟大精神，但也宣扬了宿命论思想，就后者来说，它和比利时象征派剧作家梅特林克的作品有相似之处。不同的是，韦斯皮扬斯基并不是一个悲观颓废的剧作家，他的剧中揭示了起义失败这个历史事实，也正确地指出了失败的原因之一，在于赫沃比茨基这个起义队伍中原属妥协派的代表人物没有履行指挥战斗的职责，因此剧中宣扬的宿命论思想是和它的主题自相矛盾的。

《十一月之夜》写的是1830年11月的一个晚上，以彼得·维索茨基为首的华沙步兵士官学校的学生发动起义，路德维克·纳别拉克和塞维伦·戈什钦斯基等带领学校部分士官生突袭沙俄总督康斯坦丁的官邸——华沙贝尔维德尔宫。他们原定派一部分官兵去捉拿康斯坦丁，另一部分占领沙俄占领军的火药库，可是他们攻克了贝尔维德尔宫后，康土坦丁已经逃跑，原定计划没有实施。韦斯皮扬斯基除了再现这个历史事件外，他在剧中还引进了几个希腊神话中的人物，如战神阿瑞斯，智慧女神帕拉斯，司土地、农业和丰收的女神得墨忒耳和她的女儿科瑞等，使这个剧染上了神话的色彩。阿瑞斯表现得十分狂热，他一味驱使起义官兵不顾一切地去冲锋陷阵，帕拉斯的态度则比较审慎，可是参加起义的大部分官兵和华沙市民都拥护阿瑞斯，愿意跟他去进行流血的战斗。帕拉斯看到这种情况，便使出迷魂法，让阿瑞斯落入沙俄总督的女儿约安娜的情网。阿瑞斯虽然被约安娜迷住，但帕拉斯这时也听到了宙斯的召唤，她不得不马上离开人间，回到奥林匹斯山上去。剧中最后展现科拉和她的母亲德美特拉女神告别进入地狱的场面，象征帕拉斯的努力失败。

作者构建的这些半现实半神话的场面真实反映了起义官兵的爱国热情和英勇战斗的精神，但他把希腊神话中的诸神放在凌驾一切的地位上，赋予他们操纵起义斗争的神权，认为超人即神可以决定人间的事物。剧作者以独特的构思让神人同台，既表现人的个性，又突出了神的特点，神与凡人交往，又以威力统治人间，在他的现实中包含着神秘，神秘中又反映现实，这就是波兰象征主义戏剧的特色。

总的来说，波兰象征派文学反映了作家在新的历史条件下对波兰国家和民族、对社会、对人和世界存在的看法，反映了他们不同的世界观，也反映了他们进行艺术革新、丰富文艺表现手段的强烈要求。它是波兰文学进入新时代后出现的一个十分复杂的现象，它所取得的成功经验使波兰文学的发展向前迈进了一大步。

（原载《外国文学研究集刊》第十六辑）

波兰 20 世纪荒诞派戏剧

波兰荒诞派戏剧产生于 20 世纪 20 年代初，它的主要代表斯坦尼斯瓦夫·伊格纳齐·韦特凯维奇（1885—1939）是一位享有世界声誉的剧作家和戏剧理论家。他的创作和理论曾对波兰 20 世纪戏剧文学的发展产生过重大的影响。在曾受到他的影响的剧作家中，就有 30 年代末的荒诞派剧作家维托尔德·贡布罗维奇（1904—1969）和战后荒诞派剧作家塔杜施·鲁热维奇（1921—2014）、斯瓦沃米尔·姆罗热克（1930—2013）等。通过他们创作的纵向发展，便形成了一条清晰可见的源流，说明波兰荒诞派戏剧的发展几乎延续了半个世纪，它无论是在波兰 20 世纪现代派文学中，还是在波兰 20 世纪戏剧文学中，都是主要流派之一。

一　波兰荒诞派戏剧的创作思想

波兰荒诞派戏剧的理论最早是由斯坦尼斯瓦夫·伊格纳齐·韦特凯维奇提出来的，他对艺术探讨的对象和戏剧的任务这些重大问题，都有一套完整的理论。他认为艺术要探讨的，是所谓"生存的秘密"，生存的秘密表现在个人存在同众多存在和无限存在的统一之中。每一个个体的存在都会产生感情的活动，但他希望他的感情和认识能够达到和谐统一，能够找到他和众多或者整体存在之间的联系，从而把握自己的命运。可是在他的这个寻求感情和认识和谐统一的过程中，会产生所谓"形而上的烦恼"，艺术作品的目的，就是为个人，即艺术的鉴赏者消除这种"形而上的烦恼"，给予他"形而上的满足"。艺术的美则寓于形式，只有完美的形式，即所谓"纯形式"，才使艺术的鉴赏者能够获得形而上的满足，懂得生存的秘密。

20世纪社会物质条件的改善和矛盾的激化，会导致人类精神生活的空虚，导致社会混乱以及罪恶和灾变的产生。人在寻求个人存在和众多无限存在的统一时，必将遇到这种混乱和灾变，从而体验到所谓"异常的超感觉"。因此，"戏剧的任务在于使观众进入一种特殊状态，……它表现在情感上对于生存秘密的认识"[1]。既然世界充满了罪恶和灾变，剧作家为使观众获得形而上的满足，便可通过各种艺术手段，自由地创造一个荒诞世界。在这个世界中，人既改变自己，又改变世界，但他又被别人、被世界改变，这种改变往往是灾难性的。因此，韦特凯维奇的荒诞派戏剧理论就以他的荒变论思想为基础。他一生发表的许多重要剧作如《水鸭》（1922年首演）、《小庄院里》（1923年首演）、《母亲》（1964年首演）、《疯狂的火车头》（1965年首演）和《鞋匠们》（1957年首演）等，都是在这种思想指导下创作的。

三幕悲剧《水鸭》写的是一个乱伦和仇杀的故事。瓦乌波尔因为妻子水鸭和他的朋友内韦尔莫尔私通，将她杀死，但若干年后，水鸭重又出现，原来她没有死，瓦乌波尔也不承认他杀了她。此时水鸭过去和内韦尔莫尔私通生下的儿子塔杜施已经长大，他因不明真相，竟爱上了水鸭，要和她结婚，水鸭也表示愿接受她的这个私生子的爱，做他的妻子。瓦乌波尔知道后，鉴于

---

[1] 见斯坦尼斯瓦夫·伊格纳齐·韦特凯维奇《剧作选》，弗罗茨瓦夫1983年版，第43页。

前妻灭绝人伦的罪恶表现，再次将她杀死，后在绝望中自杀。作者通过这种奇特的构思，揭露了社会中的道德败坏，从而导致悲剧的结局。

《小庄院里》写的也是类似以上的题材。租赁地主尼贝克的妻子阿纳斯塔齐亚早先和她的表哥私通，后又爱上了一个机关职员科兹德罗尼亚。尼贝克发现后，将她杀死，但她死后的幽灵却常常来到尼贝克的小庄院里，企图寻找报仇的机会。为使她的丈夫尼贝克不致对她产生怀疑，她对丈夫说她是患肝癌死的，并非被人杀害。后来，她在一次和家人进餐时，认为时机已到，便骗她的两个女儿喝下了她事先准备好的毒酒，将她们毒死，丈夫知道后，也自杀身亡。

除了写乱伦和仇杀这类道德题材外，韦特凯维奇揭露人的罪恶，还涉及其他许多方面。他在两幕话剧《母亲》中，就刻画了一个恶贯满盈的典型。主人公利昂是一个骗子、吸血鬼、外国的间谍，一个刽子手。他把自己装扮成一个哲学家，说什么共产主义不好，可资产阶级的虚无主义比这更坏。他仇恨全人类，狂呼要创造新的人类。他的母亲含辛茹苦，把他抚养成人，可他长大后就吸毒，还让他的母亲和妻子也染上了毒瘾，最后母亲死去。当一个朋友指出他母亲是他害死的时候，他就掏出枪来，把朋友打死，后来他的妻子要和他离婚，他又丧心病狂地杀害了妻子的几个男友。他还骗人钱财，和外敌勾结，干了许多危害祖国人民的勾当。利昂一生犯下的罪孽罄竹难书，因而激起公愤，最后被工人掐死。像利昂这样突出的形象在韦特凯维奇的戏剧中虽不多见，但说明了剧作者认为一个人的堕落不只是他个人的事，他将危害他的周围、危害整个社会、危害他的祖国和全民族，这是非常可怕的。

韦特凯维奇在揭露这些病态社会的丑恶和犯罪现象的同时，常把它们和整个社会的文明走向没落和灭亡的趋势联系在一起，如果社会文明走向灭亡，整个社会也会走向灭亡。他的灾变论思想在《疯狂的火车头》这出两幕剧中表现得最为突出。剧本写的是两个罪犯滕盖尔和特拉瓦拉茨，他们为了争夺一个女人，原打算决斗，后来他们潜入了一辆火车，滕盖尔当司机，特拉瓦拉茨当司炉，决定不顾一切地将火车开得飞快，直到把车头碰坏，谁没有死，就可得到这个女人。车祸发生后，死了许多人，但司机、司炉和他们争夺的这个女人没有死，她这时对他们说，既然一切都是那么卑鄙无耻，你们杀了我吧！结果司炉被送进了疯人院，司机因感到自己罪孽深重而自杀。全剧有强烈的讽刺意味，作者把文明世界比作这列火车，正是由于人们犯下的罪孽，才使这个世界遭到了毁灭。

三幕剧《鞋匠们》是韦特凯维奇的代表作，也是波兰战前荒诞派戏剧中影响最大的一部作品。剧作者因在这里直接提到了政权和革命的问题，所以这是一出政治剧。它描写一群鞋匠在他们的工头萨耶坦的带领下，在作坊里从事简单劳动，可是他们受到一个检查官罗伯特·斯库尔韦的残酷压迫，常为自己无法摆脱的厄运感到绝望。斯库尔韦害怕鞋匠起来造反，便和格嫩博·帕奇莫尔达领导的一个法西斯组织"勇敢的农民"联合起来，发动了一场政变。斯库尔韦掌握国家政权后，把鞋匠们全都关进了监狱，鞋匠们终于起来造反了，他们得到了监狱看守们的支持，推翻了斯库尔韦的统治。斯库尔韦于是成了阶下囚，可是帕奇莫尔达却混进了他们的队伍，甚至负责监督宣传的工作。在鞋匠队伍的内部，这时也产生了矛盾，他们因对过去的工头萨耶坦不满，把他杀了。后来，他们的政权又被一个超级机器人护卫下的真正政权的代表所推翻。这个真正政权的代表并不懂得文明，重又实行独裁统治。剧中的检查官是一个贵族资产阶级的统治者，鞋匠代表革命人民，可是他们并不懂得什么叫革命，他们在取得革命胜利果实后，就你争我夺，享乐腐化，在他们的队伍中，还混进了异己分子，这就必然导致他们的失败。照韦特凯维奇的看法，在这个世界上，除了统治者的腐朽没落之外，革命也只是一个改朝换代的把戏，它已无法拯救了。

维托尔德·贡布罗维奇的荒诞派戏剧从思想到艺术都受韦特凯维奇的影响，他的代表剧作《轻歌剧》是在国外写的，也反映了人的生存和文明世界的主题。在这出三幕话剧中，他把20世纪人类的历史比作时装模特的展览。各种稀奇古怪的时装和模特们疯狂的舞姿表现了这个世界处在极大的混乱之中。故事发生在1910年，游手好闲的沙尔姆伯爵打算勾引漂亮的阿尔贝尔丁卡小姐，便叫一个小偷用烟雾将睡在板凳上的阿尔贝尔丁卡熏得昏迷不醒。可是阿尔贝尔丁卡在梦中却感到有一只爱情的手在接触她那裸着的身子，因此十分激动。身着礼服的伯爵羞于目睹裸体女人，他要以他高雅的仪表和华贵的衣着去吸引她，带她去豪华的商店里定购最新最美的时装。这时，巴黎著名的时装设计师菲奥尔来到了沙尔姆的城堡，要在这里为他设计制作的时装举行时装表演。但菲奥尔却不知道哪种时装最合时宜。城堡里一个叫胡弗纳盖尔的伯爵便叫他先组织一场假面舞会，请那些来参加舞会的客人穿上自己设计的未来时装，在舞会进行中给他们评奖。舞会开始后，沙尔姆把阿尔贝尔丁卡带来了，他和他的情敌菲鲁列特还用绳子各自拴来了一个小偷，可是阿尔贝尔丁卡因被小偷接触而着了魔，依然昏睡不醒，在梦中呼唤着裸身。沙尔姆和菲鲁列特听到后，气急败坏地要进行决斗。正当这些头戴面具身着奇装的人们沉醉于欢乐中时，沙尔姆和菲鲁列特突然给小偷解开了绳索，小偷肆无忌惮地进行盗窃，大耍流氓，造成会场一片混乱，所有的人都发了疯似地脱下自己的衣服，大喊大叫起来。原来这个胡弗纳盖尔伯爵是一个革命家，他给舞会带来了血色的时装，他要借此鼓动人们造反。

时隔多年，已经是第二次世界大战后，胡弗纳盖尔要在这座城堡里审讯他抓到的法西斯分子，菲奥尔也在准备新的时装展览；可这时有两个殡葬工人抬着一副棺材进来，睡在里面的就是裸身的阿尔贝尔丁卡，她的起身使人们大为惊奇。原来这两个工人就是那次出现在假面舞会上的两个小偷，他们把当时着魔的阿尔贝尔丁卡偷偷地藏在这副棺材里，几十年过去了，裸身的阿尔贝尔丁卡不仅没有死，而且保持了青春年少。全剧突出了穿衣和裸身的矛盾，这个世界已被套上奇装异服的枷锁，因此阿尔贝尔丁卡只有在梦中才看得见自己的裸身，她感到只有裸身才脱离了尘世的污染，保持了她的纯洁，使她永葆青春年少。

以上看到，不管是韦特凯维奇，还是贡布罗维奇，他们在自己的作品中，都力图宏观地把握世界，通过对政治、思想道德和文化生活的透视，展示这个世界的面貌。但因为他们对社会和历史的看法是悲观主义的，在他们的作品中，也就不可避免地充满了阴森可怕的图像，虽然有的作品也曾透出一线光明，可是这种光明是微弱的，它所展现的远景也是十分虚幻的。

战后开始创作的两个荒诞派剧作家塔杜施·鲁热维奇和斯瓦沃米尔·姆罗热克虽也受到韦特凯维奇的影响，但他们的作品具有不同于前者的特点，这是因为他们处在20世纪下半叶一个新的社会环境中，能够目睹许多新的现象，发现许多新的问题，从而产生许多新的感受。这一切，都将以不同的形式反映在他们的作品中。

如鲁热维奇1969年发表的两幕讽刺话剧《老妇人孵子》。它重复了韦特凯维奇和贡布罗维奇作品中世界面临危机的主题，但它揭示了战后环境污染给人类造成的危害。这在波兰20世纪的剧作中，还是第一次。剧情在一家咖啡店里展开，一个老妇人在这里"孵"出了一男二女，但她发现这里的玻璃器皿很脏，这里的窗子也没有开，便要问个究竟。堂倌说，器皿没有洗，是因为附近的江、河、湖、海都被污染，城里不供水了；窗子不能开，是怕小偷进来。可是天气太热，怎么办？打开室内的电扇，电扇又把店里的尘土刮起，使顾客感到窒息。店主没有别的办法，不得不下决心打开窗子，结果看到大批垃圾从天而降，都从窗口撒进店里来了。堂倌们顿时乱成一团，但不管他们怎么卖力，也阻挡不住这股猛然袭来的垃圾洪流，因此不到片刻，咖啡店里就堆满了垃圾，臭不可闻，顾客们只好全都坐在垃圾堆上。过了一会儿，咖啡店外突然出现了海滩和射击场。一个小小的乐队一边奏乐一边走进了咖啡店，告诉店主说，国王王后将大驾光临，要他们在这里准备接驾。这时咖啡店外的海滩和射击场也变成了垃圾堆，最后所有的人都不见了，只剩下老妇人一个，仍在清扫垃圾。

这个剧本情节荒诞，且在荒诞之中又包含着某种令人望而生畏的东西，使观众毛骨悚然。正因为如此，我们对它的寓意，也是可以作各种理解的。例如：第一，老妇人象征繁殖人类的母亲，但生态环境的污染不仅可以消灭人类，也会消灭大自然本身；第二，垃圾的泛滥不仅污染了环境，它在这里也象征着人类历史和文化垃圾的积淀，这种积淀已经造成了可怕的后果，如此等等。

两幕话剧《卡片集》（1959年发表，1960年首演）是鲁热维奇影响最大的代表作。它和《老妇人孵子》相比，也许能够引起读者更多的思考。全剧在演出的过程中，只有一个简单的布景，即一间摆设着旧家具的房间，里面不断出入着不同身份的人。他们进来后，就和房间的主人谈论他们和他有过的往事，作者没有交代房主的姓名，他在和他谈话的这些人的眼中，也不断地变换着年龄、身份和职业。幕始终不降，因此这实际上是一出独幕剧。开演后，首先进来的是房主的父母。父亲责备他以前曾偷吃家里的糖果和香肠，他说他不仅偷吃了家里的东西，还企图谋杀他的祖母,到现在他才知道这是他的罪过。父亲说他撒谎,因为他才7岁。接着他的情人奥尔加进来,也责怪他说:"你说我们将有一栋带果园的漂亮房子,我们将生儿育女,可是你背叛了我。"不一会儿,他的舅舅也进来了,问他离家已经25年,怎么不回去?可是他对这一切都没有反应。一个女秘书叫他经理先生,因为他是一家歌剧院的经理。当她和他谈到我们的时代是信息时代的时候,他却转移话题,说他儿时曾有志当一名消防队员,他可以冒着生命危险,冲入大火,救出一个他认识的姑娘,大家都会为此感谢他,称颂他勇敢。一个女记者来采访他时问道:"你的政治观点是什么?""你知不知道如果爆发战争,世界会不会毁灭?""为了保卫和平你将采取什么行动?"他对这些问题只有一个回答:"我不知道。"剧作者在这里摘取了主人公生活中的一些片段,通过他和他所接触的人的平常的对话,企图表现他和他这一代人的思想、个性和经历。可是这些片段是不连贯的,也是杂乱无章的,它们要求读者和观众给予补充和整理,使之成为一个整体。在这种情况下,每个读者或观众都可根据自己的经历做出不同的补充,这就大大地扩展了作品的容量,使它在任何时候都能充实新的内容。波兰著名现象学派美学家罗曼·英加登(1893—1970)在谈到文学作品的结构时说:"它本身也有许多空白点的存在,像我所说的那样,有许多未确定的位置,其次,它的组成部分或者属性并不是所有的都会充分地显示出来,其中有些是潜在的,至于哪些是潜在的,就看是哪种类型的作品,一个艺术作品也总是需要有一个它身外的活动,这就是它的认知者或者观赏者,我把他叫作对它进行'具体化'的人。这就是说,这个认知者在接受作品的过程中,会参与它的共同的创造,这一过程一般来说先是阅读,说得更精确一点,是对作品的一些能起作用的属性进行改造,并且根据作品的示意,对它的图式结构进行补充,还至少要部分地填补它的空白,使它的一些潜在因素能够显现出来，发挥作用，这就是对艺术作品的具体化。"[①]《卡片集》中显然存在这样的"空白点"，它们有待于观赏者的填充或"改造"，也就是"参与它的共同的创造"。这部作品为说明英加登的文艺理论提供了生动的一例，那么，是剧作家受了英加登的影响，还是英加登的理论在论述文艺作品时，确实具有普遍的涵盖呢？读者可以做出不同的回答，但有一点是肯定的，那就是鲁热维奇的剧作，不管是《老妇人孵子》，还是《卡片集》，都和战后的现实密切相关。

姆罗热克的戏剧具有鲁热维奇以上同样的特点，但他的主要剧作如《警察》（1958年发表、首演）、《彼得·奥海伊的烦恼》（1959年发表、首演）和《在公海上》（1961年发表）等，反映的现实面更广。通过许多新奇的构思，他不仅揭露了战后波兰现实的弊端，而且接触到了战后人们所普遍关心的人生、道德以及由于科学、技术的发展引起的人们的困惑等问题。他的戏剧在挖掘人生的意蕴和对历史的思考上，有了纵深的发展。

如三幕话剧《警察》，它以某警察局为背景，写狱中最后一个囚犯由于忏悔了自己反对国王、阴谋炸死一位将军的罪过而获释。在获释前，他将他曾企图用来炸死将军的那枚炸弹留在警察局，以示他和自己过去的罪过决裂。此后，国内秩序恢复正常，警察局没事干了。可是警察局长认为，警察局的存在，就是要抓罪犯。于是他叫一个警察在外面喊了两句反对国王的口号，然后把他当作罪犯逮捕起来。这时将军在他的副官陪同下来到了警察局，警察局长发现这个副官就是刚才获释的囚犯，副官也承认了他过去的身份，他还建议被捕的警察将他留在警察局的那枚炸弹向将军扔去，以证明他犯了罪，警察当真照办，但将军早已逃走。警察局长便要逮捕副

---

① 见罗曼·英加登《美学研究》第三卷，（华沙）国家科学出版社1970年版，第267页。

官,副官对他说,你为何当初放了我?你没有尽职,我要抓你。这时将军进来,警察局长又责备将军不该在敌人面前暴露自己的身份,要逮捕他,于是大家互相逮捕,警察局有事干了。

作者叙述这个荒诞故事的意图,在于影射波兰社会在斯大林控制下所形成的政治局面,正如一位评论家分析这个作品时说:一方面"用臆造的事件和问题、虚构的'阶级敌人',以及杜撰的证据来代替实际的反对者";另一方面,"打着'无冲突'的幌子,掩饰现实中存在的官僚主义和个人迷信,以维护官僚主义"。

《彼得·奥海伊的烦恼》写的也是一个荒诞的故事,主人公彼得·奥海伊家的浴室里有一只老虎,一位科学家来到他家,要对这只老虎进行考察,说它是进化来的。外交部又派来一个二等秘书,他对奥海伊说:"一位远方异国的国王会来访问我们的国家,他已表示要来你家捕捉老虎,你要做好接待的准备。"奥海伊问:"我病了怎么办?"二秘说:"我会和健康部联系,如果你是个艺术家,我就报告文化部。"这时奥海伊家里又出现了一个教师,说要带学生来这里实习,二秘要求学生给国王献花。国王来了,还带来了一个杂技团,在奥海伊家浴室里挂的高秋千上表演杂技。可是国王很不高兴,说他没有抓到老虎。二秘认为现在得让奥海伊一人去浴室里抓老虎了,指出这个行动可以考验奥海伊的爱国立场,科学家也说一人进入浴室,便于观察老虎坐在澡盆里的反映,杂技团长还认为这个行动很艺术。奥海伊听后说,今天,政治、艺术、教育和科学都到我的家里来了,成了我家的主人。作者以一系列富于象征的描写,揭露了僵化和荒诞如何强加于人,而科学、教育和艺术又往往被胡乱地搅在一起,造成畸形发展,使人们感到困惑。

《在公海上》是一出道德剧,写三个架着木排在海上遭难的人,他们在生死关头的表现。作者没有交代他们的姓名和身份,只说他们的个子大小不同。可是他们带来的食物都吃光了,大家商定，与其都饿肚子，不如吃掉他们中的一个。那么吃谁？三人各持己见，争吵不休。这时其中一个个子大的便向大家讲述人人都要发扬自我牺牲的精神，小个子突然有所领悟，表示愿作自我牺牲，让人吃掉，连他的精神也让人吃掉。剧本讽刺的矛头，主要针对社会上那些表面上说得好听，但灵魂丑恶的人，以及那种虚伪的自我牺牲的宣传，这在我们的生活中是常见的。

综观以上，可以看到波兰战后荒诞派戏剧在思想上已逐渐脱离了战前荒诞派戏剧中的灾变论，而表现了更大的实用性。这些作品揭露的现象不仅在战后的波兰具有很大的普遍性，而且也存在于其他一些国家的社会中，这些国家的政治局面、人们的思想意识和文化心态有过某些相同之处，剧作家是洞察深微的。

二 波兰荒诞派戏剧的艺术特点

波兰荒诞派戏剧具有鲜明的艺术特点，它在创作构思、情节铺展和舞台设计等方面，对于传统的浪漫主义和现实主义戏剧来说，都有重大的突破，因此它在艺术上的一个主要表现，就是反传统。韦特凯维奇提出的戏剧中的"纯形式"理论当然不是指单纯的形式，但他和在他影响下的其他荒诞派剧作家也确实在追求形式上的革新。由于这种刻意求新的努力，他们笔下的创作就不断地显示出不同于众的艺术魅力，在这方面，我认为主要表现为以下两点。

第一，上面提到，韦特凯维奇提出"纯形式"的目的，在于发现"生存的秘密"和"形而上怪诞"，以求得"异常的超感觉"，使读者或观众获得形而上的满足。照英加登的说法，形而上实质是"崇高（某种牺牲的）或者卑鄙（某种背叛的），悲剧性（某种失败的）或者可怕（某种命运的），震撼人心、不可理解或者神秘的东西，恶魔般（某种行动或者某个人的）、神圣（某种生活的）或者和它相反的东西：罪恶或凶恶（例如某种复仇的），神魂颠倒（最高级的喜悦）或安静（最后的平静）等等"[1]。这些性质"得以实现的情景相对地说很少见的"[2]。"但我们心中有一种期待它们的实现，并且通过'体验'来察觉它们秘密的渴望。"[3] 这些性质在韦特凯维奇等的剧作中的"形而上怪诞"岂止"相对地说是很少见的"，它们所表现的超常、反常、荒诞和怪异的特点，说明它们许多在生活中都不可能存在，可是它们在这些剧作家的作品中却经常出现。如《水鸭》中已经死去的水鸭重又出现，最后又被丈夫杀死；《小庄院里》的阿纳斯塔齐亚被丈夫杀死后，她的幽灵却常常来到丈夫的家里，和丈夫、女儿以及她的情夫谈话，一起吃烤面包，喝咖啡和烧酒，并且毒死了她的女儿；《疯狂的火车头》中两个罪犯驾驶着火车不顾旅客死活疯狂地向前冲去，竟没有人能够阻拦；《鞋匠们》中出现的一个超级机器人护卫下的真正政权的代表；《轻歌剧》中阿尔贝尔丁卡被小偷藏在棺材里，过了许多年都没有死；《老妇人孵子》中垃圾从天而降，咖啡店、海滩和射击场都变成了垃圾堆；《彼得·奥海伊的烦恼》中的国王去奥海伊家的浴室里捕捉老虎和《在公海上》中的剧中人关于人吃人的吵闹等。既然"我们心中有一种期待它们的实现，并且通过'体验'来察觉它们的秘密的渴望"，那么以上剧中这类"可怕、震撼人心、不可理解或者神秘的东西、恶魔般"的怪诞就必然赋予观众以强烈的感受，即所谓"超感觉"。就种强烈感受可使他们得到满足或者产生厌恶，可使他们兴高采烈或者感到悲伤，或者陷入沉思，总之他们看了之后，是不会平静的，这就

---

[1] 见罗曼·英加登《论文学作品》，张振辉译，河南大学出版社2008年版，第283页。

[2] 同上书，第285页。

[3] 同上。

是这些作品的魅力所在。

第二，波兰荒诞派戏剧不同于传统现实主义戏剧的另一个特点就是它们在多数情况下，不交待故事发生的时间和地点，在出场的人物中，有的不说明身份，有的不报姓名，有的两者都不交待。作者们的意图，在于说明他们所揭露的某种类型的个人或者某种现象的存在，不是孤立或者暂时的，他们或它们至少在一个时代会永远存在于人类社会之中，如《水鸭》中因女主人公水鸭的道德败坏而造成的悲剧；《母亲》中的利昂一生犯下的罪孽；《警察》中警察局长和囚犯的故事；《彼得·奥海伊的烦恼》中的奥海伊家发生的怪事；《在公海上》中三个不同个子的人在生死关头的丑恶表现等。这一切，在剧作者看来，在社会上都有一定的普遍性，因为他们或它们在我们的生活中是常见的，也就不必那么具体地交待他们的姓名和身份以及它们发生的时间和地点了。

有的荒诞派戏剧情节的推动富有象征意义，如《轻歌剧》中的时装表演和裸体女人、《疯狂的火车头》中的车祸、《老妇人孵子》中的老妇人等，对于这些象征，不论在什么时代，读者和观众都可以有不同的理解，因而它们也就具有了某种普遍的意义。

荒诞派戏剧的布景一般都很简陋，就像日常生活中所见的那样。如《卡片集》中，剧作者一开头就把他对这出戏的布景和人物的要求说得很清楚："我不提供人物表。剧中主人公的年龄、职业和相貌都没有确定。……地点只有一处，布景只有一套。……所有的物品和家具都是真的，……人们穿的是家常便服，……不同身份的人或疾或慢地在门里走来走去。有时可以听到说话的声音，他们停住脚步，阅报，看起来，好像有条街从主人公的房里通过。"

我认为，剧作者们以上种种别出心裁的构思、设计和安排都是为了一个目的，即使观众能够更多地参与。有的剧本在演出的过程中或演出后，能够引起观众更多的思考，并对它做出不同的评价，有的戏剧在演出时，使观众感到他们此时此刻可以和演员直接对话，走上舞台和演员共同完成戏剧的演出。这和传统现实主义戏剧要求观众被动地接受，在演员和观众之间形成一道不可逾越的鸿沟，就有了很大的不同。像《卡片集》这样的剧本，剧作者的以上说明实际上已经指出了各种身份的观众都是可以参与这个剧的演出的。既然舞台上是大白天的一条街，演员们可以自由地漫步和谈话，那么谁又不能来到这里和他们一起生活和亲切交谈呢？这就是剧作者要表现我们这一代人的经历的目的所在。波兰著名戏剧改革家耶日·格罗托夫斯基（1933— ）[1]说过，新戏剧"将是一种演员和观众直接对话，直接交流思想感情的戏剧"[2]。他领导的"实验剧院"沿着这个方向，在一些波兰古典戏剧和外国戏剧的演出中，进行了大胆的改革，获得了很大的成功。波兰荒诞派戏剧的演出，也是朝着这个方向努力的。

三　波兰荒诞派戏剧在世界荒诞派戏剧中的地位

波兰荒诞派戏剧在世界荒诞派戏剧中占有重要地位。像斯坦尼斯瓦夫·伊格纳齐·韦特凯维奇这样的剧作家不仅是波兰荒诞派戏剧的开创者，而且也是西方荒诞派戏剧的先驱。如果说西方荒诞戏剧产生于20世纪40年代末和50年代的话，那么波兰荒诞派戏剧早在20世纪20年代初就已诞生，比前者早了20多年。韦特凯维奇的戏剧理论和作品在他生前和死后，曾很长一个时期遭到冷遇。直到50年代西方荒诞派戏剧兴起之后，他的遗产才逐渐

---

[1] 已于1999年逝世。
[2] 转引自林洪亮《波兰戏剧革新家格罗托夫斯基和他的实验剧院》，见《外国戏剧》1980年第4期，第31页。

地为波兰和世界各国的戏剧界所注目。人们称这位博学多才、性情怪僻的剧作家为"天才"和"怪才",波兰于1964年出版了他的第一部戏剧集,并且大量上演他的戏剧。世界各国也连续翻译出版他的戏剧理论和作品、上演他的剧作。"1966—1983年,世界上有20多个国家上演他的剧本共144场。演出最多的是美国、法国、意大利、联邦德国、比利时和南斯拉夫。"1985年,为了庆祝他诞辰110周年,联合国教科文组织把这一年定为韦特凯维奇年,并在波兰召开了国际纪念会,研究他的生平、作品和理论思想。韦特凯维奇的作品已被译成了几十种文字,在几十个国家出版。1976年在瑞士的洛桑创办了专门研究韦特凯维奇的国际刊物,韦特凯维奇对世界荒诞戏剧的贡献和他的先驱地位已经得到公认。①

贡布罗维奇、鲁热维奇和姆罗热克也都是在世界各国享有广泛声誉的作家和剧作家。他们的剧作被译成十几种文字,在许多国家上演,受到观众的欢迎,成为研究家们最感兴趣的论题。

就荒诞派戏剧所表现的主题思想和艺术手法而论,它们和西方荒诞派戏剧存在不同,但也相互影响。如西方荒诞派戏剧中所经常表现的人的异化在波兰荒诞派戏剧中也很常见。《水鸭》中的水鸭死而复活、《小庄院里》的阿纳斯塔齐亚死后成了有理智和生命的幽灵、《轻歌剧》中阿尔贝尔丁卡裸身睡在棺材里等实际上都是人的异化,只是具有不同的含义而已。西方荒诞派戏剧中出现的人物常常是没有个性的木偶似的人物,剧作者将他们象征化或者抽象化,意在表现人类社会中某种普遍和永远存在的东西。这种情况在波兰荒诞派戏剧中也很常见,如上面提到某些剧不交待故事发生的地点和时间,不说明人物的身份和姓名,让他们在言

---

① 以上引自李金涛《波兰文坛怪杰——斯·伊·韦特凯维奇》,见《东欧》1990年第4期,第43页。

行中表现他们的处世态度，道出某种人生哲理，这种处世态度和人生哲理往往具有普遍和永恒的意义；因为，既然剧作者们从宏观和历史的角度把握现实，他们笔下的人物就代表全人类。

波兰荒诞派戏剧和西方荒诞派不同的是，它们大都具有贯穿始末的故事情节。虽然它们的情节往往不合常情，但都表现了比较明确的主题思想，有的戏剧还接触到了现实中的一些具体的问题。在剧作者们看来，世界虽然一片混乱，但还不是没有意义，也非不可认识，只是面临可怕的灾变。人类由于道德败坏而犯下的罪孽，各民族的政治、经济、科学技术和教育事业的畸形发展都将导致它的灭亡，剧作者们之所以极力编织违反常情的故事，就是为了表现他们以上的观点。这一点，说明他们的作品既具反传统的思想和艺术特色，又没有完全脱离传统现实主义戏剧的美学原则。与此同时，由于它们能够给予观众"形而上的满足"，使他们产生"超感觉"，因而它们对于观众来说，也比西方荒诞派戏剧具有更大的可视性、冲击性和感染力。

波兰荒诞派戏剧的产生和发展由于经历了较长的时期，几乎半个世纪，它既是西方荒诞派戏剧的先驱，但也很明显地受到了西方现代派的影响。如韦特凯维奇的发现生存的秘密、他和贡布罗维奇的灾变论以及他们的荒诞派剧作同西方荒诞派戏剧一样，都表现了存在主义思想观点，而韦特凯维奇生活和创作的年代却比西方存在主义哲学的主要代表萨特要早得多。因此，韦特凯维奇既是西方荒诞派戏剧的先驱，也是作为这种戏剧的思想基础——存在主义产生的先驱。在鲁热维奇的戏剧中，我们也可看到他和卡夫卡的密切关系，如他的剧本《饥饿者的离去》（1976年发表，1977年首演）的创作就曾受到卡夫卡的短篇小说《饥饿的艺术家》的启发。卡夫卡写的是社会异化如何使一个艺术家的执着追求变成了怪僻，最后落得悲惨的结局，以此象征在病态社会中，艺术家的追求是达不到目的的。鲁热维奇写的也是一个有成就的艺术家。他的经理要把他关在一个笼子里进行饥饿表演，他虽同意进入铁笼，但他不是为了表演，而是为了自由，他认为，"在这个战争、恐怖和饥饿的时代，在这个到处都是死亡营的年代"，只有关在一个笼子里，才能得到安全的保障和自由，他把这个铁笼子看成是一个艺术家的避难所。作者仿效了卡夫卡的艺术构思，但他写的是一个企图逃避黑暗世界压迫的艺术家，和卡夫卡的异化悲剧、理想破灭的主题是不同的。我们通过波兰20世纪荒诞派戏剧和西方荒诞派戏剧的以上比较，可以看到前者比后者产生的时间早，延续和发展的时间更长，但两者相互影响，各具特色。

（此文原载《西方文艺思潮论丛　二十世纪文学中的荒诞》，收入本书时，文中引用罗曼·英加登关于美学的论述的出处有所改变。个别剧作家在注中加上了其逝世的年代）

波兰现代文学中
存在主题的演变

西方存在主义原是一个哲学概念，它是丹麦神学家和哲学家克尔凯戈尔提出来的。在20世纪20年代的德国，著名哲学家海德格尔创立了"存在本体论"哲学，宣称存在首先是个人的存在，它是一切存在物的根基，可是这种哲学表现了强烈的悲观主义思想情绪：对人生的烦恼和恐惧以及孤独、绝望和死亡构成了这一思想体系的全部因素。继之在30年代中期，法国哲学家、散文家和剧作家卡布里埃·马塞尔开始创立存在主义文学，但这是一种富于宗教性质的存在主义文学，由于它的宗教神秘主义的倾向不易被人接受，所以没有产生很大的影响。直到第二次世界大战后，法国作家和哲学家萨特在继承克尔凯戈尔、海德格尔的存在主义和胡塞尔的现象学以及柏格森的生命哲学的基础上，才创建了一套完整的存在主义哲学和美学体系，使他成为西方存在主义最重要的代表。存在主义不管是有神论还是无神论者，都认为"自由归结为人的存在，是使人的本质成为可能的东西，'人的自由'先于人的本质并使本质成为可能，人的本质是于人的自由。"萨特强调个人选择和行动的"绝对自由"，认为只有这样才能体现人的自我价值，但是他又要求文学介入重大的社会和政治事件。他一方面说，"对于自由来说，成功是不重要的"，① 因此他的"绝对自由"不受外界条件的限制，也不考虑它会造成什么样的后果；另一方面，他又说，"当我们说人对自己负责时，我们并不是指他仅仅对自己的个性负责，而是对所有的人负责"。② 因此他的"绝对自由"和"社会介入"这两个概念显然是矛盾的。他在他的小说和戏剧中除描写了一系列富于典型的存在主义人物之外，也成功地塑造了反法西斯的英雄形象，因此不管是他的哲学和美学思想，还是他的文学创作都曾引起很大的争论。

存在主义者反对对世界的机械模仿，提倡创作中的自由想象，但是他们的自由想象也是不能脱离他们所处的时代和社会环境的。海德格尔说："艺术作品决不是对那些时时近在手边的个别存在者的再现，恰恰相反，它是对物的普遍本质的再现。"③ 萨特通过一些绘画作品的研究指出："画家根本没有把自己头脑中的意象原封不动地搬到油画上，他只是创造出了这一意象的物质摹拟物，就同时了解了这一意象。但是，尽管这一意象有了外在的表现，毕竟仍然是意象。这种意象不可能现实化，也说不上客观化。"④ 反映在萨特作品中的意象固然带有他的"自由选择"的主观性，但也明显地盖上了他所处的时代的烙印。

在波兰现代文学中，没有一个作家或文艺理论家提出过存在主义美学观点，或者公开宣称他们就是存在主义者。但是从20世纪初以来，他们对于"存在"这个问题，却一直在进行着严肃和认真的思考，并以各种艺术形式，充分反映在他们的作品中，因

---

① 见龚翰熊《现代西方文学思潮》，四川大学出版社1987年版，第261、267页。
② 同上。
③ 海德格尔：《艺术作品的本源与物性》，见蒋孔阳主编《二十世纪西方美学名著选》下，第193页。
④ 萨特：《审美对象的非现实性》，见蒋孔阳主编《二十世纪西方美学名著选》下，第225页。

此存在主义在波兰现代文学中并不是一个文学流派，而是一种文学思潮。在作家们对于存在的思考中，既包括个人的存在，也包括世界的存在，他们作品中的个人存在是离不开世界存在的。这些作品的产生不仅和作家周围发生的社会和政治事变有着不可分割的联系，也和西方存在主义哲学和文学思潮是相互影响的，以个人和社会存在状况为主题的作品在波兰现代文学中，根据时代和作家的不同，虽有不同形式和内容的表现，但是这个存在主题的变迁也有一个发展的过程，在这个发展过程中，可以看到它在波兰现代文学中占有十分重要的地位。

一

世界面临灾变是波兰现代作家关于"存在"思考的第一个问题。西方存在主义作家主要利用小说和戏剧这两种形式来表现他们的存在主义思想观点和艺术建构，可是波兰现代作家关于存在的思考则不仅反映在小说和戏剧创作中，也表现在诗歌中，例如世界面临灾变的主题早在19世纪末就出现在诗人杨·卡斯普罗维奇（1860—1926）的表现主义诗歌中，卡斯普罗维奇是一位一生都积极介入了波兰民族和社会事物的作家。他生活和创作在波兰失去了独立，人民遭受沙俄、普鲁士和奥地利占领者残酷的民族和阶级压迫的黑暗时代，看到祖国被敌人蹂躏，人民陷入苦难的深渊和波兰民族解放斗争的历次失败，他曾经产生悲观失望的情绪，这种悲观失望的情绪在他早期的诗歌作品中是可以看得出来的，如在1899年发表的长诗《赞歌》中，他写道：

呻吟和哭泣你不用耳朵都能听见，
长年的苦痛你不用眼睛也能看见。
那么你为何哭泣？

因为到处都是贫困，
贫困在爱中，贫困在痛苦中。

而贫困和痛苦又导致罪恶，/罪恶把鲜血涂在我们的心上，使我们走向灭亡。/既然我们已经走向灭亡，那么过去一切神圣和不朽的东西都将变成废墟：

一座座大厦在倒塌，
变成碎石和废墟，
这个造物者的宝座，
这里的土地，这里的星星、太阳和月亮
都将化作一阵云雾。

诗人在无法摆脱的焦虑和恐惧中，最后质问上帝，既然上帝存在，为什么容许罪恶？罪恶来自上帝，因为上帝创造了一个罪恶的世界：

没有你的意志，
天下什么也不存在，
基利叶·艾利森，
背叛的根源，基利叶·艾利森，
罪恶的起因，
复仇，绝望和疯狂的起因，
基利叶·艾利森。

诗人要和上帝进行斗争，但是他的斗争没有取得成效。"主啊！由于你的罪恶，我将死去，我将死去。"不过诗人并没有因此而悲观失望，他对上帝的看法也并不是形而上学的，在这同一首诗的最后一些章节中，他甚至改变了对上帝的态度，他认为上帝在创造这个世界时，也曾想到让美好和丑恶、痛苦和欢乐并存于这个世界。上帝虽然容许罪恶的存在，但从这种罪恶中会产生爱，从痛苦中会产生欢乐。由于这种爱和欢乐，一切社会和自然现象都会达到和谐统一，人们热爱这个和谐的世界，热爱大自然，卡斯普罗维奇经过痛苦的沉思之后，企图从宗教人道主义中找到希望，因此他从怀疑、否定上帝和上帝创造的这个世界变为承认上帝创造的人类和世界的价值，他认为社会和大自然如果达到和谐的统一，就会出现理想的境界。诗人这一观点看来和海德格尔近20年后才提出的"真理将自身投入作品"的观点是很相似的。海德格尔说："真理将自身投入作品，真理只是在世界和大地的对立中照亮和遮蔽的冲突中现身。真理作为这种世界和大地的冲突将建立于作品之中。这种冲突并不以一存在显现为目的而解决，它也不仅仅居留于此。相反，冲突由它开始。这种存在因此必须包含于自身冲突的本性之中。在冲突中，世界和大地的统一成立了。"[1] 在海德格尔看来，这个充满了焦虑、惶恐和罪恶的人间世界和大地，即大自然是矛盾的，但是单纯揭露矛盾并不是我们的目的。用他的话来说，诗人在"显露"和"敞开"矛盾的同时，要使世界和大地，即大自然达到和谐的统一，只有这样，才"描绘了出于存在物光照产生的基本形象"[2]，也就达到了一个理想境界。两位作者虽然处在不同的历史时代和社会环境中，他们的观点也是从不同立场提出来的，但他们在对这个罪恶世界产生焦虑和恐惧的同时，都曾企图从他们认为美好的大自然中得到安慰和解脱，这就是他们在对存在的思考中产生的共鸣。

到20世纪20年代初，著名荒诞派戏剧家斯坦尼斯瓦夫·伊

---

[1] M. 海德格尔：《诗·语言·思》，文化艺术出版社1991年版，第60页。
[2] 同上。

格纳齐·韦特凯维奇（1885—1939）以"生存的秘密"的哲学命题，首次提出了世界面临灾变的灾变论哲学思想，并在这个基础上创建了他的荒诞派戏剧理论。他认为，由于社会生产率的提高，科学技术的发展和物质财富的不断丰富，会造成社会矛盾的激化，从而导致社会混乱、罪恶和灾变的产生，剧作家"为了创造一个整体，可以完全自由地改变生活和世界"[①]，使观众认识到这种混乱、罪恶和灾变的"生存的秘密"。韦特凯维奇以上哲学和美学思想的产生与他个人的经历有着密切的关系，第一次世界大战爆发后，他去过俄国，在十月革命爆发期间，还参加了一支沙皇军队，和红军作战，他把这看成是为了保卫他的祖国波兰。当时席卷俄国的革命浪潮在他的思想上产生了很大的震动，一方面，他亲眼看到俄国统治阶级的腐朽没落，遍及社会的欺诈、乱淫、凶杀和盗窃充分暴露了人们的道德沦丧；另一方面，由于他对革命没有正确的认识，把它看成一个灾难性的巨变，这将导致世界的灭亡。这种情况反映在他的灾变论的哲学思想和荒诞派戏剧理论中虽然略有变更，但是它作为一个指导思想，在他的戏剧创作中却表现得很突出。韦特凯维奇在他于20年代发表以一系列剧本中，主要通过荒诞的场景和人物的描写，揭露了人世间的欺骗、淫乱和仇杀的各种表现。此外他也反映政治题材，企图说明一切政治斗争包括革命斗争都是为了争权夺利，在夺得权势后就享乐腐化。在他看来，人类既然道德沦丧，它和它所创造的文明就都会遭到彻底的毁灭。以上看到，不管是卡斯普罗维奇还是韦特凯维奇，他们在对存在的思考中，都力图从宏观的角度把握世界、把握人类及人类文明的存在状况和它们的发展趋势，因此他们的作品表现在诗歌中，都带有充分的说理成分和火山爆发式的抒情色彩，在

[①] 斯·伊·韦特凯维奇：《剧作选》，弗罗茨瓦夫，奥索梭斯基国民出版社1983年版，第43页。

戏剧中则打破了传统的时空观念，表现了"超时空"的客观审视历史和鸟瞰世界的气度。只不过卡斯普罗维奇的"自然归真"还包含着一定的乐观主义的成分，而韦特凯维奇的灾变论就完全是悲观主义的了。

二

如果说卡斯普罗维奇和韦特凯维奇在他们的作品中都侧重表现世界存在的宏观把握的话，那么在20世纪三四十年代出现的存在主义作家维多尔德·贡布罗维奇（1904—1969）和布鲁诺·舒尔茨（1892—1942）则主要反映个人在他们陌生和格格不入的环境中的存在状况。苏联文艺理论家安德利耶夫在谈到萨特时说："对存在主义者萨特来说，人是某种具体的事物：是他的生活，是他的存在，是他在这种或那种生活境遇下的行动，最重要的，是这一个完整的、有着自己情感、自己愿望的个体的存在，是这一个个体的'选择'。所有这一切径直涌向艺术家的笔端，促使他塑造出某个'人物'来！"[①] 贡布罗维奇和舒尔茨的作品中反映的个人存在也是这样。贡布罗维奇不仅是一位荒诞派剧作家，他的戏剧创作曾经受到韦特凯维奇的影响，而且他还是一位风格独特的小说作家。他的小说大都以主人公第一人称的形式叙述他在他所处的不同环境中的见闻、感受和选择，其中包括作家本人对他的青少年时代生活的回忆，因此他的小说有时带有自传体性质。但是它在形式上又不同于传统的写实作品，因为作者在小说故事的叙述中，通过自由的想象，往往融合着许多荒诞、怪异或者带有某种黑色幽默性质的人物和场景的描写，在这里表现了极大的讽

[①] 安德利耶夫：《萨特及其存在主义》，见《文艺理论译丛》（2），中国文联出版公司1984年版，第465页。

刺意向，这种讽刺不仅针对主人公所在的周围环境，而且也针对主人公即作者自己。如在他于 1937 年发表的一部长篇小说《菲提杜克》中，主人公约焦就是一个和他一样的 30 岁的青年作家。作者写他因为自己的作品在艺术上不够成熟、不受社会舆论的重视而感到苦恼，一位叫皮姆科的教授便让他去一所中学学习，由于他长相年轻，学校师生都把他当成一个十几岁的不成熟的孩子，使他的处境十分尴尬。他在这里不仅没有萨特所说的那种"绝对的自由"，而且相反的是，他对他的这种存在的选择是完全被动的，也是绝对不自由的。

  作者当然很不满意主人公的这种选择，他的意向主要在于揭露限制和扼杀了约焦和他同学的自由的学校保守落后的教育制度，反映学生对它的反抗。例如老师在教学中，不是引导学生去对各种社会和自然界的事物进行独立思考，而是叫他们死背许多引文和陈旧的公式，对教师和书本中提出的一切观点都不准有不同的看法，其目的是要禁锢学生的思想，消磨他们的个性，使他们永远处于不成熟的状态。为了凸显这里落后的面貌，作者在描写人物时，往往采用漫画变形式的手法。如约焦来到学校的头一天，教长皮奥尔科夫斯基就对他说，我们这里的教学方法无与伦比，我们的"教师躯体"也是经过慎重选择的，说完他还把约焦带进了一间房里，让他看这些"教师躯体"是个什么样子。约焦看后吓了一大跳，原来这里都是一些哭丧着脸的老头，他们还一边伸着懒腰，擦着鼻子，有的还在吃东西，那么僵化落后的教育制度和庸俗可鄙的执行者看来是一回事了。可是这些学生由于思想上不成熟，他们的反抗也采取了一种不成熟的怠惰或者恶作剧的方式：他们不做老师规定的作业，在课堂上开玩笑，做鬼脸，扰乱秩序。有一次，约焦走进教室，还看见所有的学生都急着去厕所里大小便，教师对学生说："我让你们在上课时有行动的自由，那么为什么我却没有这种自由呢？"约焦和他的同学一样，对学校教育制度也很不满,加之人们对他的藐视,使他无法忍受。他决心摆脱他原先这个被动的选择,去争取自由。他几次想要逃走,但都被把他送到这里来的皮姆科教授阻住。

后来,皮姆科教授让他寄住在一个工程师莫沃加克的家里。表面上看,这个家庭的所有成员在思想言行上都享有充分的自由。莫沃加克太太是一个慈善事业委员会的成员,热心于救济社会上的孤儿和残疾儿童。她和莫沃加克先生有一个独生女儿祖达,平日从不限制女儿的活动,她甚至不把自己看成是孩子的母亲,而甘愿以朋友的身份和她相处。她认为这是一种新时代的家庭生活的方式,但是她的这种生活方式又走向了极端,反而造成不良的后果,如她不仅容忍而且鼓励女儿在和异性交往中的不正当的行为,就是有了私生子也不在乎。祖达是个教师,她长得漂亮,平日爱体育锻炼,游泳、体操、打网球都很擅长,是一个有新时代特点的女性,引起不少男性青年对她的爱慕,可是她生性高傲,对这些钟情者都不屑一顾。皮姆科教授让约焦在这里居住,是希望他和祖达结婚,以便他在人生的道路上尽快地走向成熟。所以他一见到祖达,就向她介绍约焦,说他虽然看起来大些,但只有17岁,这一开始就使约焦感到很不自在,因此他虽然来到了一个"自由"的家庭,可是他的这种选择仍然是被动和不自由的。后来约焦曾经采取一些办法,甚至恶作剧的办法,希望促使祖达改变她那高傲的个性,但是他的努力都失败了,他始终被人看成是一个不成熟的孩子。

不久后,他在中学的一个同学明托斯来找他,要他和他一起去乡下,走访一个他认识的地主家的长工瓦列克。明托斯是一个有革命思想的青年,他的祖辈参加过法国大革命,因此他从小就懂得人与人之间应当是平等的。他们俩来到瓦列克所在的一个地主庄园后,发现这里的主人和奴仆等级森严,庄主胡尔列茨基要求奴仆绝对服从他的命令,如有违抗,就对他们进行体罚。明托斯见到这种情况,马上对瓦列克讲人人平等的道理,这便引起了庄主的恐慌,认为这个激进分子要破坏庄园的正常秩序,会给庄园带来毁灭性的灾难。明托斯后来要让瓦列克和他一起逃离庄园,因此他和庄主一家发生了尖锐的矛盾,但他最后在和庄主一家的一次打斗中取得了胜利,终于和约焦一起,带着瓦列克逃走了。

小说讽刺的矛头,除针对陈腐落后的教育制度外,还针对两个对立的社会存在,这就是封建宗法制的反动统治和资产阶级所谓自由的生活方式,作者认为这是波兰 20 世纪 30 年代最有特征意义的社会存在,处在这种不自由的环境中的主人公约焦和他的同学们以不成熟的方式为自由而斗争,各自选择了他们的自由。作者在对约焦这个人物的塑造中,也充分表露了他在人生道路上有过的辛酸。他的这部作品发表后,由于它的内容和形式都很新颖、独特,在国内外曾经引起很大的反响,使他即刻成了一位知名的作家。

1939 年法西斯德国侵占波兰前夕,贡布罗维奇离开波兰,去阿根廷定居。来到一个陌生的环境,长期找不到固定的工作,曾给他带来无尽的烦恼,后来在 1947—1953 年,他才得以供职于布宜诺斯艾利斯一家波兰银行里,可是他在这里的波兰侨民中,又看到了许多庸俗鄙俚的表现,因此很少和他们接触,过着长期孤独的生活。在这种情况下,他于 1953 年出版了他的第二部长篇小说《横渡大西洋》。这也是一部自传性和纪事体的作品,小说通过主人公第一人称"我"的自述,展示了作者来到布宜诺斯艾利斯的经历和见闻,其中也不乏种种虚构,在讽刺中融合着许多怪诞和近于黑色幽默的描写。"我"来到布宜诺斯艾利斯之初,在就业和生活上都遇到了困难,后来通过一个已在这里居住多年的故友切奇索夫斯基的介绍,认识了波兰驻阿根廷的大使和参赞。这位大使知道"我"是一位知名的作家,为了对外宣传的需要,便隆重地接待了"我",甚至称"我"为"我们民族伟大的天才",但他们却不为"我"解决"我"最迫切的工作和生活问题。"我"对此十分反感,认为这些外交官关于伟大民族的宣传是自私和虚伪的,其实他们对于民族的儿女一点也不关心。后来切齐索夫斯基又介绍"我"在一个男爵开的股份公司里当了一名秘书,"我"在这里因为是个外国人,受到公司里同事的冷遇,每月收入也很微薄。可是那位大使先生又找来了,他给"我"送来了鲜花,那位参赞还请"我"去拜访一位著名画家。由于他们的宣传,"我"在外面的名声很大,连孩子们都经常来我居住的房门前唱歌,使房东太太感到惊讶。后来参赞又邀请我参加使馆为当地一些名流举行的宴会,在与会的人中,有"我"认识的男爵和他的股份公司的两个股东里茨卡尔和齐乌姆卡瓦。参赞仍像过去那样,当众夸"我"是"波兰伟大的天才",可这一次,在场的人对"我"却并不感兴趣。一些人甚至带来了衣服、领带、袜子、手绢和望远镜,只管欣赏它们的样式,谈论它们的价钱。参赞先生夸了"我"后,还无聊地叫大家来咬"我"这个天才。这一切使我感到十分惊慌,感到这是对"我"的侮辱,"我"受不了这种侮辱,"我"要逃走……

宴会后,"我"和"我"的一个朋友贡扎罗来到了一个公园,在这里突然发现有人拉"我"的手,原来又是男爵和他公司里那两个股东里茨卡尔和齐乌姆卡瓦。他们又要请"我"去喝酒,还无礼地把"我"当成他们的情妇那样地拉来拉去。这使"我"感到非常气愤,心想如果手中有枪的话,非得崩了他们的脑袋不可。但"我"当时却只能往厕所里跑,以为这样可以躲避他们的纠缠,没想到他们也跟着来了,还一定要把钱塞进"我"的衣兜里。"我"问他们这是为什么,他们没有回答,也去厕所里小便,回来后又争着要给"我"钱。"我"百般无奈,只好收下,于是和他们一起,来到一家酒馆里喝酒和跳舞。这时贡扎罗又不断地和人逗乐，还做各种滑稽动作，后又来了一个退了役的少校军官托马斯，他说他要送儿子伊格纳齐去参军，可是大家都笑他，离开酒馆后，托马斯来找"我"，说贡扎罗在酒店里侮辱了他，他要和他决斗，请"我"当公证人，"我"因不愿让他们俩决斗身亡，第二天在决斗场上发给了他们两支空枪。可这时突然来了一群人，还带来了几只猎狗，猎狗见到托马斯的儿子伊格纳齐后，突然向他扑去，贡扎罗看到孩子遇险，一时就忘了这个孩子的父亲是他决斗的对手，他奋不顾身地冲上前去，和狗群搏斗，把它们驱散。托马斯看到儿子得救，立即上前和贡扎罗拥抱，"我"也告诉决斗双方，说他们所使用的枪中没有装子弹，于是形成皆大欢喜的结局。

小说除了讽刺那些行为虚假作风庸俗的人之外，它还提出了一个反传统的思想观点：在波兰20世纪以前的文学和20世纪初出现的象征主义文学中，许多作品都接触了波兰民族解放运动和爱国主义的题材，并且形成了一个传统因袭的观点，就是在祖国遭到异族侵略和奴役的时候，为了保卫她的独立和自由，每个公民都应当勇往直前，不惜牺牲自我去和侵略者进行斗争，因为个人利益永远是服从于祖国利益的，只有那些敢于牺牲个人的一切在保卫祖国的战斗中建立了卓著功勋的人，才是真正的英雄。贡布罗维奇的看法与此相反，他认为小说中的"我"既然是祖国的儿子，那么儿子在异乡遇到难处的时候，祖国就有责任关心他，可是现在，代表祖国的大使馆不仅不给"我"帮助，而且利用"我"作为一个作家的声望进行虚伪的宣传，给"我"带来了更大的痛苦和烦恼，这是祖国对作为儿子的"我"没有尽职。主人公在小说中的选择和《菲尔迪杜凯》中的"我"的选择一样，是被动和不自由的，不同的是，他在这里尽管和他感到压抑的环境进行了斗争，但始终没有获得自由的选择。小说皆大欢喜的结局对"我"来说，只不过是一种幻想，作者借以说明在儿子遇到危难时，父辈即使是仇敌，也应当不记前仇，去拯救儿子，正像祖国应当关心他的儿子一样。

布鲁诺·舒尔茨的作品虽也反映了个人存在的主题，也大都是对他青少年时代生活的回忆，但它们选择的题材和贡布罗维奇的作品有所不同。他的小说重要的如短篇小说集《肉桂商店》（1934）和《用漏斗计时器作招牌的疗养院》（1937）等写的主要是他的父亲而不是他自己。舒尔茨的父亲是一个商人，由于经营不善，在资本主义社会激烈的竞争中失败和破产了。作者在选自《用漏斗计时器作招牌的疗养院》的三个短篇《鸟》《蟑螂》和《父亲最后一次逃走》中，通过这一题材的选择，进行大胆的虚构，采用了一系列不同于传统小说的创作手法。首先，这些作品不是直接去反映"父亲"在竞争的社会中由于不善经营而遭到失败破产的全过程，明确地指出历史必然和个人命运的因果关系，而是别出心裁地写"父亲"由于他个人的种种怪癖，适应不了家庭环境，才导致了悲剧的结局。在这中间，作者还穿插着许多荒诞不经的描写，以象征"父亲"作为一个小人物的可悲的存在。这些作品中的荒诞描写是超过贡布罗维奇的作品的，但是我们也可明显地看到卡夫卡对他的影响。再者，他们也都采用了第一人称的表达方式，通过作者的"我"的见闻来描写"我"的父亲，因此无论在叙事上还是在感情的表达上，都有更大的直观性和可感性。

在《鸟》中，作者写"我"的父亲对鸟有一种特殊的爱好，他平日收集各种珍禽异鸟，把它们大量地喂养在家里，后来由于引起家人的不满，他不得不一个人搬到顶楼上的两间储藏室里去住，那两间储藏室也就成了鸟的栖居地。每天早晨，鸟的鸣叫响遍了全屋，使大家都不得安宁，父亲由于爱鸟入迷，难得下楼来和家人见面。有次他下楼来，家里人却发现他的身子变得越来越瘦小，他的双手变得和秃鹰的爪子一样。他见到家人后，还摆着两只像翅膀样的胳膊，发出一声像鸟一样的鸣叫，于是家里人断定，他那爱鸟的癖好使他变得像一只鸟似的。这是"父亲"的第一次变形，可是这并没有给他带来好处，因为家里后来举行了一次大扫除，女工阿德拉来到他住的那两间储藏室后，发现这里的地板和桌上堆满了鸟粪，臭气熏天，便把他的鸟全都赶了出去，从此父亲就成了"一个失去了王位和王国的流亡国王"。

作者认为，"父亲"的选择虽然是自由的，但这却是一个很悲惨的选择。这种悲惨的选择在《蟑螂》中表现得更突出，因为父亲失去了鸟的王国后，他在家里又遇到了蟑螂的袭击。有一天，大批蟑螂突然从墙壁和地板的裂缝里钻了出来，发出一声声尖叫，这一下就把他吓疯了。从此他连"行动都变了"，好几天一个人躲在衣柜里和鸭绒被下面，查看他的皮肤和指甲的硬度，并且模仿蟑螂的爬行动作。家里人再也见不到他，因此断定他"正在变成一只蟑螂"，可是母亲却说他"出门去了，要去周游世界，因为他现在担任的职务是商业推销员"。舒尔茨笔下的父亲的变形和卡夫卡笔下的格里高尔·萨姆沙的变形虽都象征着资本主义社会中人的异化，但两者存在的状况是不同的。卡夫卡笔下的格里高尔长年奔波在外，挣钱养家糊口，可是当他变成甲虫后，家里人不仅不同情他，反对他感到厌恶，最后他只有悄悄地死去，说明就是在一个家庭里，亲人之间也异常冷漠。舒尔茨笔下的"父亲"性情古怪，意志薄弱，他作为一个弱者，在资本主义的生存竞争中，就不可避免地成了大鱼吃小鱼、小鱼吃虾米的牺牲品，这一点，在《父亲的最后一次逃走》中看得更清楚。

这里写的是父亲由于买卖亏损，他的商店破产了，因此不得不摘下招牌，由母亲一人在店里做未经批准的买卖，出售剩下的货物。父亲又多时不见，家里人都以为他死了，"我和母亲后来在楼梯上发现了一个大蝎子，和他相像得令人吃惊"。这说明父亲又一次地异化了。作者在小说中着意描写父亲变成蝎子后的各种细小的动作，把这个蝎子称为"我的父亲"，字里行间，透露着无限的辛酸和悲痛："我望着他在墙纸往上爬，出于本能的厌恶，不由得打了个冷战。""看到他拼命地摇动他那些腿，无可奈何地以他自己为中轴旋转，真叫人悲哀和可怜。"面对这种令人悲伤的结局，"我"也感到无可奈何了，只好责备"我"的母亲，可实际上，"我"的心里也很明白，只有这种办法才能使父亲从绝望的处境中得到解脱，因为"命运已经无所不用其极地彻头彻尾地毁掉了他"。异化描写在以上提到的韦特凯维奇和贡布罗维奇的戏剧作品中都有各种形式的表现，然而在舒尔茨的小说中，它却到了登峰造极的地步，可正是这种异化的显示，赋予小说以震撼人心的艺术魅力。

三

第二次世界大战后反映存在主题的文学兴起于20世纪40年代和60年代末期。在波兰解放初期和40年代末，许多作家热衷于创作反映波兰人民在不久前被德国法西斯占领时期的生活和斗争的作品。在这些作品中，有不少真实地揭露了占领时期严酷现实的面貌，颂扬了波兰爱国者为保卫祖国和法西斯侵略者进行的英勇卓绝的斗争，其中一部分也表现了存在主义思想观点。这些作品构思新颖，形式独特，不仅当时而且至今仍受到波兰评论界的重视。例如著名作家耶日·安杰耶夫斯基（1909—1983）于1945年发表的短篇小说集《黑夜》和塔杜施·博罗夫斯基（1922—1951）的短篇小说集《告别玛丽亚》（1948）就是比较突出的例子。《黑夜》中的作品表现的中心主题是，一个人首先应当维护个人的尊严，但他只有忠于友谊、忠于斗争的集体、忠于人民才能维护个人的尊严。例如收集在这个集子中的小说《苦难的一周》，它写的是华沙犹太隔离区爆发的一次反法西斯起义。女主人公伊蕾娜虽然遇到机会从隔离区逃了出来,但她遭到法西斯警察的追捕,在危难的处境中,她只好利用作为战前著名教授的父亲的旧关系,寻找藏身之地。在这一过程中,她遭受了冷遇和屈辱,也受到过友好的接待,最终找到了一个可以安稳躲藏起来的地方。可她这时又感到自己虽然获得了自由,却没有对正在举义的同胞负责,也丧失了她对她原先参加过的友谊集体的忠心,因此她重又选择了投入犹太起义的战斗。小说着力于揭示女主人公在逃离或者重新投入起义战斗两者之间难于抉择的矛盾心态,从而表现了她不同于一般反映反法西斯斗争的小说所刻画的爱国主义英雄形象,因为她并不是一开始就表现得那么意志坚定、英勇不屈、一心为了苦难的同胞的,她是在一个确实存在的极其严酷的现实中,经历了艰难曲折,饱尝了人生的甘苦之后,才做出了对被奴役和压迫的同胞负责的正确决定,因此她的经历富有更大的真实性,她的抉择也表现了更大的合理性。

博罗夫斯基的《告别玛丽亚》和《黑夜》的思想倾向完全不同。这里观照的是法西斯集中营这样一个在第二次世界大战期间希特勒法西斯企图毁灭人类的极为典型的现象。小说多方面揭露了法西斯分子压迫、蹂躏和屠杀无辜的滔天罪恶,由此他们不仅夺去了千百万被囚禁在集中营中的人的生命,给幸存者也带来了极大的精神创伤。但在作者笔下,集中营里的受难者面对法西斯暴行不是去进行反抗,更没有选择英雄行为,其中有的为了活命,还不惜出卖难友,充当敌人的帮凶,有的由于忍受不了饥饿的折磨而去盗窃,甚至抢食被枪杀的受难者的脑髓,变得和法西斯野兽一样。在作者看来,这是法西斯暴行对他们在思想道德上影响的结果,因此他们在集中营里做出了自由的选择。当然,如果在法西斯集中营里出现了小说中所描写的情况,它无疑说明了一部分受难者的堕落,但要指出的是,这不是法西斯主义对他们在思想道德上影响的结果,而是法西斯暴行迫使他们这么干的,所以他们的选择是不自由的。

自 1956 年以后，波兰由于政局的变化，在文艺界出现了各种艺术流派和思想观点百家争鸣的热烈局面，西方现代派作家的文艺理论和作品被大量地介绍到波兰，这对波兰现代文学的发展无疑产生了很大的影响。如这时期的荒诞派戏剧就是在 40 年代末和 50 年代初的法国荒诞派戏剧流派的影响下产生的。除戏剧外，在这时期发表的一些小说作品中，我们也可看到包括西方存在主义在内的现代派作品对它们的直接影响。这里就以著名作家雅罗斯瓦夫·伊瓦什凯维奇（1894—1980）的中篇小说《升腾》（1969）和塔杜施·布列扎（1905—1970）的长篇小说《机关》（1960）为例。前者是一部可以和加缪的《堕落》加以对照来看的作品，它在艺术构思上，似欲模仿《堕落》，但是它的主题对《堕落》来说，又是反其意而行之的。《堕落》中的主人公让—巴蒂斯特·克拉芒斯原是巴黎的一个律师，体魄强健，性格开朗，有过飞黄腾达的人生，后来他在一天夜里遇到一个姑娘跳进了塞纳河自尽，他本来可以救她，但却没有采取果断的行动。从此他便陷入了痛苦的自责，甚至把自己看成是一个卑鄙和虚伪的两面派，在孤独和绝望中进行忏悔。《升腾》的主人公是一个波兰儿童，他年仅 10 岁，就亲眼见过德国宪兵剥光了两个犹太姑娘的衣服，然后把她们杀害，他当时很想救出这两个姑娘，但无能为力，后来他一想到这件事就感到害怕。他在占领时期做过黑市买卖，骗过人，但他发现自己的一个朋友充当德国法西斯的奸细时，便毫不犹豫地枪杀了他。战后他还杀过一个违法乱纪的青年组织的负责人，为此还蹲过监狱。《升腾》和《堕落》不同的是，《堕落》只是主人公一篇没完没了的独白，这里并不涉及社会的动乱，克拉芒斯的忏悔是出于他认为自己在道德上的堕落，作者对人性的看法是悲观的。而《升腾》则正好把主人公放在一个极其险恶的环境中，以考验他的意志和品德，作者认为一个人只有通过险恶环境的检验，才会最真实和最彻底地暴露他的思想和道德面貌。小说中的主人公为了生存，不得不多次地进行选择，他表现过软弱，做过坏事，但他是一个正直的人，在遇到个人、朋友与集体、祖国的利益发生冲突的时候，为了维护集体和祖国的利益，他做出了正确的选择。他的美好的人性曾经许多次地遇到了罪恶的挑战，可是它却一次又一次地取得了胜利。在这里，作者对人性以及个人存在和选择的估计，显然是乐观的。

长篇小说《机关》的构思和卡夫卡的《城堡》也很相似。在《城堡》中，主人公K踏着雪路去一座城堡，希望求得城堡当局批准他在附近的村子里安家落户。城堡就在他眼前的一座小山上，可是他作了一切努力，却始终未能和那里联系上，也未能到那里面去。这是一个带神秘色彩的官僚机构的象征，它和平民百姓隔着一道不可逾越的鸿沟，像K这样的小人物是可望而不可即的。《机关》也是一部富于象征性的小说。主人公是一位年轻的历史学家，他的父亲因得罪了托仑教区主教而被剥夺了担任宗教法律律师的权利。他要去罗马梵蒂冈为父亲进行申辩，以"寻求正义"，来到这里后，他虽然得到了一个梵蒂冈外交官的支持，将他为父亲提出的申辩提交了教廷机关里的有关人员，但他始终得不到答复，在这里奔波了一个月，最后一无所获。作者所写的机关并不局限于教廷，而是指所有的官僚机构，它们表面上看似乎并非高不可攀，但它们不替平民百姓办事，一个人如果没有较高的社会地位和政治权利，要在这里控告那些有特权和地位的人，是行不通的，面对这种官僚机构，他即使蒙冤受屈，也不可能做出自由的选择。

列昂·克鲁奇科夫斯基（1900—1962）是一位20世纪30年代的左派作家，他创作过一系列有革命倾向的优秀作品，但在他于1959年发表的《自由的第一天》和1961年发表的《总督之死》这两个剧本中，也可看到存在主义的思想影响。《自由的第一天》以第二次世界大战末为背景，波兰军队和苏军一起在进军柏林的途中解放了一个德国战俘营，其中有五个波兰战俘获得了自由。他们来到了一个德国小镇，这里的居民已经疏散，只剩下了一个医生和他的三个女儿，但他们的处境也很不安全。五个战俘中的杨出于好心，作了这三个德国姑娘的保护人，因而赢得两个妹妹对他的信任，但大姐茵加是一个法西斯分子，她把苏军释放战俘的消息报告了溃退的德军，于是在这个小镇又引起一场苏德两军的激战。茵加在战乱中夺得了一支枪，便丧心病狂地向五个波兰战俘射击，最后被杨打死。作者要说明的是，波兰爱国志士在经历了几年的法西斯铁窗生活之后，终于获得了自由，但他们应当如何对待这种自由，也就是说，他们虽然获得了自由，但这还不是真正的自由，只有懂得了正确地对待这种自由，才是真正获得了自由。五个战俘中的杨是一个有正义感和责任感的青年，他起初自愿出来保卫德国医生一家的安全，曾经遭到他的战友的反对，但他认为应当将普通的德国人和法西斯分子区别开来，然而他却没有想到在这些普通人中，也混进了茵加这样的法西斯分子。当茵加的凶恶面貌暴露出来后，他曾有过痛苦的自责，直到法西斯分子向他们发动了攻击，他才采取了坚决的行动。因此自由不仅是对个人负责，更重要的是对祖国、对人民负责，一个爱国者从法西斯牢笼里虽然获得了个人的自由，但这是不够的，他应当继续战斗下去，不管他经历了多少曲折，他也应当永远地战斗下去，为人民立新功，这样他将永远是一个自由的人。

《总督之死》和《自由的第一天》有所不同，它描写的不是那些追求自由的人，而是一个永远得不到自由而陷入孤立的人。剧本没有具体说明故事发生的时间和地点，只说是在某个国家、某座城市有一个总督。他在一次市民举行的游行示威中，下令枪杀了许多示威的参加者，还逮捕了组织示威的革命者。

但这之后他的内心就失去了平衡,深感自己对于死者负有罪责,而且这种罪责永远忏悔不了。后来,他一个人偷偷地溜进了监狱,和一个被他囚禁的革命者换了衣服,让这个革命者坐他的小轿车逃跑,而他自己则留在监狱里。他的小轿车开出后遭到袭击,被炸得粉碎,于是人们都以为总督被炸死了,要为他举行葬礼,但这时总督却突然回到了家中。他的儿子以为父亲害怕市民的报复,要找一个替死鬼,却想不到父亲的目的是要放走革命者,因此总督在家里也得不到理解,他在周围的人中,被彻底地孤立了。剧本着力于主人公的心理描写,作为一个总督享有无上的权力,但他对人民犯了罪后,也脱离不了痛苦和孤独的折磨,他将永远受到良心的责备,他在和人们的相处中,将永远得不到自由,这是作者对一切镇压人民的反动统治者最有力的警告。

总的来说,在波兰现代文学中,虽然没有作家声称自己是存在主义作家,但是反映存在主题的作品在各个时期都是为数不少的。这些作品除一部分依然采用传统文学的创作形式外,不少作品表现了表现主义、象征主义和荒诞派的艺术特色。它们所反映的情节和主题一般都不脱离它们产生的时代背景,即使有的作品侧重于写个人的存在和选择,这种存在和选择也不脱离个人所处的社会环境。正像西方存在主义文学一样,它们有的描写个人遭受的屈辱和压抑,反映个人的孤独感,有的揭露了人们在道德上的堕落,个人在这种情况下的选择往往是被动的、不自由的。另外一些作品则明确指出了个人应当对集体、对祖国和人民负责,只有这样,他才能做出自由的选择,因而表现了乐观和积极的倾向。波兰存在主义文学不同于传统现实主义文学的主要表现如下。第一,它在形式上没有局限于现实主义文学的艺术规范,而以20世纪各种流派的创作手法大大丰富了文学创作的形式,其中不少作品就是属于各种现代流派的作品。第二,它在表现存在的主题时,并不着力于反映生活中的细节真实,而重视宏观把握世界和人性的本质,不少作品着意进行夸张的描写,大量表现异化、荒诞和神秘,同时创造自由的时空等,就是为了表现这种本质,因此作家对于存在的思考不仅具有历史的高度,而且富于哲理的深度,从而丰富了文学创作的内涵。

(原载《西方文艺思潮论丛 "存在"文学与文学中的"存在"》)

波兰现代诗歌创作流派的形成和发展

波兰现代诗歌是波兰现代文学的一部分，一般是指波兰19世纪浪漫主义诗歌和包括诗歌在内的批判现实主义文学。作为波兰古典文学流派代表的发展阶段结束之后，波兰诗歌的创作进入了一个新的时期，它从19世纪末开始，一直延续到今天。这一时期波兰历史的发展又分为从19世纪末到1918年第一次世界大战结束、两次世界大战之间、波兰被德国法西斯占领和战后直至今天这四个阶段。在这四个阶段中，波兰经历了翻天覆地的巨变，它所出现的各种社会矛盾比波兰历史上任何时期都更加尖锐和复杂，所以波兰这一时期的文学包括诗歌创作及其流派的形成和发展的情况，也比波兰历史上任何时期诗歌创作的情况都更复杂。

一

19世纪下半叶，在沙俄占领者统治下的波兰王国，由于资本主义的迅速发展，华沙一批思想激进的青年知识分子在六七十年代，曾经提出所谓实证主义的社会改革纲领，主张大力发展资本主义工商业，在农村普及教育和医疗卫生，破除封建迷信，实行男女平等和各阶层人人平等。这个纲领为促进波兰早期资本主义的发展起过一定的进步作用，但是在19世纪80年代以后，由于波兰王国的阶级矛盾加剧和沙俄占领者对波兰的民族压迫，实证主义者又对占领者持妥协投降的态度，他们的这个纲领在许多方面都未能实现，因而在社会上一部分人中，便产生了悲观失望的情绪，对国家和民族的前途感到茫然。虽然在19世纪80年代的波兰王国，由于马克思主义的传播，也产生了由无产阶级革命政党领导的无产阶级革命运动，但是在意识形态领域，特别是在文学思想的领域，出现了混乱的局面，有的人反对继承波兰浪漫主义和批判现实主义文学的爱国主义以及为了波兰民族和人民解放而斗争的思想传统，宣扬为艺术而艺术的思想观点。斯坦尼斯瓦夫·普日贝谢夫斯基（1868—1927）在他的《我的自白》中说："艺术是心灵生命所有形式的再现，艺术要再现那些永远不变和不受时间和空间限制的东西"，"艺术并不区分心灵好坏的表现，不遵守任何道德和社会的原则"。"倾向性的艺术、教育的艺术、娱乐的艺术、爱国主义艺术、带有某种道德和社会目的的艺术都不是艺术，只不过是为那些不会思考和没太受过教育的人而写的'穷人圣经'。""民主的艺术，为了人民的艺术更是等而下之"，因为"人民只需要面包，而不是艺术。他们有了面包，便为自己找到了该走的路"[①]。

哲隆·普热梅茨基（1861—1944）在他为比利时象征主义剧作家莫里斯·梅特林的《剧作选》波兰文版写的序言中也说："艺术家若要反映现实，不能停留在反映现实平凡的表面，而要深入到至少眼睛能够看见的心灵的不可理解的深处，这只有写诗，才能给我们最大的满足。"[②] "伟大的艺术、本质的艺术和不朽的

[①] 以上引文见《波兰文学批评1800—1918》第四卷，（华沙）国家科学出版社1959年版，第154—156页。

[②] 同上书，第53页。

艺术都是象征的艺术，它将无穷尽的因素藏在感性类比的背后，能够揭示感性之外的无边的视野。"[1] 他们的这些观点，当时也得到了一些年轻诗人的支持和认同，在这种情况下，在19世纪末的诗歌创作中，便出现了象征主义和表现主义流派，这一时期也称为青年波兰时期。象征主义以创作抒情诗为主，强调主观性，热衷于表现内心深处隐秘的感情。诗人大都采用自由联想的手法，运用拟人化和拟物化的象征和比喻，着力于潜意识的挖掘，捕捉瞬息即逝或者断续的、扑朔迷离的心理感应。象征主义诗歌虽在艺术上有所创新，但它反映的都是颓废没落的思想感情，这也是这一时期西方现代派文学创作的总的倾向。产生于这一时期的波兰象征主义诗歌的创作甚至延续到了20世纪30年代。其主要代表有诗人卡齐米日·普热尔瓦·泰特马耶尔（1865—1940）和莱奥波尔德·斯塔夫（1878—1957）等。泰特马耶尔在他早期创作的诗歌中，就表现了对过去信念的怀疑和对现实的不满，诗人说命运给他和他的民族选择了苦难和死亡，这个罪恶的尘世使他受尽了痛苦和折磨，只有涅槃才能使他得到解脱："我在失败和痛苦中对你说话，涅槃！请把你的天国赐于人间，涅槃！"但他又无法脱离这个尘世，因此他不得不到艺术中去寻找精神寄托。他认为，在这个罪恶和污浊的世界里，只有艺术才是最高贵的，"当一切都变得毫无价值的时候，艺术万岁"！泰特马耶尔的诗歌充分表现了波兰象征主义的艺术特色，如在《从希维尼查到维尔霍齐哈的风景》一诗中，他描写波兰南部塔特拉山绮丽多姿的大自然风光，善于通过描绘不同的色彩和光照以及美妙的比喻，展现出一种宁静、安详甚至显得庄严和神圣的画面，但诗人即使在这样美妙的大自然中，也摆脱不了他平生的哀怨：

---

[1] 见《波兰文学批评1800—1918》第四卷，（华沙）国家科学出版社1959年版，第55页。

那里是多么宁静，在山坡上，
阳光透过一层层薄雾，
映照着在绿色睡梦中的群山。

溪水潺潺，从远处的石级上流过，
它在阳光的照射下闪闪发亮，
变成了一条银色的彩带。

我从山顶往下看，
那深渊向我张开了血盆大口，
我看着峡谷，看着远方。

突然有一种莫名的牵挂，
这牵挂无边无际，原来
它是一种难以言状的哀怨。

莱奥波尔德·斯塔夫创作的早期，也是一个象征主义诗人，如他1901年发表的诗集《威力梦》也像青年波兰时期的象征主义诗人一样，充满了孤独和感伤的情调。如《秋雨》一诗，这个题目就给读者带来一种忧郁的感觉，诗中以情景交融的手法，写出了"幽暗的梦境""背负着无穷的哀怨""身着乌黑的丧服，脸上挂着凄楚的倩影""身陷绝境的泪水"，还有"将要熄灭的火""黑夜""葬礼""死""我的花园里来了一个魔鬼，外貌是那么凶恶"，"花园变成了可怕的荒原"的描绘以及多次重复的"雨点敲响了窗玻璃"的叠句等，给读者展示了一片凄凉的景象，深感身处这样一个环境中的抒情主人公的无限悲戚。

青年波兰时期诗歌的另一个流派是表现主义。表现主义原是

20世纪初在西欧主要是德国产生的一个文学和艺术流派，一些青年知识分子厌恶资本主义都市文明，要求个人在精神上的解脱，他们热衷于自我表白，追求永恒的价值，认为个人应当干预社会事务，对社会进行改革，甚至参加革命。在波兰，斯坦尼斯瓦夫·普日贝谢夫斯基也曾宣扬艺术要表现"裸露的灵魂"即个体的灵魂，个体具有"绝对的自由"。波兰表现主义诗歌创作的代表扬·卡斯普罗维奇（1860—1926）于1901—1902年发表的长篇抒情诗集《赞歌》是欧洲第一部真正意义上的表现主义的长诗，它表现了一个不论是当时还是以后的现代派文学中最普遍的主题：世界面临灾难，人类将要走向灭亡。西方表现主义直到1910年和1911年才形成流派，但卡斯普罗维奇这首诗不论在思想上还是在艺术上，都已突出地表现出了这一流派的特点。由于灾祸的来临，世上一切神圣和不朽的东西都变成了废墟："一座座高楼大厦都变成了碎石和废墟，／造物者的宝座，土地、星星、太阳和月亮化作了一阵云雾。"长诗充分暴露了诗人在思想上的矛盾以及由此而产生的变幻不定的情感。这种变幻不定的情感比象征主义及印象主义诗歌更加强烈，在手法上则采取夸张的描写，着意展现某种混乱和破坏性的场面，以显示这种情感的突发性，使读者强烈地感受到抒情主人公的存在：

    当忧郁的钟声敲响之后，
    天上的顶盖轰然倒下，
    上帝的神殿里已听不到圣歌，
    坟上的帷幕被撕得粉碎，
    城墙坍塌，山岩崩裂，
    江河中的鲜血，
    变成了黑色的冰块。

这是一幅多么可怕的景象，诗人面对世界末日的来临，感到自己也大难临头了："我是一个从天堂里被驱赶的人，一个不幸的流浪者，/我被放逐到大地上，将和大地一同死去。"那么是什么使人类、世界乃至宇宙面临或者已经发生这种灾难呢？是贫困和痛苦，因为贫困和痛苦导致了罪恶的产生，"罪恶使我们走向灭亡"。诗人质问上帝，上帝为什么容许罪恶的存在？原来罪恶就来自上帝，是上帝创造了一个罪恶的世界，所以应当剥去上帝头上神圣的光圈。他没有权力审判世人，他要受到世人的审判。但诗人也认为，上帝在创造这个世界时，也曾想到让美好和丑恶、痛苦和欢乐并存。上帝虽然容许罪恶的存在，但从罪恶中会产生爱，从痛苦中会产生欢乐。卡斯普罗维奇借用方济各的哲学思想，说明他经受了痛苦和失望之后，想在宗教人道主义中看到希望，他从怀疑、否定上帝和上帝创造的这个世界变为承认这个世界的价值。这种表现和象征派有所不同，但也不无关系，因为悲观主义走到了极端，必然转向乐观。在《赞歌》中，可以同时看到以上两个方面的表现。这里也见证了个人和世界既有冲突又可以安然共处的辩证关系。

二

1918年9月和10月，参加了第一次世界大战的德国和奥地利的军队在英美军队的强攻下连遭失败。与此同时，俄国十月革命的爆发，又促使了德国和奥匈帝国革命的爆发，这便使得自1795年波兰被沙俄、普鲁士和奥地利三国瓜分后曾长期压迫波兰人民的沙俄专制主义及德国、奥匈帝国的君主专制覆灭，波兰著名军事统帅尤泽夫·毕苏茨基领导的一个"波兰军事组织"在人民群众的拥护和支持下，很快就解除了德奥占领者的武装，使波兰重新获得了独立。波兰人民包括许多爱国作家都为自己的民族获得自由解放而欢欣鼓舞。但是随着时间的推移，国内各种矛盾又暴露出来，并且日益尖锐。1926年5月12日，毕苏茨基发动军事政变，成立了萨纳奇亚政府。但在20世纪20年代末和30年代初，资本主义世界性的经济危机袭击波兰，使工厂大批倒闭，失业人数增加，各地相继爆发大规模的罢工。在20世纪30年代中期，德国法西斯又对波兰造成日益严重的威胁，1939年9月1日晨，德国法西斯终于向波兰发动大规模的武装进攻，苏联军队也于9月17日越过苏波边界，趁机占领了西乌克兰和西俄罗斯这些当时属于波兰的领土。波兰军队奋起抵抗德国法西斯，经过36天的战斗，遭到失败，波兰再次被灭亡。

两次世界大战之间，由于社会矛盾尖锐复杂，在文学领域内，也产生了较之过去更为复杂的情况，在诗歌方面，除了卡齐米日·泰特马耶尔和莱奥波尔德·斯塔夫等老一辈的诗人仍活跃于诗坛，一些青年诗人的创作又形成了新的流派，如尤利扬·杜维姆（1894—1953）、雅罗斯瓦夫·伊瓦什凯维奇（1894—1980）、卡齐米日·维耶任斯基（1894—1969）和扬·莱洪（1899—1956）等在1919年12月成立了"斯卡曼德尔"诗社，他们认为，新时期的诗歌创作应当"民主化"和"大众化"，也就是用"通俗化"的语言写普通人的日常生活。他们的诗歌中，充分表现了为波兰的独立而无比喜悦的心情。杜维姆在他的诗歌中曾经高呼："我要展开双臂，呼吸这清晨新鲜的空气，／我站在祖国的大地上，向蔚蓝的天空行鞠躬礼。"但是在20世纪20年代，由于国内阶级矛盾的尖锐化和资本主义经济危机造成的严重局面，使社会下层的劳动人民陷入贫困和苦难，杜维姆不仅看到了这种情况的出现，而且在他的诗中也有真实的反映，他对这些被压迫者表示了极大的同情：

地窖里有人叫苦连天，
黑皮肤的人，瘦弱的人和他们的妻子，

他们瘦小的家犬也叫苦连天，
这些人出来就是一大群。
这就是，就是我们的贫困，
他们的孩子生下来，就像做了一场噩梦。

雅罗斯瓦夫·伊瓦什凯维奇的诗则是通过描写自然风景来表达他欢乐的心情：

天空里传来了远方的歌声，
这世界像玻璃一样的透明。
飞来的燕子画出了一行八字形的乐谱。
欢乐的啼鸣好似西班牙牧童的笛声。
一朵朵云霞兴高采烈地飞舞，
然后飞向远方，飞往天际。

卡齐米日·维耶任斯基早期的诗歌也像其他斯卡曼德尔诗人一样，充满了欢乐："我向人们露出了笑脸，把一簇簇鲜花撒在他们的身边／这不是诗人，这是春天。"诗人还写过一些描写都市日常生活场景的诗：

人们急急忙忙地奔跑，
好像一群失魂落魄的幽灵，
有的乘车去交易所，
有的去报社或者看体育比赛。
到处都是嘈杂的人声，
行人止步，
红灯绿灯！这里可以自由通行。

诗人扬·莱洪曾侨居国外，但也摆脱不了对家乡的思念，如在《和天使谈话》一诗中，他对来问候他的天使说：

> 你说我远离了家乡？可是阵阵春风
> 给我送来了花园和田野的芳香。
> 玛佐夫舍①的沙土，立陶宛的湖泊，
> 维斯瓦河②和塔特拉山③都在我身边。

几乎在"斯卡曼德尔"诗社诞生的同时，在克拉科夫和华沙也出现了一个新的流派——波兰未来派，它是1919年由诗人阿纳托尔·斯泰尔翁（1899—1968）和亚历山大·瓦特（1900—1967）在华沙成立的一个未来主义诗歌中心与布鲁诺·雅显斯基（1901—1939）和斯坦尼斯瓦夫·姆沃多热涅茨（1895—1959）在克拉科夫成立的一个叫"手摇风琴"的未来派俱乐部这两个团体合并而形成的。西方未来主义于1809年产生于意大利，这个艺术流派鼓吹民族文化的新生，但它反对继承传统，要求艺术上的革新。后来1911年在俄国出现的未来主义诗歌、1913在法国出现的立体未来主义诗歌流派、1916年在瑞士的苏黎世出现的达达主义诗歌也都表现了对旧世界的厌倦，否定传统。波兰未来主义的产生深受以上国家艺术流派的影响，这一派的诗人首先提出了告别过去、面向未来的口号。有的诗人甚至把当前也看成是过去，例如像泰特马耶尔和斯塔夫这样老一辈的诗人，尽管当时还活跃于诗坛，年轻的未来主义者也把他们看成是过去的。在他们看来，只有他们自己才属于未来。

---

① 波兰中部和北部的一个地区。
② 流经波兰全境的母亲河。
③ 在波兰南部。

未来主义者重视物的研究，他们热衷于生理解剖的描写，对科学技术的进步和资本主义大工业生产很感兴趣，认为"让机器进入人的生活是对生活的一个必要的补充，它将根本改变人的心理"。现代工业文明是伟大的，但它又很可怕，因为它会给人类带来灾祸，如工伤事故和车祸等。他们自称是革命的宣传者，有的诗人也写过具有革命倾向的作品。他们出于反传统的美学观点，要求抛弃以往诗歌创作的逻辑思维和语法形式，提倡写诗运用"自由不羁的词句"，可是他们创造的大量新词和新的句法反而造成混乱，使读者无法接受和理解，所以这个流派在20年代中期便不存在了。1922年，在克拉科夫又出现了一个新的诗歌流派，即先锋派。先锋派和"为艺术而艺术"相反，追求社会功利。波兰先锋派的诗人也和未来派诗人一样，赞颂20世纪科学技术的进步，因为科学技术的进步可以用来驾驭和征服混乱的大自然，建立新的社会秩序，这样又会促使人的心理结构的改变，这有利于世界各民族的互相了解，人类从此便可走向团结和富裕的道路。

在30年代初，又出现了另一个先锋派，文坛上称之为第二先锋派。由于经济危机和法西斯主义的威胁，这一流派诗人的作品经常描写阴森可怕的场景，预示灾祸的来临，所以被称为30年代诗歌中的灾变派。但其中有的作品一味追求形式的雕琢和自由联想，缺乏社会内容。

由革命诗人弗瓦迪斯瓦夫·布罗涅夫斯基（1897—1962）、斯坦尼斯瓦夫·雷沙尔德·斯坦德（1897—1939）和维多尔德·万杜尔斯基（1891—1937）于1925年联合发表的关于无产阶级革命诗歌的宣言《三声排炮》，标志着两次世界大战之间无产阶级革命诗歌流派的产生。稍后参加这一流派的还有爱德华·希曼斯基（1907—1943）、卢齐扬·辛瓦尔德（1909—1944）和未来派诗人布鲁诺·雅显斯基等。波兰20世纪无产阶级革命诗歌是伴随着波兰20世纪30年代工人运动和无产阶级革命斗争而产生的。这些诗人在他们当时主办的刊物上发表革命诗歌，深刻揭露了无产阶级和人民群众遭受残酷的阶级压迫而陷入苦难的生存状况，真实反映了这一时期波兰无产阶级的革命斗争，充分表现了爱国主义、革命英雄主义和革命乐观主义精神，他们要为波兰和全世界的被压迫者获得彻底解放而战斗，对当时国内的工人运动起了很大的鼓舞和推动作用，成为两次世界大战之间影响最大的流派之一。

在30年代初，由于西方各国面临经济危机，波兰也受到危机的影响，无产阶级的生活状况急剧恶化。对这种情况的出现，布罗涅夫斯基在他的《东布罗沃矿区》一诗中写道："矿区挖出了煤块，把它送往东方和西方，/可它变成了黑色的魔鬼，变成了贫困、饥饿和疫病。"人们在饥饿、失业和疫病的威胁下奋起反抗，刽子手们疯狂地屠杀，被压迫者要坚持斗争下去：

鲜血在流淌，五月的鲜血，
在大街上，在宪兵的刺刀下，
听吧，被践踏、被鞭打的人们在呼唤着你！
鼓起勇气，冲向监狱的大门！
华沙在呼唤自由，
华沙在战火中燃烧。

30年代末，西欧一些国家的法西斯统治者不仅残酷镇压人民的反抗，而且极力准备发动世界大战，给整个世界以极大的威胁。布罗涅夫斯基面对这种情况，感到心焦和义愤，他揭露了法西斯的凶恶面貌，给人们预示了战争将会造成什么样的后果，叫人们提高警惕：

夜尽之后，来了一个可怕的白天，
饥饿、大火和瘟疫，

> 新的地狱降临人间。
> 女人穿上了血衣，
> 城市被烧成了灰烬，
> 实验室成了废墟，
> 文明的双目不见天日，
> 历史在愤怒中前进。

布罗涅夫斯基不仅以诗歌作武器，揭露了资产阶级和法西斯主义的真实面貌，他也写出了革命者在敌人的牢房里所表现的坚贞不屈的意志以及他们对祖国的热爱。作为一个无产阶级革命诗人和战士，布罗涅夫斯基不仅看到了波兰劳苦大众遭受残酷的阶级压迫，许多波兰革命者为了他们的翻身解放而战斗和牺牲，也看到了世界各国的无产阶级和人民大众在和法西斯反动统治所进行的坚持不懈的斗争，他深感波兰无产阶级的革命事业是同世界各国的反法西斯斗争和无产阶级革命分不开的。他在充分反映波兰无产阶级20世纪二三十年代革命斗争状况的同时，也没有忘记世界各国无产阶级革命的历史。他的诗歌当时在革命群众中广为流传，对20世纪30年代波兰无产阶级革命斗争起了很大的鼓舞作用。

三

在第二次世界大战中，德国法西斯占领了波兰后，萨纳奇亚政府被迫流亡伦敦，但是这个政府所领导的国家军仍在国内坚持反法西斯抵抗运动，它和由波兰工人党领导的人民近卫军并肩战斗，经过近6年的浴血奋战，于1945年年初，在苏联红军的配合下，赶走了德国法西斯，波兰再次获得了解放。这一时期，一部分诗人流亡国外，还有许多诗人特别是青年诗人在国内参加了反法西斯战斗,一些大学文科教师也给学生秘密讲授波兰语言和文学,叫年轻人不要忘记波兰的文化传统。波兰诗人们不论在国外还是在国内,都写了不少反法西斯题材的诗歌,发表在国内秘密出版的刊物上,或者编成诗集,由地下出版社秘密出版。这些诗歌真实反映了波兰人民遭受法西斯的残酷压迫和他们的反抗。一些青年诗人不仅写诗,而且和国家军、人民近卫军战士一起,长期坚持城市保卫战和游击战,狠狠地打击敌人,他们坚信人民一定能够战胜法西斯,使祖国获得解放,有的爱国诗人甚至为此付出了生命的代价。如扬·什恰维耶伊(1906—1983)在《保卫华沙之歌》中,描写了波兰的首都华沙美丽的风光和居住在这里的人们的幸福生活,通过对这座城市悠久的文化传统和它在反法西斯战斗中表现的英雄气概的展示,表现了诗人的爱国主义情怀:

  我们的世界是一个自由的世界,一个辽阔、美丽富饶的世界,
  我们的生活充满了伟大的创造精神,展示了引以为豪的宏愿,
  因为这里有工厂、图书馆和作坊,这里建起了自由的宝塔。

可是德国法西斯又来侵犯,他们焚烧了华沙的城堡、房屋和森林,屠杀了成千上万的无辜人民,给华沙和居住在这里的人们造成了极大的灾难。为了保卫首都,华沙人民奋起抵抗,他们狠狠地打击了敌人,相信自己一定能够取得胜利,把罪恶法西斯消灭干净:"街上横着一道道战壕,布满了铁丝网,堡垒就是电车,就是倒翻在地的灯杆。/沃拉在顽强地抵抗,布拉加[①]在勇敢地战

---

① 沃拉和布拉加是华沙的两个城区。

斗，士兵和群众，个个坚守在战壕里。／流氓和恶棍妄图野蛮地征服华沙，华沙不可征服，华沙叫他们灭亡。"

在德国法西斯占领时期，侵略者不仅焚烧波兰的城市和乡村，屠杀无辜，而且设立法西斯集中营，杀害了无数的犹太人、波兰人和来自世界各国的反法西斯战士和人民，臭名昭著的奥斯威辛集中营就是典型的一例。诗人卡齐米什·帕什科夫斯基当年也曾被关在这个集中营里，他在《奥斯维辛》一诗中，写信给他的母亲，诉说了他在这里见到的一切和对亲人的思念：

这里每天都是集训和苦役，
从清晨开始；
这里的囚徒越来越多，
可他们也越来越少。
我们不知道我们之中谁能得救。
人的命运必须经过死神的筛选，
可怕的焚尸炉每天都在冒着黑烟，
我们的灵魂就像思念一样，已经飞到了绿色的远方。

我给你，妈妈！写这封信，
在奥斯维辛牢房的墙上，
但愿笛哨吹起的风，把它送到你的身旁，
这是我给你的名字，献上的一次祝福。

在德国法西斯占领时期，波兰国家军和人民近卫军的游击战是在波兰各地进行抵抗运动普遍采取的一种形式。诗人艾·捷齐茨（1914—1943）为此曾经高呼："前进，波兰的游击队员，胸中寄托着人民的希望。／广阔的国土是我们的家乡，钢铁的机关枪是我们的母亲，／兄弟，让我们站在一起，目标对准法西斯强盗的心脏！"游击战士被敌人俘虏后，面对死亡毫不畏惧，布罗涅夫斯基的《在圣十字街上处决》中，描写这些爱国者被法西斯强盗处决时，他们的同志和战友对他们坚定地说：

> 别了，同志们！在你们死后，
> 这块土地上的斗争不会停息。
> 虽然在这块石板上，你们洒下了鲜血，
> 可是这堵城墙，这片蔚蓝的天空，
> 还有这喀尔巴阡山，波罗的海，塔特拉山
> 将永远属于波兰。

四

1945年，波兰从德国法西斯侵占中获得解放后，成立了波兰人民共和国。1949年1月，波兰统一工人党在斯才新召开波兰作家代表大会，提出了社会主义现实主义的文学创作的方法，要求作家以这个方法进行创作，但它在1956年10月波匈事变后被否定了，此后波兰文学创作包括诗歌创作不再受到官方书刊检查制度的干涉，开始自由驰骋于文坛，因此诗坛这一时期，就像百花齐放一样，又出现了不同的风格和倾向的流派。如从1956年开始，一批青年诗人在《当代》杂志发表诗歌作品，他们在文坛上的影响越来越大，后来被称为"当代派"，也被称为"1956年的一派"。这一派诗人从一开始就表现出叛逆精神，要求反映社会生活中迄今没有反映或者不敢反映的问题，但他们的人生观、价值观和审美观都不一样。有的诗人一味揭露社会中的丑恶现象，形成了所谓"丑陋派"；有的诗人力求创新，形成了自己独特的风格；有的诗人则仍以传统的表现手法，反映各种不同的生活题材。在丑陋派诗人中，最著名的代表是斯坦尼斯瓦夫·格罗霍维亚克

(1934—1976)。他的作品描写一个走向没落的世界，这里能够见到的只有贫穷、残疾、苦难、衰老、死亡和现实不可克服的矛盾，有强烈的讽刺意味。米隆·比亚沃谢夫斯基（1922—1983）也是一个丑陋派诗人，他的诗歌主要反映城郊社会下层的生活状况，这里到处都是破烂、废品、市场上的贱卖品、伸出残废的手要饭的乞丐、破旧的小教堂、忏悔的人们、小城破旧的房屋和街道等。兹比格涅夫·赫贝特（1924—1998）的诗歌常常借用古希腊罗马的神话和历史典故，说明和回答当今的社会问题，被称为新古典派诗人。他在《为什么是古典作家》一诗中写道：

> 在关于伯罗奔尼撒战争的第四部书中，
> 修希底德讲述了他那次失败的远征。
> 由于他的援军没有及时赶到，
> 安菲波利斯①的雅典移民区
> 被布拉西达斯占领，
> 修希底德因此被判处终生流放，
> 永远离开了他的故乡。
> 各个时代的流放者们都很清楚，
> 修希底德为这些付出了多大的代价。

每个时代都有出于政治原因被流放他乡的孤独者，但大多数的流放者都是因为参加了反压迫斗争遭到反动统治者的迫害而被流放的。修希底德被流放当然是另有原因的。其他影响较大的当代派诗人还有耶日·哈拉塞姆维奇（1933—1999）和爱尔内斯特·布雷尔（1935— ）等。哈拉塞姆维奇的诗歌大都写初春和

---

① 安菲波利斯，马其顿斯特里蒙河上的古希腊城市。公元前424年，斯巴达将领布拉西达斯进攻该城，修希底德援助不力，被流放。

初冬山区的景色、孤寂的坟地，具有泛灵论的童话色彩。有的作品取材于中世纪和巴洛克时期被遗忘的民间故事，富于想象。布雷尔对 19 世纪浪漫主义诗歌热衷于歌颂失败和牺牲进行了讽刺，认定对历史要进行反思和重新评价，但他有的作品充满了苦涩和绝望的情调，甚至宣扬世界末日的到来。

著名女诗人、1996 年诺贝尔文学奖获得者维斯瓦娃·希姆博尔斯卡早在 50 年代初就出版诗集，1956 年以后，她主要写哲理诗，通过对宇宙世界和人类社会从古到今的考察，揭示大自然和社会的发展规律，她曾经很得意地写道：

> 我们的战利品就是懂得了世界，
> 它是那么伟大，两只手就能够把它抓住，
> 那么艰难，可以面带微笑地将它描写，
> 那么奇怪，就像祈祷中的古老真理的回声。

诗人也看到了地球上的生物有一个进化的过程，"人类的科学技术在飞速地发展／刚刚把身上的鱼翅变成了四肢，从用火镰打火到发射火箭／"而天空对我们来说，却是无处不在的：

> 天空在我的身背后，
> 在我的手下，在我的眼皮上，
> 它把我紧紧地缠住，
> 又把我从地上吊起。

> 最高的山峰并不比
> 最深的峡谷离天空更近。
> 任何地方都不会比别的地方拥有更多的天。

> 如果考虑到宇宙是一个整体，
> 天地之分并不是正确的分法。

诗人参观历史博物馆，看到那些展品，便想到了它们当年是怎么使用的，历史不可能永存，那么它的过去是个什么样子呢？

> 有扇子，但那用它遮羞的淑女在哪里？
> 有宝剑，但那挥舞剑戟的愤怒骑士在何方？
> 有诗琴，但有谁在阴暗的黄昏去把它奏响？
> 历史不可能永存，
> 只好把成千上万的古物都收藏在这里。

通过对历史和现实的观察，诗人对于事物得出了一个富于辩证的观点：

> 快乐总是伴随着恐惧，
> 绝望任何时候也不会没有希望，
> 生命虽然不短，但总是短暂的，
> 有时甚至短暂得必须对它加以补充。

所以瑞典诺贝尔奖委员会在给诗人授奖时发表的授奖词中说："她的诗歌以精确的讽喻揭示了人类现实中若干方面的历史背景和生态规律"，也具有鲜明的当代性。

60年代末开始，诗坛上又出现了一股新的浪潮，统称新浪潮派。其中包括各地一些年轻诗人成立的各种诗社，其代表诗人有斯坦尼斯瓦夫·巴兰恰克（1946—2014）、雷沙尔德·克雷尼茨基（1943—   ）、亚当·扎加耶夫斯基（1945—   ）、尤利扬·科恩豪赛尔（1946—   ）和女诗人爱娃·李普斯卡（1945—   ）等。

新浪潮派诗人大都出生于第二次世界大战后，对 40 年代末和 50 年代的生活以及 1956 年的事变没有亲身感受，但 1968 年以后的社会动荡使他们认清了各种矛盾和冲突产生的原因；国民经济发展停滞不前，社会上各种不实的宣传报道和人们精神生活的贫乏使他们感到苦闷以至愤懑。他们不仅写诗，还发表诗学理论著作。他们反对古典主义诗歌，认为古典主义诗歌超脱现实，想要进入所谓的理想境界，但诗歌不能脱离现实，要反映个人和他们这一代人的生活体验，塑造具体的而不是抽象的抒情主人公；要打破一切清规戒律，进行独立思考，要说真话，以伦理道德的观点而不是政治观点看待事物。在这些诗人看来，所有的欺骗都来自语言的运用，必须对过去那种矫揉造作的形式主义诗风和粉饰太平的语言进行改造，代之以他们的"吼叫诗学"，即采用简洁明快又不加修饰的语言来反映现实的真情，所以新浪潮派又叫语言学派。他们热衷于反映现实的重大问题，还认定马克思主义能够促使社会的变革，因为它揭露了社会异化的存在，并与之进行斗争，探索改造现实的途径。

这是新浪潮派诗人总的倾向，他们各自的社会观点、诗学观点和创作风格并不相同。女诗人爱娃·李普斯卡关心她这一代人的命运，关心他们的过去、现在和未来，她经常以伦理道德的观点评议现实。她的诗歌具有浓郁的抒情色彩。有时她还接触一些和革命有关的题材，语言通俗，读起来朗朗上口，给读者以亲切感，如在《我家的桌子》中写她的祖母以前缝过一件连衣裙：

> 后来革命爆发了，
> 她上了前线，没有把它缝完，
> 就扔到了一边，她很悲哀，
> 就把它扔了。
> 可是革命胜利了，

我给这件连衣裙拍过一张照片
　　现在受到了大家的喜爱和尊敬。

　　斯坦尼斯瓦夫·巴兰恰克是诗人也是文学评论家。他的诗歌揭露了专制压迫和人们对自由的渴求,以监狱、屠杀和"水泥地上的血迹"来表现现实世界的残酷性,反映了诗人的危机感。当他听到"收音机里播放民间音乐,／体育场上奏起了国歌,玛丽亚大教堂塔楼上的号角①也吹响了／,见到／许多人在唱国际歌游行。／夜晚的电视上播放着摇篮曲／有人在拉小琴,有人在弹电吉他／"的时候,他也认为"／这里弹出来的是恐怖的旋律,是矫揉造作的表演,这种表演使我们变得愚蠢了"。雷沙尔德·克雷尼茨基刻画了许多孤独者的形象,他们感到周围世界十分可怕和不可理解,不仅压制他们的个性,而且威胁他们的生存。他们和群体格格不入,要反抗,但不是大喊大叫的反抗,而是无声的反抗、孤独的反抗。尤利扬·科恩豪赛尔常常描写"臃肿的双手""欺骗的帽子遮不住脑门""游击队员的尸体"等形象,就像丑陋派诗歌一样,讽刺空洞无物的宣传鼓动、僵化的思想方法和一成不变的社会秩序,他大声呼唤:"我们需要不带伤疤的男子汉",只有这种没有烙上旧世界伤疤的强者才能改造陈旧的世界。亚当·扎加耶夫斯基主张诗歌要"现代化",但他认为世上事物的出现往往不可理解,因为"我的生活,我的自由的生活不可捉摸"。

　　新浪潮派诗歌虽不直接反映现实中的政治问题,但它的思想倾向和50年代的清算文学是一脉相承的。新浪潮派的诗学观点和理论及其创作实践不同于前一时期散文和诗歌中的任何流派,它能够从世界和历史的高度来审视现实的弊端。80年代以后,一批更为年轻的诗人如安杰伊·舒巴、尤泽夫·巴兰、托马什·雅斯

---

① 克拉科夫玛丽亚大教堂塔楼上每天中午十二点都要吹号。

特隆、扬·波尔科夫斯基、安东尼·帕夫拉克和亚当·捷米扬宁等也加入了新浪潮派。

在20世纪末和21世纪初，波兰诗坛上又出现了所谓地铁里的诗，2011年上半年，我应波兰文化和民族遗产部所属的克拉科夫图书研究所的约请，负责翻译了波兰这一年将在中国首都北京和其他一些欧洲和亚洲的大城市举办的，命名为"地铁诗歌——来自波兰的诗展"的全部作品。这类诗歌的展出在波兰已经是第四届了，但它们在中国的展出还是第一次。我这次收到波兰方面在邮件中发来参展的共34位诗人的作品，都是举办者从波兰现代诗歌创作的老中青三代诗人和他们的作品中精选出来的，其中除了老一辈已故的著名诗人如1980年诺贝尔文学奖获得者、曾长期居住在国外的切斯瓦夫·米沃什（1911—2004），1996年诺贝尔文学奖获得者维斯瓦娃·希姆博尔斯卡，兹比格涅夫·赫贝特，著名诗人兼剧作家塔杜施·鲁热维奇（1921—2014）和今天仍健在的亚当·扎加耶夫斯基等的诗歌外，更多的是中青年诗人的作品。正如这届诗展的举办者所说的那样："在这次普及诗歌的运动中，城市范围内的诗人有好几代都参加了。波兰的青年诗人能够这么广泛地展示他们的作品，还是第一次。""地铁诗歌"顾名思义，是反映世界在高科技统治时代的现代生活的诗歌，因此也可以说，它就是一部波兰当代诗歌的精选。在波兰方面选定的"地铁诗歌"的作者中，像切斯瓦夫·米沃什等老一辈的诗人在波兰国内外早已享有盛名，他们的作品题材丰富，无论在思想还是艺术上，都达到了很高的水平，堪称波兰现代文学的经典。青年诗人的作品反映现实生活面之广泛、表现形式之多样，更是前所未有，其中有的抒发个人美好的情愫，有的富于深厚的哲理，有的回忆过去，有的则极力追求新颖独特的格律和形式。例如诗人格热戈日·布鲁舍夫斯基（1981— ）爱看美国NBA的篮球赛，把他和朋友在赛场上的见闻和感受生动地反映在他的作品中。此外，他对西方爵士音乐也有独特的看法:"在人们的想象中,未来音乐的发展好像改变了方向,/"爵士"是一种生活方式,你以家庭——老婆——孩子的概念对它是无法理解的。"可诗人又不无讥讽地说,如果坚持这种生活方式,"当一次又一次的碰杯,一根又一根的线条,都在消磨你的天才的时候,你反而以为,你变得越来越伟大了"。诗人博赫丹·比亚塞茨基(1980—)把当今物理学中原子结构的变化和其中电子的活动比作机器人打球,形象地揭示了原子核活动的秘密。诗人耶日·雅尔涅维奇(1958—)想到信息时代的知识爆炸,说:"一部词典虽然无所不包,但却有好几百个新的单词没有收进去。"他的诗还揭露了现代社会中的吸毒、核辐射和各种不治之症的严重危害,提到了切尔诺贝利在1986年发生的核泄漏事故。诗人沃伊泰克·奇洪(1983—)在《生命在继续》中,接触到了这次诗展的主题:

  地铁里的电车一列又一列地驶过许多成年的大门,
  门上总是张贴着许多广告,缀饰着许多鲜花;
  还有诉说了缘由的各种申明:要怎么去进行战斗?
  跟随专制主义的足迹,怎样才能得到人们的赞许和尊敬?

  这大概是诗人在华沙地铁里经常看到的场景。面对光怪陆离的现代生活,诗人甚至感到厌倦:

  我早就在这么折磨自己了,
  我也不愿待在这个只有几个人的悲哀的俱乐部里,
  我只是身在而心已经不在那里了。
  俱乐部里其他的人都劝我不要再听那些电影内容的介绍,
  那些商界的丑闻,那些股市行情。

这种迷茫、无奈，因对现实的不满而产生的忧郁感在许多诗人的作品中都可见到，它的表现也多种多样。有的是因为想要追求自己所爱的人可又得不到对方的爱而产生的悲哀，诗人耶日·雅尔涅维奇还因为自己这一代人没有成就，不得不靠先辈的文化遗产作为他们的精神食粮而感到遗憾："他说，你相不相信，我们都是一些爱吃死尸的人？／那就只有享用死人留下来的东西了，这是多么无奈。"

但除此以外，在这些青年诗人中，我们也可看到他们对生活、对大自然和对人性的赞美。诗人雅采克·德内尔（1980—　）2005年3月22日在从格但斯克到华沙的火车上曾经看到这样的景象：

　　无人问津的河面上筑起堤坝，架起了大桥。
　　为了防止水土流失，不管是南方和北方，
　　都划分了水域，铺设了排水管道。
　　一条条道路把城市连在一起，城市的人口也陡增无比。

诗人不仅赞美现代化的水利工程和城市建设，而且也很热爱大自然的单纯，在他的一首田园诗中，甚至表现了他对近乎原始的农业生产的极大兴趣：

　　又是一个秋天，旅行的季节，
　　窗子外，牧场上，田埂旁，
　　水草丰茂，林子里有许多倒下的树，
　　他在农田里奔忙。

当他知道一株樱桃树的树枝被砍下来后，就为它鸣不平，说："这是对这株树恩将仇报，它结了那么多的果实，它让人踩踏，任凭小伙子采摘。"在《幸福》一诗中，诗人还揭示了一个女人对她丈夫坚贞的爱："这么多年，这么多书信，这么多的亲热，她熟悉他的衬衫，皮鞋的号码和帽子的大小。／她从来不窥探别的男人，也不用别人的用语和那些亲热的名字。／就是她丈夫患了心脏病或肾癌躺在床上，她也认为／他躺在床上一点也不比别的男人差。"

博赫丹·皮亚塞茨基（1980—　）在《记忆》一诗中，也生动地写出了他曾遇到的一个生性质朴、善良的女人，她很坦诚地对诗人说：

> 你知道，我生孩子违背了母亲
> 和家庭其他成员的意愿。因为我没奶喂，
> 儿子骨头里缺钙，将来走不了路。
> 我找过城里的医生，
> 但是公共汽车票价太贵，医生们都很少出诊，
> 我的丈夫又没有工作，
> 家里人没有要我生孩子。

诗人听了后非常感动，说：

> 她不要钱，只想和我谈话。
> 我的行囊里有一台美伦达照相机，
> 这个老式的相机比可以喝一年的牛奶都有用。
> 我给她照了相，她很激动，非常感谢我。
> 我想，我这辈子都不会忘记。

要使这个世界再也没有痛苦，没有贪婪和欺骗，像珍珠和土地那样透明和洁净，为追求美好的理想，奉献自己的一切，那么

它就会永远放射着绚丽的光彩，而不会变得苍老。这就是诗人们的梦想。像这样优美动人、充满了人性美和自然美的诗作还可以列举很多，这一届地铁里的波兰诗是波兰现代诗的一个新的艺术宝库，为世界诗坛增添了新的光彩。

（此文收入《回顾与前瞻——新世纪中波文学交流》论文集，世界图书出版公司 2016 年版）

切斯瓦夫·米沃什和他的诗歌创作

波兰著名诗人切斯瓦夫·米沃什（1911—2004）一生经历曲折坎坷，而他的诗歌不仅是他那富于创新的文学创作艺术的最充分的表现，也是他那漫长的一生以及他对我们生活的这个充满了矛盾和斗争但也具有光明的前景及美好希望的世界的真实写照。他也正是因为"在自己的全部作品中，深刻地揭示了人在充满着剧烈矛盾的世界上所遇到的威胁"，表现了"人道主义的态度和艺木特点"，而于1980年获得诺贝尔文学奖。他是波兰继著名作家亨利克·显克维奇和弗瓦迪斯瓦夫·莱蒙特之后获此殊荣享誉世界文坛的著名作家之一。这里我愿联系他一生的经历，特别是他在青少年时代性习的形成对他的诗歌创作的影响，谈谈自己一点初浅的看法。

一

切斯瓦夫·米沃什于1911年6月30日出生在他的外祖父母的庄园里，这个庄园叫谢泰伊涅，是当时属于波兰版图的立陶宛的涅维阿查河上凯伊当内县的郊区农村。当时在立陶宛一些地方，有许多波兰人和当地的立陶宛人，还有犹太人杂居在一起，这些地方长期保存了这些民族古老的风俗习惯和历史传统，虽然他们的语言、民俗和宗教信仰有所不同，但是他们仍能互相关照，和睦相处，保持安稳的社会秩序。这里当时几乎没有近代的大工业生产，但人们以农业和手工业劳动，和没有被污染的美丽的大自然接触，也能创造他们幸福美好的物质和精神生活，使他们的住地成为一个自然的天国。米沃什在他童年时代的早期，主要是受到他的母亲韦诺尼卡和外祖父母的关照，因为他的父亲亚力山大大学毕业后，作为一个桥梁和铁路修建的工程师，一直工作在俄国的西伯利亚地区。米沃什在谢泰伊涅的幸福生活和见闻，一直到他的晚年都没有忘记，如他在1995年发表的一首《在谢泰伊涅》中写到：

你是我的开始，此刻我又与你重逢，在这里我学会了辨别南北东西。

从树林后面往下去是河的方向，我身后和楼房后面是森林的方向，往右通往圣·布罗德，往左可以通往库西尼亚和普罗姆。

无论身在何方，在哪个大洲旅行，我总是把脸转向河的方向。

咀嚼着鲜嫩多汁、红白两色的菖蒲根茎，感受它的味道与芬芳。

倾听着从田野归来的割麦人哼唱古老的民歌，太阳渐渐隐没在小山后面，宁静的傍晚一片安详。[1]

---

[1] 见《米沃什诗集Ⅳ》，赵刚译，上海译文出版社2018年版，第96、97页。

后来在2000年发表的一首诗《我的爷爷齐格蒙特·库纳特①》中，他还谈到了：

> 库纳特家族属于加尔文宗贵族，我得意洋洋地记下这一点，因为在我们立陶宛，最开明的就是加尔文教派。
>
> ……
>
> 他从未说过神甫的坏话，也从未破坏广为接受的习俗。
>
> ……
>
> 他严肃对待"有机劳动"的原则，因此开始在谢泰伊涅生产呢绒，这也是为什么我曾在放着压呢机的房间里玩耍的原因。
>
> 他对所有人彬彬有礼，无论长幼贫富，都愿意全神贯注地倾听，这超越了同时代的其他人。
>
> ……
>
> 外表优雅并非他的全部，他的内心隐藏着聪慧和真正的善良。
>
> 在思考我与生俱来的重负时，每当我忆起自己的爷爷，就感到片刻轻松，因为我一定是从他那里继承了些什么，就是说我并非一文不值。
>
> 人们称他为"立陶宛人"，大概是因为他在莱格米亚茨建造校舍，并支付了立陶宛教师的工资。
>
> 所有的人都喜欢他，立陶宛人、波兰人、犹大人，在周边的村落他广受尊重。②

---

① 根据安杰伊·弗朗纳谢克于2012年在克拉科夫"记号"出版社出版的《米沃什传》中的说明，齐格蒙特·库纳特是米沃什的外祖父。米沃什的祖父叫阿尔图尔·米沃什，死得很早。波兰文的祖父和外祖父是一个词。但这里说的是诗人的外祖父。
② 见《米沃什诗集Ⅳ》，赵刚译，上海译文出版社2018年版，第147、148、149页。

米沃什在他晚年的回忆中，不仅说明了波兰贵族出身的外祖父的聪慧和高贵善良的品德对他的影响，而且也介绍了由于1863年1月在沙俄占领的波兰王国的华沙爆发的波兰抗俄民族起义的影响。沙俄当局于翌年宣布波兰王国的农奴解放后，这里资本主义开始迅速发展，新兴资产阶级的代表人物因此提出了当时具有进步意义的实证主义有机劳动和基层工作的口号：主张在波兰大力发展工农业生产，普及教育事业，男女平等和各社会阶层一律平等。这一切对和波兰有密切关系的立陶宛也有很大的影响，作为一个具有进步和民主思想的波兰人，米沃什的外祖父能够严肃对待"有机劳动"的原则也是很自然的。

1913年，韦诺尼卡决定带着她才两岁的儿子米沃什长途跋涉，要走五千公里，去找她远在西伯利亚的丈夫亚力山大。年轻的工程师亚力山大设计建造过桥梁，还设计过铁路的线路。他在西伯利亚的克拉斯诺亚尔斯克居住的时候，还在贝加尔湖和萨彦岭一带捕猎过鹿群。后来他在叶尼塞河上乘船，或者坐犬拉的车子经过冻土带，一直来到了北极圈。在叶尼塞河的入海口，他遇见了那艘著名的南森①号舰，它在这一年受一些挪威商人的委托，考察过有没有可能和北边的海岸建立常规的海上联系。亚力山大在南森号舰的甲板上也照过他的纪念像，长期以来，这张纪念像一直悬挂在米沃什一家后来在立陶宛的维尔诺居住的房子里，米沃什后来在他的一首诗中回忆说：

我认识他们，他们站在戈列茨特舰的甲板上，
它已经驶向了叶尼塞河的入海口。

---

① 南森（Fridtjof Nanson，1861—1930），挪威的北极探险家，海洋学家，政治活动家和慈善家。领导过多次北极探险（1888、1893、1895—1896）和北大西洋海洋探险（1900、1910—1914）。由于他在第一次世界大战后做的救济工作，于1922年获诺贝尔和平奖。见《不列颠百科全书国际中文版》，中国大百科全书出版社2002年版，第11卷，第523页。

> 这个穿了一件汽车司机穿的皮子上衣皮肤有点黑的人
> 就是洛利斯—梅叶利科夫，他是个外交官，
> 这个胖胖的是沃斯特罗丁，
> 他是一个金矿的所有者，也是杜马①派出的使者。
> 他旁边那个淡黄色头发的瘦小的个子
> 是我的父亲，还有骨瘦如柴的南森。

他后来在 1985 年写的《北方航线》一文中还明确指出："探险家弗里德约夫·南森名气很大，他出现在'正确号'轮船上一事足以使得这次航行引人注目；这艘船在 1913 年夏天沿北方航线从挪威前往西伯利亚。""西伯利亚未来的机遇几乎可以说不可限量；但是这些机遇遇到了各种困难，主要是距离遥远。在西伯利亚的中部，无论是向西通往波罗的海的铁路，还是向东通往太平洋的铁路都十分漫长，使得该国主要产品，例如粮食、木材等的运输都不可行，因为运送到市场的费用可能轻易会等同于货物本身的价值。""在叶尼塞河河口和欧洲之间，尽管有冰面，但是如果能够建立定期的航行，那么在未来大量的产品就可能通过这条比较廉价的航线运输，这对于整个西伯利亚中部的发展都具有最重大的意义。因此，这个国家的居民都密切注意能推动这一事业的一切活动。"②

二

1914 年 6 月，以英国、法国和俄国为一方与德国、奥地利为另一方的第一次世界大战爆发。8 月 1 日，德国人向俄国发动战

---

① 俄国某些国家机关的名称。
② 见《米沃什诗集Ⅲ》，杨德友译，上海译文出版社 2018 年版，第 101 页。

争，亚力山大被动员参加了俄军工兵的团队，1915年年初，东方的前线属于德国人，俄国的军队打了败仗，退却了。在1915年7月中，立陶宛也变成了前线，德国军队在秋天占领了维尔诺。这时候，原来在谢泰伊涅庄园的米沃什的外祖父母决定依然留在那里，米沃什和他的母亲因为在西伯利亚已经找到了他的父亲亚力山大，便带着他跟在亚力山大所在的部队的后面，好几个月在背离前线的一些地方，坐着牲口拉的车子或者军用的火车往前奔走，他们最后来到了波兰过去的英弗兰迪的韦泰布斯克，后来又去了拉托维亚的卢岑，那里是波兰难民聚合的地方。1917年俄国十月革命爆发，沙皇尼古拉二世退位，成立了临时政府，但俄国国内未能保持一个隐定的局面，这里一片混乱，在逃亡中的米沃什和他的父母这时候在伏尔加河边距离莫斯科不远的勒热夫附近的耶尔姆沃夫卡的庄园里，找到了他们的藏身之处。米沃什在这里也很快就适应了周围环境，他还高兴地说："我亲爱的朋友都是俄国的士兵，他们的红黄色的胡须我很喜欢，软绵绵地，就像用一些旧布织的一只小猴子那样[①]。"1918年3月初，第一次世界大战结束，由于德国和奥地利战败和俄国十月革命的胜利，布尔什维克政府和一些中欧国家签订了和约，宣布立陶宛、拉脱维亚、爱沙尼亚和波兰都是独立的国家。亚力山大要去他的岳父母也就是米沃什的外祖父母所在谢泰伊涅的庄园里，可是年少的米沃什这时在一个车站的人群中突然不见了：

    奥尔沙这个车站不好，火车在这里要停一昼夜，
    因此我在这里大概失踪了，六岁的我，
    被遣送回国的人们的火车开了，只留下了我。

[①] 是说这些俄国士兵在他看来，十分天真、可爱。

我总以为，我会是另外一个人，
用另外一种语言写诗的诗人，我的命运也会改变，
我好像猜到了我在科雷马河边会了结我的一生，
那里的海底上有死人白色的头盖骨，
我当时感到非常害怕，
就像母亲对于我的担心一样。
一个小孩在大人面前，在一个帝国面前发抖，
这个帝国头上戴着皮帽，
带着它的弓箭、套马索和自动手枪这些武器，
还有从那些被它征服的地方得来的记事本，
坐在小轿车上或者马车上，敲打着马车夫的背膀，
走呵，走到了西方。
可是这一切我都没有逃避，
一百年、三百年之后也没有逃避，
我白天黑夜，在冰上走过，在水上游过，
在母亲河上只留下了我的穿了孔的铠甲，
和带着国王给我的授命的行装。
我走过了第聂泊河、涅曼河，布格河和维斯瓦河。

但在最后一刻，终于有人把他带到了父母的身边，这也是他对他们的逃亡生活的真实写照。米沃什对俄国十月革命也有他的看法，他认为这是一种的红色恐怖，而且他还认为每一次革命都会使文明遭到毁灭，因此这也是他对所有的革命行动的看法，在下面一首没有发表的诗中，我们看到：

在这条黑色的可怕的伏尔加河上，
我看见了寒冷的公园里的道路是那么阴暗，
我抓住了那些老人的一只手，

枯干的树叶发出嗖嗖的响声。
现在我知道，我只有6岁。这是发生在
1917年的事。我也知道：
到处都和这条伏尔加河一样的黑暗和恐怖，
只是一个小男孩羞于把它说出来，
因此每个人都在假装没有看见，
好像它根本就不存在。

　　米沃什意识到，他就是在这条黑色的河上，得到了那些深深隐藏着没有说出来的经验教训，关于逃亡、危险的临近和死亡的光照在他走向成年的岁月中，总是在他的身边，决定了他的诗歌创作的倾向。

三

　　重又回到了谢泰伊涅这个他认为是"人间的天堂"后，他"走进了令人舒爽的绿荫，鸟儿在歌唱，园里的果树结满了果子。故乡的河的是那么迷人，它和东方平原上的令人无限伤痛的的河流完全不一样"。还有"六月的艳阳天、果园、椅子上挂着一串串的勺药和紫荆花，亚麻色头发的村姑拍着手唱歌。还有村子里的炊烟，牲口从牧场上回来，割燕麦和再生草。岸边的小船在浪花中摆动"。日莫兹[①]大自然的丰收，那里的平地被花草覆盖，在色彩迷人的蓝天下，有许多庄园和立陶宛富裕的村落，今天人们可以安心在这里经营土地了。

　　在谢盖伊涅的日子过得不错。肥沃的黑土地保证了米沃什一

[①] 古代曾是一个小的国家，在今立陶宛涅曼河的下流一带，过去属于波兰。

家有好的收成。这个村子里那家旧的"扎科潘内①式的服装"的缝衣店还在缝织着麻布衣。凯伊达内的犹太缝工将绵羊身上的羊毛和羊皮制成了羊皮袄。② 这里的家具也都是自己打造的,损坏了由铁匠来修理。这是一个自给自足的经济实体,米沃什说,在铁匠铺里:

> 我很喜欢那个风箱,用手拉着一根绳子把它牵动
> 还是用脚踩在踏板上,我不记得了。
> 它是用来吹风的,可使火烧得更旺。
> 然后用钳子夹着一块铁,放在火里烧,
> 把它烧红变软之后,放在一个铁砧上,
> 再用槌子把它敲打成一块马蹄铁,
> 放在一桶水里,便发出丝丝声响,散发着热气,
> 然后把它拿出来,套在马蹄子上。
> 这时马不论在草地上,还是在河岸上,
> 都会甩动着它的鬣鬃毛。
> 不管是铁犁铧,还是雪橇、木耙子,
> 都可以拿到这里来修。

他对故乡谢泰伊涅的大自然和农村生活中的一切都非常熟悉,知道"泥溏,秋天里潮湿的亚麻、锯木屑、树脂、潮湿的狗毛有什么气味"。他在以他童年生活为题材的小说《伊斯塞谷》中展现的这个主人公托马斯就是他自己:

---

① 波兰南部的一个风影区。
② 切斯瓦夫·米沃什在1991年2月3日写给诗人S.巴兰恰克日信中说:"在我们立陶宛,所有的连衣裙都在家里缝制,还有家织的呢绒。我记得,我和母亲曾经来到一个农民的家里(讲两种语言),那里的颜色真是弄不清楚。我们拿起了一些经纱,这是 odetki。华沙的词典说这是绣架,不对。"

一个夏天的早晨醒来后,就听见窗子外面黄莺在鸣叫,还有鸡鸭咯咯的叫声,在院子里汇成了一个大合唱。所有的声音都是那么响亮,也从来没有停歇过。托马斯很幸运地赤着脚从光滑的地板上,跑到了走廊里冰凉的石头地面上,又跑到了外面围成了一个圆圈的小道上,这里有露水……花坛上的芍药花竞相开放,他们都摘了几朵,和安东尼娜一起,要拿到教堂里去了。他把眼睛盯着他们,想要来到这一个玫瑰色的宫殿里。太阳光照在墙上。白天,一些小甲虫在金色的尘土上奔跑。有一次,他抓了一个这样的甲虫,塞进了他的鼻孔,使劲地闻了一下……托马斯又走进了一片灌木丛中,然后他沿着一株柳树的树杆爬了上去,在树杆上坐了好几个小时,是为了看池溏里的水。水面上有一些蜘蛛在跑来跑去,这些蜘蛛在它们的脚下面挖出了一些小小的水的洞口。一些甲虫——像一块块光滑的金属片,浮在上面,水淹不着它们——在水面上,围着一个小的圈子跳起舞来,它们不断地围着这样的圈子。在太阳光的照耀下,从池塘的底上长出来的一些植物的中间有一大群鱼。这些鱼一会儿往四面八方冲去,一会儿又聚在一起,摆动着它们的鱼尾,经过几次的摆动便往前冲去。有时候,在水的深处又钻出了一条大一点的鱼,来到了亮处,这个时候,托马斯的心便激动得跳了起来。

他这时的感受是那么强烈,也使他消除了他不久前的流浪在他心灵深处留下恐惧和痛苦。可是看到那些动物的身子被切割,公鹅的脑袋被砍掉后仍在小桌子上挣扎,尤其是当他自己也把一个钩子伸进了一条鲈鱼的体内,要把它钩住,作为对狗鱼的诱饵时,这才知道乡下那不可避免的残酷,但这并没有消除他现在感受到的乐趣，他认为这是一种自然而然的现象，没有必要去对它表示反对，至少不要表示有意的反对。但他后来在他的自传中回顾他的过去时，曾这么说："谁知道，我后来的悲观主义也许就是在我童年的这些时候产生的，它那么长时期的存在，一直到我成为一个成年人，都认为这个悲惨的叔本华①才真正是一个的哲学家。"他还说他童年时"受的是这种界于福音书、童话和科学的世界观之间的教育，而没有受过别的教育"。诗人老了后，对这表示了肯定。在他7岁到10岁这段时期读过的书使他充满了幻想：

在空气中到处都有这种信仰，它包围了我，感觉得到。
它以草的芳香和笛声在对我说话，
还有黄莺和燕子的鸣叫。

如果让我们知道了诸神的名字，
我很容易就会认出他们的样子。

他还说："我很年轻的时候就对宗教的洗礼非常着迷，这种洗礼的举行我一辈子也没有忘记。"在谢泰伊涅这个他认为是"人间的天堂"里，得到了他的母亲的关照，感到很幸福，他是那么天真浪漫，他爱故乡谢泰伊涅，他认为它不是维尔诺也不是他后来去过的华沙、法国、加利福尼亚的任何一个地方，它在他的记忆中是这个世界的轴心。他后来在任何时候想要获得创作的灵感，

---

① 叔本华（Arthur Schopenhauer，1788—1860）德国唯心主义哲学家，唯意志论者，主张"自在之物"即"意志"。强调所有的人都是利己主义者，但人们利己的"生活意志"在现实世界中无法满足，故人生充满了痛苦。因袭了印度吠檀多派和佛教的说法，认为必须断绝"我执"，否定"生活意志"，才能求得解脱，达到涅槃。在美学方面，是反现实主义者。著有《世界即意志和观念》等。见《世界历史词典》，上海辞书出版社1985年版，第400页。

唯一的办法就是回顾他童年时的《伊斯塞谷》。当他生命快要结束的时候，他想到了他要去立陶宛旅行，会使他获得从未有过的感受：

> 这是河岸上一片丰茂的草地，还没有到割草的时候，
> 在6月的一个阳光高照的美好的日子里。
> 我这辈子都在找它，我找到了它，认识了它，
> 这片草地长满了花和草，这个孩子是知道的。
> 我半闭着眼皮子，看见了这里的光照，
> 这里的芳香笼罩了我，别的什么我都不知道。
> 我突然感到我消失了，在幸福中哭了起来。

四

十月革命后，在建立新的苏维埃国家的过程中，因为立陶宛的归属问题经历过一些曲折，为了争夺这个地盘，波兰的军队还和苏联的军队在这里打过仗，许多波兰人也包括米沃什一家因为祖祖辈辈都住在这里，这里有他们的家产，都不愿离去。后来几经曲折，在1921年春天，米沃什一家搬到了立陶宛的首都维尔诺，米沃什也在这里上了中学，他在这里有时候看到：

> 在整条德国街上，那些商店的柜台上面，
> 都牵着一些丝织的带子，
> 上面挂着的货品都是为死者准备的，
> 因为他们要去耶路撒冷。

米沃什的父亲要养活他的全家，他首先在里达的一个建筑公司里找到了工作，后来又和他的一些同事一起开了一个桥梁建筑

公司。他后来还去过巴西，在那里挣了一笔钱，回来后在维尔诺购买了一桩不很大的不动产。米沃什这时认定，他将来会成为一个自然科学家，一个考古学家、自然科学家和哲学家。当时一个叫艾拉兹姆·马耶夫斯基（Erazm Majewski，1858—1922）的波兰考古学家、生物学家、社会学家、经济学家和作家1890年在给青年人出版的一部小说《穆霍瓦普斯基博士在虫蚁世界中的奇遇》使他很感兴趣，他后来在他的长诗《太阳从何方升起，在何方降落》中写道：

> 向我们青年时代的大师们问好，
> 向从大自然来的你问好，
> 向穿了一件方格图样的高尔夫球运动衫的
> 爱叨唠的巴金斯基问好，
> 向纤毛虫和变形虫的管理人问好。
> 不管你的长着蓬乱的长发的脑盖骨放在哪里，
> 它都会在一个包含着许多因素的旋涡中旋转。
> 会有一个命运之神拜倒在你戴的一副
> 金丝框的眼镜前。
>
> 穆霍瓦普斯基博士，英雄，我向你问好！
> 你游历了昆虫的国度，令人难忘。

这时他也常和他的父亲一起去附近的森林里打猎，去周边的地方漫游，乐于其中。后来他在一首很漂亮的诗《相遇》中，表示了对这一切的思念：

> 我们在黎明之前走在冻结了的田地里，
> 红色的翅膀已经展现，但还是夜晚。

> 有只兔子突然在我们面前跑过，
> 我们中有一个人把手指着它。
>
> 这是过去的事，今天都不在了，
> 不论是兔子还是那个指着它的人都不在了。
>
> 我的爱，在哪里？到哪里去了？
> 手上的闪光，跑过去的那条线，
> 冻土的沙沙声响，都到哪里去了？
> 我问这个不是感到遗憾，我在沉思。

　　米沃什在学校里也和教宗教课的老师就那些讲得不很清楚的宗教教条的内容有过争论，他说："不要把宗教看成是一种社会准则和强制的手段。这里可以看到，我和霍米克①的争斗既有最好的一面，也有最坏的一面，独立自主，蔑视一切假仁假义，悍卫自由和良心，有理性的独立思考，认为自己的理智胜过别的人，并且要保持它的纯洁。"他当时那并不很深的宗教观念也表现了他和那些信天主教的波兰人有不同的思想观点，他更倾向于新教，而且他还说和他同时代的著名作家维托尔德·贡布罗维奇②"几乎像个摩尼教徒③，和我相近"。④但他又说："贡布罗维奇，一位我

---

① 米沃什在中学的宗教课老师。
② 维托尔德·贡布罗维奇（Witold Gombrowicz，1904—1969），波兰著名作家和剧作家。
③ 古代伊朗的一种宗教。
④ 见切斯瓦夫·米沃什《乌尔罗地》，韩新忠、闫文驰译，花城出版社2018年版，第255页。

心中真正的无神论者"。① 他有时候也认为自己若被认为是个无神论者还好些。他感到高兴的是他有一副别人没有的真的是人的面孔，没有和"猴子"混在一起。他也说过："和霍米克开战使我原来就不愿表露自己的心思现在变得更加隐蔽和固执，但有时候也不得不装模作样地表现出一个姿态，或者做一个精彩的表演，自欺欺人。"他还说他"在中学里既要上物理和生物课，又要上宗教课，它们之间有矛盾，这种矛盾也表现在我的诗中，因为我和我同时期的人不一样，我对这有更深的感受，而他们却认为这没有什么，或者宣布自己就是一个无神论者"。他后来在他写的一首诗中还说：

> 一个伟大的叫作不存在的灵魂，
> 他就是这个世界的公爵，
> 他有他的办法。
>
> 我不想为他效劳。我努力工作，
> 不让他取得胜利。
>
> 上帝具有无上的权利，
> 他要说明他的天使的使命，
> 但他不急也不忙。
>
> 他在伟大的斗争中失败了，
> 在自己的教堂里发不出信号。

---

① 见切斯瓦夫·米沃什《乌尔罗地》，韩新忠、闫文驰译，花城出版社2018年版，第255页。

> 我在学校的教堂里曾经宣誓，要忠于他，
> 可是霍姆斯基走过来，把烛光吹灭了。

此外他在学校里对一些波兰语文教师的教学理念和方法也曾表示反对。"我们的波兰语教师都是一些洪泛前的猛犸①。够了，不能再给我们的脑袋灌输文学家和文学只有雷伊②、科哈诺夫斯基、密茨凯维奇和显克维奇的这种概念"，这是对波兰文学评价的一种传统的概念，但米沃什当时就认为，在他的国家的文学中，除了这些经典作家之外，在它发展的各个时期，还有许多很有成就的作家，不能忽视，也要对他们进行研究，在课堂对学生讲清楚，使学生对于波兰千年文学的发展有一个全面的了解。因此，米沃什在年轻的时候，无论对于波兰传统的宗教信仰，还是对于波兰千年文学的发展，都有自己独特的见解，从而也培养了他的独立思考的能力。

五

米沃什中学毕业后，1929 年考入了维尔诺的斯泰凡·巴托雷大学，他在这里学过法律和经济学。当时，该校一部分左派师生宣传马克思主义，米沃什在他们的影响下，甚至读过一些马克思列宁的著作。1930 年，他在大学的刊物上开始发表他的诗作，1933 年出版了他的第一部诗作《关于凝冻时代的长诗》。在他早期的作品中，就曾对这个世界和人生的许多问题进行思考，想要找到它的发展规律，有时因为看到了这个世界的罪恶，还产生过

---

① 古哺乳动物，外形像现代象，第四纪时生存于寒冷地带，现已灭绝，所以称洪泛前，这里说的是这些波兰语教师与当今世界隔绝。
② 米科瓦伊·雷伊（Mikołaj Rej, 1505—1569），波兰文艺复兴时期的著名诗人。

一种悲观情绪，如他 1932 年在维尔诺写的一首《黎明》中说这里：

> 电车在轰鸣。已是白天，又是白烟升起。
> 啊，黑暗的日子，在我们住的楼房上
> 在一间房的上空，一群小鸟急速飞过，
> 响起了一阵阵拍打翅膀的声音。
> 这太少了，只活一次太少了，
> 我愿在这悲惨的星球上再活两次，
> 在孤独的城市、在饥饿的乡村，
> 望着所有的罪恶，望着腐烂的躯体，
> 在探究受制于这个时代的法律，
> 和像风一样在我们头上呼叫的时代。

诗人于 1931 年和 1934 至 1935 年曾两次去过巴黎。1936 年，他又出版了诗集《三个冬天》。他这时期的诗作甚至表现出了当时在波兰诗坛流行的一种灾变派的思想倾向。这种倾向的产生源于 20 世纪 30 年代资本主义经济危机和法西斯主义的猖獗不仅对波兰而且对整个西方资本主义世界的威胁。在这种灾变派的作品中，经常反映一些阴森可怕的场景和世界末日的景象，预示灾祸的来临。米沃什也是一样，他在对人的生命、死亡，爱情和他面临的黑暗的社会现实的思考中，表现了对于死亡的恐惧，认为一个人面对这浩瀚无边的宇宙，实在是太渺小了，人的生存也变得毫无意义，但他觉得对这一切，依然能够忍受：

> 一个人听到了周围的声音，有感受，有认识，
> 要大胆，不要感到自己有什么过错和罪恶。

> 我什么都要知道，我全都能理解，
> 就是黑暗我也能忍受。①

　　1936年，米沃什又去了首都华沙，后一直在华沙波兰广播电台文艺部工作。1939年德国法西斯侵占波兰后，米沃什在华沙积极参加了波兰语言和文化的秘密宣传活动。在他于1943年写的一首名为《菲奥里广场》的诗中，他在首都华沙甚至想起了在罗马菲奥里广场曾经被无主教多明我会斥为异端而于1600年2月17日在这里被处以火刑的意大利思想家布鲁诺（1548—1600），这位意大利思想家继哥白尼创立的日心说之后，进一步认识到，太阳不是宇宙的中心，只是太阳系的中心，太阳系之外，宇宙还有无数的星系，宇宙是无限的，没有中心。哥白尼只是将地球降为太阳系的一颗普通的行星，布鲁诺则将太阳降为宇宙中的一颗普通恒星，从而彻底推翻了天主教会奉为经典的地球中心说，具有很大的进步意义，但他一生不仅被迫长期流亡国外，后又遭受过牢狱之苦，最后还死得那么惨，诗人在他的一首很有名的《菲奥里广场鲜花广场》中写道：

> 正是在这座广场上，
> 他们烧死了乔丹诺·布鲁诺，
> 刽子手点起了被观众紧紧
> 围住的火刑的柴堆。

　　可是那些围观的群众却是那么愚昧无知，他们对一个为了人类的进步事业而殉难的英雄人物的死竟无动于衷，因为就在：

---

① 转引自安杰伊·弗朗纳谢克《米沃什传》，"记号"出版社，克拉科夫，2012年版，第224页。

> 在火焰熄灭的那一刻，
> 小酒店里挤满了顾客。
> 一筐筐橄榄和柠檬，
> 又扛在商贩们的肩头上。①

诗人所在的这个时候的华沙是在法西斯德国的占领下，在华沙的犹太区，遭受残酷压迫的犹太人还举行了起义斗争，可是一些人好像也不知他们正处于法西斯的铁蹄下，还表现出他们在尽情地欢乐：

> 在一个晴朗的春天的傍晚，
> 在华沙的旋转木马旁，
> 在欢快的乐曲的声响中，
> 我想起了菲奥里广场。
> 欢快跳跃的旋律淹没了
> 犹太区围墙内的枪炮声。
> 掀起的阵阵硝烟，
> 飘荡在无云的天空中。
> 有时从燃烧房屋吹来的风
> 会把黑色风筝刮向空中。
> 骑在旋转木马上的人们，
> 抓住了半空中的花瓣。
> 那从燃烧房屋吹过来的风
> 吹开了姑娘们的衣裙。
> 愉快的人们放声大笔，

---

① 见《米沃什诗集Ⅰ》，林洪亮译，上海译文出版社2018年版，第41页。

在这美丽的华沙的星期天。①

这里和上面一段采取都是一种对比的描写，一边是灭绝人性的残杀和被压迫者的反抗斗争，另一边是愚昧的人群令人厌恶的欢乐，诗人对此感到十分悲哀而又愤怒地说：

> 那些死去的孤独者，
> 已被世界所忘记。
> 他们的语言让我们感到陌生，
> 就像是来自古老星球的语言。
> 直到一切都变成了神话，
> 这时候已经过去了多少年，
> 在一个新的菲奥里广场上，
> 愤怒激发了一个诗人的话语。②

战争结束后，米沃什1945年曾来到克拉科夫，他在这里写的《华沙》一首，又想起了他的民族过去长期遭受异族压迫留下的伤痛：

> 诗人啊！在这个风和日丽的春天，
> 在教堂的废墟上，
> 你将做些什么？
>
> 当维斯瓦河吹来的微风
> 扬起废墟上红色的尘土，

---

① 见《米沃什诗集Ⅰ》，林洪亮译，上海译文出版社2018年版，第42页。
② 同上书，第43页。

你在想些什么？

你曾发誓，
说你永远不会悲伤哭泣；
你曾发誓，
说你不触民族的伤疤。
你民族的伤疤不会成为圣物，
不会成为令人诅咒的圣物，
不会成为传宗接代的圣物。①

他看到了在首都华沙，虽然战胜了德国法西斯，

这里用脚，随处可以碰到
亲人未被埋葬的尸骨。

但他毕竟看到了波兰人民最后战胜了法西斯，赢得了祖国的独立，所以他要问自己：

难道我生下来，
就是为了成天地悲伤和哭泣。
我要尽情地欢乐，
我要歌唱这座快乐的森林，
是莎士比亚把我带进了这座森林。
如果你们的世界就要灭亡，

---

① 见《波兰现代诗歌选》，张振辉编译，中国社会科学出版社2015年版，第118页。

就让诗人也纵情欢乐。①

波兰人民共和国成立后初期，米沃什一直在波兰外交部工作，曾担任波兰驻法和驻美使馆文化参赞。由于战后的和平和安定的生活，看到了世间美好的未来，一段时期，诗人的心情十分愉悦。1948年一次他在美国华盛顿附近大西洋的一个海湾上，看见了那里的美景和人们和平宁静的生活，便在《幸福》这首诗中，以朴实的语言，展现了那里真实的景象：

> 多温暖的光！明亮的海湾，
> 帆樯林立、绳索在静静休憩，
> 在晨雾中。在溪水流入大海之处，
> 在小桥旁，一支长笛吹响。
> 远处，在古代遗址的拱顶下，
> 显现出几个走动的小小人影，
> 有人戴着红头巾。有树木，
> 城堡，和清晨的崇山峻岭。②

1949年他在华盛顿写的另一首《传说》中，他更是指出我们已经生活在一个比往日更加美好的时代：

> 我们的时代更美好，这是我们说过的。
> 没有瘟疫，没有刀剑
> 在追逐我们，因此我们不必回溯过去。

---

① 见《波兰现代诗歌选》，张振辉编译，中国社会科学出版社2015年版，第119页。
② 见《米沃什诗集Ⅰ》，林洪亮译，上海译文出版社2018年版，第190页。

但愿恐怖的世纪沉睡在坚硬的大地下。
我们调整好了乐器，晚上会
带给我们快乐，和一群朋友一起。
在灯笼下面，在栗树的绿荫下，
举行着宴会。我们妇女的修长身段，
愉悦着我们的眼睛。画家们使用着
欢快的颜色，直到白天来临。①

六

　　1949年1月，波兰文学家协会（即波兰作家协会）在什切青召开作家代表大会，在波兰统一工人党领导的授意下，向作家提出了社会主义现实主义创作方法乃文学创作的基本原则，时任统一工人党文化部长斯泰凡·茹尔凯夫斯基在这次大会上作的报告中，要求作家以马克思主义观点批判资产阶级文艺思想，在创作中及时反映现实中的阶级斗争，歌颂战后的社会主义建设，把自己的创作和祖国人民走向共产主义的前景联系起来，担负起教育人民的使命。波兰著名马克思主义文学评论家亨利·马尔凯维奇也曾经指出："社会主义现实主义是一种反映工人阶级思想的文学创作的方法，这个阶级要求消除一切剥削的形式，这种创作方法建立在以马克思主义和列宁主义理论的基础上，是唯一的一种科学的世界观的表现。""社会主义现实主义是人民的和民族的文学，在社会主义制度中，这两个概念是一致的，要反映民族的生活，代表民族的利益。"② 但后来有的作家和批评家对这种创作方法的

---

① 见《米沃什诗集 I》，林洪亮译，上海译文出版社2018年版，第110页。
② 见亨利克·马尔凯维奇《马克思主义文学理论》，弗罗茨瓦夫，以奥索林斯基命名的民族出版机关，1953年，第64、66页。

宣传表示反对，有的批评家还明确地表示："从迄今为止的痛苦的现实来看，应当反对那种在社会主义现实主义的清白原则的帽子下对作家进行压服式的批评这种不光彩的做法。谁都有权利对社会主义现实主义那些著名的一般法则的魔力保持自己的信念，也可以好心地向作家们推荐。但是，为了恢复对作家、艺术家、批评家们有如空气一样需要的创作自由，就必须肃清社会主义现实主义方法的庇护者们的专卖癖习，给建立各种艺术派别，展开无拘束的竞赛和讨论创造条件。"[①] 米沃什从一开始，就认为这种方法的提出束缚了作家的思想和创作自由，因此他1951年开始，就利用他在国外担任职务，长期留居国外，他先在巴黎待了十年，这期间仍不停地用他的母语波兰语进行文学创作，出版了他的政论集《被禁锢的头脑》(1953)，诗集《白昼之光》(1953)、《诗论》(1957)，小说《权利的攫取》(1953)和上面提到的《伊斯塞谷》(1955)等。1960年，米沃什从巴黎迁居美国，后一直在美国伯克利的加利福尼亚大学斯拉夫语言文学系任教，同时发表了大量诗歌作品，如诗集《波别尔王和其他的诗》(1962)、《中魔的古乔》(1965)、《没有名字的城市》(1969)和《太阳从何方升起，在何方下落》(1974)等，此后一直到他在去世以前，他还零散地发表过许多诗作，充分表现了他晚年的所思所想和他的文学创作的艺术风格。如他1970年在美国伯克利写的一首《使命》中，他似乎又想到了这个时代有过的罪恶，而他自己也曾被这种罪恶所污染，要进行忏悔：

在恐惧和战栗中，我想我能实现我的生命，
只要我能向公众做一次至诚的忏悔，

[①] 这里引自雅德维加·谢凯尔斯卡的《论社会主义现实主义并为高尔基辩护》一文，此文原载华沙《新文化》周刊1956年第44期。

以揭露我自己和我们时代的欺诈行为。①

但诗人一见到大自然的美景和其中出现的各种天真、活泼和美好景象，就像他童年时那样，感到无比的兴奋，诗人从他的童年一直到他的晚年，都充满了对大自然的无限热爱，就好像他自己和这个世界古往今来所有的一切都一定要随着大自然发展走向未来，走向永恒。如他1980在伯克利写的一首《河流》中说：

> 以各种不同的名义，我只赞美你们，河流！
> 你们是牛奶，是蜂蜜，是爱情，是死亡，是舞蹈。
> 从神秘洞里长有苔藓年的岩石中冒出一股清泉，
> 那是一位仙女从她的水罐里倒出来的活水。
> 这股清澈的泉水在草地里成了潺潺溪流。
> 你的跑步和我的跑步开始了。有赞叹，和迅速跑过。
> ……
> 经过一个胜利的中午所反映出来的宏伟的天空。
> 仲夏夜开始时，我来到了你们的岸上。
> 当满月出现时，仪式上嘴唇和嘴唇相连在一起、
> 就像那时一样，我在自己身上听见码头的水响声。
> 听见呼唤、拥抱和爱抚。
> 我们伴随着被沉没城市响起的钟声离开了。
> 古代祖祖辈辈的使节欢迎那些被遗忘的人。
> 你们永不停息的水流带着我们前行前行。
> 没有现在、没有过去、只有永恒的一刹那。②

---

① 见《米沃什诗集Ⅱ》，林洪亮译，上海译文出版社2018年版，第93页。
② 同上书，第267、268页。

即使在诗人的晚年，他依然能以乐观的精神，进行思考，他看到了由于科学的进步，会要出现几乎是超乎想象人类美好的未来：

> 人类从盗窃天火开始，
> 很快要重新塑造自己，
> 清晰看见自己的目标，和人的伟大成正比：
> 取得战胜死亡的胜利，自己成为众神。
> 诺言必将实现，逝世者起死回生。
> 我们的父辈、千代万代死者都将再生，
> 我们人类要住满金星、火星和全部行星。
> 幸福善良的人不再唱哀歌。①

但是他仍然保持了清醒的头脑，看到了社会现实的真实状况，这里依然像过去一样，有贫穷也有富豪，有美德也有罪孽，有忠诚也有背叛，甚至还有对生态文明的破坏：

> 晚间，在河畔，我们都参加合唱。
> 我们居住在沼泽地，森林后面，
> 距离最近火车站三十公里之远。
> 在庄园里、庭院里、村庄和农舍，
> 我们唱歌，控诉种种区别：
> 这是自己的，那是别人的，这是贫穷，那是豪富，
> 这里在耕地，那里做生意，这里是美德，那里是罪孽。
> 这里忠于祖宗，那里是背叛，
> 最恶劣的是有人变卖自己的森林。

---

① 见《米沃什诗集Ⅲ》，杨德友译，上海译文出版社2018年版，第98、99页。

> 几百年的高大橡树轰然倒下，
> 雷鸣般的回声，大地连连颤抖。
> 接着，通向我们教区教堂的道路
> 不再是穿过阴影、踏着鸟雀的歌声，
> 而是通过空旷和寂静的林中空地——
> 这是对于我们一切损失的预示。①

米沃什这时离开他的故乡立陶宛已经半个多世纪了，但他仍然思念着这片曾经给他带来无尽欢乐的美好的土地，他要表示对它的祝福，收集在1995年出版的《面对大河》的集子中的《女神》一诗中，他甚至把他的故乡立陶宛比作希腊神话中盖亚这个大地的化身和人类的始祖一样地伟大，他满怀深情地写道：

> 盖亚，混沌的长女，
> 她以青草和树木装饰，愉悦我们的双睛，
> 让我们能够异口同声地为美好事物定名，
> 能够与尘世间的每一位行者分享这欢欣。②

诗人还直接呼换着这位他最爱慕和崇拜的女神：

> 盖亚！无论如何，请保留你的四季。
> 从冰雪中探出头来，带着春日溪流的欢声细语，
> 请你着上盛装，为了他们，为了我们的后人，
> 至少要给城市的中心公园披上绿意，

---

① 见《米沃什诗集Ⅲ》，杨德友译，上海译文出版社2018年版，第203页。
② 见《米沃什诗集Ⅳ》，赵刚译，上海译文出版社2018年版，第19页。

还有让果园里的矮苹果树繁花似锦，
我寄上自己的请求，你谦卑的儿子。①

所以说，诗人在国外旅居的后半生，却无时无刻不在思念他的故乡，那里有波兰人的古老的风习和传统，有一尘不染的自然美景和他非常热爱的故乡的勤劳朴实的劳动人民。但是现在的处境，他感到他已经没有他的祖国，只有他用来写作的波兰语才是他的祖国：

这已经很多年了，
你就是我的祖国，因为我没有祖国，
你会在我和善良人之间，
建一座友谊的桥梁，
尽管这些善良人只有二十，只有十个，
或者还没有诞生。

可今天我对一切都表示怀疑，
因为我感到我虚度了一生。②

虽然他在国外也曾感到战后和平生活的幸福，但是他在自己的暮年，想到自己一生十分曲折的经历，也有无限的感慨：在收集在《面对大河》中的《酒鬼进入天堂之门》的一诗中他自我表白地说：

---

① 见《米沃什诗集Ⅳ》，赵刚译，上海译文出版社2018年版，第20页。
② 《我忠实的母语》，见《波兰现代诗歌选》，张振辉编译，中国社会科学出版社2015年版，第126页。

生命开始时，我信任别人、满怀幸福，
自信太阳每天都会为我升起，
清晨的花朵会为我开放。
我从早到晚在魅力无穷的花园里奔跑。

却浑然不知，你从基因书里选取我
来做一个全新的试验，
仿佛现有的证据还不足以证明，
所谓的自由意志
违背宿命时便无计可施。
我在你欣喜的注视下饱受煎熬，
就像一只毛虫，被活活钉在黑刺李的刺上。
这世界的恐怖，慢慢在我面前展开。

我怎么能不从这恐怖逃入幻梦？
逃入酒精，之后牙齿不再颤抖，
压迫胸膛的灼热铁球逐渐融化
可以想象，我还将像其他人一样生活？

直到我明白，自己只是迷失于希望与希望之间，
我问过你，无所不知的上帝，为什么要折磨我。
难道是像对约伯那样，在我身上做痛苦耐受试验，
直到我承认，自己的信仰本为虚幻，
然后说：你和你的裁判都不存在，
大地上统御万物的皆是偶然？[1]

---

[1] 见《米沃什诗集Ⅳ》，赵刚译，上海译文出版社2018年版，第240、241页。

在这里，诗人回顾他经历的一生，他从童年时代，就养成了独立思考的习惯，不管是社会上的各种思想包括波兰传统的宗教信仰甚至对于他的祖国波兰的文学的评价，都有自己的看法。他在德国法西斯侵占波兰期间，看到法西斯对波兰人和犹太人疯狂的屠杀，深感这个世界人性的险恶。同样，他对包括他所见到的俄国的十月革命在内的所有的革命都表示反对，认为它只能造成恐怖和破坏。1945年波兰人民共和国成立后，因为在经济和文化建设上，都照搬苏联的范例和体制，他和当时波兰许多文化界的人士一样，对此表示不满，认为这扼杀了他们的言论和创作自由，为此他便长期旅居国外。但是米沃什热爱他的祖国波兰，特别是作为他的出生地和经历过他的童年和少年时代的立陶宛。他曾经说过："我未曾脱离人民，悲痛与怜悯联结着我们。"在他长久地居住在国外期间，也一直在思念他的故乡立陶宛的谢泰伊涅和他的祖国波兰。因此，在波兰在20世纪80年代末发生巨变后，他又回到了波兰，会见过他的一些故友，后来他就定居在波兰的故都克拉科夫，一直到他去世。

《维斯瓦娃·希姆博尔斯卡诗文选》译者序：在无限的时空里[*]

1996年12月10日是诺贝尔奖的创立者阿尔弗列德·诺贝尔逝世一百周年。正好就在这个值得纪念的日子里，波兰著名女诗人维斯瓦娃·希姆博尔斯卡（1923—2012）荣获这一年的诺贝尔文学奖。她是继亨利克·显克维奇（1846—1916）、弗瓦迪斯瓦夫·莱蒙特（1867—1925）和切斯瓦夫·米沃什（1911—2004）之后第4位获此殊荣的波兰作家。她的获奖给波兰这样一个只有3800多万人口但却富于聪明才智的民族又一次地带来了新的荣誉。

诗人希姆博尔斯卡长年居住在位于波兰南部的故都和文化名城克拉科夫。每年金秋时节，她都要来到距离克拉科夫不远的著名风景区和旅游胜地扎科潘内休养，同时在这里进行创作。1996年9月21日，她在扎科潘内得到这个震惊世界的消息之后，尽管波兰和世界各国的记者、友人和其他有关方面的赞美和祝贺接连不断，但她依然十分谦虚地表示："我被提名为诺贝尔奖的候选人已经两年了，我觉得这已经是对我很大的鼓励，我从来就没有过

---

[*] 这原是笔者2002年翻译出版的《诗人与世界，维斯瓦娃·希姆博尔斯卡诗文选》的"译者序"，这次收入这本文集再次发表，又增添了新的内容。

更大的奢望。"12月10日，也就是诺贝尔逝世一百周年的这一天，她被瑞典诺贝尔奖委员会邀请到了斯德哥尔摩，去接受这一至高的荣誉，瑞典皇家文学院给她的授奖词中说："维斯瓦娃·希姆博尔斯卡从事诗歌创作，她的诗歌以精确的讽喻揭示了人类现实中若干方面的历史背景和生态规律。"这可以说是对她一生创作的最确切和最全面的概括。当诗人在瑞典国王和王后的陪同下走进富丽堂皇的授奖大厅时，在场的瑞典著名女作家布里吉达·特罗锡代表瑞典文学院又一次对她做出了很高的评价："瑞典文学院把维斯瓦娃·希姆博尔斯卡看成是以诗歌的无可争议的纯洁和超常的力量来反映世界的代表，用诗歌对生活做出回答，表现一种生活方式的代表和以语言艺术表现思想和责任的代表，为此我们对她表示深深的敬意。"她在接受瑞典国王的亲自授奖之后，应瑞典文学院的邀请，作了题为《诗人与世界》的报告，十分真挚而又比较全面地谈了她对文学和生活的看法，并以这篇授奖演说表达了她对瑞典诺贝尔奖委员会的感谢。我虽然把这篇十分重要的授奖词放在了书的附录中，但因为其中表现的一系列观点都反映在希姆博尔斯卡的创作中，所以将它的题目《诗人与世界》用作这本诗集的名称是很适合的。与此同时，诗人在荣誉面前，并没有忘记她的祖国和人民，她向记者表示，她要将她获得的这笔奖金至少一半以上用于发展波兰的医疗卫生和文化事业，她认为这是很有必要的。

她的获奖和她这种热爱祖国人民的表现在波兰国内外曾经引起强烈的反响。波兰著名诗人斯坦尼斯瓦夫·巴兰恰克说她的诗"震动了许多读者，使他们睁开眼睛看到了许多事情，同时她也让他们把这些事情当成了戏剧表演。这是一种充满了温馨的抒情诗，带有很大的幽默感，因此把诺贝尔奖授予她并不使我们感到奇怪。希姆博尔斯卡多年来在世界诗坛上一直占有强有力的位置，她的最终获奖是必然的"。法新社的记者说："七十三岁的女诗人维斯瓦娃·希姆博尔斯卡由于自己的创作获得了功勋奖。她的创作乃是深刻的道德和哲理同抒情诗的最和谐的统一的体现。这种抒情诗半个世纪以来曾经使一代又一代的波兰人心醉神迷。"许多评论家都称她是波兰战后乃至整个20世纪最杰出的诗人。波兰总统克瓦西涅夫斯基也亲自打电话"为她给波兰和波兰人增添了这么大的荣誉而表示衷心的感谢"。因此，她的获奖不仅奠定了她在波兰20世纪文学史上的重要地位，使她成为一位享誉世界的著名诗人，而且她因此也成了波兰文化史上那些最杰出的人物中的一员。

希姆博尔斯卡1923年出生于波兹南省克尔尼克县布宁村。8岁时就随父母来到克拉科夫，在这里读了小学和中学。1939年德国法西斯占领波兰后，她在一所秘密中学毕业，后在铁路部门工作过一段时间。1945—1948年，她在克拉科夫雅盖沃大学攻读波兰语言文学和社会学，此外她还学过哲学、自然科学和艺术史。这期间，希姆博尔斯卡对文学创作产生了很大的兴趣，最初写过小说，但是没有发表。她的处女诗作《我寻找词汇》发表在克拉科夫《波兰日报》1945年3月14日的"战斗"副刊上。1952年，希姆博尔斯卡出版了她的第一部诗集《我们为此而活着》，从此便开始了她的诗歌创作生涯。她一生发表的诗集除上述之外，还有《给自己提出的问题》（1954）、《呼唤雪人》（1957）、《盐》（1962）、《一百种乐趣》（1967）、《各种情况》（1972）、《大数字》（1976）、《桥上的人们》（1986）和《结束和开始》（1993）等。由于数十年来她在诗歌创作中取得的成就，在获诺贝尔文学奖之前，她在波兰国内外就曾多次获得过各种奖项。早在1954年，她的第二部诗集《向自己提问题》出版后就获得了克拉科夫市文学奖。1963年，因为诗集《盐》的出版，她又获得了波兰文化部授予的二等奖，在1990年和1996年，她还曾两次获得波兰笔会奖。此外她在国外还于1990年获瑞士齐格蒙特·卡伦巴赫文学奖，1991年获德国歌德①文学奖，1995年获德国赫尔德②文学奖。

除了作为一个专业作家创作和发表诗歌外，希姆博尔斯卡从1953年开始，就一直在克拉科夫《文学生活》周刊编辑部工作，负责主持该刊的文学部。从1968年开始，她还曾多年为该刊"课外读物"栏撰写过许多书评，后来她把这些书评编辑成书，分别于1973年、1981年和1992年出版。80年代至今，她又和波兰《选举报》建立了经常性的联系。

但希姆博尔斯卡在20世纪40年代中期和50年代初发表的许多作品由于波兰在80年代末的巨变，大概也因为她本人不同意，在她于2012年逝世前都没有再版过。所以笔者过去也未见过，当然也没有翻译过。一直到2019年，由上海东方出版中心在波兰希姆博尔斯卡基金会的支持下，获得官方授权，出版了《希姆博尔斯卡全集》五卷本，才将这些作品翻译出版，也使笔者看到了这位著名女诗人的诗歌创作的全貌，因此在这里，利用这篇为我过去翻译的《诗人与世界，维斯瓦娃·希姆博尔斯卡诗文选》写的"译者序：在无限的时空里"再次发表的机会，增加一些我对希博尔斯卡这些早期作品的研究和认识。1945年，波兰人民在德国法西斯的压迫下经过长时期的艰苦卓绝的战斗，终于获得了解放，但是这位女诗人并没有忘记，在1939年9月，德国法西斯向波兰发动进攻，很快就占领了波兰的全部国土后，给波兰人民造成了无尽的苦难，如她在1945年发表的一首《铭记九月》中写道：

---

① 歌德（1749—1832），德国最伟大的诗人。
② 约翰·赫尔德（1744—1803），德国思想家和作家。他的著作涉及文学、哲学、音乐、绘画、语言学、神学、历史、地理等诸多方面，表现了历史主义、总体主义和人道主义思想，影响了包括歌德、席勒在内的整整一代人，是德国"狂飙突进"的精神领袖。

> 波兰九月的江河！
> 这是宁静的天空，
> 鲜血流成了溪河。①

就在这一年，波兰人民共和国宣告成立，从此这里的人民当家作主，开始了他们的社会主义经济建设，有了和平美好的生活，使这位女诗人感到心情舒畅，她在1946年写的一首《寄往西方的信》说：

> 我们这里的生活就是这样充实，
> 我们这里的世界就是这样完美。②

她也认定了"生活之路就在我的掌中"，由于在第二次世界大战结束，世界各国"保卫和平"的呼声很高，希姆博尔斯卡也表示了：

> 我会把我的言语提高到
> 心灵的百倍高度，
> 提高到为自由斗争的人民、
> 为保卫和平的人民的高度。③

在维斯瓦娃·希姆博尔斯卡20世纪50年代创作的许多诗歌中，我们可以看到她是一个具有革命思想的诗人，而且是一

---

① 见《希姆博士尔斯卡诗集Ⅱ》，林洪亮译，东方出版中心2019年版，第293页。
② 同上书，第299页。
③ 同上书，第330页。

个无产阶级革命诗人,就像比她早些年代的波兰著名无产阶级革命诗人弗瓦迪斯瓦长·布罗涅夫斯基(1897—1962)那样。她在1954年发表的《爱德华·邓波夫斯基致父亲的信》中,不仅极力赞颂这个1846年在克拉科夫领导过波兰人民反抗奥地利占领者的压迫的起义斗争,并且牺牲在战场上的民族英雄,而且明确指出了他在这里领导的不仅是波兰的民族解放斗争,而且也是一场为了遭受封建压迫的农奴获得解放的民主革命:

> 我就要反对你们的法律,
> 它涉及森林、江河和土地,
> 涉及耕作和收成,
> 涉及他人的劳动成果,
> 涉及农奴制的农村,
> 涉及面包和盐,
> 甚至涉及言论,
> 全都由你们控制着。
>
> 祖国……人民……
>
> 因为这是伟大的时代。
> 要向所有的人大声疾呼,
> 凡是用暴力夺去的一切,
> 你们就要用暴力去夺回!
> 要铲除压迫!
> 要消灭奴役!
> 要清除所有的丑恶!
> 你们要相信,

要有充分的信心。①

这就是马克思和恩格斯在《共产党宣言》所指出的"在波兰人中间，共产党人支持那个把土地革命当做民族解放的条件的政党，即发动过1846年克拉科夫起义的政党。"② 希姆博尔斯卡在1953年3月发表的《这一天》中，甚至表现了她对波兰当时执政的波兰统一工人党也就是波兰共产党的崇敬，认为它是代表人民利益的：

  党是人类的眼睛，
  党是人民的力量和良心。
  任何事物都不会被他的生命忘记，
  人民的党会驱除一切黑暗。③

在《入党》一诗中，她还表示她要参加波兰这样一个无产阶级的政党，去"实现宏伟的计划"：

  党，参加党，
  就要和党一起行动，
  就要和党一起思想，
  就要去实行宏伟的计划，
  就要和党一起日夜操劳。
  相信我，这是我们青春年华
  最美好的嘉奖——

---

① 《希姆博尔斯卡诗集Ⅰ》，林洪亮译，东方出版中心2019年版，第50—52页。
② 马克思、恩格斯：《共产党宣言》，人民出版社1976年版，第57页。
③ 《希姆博尔斯卡诗集Ⅰ》，林洪亮译，东方出版中心2019年版，第58页。

双肩上的星章。①

　　这就像当时一些波兰统一工人党的作家和评论家在他们的言论中所指出的那样。但是在20世纪50年代中期以后，由于波兰政治形势的转变，诗人就像当时在波兰文坛上的许多作家和评论家一样，在思想上也有了变化，由于当时波兰国内各种复杂情况的出现，她对于一些社会矛盾的出现无法理解，从此便把她创作的着眼点脱离波兰的现实，而投向了更加广阔的世界——从古到今的发展乃至宇宙间的各种自然现象的出现，从而大大拓展了她的诗歌的题材，形成了她的独特的创作风格，此后也是她一生的诗歌创作的内涵，从整体上来说，正如一位波兰评论家所指出的那样，是包罗万象的，宇宙世界、人类和动物的进化史、古往今来出现的各种社会现象、现代科学技术的进步和她个人生活中的见闻和感受，几乎无不涉猎，并以其独特的和多样化的艺术形式表现出来，从而显示了她的无比广阔的视野和卓越的艺术才华。因此，她的诗歌创作真可谓"在无限的时空里"，以题材而论，她的诗歌大致可以分为以下三大类。

　　希姆博尔斯卡首先是一位哲理诗人，她的诗歌有不少都表现了一种哲理的思辨，这和她在大学学习时就对哲学和自然科学的兴趣是分不开的。在她看来，世上的万物都是相对而存在的，矛盾的双方并非绝对的矛盾，它们之间是可以转化的。例如：

　　　　狂暴伸出了温柔的胳膊，
　　　　牺牲者欢欢喜喜地瞅着刽子手的眼睛，
　　　　造反者毫无怨恨地从暴君的身边走过。

　　　　　　　　　　　　　　　　　　——《看戏的印象》

---

① 《希姆博尔斯卡诗集Ⅰ》，林洪亮译，东方出版中心2019年版，第62页。

海参在遇到天敌时会把身子分成两半，
一半让天敌吃掉，
另一半逃走。

——《自断》

矛盾双方如果没有转化，它们也可以并存，这样它们就不矛盾了。如：

火车正点到达 N 城，
但我却没有来。
一封未寄出的信
向你发出了预告。

——《火车站》

快乐总是伴随着恐惧，
绝望任何时候也不会没有希望，
生命虽然不短，但总是有限的。

——《我们祖先短促的生命》

这种观点也同样表现在《大西洲》《在评价自己时颂扬恶》《旅行的悲歌》和《一粒沙的外貌》等作品中。它们往往给读者一种启示，就是说，一个人无论在什么情况下，既不要过于乐观，也不要彻底悲观和失望，因为有肯定就有否定、有存在就有不存在，肯定和否定、有和无是并存的，是可以转化的，这是万物存在和发展的规律。但事物的发生和存在却不只是包括肯定和否定这两个方面，它是多种而不是单一的原因造成的，如：

> 你得救了，因为你是第一个，
> 你得救了，因为你是最后一个，
> 因为只有你自己，因为有许多人，
> 因为在左边，因为在右边，
> 因为下雨，因为天阴，
> 因为天晴。
>
> ——《各种情况》

在诗人看来，世上什么都不会发生两次，这仿佛是她经过深入观察所看到的一种现象。可是"数字π"这个神奇的数字因为永远除不尽，它可以无限地延长，"它会穿过空气、树叶和云彩，跨越城墙和鸟巢，一直伸向无垠的苍穹"（《数字π》）。真是不可思议。一块石头、一头洋葱都是一个美好的整体，但我们却无法了解它们的内涵，它们对人们也很轻蔑，这说明人的自身是有缺陷的。以上这些作品大都采取象征手法，它们描写的客观现实具有象征意义，超越时空，涵盖一切事物。这些事物在诗人看来，既相对而存在，又难以认识。在这里，诗人给读者留下了思考的余地。

第二类作品表现了希姆博尔斯卡对宇宙世界和人类社会的看法。它们和第一类作品有联系，不同的是，它们大都具体地联系到某件或者某些事物，有很大的现实性。诗人所列举的古今事物范围很广，比如她有时想到人类和动物进化史上曾经有过的恐龙和在洞穴里居住过的猿人，她认为地球上的生物都有一个进化和发展的过程。人类因为追求真理，渴望自由、幸福和永恒，所以它能超越其他生物而得到迅速的发展，取得今天这样伟大的文明成就：

> 喷气式飞机在嘲笑我们，
> 这是一个静寂的空隙，

在飞行速度和音速之间,

创造了一个世界纪录。

——《致友人》

　　大自然的各种现象纷纭复杂,变化无穷,曾经引起诗人极大的兴趣,如她在和《选举报》的记者谈话时所说的那样,她对一些她不很理解的大自然和社会事物总是感到好奇。例如水,它无处不在,它的"名字飞到了所有的地方",而且它是那么可怕,可以淹没房屋、夺走森林,给人类的生存环境造成极大的破坏,还有天上的云,它的形体、结构、颜色和姿态每时每刻都在不断地变化,而人的生命在短时间内是不会变的,可是从另一方面来说,人是要死的,云却"不会和我们一起死去"。如果进一步地说到天和地之间的关系,以宇宙作为一个整体来看,"天和地之分并不是正确的分法",因此地球上"最高的山峰并不比最深的峡谷离天空更近"。在《赞美诗》一诗中,诗人还提到了"人类的国界并不是那么严密,有多少云雾不受惩罚地从它们的上空飞过,有多少沙漠上的黄沙从一个国家飞到另一个国家"。因此,从大自然的观点来看,人类建立许多国家、划分许多国界都是违反自然规律的,因此是不必要的。在这种情况下,她一想到她要描写天空,就仿佛感到无能为力,"在这个浩瀚无垠的太空中,她感到害怕,她迷失了方向"。在《惊奇》这首诗中,她甚至就宇宙、生命和生物的进化联系到她自己提出的一系列的问题,好像她自己都解释不了,希望读者加以考虑。但这正是诗人的创作灵感和她勇于探求真理精神的表现,正如她在她的《诗人与世界》中所说:"灵感,它究竟是什么?回答将是不断出现'我不知道'。""不知道"这个词"虽然小,但却长上了坚强有力的翅膀。它们扩大了我们内心中的生活范围,以及我们这个微不足道的地球悬于其中的天地"。

　　希姆博尔斯卡不仅热衷于对大自然的各种现象和生物进化过

程进行思考，她更关心的还是人类有史以来的社会发展和现实社会的状况。在她的诗歌中，我们可以看到她对希腊神话中的特洛亚国的想象和对欧洲中世纪贵族生活场景的描写，也可看到她在参观历史《博物馆》和考古展览（《简讯》）时的各种感受。尤其是当我们的 20 世纪就要成为过去的时候，她总结这个世纪发生的那么多的不幸，不免感到深深的遗憾："我们的 20 世纪本该比过去更加美好，可是这个目的却没有达到。""不该发生的事发生得太多，应当发生的事却没有发生。"人类历史的发展有一定的规律。如在《结束和开始》这首诗中，诗人明确地指出，在历史上，由于压迫和侵略的存在，战争从来就没有间断过，一场战争刚结束，打扫战场还在进行，"摄影机又奔赴另一场战争去了"。矛盾、冲突和战争会导致仇恨的产生：

仇恨本来并不很坏，
它最初代表过正义，
后来它单独地向前跑去，
才变成了仇恨。

——《仇恨》

仇恨正因为代表过反压迫的正义，所以曾有许多人去把它赞颂，有许多典籍去把它标榜。但它并不总是代表正义，有时候它又是非正义的，而这种正义和非正义的斗争又不知造成了多少悲剧。《酷刑》从罗马奴隶社会到今天都是一样，今天的犯罪不仅没有减少，而且大为增加。这里面有"真正的、被迫承认的、暂时的、虚假的"。这后三种情况说明了有许多无辜者、被压迫者或者在政治斗争中的失败者也被当成了罪犯，遭受酷刑。由于战争，也不知道有多少平民百姓流离失所，家破人亡。在《有些人》中，她说："有些人在另一些人面前逃跑，在一个国家的太阳和一些云朵下逃跑。他们抛弃了身后的一切：播了种的田地，一些母鸡和狗，一面镜子，镜子里照着一团火。……周围可以听到远处的枪声，有架飞机在他们头上盘旋。"在法西斯的饥饿营里，"所有的人都饿死了"。50年代越南战争爆发后，诗人甚至对那里的难民也表示深切的关怀和同情。可是人的命运是难以预料的。就是像希特勒这样的杀人魔王、20世纪人类最凶恶的敌人，在他年幼的时候，我们也不知道他后来的所作所为。诗人纵观古今无数的悲剧，都是由于压迫和战争造成的，她十分感叹地问道："什么时候才能看到人们兄弟般的团结？"

但是她的这种人道主义理想在我们的世纪并没有实现，因此她有时候便不由得想起那些为人民的解放事业做出了伟大贡献甚至牺牲了生命的英雄，对他们表示深切的怀念。如在《安葬》这首诗中，她写人们为了表示对一位在人民解放战争中牺牲的英雄的崇敬，给他举行了第二次葬礼。在《白天》中，她满怀敬意地讲述了一位和她同时代但牺牲在反法西斯战斗中的波兰诗人坎坷的一生。有时她在梦中也把这些为祖国和人民牺牲的英雄当成自己的亲人，当她见到他们的时候，她甚至激动得就像见到她的心上人一样：

> 我和他也走到一起来了，
> 我不知道，我们是在欢笑，还是在流泪了？
> 再走近一步，便可听到你的海贝的沙沙声响，
> 就好像那里有千百支乐队在奏乐，
> 就好像在为我们俩演奏婚礼进行曲。
>
> ——《梦》

这是因为诗人也和她所敬仰的那些英雄一样，都有一颗热爱波兰民族和祖国的心，她深深懂得，"我们的民族曾经不惜牺牲地

战斗和孜孜不倦地创造"。她要向祖国展示她的这颗真诚的心：

> 祖国的土地啊！光明的土地啊！
> 我不是被拔倒的树，
> 也不是被拉断的线，
> 我已经牢牢扎根在你的土地上，
> 这里每天都有我的骄傲和愤怒，
> 有我的欢乐和忧愁。
>
> ——《爱祖国的话》

20世纪50年代中期开始，波兰政局不断地发生变化。这期间，诗人又遇到了一些新的问题。首先，她对社会上那种过分的政治思想的宣传鼓动或者以行政命令的方式限制言论自由的做法，曾经表示不满。如在《勃鲁盖尔的两只猿猴》中，她借16世纪尼德兰画家勃鲁盖尔画的猴子来加以发挥，拿一个学生作比喻，说他在考人类历史课时，因为回答不出那些政治问题，要坐在窗子上的一只同样受到惩罚的猴子去提醒他。她甚至认为一些外交官在各种场合的表现是那么矫揉造作，完全没有必要。她在《时代的孩子们》这首诗中，不无遗憾地说道："这个时代是个政治的时代。……不管你愿不愿意，你都接受了政治的遗传，你的皮肤带有政治的色调，你的眼睛具有政治的眼光。……你即使走进了树林，走的也是政治的脚步，踩的也是政治的地盘。"但是这些政事其中包括残酷的政治斗争，并没有一个明确和永恒的是非标准。"死者延续至今的永垂不朽是因为记忆为他们付出了代价。不稳定的货币价值，谁都会有一天失去他的永垂不朽。今天，我对永垂不朽知道得更多了，它既可以授予，也可以取消。"

诗人看到人世间长年的压迫、战争和战后一些她不理解和不满意的现象，有时便感到茫然和悲观，仿佛失去了一切信念，在

《夜》这首诗中她说，"我走呀，走呀！仇恨使我的眼前变得一片漆黑，我不相信有什么善良和爱，我比十一月的落叶更得不到保护"。在《大数字》中，她把自己比作"黑暗中晃动的一盏灯笼，只照出了前排的一些面孔，其余的我全都两眼一抹黑，想象不出他们是什么样子，也没法为他们解除痛苦"。在《XXX〈我们曾把世界弄得没有先后秩序〉》中，她说："我们前面的道路既遥远又茫然，下了毒的井，苦涩的面包。"她还把自己比做一个小动物，当它从水里爬到陆地上后，它的兄弟姊妹都死光了，只有一根骨头在为它庆祝周年纪念。这个世界在她看来虽然有"深刻的信念"，有"理解"，有"人生的意义"，有"事物的本质"，有"猫头鹰的史诗"和"刺猬的格言"，有"许多美好的诱惑"，但它却是一个乌托邦世界，"只不过一丝梦影"，到头来什么也不存在。

那么诗人真的陷入了彻底的悲观和失望了吗？当然不是，如她在《迷宫》这一首中，认为在这个世界上，虽然是

> 一个弯接着一个弯，
> 一个惊奇连着一个惊奇，
> 景观后面还有景观。
> ……

但是

> 还有许多开放的地方，
> 那儿有黑暗和疑惑，
> 但也有晨曦和惊喜。[①]

[①] 见《希姆博尔斯卡Ⅱ》，林洪亮译，东方出版中心1919年版，第196页。

她在反映这些悲观情绪的时候，也看到了"这个可怕的世界不是没有诱惑，也不是没有值得醒来的早晨"。她在《要快乐但不要过分》中，甚至带着欢乐的心情写道：

　　我对生活说，你很美好，
　　再也没有你那么丰富多彩。
　　你像青蛙一样的可爱，像夜莺一样的多情，
　　像蚂蚁一样的勤勉，像种子一样繁殖后代。

在《杂技演员》一诗中，诗人通过一个杂技演员的表演，还表达了她要创造新事物的美好愿望。"你知不知道，你看没看见他从过去的形式中机灵地爬出来，是为了抓住这个动荡不安的世界，是为了伸出自己新生的胳膊。这双胳膊比过去那一瞬间发生的一切都更加美丽。"在《尝试》中，她也希望自己能在各方面都得到全面发展：

　　我要长几片树叶，
　　我会枝繁叶茂，
　　我屏住了呼吸，
　　盼着这种愿望快点实现。
　　我期待着那个时刻，
　　把身子投入到玫瑰花中。

看来，诗人某一个时期在思想上是矛盾的。她一方面洞察人类千百年延续至今的战争、罪恶、非正义和不公正的各种表现，在思想上难以接受；另一方面，她又看到了这个世界并不是没有希望和光明的前景，而且她禀性上也"不愿用'绝望'这个词，因为绝望和我无关"。所以当《选举报》的记者对她说"这个世界除了阴暗的一面之外，它基本上还是好的"时，她很同意这种观点。诗人不仅深入地观察和认识到了宇宙世界从古到今那些富于本质的诸多方面，而且她不论什么时候在思想和情绪上都能保持一种平衡的状态，在黑暗中看到光明，在危难中看到希望。当她对某些事物没有认识清楚的时候，她很坦诚地表示她"不知道"，并且一定要从这个"不知道"变为知道。这一切都和她那一分为二的辩证观点，和她的相对主义哲学、她那爱憎分明的爱国主义和人道主义思想以及她对理想和真理锲而不舍地追求是分不开的。就这一点来说，瑞典女作家布里吉塔·特罗锡赞扬她"是以诗歌的无可争议的纯洁和超常的力量反映世界的代表"是没有错的。

在希姆博尔斯卡的诗歌中占有很大一部分的第三类作品是写人们在日常生活中所见到、遇到或者亲身经历的各种事物，涉及爱情、亲情、友情、命运、时间、生与死、不同个性的人们甚至生活中的琐事等方面，有的作品带有浓郁的抒情色彩，有的具有强烈的讽刺意味，表现了诗人独特的艺术风格。她对爱情的描写是多方面的。其中有的也表现了她对她已故的丈夫、波兰现代作家科·菲利波维奇（1913—1990）的思念，如在《告别风景》中，她写女主人公如何思念她已故的爱人，但她宁愿把自己的悲哀和痛苦埋在心里，对她想象中的一对年轻的恋人表达美好的祝愿：

> 仿佛有一只刚刚飞来的小鸟
> 在芦苇丛中吱吱地叫着。
> 我衷心祝愿他们
> 能够听到这种美丽的叫声。

作品写得十分感人，表现了诗人在痛苦中不忘他人的幸福。《永志不忘》一诗也反映了同样的主题。诗人以燕子这种可爱的禽鸟象征她的美好愿望，她对燕子说，你"是情人头上的光圈，你对他们要表示怜悯"！"让他们别把这美好的时刻忘记"！她以许多生动的比喻描写燕子在飞行中的可爱形象，使读者心向神往。《巴别塔》则是两个相爱的人的一次普通谈话，一个人的话放在引号里，另一个放在引号外。《滑稽剧》写两个相爱的人在生活中遇到挫折便发生争吵，但他们离别后又深深地把对方思念。作者以演滑稽剧的形式，在幽默中表现了对他们的同情。《我挨得太近，没法出现在他的梦中》也是以女主人公第一人称写她要是和她所爱的人寸步不离，"挨得太近"，相互之间反而会产生种种隔阂，出现某些奇怪的现象。《笑》是以作者"我"的身份讲述的一个故事：有个小姑娘爱上了一个大学生，期待着"这个小伙子深情地看她一眼"，可是他或者对异性的爱不敏感，或者干脆就不爱她，对她没有任何表示。小姑娘于是头上缠着绷带，装着有伤痛的样子，希望小伙子对她表示关心。在《金婚》中，她写一对老年夫妻，因为长年相亲相爱，互相影响，变得在各方面都一样，好似一对双胞胎。在《钥匙》中，她以丢失钥匙为比喻，给纯真的爱情以很高的评价，认为"如果我对你的爱情，也是这样的遭遇，那不仅我们，而且整个世界都失去了它"。在《向自己提问题》中，她还语重心长地告诫人们："你知不知道，友谊就像爱情一样，需要共同创造？"《喝酒》一诗和以上有所不同，它写的虽然也是一个女人在和她的恋人接触时的各种感受，但却显得空灵飘忽，令人难以捉摸。在另外一些作品中，诗人又对爱情表示否定的态度，如《幸福的爱情》这首诗实际上是对爱情的讽刺。有的人有了爱情就自认为高人一等，没有功绩也把自己看成是"优秀分子"。在希姆博尔斯卡看来，这种人很虚伪，爱"在人背后玩弄的阴谋"，让爱情之光照在他们的身上是"对正义的亵渎"。《感谢》一诗也不是感谢爱情。诗人说她可以和那些她不爱的人和睦相处，和他们在一起很自由，但这不是爱情赋予的，而且她还

"懂得爱情不懂的事情",能够"宽恕爱情没有宽恕过的事情"。表面上看,诗人对爱情的看法仿佛有矛盾。其实这都是出于她的美好的心愿,她要看到的是真正的爱情,而不是那种为了标榜自己的虚伪的爱情。

亲情和友情是对亲人和友人的爱,比爱情涉及面广。《总算记起来了》中的主人公总算记起来了后,便梦见他的父母,"有多少次在集会上我把他们从车轮下救出来,有多少次他们在垂危的时候和我挥手告别"。此外他还梦见了别的亲友,梦中的场景虽然不很清晰,但表现了他对亲友真挚的爱。在《诞生》中,诗人对母亲养育儿子的恩情表示赞美。亲情不仅表现为对亲友的爱,而且也表现为对品德高尚、为人类文明的进步做出了卓越贡献的人的崇敬:《一个伟人的故居》是希姆博尔斯卡参观德国大诗人歌德的故居后写的一首诗,我们看到这个"伟人"生前待人诚恳,热爱社会下层的普通劳动者,尊重他们的劳动。女教师卢德维卡·瓦弗任斯卡看见几个外国孩子有被大火烧死的危险,便毫不犹豫地跳入火中,把他们救了出来,而她自己却献出了年轻的生命,诗人要为这位英雄静默一分钟,以表示对她的敬仰。在《返回》中,一位宇航科学家在外面遭遇不幸,回到家后,还要作一个学术报告,他的敬业精神令人敬佩。《韩妮娅》中的韩妮娅和《音乐大师》中的提琴演奏大师虽然是两个出身、经历、个性和文化知识水平都不相同的人物,但他们中一个表现了高尚的品德,一个创造了美好的音乐,都是值得赞美的。在《发明》中她表示:"我相信伟大的发明",一个人有发明,他一定能战胜困难,百折不挠。诗人不仅把爱心献给人们,而且她也甘愿献给世上一切美好的事物,她在《在礼拜天对心说》中写道:

谢谢你,我的心!
你不急忙,也不偷闲,

>   你生性勤勉，
>   不用赞美也不用奖励。

　　心脏不论什么时候都在不停地跳动，它没有礼拜天和休息日。它每时每刻、每分每秒都在为人类作无私的奉献。它"一分钟就立了六十件大功"，它"每收缩一次都像把小船推向了大海，让它去周游世界"。心脏为人类的生存和发展立了大功，诗人对它表示由衷的感谢和钦敬。在《广告说明书》中，一片镇定药也知道它能够为人们效劳，使他们在睡梦中和不幸告别，"使不公正的事情尽量少发生"，人们为此一定会感谢它。《空屋里有一只猫》写这里的屋主死了，有一只猫便在房里肆无忌惮地进行破坏，作者对这位不幸的屋主表示同情。

　　希姆博尔斯卡对人们付出了那么多的爱心，表达了她的钦敬，而她自己却总是那么谦虚谨慎，从不把自己看得高人一等。这不仅表现在她平日善以待人，而且在她的诗中也可以看到，在《墓志铭》这首诗中，她说"她的墓中除了这首小诗、一丛牛蒡和一只猫头鹰外也没有什么珍贵的遗物"。她好像觉得自己除了几首并不"珍贵"的小诗之外，几乎一无所有，和她笔下那位对生活"一无所求"的女仆韩妮娅也差不多了。有时候，她还把自己比做鱼、蚁和其他一些微不足道的小生命。在《摇晃》中，她说：

>   我比别人不幸得多，
>   因为我将用手制造毛皮，
>   我将成为圣桌上的牺牲，
>   成为显微镜的小玻璃片上
>   游来游去的细菌。

因此她总是说她什么事情都不知道。"这一天我到哪里去了？做了什么？我不知道。如果附近有人犯罪，我也没法证明我不在场。阳光的照射和消失都没有引起我的注意。地球的旋转在记事本上也没有记载。"既然什么都不知道，那么什么也就成了也许的了，"也许这一切就发生在一个实验室里……也许我们这一代全都是实验品"。诗人这种出于谦逊的自卑有时还引起了她的自责。她在《在某颗小星下》，几乎对世上所有的事物都表示道歉，请求它们原谅。诗人当然不是什么都不知道，她对真理的不懈追求使她获得了关于宇宙世界和人类社会的广博知识，但是她的谦逊和她渊博的知识以及她那追求真理的精神形成了鲜明的对照，这种对照实际上是她的思想、品德和个性的两个方面的表现。

希姆博尔斯卡的诗歌还有一部分是专写人物的，其中有的也很富于特色。例如《一个女人的肖像》，表面上看似写一个女人，实际上它写的是一个男人希望得到一种女人，因此它不仅生动地表现了这个女人的经历、个性和愿望，也同样反映出了这个男人的个性和愿望：

　　她很幼稚但很有主意，
　　她生性柔弱但能承受沉重的负担，
　　她脖子上没有脑袋，但她会有一个脑袋，
　　她爱读雅斯贝斯的著作和妇女杂志，
　　她不知道这个螺丝钉有什么用，但要造一座桥，
　　她很年轻，像平常一样，永远年轻。

在《表示尊敬的诗》中，她还刻画了一个"不听从命运的摆布"的人物。诗人喜爱那种富有开拓进取精神、敢于向命运挑战的人。但是当她看到社会上的各种不良现象的产生，却又感到不满，因此她除了创作赞颂美好的抒情诗外，也写过不少针砭时弊

的讽刺诗。这些作品涉及的范围很广，其中有一部分富于政治含义，这在上面已经提到，是一种政治讽刺诗，另一部分则主要针对生活中其他一些不良的现象。如在《额外》这首诗中，她写天文学家发现了一颗新星，这本来是科学研究中的一件大事，但它并不受到社会各界的重视，因为他们从这里得不到好处，诗人以极大的不满真实地勾画出了这些人丑恶自私的面貌：

  它是一颗没有产生后果的星，
  它不影响气候，
  不影响摩登和比赛的结果，
  不影响政府官员的变更，
  不影响收入和价值危机。
  它在宣传鼓动中没有反映，
  也没有引起重工业生产的重视，
  它没有给开会的圆桌增加光亮，
  它和人已经算定的寿命毫无关系。

《对制作淫秽物的看法》一诗虽对社会上荒淫无耻、堕落腐化的现象进行了揭露，但它主要是以此作比，讽刺那种僵化的思想，指出它的危害：

  没有比思想更坏的淫秽物，
  这种独断专行像荆棘一样，
  已经蔓延到雏菊的苗床上。

诗人不仅把讽刺的矛头指向各种社会弊端，而且她也经常给那些在思想和性格上有缺点的人画出一幅幅活生生的图像。如《影子》一诗中，她写一个小丑扮演王后，但他只会模仿王后的动作，由于模仿时走了样儿，便丑态百出。《警告》一诗以诗人想象中的星际旅行为背景，对那种爱挑剔别人而自己却表现得十分愚蠢的人进行了尖锐的讽刺：

> 他们对什么都不满意，
> 时间——太永恒了，
> 美——太没有缺陷。
> 严肃——没法与之逗趣。
> 当大家都感到惊奇的时候，
> 他们却在打呵欠。
>
> 在去第四颗星的途中，
> 情况就更糟了，
> 酸溜溜的微笑，
> 扰乱睡梦，让一切失去平衡，
> 还要说一些蠢话：
> 什么乌鸦嘴里噙着一块奶酪，
> 天主的肖像上有一只苍蝇，
> 或者有一只猴子在洗澡。
> 是的，这就是生活。

在《鲁本斯画的女人》和《男性健美比赛》中，诗人更是着意丑化她所描绘的人物形象，只不知道这是鲁本斯的画和这种健美比赛给她留下的真实印象，还是她对那种形象本来就有厌恶感。希姆博尔斯卡的大部分诗歌都有鲜明的倾向性，但她对人和事物所表现的爱和赞美是多于讽刺和贬责的。这说明她对世界充满了爱，对弱者充满了同情，她的相对主义哲学和一分为二的辩证观点也是从她认为"这个世界除了阴暗的一面之外，它基本上还是好的"看法而来的。诗人反映日常生活的作品涉及面很广。除以上之外，还有一些作品主要写她对生活中一些富于规律性的东西如时间、偶然、生命、疾病和死亡、梦和现实等的看法，写她在看到某些生活场景时产生的印象和感受，其中也有不少好的作品，如在《这是伟大的幸福》一诗中，诗人告诫人们：

为了获得研究的成果，
为了图像的清晰，
为了得出最后的结论，
都必须很好地驾驭时间，
因为世上的一切都在迅速地奔跑和旋转。

偶然是什么？偶然会变戏法，偶然象征命运，但它又会改变命运。在《戏法表演》和《一见钟情》中，诗人所展示的那许多千变万化的偶然事件真是目不暇接，就像万花筒里的景象一样。由于这些偶然事件难以预料，便不得不被它们戏弄，这样偶然也就成为必然了。像《气球静物画》《相册》《梦赞》《从山上往下看》《实验》《自杀者的房间》《在斯提克斯河上》《毫不夸张地谈论死神》《和死者们秘密交往》《现实》和《悲哀的清算》这样的作品就像美丽的童话一样，把生和死、梦幻和现实写得那么真实、生动和形象，而又那么富于想象，令人心醉神迷，百读不厌。还有如《花腔》《复活的人散步了》《一群人的照片》《生日》《停止不动》《恐怖分子在窥视》《刻不容缓》《填履历表》《送葬》《来自医院的报告》《桥上的人们》《没题目也可以》《从影院里出来》《黑色的歌曲》《猴》《眼镜猴》《群鸟飞回》和《一只老龟的梦》等写的都是人们甚至动物的生活场面，同样反映了诗人敏锐的观察和独特的艺术风格。《一些事情的说法》则可以说是她对社会生活中的一切事物甚至包括人的生理特点和遗传因素的综合性表达。

希姆博尔斯卡的诗歌不仅是一个包罗万象的宇宙世界的缩影，而且在波兰和世界诗歌的宝库中，也是一个不可多得的艺术瑰宝。在她论述诗歌创作的作品如《鲁本斯画的女人》《写作的快乐》《激动》《桥上的人们》《有些人爱诗》和《小喜剧》等诗中，可以看出她极力主张创作自由，认为诗歌比其他文学创作的体裁要高一等。她要发挥自由的想象，让世上的一切都永远随她的心意：

只要我愿意，我就可以
把一瞬间无限地延长，
使它变成许多小小的永恒，
在子弹飞过时把它们阻住。
永远，只要我下一道命令，
就什么也不会发生，
没有我的命令，树叶不会凋落，
鹿蹄也踩不弯树干。

——《写作的快乐》

她的作品在手法上一部分是用日常生活的通俗用语写成的，另一部分则引用了许多神话、历史、文学作品和出自民族的风俗习惯的各种典故，还有一部分则是根据一些名家的名画而写成的，但无论前者还是后者都充满了抒情优美的色调、击中时弊的讽刺、回味无穷的幽默、神奇怪异的想象和具有深刻内蕴的象征。她的诗虽不讲究严格的韵律，但她善于运用绘画的构思、电影蒙太奇式的描绘及和谐的节奏把琳琅满目的生活现象以它们原来的那个样子展现出来，或者比它们的原型更加生动、更加突出，使读者可以见到、听到、触到和闻到，因此读她的作品是永远不能平静的。法新社记者在引用瑞典诺贝尔奖委员会评委对希姆博尔斯卡的评价时说,"她被认为是诗歌中的莫扎特,这是以她丰富的灵感特别是她的轻巧的语言为依据的"。如果以莫扎特的艺术天才和他的音乐中所表现的那种明朗活泼的情调以及他那平易近人的音乐语言中所包含的深邃广博的思想内涵来比喻希姆博尔斯卡,笔者以为是不为过的。希姆博尔斯卡的诗歌是波兰现代诗歌在思想和艺术形式上完美结合的典范,是波兰20世纪诗歌创作的高峰。笔者在这里选择的诗最初来源于诗人亲自遴选、由波兹南出版社1996年出版的名为《维斯瓦娃·希姆博尔斯卡,一粒沙的外貌》中收集的作品。几年前,笔者将这个诗集中的全部作品都译成了中文。后来2000年,克拉科夫出版社又经诗人遴选,出版了一本《维斯瓦娃·希姆博尔斯卡诗选》,这本《诗选》比上面提到的那个诗集在篇幅和收集诗人作品的数量上要大得多。为了遵从作者的意愿,笔者又将上面提到的那个诗集没有收进而在这本《诗选》中收进了的作品全部翻译过来,因此在这个译本中,收进了到目前为止的由诗人亲自选定、在波兰出版、包含作品数量最多的两个选集中的全部作品,并以这本《诗选》中排定的她的作品的目录作为笔者的这个译本中的目录,可以说代表了她的全部诗歌作品的精华。而作者本人对笔者的这个译本在中国的出版也极为重视,并亲自为它的问世写了赠言:"诗歌只有一个职责,把自己和人们沟通起来。笔者的诗在中国如能遇到细心的读者。笔者将是很幸福的。"相信波兰这位有世界重大影响的女诗人的诗歌作品的出版,定会受到中国读者的厚爱。

希姆博尔斯卡除创作诗歌外,她平日博览群书,兴趣广泛,上自天文、地理、历史、文学、艺术,下至日常生活内容的书籍无不涉猎。有些书她读了之后写成书评或读书心得,发表在她主持的《文学生活》周刊的"课外读物"专栏上。克拉科夫文学出版社于1996年出版的维斯瓦娃·希姆博尔斯卡所著《课外读物》一书收集了她的这类书评129篇,笔者从中选择了具有代表性的

42 篇，放在她的诗歌作品的后面，以期反映她的文学活动的全貌。在这些书评中，作者并不局限于对她所看的书做出评价，而是借书中提到的人和事进行广泛的评论，字里行间，无不显示了作者深刻敏锐的洞察力、幽默风趣的艺术才华和对事物的独到见解，因此这些书评又是一篇篇短小精悍的随笔，读起来引人入胜，回味无穷。

  此外笔者在这里还要提到的是，在翻译希姆博尔斯卡这些诗歌和书评时，每遇疑难之处都曾请教前波兰驻华使馆文化参赞莉迪娅·戈尔德贝尔格女士和波兰友人芭尔芭拉·李女士，芭尔芭拉·李还对一些作品的内容作了逐字逐句的解释，对笔者帮助很大，谨向她们表示衷心的感谢。但以上所述仅是笔者个人对希姆博尔斯卡的作品的认识和理解，有不当之处，请读者不吝指正。

（本文作于 2002 年 7 月）

诗人与世界

——译维斯瓦娃·希姆博尔斯卡诗歌的体会

译外国诗歌比译散文难,这大概是译界普遍认同的。我翻译过许多波兰诗歌,也深感译诗之艰辛。波兰古典诗歌讲究音韵、格律的严谨和遣词造句的优美,如果以我们熟知的信、达、雅这个标准要求,要用汉语忠实地表达这些诗歌的风格和神韵确实不易。波兰现代诗则大都是自由体,虽然不很讲究音韵和格律,但经常运用典故、比喻、隐喻和极度夸张的描写,有的作品所表现的主题也不很明确,这便给译者带来了理解上的困难,如果对一首诗的内涵没有深透的了解,就不可能把它的风格忠实地传达给读者。此外,波兰语是一种拼音的语言,它和汉语的遣词造句大不相同,在一个波兰语的句子中,主语和谓语的位置常常是颠倒的,在一段文字中,句子摆放的先后次序也和汉语不一样。波兰语还有各种形式的省写词汇和特有的习惯用法。这一切都经常出现在文学作品,特别是诗歌中。

我译维斯瓦娃·希姆博尔斯卡这位1996年获诺贝尔文学奖的波兰诗人的作品是出于对她的作品的喜好。诗人的视野非常广阔,她的诗歌以题材而论,从漫无边际的宇宙空间到人们日常生活中的细枝末节,从生物的起源到人类现代社会科学技术飞速进步的各种表现几乎无不涉猎。诗人以进化、发展和辩证的观点,不仅赋予她所见到的一切以深刻的内涵，而且以其独特的形式表现出来，从而开创了一个诗歌创作的崭新的天地，因此在我看来，很值得把它们介绍过来，让中国的读者共飨。与此同时，诗人知道我要将她的作品翻成中文在中国出版后，对我的翻译也一直十分关心和高度重视，她曾写信给我说："我很高兴，在中国有出版我的诗的计划。但是，在我表示同意和签约之前，请将您要翻译的诗的目录给我看一下。"因此，我在翻译她的作品的时候，为了遵从她的意愿和正确表达她的创作思想和艺术风格，特意选取了波兰于2000年出版的一本由她亲自选定，能够代表她的创作精华的《维斯瓦娃·希姆博尔斯卡诗选》，将其中的作品全部翻译过来。这无疑是一部享有世界声誉的文学名著，代表20世纪世界诗歌创作的高峰。诗人得知这个情况后，又特意为我的这个译本题写了赠言："诗歌只有一个职责：把自己和人们沟通起来。我的诗在中国如能遇到细心的读者，我将是幸福的。"除此之外，她还亲自给我寄赠了一本她认为写得较好的波兰评论家有关她的诗歌的研究著作，以帮助我在翻译过程中对她的作品的理解。这本书上还有她和这位评论家的合影。

为了不负诗人的重托，把这个无比艰巨的工作做好，我在翻译之前，不仅仔细阅读了上述《诗选》中的全部作品，而且深入地研究了包括她赠送给我的这部研究著作在内的许多波兰现今出版的有关她的诗歌创作的学术著作，注意这些著作对她的作品的阐释和评价，因而对她的创作首先有了一个较为全面的了解。随后，我译完了她的这些作品，又给我的这个译本增译了一些她平日除诗歌创作外写的一些短小精悍的评论文章，主要是书评；并把她1996年在瑞典斯德哥尔摩接受诺贝尔奖时，瑞典文学院请她作的一个学术报告的题目《诗人与世界》作为我这个译本的正标题，以"维斯瓦娃·希姆博尔斯卡诗文选"作为副标题，这就给读者进一步地展现出了她一生创作的全貌。希姆博尔斯卡的诗歌虽不讲究严格的韵律，但她不仅经常运用历史典故、比喻、象征和一些波兰语的习惯用法，而且在遣词造句上也比较复杂，有时甚至非常奇特，所以我在翻译的过程中，除了翻阅波兰近年出版的收集词汇最多、释义最为详尽的波兰语词典外，遇到疑难之处，还不得不以通信的方式，和我认识的波兰友人取得经常性的联系，向他们请教；有时为了方便，也向波兰驻华使馆的文化参赞请教，获益匪浅。但是正确理解她的诗歌的内涵和风格只是我翻译工作的一个方面，另一方面就是如何以通达和优美的语言把这一切忠实地传达给中国的读者，使这位享有世界声誉的著名诗人真正和中国的读者"沟通起来"，这同样是一件不易做到的事，在这方面，我愿谈两点自己的认识和体会。

一

对一首诗首先要深入透彻地了解它的创作意图和真实含义，遇到原文中一些不合汉语习惯用法的句子或者以省略形式出现的词句不能逐字逐句的翻译，而应当根据它们的原意，在用词上以汉语的习惯用法加以发挥，这样就可以使读者对原诗的内涵了解得更清楚。例如《诗人与世界》中的《博物馆》这首诗，诗人参观了一个历史博物馆后，尽情地抒发她那怀古的幽思，其中有的诗句按字面翻译，就不能很好地表达作者的原意，如：有扇子，那羞红的脸在哪里？有宝剑，那愤怒在哪里？诗琴在阴暗的黄昏也不再发出叮当声响。因此我根据诗人此时此刻的思想感情和她要说明的情况，加重语气地译成了下面的句子：

　　有扇子，但那用它遮羞的淑女在哪里？
　　有宝剑，但那挥舞剑戟的愤怒骑士在何方？
　　有诗琴，但有谁在阴暗的黄昏去把它奏响？

这样就更真实地反映出了作品的面貌。又如《滑稽剧》这首诗，写一对恋人分别多年，相聚后产生了颇为复杂的思想感情，并且通过两个"观众喜爱的明星"的表演反映出来。其中有些诗句如果逐字逐句的翻译，就是：一出带讽刺主题歌的小滑稽剧，有一点舞蹈，有很多笑声，有合适的风习场景和掌声。但我根据作者的原意译为：那是一出很短的滑稽剧，唱着讽刺的主题歌翩翩起舞，引起了一片欢声笑语，还有入时的风俗场景，观众为他们热烈鼓掌。

这样便使她描写的这个场面更加生动活泼，引人入胜。还有在《要快乐但不过分》中，诗人热情地赞美生活，为此她在一些诗句中，用了一些以省略形式出现的词句，我根据她的意思加以发挥，译过来后，不仅使诗中某些用词的原意和我们对于一些事物习惯的看法达到了一致，而且使我的翻译押上了韵脚，更加富于诗意。

在《看戏的印象》这首诗中，有的诗句排列的先后次序不合我们的逻辑思维，如果翻译过来，是要加以改变的。例如，诗中有这样的句子：这出悲剧在我看来最重要的是第六幕，在战场上死而复活，重整假发和戏装，拔出刺在胸脯上的尖刀，取下套在脖子上的绞索，站在幸存者的行刑中间去面对观众。如果把它们的先后次序这么改一下，就通顺得多：

> 这出悲剧在我看来最重要的是第六幕，
> 在战场上死而复活，
> 拔出刺在胸脯上的尖刀，
> 取下套在脖子上的绞索；
> 然后重整假发和戏装，
> 站在幸存者的行刑中间，
> 去面对观众。

二

和以上情况相反的是，《诗人与世界》中还有一些作品，由于各种不同的原因，对它们必须采取逐字逐句的翻译，不作任何改动和发挥，才能真实反映出它们的面貌。如在《再一次》这首诗中，诗人描写第二次世界大战时，希特勒法西斯将一群犹太人装在封闭的车厢里，运往集中营途中的情景，反映了他们遭受的苦难。诗中有些句子按字面可译为：

纳坦的名字把胸脯往车壁上碰去，
伊扎克的名字疯疯癫癫地唱起歌来，
阿隆的名字因为干渴生命垂危，
萨拉的名字在为他呼唤饮水。

大卫的名字，你不要跳车！
你是一个免不了灾祸的名字，
你这个名字谁都不要，它真是无家可归，
在这个国家，把它扛在肩上也太沉重。

如果不按字面或者不完全按字面翻译，这些句子当然也可译为"一个叫纳坦的人把胸脯往车壁上碰去，一个叫伊扎克的人……"，而且看似更合汉语的习惯用法，但诗人这里强调的是名字，这些都是犹太人常用的名字。在她看来，当时只要有犹太人的名字，就"免不了灾祸"，所以我用逐字逐句的译法，更真实地反映出了原诗的神韵。

还有一些诗中，诗人在运用典故、隐喻和波兰语的习惯用法时，常常赋予它们以多种含义，在这种情况下，我也认为把原诗逐字逐句地翻译过来为好，如《邂逅》一诗中，有这样的句子：

> 我们相互之间以礼相待，非常客气，
> 认为许多年后相见会更加亲切。
> 我们的老虎舔喝着牛奶，
> 我们的隼鹰在地面步行，
> 我们的鲨鱼在大海中沉没，
> 我们的野狼在敞开的笼子前打盹儿。

在我看来，这后四句意在以"老虎""隼鹰""鲨鱼"和"野狼"这些猛兽、猛禽和凶猛的鱼类比喻"我们"过去年轻气盛、敢干敢闯，现在已经失去了这种锐气。但读者在这里，对它们也可以有不同的理解，因此只有采取直译的方式，才能反映出作者的意图，给读者留下思考的余地。

《一百种乐趣》这首诗也是一样。诗人意在说明人类的进化，从野蛮走向文明的过程，她在诗的结尾，指出了几种文明程度不同的人："一些鼻子上画着圆圈的人"，指非洲的野蛮人，他们爱在鼻子上画圈圈。"一些穿长衫的人"，指受过高等教育的人。"一些穿毛衣的人"，指普通人。这是我通过这首诗的主题思想得出的看法，读者同样可以有不同的理解。

（原载《一本书和一个世界，翻译家谈世界文学名著"到中国"》）

《塔杜施·鲁热维奇诗选》中译者前言：用眼睛跟踪和歌唱

塔杜施·鲁热维奇（1921—2014）不仅是一位享誉世界文坛的诗人，而且也是一位著名的剧作家和作家，他在战后创作和上演的一系列荒诞派戏剧在波兰具有无可争议的代表性，在西方也产生了很大的影响。作品被翻译成多种文字出版，多次获得诺贝尔文学奖提名。根据波兰文艺界的定论，他是继19世纪中叶曾长期担任波兰作家协会主席的著名作家雅罗斯瓦夫·伊瓦什凯维奇（1894—1980）之后，创作门类最多、成就最大的作家，他那数量极大而又丰富多彩的作品已成为波兰20世纪文学的经典。

鲁热维奇1921年10月9日出生于波兰罗兹省腊多姆斯科县。20世纪30年代末，他在腊多姆斯科中学读书时，就开始发表诗作。1938年，因家庭经济困难，中学不得不提前毕业。翌年年初，他考进了日罗维策的一所林业中学，但在德国法西斯入侵波兰后，他又辍学了。此后他在腊多姆斯科的政府机关里当过职员和联络员，在索拉特金属工厂里当过工人。1942年，鲁热维奇在国家军军官学校（由当时流亡伦敦的波兰政府在国内开办）学习了一段时间后，第二年便参加了国家军游击队的反法西斯抵抗运动。他不仅参加过瓦尔塔河和比利查河的涧叉之间以及其他一些地方游击队的战斗，而且还主编过部队里的报纸《武装行动》，负责部队的教育工作。由于他在这时期的爱国行动和他在争取波兰民族独立斗争中的突出贡献，战后曾获波兰军队奖章，1974年获国家军伦敦十字奖章，1981年8月15日在明山又获"暴风雨"行动勋章。

1944年，鲁热维奇以萨蹄尔的笔名出版了他的第一部诗歌、散文和幽默作品集《林中回声》。1945年，他进入克拉科夫雅盖沃大学学习艺术史；1946年，出版了诗集《一小勺水，讽刺作品》。1949年大学毕业后，鲁热维奇曾迁居卡托维兹省的格利维采县，从1968年至今，一直定居在弗罗茨瓦夫。鲁热维奇真正的处女作诗集《不安》出版于1947年，这部诗集中的作品大都取材于波兰战前和法西斯占领时期的社会现实，因为在思想和艺术风格上表现了新异的特点，受到了波兰评论界的重视。翌年他又出版了诗集《一只红手套》。此后连续出版了诗集《五首长诗》（1950）、《正在来临的时代》（1951）、《诗和画》（1952）、《平原》（1954）、《银穗》（1955）、《微笑》（1955）和《公开的长诗》（1956）等，这些都属于诗人早期的作品。从1958年出版的诗集《形式》开始，到后来的《和王子谈话》（1960）、《绿玫瑰》（1961）、《普洛斯彼罗的大衣里什么也没有》（1962）、《第三副面孔》（1968）、《皇城》（1969）、《小精灵》（1977）、《受了外伤的短篇小说》（1979）、《浅浮雕》（1991）、《永远的片段》（1996），一直到2003年出版的两部诗集《灰色地带》和《附录》都属于诗人中期和晚年的作品。

鲁热维奇一生除创作诗歌外，还发表有大量戏剧和小说作品。作为波兰战后荒诞派戏剧的代表作家之一，他的剧作如《卡片集》（1960）、《拉奥孔组雕》（1962）、《见证人，我们的小稳定》（1964）、《老妇人孵子》（1969）、《干净夫妻》（1974）、《饥饿者的离去》（1976）和《陷阱》（1982）等不仅继承了波兰战前著名荒诞派剧作家斯坦尼斯瓦夫·伊格纳齐·韦特凯维奇（1885—

1937）的艺术传统，而且根据战后的现实，在思想和艺术上有很大的创新，因此它们上演之后，受到了广大观众的喜爱，无论在波兰国内还是在西方，至今影响不衰。此外，他的小说如《我的女儿》（1968）、《死在旧的装饰中》（1970）等发表后，有的在电视节目上朗诵，有的被改编成剧本上演，受到波兰文艺界很高的评价。他在20世纪50—80年代曾多次出国旅游或去国外参加文学活动，走遍了亚欧北美的许多地方，不仅使他获得新的创作素材和灵感，也使他有机会直接跟国外文艺界进行接触交流，了解他们的文学创作动向和审美情趣。

鲁热维奇早期的诗歌创作曾经受到波兰战前先锋派诗歌的影响。这一流派的理论家认为，大自然是混乱的，人类科学技术的进步可以驾驭和征服大自然，人类只有战胜了大自然的混乱，才能建立公正合理的社会秩序。而社会秩序的改变又会引起人类心理结构的改变，这种改变将促使世界各民族的互助互爱和团结一致，走向共同富裕的道路。但是在20世纪30年代，由于席卷西方的经济危机和法西斯主义的威胁，一些先锋派诗人的作品中经常出现阴森可怕的生活场景，预示灾祸的来临，被认为是战前波兰诗歌中的灾变派。鲁热维奇的早期作品也带有这些特点，大都以德国法西斯占领时期为背景，诗人满腔愤怒地揭露了法西斯刽子手的凶残暴虐，同情被压迫人民的苦难命运，同时也热情歌颂了艰苦卓绝的民族解放斗争。

1949年1月，波兰作协召开作家代表大会，首次提出了社会主义现实主义的创作方法，要求作家反映现实中的阶级矛盾，把自己的创作和祖国人民走向共产主义的前景联系起来。在此形势下，鲁热维奇写过一些歌颂劳动人民获得解放、新生和波兰、苏联以及其他战后诞生的社会主义国家建设的作品。这些作品虽然受到了某种自上而下的指导思想的影响，但也反映了这些国家的一些真实情况，表现了诗人对底层劳动人民的同情、对幸福生活的向往。

鲁热维奇还写过一些其他题材的作品，特别在1956年10月的波匈事件之后，由于波兰社会的思想解放以及后来发生的一系列政治事件，他的诗歌创作涉及的题材就更加广泛。其中有一部分跟波兰政局的变化和波兰文学界的情况以及他个人的经历紧密相关，在这个时期创作的一系列作品中，诗人对他所不满的社会现象进行了尖锐的讽刺。当他受到一些人无理的攻击和毁谤的时候，他很坦诚地对他们说：

　　王子，你不要把我说得那么坏！
　　我有美好的愿望，
　　我梦见我两次飞上了天，
　　我知道我只是一个机关的职员。

还有一部分作品写诗人在日常生活中的观感。它们数量庞大，涉及面广，有写城市娱乐活动，也有再现他所见到的一些普通的生活场景。诗人在描写这些场景时，不无讽刺意味。由于这一类诗歌的发表，鲁热维奇受到老一辈诗人和作家的指责，说他不该宣扬丑恶和绝望的东西，在波兰文坛引起激烈的争论。支持鲁热维奇的主要是年轻一代的诗人，因为他们的创作也有这种倾向。鲁热维奇在他的创作中展露这些，既和他个人的经历有关，也有波兰战前的灾变派以及西方20世纪此类流派诗歌的影响。

诗人还有一部分作品是悼念之作，介绍和反映了他所认识或者熟悉的作家、诗人和画家的作品以及他们不幸的遭遇，表示对他们的尊敬、同情和怀念，或者通过他们的作品说明某个有关世道的问题，它们的形式各不一样，有的还有影射波兰现实的内容。在鲁热维奇不同时期的诗歌中，回忆往事、描写今昔对比的作品也占有很大比重，大都是对他过去几十年中耳闻目睹或者亲身经历、印象最深的事物的回忆，虽然有的显得零散，但却十分具体。而他晚年的作品则更具有总结他一生的经历、他的生活经验和思想发展过程的性质。

鲁热维奇诗歌创作的语言通俗易懂，但含意深刻。诗人善于运用比喻、象征和艺术典故，或者采取以景移情、情景交融以及拟人化或拟物化的描写，赋予其作品浓郁的诗情画意，使读者欣赏到其中艺术的美，感受到其中回味无穷的至真至理。鲁热维奇在他的许多作品中，多次阐述了他的诗学观点。他崇尚创作自由，认为"现代诗歌就是为了自由的呼吸而战斗"。但他同时指出：一个时代结束了，一个新的时代开始了。艺术家们要有责任，创造无愧于我们时代的作品，要真实地反映现实，反映生活，特别是要反映下层劳动人民的生活。他把我们所生活的这个世界比作一棵大树，把诗人比作一群孩子，孩子受到大树的保护，爱在它周围唱歌跳舞，人民的生活是诗歌创作的源泉。诗人曾经谦虚地说：我的诗什么也不解释，什么也不说明，什么也不排斥，它不包容一切，实现不了人们的希望。可是他一生的诗歌创作却充分而具体地体现了他的这种美学思想，也出色地完成了历史赋予他的神圣的使命，正如他在《致抒情诗人》中所说：

> 你现在开始写抒情诗了
> （它是圆圆的小珍珠），
> 云彩、小鸟，
> 可怕的死亡，
> 迷失了方向的地球，
> 被压抑的心胸，
> 祖国、伤痛，
> 红色和白色，
> 被看成是神圣天使的

战士的心，
都是你笔下的素材。
你的那些甜美的词句
像清泉一样
不断地涌流出来。

　　这可以说是对他一生诗歌创作最为生动而又形象的总结。另外，诗人米沃什对他的评价相当高，认为他使一个民族幸福，使劳动不再感到寂寞。此译本是以波兰克拉科夫文学出版社1957年出版的塔杜施·鲁热维奇的《诗集》、华沙国家出版社1988年出版的塔杜施·鲁热维奇的《诗歌》和弗罗茨瓦夫下西里西亚出版社2003年出版的塔杜施·鲁热维奇的《灰色地带》为依据，从中选译了诗人各个时期不同题材和风格的代表作品；虽因材料缺乏，诗人的其他一些优秀作品，特别是他在20世纪90年代出版的几部诗集未能入选，但是这本选集，也基本代表了诗人创作至今的全貌。这篇序言只是浅谈了诗人的创作历程，读者在具体的阅读中，一定会有更多的收获，进而欣赏到其诗歌无穷的艺术魅力。

我译塔杜施·鲁热维奇的诗

塔杜施·鲁热维奇（Tadeusz Różewicz，1921—2014）是波兰当今最著名的诗人和作家之一，也是波兰20世纪荒诞派戏剧无可争议的代表人物之一。他的作品曾被翻译成多种文字出版，也曾多次获得诺贝尔文学奖提名，他是一位在世界文坛享有崇高声誉的大诗人。鲁热维奇1921年10月9日出生于波兰罗兹省腊多姆斯科县，年轻时就开始写诗。至今出版的诗集有《一小勺水，讽刺作品》（1946）、《不安》（1947）、《一只红手套》（1948）、《五首长诗》（1950）、《正在来临的时代》（1951）、《诗和画》（1952）、《平原》（1954）、《银穗》（1955）、《微笑》（1955）、《一首公开的长诗》（1956）、《形式》（1958）、《和王子谈话》（1960）、《绿玫瑰》（1961）、《普洛斯彼罗的大衣里什么也没有》（1962）、《第三副面孔》（1968）、《皇城》（1969）、《小精灵》（1977）、《受了外伤的短篇小说》（1979）、《浅浮雕》（1991）、《永远的片段》（1996）、《灰色地带》（2003）和《附录》（2003）等。鲁热维奇的诗歌数量很大，他在20世纪五六十年代几乎每年都有新的诗集问世。他的这些作品都以最质朴的贴近生活的语言真实反映了人的心灵中的一切喜怒哀乐，表现了对人、对生活、对大自然炽热的爱，他曾经说：一个诗人"要接触心灵和事物，写直言诗"；"诗歌没有爱就没有生命"。这种对自然和生活的爱不仅是诗歌创作中，而且也是整个大自然和人的生命中最宝贵的东西。他的诗歌具有独特新颖和非常美好的表现方式，我醉心于他作品中的这种形式的美，每读到它们，便觉得是一种艺术享受，令人不能释卷。因此几年前，当河北教育出版社约我将他的作品译成中文出版的时候，我很高兴地接受了这个美差。后来我在阅读和着手翻译他的诗歌精品的过程中，我的兴趣越来越大，也越来越深切地感到，要把他那独具特色的创作风格和形式美，用中文这种和波兰文迥异的文字忠实而又充分地表现出来，可是一件不易做到的事，但这也正是我最乐意并且决心要为此付出努力的，我认为，通过我作为一个翻译工作者的不懈努力，可以赢得中国读者对这位诗人的喜爱和尊敬。而今，我翻译的《塔杜施·鲁热维奇诗选》早已于2006年出版，我想借此机会，来谈谈我对这些诗歌的认识和我在翻译过程中的体会，也就是想说，我是怎样长时期地为此付出努力的。我对鲁热维奇诗歌的认识是多方面的，有的涉及对一些诗歌内容的理解，有的和它们的艺术形式有关，举例说，《假果》（选自诗集《不安》）、《月光下》（选自诗集《一只红手套》）、《父亲》《成功》《小兔子》（这三首均选自诗集《银穗》），这些诗我读之后深感有的写得凄婉动人，有的生动活泼，富于幽默情趣，表现了作者丰富的才情。如《假果》中，一个可怜的母亲看着自己在战场上死去的儿子的照片，便潸然泪下，儿子死了，但他生前住过的房间里的桌子上仍留下了这张照片和一个假果。人亡物在，睹物思亲，这位母亲看见儿子的照片就像看见了她的儿子一样，当她想起他生前的身影时，便引起了无尽的哀思，作者的构思是深沉的，在哀婉中表现了人世间最真挚的母爱。在《月光下》中，诗人写道：

月光下，
空寂的大街，

月光下，
人已匆匆离去。

月光下，
生命灭绝，
万物消亡，
月光下。

月光下，
空寂的大街，
只留下死者的颜面，
泥塘的污水。

这也是诗人对战争时代的回忆，用劫后的惨景反映战争的残酷。

这是一个生命灭绝、万物消亡的世界，除了阴冷的月光、死者的颜面和泥塘的污水，就没有别的，这里到处都是一片死寂，令人不寒而栗，它使我想起了中国唐代著名文学家柳宗元（773—819）的一首古诗《江雪》：

千山鸟飞绝，
万径人踪灭。
孤舟蓑笠翁，
独钓寒江雪。

这首诗与前面一首诗反映的是不同主题。柳诗借歌咏隐居山水之间的渔翁，来寄托自己清高而孤傲的情感：天地之间是如此纯洁而寂静，一尘不染，万籁俱寂；渔翁的生活是如此清高，渔翁的性格是如此孤傲。两诗似乎不可比拟,但诗中空寂的意境和鲁热维奇的《月光下》又有某种相似之处,只是它不像《月光下》写得那么悲戚和可怕,我想只要把握好了这个相似的意境,严格遵循波兰文原作的格律,就一定能把它翻译好。鲁热维奇这首诗中每个句子大都只有四个或五个音节,那么我在把它们译成中文时,在每一句诗中,也只能用四个或五个,也就是要尽量少的中文字(中文字都是单音节的),就能做到忠实于波兰文原作了。

在《父亲》中,诗人写道:

> 老爸的身影
> 永远在我的心中,
> 他一生不知道节约
> 死后没留下分文。
> 他不曾一点一滴地积攒,
> 既没有买下一处房产,
> 也没有买过一块金表。
>
> 他像鸟一样地快活,
> 从早到晚地唱歌,
> 一天又一天。
> 可是
> 请你说说,
> 一个低级职员
> 许多年来,
> 怎能这样地生活?
>
> 我记得他常常戴着

>一顶破旧的帽子,
>口哨吹得很好听,
>吹的是一首欢乐的歌,
>他坚信他一定会
>进入天堂的大门。

诗人在这里用了几句很普通的话,就描绘出了一个生动的形象,诗中主人公虽然年老,但仍保持了一颗童心,他并没有很高的职位,也没有去谋取这种职位,但他知足常乐,无忧无虑,一种乐观向上的人生态度令人喜爱。在《成功》中,作者更是充分地发挥了诗的想象,他开玩笑地把诗中的主人公扬内克比作几十万年前的猿人:

>扬内克曾经四肢着地
>爬滚了一年。
>有一天,
>我看见
>他
>两条腿站起来了。
>
>我很高兴地想:
>"我们古老人类的这个把戏
>终于获得了成功。"

这个扬内克也可能是诗人的亲友,腿受过伤,通过自己的锻炼治愈了,本是一件很普通的事,可是诗人用这个比喻,却使作品展现出了深远的背景,具有很深的寓意。另外在措辞上,诗中只用了简单的几句,便把整个场景都写得妙趣横生,令人百读不厌，是一篇内容和形式俱佳的作品。《小兔子》这首诗中又是另外一番景象：

> 大雪长着红宝石眼睛，
> 藏在一个笼子的
> 黑咕隆咚的角落里，
> 温暖的雪，
> 受惊的雪。
>
> 大雪一声不响地
> 翕动着它的嘴唇，
> 在沙沙响着的
> 蓝色的树叶上。

这里写的是一只小兔子，但是诗中却没有用"小兔子"这个词，诗人很巧妙地用白雪来比喻它，小白兔长着红宝石眼睛，藏在一个笼子的黑咕隆咚的角落里，在阴暗的背景的映衬下，显得它是多么白净和美丽。它有体温，有感觉，它在蓝色的树叶上翕动着它的小嘴。蓝色的树叶有沙沙声响，小白兔却始终没有响声，这也符合它的本性。诗人给白雪加以装点，赋予了生命，把这个由白雪变的小白兔写得活灵活现了。

鲁热维奇这些深情和美妙的构思和手法使我在翻译时对它们产生了极大的兴趣，也觉得只有严格地按照他的每个作品的节奏和韵律，用一种富于抒情诗意和幽默感的中文表达出来，才能使中国的读者感受到其中的艺术魅力。还有一些诗中，鲁热维奇也采用了一种颇为新颖和独特的形式，如在诗中运用某种形式的叠句，能使他的作品的深刻寓意对读者产生强烈的冲击力，给他们留下深刻的印象，如《琥珀鸟》（选自诗集《不安》）就是一例，诗中写道：

  秋天，
  一只透明的琥珀鸟，
  含着一粒金珠，
  从一个枝头，
  跳到另一个枝头。

  秋天，
  一只闪闪发光的
  红宝石鸟，
  带着一滴血，
  从一个枝头
  跳到另一个枝头。

  秋天，
  一只就要死去的
  蓝宝石鸟，
  带着一滴雨水，
  从一个枝头
  落到另一个枝头。

  诗的第一段写像宝石一样美丽的小鸟在枝头快乐地跳来跳去，第二段的"一滴血"，表现了一种哀伤的情调，第三段写小鸟已经死去，它再也不能在枝头跳跃，而是和雨水一起，落到了枝头上。在不同情况下这个"从一个枝头，跳到另一个枝头"的语句的重复出现加重了语气，就像台湾著名诗人余光中在他的《乡愁》中写的那样：

小时候，
乡愁是一枚小小的邮票
我在这头
母亲在那头

长大后
乡愁是一张窄窄的船票
我在这头
新娘在那头

后来啊
乡愁是一方矮矮的坟墓
我在外头
母亲在里头

而现在
乡愁是一湾浅浅的海峡
我在这头
大陆在那头

不同的是这里的"乡愁"表现在不同时期的不同情况下，因此诗中重复出现的语句有一些小小的变化，而鲁热维奇笔下的"琥珀鸟"生命短促，它的跳跃只在一个"秋天"，但两首诗在形式上的运用却是不谋而合的。又如《多余的人的话》（选自诗集《平原》）中，也有这样不断重复着的问句，这些问句的内容虽不一样，但形式是一样的：

对那个把红色的橡树叶
夹在自己灰色的笔记本中的
少年怎么办？
对那个手里拿着一个苹果的
少年怎么办？
对那个从草地上跑过的
少年怎么办？
对那个从雪的星星上飞过的
少年怎么办？
对我的父亲和母亲怎么办？
对这十亿多余的人怎么办？

诗人表示了他对人间事物的关心，从一个小孩到十亿人的大大小小的各种事物，似乎和他都密切相关，因此他向读者们提出了上面的问题，希望引起读者的重视。《眼睛和问题的颜色》（选自诗集《微笑》）中的句子形式也是一样：

我亲爱的她的眼睛
是不是蓝的，
上面长了银白色的针刺？
不是。

我亲爱的她的眼睛
是不是棕色的，
闪着金色的光芒？
不是。

我亲爱的她的眼睛

就像秋天灰白的树叶，
　　落在了我的身上。

诗中前两个"不是"是作者设下的一个悬念，直到最后一段，才很形象地点明了"就像秋天灰白的树叶，落在了我的身上"。此外，诗人在他的作品中，也经常用一些不断重复的句式但蕴含意思却正好相反，这样的表现手法也是用来加强语气，如在《多么好》（选自诗集《一只红手套》）中，诗人写道：

　　我真可以在林子里
　　采摘野果以饱口福了，
　　我原以为，
　　既没有野果也没有树林。

　　多么好，
　　我真可以在树荫下乘凉了，
　　我原以为，
　　树木不会投下阴影。

　　多么好，
　　我真可以和你在一起了，
　　我的心也跳得更快了，
　　我原以为，
　　人是没有心的。

诗中"我原以为，树木不会投下阴影"，"我原以为，人是没有心的"这样的语句令读者震撼，这里包含着诗人多么丰富而又悲凉的人生感受！我在翻译这些诗的过程中，无论在内容还是形式上，都是严格按照作者的要求去做的，为的是更好和更真实地反映作者的创作意图，忠实于原作。一般来说，这些诗中的语句都比较简洁，音律对仗，因此把它们翻译成中文后，读起来朗朗上口，便于朗诵，很容易在读者中传开。

鲁热维奇在诗中采用一些对比的语句，也能获得很好的艺术效果，如在《得救》（选自诗集《不安》）这首诗中，有这样的对比：

> 我二十四岁那年，
> 被押送到刑场上，
> 可是我得救了。
>
> 一些毫无意义的称呼，
> 其实只有一个意思：
> 人和兽，爱和恨，
> 敌人和朋友，
> 黑暗和光明。
>
> 人和人就像野兽一样，
> 自相残杀。我见过
> 那一车又一车
> 没有得到拯救的
> 被砍杀的人们。
> 德行和罪恶
> 真理和欺骗，
> 美和丑，勇敢和怯懦，
> 实际上是一个概念。

在希特勒法西斯占领波兰期间和波兰的反法西斯战争中，这些对比无论在什么地方、在什么情况下都表现得非常强烈，诗人以高度的概括和十分精练的诗的语言真实地反映了当时波兰的社会现实，我在翻译这些诗的时候，也很认真地再现了这些表现手法，只有这样，才能体现作品的原意。

此外，我感兴趣的还有一种马雅可夫斯基称为阶梯形的诗歌形式，如《旋转木马》（选自诗集《银穗》）这首诗：

> 欢乐
> 在旋转中，
> 在自己的身边。
> 欢乐中产生欢乐，
> 欢乐在地和天之间，
> 在灰色的一天中旋转，
> 于是放开了笑的银色的弹簧。

由于掌握了波兰文原作的这种形式，我把它翻译成中文后，我的译文甚至比原作更像阶梯，像一个诗的阶梯。我在这里举了这么多的例子，是为了说明我在上面已经提到的我阅读和翻译塔杜施·鲁热维奇诗歌的一些心得体会，而这也只是我的一部分体会，令我欣慰的是，我翻译的这本《塔杜施·鲁热维奇诗选》出版后，在中国的读者中受到了普遍的欢迎，他们盛赞鲁热维奇的诗歌优美动人，字字珠玑，不愧为享誉世界的大诗人。鲁热维奇的诗歌是一个极其丰富多彩的思想和艺术宝库，是波兰当代文学创作发展的高峰，我今后还要对它进行更加深入的研究，希望能够译出他更多新的好诗。

（原载《欧洲语言文化研究》第七辑）

斯瓦沃米尔·姆罗热克的小说创作

斯瓦沃米尔·姆罗热克（1930—2013）不仅是波兰战后荒诞派戏剧创作的代表之一，也是一位著名的作家。他生于克拉科夫省博任齐纳镇，1950年发表报告文学《年轻的城市》，从此登上文坛，曾在格但斯克大学生比姆—博姆实验剧院担任编剧，1950—1954年在克拉科夫《波兰日报》任编辑，1956—1957年曾先后主编《从头到尾》和《波兰报》的讽刺栏目"进步分子"，1957—1959年任克拉科夫《文学生活》周刊主编。他的小说作品大都是一些短篇，收在《画中的波兰》（1957）、《象》（1957）、《阿托米策的婚礼》（1959）、《逃往南方》（1962）《两封信》（1974）和《克里米亚之爱》（1993）等集子中。这些作品和他的戏剧一样，大都以夸张的形式揭露和讽刺现实生活中的不良现象。从表面上看，作者所写的人和事似乎不可能存在，可是透过表面，就可看到其中深刻的意蕴，令人回味无穷。这里，由茅银辉和方晨选译并汇集在《简短，但完整的故事》中的斯瓦沃米尔·姆罗热克的一些短篇小说，是很有代表性的，这些短篇对一些事物的出现采取荒诞和离奇的描写，但又不脱离它们所在的这个周围环境和现实社会，能够引发读者的深思。

如小说《在车站》这一篇，写主人公"我"来到P火车站，要接他的叔叔泰奥多尔，但他来到这里后，突然感到自己犯了罪过,要到当地的警察局去自首,并且认定自己已被判了刑,要到北部 N 市的矿山去服刑,在那里劳动改造 20 年。他现在和一个宪兵来到火车站,就是要乘火车去那个他要服刑的地方。但这时候,他在这个车站上,又发现了有个宪兵也在领着一些和他一样的罪犯在这里等候。他问他们是怎么回事,那个宪兵说,他押解这些罪犯也是去服刑的,已经走了 15 年,到现在还没有到达目的地。"我"又问这是为什么?宪兵说,"这充分证明了我们国家的强大和国土的辽阔",去服刑的路是走不完的。但是在火车上,有时候火车司机喝醉了,或者铁路有一段路的轨道被偷了,火车走不过去,在这种情况下,火车即便开走了,也是"3 个月或者半年也没有地方进站",所以耽误了这么多的时间。后来这个站上的火车走了,"我"才清醒过来,想到了要等"我"的叔叔。作品以夸张的手法,说明了在这个不合理的社会中,没有罪也会被判有罪,而且他们的服刑是没有完的。而那些真正的犯罪和玩忽职守的现象即使造成了严重的后果,也听之任之,没有人去管。

小说《在阿托密采的婚礼》写一对青年男女的婚礼。新郎是个物理学家,他有两座核反应堆和一个化学合成厂。新娘的父亲在女儿出嫁的时候,要送给新郎一个发电厂作为女儿的陪嫁,他认为这才和未来的女婿门当户对。在他们举行婚礼时,新娘的哥哥邀请了主人公"我"来参加。婚礼上宾客们都很高兴地唱起歌和跳起舞来,可这时有一个会唱歌的宾客斯梅伽向另一个宾客皮格突出"引爆了一枚核弹头",皮格这时为了进行报复,又将一枚"中程导弹径直地朝斯梅伽的额头发射出去","斯梅伽摇晃着向后退去,撞到热隔离带上,热隔离带瞬间崩裂,斯梅伽飞入高温的深处,与不断升温的元素混合在一起"[①],因此他被烧死了。婚

---

① 斯瓦沃米尔·姆罗热克:《简短,但完善的故事》,矛银辉、方晨译,花城出版社 2018 年版,第 24 页。

礼现场由于事故的发生，混乱不堪。导弹的发射也造成强烈的辐射，使举行婚礼的这栋房子长出了巨大的蓝色欧洲蕨。新郎看见已经无法让客人们安静下来，便打开家里的储液器，把毒气放了出来，所有在场的人都不得不穿上了防护衣。这时候，房子外面的院子里也散发着强烈的辐射光，把夜空都照亮了。"我"这时回家去了，在当夜的梦中，"还对这场喧闹的婚礼上的一幕幕回味不已"[1]。作品联系到现代科技，进行荒诞的描写，也是一个极大的讽刺。

《我曾经如何战斗》写主人公"我"一早出门取牛奶，看见家门口的街上设置了许多路障。这里堆放着一筐筐的土豆、圆白菜和苤蓝，有半个胳膊肘那么高，使车辆无法通行。后又来了一些幼儿园的小孩，他们也要献出他们的玩具来"加固"这里的路障，说是为了抵御敌人的侵犯。此外有人还搬来了一个柜子，从档案馆和历史博物馆运来了大量的羊皮纸，从技术学院运来了大批的书，不时还有人运来一些新的建筑材料，使得这个路障已经堆到了两层楼高了。除了路障，面对敌人的入侵，还从医院里运来了床垫，把它们在这里堆成了一道防护墙。而路障也变得更是稀奇古怪了，因为有"残联送来自己的假肢，被放置在中心，上面密集地捆绑上沙袋，看起来壮观极了"[2]。此外还有人用羽绒被、棉被也增加了路障的高度。人们还不断地搬来了灯具、旋转木马的部件、铁器、硬纸箱、蜡烛、水缸、饰带、照片、内衣，留声机唱片，和一些他们鄙视的蚀刻版画、木乃伊、内衣漂白粉等。"看到这幅场景，我的内心几乎期盼着敌人的来到——让他们

---

[1] 斯瓦沃米尔·姆罗热克：《简短，但完善的故事》，矛银辉、方晨译，花城出版社2018年版，第25页。
[2] 同上书，第77页。

来吧，在我们强大的的壁垒前溃不成军！"① 但路障的设置工作结束后，却未见敌人来进攻。小说这样的描写显得十分荒诞和随意，意在讽刺那种在"阶级斗争"的理论指导下，臆想的敌人的侵犯。

《简短，但完整的故事》这篇小说一开始就指出："管子是亘古以来就存在的，最初的管子是天然的，譬如竹子、血管或者肠道。还有地壳上从很早以前就密布着的暗河、林间路，沿着这些管路流淌着火山岩浆。然后人类文明模仿自然创造了自己的管子：运河、水渠、排水管、望远镜、显微镜以及实验室的各种试管，一言以蔽之，各种各样的管子，其中有些异常复杂。"② "最终，所有的管子改造了末端，互相连接，形成了一条奇大无比，贯穿全宇宙的管子。"③ 作者的想象奇特，视野广阔。

《我们的动物和其他动物》也是一开始就介绍："在革命获得胜利之后，为了响应普及文化的号召，我们的小镇建立了一座动物园。园里有一只老虎，一只猴子和一条蛇。"④ 老虎吃牛肉，蛇吃兔子肉，猴子可以吃香蕉。但是在计划经济框架下，国内处于过渡性困难时期，这些动物园的工作人员和他们的老婆和孩子都没吃的，还怎么养活动物？在号召节俭的精神指导下，决定取消老虎吃牛肉，蛇吃兔子，猴子吃香蕉的配给，让老虎吃黑香肠，蛇吃青蛙，猴子就只能给它吃些素菜了。但这些东西动物园里工作人员的孩子都不够吃，又何谈动物，结果猴子饿死了。作者这里的讽刺，显然是针对斯大林时期的苏联和20世纪50年代波兰的社会现实，由于"计划经济框架"的约束，经济得不到发展，粮食不够吃，连动物都饿死了。

---

① 斯瓦沃米尔·姆罗热克：《简短，但完善的故事》，矛银辉、方晨译，花城出版社2018年版，第78页。
② 同上书，第82页。
③ 同上书，第87页。
④ 同上书，第198页。

小说《在磨坊，在磨坊，我的好主人》的主人公"我"是一个磨坊老板的雇工，这个老板承租了一座水磨坊，它原来的主人早就投身军事和政务，据说已经功成名就，对自己的磨坊不太关心了。"我"一次来到磨坊里的一条小溪边，看见一些轮子被从水闸里倾泻而下的水流驱动，在不停地旋转，也带动着磨的转动。可这时"我"突然发现这条小溪上面的水流不下来了，失去了驱动力的水磨的轮子也不转了。原来是有人在那里溺水了，他的尸身阻住了溪水的流动。"我"去把这个溺者捞出来后，却没想到他就是过去那个磨坊的主人。由于没有这个尸体的堵塞，水流又恢复了正常。于是"我"背着磨坊主人的尸体，在这个夜里，把他埋在了一个山顶上。但后来在溪水里，又漂来了一个溺者，"我"又把他拉了上来，认得他是"我"的一个"战友"，于是"我"又把他放在一辆手推车上，推到山上埋了起来，还给他做了一个墓碑。

但这之后，接着又有了第三个、第四个溺者……"我"这么想："他们是否死在了溪流的上游的某个地方呢？是他们自己不慎失足落水，还是被人溺到水里的？这样的事情会持续一年，还是只集中在这段时间？"[①] 对于这种情况的发生，"我"真不知道该怎么办。但"我"还是要把他们都一一埋葬了。后来，雇用我的那个磨坊老板一家也参与了这里的埋葬工作。磨坊老板娘擅长表演哀伤，"虽然她并不认识这些死者，却可以对这些尸体表现出深切刻骨的悲痛。尽管如此，我还是无法认为她玩世不恭或是惺惺作态"，因为"葬礼上她的表现大概还是真情实意的"[②]。

作者认为，在这种情况下，总有一些孩子"按捺不住地期待

[①] 斯瓦沃米尔·姆罗热克：《简短，但完善的故事》，矛银辉、方晨译，花城出版社2018年版，第125页。

[②] 同上书，第126页。

着新的刺激",[1] 他们要跑到溪水的上游,查看是否有新的尸体漂来。在为不断漂来的溺者继续举行葬礼时,"我"又将这些孩子编成哀悼组和《安魂曲》合唱组,磨坊老板娘"曾完美地演绎绝望,我也曾在露天的墓地前发表慷慨激昂的演讲,小纪念碑也做得越来越精致,甚至磨坊老板的眼里都含了泪"。[2] 后来河水上涨,再也没有溺者漂过来,"我"反觉得闲来无事,"度日如年"。最后作品又说到了主人公"我"和"我"的尸体,"我"和他是分不开的,"我将把他投入河流中,我自己也将加入进来,让河流将我们融合。他将随波逐流,我也将沿岸前行,我的视线将一直追逐着他"[3]。整个作品虽然展示了一幅荒诞的图景,但是它的描写表现了作者丰富的想象,显得绘声绘色,有些地方看来虽然不合逻辑,如这所磨房的主人本已从政,而且功成名就,对自己的磨坊并不关心,却不知何故,也溺死在这道溪水中,但是作品依然充分地表现了好心人对死者的同情。

---

[1] 斯瓦沃米尔·姆罗热克:《简短,但完善的故事》,矛银辉、方晨译,花城出版社 2018 年版,第 128、127 页。
[2] 同上书,第 128、129 页。
[3] 同上书,第 150、151 页。

赫贝特的诗意花园
——《花园里的野蛮人》（中译者前言）

在波兰现代文学中，有四位具有世界性影响的大诗人和作家，他们是：1980年诺贝尔文学奖获得者切斯瓦夫·米沃什，1996年诺贝尔文学奖获得者维斯瓦娃·希姆博尔斯卡、兹比格涅夫·赫贝特和塔杜施·鲁热维奇。在他们中，赫贝特更是一个全才作家，他的一生，在诗歌、散文和戏剧创作中，都取得了巨大的成就，除了多次在波兰国内外获得过各种文学和艺术奖项，也曾多次获得诺贝尔文学奖提名。

赫贝特生于乌克兰的利沃夫，在德国法西斯占领波兰期间，曾在利沃夫秘密开办的大学学习波兰语言和文学，同时还参加了当时被迫流亡伦敦的波兰政府领导的国家军的反法西斯抵抗运动。1943年，赫贝特来到克拉科夫，1951年定居华沙。他曾先后在克拉科夫的雅盖隆大学、经贸学院和托伦·尼古拉哥白尼大学深造，并以经济学家的身份供职于华沙一些贸易部门，后又担任过波兰《诗刊》月刊的编辑，并多次出访和游览欧美各国，在国外讲授波兰和西欧文学。在诗歌创作方面，他的诗集《赫尔墨斯·狗和星星》（1957）、《客体研究》（1961）、《题词》（1969）、《科吉托先生》（1974）、《来自被围困城市的报告和其他的诗》（1983）、《离别的悲歌》（1990）和《暴风雨的尾声》

（1998）等作品常常借用西方古代的历史事件、神话和寓言故事、古典文学和艺术来探讨人类存在的意义，暗示当代文明的发展，他因此成为波兰战后新古典主义派的代表诗人。在戏剧方面，他写的虽然大都是一些小型的广播剧，但题材广泛而新颖，受到波兰听众的普遍欢迎。

赫贝特的散文作品最著名的是他的《花园里的野蛮人》（1962）、《带马嚼子的静物画》（1992）和《海上迷宫》（2000）。《花园里的野蛮人》是他1958—1960年出游法国南部和意大利一些地区和城市写的一部散文集。作者因为对这些地方的名胜古迹和古代留存至今的艺术作品很感兴趣，去之前或参观完还看了不少有关资料，他在写这些散文，也可以说是游记的时候，往往是将他在参观中的见闻和感受，以及他对这些名胜古迹历史背景的了解，结合起来加以描述，因此这些散文作品都采用了夹叙夹议的方式，既给读者带来美的感受，又让人对欧洲古代艺术有直接的了解。赫贝特这些作品所描述的关于欧洲古代艺术的面很广，从史前人类洞窟里的壁画、中世纪基督教主教堂的建造和罗马天主教会对异教的镇压，到法国和意大利文艺复兴时期的绘画艺术都做了既广泛又生动的介绍。他用《花园里的野蛮人》这个书名，说明了他在看到这些人类最优秀的文化遗产后，盛赞它们的博大精深，感到自己像是走进了一个美丽的大花园里，成了一个"野蛮人"，对周围的一切几乎一无所知；同时他也认为，他的祖国波兰没有像法国和意大利这么深厚的文化传统。这当然是他的自谦，实际上，波兰在历史上也出现过像哥白尼、肖邦、密茨凯维奇和居里夫人这样曾经影响整个时代发展的科学和文化巨人，是值得这个民族骄傲的。而赫贝特自己，也一直对艺术特别是欧洲各国的古代艺术很感兴趣，并进行过长时期的研究，所以著名诗人切斯瓦夫·米沃什说他"永远是一个艺术史学家"。我在翻译他的这本散文集时，也深感他这方面知识的渊博。

如开头《拉斯科》这一篇，赫贝特介绍的拉斯科是位于法国多尔多涅省蒙蒂尼亚克镇附近韦泽尔河谷一个保存了大量史前人类留下的壁画的洞窟。这个洞窟是1940年发现的。赫贝特认为，这些壁画突出表现了欧洲旧石器时代晚期被称为"法兰西—坎塔布连的文明"之成就，也是迄今已发现的最杰出的人类史前的艺术之一，它是"一种在生存竞争中新获胜的智人在法国南方和西班牙的北方土地上"创造的，这个洞窟的壁画上描绘的公牛、野牛和马等彩色图像都达到很高的艺术水平，有的幻想中的动物图像表现了史前人类的"图腾崇拜"，它们所表现的各种姿态以及它们周围所出现的各种记号都是寓意深长的。

赫贝特在参观这个洞窟时不无激动地说："还有一幅称为中国马的画像乃是这里最漂亮的动物画之一，这不仅是旧石器时代的艺术品，而且可以代表所有的时代。这个名称并不是说这里画了一匹中国品种的马，而是拉斯科的这位绘画大师要以他精湛的技艺表示对中国骏马的敬意……我以为，这里所有的描绘——各种绘制品——和这幅杰作相比，都是黯然失色的。它是那么浑然一体、光彩照人，只有诗和童话才有这种光芒四射的创造力量。因此我要说的是：'我这里确实有了一匹拉斯科的马。'"在他看来，"拉斯科洞窟不是普通人居住的地方，它是一块圣地，是我们祖先的一座西斯廷的地下教堂"。

《在多尔人那里》主要介绍帕埃斯图姆保存至今的古希腊的神庙，帕埃斯图姆在意大利的南部，公元前3世纪曾是古希腊的殖民地，后来又被古罗马占领，这里保存至今的希腊神庙中，最著名的是巴西利卡神庙、得墨忒耳神庙、宙斯和赫拉的神庙。作者详细介绍了这三座神庙的建筑艺术特点，他认为，它们代表古希腊多立克柱式建筑艺术发展的三个时期，"巴西利卡是古代的艺术，得墨忒耳属于过渡时期，赫拉则是多立克柱式建筑艺术成熟时期的杰作"。它们属于这里"最重要和最有研究价值的古希腊的建筑群"。赫贝特还明确地指出："古典建筑的美是以它每一个构件相互之间，以及它们对于整体的布局，有一个适当的比例表现出来的。古希腊的神庙产生于几何学的金色的阳光下，由于数学的精确性，这些作品将随着时间的变化和审美观的改变而变化。均衡不仅是审美的要求，而且是整个古希腊社会秩序的表现。"

《阿尔勒》中的阿尔勒是坐落在法国南部普罗旺斯地区罗纳河流域平原上的一个小城，它在公元12世纪以前曾是这个地区的首府。作者说："富饶的罗纳盆地多少世纪以来，都吸引着移民到这里来，首先来到这里的是希腊人，早在公元前6世纪，他们就在这里建立了马赛。阿尔勒因为处在罗纳河三角洲这个战略和发展商贸的驻点上，希腊移民在这里便建起了巨大的移民营，设立了许多贸易机构。"但"阿尔勒和整个普罗旺斯真正繁荣的时期是在古罗马"，这座城市也是"按照古罗马的规模设计建成的"。那时候，"它的商贸是那么繁荣，有那么多的人来来往往，所以全世界的产品都可以很容易地拿到这里来进行交换。如果说富裕的东方，散发着芳香的阿拉伯、亚述，或者非洲、西班牙，或者丰产的加利亚都有人们喜爱的东西的话，那么这里富裕得就像人们最喜爱的那些东西都是这里造出来的一样"。作者还谈到了他在这里见到的古希腊的剧院和古罗马竞技场的废墟。荷兰著名画家凡·高也在这里作过画。还有1904年诺贝尔文学奖获得者普罗旺斯诗人米斯特拉尔，他不仅在文学创作上取得了光辉的成就，而且一生为保持普罗旺斯语言的纯洁性，也做了很大的努力。

《一座主教堂》论述了奥尔维耶托这座意大利城市一个建了好几个世纪的主教堂的建筑风格，作者认为："北方的哥特式建筑是另外一个大自然的产品，他们（指意大利的建筑师）看到它都感到害怕，以为这是热处理留下的烟渣。意大利人都认为，教堂的正面可以画一个宗教的游行队伍，而且可以有意夸大地把它画成一个歌剧中的合唱团的群像，参加这个合唱团的还有雕塑、镶嵌、壁柱和小塔。奥尔维耶托的主教堂无疑是这种带绘画的建筑物的最好例证。"这座主教堂里也有许多壁画，大都是画家西诺雷利画的。作者详细介绍了他每幅画的内容，认为"他画中的人不是用没有生命的纤维编织的，而是有血有肉的活人"。不仅如此，在作者看来，意大利文艺复兴的绘画大师都"爱画人体，不仅是他们想有一种接触人体和看到人的活动后的感受，而且也是因为这种画具有更大的表现力，裸露的人体能使观者感到无比的激动"。西诺雷利"画的是一个透明和充满了光照的世界"。

《锡耶纳》说的是锡耶纳这座意大利的古城，在中世纪和文艺复兴时期出现了许多著名的画家，他们的绘画艺术达到了很高的水平，并且形成了一个锡耶纳画派，影响深远。赫贝特在他的这篇文章中，提到了杜乔、乔托、西蒙·马提尼、平图里乔、萨塞塔和贝卡富米这样一些画家的名字，并对他们作品的内容和艺术风格进行了分析和介绍，做出了评价，如他认为杜乔的画"对两种伟大但又互相对抗的文化进行了综合，一种是拜占庭的新希腊文化，表现为祭祀和对神的崇拜，反对自然主义。另一种是西欧的文化，说得更确切是法国的哥特式文化，表现了一种激情、自然主义，趋向于戏剧化的构图"。而"乔托则开辟了一条让古罗马人的艺术遗产复兴的道路"。虽然在 14 世纪，"结束了锡耶纳绘画的伟大时代，但是它的学派却一直延续到了 15 世纪末"，它的画风也没有变，保持了和生活的紧密联系。此外，"这里的人们对艺术都普遍喜爱，也比别的地方更具有民主精神"。这也是锡耶纳的绘画艺术能够繁荣发展的原因之一。

《主教堂的石头》详细介绍了欧洲一些国家和城市中世纪基督教主教堂的修建情况，"主教堂"是指一个地方最主要的也就是为首的教堂，欧洲各国自古以来就信奉基督教，这个宗教虽有各种派别，但在这些国家几乎所有的社会阶层，它都是深入人心的，所以自中世纪以来，在欧洲一些国家，无论是基督教会，还是国王和各地的政府机关、社会慈善机构甚至普通的基督教徒，都曾下大力去筹集资金，建造这样的主教堂，因为在他们看来，"建立主教堂也是这个地方爱国主义的表现"。但是建造一座主教堂工程浩大，首先要考虑采取什么样的形式进行整体的设计和装饰，另外在施工过程中，也需合理解决建材的运输、工种和工资分配的问题。但是人们对此热情很高，有许多热心公益事业的人甚至跑到很远的地方和国家去筹集资金，一个地方如果遇到这样的事，都把它看成是盛大的节日，"那些来这里募捐的人的队伍带着纪念品在信教的人群中走过，他们都跪在路边，患了病的人都伸出了手，母亲带着孩子也往前挤，希望能够触到那些神圣的纪念品"。在主教堂的建筑工地上，也有许多人自愿报名来参加劳动，一些天主教的神甫甚至指责那些不是因为信仰而是为了挣钱来工地干活的人。由于工程浩大、生产工具过于原始，在一些方面经常会遇到各种困难，因此一些有名的主教堂往往要建造几十年才得以竣工，但是这些中世纪的主教堂保存至今，不仅是欧洲也是全人类最宝贵的文化遗产。

《基督教阿尔比派、宗教裁判官和游吟诗人》和《为圣殿骑士团辩护》都是讲中世纪天主教会和他们认定的"异教"的斗争，作者认为这两篇是不可分的。阿尔比派其实是基督教中的一个派别，它所倡导的教义和天主教的教义有所不同，但它和作者在《基督教阿尔比派、宗教裁判官和游吟诗人》这篇文章中提到的摩尼教等其他被天主教视为异教的教义却有相同之处，因为它们"都很明确地宣扬二元论，认为在宇宙间，有两种强大的力量在起作用：善与恶，世界是魔鬼造的（否认《圣经》旧约上关于世界是上帝创造的说法），要对躯体和物质进行严厉的惩罚，要求教徒严格保持禁欲主义","不能吃肉和动物身上任何别的东西",也"不能杀生",要"全身心地投入到慈善事业中,特别是要救助病人,因为在他(指虔信阿尔比教的所谓的'完人')看来,疾病是那些蔑视肉体的人们的一种不合常态的表现,需要拯救"。阿尔比派因为它的教义反映了人道主义和民主思想,公元11世纪和12世纪在法国南方,特别是在表现了自由、平等和民主精神的图卢兹城一带,发展迅速。而这些地方的天主教会却贪污腐败盛行,不得人心,所以阿尔比派在社会各界具有很高的威望。可是法国、西班牙和罗马的天主教会感受到了它的威胁,便和各国拥护天主教的执政者一起,多次派遣十字军对他们进行残酷镇压,或者成立宗教裁判所对他们严刑审讯,最后终于将这个"为创建人类新的精神面貌,本来可以做出更大贡献"的教派彻底消灭了,所以作者认为那是一个"罪恶统治了世界","充满了暴力、战争频发和大变动的时代"。

圣殿骑士团是中世纪天主教的一个军事宗教修会,原由几个法国破落骑士发起组成,它一开始就是一个军事组织,由于总部设在耶路撒冷犹太教圣殿,故名。这个修会遵行本笃会规则,严格保密。成员着白袍,佩红十字。1128年曾获教皇批准,参加过十字军东征,后来由于抢掠帝王贵族的捐赠及教皇给予的特权而致富,它的成员成为欧洲早期的银行家,生活奢侈,在西班牙、法国和英国的势力很大,故而引起这些国家的国王和其他修会的不满,后被斥为异端,1312年被教皇解散,大部分财产归医院骑士团所有。《为圣殿骑士团辩护》一文详细介绍了这个修会的性质和它当时的活动情况,以及它和欧洲各派势力既相互依存又有矛盾的极为复杂的关系和它被镇压的经过。

赫贝特在《皮耶罗·德拉·弗朗切斯卡》一文中,述说了他在意大利的佩鲁贾、蒙特尔基、乌菲齐和乌尔比诺这些城市参观意大利文艺复兴时期著名画家皮耶罗·德拉·弗朗切斯卡的作品的各种感受，介绍了这些画作的内容和风格，他认为，皮耶罗的"艺术的伟大表现在他笔下的人物都是半个上帝、英雄和巨人，他们在这里上演了一出崇高的戏。不用心理描写更提高了纯艺术的价值，这表现在人物的体态和动作还有光线的描绘中"。

《回忆瓦卢瓦》是赫贝特参观巴黎和巴黎附近"属于最古老的法兰西"的一些小城写下的观感，他介绍了这些地方的历史、城市面貌、风土人情和名胜古迹，特别是这些地方绘画艺术以及教堂和公园建造的情况。作者在参观一些主教堂时，还提出了一个重要的观点："一般认为，艺术作品新风格的鲜花盛开，都是在旧风格开始萎谢的时候，但是这个植物学上的定理却不能说明罗马式之后的哥特式建筑，因为在12世纪中叶，当出现哥特式建筑物的时候，罗马式风格丝毫也没显露将要萎谢的迹象，就是建造大一点的教堂，不采用罗马式的风格也是不合理的。"此外，作者还深刻地指出："有些哥特式建筑物的诞生是和卡佩王朝的君主们要扩大他们的统治范围是联系在一起的，北方的精神要和南方的精神进行斗争，这反映在十字军对阿尔比派的血腥镇压中。毫无疑问，新的风格符合新的精神状态，和那种只看到自己、处于心无旁骛状态的罗马式教堂相反，哥特式的建筑物总是充满了动感，而且显现出一种很狂暴的姿态，因而大放光彩，体现了'神的本质'，起了决定的作用。"

我的这个译本是根据波兰华沙读者出版社2002年出版的《花园里的野蛮人》的波兰文原著直译过来的。原著中引用了许多欧洲中世纪和文艺复兴时期的历史典故和人物，其中我不熟悉的曾请教我的波兰友人：波兰科沙林市波中友好协会主席巴尔巴拉夫人、罗兹大学波兰语言文学系波格丹·马赞教授和波兰驻华使馆爱娃·德尼休克女士。此外还有许多法文、意大利文和拉丁文引文，在翻译过程中，我曾请教在外国文学研究所的同事余中先、吴正仪和王焕生同志，谨此对他们表示衷心的感谢！为使读者对这部作品的内容有进一步的了解，我还查阅了大量有关资料，给译本做了许多注解，有不妥之处，请读者批评指正！

（本文作于 2013 年 4 月 7 日）

赫贝特诗歌浅论

兹比格涅斯·赫贝特（19241—1998）不仅是波兰战后的一位颇有成就的散文作家，而且是一位著名的诗人。他于1948年开始发表诗歌作品，一生出版的诗集有《光弦》（1956）、《赫尔墨斯、狗和星星》（1957）、《客体研究》（1961）、《来自被围困的城市的报告和其他的诗》（1983）、《离别的悲歌》（1990）、《罗维戈》（1992）和《暴风雨的尾声》（1998）等。赫贝特年轻时就对西欧的历史和文化，特别是古希腊罗马的文化有很大的兴趣，加之他又多次去欧洲一些具有文化传统的城市和地区参观旅游，因而也这些方面进行了深入的研究，所以他的诗歌创作常常借用古代历史和文学中的各种典故、寓言故事和20世纪各个时期发生的一些历史事件，来说明人类文明的发展和当今文艺生活中存在的一些问题，因此他被认为是波兰战后新古典主义派的诗人。这里我以赵刚翻译和由花城出版社2018年出版的《赫贝特诗集》中的作品为例，来对于这些作品表示一些初浅的看法。

一

赫贝特诗歌中引用的历史典故是很多的，因为表现了深刻的思想和鲜明的艺术特色，我们首先要接触和论述的当然是这方面的作品，例如，在《希腊花瓶的残片》一诗中，诗人从一块古希腊花瓶的残片，想起他熟悉的一个希腊神话的故事，说的是黎明女神厄俄斯来到凡世，爱上了一个王子提托诺斯，她恳求宙斯赐予这个凡人永生，但她忘了让他永远年轻，后来提托诺斯成了一个衰颓而不死的老头。后来又说她把她已老去的丈夫变成了一个蟋蟀，只会发出丝丝的叫声，不会说话。厄俄斯和提托诺斯还有一个儿子叫门农，他在希腊和特洛亚的战争中，是特洛亚人的同盟者，曾死于希腊英雄阿喀琉斯之手。所以这首诗中说：

    叶子低垂在寂静的空气中
    树枝在惊鸿的倩影里抖动
    只有蟋蟀
    隐藏在门农仍然活着的发丝里
    宣讲对生命的
    无可辩驳的赞颂

这当然是诗人借这个神话故事对爱情和英雄的赞颂。
  《关于科吉托先生的两条腿》一诗中也引用了一个希腊神话的故事，主人公科吉托先生说他的

    左腿很正常
    可说是乐观开朗
    只是有点儿短
    还是少年模样
    肌肉丰满
    小腿很漂亮

    右腿

真叫人遗憾
瘦得皮包骨
还有两处伤
一处在阿喀琉斯的踵上
另一处椭圆形
淡粉色的疤痕
纪念一次可耻的逃亡

左腿
总想起跳
天生爱跳舞
它过于热爱生活
从不会悲观失望

右腿
僵硬得有些高贵
全不把危险放在心上

  诗中表现了作者的非常乐观的处世态度,因为他对一切都充满了自信。尽管他笔下的主人公科吉托先生的右腿像希腊神话特洛亚战争中的英雄阿喀琉斯一样,踵部有致命的弱点,这是因为阿喀琉斯在他的母亲捏住他的脚跟把他浸入冥河时,他的脚跟没有沾到冥河的水,而冥河水的浸泡可以使他刀枪不入,这个没有沾到冥河的水的脚跟就会被人刺伤,因此他后来在特洛亚的战争中被帕里斯射死了。但是诗人赫贝特认为,他笔下的科吉托先生的左腿可以比作西班牙作家塞万提斯的名著《堂·吉诃德》中的桑丘·潘沙,对主人非常忠诚。他的右腿踵上虽然有致命的弱点,但他胜过了希腊英雄阿喀琉斯,因为他能"走遍世界"。

《代达罗斯和伊卡洛斯》一诗也取材于希腊神话传说。代达罗斯传说是古希腊一个建筑师和艺术家，伊卡诺斯是他的儿子。克里特岛的国王弥诺斯曾把他们父子俩关进一个迷宫。代达罗斯用蜂蜡把一些羽毛黏结起来，做成翅膀，和儿子一道飞离克里特岛。在途中，伊卡洛斯飞得太高，阳光融化蜂蜡，这个少年便坠海而死。诗中对这场"悲剧的描述"是：

  现在伊卡洛斯正头朝下坠落
  最后的一幕是孩子小小的足跟
  贪婪的大海正将他吞噬
  父亲在空中呼唤他的名字
  那名字既不属于脖颈，也不属于头颅
  只属于记忆

  诗人认定：像这样的既是神话也是人间的悲剧，人们永远不会忘记。

  《阿里翁》这首诗颂扬了在公元前7世纪一位古希腊著名的歌手阿里翁在创造古代文化上的杰出贡献和他的高尚品德。作者在这首诗的一个注释中的介绍说："他是一位琴师，当世无人能及，同时又是我们所知的第一个创作酒神颂歌的人。"他"曾前往意大利和西西里，并在那里获得了巨大的财富。当他乘着从科林斯人那里租来的船只回国的时候，船员们想攫取他的财富，所以夺了地图，并要把他扔到海里去。阿里翁恳求他们允许他在甲板上再唱一首献给阿波罗的歌，"当他结束了演唱，就穿着华服，自己跳进了海里"[①]。诗人对他无比地赞扬，说他是：

---

  ① 《赫贝特诗集》上，赵刚译，花域出版社2018年版，第85页。

古代世界的音乐大师
如项链般无比珍贵
或者说更像天上的星座

他的歌要唱给所有的人听：

唱给海上的巨浪和丝绸商人
唱给那些暴君和赶骡子的人。

"他给世界恢复了和谐"，因为他，"水火也彼此消除了敌意"，

你们看，动物们如何微笑
人们以白色的花朵为食
一切都如此美好
就像回归了万物的初始

这就是他——阿里翁
他珍贵无比

在这首诗的结尾，作者甚至以许多象征的描写，表现他虽被世上的恶人抛进了大海，但仍显得光彩无比：

直到从西边的蔚蓝色中
射出番红花色的霞光万道
这预示着黑夜即将降临
阿里翁谦恭地颔首
与赶骡子的人和暴君们

商店店主和哲学家们
——作别
然后在港口
骑上被驯化的海豚

——再见——

阿里翁是多么漂亮——

《审判的一些细枝末节》一首写基督耶稣在耶路撒冷受审和被处死的故事。据《宗教词典》介绍，耶稣最初在加利利和犹太各地传教时，宣称天国将至，人们应当悔改，信他的必得救，不信者将被定罪。他曾抨击犹太教的当权者，反对默守犹太教某些成规，教人"爱人如己"和"要爱仇敌"，因而遭到犹太教上层分子的嫉恨，后来他在逾越节前夕被他的一个门徒犹大出卖而被捕，犹太公会要判他亵渎了逾越节的罪，最后耶稣表示："我的国不属这世界，我的国若属这世界，我的臣仆必要争战，使我不至于被交给犹太人"[1]，后来他以所谓"犹太人的王"的罪名处以极刑，在耶路撒冷西北方不远的一座小山上的各各他也就是"髑髅地"被钉死在十字架上。作品中提到：

一件令人匪夷所思的事
说是亵渎了逾越节
因为一个没有什么威胁的加利利人
一对宿敌——撒都该人 和法利赛人
观点如此一致，众人心生疑窦

---

[1] 任继愈主编：《宗教词典》，上海辞书出版社1981年版，第648页。

其实，这里说的撒都该人和法利赛人都是属于古犹太教的两个教派，他们的宗教观点虽有不同，但是在诗人看来，他们都反对这个曾在加利利传教的耶稣，这一点是一致的。

《科吉托先生在卢浮宫遇到"伟大母亲"的塑像》中，主人公看到在法国巴黎的卢浮宫里陈列了一尊被称为"众神之母"的库伯勒的陶像，便祈求他"为我们降下丰收的圣水"，诗人还说：

　　绿叶从你的手指中长出
　　我们生于泥土
　　像朱鹭、蛇和青草
　　我们希望被你掌握
　　在自己有力的掌中

认为只有得到这位"伟大母亲"的关照，才会有一个安乐的人生。

《扣子，悼念爱德毕·赫贝特上尉》一诗以诗人的侄子爱德毕·赫贝特上尉在1942年发生的"卡廷事件"[①]中被害的事件为背景，诗中明确地指出：

　　只有不屈的扣子

---

① 据，乌兰翻译的《卡廷惨案真相》的介绍，这个事件说的是：1939年9月1日，德国法西斯进攻波兰后，很快就几乎占领了波兰的全境。17日，苏联政府以保护当时属于波兰的西白俄罗斯和西乌克兰的居民的生命财产为借口，派60万苏军越过波苏边境，进驻了西白俄罗斯和西乌克兰。波兰军队由于遭到突袭，溃不成军，约有20万人被俘。10月22日和24日，西乌克兰国民议会和西白俄罗斯国民议会分别宣布同苏维埃乌克兰和苏维埃白俄罗斯合并，这样，苏联实际上侵占了原来属于波兰的西乌克兰和西白俄罗斯，在当时被苏军俘虏和逮捕的波兰人中有大量的波兰的政要和民族精英，卡廷事件就是当时苏联将近22000名波兰民族精英秘密杀害的事件。它发生的经过是这样：1940年3月5日，苏联共产党中央委员会政治局（布尔什维克）做出了《关于枪杀波兰战俘命令》的秘密决定，按照这个决定，同年4月至5月，苏联士兵便将早就被关押在卡廷（科杰尔斯克）、特维尔（奥斯塔什科夫）和查尔克瓦（斯塔罗别尔斯克）

得以死里逃生
这些罪行的见证人，从深处来到表层
他们坟茔上唯一的纪念碑

它们的存在是为了作证
上帝将它们一一数清，对他们表示怜悯
然而当他们只是一抔泥土
如何让身体死而复生

小鸟飞过，云朵飘过
树叶零落，蜀葵萌芽
高处寂静无声
斯摩棱斯克①的森林烟雾升腾

3个战俘营中的15000名战俘用火车运往指定的地点，将他们全部杀害，同时他们还枪杀了7000名被关押在其他战俘营中的俘虏。这些被关押的战俘中除了波兰国家政要，还有波兰军队中的军官、警官和波兰知识分子，其中包括教师、医生、律师等。他们被杀害后，被分别掩埋在早已挖好的墓坑里。1941年爆发了德苏战争，波兰与苏联恢复了正式外交关系，苏联政府虽然是波兰的同盟者，但一直拒绝向波兰说明有关波兰战俘的情况。在1943年4月，德国军队占领斯摩棱斯克地区，并在卡廷森林发现了被杀害的波兰人的墓坑，德国政府便利用这个事件抨击苏联，而苏联当局却倒打一耙，声称是德国在1941年占领苏联之后，杀害了这些波兰人，还借机断绝了与当时流亡伦敦的波兰政府的关系。此后苏联当局一直坚持自己的卡廷谎言，声称苏联与杀害波兰军官的事无关，纳粹要为此承担一切责任。在1989年至1991年，在俄罗斯有很多人要求澄清卡廷事件真相，1990年至1992年，卡廷事件大部分档案被解密，其中包括上面提到的《关于枪杀波兰战俘命令》的决定。1993年，俄罗斯历史学家小组阐明了卡廷事件发生的全过程。今天，为纪念卡廷大屠杀死难者的公墓已建成，将15000名波兰遇难者的名字刻在墓碑上，但是还有数千牺牲者的名字至今尚未找到。作为一个波兰军官的诗人赫贝特的侄子也是这些无辜的牺牲者之一，诗人当然十分悲伤和义愤，虽然事件的真相已大白于天下，那些死者是谁也是众所周知的了，但在诗人看来，"他们只是一抔泥土，如何让他们死而生"，这是一个历史的悲剧。

① 卡廷事件的发生地。

> 只有不屈的扣子
> 沉默合唱团发出的强音
> 只有不屈的扣子
> 来自风衣和军服的扣子

《红杉》一诗中又表现了诗人所在的欧洲各个历史时期典故结合在一起的描写，因为红杉树

> 树干的年轮极其规整，像水上的涟漪一圈一圈
> 一个狡猾的家伙，把人类历史的日期写入其间
> 距树心一英寸的地方，尼禄时代遥远的罗马正烈焰冲天
> 在一半的位置，爆发了黑斯廷斯之战，维京船趁夜色启航
> 盎格鲁－撒克逊人惊恐万状，用圆规讲述的
> 倒霉的哈罗德之死
> 终于，在最靠近树皮的边缘，盟军登上了诺曼底海滩

诗人通过他设想的一株数千年的古树，来历数它所见到的重大的历史事件，这些历史事件的发生，都刻写在它的年轮上，因此这颗树的生长，也见证了人类历史的发展。这里首先提到的是在公元1世纪，古罗马暴君尼禄要写一首反映特洛亚灭亡的长诗《特洛亚之歌》。为了获得灵感，他命令他的禁卫军总督火烧罗马，然后又嫁祸于基督教徒，将他们捕捉并残酷地处死，因此诗中说明了"罗马正烈焰冲天"。接着又提到英国盎格鲁－撒克逊世系末代国王哈罗德二世（约1020—1066）。1066年9月，诺曼底公爵威廉领兵入侵英国南部，哈罗德仓促应战。10月14日，两军会战于黑斯廷斯（亦译哈斯丁），哈罗德战败身亡。这次战役的爆发被认为是欧洲中世纪盛世的开始。最后说的是第二次世界大战快要

结束的时候，也就是1944年6—7月，英、美两国的联军在法国西北部海边诺曼底地区登陆，占领了法国的西北部，消灭了德国军队的有生力量，为第二次世界大战中战胜德国法西斯，做了重大的贡献。一棵普通的红杉树的身上，能够看到人类千年历史上发生的这么多的重大事件，此乃诗人突发的奇想。

二

赫贝特的诗歌除了引用神话和历史典故，还有许多作品表现了各种各样的题材，采取了各种各样的手法，也充分表现了他所要表现的深刻的思想倾向和艺术特色，同样具有很大的审美价值。如《大地之盐》这一首，写一个女人来到了一个"天鹅嬉戏的公园"这个"城市最美的地点"，因为"脚底绊了一下，冰糖块儿从纸袋中撒落一地"，于是

> 她用深色的手掌
> 捧起散失的珍宝
> 把明亮的水滴和颗粒
> 重新装好
>
> 她
> 跪了
> 那么久
> 双膝着地
> 仿佛想收集
> 大地的所有甜蜜
> 直到
> 最后一粒

诗人在这里，以非常生动和形象的描写，表现了他对我们生活的这个大地的深深的爱。

《寓言》一诗是对诗人和艺术的赞美：

> 若非诗人的忙碌
> 围绕鸟儿和石头转个不停
> 什么能让这个世界
> 变得如此丰盈

因为有了诗的描写和艺术的表现，才使"这个世界变得如此丰盈"。

在《白石》一首中，作者写他看见了一块浮雕，雕着一个人的面像：

> 我看到凹陷的脸、隆起的胸和没有听觉的膝盖
> 翘起的双足，一束干枯的手指

诗人以为他看到的这一切，

> 比大地之血更深
> 比大树更加繁茂
> 它就是白石
> 冷漠的圆满

这是诗人对这块看上去很"冷漠"的浮雕无尽的赞美，真是出神入化，但最后，它依然是一粒沉在诗人"心灵下面的沙砾"，说明这一切，都是他心中的感受。

诗人在《装饰家》一诗中也认为：

> 那些装饰家、雕型家和石膏像制作者
> 飞翔天使的创造者
> 他们应备受赞誉

这是因为"石膏像制作者守护着心灵的温暖"。
《鼓之歌》说的是游行队伍中的击鼓，表现另了一个题材，

> 只剩下鼓
> 继续为我们奏鸣
> 盛典进行曲，忧伤进行曲
> 质朴的感情踏节拍而行
> 双腿僵硬的鼓手演奏
> 一个思想，一个单词
> 当鼓呼唤陡峭的悬崖
>
> 我们带着麦穗或者墓碑
> 聪明的鼓能为我们占卜出什么
> 当步履击打石子路的皮肤
> 这将改变世界自豪的步伐
> 是去游行，去发出一个呐喊

在这种鼓声的激发下

> 终于整个人类一起前行
> 终于每个人都跟上了步伐

在诗人的笔下，游行队伍中的鼓声具有无可估量的伟力，它能激发"整个人类一起前行"，即使"共同赴难"，"死亡已不可怕"。

《两滴》一诗描写一对夫妻遇到危难生死相依：

森林燃起烈焰——
而他们
像玫瑰
相拥在一起

……

当情势实在紧急
他们跳入对方的眼眸
然后把双眼紧闭

他们把双眼紧闭
火到眼前也毫不在意
他们至死勇敢
至死不渝
至死相依
恰如停在腮边的
两滴

在《遗嘱》一诗中，诗人写一个人死了，被埋在地里，在他的"遗嘱"中，还说要"把一粒不育的种子——我的躯体给我挚爱的土地"。

《小桌》一诗中，诗人说：

>你知道吗？亲爱的，有一些骗子
>他们说：手会欺骗，眼会欺骗
>当触碰那些本是虚无的形状时

也只有"物品的真诚为我们打开双眸"，也就是说，要有一颗真诚的心，才能识别什么是欺骗。

在《醉汉们》一诗中，我们可以看到诗人丰富的想象，视野广阔：

>醉汉是这样一些人，他们总是一干到底、一饮而尽。……通过酒瓶的细颈，他们观察遥远的世界。假如他们有更大的酒量和更多的味觉，他们会成为天文学家。

《爷爷》本来"有颗金子般的心"，但"有一天，那颗心灵蒙上了雾气。爷爷死了。抛弃了那备受关照的美好的身体，成了一个鬼魂"。一个有"金子般的心"的好人的逝去，成了鬼魂，诗人感到十分悲哀。

《风与玫瑰》写风爱上了花园里的一株玫瑰。可是有一次，有人摘走了花园里的这株玫瑰。风知道后，马上在这个人身后追赶，可是那个人在风面前突然把门关上，不让它过来。风悲哀地痛哭，它说："我本可以环绕世界，可以多年不归，但我知道，她一直在等我。"它要对它爱的玫瑰表示忠贞不渝，宁愿受苦，也要在这里等它。作品将风和它所爱的玫瑰都作了拟人化的描写，想象奇特，但也符合逻辑。

《赫尔墨斯、狗和星星》写赫尔墨斯、狗和星星走在一起，要去世界的尽头，但世界是没有尽头的。还有《客体研究》中的描写：

现在
你有一个空旷的空间
比物体更美丽
比物体留下的位置更美丽
这是世界之前的世界
所有可能性的
白色天堂
你可以进到里面
大声叫喊
纵——横

垂直落下的惊雷
把裸露的地平线击中

我们可以止步于此
反正你已创造了世界。

同样想象奇特，视野开阔，也符合逻辑。

在《来自天堂的报告》中，诗人描写他认为最理想的国度，虽然带有神话色彩，但反映了诗人最美好的追求：

天堂里一周工作三十小时
工资较高，物价不断降低
体力劳动并不辛苦（因为引力较小）
砍树和打字相差无几
社会制度稳定，政治清明
天堂里真的比任何国家都好

诗人奇特的想象还表现在他对地狱的看法，也和所有别的人都不一样，在《科吉托先生怎么想地狱》中，他说：

> 地狱最底层。与通常的看法相反，这里的居民既非暴君、弑母者，亦非贪婪好色之徒。这里是艺术家的庇护所，到处都是镜子、乐器和画作。一眼望去，这是最舒适的地狱公寓，没有焦油、烈火，没有肉体酷刑。

这大概是像诗人这样的文化使者最理想的住所。与此同时，他因为常去外地派游，也有许多美好的感受，在《旅行家科吉托先生的祈祷》中，他说：

> 主啊
> 感谢你让世界如此美丽而又多姿多彩
> 也感谢你让我在你不竭的恩惠中游历不同于我往日受难之地
> ——午夜时分，我躺在塔奎尼亚①广场上的井边，摇曳的铜钟从高塔上宣告你的愤怒与宽恕
>
> 听克基拉岛上的一头小毛驴，从它那难以理解的双肺音腔里，为我唱出对风景的感伤
>
> 在丑恶的曼彻斯特城，我发现了善良又聪慧的人们
>
> 大自然重复着它那智慧的同义反复：森林是森林，大海是大海，岩石是岩石

---

① 意大利的一个城市。

他还说：

——感谢你，那些为赞美你而作的作品，让我分享了一点你的秘密，让我十分骄傲地自认，杜乔①、范·艾克②、贝利尼③也是为我作画

还有我从未全然理解的雅典卫城，耐心地向我展示它残缺的身躯

但他也请上帝宽恕他

未能像拜伦勋爵那样为被压迫民族的幸福而战
而只是欣赏月桂东山和游览博物馆

《生平》一首是1992写的中，诗人已经到了晚年，他感叹地说：

此刻我躺在医院里，已行将就木
同样的不安和痛苦仍然伴随着我
假如我能再次降生，也许会好些

但他此刻仍在

---

① 杜乔（约1260—约1318），意大利画家。
② 扬·范·艾克（约1390—1441），尼德兰画家，15世纪尼德兰现实主义画派的代表之一。
③ 贝利尼（约1400—1470），意大利画家。

阅读手边的一切：关于科学社会主义
关于宇宙飞行、会思考的机器
还有我最喜欢读的：关于蜜蜂一生的书

他要

用筋疲力尽的手
驱开罪恶之魂，呼唤善良之魂

在《致彼得·武基吉奇》这一诗中，他对这位翻译过他的作品的塞尔维亚朋友也很诚恳地说：

我们促膝长谈
思绪飞越阿尔卑斯、额尔巴阡和多洛米蒂的重重山峦
而今已到垂暮之年
我作些小诗消遣
而这首小诗献给你

他也向这个友人表示了他对自己的一生是感到满足的，因为

我听到一位老人朗诵荷马的诗篇
我认识那些像但丁一样被流放的人
我在剧院看了所有莎士比亚的戏剧
我办到了
可以说是运气使然

请你向别人解释
说我一生圆满

在《圣礼祈祷》一诗中，他说：

主啊，
请赋予我写长句的才能，长句的线条是呼吸的线条，铺展开来像桥梁，像彩虹，像大洋从此岸到彼岸的始终

主啊，请赋予我那些能构造长句的人所拥有的力量和灵巧，那些长句有如枝杈伸展的栎树，容量又如庞大的盆地，为的是将各样的世界、所有世界的骨架、来自梦想的世界都容纳其中

纵观赫贝特的诗歌创作，他所接触的的题材是包罗万象的，在空间方面，从一个小岛到无边的大海，从一株玫瑰到宇宙世界；在时间方面，从远古的神话，一直到他生活的20世纪发生的许多历史事件。他是一位有着十分广博的历史、文化和科学知识的大诗人，在他的创作中，许多历史和文化的典故都信手拈来，并以颇具特色和新意的艺术构思和形式，将我们生活的这个世界所有的一切，都十分完美地表现出来，这就是他的"长句"的"灵巧"和"力量"，是别的诗人和艺术家所不具有的"灵巧"和"力量"。

20世纪50年代波兰文坛的思想斗争

第二次世界大战以后,波兰文学界于40年代末首次提出社会现实主义的创作方法,并在50年代初曾经指导作家创作了一些文学作品,当时在波兰社会上颇有影响。50年代中期和1956年波匈事变(在波兰称为十月事变)后,许多作家和评论家对于社会主义现实主义开始表示怀疑和否定,可是他们又走向了另一个极端,即对波兰40年代和50年代前期社会主义建设的成就也全盘否定,因而和波兰当时的党政当局及党的文化政策形成了对立。这种对立时而尖锐,时而缓和,对社会震动很大。因此,1956年波匈事变前后的这十年,可以说是战后波兰文坛思想斗争和发展的最重要阶段。1988年波兰《文学生活》周刊第十一期,刊登了评论家克日什托夫·沃什尼亚科夫斯基的文章《1949—1956年波兰作家协会中的思想艺术的讨论》。这篇文章就20世纪50年代波兰文坛思想斗争和发展的状况作了介绍,现将它编译叙说如下。

社会主义现实主义的提出(1949—1953)

1949年1月20—23日,波兰作家协会召开第四次代表大会。当时的文化和艺术部长弗沃齐米日·索科尔斯基和著名作家列昂·克鲁奇科夫斯基、文学评论家斯泰凡·茹尔凯夫斯基在会上所作的报告中，首次提出了社会主义现实主义的创作方法。他们当时对于这一创作方法并未做出明确的解释，也没有说明它是波兰作家在新时期唯一必须遵循的创作方法，只是一般地号召作家积极参加波兰的社会主义建设，反映新的生活，以马克思主义思想观点去研究社会，使自己的创作和读者建立最广泛的联系，更好地为人民服务。

对此，波兰当时的党政领导很不满意。党中央领导文化事业的政治局委员雅库布·贝尔曼在1950年2月召开的作家信息和规划会议上，作了题为《社会主义作家的作用和任务》的报告，他要求波兰作协会员加深对于社会主义现实主义的理解，并且尽快地贯彻这一创作原则。1950年6月，波兰作协召开了第五次代表大会。会上根据这一指示提出了"要使波兰作家协会成为一个从事思想教育工作的团体、思想战线的前哨。它的首要任务，是指导它的会员的创作"。评论家梅拉尼亚·凯尔钦斯卡在发言中阐述了她对社会主义现实主义的理解，认为这是基于科学的唯物主义哲学思想的一种创作方法，它胜过了19世纪批判现实主义传统。作协主席克鲁奇科夫斯基则在报告中提出，要使作协成为"一个为新的社会主义现实主义而战斗的生气勃勃"的机构。这样，社会主义现实主义就成了官方要求作协一切会员遵循的创作原则。

这次会议在文艺界产生了不良的后果。由于把作协看成是思想战线的前哨阵地，便使它失去了自己的独立性。从此作协处处都得依政府某些领导人的意旨行事。政府有关领导有时甚至不经作协领导的同意，就给一些出版社和报刊的编辑部发指示，只要在作协代表大会上受到批评的作家的作品都被禁止出版。

社会主义现实主义文学创作中的首要地位被确立之后，在一段时间，许多党员作家和批评家在作协范围的各种会议上，便以各种题目发表讲话，对它进行广泛的宣传。这些讲话把当时文艺界出现的许多正常现象都说成是"帝国主义黑暗势力"在国内活动的表现，没有按照社会主义现实主义原则创作的作家统统被指责为"离经叛道"，而社会主义现实主义本身的理解范围也愈来愈狭窄，最后甚至被认为只包括反映劳动生产、保卫国家、波苏友好等题材的作品，其中又以歌颂斯大林的伟大和他的历史功绩的题材的作品最为重要。由于把社会主义现实当作"唯一正确"的创作方法，同时也否定当时在波兰有一定影响的先锋派和其他一切文学流派的艺术成就，使波兰现代文学创作完全脱离和欧洲现代文学的联系。党要求作家在创作中反映社会主义内容，但又规定只能运用一种创作方法，这样便导致一系列公式化、概念化作品的产生。

社会主义现实主义的争论（1953—1956）

1953年，社会主义现实主义由于它在文坛上的垄断地位和对它过于狭隘的理解，开始遭到一些作家的非议。亚历山大·瓦特发表文章，指出波兰文艺界只存在一种美学观点，有陷于思想僵化的危险；老诗人安东尼·斯沃尼姆斯基认为在社会主义现实主义的宣传中，存在简单粗暴的倾向，官方不应限制讽刺文学创作的发展；耶日·波列伊希提出对马克思主义美学应有正确的认识；塞维雷娜·什马格莱夫斯卡认为近年出版的文学新作在粉饰太平，没有揭露现实中的尖锐矛盾和令人担忧的现象。可是这些批评遭到了作协和政府有关领导的驳斥，被认为是背离了社会主义方向。斯大林死后，波兰的政局发生变化。波兰统一工人党于1954年3月在华沙召开第二次代表大会。会上有关领导在就波兰当前文艺问题的发言中，首次对以行政命令的方式指挥文艺创作的做法提出了批评。同年4月，波兰文化和艺术部召开会议,会上有关领导在发言中一方面仍然坚持社会主义现实主义在文艺创作中的主导地位;另一方面,也对文学中的主题先行、指导作家对英雄人物的选择、忽视作家的创作个性、把创作看成为一时的政治宣传服务的工具的观点和做法进行了批评。

此后,波兰作协队伍的内部,在思想和政治立场上也出现了分歧。1954年6月召开的第六次作协代表大会就对社会主义现实主义的认识和评价问题进行了讨论。当时被认为是正统派的作家如耶日·普特拉门特等,继续坚持波兰作协第四和第五次代表大会上所规定的社会主义现实主义的创作原则,认为当前文艺界的主要危险是存在虚无主义和自由主义倾向。

另一部分作家和评论家如亨利克·沃格莱尔、维托尔德·维尔普萨等,则要求重新解释社会主义现实主义。他们认为作家对现实应当进行独立的思考,要讲真话,不怕揭露矛盾,更不能把文学的教育作用庸俗地理解为单纯作政治宣传。

作协领导列昂·克鲁奇科夫斯基等依然肯定社会主义现实主义的创作方法,但他们又指出一切非马克思主义思想指导下的言论和创作也不应受到压制。

1955年1月,波兰统一工人党召开二届三中全会,会上揭露了斯大林在30年代所犯的错误。这在文艺界和知识界引起了很大的反响,许多作家都认为从1950年开始把作协当成对作家和人民进行思想教育的工具的时代已经一去不复返了。党和政府有关领导对于这种状况感到不满,因此在同年6月召开的作协理事会扩大会议上,由官方授意,指出文艺界的某些人重犯了"资产阶级理解文艺的错误"。

1956年,苏共召开二十大。在苏共二十大的影响下,波兰文化和艺术部于3月24—25日召开会议。与会者都认为,在苏共二十大上受到批判的社会主义现实主义乃斯大林政治体系的一个组成部分，许多作家对作协和官方要求的政治态度和美学观点进行了指责，要求恢复被歪曲了的马克思列宁主义思想原则的本来面貌。诗人尤利扬·普日博希认为，今后文化生活和作家活动的中心将不在作协，而在由他们自由组合的文学团体和他们掌握的出版机关和杂志社，这将有利于自由创作，活跃文化生活，革新文学创作的艺术形式。安杰伊·基约夫斯基认为文学作品的价值不在于形式，而在于是否真实地反映了历史，正确地总结了历史经验。但是仍有一部分作家，如耶日·普特拉门特等，不同意全盘否定1946—1955年的社会主义现实主义的创作成就。

为了作家的言论和创作自由
（1956—1959）

　　1956年10月事变后，波兰统一工人党纠正了它对所谓右倾民族主义偏向的错误处理，哥穆尔卡回到领导岗位，这标志着波兰国家和波兰社会主义文艺的发展开始了一个新的阶段。新的刊物如《直言》《当代》等继续产生，广播、电视等也出现一派新的气象。统一工人党中央文化委员会1956年召开的第十九次会议，决定对过去的社会主义现实主义进行"清算"，宣布作家有选择题材和创作形式的自由，但是党这时期的文化政策仍然要求作家在文艺作品中反映社会主义的内容。波兰作协于11月召开了第七次代表大会。这次会上只讨论了一个问题，即如何维护作家的言论和创作自由。与会代表对政府部门的书刊检查制度表示了极大的不满和坚决的反对。过去一直站社会主义现实主义对立面的老诗人安东尼·斯沃尼姆斯基在会上当选为新的作协主席。只有普特拉门特和克鲁奇科夫斯基对一些作家在大会上粗暴地攻击作协表示遗憾。

会后，新的作协领导曾和波兰当时党和国家的领导人哥穆尔卡和西伦凯维奇进行会谈，希望政府能取消书刊检查制度，但是这次会谈没有成功，相反的是，华沙的《直言》周刊却由于言论过激而被取缔。1957年召开的波兰统一工人党的第三次代表大会上，又提出了文学作品应当塑造具有社会主义思想道德和鲜明个性的人物。但在这一年12月，作协召开的第八次代表大会上，主要讨论的是如何对待政府的书刊检查制度。因此作协的第七次和第八次代表大会，与会代表对于新时期的文学应当具有什么样的性质和特点，都没有讨论。一些人从要求言论和创作自由走向对作协前领导进行人身攻击，最后还导致了宗派的形成，这显然无益于作家的团结、消除他们在思想立场上的分歧。

1958年4月，政府有关部门制定了新的出版政策，规定对于那些"对斯大林时期进行了过分的、片面的清算"的作品，要限制它们的出版和重版。同年12月在作协第九次代表大会上，许多作家公开反对哥穆尔卡的文化政策。作协主席安东尼·斯沃尼姆斯基在讲话中，指名批评文化和艺术部长塔杜施·加林斯基，说他提出的社会需要是"行政机关的需要"，说他要求作家创作"宫廷文学"。斯沃尼姆斯基还说对于当时出现的所谓"黑色文学"不应责难，因为这种文学是一种能够"全面反映我们的现实，抨击现实的罪恶"的文学，应当受到欢迎。这种文学当时的代表马列克·赫瓦斯科对至今在波兰被认为是真理的一切公开表示不信任，他的作品揭露了波兰社会主义社会中的欺骗和倾轧，在读者中影响很大。在作协的这次大会上，作家主要谈的，仍然是如何维护他们的言论和创作自由。其中许多党员作家的发言尤其激烈，他们表示政府部门的书刊检查机关的存在是没有必要的，它严重地妨碍了当代文学创作的繁荣和发展。斯沃尼姆斯基甚至指出作协和政府在要不要言论自由这个问题上的分歧，现在已达到了无法和解的地步。

政府当局看到这种情况，便马上派人不署名地在《人民论坛报》上发表评论文章，称在弗罗茨瓦夫召开的第九次作家代表大会的目的，是企图在波兰十月事变后，形成一股反社会主义的逆流，使文学站在和社会主义对立的方面。党中央书记处还做出了"关于波兰作家协会现状的决议"。决议认为波兰这个时期的文学成了反社会主义的工具，并对某些党员作家提出了批评。

　　此后，作协理事会于1959年2月召开会议，一部分党员作家对是否继续采取和政府部门对立的态度表示了犹豫，有的希望在保留自己的政治观点的情况下，找到一条缓和他们和当局之间矛盾的道路。有的作家也承认在创作中把波兰的过去描写得一团漆黑、宣扬人的生活和活动都没有意义是不对的，并建议作协领导就文艺界所有的问题和党的领导作一次开诚布公的谈话。卡齐米日·科什涅夫斯基还说，在弗罗茨瓦夫召开的代表大会上，作家只谈言论自由，却不谈对于什么样的言论才可给予自由。在十月事变后的波兰社会中，自由有没有界限，它的界限是什么？霍乌伊认为作家们反对书刊检查不无道理，但又说某些作家对波兰现实社会和传统文化确实有虚无主义的态度，他们的世界观是反共产主义的。著名作家玛丽亚·东布罗夫斯卡说，领导部门应当知道，限制作家的创作自由是有害的，因为这样会造成僵化的局面，在这种局面中，波兰现代文学不可能产生伟大的作品。

　　1959年12月，波兰作协召开第十次代表大会，著名作家雅罗斯瓦夫·伊瓦什维奇当选为新的作协主席。在他之前这10年，也就是由克鲁奇科夫斯基和斯沃尼姆斯基先后担任作协主席的这10年，随着波兰社会形势的变化，波兰文艺界的思想和创作的发展也经历了许多曲折。尽管作协的历次代表大会，尤其是在波兰十月事变后召开的几次代表大会，都回避了关于波兰社会主义文学的性质和特点的讨论，可是对于社会中实际存在的矛盾和斗争，他们不仅没有回避,而且都积极地参与了。有些问题当时没有得到解决,只有社会主义现实主义的创作方法在 1949 年提出来后,几经曲折,在作协第十次代表大会以后,就没有人再提了。

(此文原载《文艺报》第 90 期"世界文坛",收入本书时有所修改和补充)

20世纪80年代初波兰报刊
关于文学和政治关系的讨论

1980年年底和1981年年初,在波兰社会政治局面出现危险高潮的时期,同时也在波兰作协第二十一届全国代表大会①召开的前后,波兰官方的一些主要文学报刊,如《文学报》《文学生活》等邀请了党内外一些著名的作家和文学评论家参加,就文学和政治的关系进行了热烈的讨论,他们的发言或就这个问题所写的文章均同时发表在这些刊物上。讨论涉及范围很广,参加者就远自1956年以来直到今天波兰文学界的有关情况和一些理论问题,都发表了自己的意见和看法。这些意见总的倾向是,指责波兰党不该干涉波兰文学创作,强调作家创作的绝对自由,把政治和文学创作的真实性、作家的个性完全对立起来。最后,新选出来的作协主席扬·尤泽夫·什切潘斯基也发表了自己的看法。值得注意的是,这次讨论从它的时间安排、涉及内容来看,都是和第二十一届波兰作家代表大会步调一致、遥相呼应的。在作家代表大会上出现的斗争情况,在这里也从侧面得到了反映。我们知道,波兰作协这次代表大会召开的情况,官方一直是保密的,开会期间,大会不接见国内外记者,也不接见电视记者。据载于巴黎出版的

---

① 波兰作协第二十一届全国代表大会于1880年12月28—31日召开。

波兰《文化》月刊1981年第三期的《在文学家们华沙代表大会的周围》一文中报道：这次作家代表大会原订是上年4月召开的，后因许多作家担心在波兰党去年年初可能提前召开代表大会之后，党制定了领导文学发展的新的方针和政策，会干预他们的这次代表大会、妨碍他们的言论自由，所以才提前召开。大会另外一个和波兰党采取对立的态度表现在代表的人选和作协应届中央理事会的人选上。在华沙的79名代表中，被选出的党员作家只有8人，这些作家也都是公认的有代表性的作家。在开会前，党员作家安杰伊·瓦西列夫斯基曾提出在新的作协中央理事会中保证25%的党员作家，其他党外委员的候选人也要经过波党中央审定。他还要求大会以新的中央理事会的名义公布一个决定，即根据宪法，只有出版得到报刊检查认可的书籍的作家才可接受为作协会员。可是这些要求在开会期间都受到抵制，没有实现，最后在当选为作协应届中央理事会的35名委员中，只有6名党员作家。瓦西列夫斯基会后在1981年1月8日的《人民论坛报》上发表的文章还对这种现象进行了谴责。

关于文学和政治关系的讨论的内容，现按讨论参加者发表文章顺序简介如下。

兹比格涅夫·巴乌埃尔在题为《另外的政治性》（见《文学生活》1980年第四十六期）的文章中写道：政治总是有倾向性的。政治力图吞并文学，甚至吞食作家，文学因此就成了政治的工具。所谓文学是政治的工具，就是说文学必须及时地服务于政权所推行的政治，这样就使文学庸俗化了。在波兰文学35年的创作中，劳动的主题是占首位的。为了宣传它，领导方面有时采取行政命令的手段，有时示意，强迫作家去写。可是反映这种题材的作品在读者中不受欢迎，工人不读，知识分子也不感兴趣，所谓社会主义劳动、生产，这是政治家们实现不了的梦想，在作品中写这种题材实际是社会主义现实主义阴影的再现。政治决定一切和干预一切,这不仅在波兰近35年的文学和思想领域中可以看到,而且也可以追溯到波兰19世纪被奴役的一百多年的时期。因为那个时期和现在一样,作家都是没有创作自由的。作家要寻求独立自主,就必须脱离那变幻莫测、大轰大嗡和庸俗肤浅的生活环境,把自己关在宝塔里,或者过着孤独的农村生活。文学的任务不是直接干预现实、及时地反映现实,而是包罗万象的。文学必须从"及时的要求"中解放出来。

博格丹·罗加特科在《清算过去》(见《文学生活》1980年第四十二期)一文中写道:布雷扎认为政治家的行动不能根据道德的准则来评价。知识分子对一切政权的形式都是不信任的,认为这实际上是一种人管辖人和人压迫人的形式,这种管辖是违背共同生活的道德原则的。因此,布雷扎从伦理道德的观点出发,他没有将政治家看成是正面人物,他认为政治家的行动就是为自己、为自己的集团、为自己的阶级争权夺利的。政治的危害就表现在它使一部分人的利益完全服从于另一部分人的利益。像巴雷卡[1]和科尔迪扬[2]这样的浪漫主义革命家,他们有高尚的激情和自我牺牲的精神,但他们没有参加任何政治活动和政治党派,他们是革命家,不是政治家。如果文学只是为了宣传当前的政治口号,那就失去了文学的意义。当然,在评价具体文学作品时,还应当把它的客观效果和作家的主观意图区分开来,孔维茨基的小说《政权》、博罗夫斯基的短篇小说、布拉乌恩的《莱万蒂》、希齐博尔·雷尔斯基的《煤》都把政治范畴和道德范畴混为一谈了,

---

[1] 波兰作家斯泰凡·热罗姆斯基(1864—1925)的长篇小说《早春》(1924)的主人公,参加过波兰20世纪初的工人运动,但在十月革命后,在波兰地主向新生的苏维埃国家发动武装侵略的时候,他从民族主义的立场出发,参加了波兰地主反对苏联的斗争,实际上,他一直在参加政治斗争。

[2] 波兰浪漫主义诗人尤利乌斯·斯沃瓦茨基(1809—1849)的诗剧《科尔迪扬》(1834)的主人公,参加过波兰19世纪初反抗沙俄占领者的秘密爱国组织,曾试图单独一人暗杀沙皇亚历山大,后因在行刺时表现意志软弱而终于失败。

因为这些作品都把社会制度的敌人写成是道德堕落的人，认为只有在思想上重视社会主义建设的人才是道德上纯良正直和高尚的人，这显然是片面的。在切什科、马海耶克的小说和扎莱夫斯基的报告文学中，也有许多政治宣传，但这些作品还是反映了一定的真实性，因为它们包含作者的生活经历和体验，特别是切什科和马海耶克都毫不隐瞒地表露了他们的思想观点。

反对政治对文学的干涉在前一时期主要表现在反对把庸俗的功利主义的任务加在文学上，反对政治拜物教。可是在这种情况下，在一个时期，一部分作家又走到了另一个极端，他们在创作中太局限于"个人迷信"题材，而没有进行新的发掘，因此他们的创作又陷入了新的公式化。后来，有的作家刻画了各种不同的人物；有的主人公犯了罪，但他的良心还是好的，只因为自己走上了错误的道路，终于受到历史的惩罚；有的主人公能够适应任何政治生活环境，永远扮一个智者的角色，对他们来说，革命的规律就是揭露罪人，这样可以从自己身上转移目标，这是一些最厚颜无耻的人。普特拉门特的小说《博乌登》中刻画的国家的执政者都是过去参加过革命战争的老战士，他们相信自己的天才绝对正确，可是他们又不能肩负自己的职责，他们把为正确事业进行的斗争看得过于神圣，这就是个人迷信产生的原因。普特拉门特指出了个人迷信的危害在波兰直到今天还存在，特别是那些过去有过功劳的被人尊敬的著名领导人可能重犯这种错误。小说《博乌登》和过去的清算小说不同，它除了揭露波兰个人迷信产生的情况，也分析了它产生的原因。耶日·瓦夫扎克的小说《路线》中描写的党的书记戈尔琴本来是个好心人，他出于善意领导集体，可是他又习惯于把维护自己的威信看成是"神圣的事业"，因此他在执政时就实行个人独裁。作者认为个人迷信长期以来流毒很深，至今还在，使人们对一切政权都感到厌倦，要克服这种现象又是很困难的。《路线》是1956年十月事变后产生的第一部这种类型的小说，它所描写的主人公是过去时代的人物，但这种人物现在还在。米哈乌·亚盖韦的小说《奢华阶层的旅馆》也和《路线》一样，反映了一个正直的社会活动家和那些只关心自己在现实中的地位的实用主义者的不同以及他们之间的矛盾。

维多尔德·纳夫罗茨基在《政治小说》（见《文化生活》1980年第四十九期）一文中写道：世界近百年来，人与人之间的联系丧失了，个人往往生活在他不理解、对他来说陌生和敌对的环境中，因此他感到孤独，为了克服这种异化现象，必须进行政治斗争，这不仅是希望"人们团结"的马克思主义者所感兴趣的问题，而且也是天主教徒、人道主义者们都感兴趣的问题。如表现主义的小说，卡夫卡的小说描写人的堕落，反映在残缺不全的社会中无形的政权对人的压迫。1956年以后的讽喻小说、清算小说都接触到这个问题。普通的人在任何时候都没有成为统治者，他们在社会中总是处于某种从属的地位，从属于某种必然性。因此，从统治者的观点出发写政治小说是不能脱离教条主义束缚的，作家在创作这种小说时，必然地要经常提出历史的铁的规律在哪里这样一个神秘的问题。他们不懂得马克思主义认为人是历史的主人这个道理，不懂得为什么应当扩大个人的自由。

政治领导者的好坏表现在他办事是符合群众的利益还是反对群众的利益，是听取被统治者的意见还是反对他们的意见。社会的发展要求人的个性发展和政权统治两者之间形成和谐一致的局面。为达此目的，需调动个人和群众的积极性，使他们的意见对政府、国家产生有效的、积极的和充分的影响。马克思说，个人对集体生活的一切现象都可以进行监督。因此，如果说政治小说要产生积极的效果，它所描写的主人公就必须是社会的人，有组织的人，对集体负责的人；如果它把人写成是政治权术和活动的对象，那它就只能是美化大官们的小说。

社会中处于两极地位的人们——统治者和被统治者的地位是

经常要变的。如果政治纲领不合群众的要求，已经落后，那么它就得根据下层人们的意见加以改变。近年来，波兰文学作品也经常反映这个问题，如普特拉门特的《不可信赖的人》和罗曼·布拉特内的小说就表现了人通过改变整个世界来消除不正义和罪恶的要求。布兰迪斯的《克鲁尔兄弟的母亲》揭露在50年代社会对于个人的不信任，指出这是由于党的秘密监视活动造成的，在个人的性格和心理上都留下了伤痕。克鲁奇科夫斯基的《正直人们的地狱纪行》广泛地反映了上层统治者、工人阶级和人民群众的思想意识多年来的变化，作者认为他们不是党的政治骗术的施展者，就是被他们欺骗的人。

在近年出版的小说中，反映出一个明显的思想倾向，作家要求我们的社会和政治生活更加活跃起来，改善目前的状况。如耶日·瓦夫扎克的《路线》、博古斯瓦夫·科古特的《还是爱情》、瓦茨瓦夫·比林斯基的《事变》、卡齐米日·科伊涅夫斯基的《恢复名誉》等都反映了一切为了集体的利益、为了社会的安定、为了人们的幸福的要求。《路线》的主人公和教条主义者集团进行斗争，和那些对人的自由进行粗暴干涉的恶势力进行斗争，是为了使人们得到幸福、爱情和权利。《还是爱情》的主人公想要了解为什么群众、青年和人民政权会发生武装冲突。《事变》也提出了同样的问题：人民的愿望和政权的愿望之间为什么会产生矛盾？因为政府对人民群众的诺言过多，而能兑现的又很少，这种情况不加改变，就必然使两者之间发生激烈的冲突。《恢复名誉》表现了人民是历史的主人，他们有权表明自己的愿望和要求，要求政府机构实现他们的愿望，满足他们的要求。因此，政治小说要表现个人和社会之间的辩证关系，反映群众和政权机关之间的辩证关系，要宣传人们必须生活在上下和谐一致的民主化的社会环境中。列宁认为，在艺术创作中，比其他方面更不能有公式化。文学作品能使读者感兴趣，把社会利益放在第一位才有价值。党的文化政策应当支持文学的发展，而不应利用行政监督，非法干涉文学创作的过程、阻碍文学的发展。政治家可以犯错误，但他不应重复错误。文学创作和政府的关系应当建立在互相理解、合作的基础上，一同找出真正改良现实生活的方法，这就是政治小说应当反映的思想和题材。

党员作家耶日·普特拉门特在《侍卫和自由》（见《文学生活》1980年第五十一、五十二期）一文中写道：古罗马皇帝的侍卫如果对皇帝忠心，他们可以领到报酬。在波兰最近10年中的情况也是这样，有侍卫杂志、侍卫文化机关、侍卫电影。所有这一切，都表现了对主子忠心耿耿；可是把它们拿出来一看，它们的相貌最丑、质量最差。用钱买来的忠心，不是真正的忠心，如果政治要靠钱来保护，那它就是最低级、最庸俗的东西了，高尚的人是不需要这个的。统治者很关心文学家如何给他画像，可是人们又不喜欢他，给他画了个丑像，或者给他雕一个偶像。政治在这些人身上，表现为一种麻醉剂、一种狂热病。我见过我们许多的统治者，他们都好像有点驼背，好像对什么都无能为力，好像全身都瘫痪了。我对贝鲁特、哥穆尔卡和盖莱克都很了解，贝鲁特是个寻常的人，有礼貌，他的参谋是很不错的；哥穆尔卡是个了不起的人，但他的参谋不好；盖莱克的性格和哥穆尔卡一样，他的参谋也不好。

格热希恰克在《最好是从下面看》（见《文学生活》1981年第二期）一文中写道：政治文学是一种倾向性文学，有倾向性就要进行欺骗，就要歪曲现实。如果小说只反映统治者集团中的事，只反映政府中的事，这种小说就只有宣传和玩乐的价值。我以为小说应当反映社会下层人民的积极性，这里才是真正的社会，反映下层人民生活的小说就必然反映真实，因为人民没有什么要欺骗的。现在波兰正处在生产、经济、伦理道德和文化上的大变革时期，每个人都会看到这个变革，在这个变革中，我们应当相信读者有辨别真伪的能力。1970年和1980年在波兰发生的事变和1956年6月的波兹南事件的社会背景是一样的，都是为了面包、自由，为了爱国，唱的都是宗教歌曲。但人们对政治有不同的理解，我感兴趣的是人的内在的东西，政治小说应当反映个人的物质和精神生活。在60年代末，政治文学所刻画的理想人物是知识分子，因为知识分子最了解社会制度的矛盾；在70年代，政治小说的主人公是技术人员、工程师；1980年，社会生活的领导者就只能是工人了。政治小说的人物应当是现实的本身，反映这个现实不应当按照阶级或社会学的观点，而首先应当反映真实。

米哈乌·博尼在《独立的时刻》（见《文学报》1981年第六期）一文中写道：泰尔莱茨基的小说以斯坦尼斯瓦夫·布若佐夫斯基于1909年2月19日在克拉科夫被革命党指控为沙皇警卫队的间谍受审为背景。主人公莫查日本来是革命党人，但他被革命党指控为叛徒，被判死刑。党指派比亚韦执行处死莫查日的命令，可是比亚韦认为莫查日没有背叛革命，他不是沙皇的间谍，党对他的指控是不对的，比亚韦没有执行党的命令。在比亚韦身上反映了党性、纪律性和个人的独立性之间的矛盾，反映了黑暗的政治和光明的人道的精神之间的矛盾。

扬·尤泽夫·什切潘斯基在《文学的主要利益》（见《文学报》1981年第十一期）一文中写道：在我们的社会中有两种文学标准，一种是实用主义的，和某种政治观点联系在一起。照这个标准，文学单纯为了解决某些政治问题、思想问题，这样就只能产生宣传鼓动的作品。这个标准是错的，它只能扼杀文学。如果说文学为社会、为民族服务，这只能从历史的大的范畴来说。对文学创作来说，只能有一个原则，就是绝对忠于自己认定的真理，如果我在哲学和政治上不同意某人的观点，或者我认为什么是对的，那就不要管普遍认为是怎么样的了，必须坚守自己的创作原则。今天波兰作家卷入政治是不可避免的，他们讲的每句话，都和政治有关；如果他们在干预政治时，去接受某种教条式的忠诚，那就是最可怕的了，因为这样他们就写不出他内心想的和最真实的东西。我以为创作就是表现个性，如果把人看成是工具，把生活看成是工具，这就必须导致欺骗，创造想象的生活、想象的人与人之间的关系、想象的社会运动，这就是骗术，就是不尊重真理。

(原载《外国文学动态》1987年第1期)

波兰战后 40 年文学发展概况

波兰文学有着优秀的历史传统。第二次世界大战后至今 40 多年，波兰由于社会状况的变化，文学也经历了十分曲折的发展过程，这个过程可以分为以下三个时期。由于资料缺乏，这里只论及波兰文学战后初期至 70 年代末的发展情况。

1944—1948 年

1944 年 7 月 22 日，波兰人民经过 5 年同法西斯德国艰苦卓绝的斗争，终于获得了自己的解放。

战后初期，首先是许多战时曾长期流亡国外的作家，现在怀着一颗爱国心回到了波兰，参加祖国的文化建设。他们中有诗人尤·杜维姆（1894—1953）、安·斯沃尼姆斯基（1895—1976）、伏·布罗涅夫斯基（1897—1962）、康·伊·高乌钦斯基（1905—1953）、阿·瓦日克（1905—1982）和作家列·克鲁奇科夫斯基（1900—1962）、古·莫尔钦内克（1891—1963）、耶·普特拉门特（1910—1986）、尤·斯特雷伊科夫斯基（1905—1996）、马·布兰迪斯（1912—1998）、科·菲利波维奇（1913—1990）、伊·内维尔莱（1903—1987）、塔·霍乌伊（1916—1985）等。

一些重要的文化和文学刊物在波兰各地也开始出现。除了在波兰工人党领导下的《复兴》《熔铁炉》周刊和《创作》月刊外，还有由天主教会主办的社会文学刊物《普世周刊》和《今天和明天》等，代表了波兰教会和天主教徒对战后社会主义制度的不同态度。这些刊物在及时反映社会问题、活跃思想和促进文学创作的繁荣上，起了积极作用，其中尤以《熔铁炉》影响最大。许多文学评论家和作家当时在这里发表文章，讨论现实主义问题。他们的理解各不相同。有的认为：现实主义文学无须想象和虚构，要对历史作客观真实的描写。战争刚结束，作家记忆犹新，感受很多，他们在写这方面题材时，要把他们战时所见所闻最真实地反映出来。有的认为，历史虽然充满了斗争和暴力，但也预示着一个正义美好社会的到来。现实主义作家应持这样的观点去看历史发展的趋向。还有人认为现实主义要继承波兰18世纪理性主义和19世纪批判现实主义的传统。此外，作家们这一时期也非常注意世界文艺伟大的现实主义传统，吸取苏联许多作家的经验，大量介绍和翻译了托马斯·曼、布莱希特、加缪、萨特、福克纳和海明威这些西方经典作家的作品，大大地开阔了他们的眼界。但有的人也认为20世纪非现实主义流派都是资产阶级颓废派，这种文学无益于波兰社会主义文学的繁荣，对于一些美学上的问题有过片面的理解，作过一些简单化的结论，如对当时西方和波兰存在的各种美学流派的观点，都一定要根据匈牙利的卢卡奇的观点，去进行分析和批判，这就导致了对于文学艺术本质的片面和狭隘的理解，一些作品对当时波兰社会现实出现的矛盾和人与人之间的各种复杂的关系，也作了简单化的描写。

但在文学创作方面，这一时期占主要地位的，是反映战争和法西斯侵略罪行的散文作品。卓·纳乌科夫斯卡（1885—1954）的报告文学集《颈饰》（1946）是根据她参加国际调查希特勒罪行委员会的见闻写成的。它以一桩桩血淋淋的事实，震撼着读者的心灵。阿·鲁德尼茨基（1912—1990）的许多短篇小说把主人公的命运和战时发生的重大事件联系在一起，借此抒发他为祖国沦亡而悲痛的心情。沃·茹克罗夫斯基（1916—2000）的短篇小说集《来自沉默的国度》（1946）主要写波兰军队在祖国被法西斯德国占领时期和敌人的各种形式的斗争。克·普鲁辛斯基（1907—1950）的《十三个故事》（1946）和《梅斯切德的马刀》（1948）通过波兰军人战时流亡西欧的生活经历，反映了他们对祖国的怀念和对民族文化的热爱。塔·博罗夫斯基（1922—1951）的《告别玛丽亚》（1948）和《石头世界》（1948）写的是占领时期一些普通人的生活和变态心理。菲利波维奇的《撕不破的风景画》（1947）写一些集中营囚犯在战争结束前的心理活动，他们在等待自由，但又怕遭杀身之祸。莱·布契科夫斯基（1905—1989）的《黑色的激流》（1945）描写一些占领时期住在波兰东部边境上的犹太人遭受的屠杀。

第二类较有影响的小说是所谓"知识分子清算文学"，这类作品主要写一些出身于资产阶级和小资产阶级的知识分子战后思想转变的过程，其中有的写一个自由主义者过去在人生的道路上如何迷失了方向，有的写知识分子和现实社会的隔绝，有的写一个天真烂漫的理想主义者，还有被战争和法西斯主义吓得惊慌失措的士兵和军官，这些人在波兰战后初期，面对波兰的社会变革，如何审视他们过去的思想立场和道德原则，为适应新的社会环境，他们建立了新的世界观，经历了思想的转变。这类小说主要有：耶·安杰耶夫斯基（1909—1083）的《黑夜》（1945）、卡·布兰迪斯（1916—2000）的《木马》（1946）、《两次大战之间》（1948—1951）、斯·迪加特（1914—1978）的《波登湖》（1946）和《告别》（1948）、阿·桑达乌埃尔（1911—1989）的《一个自由主义者之死》（1947）等。

第三类小说则侧重于反映波兰战后初期的政治斗争。这种斗争主要表现在以下几个方面：一是伦敦流亡政府的国家军分子战后有不少留在波兰，他们要搞破坏；二是外国间谍和国内其他破坏分子在各地也活动猖獗，给社会主义建设带来危害。在反映这种情况的小说中，以安杰耶夫斯基的《灰烬和钻石》（1948）最为著名。小说写的是波兰战后各种政治势力的激烈争斗。一些参加过国家军的青年占领时期曾是反法西斯英雄，现在却杀害工人党干部。资产阶级知识分子对社会主义建设冷嘲热讽，一些自私狭隘的人只想着个人的飞黄腾达。还有少数人在占领时期身心遭受创伤，现在却和潜伏下来的希特勒分子勾结，大搞破坏。作家以辩证的观点指出，人们在战争和和平时期的表现是不一样的，有的人在战争时期犯了罪，在和平时期却可能成为我们的朋友，也有与此相反的情况。灰烬和矿石什么时候都是两者俱在的。

这时期还出版了一些历史小说。其中如塔·布列扎（1905—1970）的《耶雷赫的城墙》（1946）和《天和地》（1949）、纳乌科夫斯卡的《生活的交结点》（1948）都以战前萨纳齐亚政府机构和统治阶级的内部情况为题材。霍乌伊的《火的试验》（1946）写的是1831年十一月起义的全过程。安·戈乌比耶夫（1907—1979）的《波列斯瓦夫·赫罗布雷》（1947）通过波兰11世纪在位的这位国王的生平和事业，揭示了波兰民族起源和国家建立的过程。卢·鲁德尼茨基（1882—1968）的自传体小说《旧的和新的》（1948）在社会上影响很大。作者是个工人运动的参加者，他在小说中不仅写出了他一生革命战斗的经历，也真实反映了波兰19世纪末至今工人运动的历史。

这一时期，在诗歌创作中也出现了繁荣局面。如莱·斯塔夫（1878—1957）、杜维姆、布罗涅夫斯基、高乌钦斯基、密·雅斯特隆（1903—1983）、切·米沃什（1911—2004）、塔·鲁热维奇（1921—2014）等的创作都很有成就。布罗涅夫斯基作为一个革命诗人，在他的《五十》《爱情之歌》《快乐之歌》《五月的歌》《波尼亚托夫斯基桥》等诗作中，表达了他对在奥斯维辛集中营中死难的妻子和战友的深切悼念以及对占领时期英勇战斗的共产党人的崇高敬意,歌颂了战后的社会主义建设。雅斯特隆的诗也充满了乐观情调,他为祖国人民战胜了法西斯强盗、开始建设新生活而欢呼。他的哲理诗还启发人们去对历史发展的规律、人类文明的传统和人的存在等问题进行思考。米沃什在诗集《解救》(1945)中,表现了他对饱尝战争和奴役痛苦人们的同情,他认为这是整个波兰民族所遭遇的灾祸,尽管战争残酷无情,但它消灭不了人类的文明和生存的权利。鲁热维奇的《恐慌》(1947)和《红手套》(1948)在写战争灾祸的同时,对19世纪人道主义真理表示怀疑,力图重新探讨生活的真谛。高乌钦斯基在《旗之歌》《伊卓达尔的耳环》《魔幻的马车》《世上最小的剧院》和《绿色的鹅》中,对波兰现实中庸俗的市侩、官僚主义、空洞无物的口号、纷繁事物的简单理解和在激昂慷慨掩饰下的自私自利等,进行了无情的讽刺。

这一时期的戏剧创作在数量上不如小说和诗歌,但也出现了一些有影响的作品。革命作家克鲁奇科夫斯基的《复仇》(1947)是一部反映战后阶级斗争的剧作,它写一个受法西斯分子思想毒害的青年,他的养父是个敌视人民政权的国家军上校,他的生父则是个长期流亡国外、参加反法西斯战斗、忠于人民的爱国者。上校心地险恶,他在占领时期,曾阴谋借法西斯刽子手的手杀害他的养子,战后又让他参加秘密反动组织,甚至暗杀自己的生父。耶·沙尼亚夫斯基(1886—1970)的《两个剧院》(1946)的形式奇特,它企图通过对戏剧的两种不同理解,来说明它的社会作用。一种是现实主义剧,在小镜子剧院上演,它纯客观地反映现实,没有虚构。另一种戏剧要表现一个想象的世界,在梦的剧院上演。小镜子剧院演了《母亲》和《水灾》两出戏。前者写一个女人,她为了她的女儿不受欺侮,不让她丈夫和他认识的一个女人来往。后者写一对父子,儿子将年迈的父亲关在一间受水患威胁的房子里，却把自己的妻儿送往安全的地方。剧作者认为这种客观表现不能打动观众的心，因而梦的剧院在上演这两出戏时，增加了两个场面：一是母亲表现害怕父亲认识的这个女人万一到来；二是儿子听到父亲呼救，终于感到自己应受良心的责备。这样的结果，便使这两出戏变成了富于诗意的道德剧。

1949—1955 年

40 年代末，波兰国内政治形势有了变化。1948 年 8 月，在波兰工人党内展开了所谓反对右倾民族主义倾向的斗争。年底，工人党和波兰社会党合并成了波兰统一工人党。此后，党也加强了对文学的领导。1949 年 1 月在什切青召开的波兰作协代表大会标志着波兰战后文学的发展，进入了一个新的时期。这次大会规定了社会主义现实主义为指导波兰作家创作的基本原则，要求作家及时反映现实中的阶级矛盾，揭露敌人的破坏活动，认识社会主义制度的优越性，歌颂战后的社会主义建设，把自己的创作和祖国人民逐步走向共产主义社会的前景联系起来，担负起教育人民的使命。一些作家对于这种规定和要求感到不满，曾一度沉默；另一些作家在这个思想原则的指导下，写了一系列反映国内生产劳动和阶级斗争题材的小说和报告文学作品。其中写工业生产的有波·哈梅尔（1911—1974）的《以普列夫为例》（1950）、塔·孔维茨基（1926—2015）的《在建筑工地上》（1950）、阿·希·雷尔斯基（1928—1983）的《煤》（1950）、马·布兰迪斯的《故事的开头》（1951）、扬·维尔切克（1916—1987）的《十六号生产》（1949）、安·布朗（1923—2013）的《近东号》（1952）、阿·雅茨凯维奇（1915—1988）的《盘尼西林》（1951）、茹克罗夫斯基的《聪明的草药》（1951）等；写农村建设和改革的有维·扎莱夫斯基（1921—2009）的《拖拉机夺来了春天》（1951）、列·巴尔泰尔斯基（1920—2006）的《河那边的人们》（1951）、艾·尼久尔斯基（1925—2013）的《炎热的日子》（1951）、玛·雅罗霍夫斯卡（1918—1975）的《甜菜叶》（1950）等。此外还有雅·伊瓦什凯维奇（1894—1980）的《菲莱克·奥孔的逃走》和《门德尔松弦乐四重奏》、阿·鲁德尼茨基的《伊格纳希·温克》、卡·布兰迪斯的《公民们》、布列扎的《巴尔塔扎尔宴会》（1952）、莫尔钦内克的《约安娜的甲板》（1950）等。这些作品的特点如下。第一，它们写的都是工农业生产的过程。敌人搞破坏，工人农民与之斗争，情节千篇一律。在人物刻画上，正面人物总是生产积极分子，反面人物总是国际间谍、国内其他破坏分子或对社会主义建设失去信心的人，千人一面。这样，它们就成了对当前政策的图解。第二，它们只歌颂现实的光明面，对社会中确实存在的官僚主义、市侩作风或其他不良现象却不去触及。这些作品中，也有写得好一点的，但为数不多。

1953年3月斯大林逝世后，在当时国际共运形势发生变化的影响下，波兰文艺界开始对党的文化政策提出了批评，指出给作家硬性规定某种创作原则只会扼杀作家的个性和才能，对社会主义现实主义应作广泛的理解，作家有权反映自己的精神世界。这一情况的出现和发展，也是导致波兰1956年在政治、社会和文化生活中的重大转变的原因之一。

除以上外，这时期还有一些作家、诗人和剧作家由于深入生活，接触了更加广泛的题材，在反映战争、历史和现实等方面，也写出了一些较好的作品。如普特拉门特的《九月》（1952），它明确指出了波兰九月革命的失败乃是因为萨纳齐亚政府的轻敌和无能以及他们内部互相倾轧导致内政和外交的失败，在军事上没有足够的准备的结果。茹克罗夫斯基在《失败的日子》（1952）中，揭露了一些波兰军官在战场上的胆小无能，他们在祖国危亡的时候，竟无耻地背叛逃跑。士兵虽然勇敢善战，但由于失去指挥，终于失败。博·切什科（1923—1988）的《一代人》（1951）写代表波兰抵抗运动的"波兰青年斗争联盟"在华沙的地下斗争。小说真实地反映了他们所处的艰难环境，颂扬了他们的爱国主义精神。阿·鲁德尼茨基的短篇小说集《活海和死海》（1952）反映犹太人在世界大战中的命运。作者对这个民族遭遇的不幸表示同情，但又认为这是他们命里注定的，无法避免。

这一时期的历史小说的特点如下。第一，它们许多都以波兰历史上著名的文学家、政治家和革命家的生平为题材，所以大都是传记体小说。第二，作者能以历史唯物主义的立场去对这些人物做出公正的评价，并在小说中生动形象地反映出来，因此显得真实感人。其中主要的如雅斯特隆的《密茨凯维奇》（1949）、描写尤·斯沃瓦茨基生活片断的《和萨洛梅奥会见》（1951）和反映波兰文艺复兴时期杰出诗人扬·科哈诺夫斯基生平的《诗人和御前大臣》（1959）、安·科瓦尔斯卡（1903—1969）写16世纪波兰著名政治家安·弗·莫杰夫斯基生平事业的《沃尔博尔市长》，还有写波兰19世纪两位革命民主主义者战斗一生的《亨·卡明斯基》（1949）和《艾·德姆博夫斯基》（1953）等。内维尔莱的小说《纤维工人回忆录》①（1952）写的是两次大战之间弗罗茨瓦夫的波兰共产党人的斗争生活，歌颂了他们坚定勇敢、不怕困难的精神，反映了他们对美好未来的向往。布列扎的《天和地》主要揭露萨纳齐亚政府内部的黑暗、毕苏茨基的法西斯独裁，以及资产阶级政客的玩弄权术、鱼肉百姓。这些作品也很重要。

1954年，由于波兰形势的变化，在6月召开的第六次作家代表大会上，有的作家重申爱伦堡提出的解冻文学。作协领导克鲁奇科夫斯基和布兰迪斯在总结前一阶段情况的报告中，仍然肯定了社会主义现实主义创作原则，但指出过去对老一辈作家的创作

---

① 中译为《一个人的道路》。

成就评价不够。党号召作家扩大创作题材，对社会上的各种现象可作自由的评论，承认在占领时期一切为波兰解放浴血战斗的爱国者的功绩，不管他们什么出身，也不管他们在何时何地、在谁的领导之下。1955年，在一些报刊有关文学问题的讨论中，肯定了波兰和世界古今一切有审美价值的艺术成就，承认非现实主义创作方法的科学性。这一切，无疑为作家开辟了自由创作的道路，因而也使这一时期产生了一批观点新颖的作品。

如斯·斯塔文斯基（1921—2009）的《下水道》（1955），它是最早反映1944年华沙起义的作品之一。描写起义的最后阶段，参加者有国家军分子和波兰人民军，他们失败后，从华沙老城的下水道中撤走，途中遇到艰难、牺牲，最后全部落入在道口等着他们的占领者之手。作者认为，在国难当头的时候，波兰不同阶级，甚至敌对阶级的人是可以团结起来、共御外敌的。玛·东布罗夫斯卡（1889—1965）的短篇小说《第三个秋天》写一个不怕困难挫折、执着追求自己的事业、终于取得成功的园艺家的形象；《乡村婚礼》以50年代波兰乡村生活为题材，不仅生动地反映了农村的风俗习惯，而且表现了农民对当时农村合作化运动的态度，其中也包括对这持怀疑和反对的态度。卡·布兰迪斯的小说集《现代回忆录》（1954—1955）对波兰社会中的不良现象进行了揶揄、讽刺和批评。其中如小说《罗马旅店》，写一个胆小怕事的知识分子，他因为战前出版了一本奉献给一个萨纳齐亚政府官员的书，回波兰后，他怕他所在的工作单位的领导发现，对他进行审查，因此千方百计地要撕去藏在图书馆中的这本书上写了献词的那一页，结果他去图书馆偷书时，反被捉拿。作者意在反映他认为在40年代末和50年代初波兰社会不正常的政治气氛给知识分子带来的精神创伤。

此外还出现了一些形式独特的散文作品。如阿·鲁德尼茨基的《蓝色的卡片》、卡·布兰迪斯的《致Z夫人的信》和东布罗夫斯卡的《旅行随笔》等。它们既像特写，又像报道，又像随笔，作者描写当代生活，又往往借题发挥，表达他们对现实对文学的看法，抒发他们不能说真话的内心痛苦。

在诗歌创作中，仍以布罗涅夫斯基、高乌钦斯基、雅斯特隆、杜维姆、鲁热维奇和瓦日克（1905—1982）等最有成就。布罗涅夫斯基在《职工联盟》《向十月革命鞠躬》《希望》和《我们的五月》等诗篇中，不仅歌颂了波兰社会主义建设和劳动人民的高尚品德，而且对国际无产阶级革命的胜利表达了崇高敬意。高乌钦斯基的《结婚戒指》（1949）、《歌》（1953）、《纽贝》（1951）和《维特·斯特俄什》（1952）等充满了欢乐情调，告诉人们怎样敬仰英雄、同情牺牲。他有的诗还讽刺社会中的无政府主义，有的描绘祖国的大好河山，有的呼吁世界和平。杜维姆的诗集《玫瑰》讽刺了一些官方刊物上的文章表面上冠冕堂皇实际上空洞无物。瓦日克的《给成年人的长诗》（1955）、维·沃罗希尔斯基（1927—1996）的《谈话》（1955）、雅斯特隆的《热灰烬》（1956）和赫尔茨的《市场上的歌》（1957）接触的是现实中一些十分尖锐的问题。在作者看来，当局制定的政策对所有的人都是怀疑和仇视的，它要造成恐怖局面，消灭一切对它不满的因素。在《给成年人的长诗》中，作者认为，波兰社会充满了虚伪的政治宣传和空洞的口号，一切事都要按规定的公式办理，不得改弦更张。在这里孩子受气、妇女被歧视、工人劳累过度，可是所有的人都不敢说话。这首诗在文艺界和思想界震动很大。

这一时期的戏剧创作也很多产。历史剧中，重要的有阿·马利谢夫斯基（1901—1978）的诗剧《通往黑森林的路》（1953）、写诗人科哈诺夫斯基如何脱离宫廷的政治斗争，走向农村的大自然，开始进行创作。卢·密·莫尔斯丁（1896—1966）的剧本《波兰人不是鹅》以和科哈诺夫斯基同时期的诗人密·雷伊的生平为题材，反映诗人的人道主义思想和他在农村辛勤劳动的生活。

罗·布兰德斯塔泰尔（1906—1987）的《自由的标志》（1953）写波兰18世纪末爱国将领尤·苏沃科夫斯基跟随拿破仑战斗的一段经历，阐明波兰民族解放运动和拿破仑的关系。他的《民族的夜晚》反映密茨凯维奇如何摆脱曾经影响他的唯心主义宗教哲学民族救世论，而重新投身波兰民族解放事业。哈·阿乌德尔斯卡（1904—2000）的《逃亡者》（1952）描写18世纪末波兰农民反抗地主压迫的斗争。安·希维尔什钦斯卡（1909—1984）的《对着墙壁呼唤》（1951）描写波兰早期无产阶级革命领袖瓦林斯基在他被捕之后，工人运动如何加强了团结，坚持了罢工斗争。克鲁奇科夫斯基的《德国人》（1949）通过希特勒统治时期德国学者梭南布鲁一家人对纳粹法西斯的不同立场，表现了知识分子在阶级斗争尖锐的环境中，是不能脱离政治的。《罗森堡夫妇》（1954）揭露了美国统治当局如何诬陷和杀害和平战士罗森堡夫妇。伊瓦什凯维奇的《重建布温戈米什》（1951）和耶·卢托夫斯基（1923—1985）的《急诊值班》（1955）都以波兰社会现实为题材。前者描写在大波兰地区一个小城中，人们在被法西斯破坏的废墟上如何重建城市、安定秩序。后者刻画一个为人正直的医生，他因为在占领时期参加过国家军，被投入监狱；这时有一位党的领导人得了病，在该不该让他治病的问题上发生了争执，这样便给这位医生的内心带来了痛苦。这个剧和小说《下水道》提出了同一个问题：应该如何正确地去看待国家军军人的过去和现在。

1956 年以后

1956年，在波兰的政治生活和文学生活中，都发生了根本性的转变。苏共二十大召开不久，波兰统一工人党10月召开了第八届中央全会，制定了新的经济文化政策，决定了中央委员会新的人选，于是在全国范围内形成了新的政治形势。各地对政治、经济、文化和文学的讨论十分热烈。在文艺问题上，首先接触的，是对欧美20世纪现代派文学以及波兰战前先锋派文学如何评价。参加讨论的知识分子和作家都一致地肯定了这种文学的审美和借鉴价值，指出波党前一个时期的文化政策因为错误地否定现代派文学，使波兰文坛长期脱离同欧美现代文学的接触，从而失去了同西方文化思想、创作经验进行交流的机会。因此，1956年以后一个时期，像欧美20世纪各种流派的代表作家萨特、卡夫卡、加缪、海明威、贝克特、艾略特、尤内斯库等的作品，波兰先锋派作家或至今对波兰人民仍抱敌意的作家的作品，都很快地得到了出版。此外，许多旅居西欧各国的侨民作家，他们原对战后波兰是持怀疑或敌视态度的，现在看到情况有所变化，也陆续回到了波兰。

在文学创作中，许多作家现在都热衷于揭露所谓斯大林时期，即1956年以前波兰社会的阴暗面，把批判的矛头指向他们认为党在领导经济建设和文化建设中所犯的错误及过去不正常的文学生活。这种作品在波兰文艺界通称清算文学，它们的作者是一大批1956年前后开始写作的青年作家。如马·赫瓦斯科（1934—1969）、斯·格罗霍维亚克（1934—1976）、弗·泰尔莱茨基（1933—1999）、艾·卡巴茨（1930—　）、莫·科托夫斯卡（1942—2012）、阿·明科夫斯基（1933—2016）、马·莱阿（1935—　）、马·诺瓦科夫斯基（1935—2014）、安·布雷赫特（1935—1998）、伊·伊列登斯基（1939—1985）等。他们是在战后波兰成长起来的，可是他们一旦看到波兰社会主义建设中的困难，就感到悲观失望。他们大都是以个人狭隘的眼光去看世界，在他们的作品中，整个波兰社会几乎是一片漆黑。在他们中，尤以赫瓦斯科、诺瓦科夫斯基、布雷赫特等走得最远。他们声称，波兰文学至今所描写的社会生活都是所谓"官方的"，不典型，只有那些流氓、社会渣滓、罪犯生活的世界，即"非官方"的世界才是真实和典型的，要大量反映他们的世界。如赫瓦斯科的短篇小说集《登云第一步》甚至以很鲜明的形象，把波兰党领导的社会主义建设描绘成在动听的口号掩盖下的一场骗局，受骗群众汗水流尽之后，却一无所得。在这个社会中，一些人的卑鄙堕落令人无法容忍。这类作品因其思想倾向走到了另一个极端，后来被评论界称为"黑色文学"。

许多新老作家对萨特的存在主义很感兴趣，认为在世界上，个人和主体的存在就是一切。如塔·孔维茨基的小说《被围困的城市》（1956）、雷尔斯基的《萨尔加斯大海》（1956）、安杰耶夫斯基的《黑暗笼罩着大地》（1957）和《天堂大门》（1959）、卡·布兰迪斯的《红小帽》（1956）和《克鲁尔兄弟的母亲》（1957）、布兰德斯塔泰尔的《沉默》（1957）、布朗的《铺砖的地狱》（1957）等作品在对社会主义进行攻击的同时，还提出了一系列哲理性的问题和观点：历史是否公正？如果是公正的，那么为什么要奴役人，教人说谎和犯罪？难道以暴力和恐怖维持的社会秩序是正常的？如果承认这种社会秩序存在危机，那么危机产生的根源是什么？是政权。为了巩固政权，就要制造恐怖和仇恨。在充满恐怖和仇恨的环境中，个人将永远受折磨；否则，他就必须摆脱或者冲破这种环境。而文学的职责，就在于反映个人的内心世界。很明显，这些作家的存在主义观点，是和他们对波兰的政治态度紧密联系在一起的。

和以上作家不同的是，像老作家伊瓦什凯维奇、克鲁奇科夫斯基、布列扎和革命诗人布罗涅夫斯基这时期在对波兰战后经济和文化建设的评价上，表现了较为审慎的态度，他们不同意对过去全盘否定和不负责任的清算。克鲁奇科夫斯基在短篇小说《正直人的地狱的随笔》（1963）中表现的态度尤为鲜明。小说写一个老共产党员战前领导过工人运动，战后在工厂工作，一心为工人谋福利，可是在 1956 年以后刮起的那股清算风中，却遭到了攻击、诽谤和迫害，而这时唯一能理解他的，只有另一个也曾受到诬陷的共产党人。可见当时的资产阶级自由化，成了不止一个共产党人的地狱。作者不仅深刻地揭露了波兰社会阶级斗争的实质，而且满怀深情地刻画了主人公受辱后的内心痛苦，颂扬了他的崇高品德和革命的一生。

在一些作家对 1956 年前党的政策和波兰社会生活进行了全面清算之后，在资产阶级自由化和西欧 20 世纪文学思想的影响下，波兰文坛便出现了一系列和社会主义背道而驰的不良现象。哥穆尔卡在 1963 年 7 月 4 日召开的党的十三中全会总结几年来的思想工作报告中说："近年来，干预生活、热情奔放和反映我国现实的作品太少了；描写为我国经济的发展而斗争，描写工人阶级、知识分子、农民、妇女和青年的忘我劳动的作品太少了。""某些作家彻底抛弃了马克思主义，他们开始在存在主义外套的掩饰下宣扬虚无主义的思想和道德。""'反小说''反电影'的作品在思想上充满悲观主义，甚至描写世界灾难的降临，形式有时候古怪极了，理智肤浅、贫乏；但是它们还经常挂上革新的招牌，某些人不管这块招牌后面藏的是什么货色，见了就拜倒。""有些'清算文学'的作者们全盘否定了 50 年代的文学，带着讽刺的口吻称它为'甜菜文学'，对于这一时期的电影的看法也是这样。这种评价是片面的，是极不正确的，它一方面使许多作家遭受委屈，另一方面也促使作家回避现实题材，逃避现实生活。""我们不需要狭隘生产性的公式化的文学艺术；但是我们也反对在艺术作品中忽视对于人的劳动的描写。我们所需要的是反映劳动的真正的美、真正的伟大，是反映人与人之间的关系和与社会活动、与劳动有联系的道德冲突。""我们并不要求把时代精神概念的范围局限在最近几年之内，我们也不反对描写历史题材；但是对于我们具有决定意义的是反映为社会主义而斗争，建设社会主义的一代人的生活，描绘我国的真实的图画。"他还号召波兰作家和艺术家站在自由、正义、人道主义和进步的立场上，创造出有利于社会主义与和平的作品来。

哥穆尔卡的报告对一些问题虽然指得很明确，他的要求也不过分，但波兰党在制定新的文化政策时，也只能采取一些极为温和的改进措施，而这仍然遭到了作家们的抵制和反对。在50年代后期至70年代的创作中，除了政治性很强的清算文学，当然不乏一些有声望的作家的杰作，但这些年出版的大部分反映现实的作品，却只有一个主题，就是个人和集体的对立，说明个人必须彻底摆脱集体的控制，才能使自己得到自由充分的发展，这就是这些作家所理解的人的异化。在散文创作的体裁上，除小说外，许多作家热衷于写随笔、报告文学、特写、政论和回忆录等，因为这些形式便于直截了当地表达个人对社会、对历史的理解和看法，一些作家甚至将随笔、报告文学、政论、特写、小说这些不同的创作形式生硬地混凑在一部作品里。在这种大杂烩式的作品中，作者一会儿写一大段故事，一会儿又穿插着许多和这些故事毫不相干的他个人的人生哲理，而这些故事本身也往往是十分零散和有头无尾的。这就是当时在波兰风行的所谓"反小说"作品。这种散文形式在1956年前也曾有过，但现在就大量地泛滥起来。在戏剧中，除了传统的现实主义戏剧，这些年又出现了荒诞派戏剧，这种戏剧的内容形式除了和西欧的荒诞派戏剧有相同之处外，也是对波兰20世纪初的荒诞派戏剧传统的继承。

在60年代末和70年代初，波兰党和一些文学团体仍存在矛盾，一些作家依旧反对党对文学的所谓"政治干预"。特别是当时波兰国内经济困难，和苏联的关系也很紧张，使各方面的矛盾更趋尖锐。1968年初，华沙一家剧院上演多年未曾上演的密茨凯维奇的著名诗剧《先人祭》，激起了观众对老沙皇的民族仇恨，苏联驻波大使看后，把这污蔑为"反苏的低劣演出"，波兰政府只好下令禁演。这样便遭到了作家的反对。5月,华沙的大学生也上街游行,以示抗议。1973年2月,该剧在克拉科夫老剧院以新的舞台形式重新上演,引起了强烈的社会反响,随着国内经济情况的恶化,1970年底,格但斯克和什切青等地的工人闹罢工。党的新领导盖莱克上台,是为了缓和社会矛盾。在作家队伍中,又出现了在政治上十分敏感的新的一代,其中诗人居多,如斯·巴兰恰克(1946—2014)、雷·克雷尼茨基(1943—　)、爱·李普斯卡(1945—　)等,代表所谓诗歌的"新浪潮"。他们要求文学创作反映现实中所谓长期隐蔽的矛盾和不安,揭露检查机关禁止公开的社会真实情况,要求更新诗歌语言,认为语言的运用关系到能否对一些社会现象做出新的评价。后来国内经济局面保持了一段时间的稳定,可是在1976年以后,这种局面又趋恶化了。一些作家因为自己的作品受到书刊检查机关的干涉,得不到出版而表示不满,于是出现了秘密出版组织。社会上的反对派对党所执行的所有政策进行了猛烈的批判和攻击。到70年代末和80年代初,波兰社会危机空前严重,以团结工会为代表的反对派和政府的斗争十分激烈,许多作家参加了团结工会,他们对波兰党和政府至今贯彻执行的所有政策全盘否定。党提出的关于全民族政治道德一致的口号被认为妨碍了对现实生活的认识。教会也站在反对派一边,他们资助的一个"天主教文化团"在波兰各地演戏、举行诗歌朗诵会、开展览会、组织座谈等,明目张胆地攻击党和社会主义,参加者有许多作家和艺术家。另一些作家由于不满现实,先后流亡国外,作协和它的许多分会也掌握在反对派手中。直到1983年下半年,这种动荡局面才逐渐稳定下来,波兰社会的发展,进入了一个新的阶段。

　　1956年以后至今的几十年来,除了清算文学及其他比较直接反映国内政治斗争的文学作品,还有许多新老作家以各种文学形式,在反映历史和现实生活各个方面,都创作了很大数量的作品。

这些作品题材广泛，不少具有很高的思想艺术价值，无疑是波兰当代文学创作的丰收。

在小说创作中，1956年后有成就的首推伊瓦什凯维奇。他的作品有长篇小说《名望和光荣》（1956—1962），短篇小说集《菖蒲》（1960），游记《彼得堡》（1976）、《去意大利旅游》（1977）、《波兰旅行记》（1977）等。《名望和光荣》是伊瓦什凯维奇的代表作。它通过几个家庭几代人的遭遇，反映了自第一次世界大战至1947年波兰社会的变迁。作者以人物的命运和这时期波兰及世界上一系列重大事件结合起来的描写，给读者展示了一幅广阔真实的时代画。这部作品至今被认为是波兰战后小说创作的最高成就。罗·布拉特内（1921—2017）的长篇小说《哥伦布们，即二十岁的一代》（1957）也是战后文学的一部杰作。小说分三部分：第一部分《第一次死亡》写包括国家军军人在内的青年和占领者的斗争；第二部分《第二次死亡》，表现华沙起义从发动到失败的全过程；第三部分《生活》，反映这些青年中的幸存者战后流亡国外的不幸遭遇。

普特拉门特这时期出版了一系列所谓政治小说。《不忠实的人们》（1967）写1956年以前波兰政府机构中的争权夺利和人与人之间的不信任；《博乌迪纳》（1969）写占领时期一支游击队内部的不团结，争夺领导权以及对领队的个人崇拜，意在暗示波兰1956年前的政治局面。但这些小说波兰评论界并没有算在清算文学之列。斯·莱姆（1921—2006）是波兰战后科学幻想小说的代表作家。他的小说告诉人们：人类是科学的创造者，人类在各种科学领域中总是不断地探索、不断地发现，努力认识自己以往不曾认识的东西。其主要作品有《在浴盆里找到的日记本》（1961）、《不可征服的人》（1966）、《先生的时间》（1968）、《虚幻的伟大》（1974）等。斯特雷伊科夫斯基的小说《黑玫瑰》（1962）揭示波兰共产党人30年代在利沃夫的斗争生活，其他作品大都反映犹太人的生活。狄加特的小说《旅行》(1958) 企图说明一个道理："夙愿和它的不能实现之间的可悲的矛盾，在一个人身上是永远存在的，每个实现个人夙愿的尝试必遭失败。"安杰耶夫斯基的《在山间跳跃行进》(1963) 写一个有世界声望的画家，但对政治斗争一无所知。《渣滓》展示了 60 年代华沙文艺界的生活，官方要求艺术为它的利益服务，艺术家们反对控制。小说的题目就反映了他们因不自由而感到的痛苦。尤利扬·卡瓦列茨 (1961—2014) 的《在太阳里》(1963)、《跳舞的雄鹰》(1964) 和《召唤》(1968) 描写波兰城市和工业的发展使农民感到的压抑。塔·诺瓦克 (1930—1991) 的《这样一个盛大的婚礼》(1966)、《你将成为国王，还是成为刽子手？》(1968)、《魔鬼》(1971)、《十二》(1974) 和《半个童话》(1976) 都写农村题材，反映了农民思想的变化、农村的风俗习惯和宗教信仰。威·马赫 (1917—1965) 的主要作品有《大的和小的生活》(1959)、《黑海滨的群山》(1961) 和《哥伦布的女儿阿格涅什卡》(1964)，大都写农村和边远地区人们的生活以及当代社会的政治斗争。其中《黑海滨的群山》被认为是波兰"反小说"的代表作。它以日记体写成，情节简单：几对情侣在一个陌生、僻静的地方游历。由于他们在战争时期精神上受了刺激，不能和睦相处。主人公亚历山大身份不明，他常对同伴们说：人与人要团结，人要有理智。另一个巴扎利也身份不明，他认为人是在彼此斗争中生存的一些特殊动物，人和动物没有区别，互相仇视。亚历山大的情人战时被巴扎利勾引去了，巴扎利后来杀害了她，自己也死了。小说特殊的结构形式表现在，作者在某些章节中，干脆脱离故事情节，以主人公或作者自己与小说中讲故事的人对话或讨论的方式，发表对当代文学、社会和人的看法。他认为：第一，所谓理性主义的现实主义文学作品总是把故事情节交代得清清楚楚，好像对一切现象都已了解得很透彻，这种文学从不描写社会中的黑暗面，只能根据动物的智能来观察和分析社会现象，总结出很贫乏的经验。它是一种简单的、感性的、肤浅和机械地严守逻辑规律的文学。第二，非理性主义文学使读者不易理解。作品人物个性奇特，作者常制造一些紧张、特殊的气氛，在精神上刺激读者。这两者都不好。现在需要探索一种新的形式。生活现象本来是混乱的，如果认为它们可以条理化、人与人之间有一定的联系，那就会导致对社会简单化的理解。因此，文学作品中的时间和地点可以混乱，人物性格的发展线索也可以乱，在这表面上看来混乱和荒谬的形式中，可能就有新的发现。他还认为现代文学脱离社会，作品结构松散和内容荒谬，可能是因为作家受到战争灾祸、技术进步的影响。作家想创造一个新世界，但又没有信心，他们在冷酷的现实面前只能绝望和等待世界末日的来到。这部作品曾引起波兰评论界的极大重视，人们对它褒贬不一，但它在当时所谓文学"革新"的浪潮中，无论在思想上还是形式上，都堪称一部典型之作。孔维茨基的《当代圆梦书》（1963）的结构也很奇特。它写一群人在索瓦盆地巧遇，这里将成为水库，而这中间又穿插着他们对往事的回忆，以及描写他们如何来到这里的。各种叙述交替出现，令人感到逻辑混乱。卡·布兰迪斯的小说《浪漫情调》（1960）和《生活方式》的创作方法类似加缪的《堕落》。小说《市场》也被认为是一部波兰的"反小说"。

这一时期写战争和占领时期题材的作家和作品也为数不少。霍乌伊的《我们世界的末日》（1958）揭露奥斯维辛集中营中如何焚烧犹太人以及囚徒们的反抗。《天堂》（1972）揭露希特勒匪徒罪恶的杀人实验。《玫瑰和被焚烧的森林》（1973）反映革命领袖瓦林斯基在监狱中最后几天的生活，他想到了他的青年时代、想到了他的同志和朋友。菲利波维奇的小说描写集中营囚徒的各种感受，揭露那些至今仍然逍遥法外的希特勒刽子手的罪恶心理。他的主要作品有《尼茨克先生的果园》（1965）、《人心里装的是什么?》(1971) 和《我的敌手之死》(1972) 等。切什科的《哀诗》(1961) 和他在 50 年代创作的《一代人》的思想情调不同。它写 1945 年最后几个礼拜,人民军某部一段痛苦的行军过程,充满了沮丧、悲哀和绝望的情绪,"任何人也不知道是否还能活一天,这一天应该怎么过,特别是为什么要活下去"。《水灾》(1975) 是作者童年生活的回忆。扬·尤·什切潘斯基(1919—2003) 的《波兰的秋天》(1955)、《皮鞋》(1956) 和《蝴蝶》(1962) 也写战争,作者认为游击队的战斗主要是为了维护人的尊严。他的作品还有历史小说《伊卡洛斯》(1966)、《岛》(1968),短篇小说集《暗礁》(1974) 和随笔《在不为人知的法庭上》(1975) 等。茹克罗夫斯基的《受过火的洗礼的人们》(1961) 描写一群波兰人民军战士战胜法西斯德寇后,却不能回到故乡过和平生活,因为他们还要和一伙敌视人民政权、成了武装土匪的国家军分子展开激战,表现了这些战士对国家命运坚守职责的精神。阿乌德尔斯卡的《鸟道》(1973) 和《晴和的秋天》(1974) 也以战争时期为背景,反映旅居苏联的波兰侨民对祖国的思念和他们返回波兰旅途之艰苦。

写工人的劳动题材这时已不能像 50 年代反映生产劳动和阶级斗争的某些作品那么简单,不能单写工人的工地和工厂,也不能把工人的劳动生活看得那么美好,因为这里也充满了戏剧性的矛盾和冲突,要反映由于社会变革在工人的认识中发生的变化。在工人的劳动中会出现一些问题,在这种情况下,作家要研究其中有什么矛盾和冲突,要反映真实情况,不要把作品中的人物简单地分为好人或坏人。人的生活是多样化的,工人的生活也是多样化的,劳动为现代人创造了丰富的精神世界,社会主义会使得劳动者在精神上开花结果,劳动者是新时代的英雄人物,真正创造了历史的人。劳动者已经到了前台,你只要周围一看,到处都是劳动者的双手和智慧创造的成果,因此作家对他们的艺术表现也要更加丰富多彩。如场·别日哈尔的《蒙上尘土的灌木丛》和列昂·塞克尔斯基的《在灰中诞生的》等就是这样。

这一时期还有一些作家专写历史小说。如泰·帕尔尼茨基（1908—1988），他的作品大都取材自古希腊罗马至中世纪的历史，但他有时按自己的主观认识和想象去描绘历史，脱离了历史的真实。他的主要作品有《各民族团结的结束》（1955）、《语词和身体》（1959）、《只有贝雅特丽齐①》（1962）、《月亮的面孔》（1961—1967）、《新童话》（1962—1970）、《相同》（1970）、《我们就像经历了两场梦》（1973）。泰尔莱茨基也是个多产的作家，他的《一只鸟的两个脑袋》《阴谋》《从沙俄的村庄里回来》（以上作品写于1966—1973年）、《黑色的罗曼史》（1974）、《跑后休息吧！》（1975）和《森林生长》（1977）等大都反映波兰19世纪下半叶的民族解放运动的历史。安·库希涅维奇（1904—1993）的历史小说都以20世纪初奥匈帝国社会为背景，但小说《第三王国》（1975）写的是战后联邦德国的一场政治斗争，一个共产党员过去曾受法西斯迫害，战后却为德国战犯辩护，因而遭到年轻一代的攻击。在50年代末，一些作家对战争和波兰被希特勒法西斯占领时期的题材产生了很大的兴趣，他们在自己的作品中，不仅反映战争和其中出现的政治斗争，而且也描写了在这个"惨无人道的世界里"，人们不同的思想道德面貌的表现，反映了战争在他们的生活和心灵深深的留下印迹。如博·切什科的《安魂曲》、科·菲利波维奇（1913—1990）的《反人物的日记》、塔·孔维茨基的《当代夜游人》、维·扎莱夫斯基（1921—2009）的《俄国的墙》、列·巴尔特尔斯基的《和影子对话》和罗·布拉特内的《科仑布们，即二十岁的一代》都是其中具有代表性的。战争时期的一切，不仅在波兰国内，还有在国外，有波兰士兵参加战

---

① 但丁《神曲》中的一个人物。

斗的所有战场上的事件，在这些作品中都有反映。如1939年9月德国法西斯侵犯波兰，波兰人在第二次世界大战中参加保卫英国、挪威和非洲的战斗，波兰爱国者在苏联成立塔杜施·科希秋什科第一步兵师、保卫列尼洛的战役，1944—1945年和苏联红军并肩战斗，向当时被德国法西斯占领的波兰胜利进军，还有华沙起义、1945年5月进攻柏林以及法西斯集中营中人们遭受的苦难，这些题材在作品中的书写都反映了历史真实，继承了波兰反战和爱国主义的传统。此外这一时期，有一些青年作家也写战争题材，但他们由于没有经历过战争，又不愿意把战争写得十分可怕，所以在作品中往往把战争写成主人公生活中的一次奇遇，既有娱乐，又是猎奇，只不过带一点惊险性，这实际上歪曲了历史，如雅鲁什·普日马诺夫斯基的小说《四辆装甲车和一条狗》就是这样，这也是战争题材文学创作的一个新的倾向。此外，最近也开始出现反映1980—1981年社会大动乱题材的作品，它们的作者有卡瓦列茨·尤泽夫·莫尔东、塔杜什·诺瓦克（1930—1991）和扬·波·奥若格（1913—1991）等。

在1956年以后的诗歌创作中，以青年诗人最为活跃，但中老年诗人也发表了不少作品。布罗涅夫斯基的诗集《安卡》（1965）写他的女儿死后所感受的悲痛，表达了一个父亲对孩子最真挚的爱。布罗涅夫斯基在他于1962年逝世前发表的诗还以一个爱国者的热情，歌颂了祖国的大好河山。伊瓦什凯维奇的《明天丰收节》（1963）、《一周年》（1967）、《意大利歌手》（1974）等题材广泛，有诗人所见欧洲各地的风光、名胜和人物，有诗人自己悲欢离合的感受，有监狱和可怕的黑夜的描写。尤·普日博希（1901—1970）在《以光为工具》（1958）、《建立整体的尝试》（1961）、《再论宣言》（1962）、《不知名的花》（1968）中，反映了现代人的各种感受、思想、激情和他们对政治、对生存的看法。斯沃尼姆斯基的《诗集》（1958—1963）和《一百三十八首诗》

（1973）对社会上陈规陋习、因循守旧进行了尖锐的讽刺。雅斯特隆这时期的作品《诗和真理》（1955）、《热灰烬》（1956）、《起源》（1959）、《音调》（1962）、《一带果树地》（1964）和《白天》（1967）等依然富于哲理。

斯·卞塔克（1909—1964）的诗歌和散文作品都写农村的生产劳动和自然风光，常将现实和梦幻混在一起，富于神话色彩。他认为现实是严峻的，诗歌应当使人感到轻松愉快，引起遐想。扬·波·奥若格的诗也描写农村大自然，但他常常把自己看成是大自然的一部分，大自然给他带来欢乐，也给他带来痛苦。诺瓦克既是作家，又是诗人，他的诗和他的小说一样，描写农村的生产劳动、宗教习俗和自然风光。他的主要集子有《预言家已走开》（1956）、《想象进入了死胡同》（1958）、《家用赞美诗》（1959）、《草种》（1964）、《早祷》（1966）、《赞美诗》（1971）等。耶·哈拉塞姆维奇（1933—1999）的《奇迹》（1956）、《回到温和的国度》（1957年）、《池塘边的酒吧间》（1972）等都很富于童话色彩，想象丰富；诗人不仅以诗的形式叙述优美的民间故事，也生动地描绘了农村美丽的景色。米·比雅沃谢夫斯基（1922—1983）的诗集《奇异的账目》（1959）、《错误的激动》（1961）、《有过和有过》（1965）写城市郊区穷人的艰难生活和感受。

博·德罗兹多夫斯基（1931—2013）在诗集《有这么一棵树》（1956）和《我的波兰》（1957）中，继承了布罗涅夫斯基的革命诗歌的传统。当与他同一辈的青年诗人和作家热衷于清算文学的时候，他的诗依然表现了他对社会主义的忠诚和热爱。鲁热维奇的《一首公开的长诗》（1956）、诗集《形式》（1958）和《同王子谈话》反映了社会上人情淡薄，对被损害和被侮辱者不关心的现状。诗人希望人们增强团结，克服自私。安·卡明斯卡（1920—1986）的诗以家庭生活为题材。她认为社会上充满了矛盾和痛苦，只有在家庭中才能找到安稳与和谐。斯·格罗霍维亚克

(1934—1976)的《骑士的歌谣》(1956)、《拿着火钩跳美女艾舞》(1963)、《脱衣睡觉》(1959)、《醋果》(1963)、《不曾有过的夏天》(1972)、《打乌鸡鸟》(1975)、《台球》(1976)所描写的世界充满了丑恶、肮脏和稀奇古怪的东西,他认为世界上没有真善美,对丑恶和虚伪进行了辛辣的讽刺。爱·布雷尔(1935—)的诗集《一个疯人的除夕》(1958)、《被遮住的面孔》(1963)、《实用艺术》(1966)、《玛佐舍夫》(1967)、《笔记》(1970)等大都描写现实中那些在漂亮面罩掩饰下的丑恶现象。维·希姆博尔斯卡(1923—2012)的《呼唤雪人》(1957)、《盐》(1962)、《一百种乐趣》(1967)、《各种情况》(1972)、《大数字》(1976)反映人在世界上的孤独、人与人之间的冷漠、不理解,同他所处环境之间的矛盾以及他面对不幸和悲剧之无能为力。诗人企图将现代人和他们的祖先、将现代社会和古代社会相比较,找出他们之间的异同。兹·赫贝特(1924—1998)在诗集《光弦》(1981)、《赫尔墨斯[①]、狗和星星》(1957)和《客体研究》(1961)中,通过介绍古希腊罗马和中世纪的文化,希望从中找到对于当今社会问题的回答。他认为现实社会是冷酷无情的,他的诗充满了幽默、揶揄和讽刺,也表现了对真理的追求,但在《科吉托先生》(1974)中,又反映了他怀疑世上真理的存在。

1956年以后的戏剧创作,形式多样。老作家克鲁奇科夫斯基创作了两个剧本:《自由的第一天》(1959)写于1945年初,五个波兰战俘从德国战俘营逃出来获得自由后,他们对自由和如何选择行为的不同理解,剧本阐明了个人和历史的关系。《总督之死》(1961)是根据俄国作家安德列耶夫的小说《总督》的情节再创作的,作者对政权的异化和道德等问题进行了探讨。姆罗热克既是诗人,也是1956年以后波兰荒诞派戏剧的代表作家。他的剧作

---

① 希腊神话中牲畜、牧人和商旅的庇护神。

通过一些最为荒诞可笑的喜剧形式，对社会中的因循守旧、思想僵化、虚假、荒谬和自相矛盾的现象作了无情的讽刺。在《警察》（1958）、《彼得·奥海伊的苦难》（1959）、《火鸡》（1960）、《中尉之死》（1963）、《探戈舞》（1964）和《侨民们》（1976）等中，以《探戈舞》最著名。剧本写一代代人都在为更新规矩礼节而斗争，但最年轻的一代又认为这种斗争已经够了，要求获得一个安稳的局面，可是这一切似乎都落了空，而那些讲究实际利益的人反倒获得了成功。鲁热维奇也是一个颇有影响的剧作家。剧本《卡片集》（1961）的形式独特，剧中主人公一会儿是个孩子，一会儿是个成年人，一会儿又是个游击队员，一会儿又是个企业家，因为他的生活经历代表了一代人的经历。《见证人——我们的小稳定》（1964）写一些人由于追求物质享受，忘了别人的痛苦。《干净夫妻》（1975）意在揭示夫妻性爱的意义，可是主人公在追求性爱中，又表现得十分荒唐和古怪。

波兰战后在文学批评和文艺理论研究方面，也经历了一个很曲折的发展过程。

战后初期最引人注目的问题，是文学和政治的关系。文学到底该不该承担某种任务？怎样规定它的任务？在集体思想统治一切的社会中，文学应起什么作用？后来，评论家们又把文学看成是一种特殊的、单独存在的问题，认为必须让天才从教条中解放出来。60年代以后，许多文学评论家和作家就作家的权利和义务及对文学作品如何评价的问题，进行了长时期的讨论。一部分人认为对作品首先要看它的形式、结构和美学价值；另一些人则重视作品的思想深度和它对社会发展过程的认识。

在20世纪60和70年代，文学界的结构主义、形式主义和唯美主义文学观点开始盛行，结构主义只研究文学作品结构，而形式主义和唯美主义只讲作品形式的美，不管作品的内容和它所反映的是一个什么样的客观现实。例如，评论家瓦茨瓦夫·库巴茨基和安杰伊·基约夫斯基的文学评论，就表现了这种倾向。库巴茨基主要研究文学作品结构的独特性，他把作品的本身就看成是一个现实，不看它表现什么思想倾向，只有创作这个作品的艺术技巧才是他要注意的，因为在他看来，作品除了艺术，其他的东西都有待社会学家和思想家去进行研究，而不是文学评论家研究的对象。基约夫斯基则要对文学作品进行所谓印象主义的评价，他认为评论一个作品不要有什么客观的标准，可以完全根据评论家对作品的主观印象去对它进行评论。但是他们的这种观点也遭到一些人的反对，认为文学应当反映客观现实，作家和文学评论家要积极参加各种有关思想和伦理道德问题的讨论，重视文学作品反映的思想深度和社会发展的过程，认识到自己的社会责任和担当，起到对读者进行思想教育的作用。

此外当时还出现了所谓新古典主义的文学流派，评议界也认为诗歌如果坚持新古典主义，就会回避波兰现实问题。在文学界一些被认为是马克思主义的文学评论家要求文学对波兰现实生活给以更多的关注，表现现代人的精神世界和激情，他们反对在作品中热衷于生活琐事的自然主义描写。著名文学史家和文学评论家卡齐米日·维卡（1910—1975）当时对于波兰文坛出现的各种流派都表现了宽容的态度，他号召评论家着力研究波兰战后文学发展的过程，研究文艺创作的心理学。他对现实主义的理解也很广泛，认为现实常常是通过作家个人的经验表现在他的作品中，经验的产生是社会生活所决定的，可是它要通过作家的想象才能反映在他的作品中。他的文学研究著作涉及范围很广，有对波兰古典作家、诗人和剧作家密茨凯维奇、斯沃瓦茨基、诺尔维德、弗列德罗、显克维奇和斯皮扬斯基的研究，还包括19世纪末和20世纪初的文学时期，同时他也接触到了波兰战后文学，特别是1956年以后文学创作的新现象、艺术形式和写作技巧的研究，揭示了作家们的创作个性。桑达乌埃尔既是作家，也是评论家，他的评论反对现代派对艺术的非理性主义的理解，认为文学应反映社会关系的变化，而社会关系又决定了作家的个性。他的著作有论文集《没有降低税率》（1959）和《四代诗人》（1977）。斯·茹尔凯夫斯基（1911—1991）主要研究波兰20世纪文化总的发展趋向、集体意识的变化。他推崇现实主义文学，提倡辩证地去看世界和历史，被认为是波兰马克思主义文艺评论家，主要著作有《二十世纪文学前途》《1918—1932年的文学文化》等。

除以上评论家外，还有安·斯塔瓦尔、扬·科特、雷·马杜谢夫斯基、安·基约夫斯基、扬·布翁斯基、耶·克维亚特科夫斯基、亨·贝列查和弗·马聪格等在评论界也很有影响。

（此文原载《外国文学动态》1987年第4期，原来的题目是《波兰战后文学发展概况》，收入本书时改为《波兰战后四十年文学发展概况》，当然是指波兰人民共和国于1945年成立后头40年文学发展的概况，所以其中有些作家逝世的年代，是笔者这次添加的，此外文中也增加了一些内容）

波兰"反小说"剖析（上）

1956年以后，波兰文艺界曾对他们产生于40年代末和50年代初期社会主义现实主义文艺中的公式化、概念化和粉饰太平的倾向进行了批判和清算，可是这种清算却又走向了另一个极端，即全盘否定波兰解放后头10年的社会主义文学创作以至社会主义建设的成就，只有少数老作家认为波兰文学前一时期的创作虽有缺点，但歌颂波兰共产党人和军队在德国法西斯侵占时期为争取祖国独立和自由的斗争以及劳动人民战后建设社会主义热潮的成绩不能否定。

这时候，许多作家和评论家要求摆脱前一时期所谓政治教条和行政命令的束缚，要求创作自由，开始热衷于翻译和介绍西方现代派作品，认为波兰过去对现代派文学审美价值的否定是错误的，它导致波兰文坛长期和欧美现代文学脱离联系，从而失去同西方文化思想、创作经验交流的机会。此后，西方现代派文学被大量译成波兰文，越来越深地影响到波兰文学的发展。作家们对萨特的存在主义及其文学流派很感兴趣。一些评论家以存在主义为思想准则，批评波兰文学以前"错误地把现实思想化了，用虔诚的祝福来代替事实和对事实的分析批判，用说教来代替细致入微的剖析"。他们说："今天，人类一方面展望科学技术无限繁荣的前景，能使人们的生活更加美好、更加幸福；但另一方面，人类自有史以来,却首次遇到自我毁灭的危险。因此,问题首先涉及人的命运、生存、生活和未来。如果面对自我毁灭,文学却表现得无忧无虑,那简直令人讨厌。"社会主义文学要"按照世界的原貌去表现世界,促使人们去思考、去寻求改正错误、改变现状的可能"。因此,"没有对现实的批判性的评价,就没有社会主义文学;同样,如果不要求对当代世界的复杂矛盾进行理智的、切实的把握,也很难想象社会主义文学的存在"。

这时期的文学为了表现它对世界、历史和人类的新的理解和认识,它的表现方法也随之发生变化。1956年以后,波兰出现了所谓小说创作的实验。一些作家认为,在电影、广播、电视技术迅速发展的今天,这些艺术表现形式比传统的小说能够更形象、更逼真地反映生活,给群众带来更深的印象和更大的艺术享受,人们宁愿通过视觉和听觉迅速而便当地了解一个故事,一件事发生的经过和它的内涵;而不愿在小说中,通过阅读冗长的叙事和曲折的故事去推论作品的主题思想。因此,电影、广播和电视可以取代传统小说。再者,作家面对当代纷纭驳杂的社会事物,也要求以最直接和简便的方式,表达自己对事物的看法,因此小说应该采取更加简明的表现形式。

在这种情况下,便产生了所谓"微型长篇小说",有的作家甚至更热衷于写短小精悍的杂文、政论文和小品文,或者在一部作品中,把小说的叙事和以上文体混杂在一起,这种把各类文体混凑在一起的杂烩式的作品就是波兰50和60年代流行的"反小说"。在这种形式的"反小说"中,可以看到法国"新小说派"和卡夫卡的影响。可是波兰的"反小说"往往反映人类社会的重大题材,表达作家对一些社会问题的理解,他们的作品虽不着力于人物刻画,但他们笔下的人物性格和思想面貌大都比较清楚。不过"反小说"和"新小说派"一样都要求改变现实主义小说的写作方法,力图探索小说创作的新途径,只是他们所走的路不尽相同。

50和60年代在波兰出版的"反小说"作品数量很多，其中重要的有列·布契科夫斯基的《黑色的激流》(1955)和《第一道光》(1966)、博·切什科的《悲歌》(1961)、卡·特鲁哈诺夫斯基的《神磨》(1961)、泰·帕尔尼茨基的《月亮的面孔》(1961)、雅·博亨斯基的《神的尤利乌斯》(1961)、列·哥姆利茨基的《白羊毛》(1962)、威廉·马赫的《黑海滨的群山》(1961)等。

《黑色的激流》和《悲歌》都取材自德国法西斯侵占波兰时期。《黑色的激流》是以作者的长篇自述写成的，故事杂乱零散，不贯穿始末，一些人物的对话语无伦次，经常中断。但在作者描绘的环境中，可以看到存在两种势力：德国法西斯秘密警察代表毁灭世界的恶势力，他们见犹太人就抢杀、焚烧。他们杀犹太人像是受他们的动物本能所驱使，是在一种不以他们主观意志为转移的非理性的力量支配下干的。另一种势力的代表是以谢卢茨基、扎伊姆、邦萨茨基等为首的波兰人，他们和德国警察作斗争，千方百计地救援犹太人和一些受害的波兰儿童，可是他们势孤力单，他们的努力都失败了。还有一些人则互不信任，甚至互相仇视，为了一己之利，总去伤害别人。作品突出了一个思想：人与人之间不能团结一致，面对恶势力的横行无忌，他们无法抵抗，在人与非人争斗的时候，人将遭到失败。

《悲歌》写的是在德国法西斯即将覆灭的1945年的最后几个星期，波兰人民军第一军某部一次艰难的行军。小说中除了零散的战斗场面和军营生活的描写外，并无完整的故事。在大部分章节中，作者以他的叙述，主人公的独白和对话，反复展现人物的心理状态。这些官兵由于战争和艰苦生活的折磨，在精神上受到严重的创伤，有的悲观厌世，有的疯疯癫癫。"在行军中，他们除了走路和背随军行李外，不想更多的事。在休息时他们酗酒、玩女人，脑子里没有正常的思想活动，谁都不知道是否还能多活一天，这一天怎么过，为什么要活下去。""在这个濒于绝望的环境中，士兵们认为挖战壕只是为自己死后有个葬身之地。"

评论家认为，作者"勾销了小说和特写、随笔之间的界线，丰富了文学的表现形式"，小说"反映了历史和个人的矛盾，波兰人民将马上取得胜利和自由，但参加战争的士兵在等待死亡"。这是所谓"新和平主义"在文学中的表现。小说中的主人公不理解他参加的战争的正义性和必要性，他们和命运之间有矛盾，但他们被命运主宰，也不相信自己能够改变主宰他们的命运，这种和平主义实际上是一种虚无主义。

这种虚无主义反映在《神磨》中尤为突出。《神磨》的篇幅很大，但它写的故事很简单，有的地方不连贯，在一些章节中，充满了人物冗长的独白，发表他们对人生的看法。小说的主要人物有两个：天文学家和他的儿子亚当。天文学家热爱生活、热爱人类和世界，他不满意人们之间的互相欺骗，力图克服人身上存在的缺陷，倡导新的生活，可是他只有理想，却无实现理想的行动。因此他是个幻想家，后来这位幻想家竟变形成了一只白天鹅，离开地球，飞向遥远的太空，象征天文学家的幻想已破灭。

亚当是个哲学家。他认为世界上没有人不犯罪，但谁都不知道他犯了什么罪、他的罪是怎么犯的。亚当通过他父亲的例子，懂得人总是不断地寻找真理，力图掌握自己的命运，可是他在寻求真理的途中，遇到一堵神秘的墙，挡住他的去路，他无法通过这堵墙，最终死在这堵墙下。

在天文学家突然变形的这一描写中，使读者联想到卡夫卡笔下《变形记》中的推销员格里高尔·萨姆沙一夜之间变成了甲虫。但卡夫卡的人物变形集中地表达了人对自己在这个世界上的软弱无能、对孤独的处境感到的愤懑和绝望，而特鲁哈诺夫斯基则一方面十分形象地表现了人类没有能力改变丑恶的现实，另一方面，他认为世上纯洁和善良的人还是有的，尽管这种人在寻求真理中失败了，但他仍然保持了自己的纯洁和善良的品德。

《月亮的面孔》和《白羊毛》除带悲观主义的情调外，又表达了对事物的怀疑。《月亮的面孔》采用讲故事的形式写成，写以中亚细亚花刺子模古国为背景，描写这个国家的奴隶制压迫和它的变迁。可是作者所叙说的被压迫者却是一些没有理智和麻木不仁的人，他们不懂得应当去反抗压迫，去寻求真理、自由和正义，也没有改变他们旧的生活条件和社会地位的要求。作者意在以古喻今，说明人世间古往今来，自由和正义是从未有过的，今后也未必出现，人不懂得自由和正义。

《白羊毛》的前半部是一篇报告文学。写一个纱厂工人在车间劳动的过程，侧重刻画他的熟练的劳动技能和积极肯干的劳动热情，颇似波兰50年代初出现的描写城乡劳动生产的所谓"生产小说"。可是作品后半部分的内容和前半部分却毫无关联，作者笔下的这个纱厂工人突然以一个作家的身份出现，他既是工人，又是个天生的作家。但他是个无能的作家。他以冗长的内心独白道出了他的作品的构思和创作的过程，他要写牺牲、英雄主义，却不懂得牺牲和英雄主义的含义和价值，因此他只能杜撰，写不出真实的作品。

这里小说的作者提出的基本观点是，历史、生活和命运是残酷无情的，人虽和它们作斗争，但是由于他们自身的不足，他们不可能取得胜利，而将遭到灭亡。因此世界上没有真理，不存在任何美好和高尚的东西，所谓牺牲和英雄全都是欺骗。《第一道光》对小说形式的改革，更是走到了极端。这里几乎没有传统现实主义小说的情节、场面和人物的描写，整个作品就是几个刽子手的独白，述说一个叫贝乌热茨的城市遭到毁灭的经过。这些内心独白的语无伦次、逻辑混乱使读者感到说话的人似乎精神失常。在作者看来，罪恶、癫狂、毁灭，这就是人类面临的现实。

以上一类作品的虚无主义、悲观主义、怀疑主义的思想和奇特的形式曾受到波兰当时党政领导的批评，哥穆尔卡说："某些作家彻底抛弃了马克思主义，他们开始在存在主义外衣的掩饰下宣扬虚无主义的思想和道德。""在我们这里，出现了所谓'反小说''反电影'。作者们宣扬绝望的哲学，宣扬人的孤独、死亡和人生毫无意义。甚至描写世界灾难的降临，形式有时候古怪极了，理智肤浅、贫乏；但是它们还经常挂着革新的招牌，某些人不管这块招牌后面隐藏的是什么货色，见了就拜倒。应当指出，这些东西都是他们从被历史判了死刑的资本主义世界中，毫无批判地搬过来的。""我们支持正确的、明智的艺术实验，没有这种实验，艺术不能发展；但是，决定因素在于这些艺术实验为什么思想目的服务。"歌穆尔卡的批评无疑是正确的。

（原载《文艺报》1987年7月18日的"世界文坛"）

波兰"反小说"剖析(下)

"反小说"的思想内容是复杂的,也有一些和前文所说不全相同的作品。如《神的尤利乌斯》和《黑海滨的群山》。这两部作品,尤其是后者,在波兰出版后,曾引起很大的反响。

《神的尤利乌斯》写古罗马凯撒大帝从他征服高卢到他死去的一段历史。其情节似乎和布莱希特的小说《尤利乌斯·恺撒的事业》相衔接,后者写的是恺撒从他年轻时经商到他当上总督的一段历史。可是波亨斯基和布莱希特的创作思想不同,这里主要突出恺撒对外发动侵略战争和对内实行独裁统治。作者以古喻今,他谴责战争、专制和暴力,崇尚民主、正义和和平,认为一个压迫别的民族的民族是不会有自由的。

《黑海滨的群山》以日记体写成。作品的主人公亚历山大是个波兰人,但身份不明,他同他的伙伴切斯瓦夫和安杰伊游历在黑海滨的一个寂静的山林里,回忆自己在德国法西斯占领时期的经历。切斯瓦夫战时是个游击队员,他的全家被法西斯匪徒杀害。他和他的同志在黑海滨同德国法西斯以及勾结法西斯分子的乌克兰盗匪进行过斗争,打死了许多敌人。安杰伊的经历也是这样。亚历山大战前曾有一个女友尼尔,战时他进了集中营,他的全家也被法西斯分子杀害,可这时尼尔却被他的朋友巴扎利勾引了。巴扎利是个虚伪、凶残、充满了法西斯腐朽思想的坏人,他认为人是在互相争斗中生存的一种特殊的动物，一种细胞的聚合体，人与人之间只有仇恨，他以伪装尼尔的保护人，骗取了她对他的信赖。可是当尼尔和她的母亲要离开他时，他却引来了一群乌克兰土匪，杀害了尼尔和她的母亲。

亚历山大战后在波兰南部的山中找到了巴扎利，但他没有因为自己的情人被巴扎利杀害而要求复仇，巴扎利却顿时化为幻影消失在山林中，作者没有指明他是怎么死的。亚历山大也很有爱国心，他听了切斯瓦夫和安杰伊讲了自己战时的遭遇后，在思想上产生了强烈的共鸣，他感到波兰民族就是在黑海滨的群山、在和法西斯期待的斗争中成长壮大起来的。在他们的战斗中，有失败、有痛苦、有悲伤，但也表现了他们的坚强。他感到这个寂静的山林就是爱国主义的化身，人与人之间要团结，人要有理智。作者在这个人物的塑造上要说的是，善良可以战胜邪恶，无论恶势力如何狡诈和凶狂，它不能消灭一个坚强不屈的民族，不能消灭正义，而正义、善良和爱却要战胜它们，永远地战胜它们。

这部小说的结构形式堪称"反小说"的典型。作者在某些章节中，干脆脱离故事情节，以他和他的主人公亚历山大的对话或讨论的方式，表示他对于当代文学、当代社会和当代人的看法。他认为，近年来，文学作品虽已普及，但写作技巧却被人忽视了。作家只会写平凡的人和众所周知的事，不善于发现生活中的新问题。当代世界文学可分两种类型。一种是理性主义的现实主义文学。这种文学作品总是把故事交代得清清楚楚，好像对社会现象都了解透了，可是它从不揭露社会的黑暗面，它的经验非常幼稚和贫乏。另一种是非理性主义文学。这种文学描写神秘的世界，读者不理解，人物个性奇特，作者有意制造紧张、特殊的气氛，在精神上刺激读者。

这两种文学都是马赫反对的。他认为社会现象纷纭驳杂，如果认为它们可以条理化，人与人之间有一定的、可靠的联系，就会导致对社会现象简单化的理解。文学作品观照社会和历史，它的形式理当杂乱和荒谬，在这种表面上看来的荒谬中，可能就有新的发现。马赫还就现代作家的情况和文学中包括以上的某些现象提出疑问：现代文学脱离社会，内容荒诞是否由于受战争灾祸和飞速发展的技术进步的影响？作家想创造一个新的世界，但他们没有信心，他们面对冷酷的现实感到绝望，在等着世界末日的来到。这种因战争和技术进步而导致的对传统的观念、价值和生活方式的否定，进而造成现代人的危机感在马赫的思想中并不一定存在；在他的小说中还表现出积极的因素，但在他的文艺观中，仍可看到现代派的思想印记。

波兰评论界对《黑海滨的群山》褒贬不一。有的评论家指出，它只能算是杂感或政论，不是小说，因为书中内容贫乏，只谈作者"我"的感受，没有反映广阔的世界。但大多数评论家对这部作品是肯定的，说马赫在小说创作的革新上作了多方面的努力。特别是马赫以不同的方式，成功地表现了作者的"我"和他的主人公，既生动地展现了自己进步的人生观和艺术观，又真实地反映了社会和历史的面貌；他认为世界、历史和人类本身是可以认识和改造的，反对作家脱离生活，抛弃自己对社会应负的责任，逃到不食人间烟火的大自然中，躲在非理性的世界里。他的实验证明：以哲理性杂文代替传统现实主义小说形式，不但可以现实主义地反映世界，而且可以反映得更深刻，揭示出更多的社会秘密和现代知识，因而大大丰富了波兰社会主义文学。以这点说，马赫的创作继续和发展了现实主义文学干预生活的思想原则，甚至继承了社会主义现实主义的优良传统。

总的来说，波兰"反小说"作品反映了理性和非理性、善和恶、爱和仇、正义和暴力、个人和命运，以及历史之间的矛盾。理性、善、爱、正义和人生是联系在一起的，非理性、恶、仇、暴力和命运也是联系在一起的。一部分作品突出前者能够战胜后者，表现了作者的人道主义精神；另一部分作品则侧重于揭露人世间的罪恶以及人的缺陷和无能。两者的思想内涵虽有不同，但它们所提出的却是有关人的存在的同一个问题，只是前者对于这个问题解决的看法较为积极，而后者由于无批判地接受了西方现代哲学和文学的横向影响，表现得较为消极。

（原载《文艺报》1987年7月25日的"世界文坛"）

英加登:《论文学作品》中译者前言

罗曼·英加登（Roman Ingarden，1893—1970）[1]是波兰著名的哲学家和文艺理论家，20世纪西方现象学美学的主要代表。他出生在波兰的故都和历史名城克拉科夫，也逝世于当地。英加登年轻时曾先后在乌克兰的利沃夫、德国的格丁根和弗赖堡、奥地利的维也纳的大学里攻读哲学、数学和物理；1918年在弗赖堡的大学里获博士学位，1924年在利沃夫的扬·卡齐米日大学人文科学系升为副教授，1933年作为教授在该校讲授哲学，1939—1941年讲授过文学理论。德国法西斯侵占波兰期间，他在波兰一所秘密开设的大学教书。1946—1957年，他一直在克拉科夫雅盖沃大学任教，是波兰科学院院士和波兰国内外许多科研团体和科学协会的成员，还担任过波兰《哲学季刊》的主编，著有《文学的艺术作品》（1931）、《对文学作品的认识》（1937）、《文学哲学简论》（1947）、《关于世界存在的争论》（1947—1948）以及三卷本《美学研究》（第一、第二卷出版于1957—1958年，第三卷出版于1970年）等。

《论文学作品》是英加登关于文学和艺术的最重要的美学著

---

[1] 他的波兰文全名是罗曼·维托尔德·英加登（Roman Witold Ingarden）。

作。他在 1931 年出版的那个版本是用德文写的，叫《文学的艺术作品》(*Das literarische Kunstwerk*)，1960 年由玛丽亚·杜罗维奇（Maria Turowicz）女士译成了波兰文出版，改名为现在的《论文学作品》。据作者本人说，他在这个波兰文本付梓前，对其中"各个不同的地方作过一些改动，还作了一些小小的补充，因此现在的这个文本并不是过去发表过的那个德文文本忠实的翻译"。此外他还给这个波兰文译本中的语句加了许多脚注，除了对他在这个文本中提出的一系列美学观点作了进一步的论述和补充之外，也对西方早期以及和他同时期的一些著名的哲学家和美学家关于文学艺术的美学观点，以及他这本书 1931 年问世以来一些美学家对它的评论提出了自己的看法。同时他在一个脚注中还很明确地指出了他所以要给这本书改名的理由："'文学作品'这个称呼我是指每一部'美文学'的作品，不管是真正的艺术作品，还是没有价值的作品。'文学的艺术作品'这个术语我只是在我要了解那种是有价值的艺术作品的文学作品的富于本质的特性的时候才用。""我们研究的对象既包括有价值的文学作品，也包括没有价值的作品，因为不管是前者还是后者都有一个基本和相同的结构，要首先对它进行分析。"所以这个波兰文本较它 1931 年的那个德文版本不仅内容丰富得多，而且也表现了作者许多新的美学观点，可以说是英加登一生以现象学美学的观点研究文学作品的总结。

他早年在格丁根和弗赖堡的大学求学时，曾师从德国近代著名哲学家、西方现象学哲学的创始人埃德蒙德·胡塞尔（Edmund Husserl，1859—1938）。他早期曾受胡塞尔的哲学思想的影响，特别是胡塞尔 1900 年和 1901 年出版的《逻辑研究》一书和 1913 年发表的《观念，纯粹现象学导论》（简称《观念》）中提出的观点对他的影响很大。在这本《论文学作品》的一些脚注中，他也一再地提到了胡塞尔的这些著作。英加登很欣赏胡塞尔阐述的意识的意向性结构的理论。他在《论文学作品》中关于文学作品的许多论述，也是以胡塞尔的这个理论为依据而加以发展的。但英加登不同意胡塞尔的所谓"存在的悬搁"，即把现实世界是否存在的问题搁置起来不予考虑，认为这是对实在客体的客观存在的变相否定，把现实世界看成是单纯意识活动的结果；胡塞尔的所谓"现象学还原"同样表现在排除一切经验性的内容，只留下"纯意识"或"先验意识"，是一种唯心主义观点。他说："埃德蒙德·胡塞尔的所谓先验唯心主义所提出的要把现实世界和它的组成因素看成是一个纯意向性的客体，它的存在和确立的基础深深扎根于纯意识中。要对埃德蒙德·胡塞尔以如此不一般的精确程度，并且考虑到了许多非常重要和难以把握的情况而构建起来的这种理论表达自己的看法，首先要说明的是意向性客体存在的方式。只有这样我们才能够明确，实在客体的结构和存在的方式同意向性客体在本质上是不是一样的。为了说明这一点，我找到了一种毫无疑问是纯意向性的客体，有了它便可不受考察实在客体后所得出的看法的影响，来对这个纯意向性的客体的本质结构和存在的方式进行深入的研究。正是在这个时候，我觉得文学作品特别适合于这种研究。当我更进一步地对它进行了解之后，便发现这里有许多有关文学理论的专门性的问题。我在思考这些问题的过程中，联系到上面提到的对意向性客体的研究，便写就了这本书。"

英加登也不同意当时西方流行的关于文学创作的心理主义观点。他说："许多著名的研究家都认为文学作品作为一种心理的东西是无可争议的事实。他们当然不会将文学作品和心理事实区分开。我不同意这种观点。"他认为："不管是哪一种情况，要把文学作品和作者一大堆心理体验等同起来的尝试，都是十分荒谬的，因为作品从被作者创作出来开始存在的那个时候起，作者的体验就不复存在了。"同样，读者在阅读一部作品时也不能以自己的心理感受去对作品进行评价，因为读者"常常把艺术作品当成是一种外部的刺激，在他的心中引起某种感情和形成其他一些他所重视的心理状态"，他"被他的感情完全遮蔽了。他认为它很'珍贵'是因为它是一种工具，能够引起他的美好的体验，而不是因为他对它作了审美价值属性的某种选择"。英加登认为这是一种"主观主义的看法"，"它使得作品在他面前出现的时候完全变了样，同时这也说明了主观主义的价值理论是错误的"，而且这还"和某种被普遍接受的至少是值得怀疑的认识论的信念有关"。但实际上，英加登的这种观点是自相矛盾的，因为他在另外一些地方又很明确地指出：一部作品的"产生可能是以作者很明确的体验为条件的。作品的总的构建和它的各种属性的形成也可能有赖于它的作者的心理属性和才能，决定于他的思想的类型和智慧。在这种情况下，作品也可能或者明显或者不明显地带有作者个性的痕迹。照这个意思，它就'表现了'作者的个性"。此外他的书中谈到的作者的"风格"、对作品的"具体化"和作品中的"形而上学质"等各种情况的表现都和作者以及读者在阅读作品时的心理状况、他们的思想感情、他们的个性以及他们的审美情趣有着不可分割的联系。所以他反对心理主义的观点提出来后，也曾遭到西方一些美学家，特别是和他同时期的波兰文学史家和文学理论家的驳斥，说他的这个观点是站不住脚的。实际上，英加登并不反对唯物主义的认识论。他不同意胡塞尔的先验唯心主义说明他认为"实在客体的客观存在"是第一位的，因为这是一种不依赖于意识的独立存在。但意识活动既有赖于意识主体，又有赖于主体所处的"现实世界"，它是不能单独产生和独立存在的。同时他也不否认文学艺术和它们的作者所表现的思想倾向以及它们对人们所起的教育作用。他说："有过许多关于那个'思想'的真实性和重要性的争论，一个作品如果没有思想的真实性，就被认为没有价值。有一点应当指出，那种向研究家暗示这种行动的文学作品和作者毫无疑问是有的（倾向性文学）。"他还说：

"有人说，再现客体（虽然对它还没有形成一个明确的概念）应该激发我们这样那样的感情，或者造成一种气氛，或者使我们受教育，给我们造成伦理道德上的正面影响；或者应当表现作者的体验、思想或理想，还有他本身。对这一切我并不反对。"但他认为，对于像上述倾向性文学这一类的作品来说，"艺术作品只是一种托词，有时候就是一种工具，用来表达作者的某些观点，想通过它们对读者产生影响"。因此他对这个问题的研究不感兴趣，"我也不会去对它们进行论证。我所以要把它们抛到一边，是因为它们完全属于另外一个问题，这就是文学的艺术作品在人的文化生活的整体中起什么作用，也就是作品和作者本身的关系的问题"，因为"若是真正的艺术作品，对它们采取这个做法是不能说明问题的"。因此英加登在他的《论文学作品》这部著作中，对文学作品的研究便义无反顾地独辟蹊径。作为一个现象派的美学家，他在这里主要是从现象学的本体论的美学观点出发，去对文学作品的存在方式和结构本身进行研究，在这些方面提出了许多新颖独特的观点，取得了一系列具有开创性的研究成果。

他认为文学作品"既不是严格意义上的观念的客体，也不是实在的客体"，而是一种意向的客体，因为观念的客体一般来说是不可改变的，而实在的客体是客观的和能够独立地存在的。但意向客体的存在决定于意识行动。不管是采取这种行动的方式，还是这种行动本身的最微小的变化，都一定会引起决定于这种行动的整个纯意向性客体的变化。换句话说，最显而易见的，是纯意向性客体虽然是超验的，但它的存在和需求都决定于和它有关的那个意识行动采取和完成的方式。确切地说，它是在一些特种类型的意识行动中"构建的"。这是一种决定于意识行动的存在，是完全在意识主体控制范围之内的东西。文学作品作为"主体行动的产物"表现了主体的意向，因此也有赖于主体，它不能独立地存在。它也不能像研究实在客体的科学著作那样，对客观事物做出实在的判断。用英加登的话说，它对它所再现的客体只能做出一种"拟判断"，也就是虚拟的判断。"我用了肯定语句的'拟判断'性质这样的表达方式。我要说的是，文学作品中的肯定语句外表看起来是判断语句，但它绝对不是，也不可能成为判断语句。当我们读一部长篇小说，说某某先生杀了自己的妻子，我们清楚地知道，不要把这看得那么认真，如果那些话是错的，谁也不会对这个负责。我们甚至不会想到要问一问那些话是对还是错的。"如果说文学作品是一个实在的客体，那它也是由意识主体创造的一个客体，它将随着主体的意识行动，也就是主体的意向的改变而改变，而主体的意识行动的改变又和历史时代、社会环境和文化潮流的改变有着密切的联系。英加登在这里将胡塞尔关于"意识的意向性结构的理论"运用于研究文学作品的本质，对胡塞尔的理论有了创造性的发展。

英加登在研究文学作品本身结构的时候，认为它是一个层次结构。在《论文学作品》这本书的一些脚注中，他提到了他的一些前辈或同时期的文学理论家也曾论述过文学作品的层次结构，但他认为他们对这种层次的理解和他不一样，也没有理解得像他那么深刻和合情合理。在他看来，文学作品有四种"必不可少"的层次，这就是："第一，字音和建立在字音基础上的更高级的语音造体①的层次；第二，不同等级的意义单元或整体的层次；第三，不同类型的图式的观相、观相的连续或系列观相的层次；第四，文学作品中多种再现客体和它们的命运的层次。"每个层次在整个作品的构建中的作用都是不一样的，"但文学作品并不是一种由一系列的因素偶然拼凑起来的松散的结合体，而是一个有机的整体，其统一性就是它的每个层次的属性的表现"。其中的语音造体的层次属于文学作品的外层，它是"文学作品永远固定的外壳。

---

① 笔者在这本书中用"造体"这个词是指创造物或创造出来的东西。

在这层外壳里面，文学作品所有其他的层次就找到了它们在外面的一个支点，或者一个外部的表现"，"只有通过这个外壳，才能进入作品里面"。英加登认为，在一种语言中，每个语词的发音都"不是在对具体发音材料中重复出现的性质或者它的部分的简单的'选择'或'搜集'"，而是"在各种各样实在的和文化条件的影响下，通过一定的时期才得以形成的，它在历史的过程中会产生各种各样的变异，到一定的时候才固定下来。它虽然不是实在的，但它和它的变异却根植于现实中"。因此一种语言中的某个语词的发音并不是随便的一种什么发音，它是一个民族经过较长的历史时期形成的。它作为一种人们之间"互相沟通的工具"是社会的产物。语词发音的主要功能不仅"表现在它'确定了'属于它的意义"，而且它以及它的更高级的语句的发音在文学作品中也是为了表现意义所要表现的一切，所以字音和它的更高级的语音造体都是意义的载体。"这种音调和说话的人的心理状况有直接的联系，它是这种心理状况的外化或者——像通常所说的那样——'表现'。"但"每个语词都只是语言的一个组成部分。把它从一个语句的整体里分出来，当成一个独立的整体，就好像是一种派生的和后来才有的东西，在活生生的讲话中就像在文学作品中一样，它从来或者几乎从来也不是单独存在的。如果出现了某种单独存在和独立的东西，那一般也只是表面上的独立，因为它只是一种缩写，用以代替整个句子甚至一系列的语句。真正独立的语言造体不是某个语词，而是语句"。语词不同的发音和不同类型的语句，或说话的人表现出来的不同的情绪和态度，他说话的速度、语调、韵律和节奏感的不同都会产生不同的意义。

英加登认为，不同等级的意义单元或整体的层次在文学作品中是最重要的层次，因为它"形成了整个作品的结构的框架"，"它要求并确认所有其他的层次存在的基础都建立在这个层次上，而且它们的内容也有赖于这个层次的属性。所以作为文学作品的组成部分，这些层次和这个中心层次是分不开的"。很显然，在一个文学作品中，如果没有意义层次，也就是说它的文本中所有的语词和语句都没有意义，那也就不是什么语词和语句了。在这种情况下，不仅它的语音造体的层次，而且其他要靠意义表现出来的层次也都不存在了，作为层次结构的这个作品的本身当然也不存在了。由不同类型的图式的观相、观相的连续或系列观相的层次跟再现客体和它们的命运的层次也是密不可分的。英加登认为，图式观相在文学作品中是一个特殊的层次，它的"第一个和最重要的功能表现在它能使再现客体以作品的本身事先确定的方式很清晰地展现出来"。"可以说，一部和这同一部作品是在不同的和不断变化的'观相'中出现的。假如一部作品里根本就没有观相，再现客体就只有通过在阅读时空洞的假想来认定了，那它也只能完全不明确地被想象出来，读者所见到的就是一个没有观相层次的作品了。再现客体乃是一些空洞的和纯'概念的'图式。任何人在任何时候也不会有这种印象，以为他见到的是一个独特的和活生生的拟现实。"英加登这里说的观相就是文学作品中塑造的形象，既有人的形象，也有物的形象，还有人所处和物所在的周围环境的形象。有了观相，才能充分地表现出再现人物和再现世界的"具体性"和"个体性"，使他们或它们"充满活力"。观相有"视觉"的、"听觉"的和"触觉"的，也有"内部"和"外部"的。它们在作品中可以单独运用，也可以同时运用。通过外部或内部观相，可以把人物的外形或心理状况展现出来，对某个再现事物可以从一个视点或者不同的方面把它展现出来，这里展现的观相是不一样的。观相可以单独地存在，也可以有一系列或者许多系列的观相连续不断地出现；在一个作品中可以由一种观相的展现占优势，在另一个作品中由另一种观相的展现占优势，变化无穷。但英加登认为，"并非所有在原则上属于某个客体的观相都能够明确地表现那个客体的本质、特性和它的质的内涵"。如有这么一种情况："由于对某些观相的感知,它们所表现的事物特征和它们所突现的全部本质就马上'映入了我们的眼帘'——如果可以这么说的话——而别的观相就根本不会和我们接近,至少不可能让我们认识它所表现的那个客体的本质。前一种情况在某种程度上展示了客体可以看得见自己的面孔,而在后一种情况下,我们看到的只是偶然出现的或者浮于表面的东西,是一些很平常的东西。观相之间的这种明显的不同表现在对别的心理状况和性格特征的直接的把握上。"实际上,文学作品中的观相所以没有表现客体的本质还有更深一层的原因,这就是创作这个作品的作者的意向。文学作品既然是意向性的客体,那么它的产生就决定于作者的意向,这个意向的产生既来自作者对历史或现实和他在作品中要再现的客体的看法,也来自他的创作个性和艺术情趣的诸多方面。英加登既然对于"表现作者的体验,他的思想或理想"不感兴趣,他对这个问题就不会去进行深入的研究。他在书中谈到文学作品的"真实性"的问题时也是这样:"照我们的理解,'真实性'这个语词的确切意思,是指一个具有判断功能的语句和它的意思所说的那个客观存在的事物的状况之间一种特定的关系。如果有这种关系,那么这个语句就具有我们可以用'真实的'这个语词来表明的特性。照比喻的意思,这个真实的语句往往称之为'真实'。如果把'真实'理解为一个行使判断功能的真实的语句的纯意向性对应物,那么它的比喻性和意思的变化就大得多。如果把'真实'理解为这类语句反映的一种客观存在的事物的状况,那就根本不能用'真实'这个常用的语词。不论在什么情况下,都不能很明智地说出如何把真实用在文学的艺术作品中,或者用在每个作为这个作品的组成部分的语句中。最后这个情况不是我们要论述的,因为客观存在的事物的状况根本不是文学的组成因素。在前面所说的情况下,也不能说什么真实,因为文学的艺术作品中任何一个语句照判断这个词的本义来说,都没有这种功能。"这是对"真实"和"真实性"的一种机械唯物主义的理解。文学作品是根据作者的意向再现历史上或现实中的人和事，这种再现的真实并不表现在对历史或现实的自然主义的"真实"描摹或者纯客观的写照。衡量文学作品的"真实性"的标准除了看作者的意向之外，还有许多社会的因素。而且每个作家或文学评论家由于思想观点的不同，他们对"真实"的看法和理解也是不一样的。

英加登在谈到文学作品中他称之为"形而上学质"① 的"崇高（某种牺牲的）或者卑鄙（某种背叛的），悲剧性（某种失败的）或者可怕（某种命运的），震撼人心、不可理解或者神秘的东西，恶魔般（某种行动或者某个人的），神圣（某种生活的）或者和它相反的东西——罪恶或凶恶（某种复仇的），神魂颠倒（最高级的喜悦）或安静（最后的平静）等"的时候，认为这些东西的显现是"再现客体的情景的最重要功能"，因为只有"在这种情况发生的时候，文学作品才能够最深刻地打动我们。文学的艺术作品只有在形而上学性质的显示中，才达到了它的顶点"。这无疑是对的。而且他也明确地指出了形而上学质的发生是由于"在一些复杂的、常常是相互之间有很大不同的生活环境或者人们之间发生的一些事件中和在它们之上出现的一种特殊的气氛。这种气氛将凌驾于在这些环境中出现的事物和人们之上，也在他们和它们的周围，它深入一切，用自己的光辉照亮了一切"。在文学作品中反映这种形而上学质更离不开它们所发生的那些情境，而这一切都和作者对它们的看法以及作者的意向有着密切的联系。

---

① 我在这个译本中用的"质"这个词的波兰文原文"jakość"是"质量"的意思，如果将它和别的语词连在一起用，如"形象质""节奏质""艺术质""情绪质""表现质""价值质""审美价值质""发音质""装备质""颜色质""观念质""形而上学质"和"复调质"等，就有"性质""质量""方法""情况"和"东西"等意思。

英加登认为文学作品中的意向性的对应物有一种富于魅力的多义性。他说："语句纯意向性的对应体的这种或隐或现的性质存在，对于理解文学作品的本质具有一种特殊的意义。我们在这里暂且指出一点，即有一种特殊类型的文学的艺术作品，它的富于本质的特性和独特的魅力就在于它的多义性。它在某种程度上就是语句和意义的对应物所表现的那种'闪闪烁烁'和'或隐或现'的审美特性所带来的愉悦性。如果有谁想要以消除多义性（常见之于很差的翻译中）来使文学的艺术作品更加'完善'，那他就会使它失去它独特的魅力。"文学作品语句中这种"或隐或现"的多义性显然是存在的，它有时甚至引起长时期很大的争论，这尤其表现在一些伟大作家的名著中，从而也表现了这些作品永远不会消失的认识价值和艺术魅力。

与文学作品的层次构建的审美属性有关的是书中提出的所谓"复调和声"的价值质，这种价值质同作品中的语句多义性和形而上学质一样，都是构成文学作品美学价值的基础。对这种"复调和声"的形成，英加登说得很清楚："文学的艺术作品是——正像我们所指出的那样——一种层次的造体。这是说文学作品的'材料'是由许多不同类型的因素——'层次'组成的。它的特殊属性的作用使它具有审美价值质。每个层次的材料都是构建这些特殊审美价值质的基础，而审美价值质又和这些材料的类型是对应的。这样的结果，至少在对真正属于每个层次的那些价值的每一次选择中，会产生一些更高级的综合性的审美价值质。更高级的综合则产生于对这些价值成分的多层次的选择。换句话说，在文学的艺术作品中，由于'材料的'多层次性，便产生了各种不同类型的审美价值质的一种非常奇怪的复调。属于不同类型的价值质——如果可以这么说的话——相互之间并不陌生，也不是毫无关系，而是有着许多许多的联系。在这种情况下，便产生了许多完全是新的综合、尽可能以多种形式出现的和谐和不和谐。每种形式的和谐的基础都有一些导致综合造体产生的因素，这些综合的造体在综合因素之外不会消失。它们是——如果可以这么说的话——感觉得到和看得见的。这个整体便形成了一个复调。"因此这种复调和声是作品中一种综合的价值质，它使文学作品中所有层次的审美价值质形成一个有机的整体。英加登还说："据我所知，还没有一个作者看清了属于文学作品的本质结构属性就表现在这里。"可见这个"复调和声"也是他的一个关于文学作品的本质结构的全新的观点。

《论文学作品》中的"具体化"这个提法是对文学作品的读者来说的，指读者在阅读作品时对作品的感知、理解、评价和由此而引起的联想。英加登认为，文学作品中的图式观相一般都是以作了展示准备的形式出现的。它们既然是图式的，其中就允许有"空白"和"未确定位置的存在"；既然它们只是作了展示的准备，那么就有待读者在具体化中将它们展现出来。这些"空白"和"未确定位置的存在"有待读者在阅读时进行具体化的填充。在英加登看来，这些"空白"和"未确定的位置的存在"首先是因为作品中对构建其再现客体的客观条件和再现客体的特性没有明确的交代，读者在阅读的过程中可以对它们进行反思和补充。其次是有些意义单元的潜在观相中有未确定的位置，读者阅读和对作品的审美把握并不局限于作品的文本，他们常常超出文本或者文本所示的范围。在这种情况下，他们就会根据自己对作品整体或者某个或某些客体的观相感知和认识去对它们进行补充，以填补其中那些在他们看来的"空白"和"未确定的位置"。"一部作品中的图式观相只有做好了准备——在具体化中才会变得非常具体，它们能够被看见（在戏剧表演中）或者被想象地感知得到（在阅读的时候）。那些被具体感知的观相不可避免地会超出那些在作品中做好了准备的观相的图式内容的范围，因为这个图式（在各种不同的方面）都被一些具体的因素所填充。"相反的是，

"如果艺术作品特别是文学的艺术作品不是图式的造体,像实际情况显示的那样,那么在各个不同的时期,就不可能有一个和这同一部作品完全不同的具体化,也不可能适当地至少是以可以用的方法展现出作品独特的面貌。文学作品出于本质的图式构建使这一切都能够实现,可以理解"。人们在阅读一部作品时的感知和联想是十分纷繁、复杂和多变的,而且也是没有终止的,因为读者的思想、个性、审美情趣和受教育的程度对他们以什么方式阅读文学作品都有决定性的影响,他们对作品的感知可能是正确的,也可能是错误的。他们如果对一部作品阅读过许多次,由于主客观原因,他们后些次的阅读和前些次的阅读的感知,甚至每一次阅读的感知都可能不一样。另外,"外部环境有了改变,文学氛围也会发生根本的变化。由于这种变化,作品的具体化很明显也会以另外一种形式出现"。这是"因为文学作品的具体化——就像我在上面所说的那样——有赖于读者的态度,它们也在各种不同的方面显示了'时代的面貌',并在某种程度上和文化氛围一起在变"。但英加登认为,在一般的情况下,文学作品的具体化"并不决定于作品的本身,而决定于每次阅读所提出的条件。因此我们对作品的认知只能做到在某种程度上是正确的,任何时候对作品都不可能有一个全面的和令人满意的正确认知"。而"属于这个范畴的所有'批评的'论文、讨论、阐释、文学史的论述等,它们是对那些不断出现的对于作品的新的具体化所进行的评论。它们能够教育读者,使他们能以一种特定的方式去理解作品,以一种特定类型的具体化去认知作品。它们有时候教育得好,有时候又教育得不好"。

  文学作品和它的具体化虽有不同,但它们之间有着紧密的联系,并不单是读者对作品具体化,而且作品对读者也要起很大的作用,如上面提到的文学作品中的语句的多义性和再现客体的"实在"又"不完全实在"的审美特性给读者带来的愉悦。"我们在具体化中通过对于这些事先设定的再现客体的认知，要把它们看成是完全确定了的客体，忘记我们与之打交道的是一些纯意向性的客体。这样我们就可以对一部文学作品进行改造。经过我们的改造，在具体化中显现的再现客体的内容因为非常接近某种类型的实在客体，所以它们的提示力量就在很大程度上加强了。到那个时候，我们几乎是要相信它们是实在的客体了，但任何时候都不可能完全是真正的相信。作品本身的拟判断以及和它相应的审美设定都不允许我们这样。这种任何时候也不能充分展现的确信的认定，这种承认再现客体的实在性的萌芽的生长，到最后时刻在某种程度上总是要受到阻碍的，这就是审美态度的一种特殊本质的表现。它在我们接触艺术作品特别是文学作品时，能使我们感受到一种独特的魅力。'实在的'但又不是完全真正的实在能打动人，但它又不会像'真的'实在那样使人感到重压，因为它总是在'幻想'的空间中。这种态度确实能够最充分地表现作品所有的审美价值质，我们为这些价值质而陶醉，它们给我们带来的那种特殊的愉悦是任何一个——哪怕是'最美丽的'——实在的东西所给不了的。"此外，文学作品中的"再现客体的情景最重要的功能在于表现和显示特定的形而上学质。这种情况的发生是可能的，形而上学质在许多再现的情景中能够给我们显现出来的事实，就说明了这一点。也正是在这种情况发生的时候，文学作品才能够最深刻地打动我们"。同样，在复调和声中，"审美价值质就成了五颜六色的光线，照亮了再现客体，通过我们的审美思考去体验它，使我们感到被一种特殊的气氛所笼罩，使我们陶醉、欣喜若狂。读者的这种激动和振奋的根源就是体验到了复调价值质的一种主体的对应物，大都是属于客体的东西，是文学的艺术作品的层次价值的体现"。在英加登看来，"文学的艺术作品只有在具体化中充分地显示出了它的'肉体'，才能成为审美的客体"。文学作品的生命就在于对它的具体化，"文学作品只有出现在许多具体化中的时候,它才'活着'",也就是"文学作品由于意识主体不断构建新的具体化而发生变化的时候,它才'活着'"。一个作品一旦没有意识主体去对它具体化,那就意味着它再也不能打动读者,它被人们遗忘了,那它也就"死了"。一个文学巨匠的不朽作品在各个时代都有对它的新的具体化,这种具体化是没有穷尽的。

此外,《论文学作品》一书对文学作品中的时间观念和故事情节的顺序安排以及它们之间的关系,作家创作一部作品从构思到完成的过程,19世纪和20世纪初在欧洲出现的各种文学流派的艺术特色也作了详尽的论述。除了供阅读的文学作品如小说外,作者还介绍了同样具有层次结构的戏剧、电影、哑剧等表演艺术的特色以及它们和供阅读的文学作品的异同。总的来说,英加登在《论文学作品》中,从现象学本体论的观点出发,为研究文学作品自身的结构和存在的方式,开辟了一个新的天地。他的许多论点虽曾引起很大的争论,但也受到了西方普遍的重视,并对后来的结构主义美学和接受美学的形成有很大的影响。

几年前,我在中国社会科学院外国文学研究所的同事周启超和史忠义同志热情地邀我把这部著作译成中文,我也觉得这部书写得很有意思,值得将它介绍给中国的读者,便欣然接受了这项任务。后来其他一些工作使我的翻译耽误了一些时候,但这期间,我一直得到了史忠义同志的鼓励,我的翻译越是有所进展,我要完成这项工作的决心也就越大了。去年年初以来,我终于能够全身心地投入其中,此后这项工作几乎是一气呵成的。我的这个译本是根据华沙国家科学出版社1988年出版的波兰文本译出的。除了原著的正文之外,我把书中绝大部分的脚注也都翻译出来了。对其中引用的德文、法文和拉丁文的中译,我曾求教于我的波兰朋友波兰罗兹大学波兰语言文学系波格丹·马占(Bogdan Mazan)教授和我的同事宁瑛、陈恕林和王焕生同志,此外,史忠义同志给我联系的河南大学出版社对我这个译本的出版也给予了大力支持，在此谨向他们表示衷心的感谢！我在这里仅对这部著作论述中的主要观点提出一些粗浅的看法，希望引起国内美学界和广大读者对它进行更加深入的研究和探讨。有不妥之处，请批评指正。

（本文作于 2008 年 2 月）

罗曼·英加登论作者、受众和文学作品的关系

作者、受众[①]和文学作品的关系是一个很复杂的问题,波兰20世纪著名的哲学家和美学家罗曼·英加登(1893—1970)在他早在20世纪30年代初用德文写的、后在50年代又翻译成了波兰文的关于文学美学的主要著作《论文学作品》[②]中,通过他提出的文学作品包括四个层次的结构、文学作品的"形而上学质"和受众对文学作品的具体化等方面的论述,就这个问题提出了他一系列的观点。他的这些观点在今天看来,依然十分新鲜,富于创意,值得借鉴,这里愿对他的这些论述,提出我的一些粗浅的看法。英加登早年根据德国著名哲学家,也就是他的老师埃德蒙德·胡塞尔(Edmund Husserl,1859—1938)关于意识的意向性结构的理论,曾经提出一个认定文学作品是一种"意向性客体"的观点,值得我们注意。他说,"埃德蒙德·胡塞尔的所谓先验唯心主义所提出的要把现实世界和它的组成因素看成是一个纯意向性的客体",这是一种"先验

---

① 我之所以用"受众"是因为在文学作品既可以通过阅读也可以通过视听赋予它的接受者,这里面既包括它的读者,也包括它的观众和听众。

② 罗曼·英加登的这部著作早在1931年出版时,名为《文学的艺术作品》,后在20世纪50年代翻成波兰文时,他把它改为《论文学作品》,因为他认为,他这部书是谈文学作品的结构的,不论有艺术价值还是没有艺术价值的作品,其结构都是一样的。

唯心主义"观点,是错误的,[①] 因为现实世界和它的各种组成因素都是不以人的主观意志为转移的客观存在,而作为意向性客体的文学则和主体的意识有密切的关系,它是一种意识行动的产物,因此文学作品不像实在客体那样,能够独立地存在,它的存在决定于它的创造者的主体意识,它是作家根据他的主观意识创造的。既然文学作品是作家主观意识的产物,那么照英加登的说法,一个作家在他的作品中对事物做出的判断也不是对客观事物做出的"真正的判断",而是对他在作品中描写的事物做出的一种"拟判断",这种"拟判断"可以赋予作品中的再现客体或再现人物以不同的内涵和外貌。这一切的产生在英加登看来,都"可能是以作者很明确的体验为条件的。作品总的构建和它的各种属性的形成也可能有赖于它的作者的心理属性和才能,决定于他的思想的类型和智慧。在这种情况下,作品也可能或者明显或者不明显地带有作者个性的痕迹。照这个意思,它就'表现了'作者的个性"[②]。因此,一个文学作品的产生无疑要反映它的作者的生活体验、思想感情以及他的个性和才能。

一 文学作品作为作者主观意识产物的层次结构

我以为,英加登以上这个概括还是比较准确的。对于作者和文学作品的关系,我们先从他提出的关于文学作品的四个层次的理论说起。英加登认为,文学作品本身的结构是一个层次的结构,它有四种"必不可少"的层次,这就是:"第一,字音和建立在字音基

[①] 见罗曼·英加登《论文学作品》,张振辉译,河南大学出版社2008年版,第14页。

[②] 同上书,第3页。

础上的更高级的语言造体的层次。第二，不同等级的意义单元或整体的层次。第三，不同类型的图式的观相、观相的连续或系列观相的层次。第四，文学作品中多种再现客体和它们的命运的层次。"① 如果谈到一个字的发音和语言造体，那么首先就会遇到一个民族的语言是怎么形成的问题，英加登说："某种特定语言中的语词的发音，毫无疑问是在各种各样实在和文化的条件的影响下，通过一定的时期才得以形成的，它在历史的过程中会产生各种各样的变异，到一定的时候才固定下来。它虽然不是实在的，但它和它的变异却植根于现实中——是可以改变的。"② "语词，特别是语词的发音——正像大家知道的那样——有一段在语言社会中的发展和生活的历史，这段历史与这个社会和生活的变化有着密切的联系。"③ 因此语言作为人与人之间"互相沟通的工具"是社会生活的产物。文学作品中的语言当然也是人们之间"互相沟通的工具"，它的形成和它所要表达的主体的意向，与这个主体在社会生活中的见闻和体验是分不开的，作者要将他的这种体验用语言在他的作品中或隐或显地表现出来。但在英加登看来，文学作品中的语音造体层次只是属于这个作品"永远固定的外壳。在这层外壳里面，文学作品所有其他的层次就找到了它们在外面的一个支点，或者一个外部的表现"④。和语音造体关系最密切的当然是文学作品中的意义造体层次，因为"意义一定和语词的某种发音是连在一起的，这属于意义的观念。只因为有了这种联系，才成为这个词语的意义。意义在这种联系中，才找到了它的外壳、它的'词'、它的外部的'载体'。没有词语的'发音'，意义根本就不可能

---

① 见罗曼·英加登《论文学作品》，张振辉译，河南大学出版社2008年版，第49页。
② 同上书，第56、57页。
③ 同上书，第62页。
④ 同上书，第78页。

存在"①。英加登认为,每一个有名称意义的名词、形容词和及物动词或者一个普通的语句,还是文学作品中这类的语词和语句的意义,都有"意向性的方向指标",文学作品中的意义的方向指标是虚构的,就像"拟判断"一样,存在于虚构的现实中,例如莎士比亚的《哈姆雷特》,它不是说有哈姆雷特这么一个人曾经存在于一个现实的世界上,而是说他存在于由莎士比亚的戏剧中的剧情所虚构的现实中。但是这个虚构的现实和莎士比亚所在那个现实是有联系的。

各种体裁的文学作品——小说、诗歌或者戏剧,都可以由它的语音造体层次表现出来,因为不论长篇和中短小说还是诗歌都可以由朗诵家、电台或电视台的播音员将它们的某些章节或片段,或者把它们整部或全篇都朗诵出来,它们通过朗诵或者在舞台上的表演,都会更明确地展现在它们的受众面前。而一个剧本如果没有上演,更是无法产生它的社会效果。英加登认为,文学作品中的语音造体的展现跟作品中的语词和语句的排列,以及它们可能产生的乐调有密切的关系,但是小说或者诗歌作品的朗诵者在朗诵这一类作品,或者演员在扮演戏剧中的某个角色的时候,虽然他们总是力图忠实地表现出这个作品或者这个角色的思想内涵和艺术特色,但这也不可避免地会带有朗诵者或者演员的主观色彩,包括他对他朗诵的这个作品或他演的这个戏剧中角色的认识和喜好,以及他在朗诵或表演时的情绪对他的影响,因此同一个作品或者同一个戏剧中的角色由不同的朗诵家来朗诵或者由不同的演员来表演,或者同一个朗诵家在不同情况下的朗诵,演员在不情况下的表演,都有可能正确或者不正确地展示作品语音造体的内涵和它们的这种乐调,从而产生不一样的效果。

---

① 见罗曼·英加登《论文学作品》,张振辉译,河南大学出版社2008年版,第78页。

但是文学作品既是主观意识的产物，而且它做出的这种"拟判断"都"可能是以作者很明确的体验为条件"，有赖于"作者的心理属性"，那么它的产生无疑要反映它的作者的各种生活体验和思想感情，特别他的某种生活经历和他在这种经历中的最深切的感受。如杜甫在他的《羌村三首其一》中写道：

峥嵘赤云西，日脚下平地。柴门鸟雀噪，归客千里至。妻孥怪我在，惊定还拭泪。世乱遭飘荡，生还偶然遂。邻人满墙头，感叹亦嘘唏。夜阑更秉烛，相对如梦寐。

这是诗人在中唐时期的安史之乱中有过的痛苦经历的写照，家人久经离散，现在能从千里之外回归乡里，偶聚于茅舍，像做梦一样，真实表达了诗人此时此刻又悲又喜的心情，感人至深。

南唐李煜的《望江南》这首词写的又是另外一种景象：

闲梦远，南国正清秋。千里江山寒色远，芦花深处泊孤舟。笛在明月楼。

作为南唐最后一个皇帝的李煜，在北方宋朝的军队攻下他的京城金陵后，他投降宋朝，从此被囚禁起来，受尽凌辱，过着"日夕以泪洗面"的日子。这首词写他在痛苦的囚居生活中，对昔日江南的怀念，他在梦中见到的是他曾有过的南国的清秋，可寒色的江山现在是那么遥远，芦花深处只留下了一叶孤舟，还有明月下凄凉的笛声，不仅展现了词人此时此刻无限悲戚的心境，也显示了他的构思和遣词的艺术才能。

南宋爱国词人辛弃疾年轻时参加过反对北方金兵入侵的战斗，一生坚决主张抗金，他的词常以军事和战争为题材，表现了一种英雄气概，是南宋豪放派词人的代表，请看他的《破阵子》：

> 醉里挑灯看剑，梦回吹角连营。八百里分麾下炙，五十弦翻塞外声，沙场秋点兵。
> 马作的卢飞快，弓如霹雳弦惊。了却君王天下事，赢得身前身后名。可怜白发生。

这是一首写军中生活的词，辛弃疾是写他的好友，同样是爱国志士陈亮的，因为他们都是被南宋统治集团中的投降派排斥和打击的人物，所以这是他想象中的抗金军队中的生活，英加登在谈到文学作品中的想象客体时说："每一个假想的行动都有它所创造的纯意向性的客体"①，"原生的纯意向性的客体一般产生于包含了各种不同体验的假想的行动中。因此假想行动的采取总是以具体的内容为依据，常常与各种各样的理论和实践的观点有联系，并且常伴以各种不同的感受和意志的表现。结果这个有关纯意向性客体的内容就会变得十分丰富，充满活力，它带有各种不同的感情色彩，它的价值也超出了一个简单的假想行动所包含的内容"②。

辛弃疾的这首词正是这样，它向读者展现的是词人想象中的一个秋天早晨，战场上点兵的盛况。作者醉里还要挑灯看剑，可见他念念不忘保卫他的祖国，拂晓醒来他又听到军营里响起了雄壮的号角声，士兵们在军旗下分吃烤熟的牛肉，各种乐器奏响了塞外悲凉的军乐。接着是快马飞奔，弓弦雷鸣般地震响。虽然作者参加的这次战斗取得了胜利，赢得了人们的赞誉，但他在南宋统治集团的排斥下，却未能实现恢复祖国河山的凌云壮志，而感

---

① 见罗曼·英加登《论文学作品》，张振辉译，河南大学出版社 2008 年版，第 149 页。
② 同上书，第 152 页。

到悲愤，他的这一生也到此了结。整个作品写得荡气回肠，令人震撼，表现了豪放派词人的独特风格。

波兰著名女诗人，1896年诺贝尔文学奖获得者维斯瓦娃·希姆博尔斯卡（1923—2012）长于写哲理诗，她的诗也"常常与各种各样的理论和实践的观点有联系"，在《我们祖先短促的生命》中，她道出了一个富于辩证观点的人生的哲理：

> 快乐总是伴随着恐惧，
> 绝望任何时候也不会没有希望，
> 生命虽然不短，但总是有限的。

诗人对任何事物的出现总是保持一种平和的心态，她为人谦逊，胸怀坦荡，即使她得了诺贝尔奖，享誉世界，她也说她的墓中"除了这首小诗，一丛牛蒡和一只猫头鹰外，没有什么珍贵的遗物"，因而赢得了读者对她的敬仰。

二　文学作品塑造的艺术形象

文学作品除了它的字音和建立在字音基础上的更高级的语言造体的层次以及和它关系最密切的不同等级的意义单元或整体的层次外，它的另外两个层次，即不同类型的图式的观相、观相的连续或系列观相的层次和多种再现客体与它们的命运的层次也是密切相关的。这里所说的"图式的观相"实际上是文学作品用某种语言文字描写和塑造的各种艺术形象，其中包括作品中再现的人物、再现的世界或周围环境的观相，也就是他们或它们的艺术形象。不管是诗歌，特别是叙事诗，还是小说和戏剧中都存在不同类型的图式的观相、观相的连续或系列观相，这些观相因为是用作品中语言文字表达出来的，所以它们和作品中的语言造体层次和意义单元层次又有不可分割的联系。英加登认为：文学作品中，有了不同类型的图式观相，才能充分地表现出再现人物和再现世界的"具体性"和"个性"，使他们或它们变得栩栩如生，"充满活力"，显而易见，从而显示作为一个文学作品的艺术价值。假如一部作品里根本就没有观相，那么"再现客体乃是一些空洞的和纯'概念'的图式。任何人在任何时候也不会有这种印象，以为他见到的是一个独特的和活生生的拟现实"[①]。那当然也就不能视它为文学的艺术作品了。

　　文学作品中这种观相的制造也就是形象的塑造也无疑要反映它的作者的生活体验、思想感情以及他的个性和才能，例如波兰19世纪著名现实主义作家波列斯瓦夫·普鲁斯（1847—1912）于1890年出版的长篇小说《玩偶》，这部作品产生于波兰被沙俄、普鲁士和奥地利三国瓜分和占领，波兰人民遭受残酷的民族压迫的那个年代，它以当时属于沙俄占领区的波兰王国的首都华沙的社会生活为题材，展示了19世纪下半叶波兰王国社会现实的广阔画面，自它出版以来，在波兰文坛，一直被认为是波兰19世纪批判现实主义的代表作。当时波兰王国虽在沙俄的统治下，但是资本主义经济发展很快，小说所描写的主人公沃库尔斯基出身破落贵族的家庭，他参加过1863年1月在华沙爆发的波兰抗俄民族起义，起义失败后他被流放到西伯利亚，后来他在华沙又成了一个拥有巨额资产的资本家，但是沃库尔斯基很有善心和社会责任感，他曾不断地救助华沙的穷苦人，挽救失足女青年，关心社会公益事业，因而深受华沙老百姓的爱戴。与此同时，他还爱上了一位贵族小姐，但他后来发现他所爱的这个贵族小姐是个庸俗的女子，欺骗了他，因而在绝望中自杀，在自杀前

[①] 见罗曼·英加登《论文学作品》，张振辉译，河南大学出版社2008年版，第271页。

他还把他的全部财产赠送给了他的一个参加过波兰民族解放斗争的友人和那些他认为有爱国心、能为波兰人民造福的人。作者很欣赏他笔下的主人公这样的人才，也很敬重他爱祖国、爱人民的思想品德，但他认为他的主人公这一生不应把他的心力用在追求一个庸俗的贵族小姐上，他为沃库尔斯基的一生没有为波兰社会的繁荣和发展做出更大的贡献感到惋惜。作为现实主义作家的普鲁斯把批判的矛头主要指向那些腐朽没落的封建贵族，他们社会地位很高，但饱食终日，不事劳动，在生活作风上堕落腐化，却又自视高贵，看不起别的社会阶层的人们，在普鲁斯的眼里，这是一些社会的蠹虫。小说的结尾充满了悲观的气氛，不仅沃库尔斯基自杀，而且他要赠予全部财产的那些人有的死了，有的认为波兰"连科学研究的气氛都没有"，也要到国外去，表现了作者浓郁的悲愤情绪。作为一个爱国主义作家的普鲁斯，由于波兰社会各种腐朽黑暗势力的统治和沙俄占领者的民族压迫以及人们对波兰民族事务的漠不关心，而那些他敬仰的爱国者又一个接一个地离开了他，他似乎再也看不到波兰恢复国家独立和民族复兴的希望了，因而感到失望，这就是普鲁斯创作《玩偶》时的心态。因此，普鲁斯在他的这部杰作中，不论他塑造的沃库尔斯基这个人物的观相即形象，还是他展示的波兰王国的社会的图式观象即面貌，都最充分地反映了他在波兰特别是在华沙的"生活体验"和他的这种失望的心情。

文学作品中的再现客体或者想象的客体有可能是主体凭空想象出来的客体，也可能是对某个或某些实在客体的模拟，例如中国的神怪小说《西游记》中的孙悟空就是作者凭空想象出来的客体，而《红楼梦》中的贾宝玉则或多或少反映出了它的作者曹雪芹个人的身世和命运。但不论是作家凭空想象的客体，还是对实在客体的模拟都是作家幻想或者想象出来的东西，也是"主体体验的那种东西，也就是作者的思想和想象的客体。这些客体，即作品中再现的人和事，还有他们的命运，构成了作品构建中的基本的组成部分……一些作者的纯'想象的客体'完全决定于他的意志和喜好。它们也不能和创造了它们的主体体验分开，因此它们一定会被看成是某种心理的东西"①。

英加登在《论文学作品》中关于文学作品结构中的四个层次的研究和分析当然是很有道理的，也是他的创见，他在他的这部著作中，用了大部分的篇幅对他的这个理论作了详尽的介绍，都很值得我们去进一步地研究和介绍。

三 文学作品的多义性和形而上学质

关于文学作品和受众的关系，英加登认为，也是由文学作品的性质和结构的本身决定的，他在《论文学作品》中指出，文学作品作为一个意向性的客体可以将客体再现得像实在客体一样，但它永远不是实在的客体，实在客体是不以人的意志为转移的客观实际的存在，其中没有任何不确定的因素，而文学作品中的再现客体总是以图式观相的形式出现的，也就是说它是作者根据他的主观意志，想象甚至幻想描绘也就是画出来，因此它的"身上都肯定有一些未确定的位置"②，有待它的受众在对它的具体化，也就是在阅读或者视听中加以填充。一个文学作品的产生因为要面对广大读者，它为此也作好了准备，所以它虽被作者创作出来，但它的创作过程并没有完，一直要到受众完成了对它的具体化之后，也就是说这些"不确定的位置"在受众的具体化中，不断地得到了填充，从而显示了它的社会效果之后，这才完成了它的创

---

① 见罗曼·英加登《论文学作品》，张振辉译，河南大学出版社2008年版，第36页。

② 同上书，第262页。

作。但是文学作品图式观相中的这种"不确定的位置"是不能完全消除的，它永远也填充不完，因为对同一部作品不同的受众可以有完全不同的具体化，他们不管是以阅读还是视听的方式来接受或者欣赏这个文学作品的时候，都会对它产生不同的认识和看法，"我们对每一段文字都一定是以自己的方式去理解，有多少个读者就有多少种不同的理解"[1]。受众的这种理解或看法有可能是对的，也可能不对，可能很深刻，也可能肤浅，这决定于他们不同的思想观点、政治立场、文化程度、审美情趣和他们在对这个文学作品具体化时的精神状态的不同。就是同一个受众对同一个作品在不同情况下的具体化，他对作品的认识和看法，也可能是不一样的。此外，一个文学作品具体化的方式也不同，如果是读者对作品采取阅读的方式，那只是这个读者对它的具体化；如果是朗诵一个文学作品，或者一个剧本的上演，那么就有朗诵者或者演员以及听众对它们的多重的具体化，在这些具体化中，都可能有创造性的因素，因此在英加登看来，不管是什么文学作品的创作，都是由作家和它的受众共同完成的。而且一个文学作品的创作严格地说，也只是一个作家和受众共同创作的过程，很难说它的创作就已经完成或者了结，而不需要再具体化了。如果是这样，或者通过一段时间，受众对它不感兴趣，也没有人对它进行具体化，那说明这是一个很平庸的作品，它在历史的进程中，最后被人遗忘是不可避免的。但是一部伟大的文学作品，由于它的极为丰富的思想内涵和艺术价值，不仅不同的受众对它有不同的具体化，而且在不同的时代和不同的社会环境中，对它也不断地会有各种不同或者富于创见的具体化，这样它的图式观相中不确定的位置好像永远也填充不完，它在具体化中得以实现的审美价

---

[1] 原文见罗曼·英加登《美学研究》第一卷，（华沙）国家科学出版社1966年版，第19页。

值也就是它的认识价值和艺术价值是永在的，它将流传千古而不被人遗忘，例如莎士比亚的作品，人们对它们的认识的过程在各个时代几乎没有穷尽，所以有说不完的莎士比亚的说法。英加登认为，"文学批评的任务是要了解对一个文学的艺术作品的审美具体化的状况，并在这个基础上对这个作品做出评价——对它本身的艺术价值和它在具体化中所实现的审美价值做出评价"[①]。

又如上面提到中国古典文学巨著《红楼梦》，由于它在思想和艺术上的伟大成就，自它诞生以来，在中国古典小说中，还没有哪一部在社会上产生了它那么大的影响。因此在小说诞生的那个时候起就有了专门的"红学"研究，一直延续到了今天，由过去的"索隐派""考证"和对《红楼梦》的社会意义的研究，直到今天的探佚，也就是从《红楼梦》的前八十回和脂砚斋的某些提示中，来推断曹雪芹在今已佚失的小说的后几十回中，写了些什么。因此小说在以往各个时期的受众的具体化中，对它都有新的认识和新的发现，"红学"研究到今天并没有终了。《水浒传》这部小说过去一直被认为是写农民起义的，它所表现的反压迫的意识曾经引起清代封建统治阶级极端的仇视，他们诬蔑它是"诲盗"之书，为了抵制它在社会上的影响，封建文人俞万春甚至模仿《水浒》的笔法，特意写了一部极力颂扬封建统治、诬蔑农民起义的小说《荡寇志》。但近年来，又有人说小说写的是一些人要在社会上谋求出路，根本不是什么农民起义，宋江对梁山好汉也一再强调，他们被迫聚居梁山，是权宜之计，只等朝廷的招安，他不愿让他的弟兄背上草寇的恶名，他要让他们尽忠报国。正如小说中的人物燕青面奏宋朝皇帝时所说："宋江这伙，旗上大书'替天行道'，堂设'忠义'为名，不敢侵占州府，不肯扰害良民，单

[①] 原文见罗曼·英加登《美学研究》第一卷，（华沙）国家科学出版社1966年版，第279页。

杀赃官污吏谗佞之人，只是早望招安，为国效力。"这种倾向在小说中当然是存在的，但是近年中国根据这部小说拍摄的电视连续剧，依然突出了梁山好汉同情弱者、反对以强凌弱、好打抱不平和见义勇为的高尚品德，而且有的好汉也是因为在当时的黑暗社会中，遭受权势的欺凌或者被人陷害，而被迫起来造反的。我以为，对于包括《水浒》在内的所有的文学经典，可以有各种不同的具体化，但要认清它们作为经典的本质所在。总之，作为一部经典，不管在各个时代对它有什么具体化，它都将永垂不朽。总的来说，英加登的一系列美学著作对文学的艺术作品的结构、艺术特色以及它和作者、受众之间的关系都作了既全面、细致，而又富于独创的论述。如果说在西方，他的前辈或者与他同时代的美学家总是以主客分离的指导思想，也就是只研究文学作品的本身，而忽视它在受众中造成的影响和受众对它的认识和态度的话，那么英加登将胡塞尔现象学的意向性理论运用于艺术问题的研究，视文学的艺术作品为"意向性客体"，而且是"纯意向性客体"，这样他便可以在主体和客体也就是文学的艺术作品和它的受众不分离的前提下来进行美学研究，从而深刻地阐述了文学的艺术作品和社会的关系，正确地指出了只有那些具有高度的审美价值为受众认可的经典名著，才能够流传千古，在受众不断的具体化中，不断显示出它们新意，而不致被人遗忘。如果说美学研究中的本体论、认识论、价值论研究三大领域在一些中西美学家那里往往侧重于其中一个或两个领域，那么英加登的美学思想和研究则横跨这三大领域，在中西美学史上，对文学的艺术作品作了最为完整和细致的分析和研究，所以值得我们充分的肯定和借鉴。

四 文学作品和它的受众的关系

英加登在他的《论文学作品》中，谈到文学作品的特性时，还指出了有些作品中存在"或隐或现"的东西和文学作品所谓的"形而上学质"。他说:"语句的纯意向性的对应体的这种或隐或现的性质的存在,对于理解文学作品的本质具有一种特殊的意义。我们在这里暂且指出一点,即有一种特殊类型的文学的艺术作品,它的富于本质的特性和独特的魅力就在于它的多义性。它在某种程度上就是语句和意义的对应物所表现的那种'闪闪烁烁'和'或隐或现'的审美特性所带来的愉悦性。"① 我们就以大家熟悉的奥地利作家卡夫卡(1883—1924)的小说《城堡》为例。小说写一个土地测量员K,要进城堡开一张在它管辖下的村子里投宿的许可证。城堡近在咫尺,但他怎么也进不去,虽然他千方百计地想和城堡里有关负责人取得联系,什么屈尊俯就的事都干,但他始终不能如愿,城堡对他永远是"或隐或显"的。最后他快要死了,接到城堡通知,说他可以在村子里住下,但为时已晚。有人说这个"城堡"是宗法社会统治的机构的象征,它与老百姓之间有一条不可逾越的鸿沟。还有各种别的说法。这就是文学作品的"荒诞"和"象征"的魅力。

所谓"形而上学质",就是"例如崇高(某种牺牲的)或者卑鄙(某种背叛的),悲剧性(某种失败的)或者可怕(某种命运的),震撼人心,不可理解或者神秘的东西,恶魔般(某种行动或者某个人的),神圣(某种生活的)或者和它相反的东西:罪恶或凶恶(例如某种复仇的),神魂颠倒(最高级的喜悦)或安静(最后的平静)等"②。英加登认为,文学作品"再现的客体的情景最重要的功能在于表现和显示特定的形而上学质。这种情况的发生是可能的,形而上学质在许多再现的情景中能够给我们显

---

① 见罗曼·英加登《论文学作品》,张振辉译,河南大学出版社2008年版,第166页。
② 同上书,第283页。

现出来的事实，就最好地说明了这一点。也正是在这种情况发生的时候，文学作品才能够最深刻地打动我们。文学的艺术作品只有在形而上学质的显示中，才达到了它的顶点"①。例如同样是19世纪波兰著名作家、1905年诺贝尔文学奖获得者亨利克·显克维奇（1846—1916）的历史小说《你往何处去》（1896）以古罗马公元1世纪尼禄皇帝的反动统治和他对社会下层基督教徒的残酷迫害为题材，真实再现了古罗马奴隶社会的面貌，它出版后，很快就在世界各国译成了多种文字，成为显克维奇在读者中最受欢迎的作品。我以为，这部作品中反映的"形而上学质"主要表现在它对罗马当时发生的一场大火和将基督教徒赶到罗马圆形剧场及御花园里残酷处死的那些场面的描写中，因为这里具有高度的"悲剧性（某种失败的）或者可怕（某种命运的），震撼人心"。

  小说再现的古罗马的这场大火据说是尼禄想要写一篇反映特洛亚灭亡的长诗《特洛亚之歌》，使它成为"不朽名作"，让他名垂千古，为了获得世界走向灭亡的灵感，这场大火就是他密令他的禁卫军总督烧起来的。在这场惨绝人寰的灾祸中，罗马城无数居民被大火烧死、饿死、病死，丧失了他们赖以生存的一切。可是大火烧起来后，尼禄又把放火的罪责加在当时属于社会下层的广大基督教徒的身上，把他们大批地抓来，赶到罗马圆形剧场中，当着数以万计的观众，让狮子、老虎、豹子、狼和熊这些猛兽将他们咬死和吞食，或者把他们钉死在十字架或火刑柱上烧死。小说在这里展示的悲剧、卑鄙和罪恶可以说是登峰造极。但这里也不是没有崇高的表现，例如小说中塑造的基隆这个人物，他原是一个作恶多端的坏人，他曾一再地陷害基督教神父格劳库斯，想要杀死他；后来尼禄一伙要捕杀基督教徒，他又向尼禄自告奋勇

---

① 见罗曼·英加登《论文学作品》，张振辉译，河南大学出版社2008年版，第286页。

地要去搜捕基督教徒以邀功请赏，他的这种行为已是罪大恶极。但尽管如此，他的灵魂也不是无可挽救的，如他在圆形剧场上，一看见那些基督教徒被野兽吞食的惨状，便感到无限的痛苦和内疚，尤其是当他看见被他出卖的格劳库斯在御花园里被活活烧死的时候还宽恕了他，他终于良心发现，便在圆形剧场上，冒天下之大不韪，对着成千上万的观众大声地宣布："罗马的人民！我愿以我的生命起誓，这里死去的人都是无罪的，真正的纵火犯就是——他！"这时他用手指着尼禄。后来尼禄的禁卫军总督要他第二天当众把他的这些话收回去，他不肯收回，终于被钉上了十字架，为正义而牺牲了。像这样惊心动魄的场面在以往的波兰文学作品中还未曾有过，所以瑞典皇家学院在授予显克维奇诺贝尔文学奖的授奖词中，也特别地提道："关于罗马大火的描写和角斗场中血腥场面的描写是无与伦比的。"[①] 这不仅充分表现了显克维奇驾驭那两千年前人类历史巨变的创作天才，也真实反映了受众对这些充满了"形而上学质"的场面描写的具体化的实现。所以我认为，英加登关于文学作品的结构包括四个层次、文学作品的具体化以及"形而上学质"的理论对于文学作品的创作、评论和欣赏，都有指导意义。

五　文学作品的具体化中的审美体验和移情现象

上已提到，英加登在对文学作品的具体化进一步的研究和分析中曾经指出：受众在对文学作品的具体化中对它会有一种审美体验，会产生一种"移情现象"，他的"审美体验"是在这种"移情"中得来的，英加登说：作品中的语词的词义有可能只说明

[①] 见显克维奇《第三个女人》，林洪亮译，漓江出版社1988年版，第549页。

人物心理状况的外部表现，但是这种外部表现可能隐藏着人物心理结构和生活更深的内涵。因此在这个时候，就不仅要看到作品行文所描绘的人物心理状况的这种外部表现，而且要更深入地认识和研究这种心理结构和生活建立的基础。在这种情况下，有必要了解和认识人物这种心理状况产生的不为人知的原因，如他的某种感受或者期待等。作品中的行文对我们了解这些是有帮助的，但不能使我们对"英雄人物"在情感上产生共鸣，也就是对他们的喜爱。如果对英雄人物的命运没有这种同情和喜爱，我们就不可能进一步地对这些人物的心理生活有充分的认识和理解。这种同情，也就是同情别人的命运、理解他们的状况、对他们的感受有同感，这当然是一种感情的活动，如果我们认为，对文学作品的审美认知可以采取完全"冷漠"的态度，那是不符事实的，以这种"冷漠"的态度不可能认识作品中的再现世界那些最本质的特点。

英加登也认为，我们在阅读一部文学作品时，"真的不相信它所再现的客体存在于现实中，认为这些客体都是装扮成现实中的那个样子，但我们又有一种信念，认为它们并不是装扮，这是一种对于现实十分独特的信念，很难把它精确地描绘出来，但我们所有的人通过直接的体验，对它却知道得很清楚"[①]。我以为，这是文学作品中通过再现客体反映的社会伦理道德和思想精神对读者的感染，英加登对此是深有了解的，但他又说，读者在阅读一个文学作品时，"他最终也不可能构建一个质的组合，但他会有一种体验，特别是他有一种感情而为此感到欣慰，这就是要和再现客体生活在一起（例如和文学作品中的人物共命运，热衷于追求某些理想，例如社会理想等），这都不是按照审美这个词的精确含

---

① 原文见罗曼·英加登《美学研究》第一卷，（华沙）国家科学出版社1966年版，第152页。

义的感情"①。事实上，不论什么文学作品，都一定会通过各种方式或隐或显地反映出它的思想倾向，或者在潜移默化中给读者以正面或反面的教育。其实，英加登对文学作品的这种特性了解得很清楚，他说："有人说，再现客体（虽然对它还没有形成一个明确的概念）应该激发我们这样那样的感情。或者造成一种气氛，或者使我们受教育，给我们造成伦理道德上的正面影响；或者应当表现作者的体验、思想或理想，最后还有他本身。对这一切我并不反对。但我也不会去对它们进行论证。我所以要把它们抛到一边，是因为它们完全属于另外一个问题，这就是文学的艺术作品在人的文化生活的整体中起什么作用，也就是作品和作者本身的关系的问题。"英加登知道而且也不反对文学作品能使它的受众"受教育"，"造成伦理道德上的正面影响"，文学作品也"应当表现作者的体验、思想或理想"，但他又认为"这些都和原始审美情感以及审美经验揭示的价值毫无共同之处"。这说明他在这个问题上的观点是自相矛盾的，这是因为他虽然看到了一个社会的生活环境、它的政治制度和它所倡导某种思想观点和道德理想在文学作品中的反映，但他对这一切却不愿去进行具体和深入的研究。他详尽地说明了受众对文学作品的具体化和文字作品中形而上学质的存在，并且认定对它的显示是"再现的客体的情景最重要的功能"。这无疑是正确的，但是他在他的美学著作中，也没有举一些具体的例子，对文学作品从具体化和作品中表现的这种形而上学质的内容和它们产生的个人和社会背景进行研究，他只说明了这种形而上学质在文学作品出现的一些表面的现象，而没有指出它在作品中产生的根源，这也表现了他的局限性。

---

① 原文见罗曼·英加登《美学研究》第一卷，（华沙）国家科学出版社 1966 年版，第 151、152 页。

卜弥格向西方传播中国文明成就的贡献

一 卜弥格的生平

卜弥格，号致远，是波兰17世纪来华的著名耶稣会传教士，西方早期最杰出的汉学家之一。卜弥格的波兰文原名是米哈乌·博伊姆（Michał Boym），1612年出生在乌克兰的利沃夫。父亲巴维尔·耶日·博伊姆（Paweł Jerzy Boym，1581—1616）是一位哲学博士和著名的医生，担任过波兰国王齐格蒙特三世的御医。卜弥格是巴维尔六个孩子中的一个，他14岁时生了一场大病，当时就曾发誓，如果恢复健康，就要去远东传播天主教。卜弥格在利沃夫耶稣会的高等学校毕业后，在波兰的卡利什城学过哲学，后又在克拉科夫学过神学。他年轻时就表现出了研究数学和自然科学的非凡才能，但他父亲在遗嘱中，却希望他将来学医，因此他年轻时不仅参加了波兰的耶稣会，而且以极大的兴趣认真阅读了当时欧洲许多医学著作，同时他还在克拉科夫的医院里看护过病人。后来他向罗马教廷连续十次提出去远东，特别是去中国传教的请求，前几次都遭拒绝，直到第十次，才得到了教廷的批准。随后他在罗马接受了教皇乌尔班八世的祝福，开始了他一生中往返于中国和欧洲之间的征程。作为一名耶稣会修士，卜弥格虽曾表示首先要到远东和中国去传教，但实际上，从离开罗马一直到他1659年8月22日死在中国广西的边境附近，他几乎把一生的全部精力和所有时间，都用于考察和研究他历次途经的非洲和南亚，特别是用在考察中国的风土人情、自然环境和科学文化的发展上，用当时在欧洲通行的拉丁文撰写和发表了一系列有关这方面的著作，如《卜弥格神父来自莫桑比克关于卡弗尔国的报道，1644年1月11日》《在中国的波兰耶稣会的卜弥格神父1653年在罗马发表的关于天主教在那个国家的状况的报告》《中国事务概述》《中国地图册》①《中国植物志》《卜弥格根据大秦景教碑所编著的一部汉语词典》《卜弥格在泰国写给总会长的报告，1658》《卜弥格在东京写给托斯卡纳大公爵的信（1658年11月20日）》《〈处方大全〉的另一篇前言》《对上述〈处方大全〉前言的补充》《中医处方大全》（它的第一部分叫《对作者王叔和脉诊医病的说明》，第二部分叫《单味药，中国人用于医疗的单味药》，简称《单味药》）、《一篇论脉的文章》（简称《论脉》）、《通过舌头的颜色和外部状况诊断疾病》（简称《舌诊》）、《耶稣会卜弥格1658年在暹罗王国给医生们写的前言》和《耶稣会卜弥格认识中国脉搏理论的一把医学的钥匙》（简称《医学的钥匙》）等。他在向欧洲介绍中国古代科学和文化成就方面做出了伟大贡献。

卜弥格从罗马首先来到了葡萄牙的里斯本。1643年，他从这里乘船出发，走当时葡萄牙殖民者去亚洲的老路，途经佛得角群岛，绕过非洲南端，来到了非洲的东海岸，到过这里的卡弗尔国，他把他了解的这个当时是葡萄牙殖民地的国家的社会环境和自然

---

① 爱德华·卡伊丹斯基将卜弥格的这部著作译为《中国地图集》，因此在张振辉、张西平翻译，2013年由华东师范大学出版的《卜弥格文集》中，用了《中国地图集》这个名称，但现在国内普遍用《中国地图册》，意思是一样的。

条件，都写进了致罗马耶稣会的一个波兰检察官齐希拉克神父的信中，这封信作为一个历史文献，被后人称为《卜弥格神父来自莫桑比克关于卡弗尔国的报道，1644年1月11日》。随后他从这里乘船来到了印度的果阿，又经印度南部沿海、马六甲海峡和安南（今越南）南部沿海，来到了当时葡萄牙人的居住地澳门。他在澳门学了几个月的汉语后，就登上了海南岛，被安排在海南岛上琼州附近定安城里新成立的一个耶稣会传教士的使团里工作。卜弥格在这里住了差不多一年的时间，利用这个机会，进行了大量他感兴趣的科学考察和研究工作，搜集了许多有关中国的动植物特别是医用动植物和中国的地理位置以及自然环境的材料，画了许多有关动植物和中国人生活场景的图像，为他后来撰写《中国植物志》和一系列有关中医的著作、绘制中国地图做了充分的准备。此时正值明末清初，清军已入关内，明崇祯皇帝朱由检于1644年在煤山自缢后，他的一些皇亲国戚和文武大臣都逃到了南方，原任贵州总督的桂王朱由榔于1646年在广东的肇庆称帝，年号永历，称为南明。可后来清军也打到了南方各省，占领了福建和两广的一些地方，1647年，清军又占领了海南岛，岛上和明朝政府有公事往来的耶稣会使团便遭到了袭击，卜弥格曾被清军投入了监狱，后来他越狱逃跑，来到了安南的东京，即今天的河内，但是南明的军队在南方各省很快又打了几个胜仗，夺回了被清军占领的一些地方，卜弥格终于又有机会再次踏上中国的领土。1648年，南明政权在抗清的斗争中，需要得到澳门的葡萄牙耶稣会在军事上的援助，永历皇帝因此希望澳门的耶稣会派一位在这方面能够给他充当谋臣的人士到他的朝廷，卜弥格就这样经澳门的耶稣会选派，来到了永历的朝廷。

　　南明朝廷的一个司礼监掌印太监庞天寿早年曾是明万历皇帝朝廷里的一个太监，他在北京就接受了基督教的信仰。当时南明宫里有个奥地利的耶稣会教传教士瞿安德（1613—1651）曾给宫里的皇太后、皇后、太子和几个宫女施过洗礼,所以这是一个信仰基督教的小朝廷。卜弥格来到这里,受到了皇帝和司礼监掌印太监庞天寿的友好接待,还被皇帝封了官职,与他们的关系十分密切。由于永历皇帝当时在抗清斗争中的胜利,卜弥格作为皇帝的谋臣又得到机会,经湖南、河南来到了陕西的西安,他在这里见到了著名的"大秦景教流行中国碑"。这块碑立于唐德宗建中二年(781),于明天启三年(1623)出土。根据它的碑文记载,基督教早在唐贞观九年(635)就从波斯传入了中国。卜弥格不仅复制了碑文(《西安府碑文》),而且把它翻译成了拉丁文。这是欧洲对这篇碑文的第一次翻译,对当时和后世欧洲了解基督教早期在中国传播和中西文化交流的情况,具有十分重要的意义。

南明永历皇帝后来由于遭到清军的进逼,想为他的抗满斗争远去欧洲争取救援。因此他决定从朝廷派一位特使去欧洲,以求得罗马教廷和欧洲各国对他的基督教小朝廷的军事援助,后来他把这个特殊而又艰难的使命交给了他所信任的卜弥格,并且派了一个中国人陈安德①和他一同前往。卜弥格后来也把他在永历朝廷里的种种见闻和永历皇帝派他出使欧洲的经过,都写在他的《在中国的波兰耶稣会的卜弥格神父1653年在罗马发表的关于天主教在那个国家的状况的报告》中。卜弥格带着皇太后和司礼监掌印太监庞天寿致罗马教皇、耶稣会总会长、威尼斯共和国元首和葡萄牙国王的信,以及永历赠送给他们的礼物,又经澳门、琼州海峡、安南、柬埔寨、马来半岛、马六甲海峡、尼科巴群岛、印度南端的科摩林、果阿、戈尔孔达、霍尔木兹海峡岸边的阿巴斯港、设拉子、波斯的首都伊斯法罕、哈马丹、里海南岸和大不里士、东土耳其的埃尔祖鲁姆、特拉布宗、士麦那,来到了意大利的威

---

① 这是随同卜弥格去欧洲后又访回亚洲的中国旅伴,我们不知道他原来的中文名字,这是根据有关文献留下的拉丁文拼音 Andres Cheng 音译的。

尼斯，途中经历了无数艰难险阻。他在1652年12月16日受到了威尼斯元首的接见，把庞天寿写给元首的信交给了他。可是由于一些政治和宗教的原因，他来到罗马后，受到罗马教廷的敌视，因此他在这里不仅没有得到罗马教皇英诺森十世的接见，反被驱赶到了意大利的洛雷托，在那里被迫停留了两年半的时间。后来英诺森十世去世，他的继任者亚历山大七世在1655年12月18日，也就是卜弥格来到罗马满三年的时候接见了他，但他当时交给卜弥格的致南明太后和皇帝的信中，没有表示对南明的支援，这是由于当时中国政局的变化，罗马教廷看到了南明必将灭亡。卜弥格感到很失望，但他于1656年3月30日，还是决定从里斯本搭船返回东方，翌年他又来到了果阿，从这里经印度东部的梅利亚普尔城、丹那沙林，然后乘船走暹罗湾，来到暹罗的首都大城府，又从大城府乘船走安南东南沿海，经海防港，走红河于1658年7月来到了东京，即今天的河内。他把自己在这一时期的见闻和经历，主要是他所了解到的暹罗王国的社会环境、人民的宗教信仰和风俗习惯以及暹罗当时的贸易和物产，都很生动地写在他给罗马耶稣会总会长的报告（1658）中。他在东京希望通过这里国王的帮助，从当时已经占领了广东和广西的清政府那里获得一张正式的通行证，可是没有达到目的。因此，他决定和当时唯一留在他身边的那个中国旅伴陈安德一起去中国，在快要走到安南和广西边境时，由于长期的劳累，他患了重病，于1659年8月22日死在广西边境的附近，终年47岁。

二　卜弥格对中国风土人情、社会环境和自然资源的研究

卜弥格在向欧洲介绍中国古代科学和文化成就方面做出了巨大的贡献。他几乎利用了一切可以利用的时间，对中国当时政治

局势的变化,中国的语言、文化、历史、地理和中国的科学特别是中国的动植物和医学,都进行了既广泛又深入的研究,他撰写的一部重要著作《卜弥格根据大秦景教碑所编著的一部汉语词典》是以三种形式完成的:第一,用拉丁文字母标注了碑文中每个字的发音;第二,翻译了碑文中每个汉字的含义;第三,对整篇碑文进行意译,这个意译向欧洲介绍了基督教早在唐朝初年就在中国广为传播的历史状况。在第一和第二种形式中,因为卜弥格将碑文中的1561个字全都作了拉丁文字母的注音和拉丁文翻译,所以这就成了一本小型的汉语拉丁语字典,这也是西方早期出现的第一部汉语拉丁语字典,对当时和后世的欧洲人学习汉语或者编撰更大的汉语拉丁语字典不无帮助。卜弥格在他的《中国地图册》中绘制了包括《中国全图》和当时的北京、山东、辽东、山西、陕西、河南、南京、浙江、福建、江西、湖广、四川、云南、贵州、广西、广东和海南在内的18张地图。卜弥格的地图都是经过在中国的实地考察,并参考了所能得到的一些中国地图而绘制的,所以这些地图标出的中国省份的形状和山川河流、大小城市的名称及数目,其地理位置以及各种矿藏开发的情况,即便从现在看来,也都是很正确的,它们也使当时欧洲各国的地图师所绘制的中国地图中存在的许多错误得到了纠正。他的中国地图册对欧洲早期了解中国的地理位置和自然环境,具有开创性的意义。

《中国事务概述》是《中国全图》的说明部分,它对中国的介绍并没有局限于中国的地理位置和自然条件,而涉及了更多的方面,其中包括中国的社会制度、经济的发展和人们的生活习惯等,如朝廷和地方,包括府、州和县的国库收入和开支,包括政务和军务的开支,还有皇族和各级官僚日常生活开支,这些开支主要靠国家的税收,一是征收农村的实物税,二是在城市通过里甲征收人头税。卜弥格还列出了明朝末年全国年度税收的总额,虽然这些数额我们今天难以核对,但他当时也是通过详细的调查研究而得出的。

里甲制是明代设立的,蔡美彪等在《中国通史》第八卷中指出:"明太祖改设里甲。元代的都合并为里。以一百一十户为一里,其中十户为里长,推选丁粮多者十人充任。里以下每十户为一甲,设甲首一人。"① 此外,就像《马可·波罗游记》一样,卜弥格对中国当时非常发达的内河航运,也以许多溢美之词,作了生动的描写:

> 在这里,我要谈谈这个帝国那多得数不清的船舰和伟大的航运事业,这是因为大自然给了他们那么多的河流,还不算人工开凿的运河。人都说,在中国的大陆上,没有一个地方没有水,没有一个地方没有活动。人们最常见的是航运和许许多多的船只,在中华帝国,也有许多马和牛(水牛)。就像人们所见到的那样,到处都是繁忙的景象,在中国的土地上,没有内河航运的地方是很少的。……在广州(Caton)城,有两万户居民住在船上。尊敬的利玛窦神父曾于1592年在中国的大江上走过,他写道:不管是农村还是城市,在所有的江河上,都有很多很多的船只。如果不是亲眼所见,是难以相信的,同时也很难理解他们是怎么居住在那些木头房子里。我也看见过在那些河上用芦苇秆和覆盖着一层编织物的木格子搭起的房子,这种房子都安放在(底部沉下去了的)小船上,它们的表面在水面上摇晃和游动,当船主把他的船在一个地方停下来后,还可以把这种房子搬到岸上去,再搭起来。像这样用编织物编起来的窝棚确实很多,看起来像河里突现出来的一些岛屿。用这种编织物还可以做木排,游到两意大利里那么远的地方去。②

---

① 蔡美彪:《中国通史》第8卷,人民出版社2001年版,第43页。
② 见《卜弥格文集》,张振辉、张西平译,华东师范大学出版社2013年版,第182、183页。

实际上，卜弥格年轻的时候，就曾熟读这部当时在欧洲非常流行的著作，在某种程度上说，他也是在《马可·波罗游记》的影响下来到中国的。后来他通过在中国的实地考察，对这部书中的一些描写作了深入的研究。在他的著作中，正确地说明了《马可·波罗游记》中用西方拼音文字拼写的那些中国地名是什么地方、它们的中文名字是什么，为后世研究《马可·波罗游记》提供了很大的帮助。

《中国事务概述》中还提到了闻名于世的新疆和田玉、人参、瓷器和丝绸，并对它们作了详细的介绍，卜弥格说：

> 中国人还有另外一种树根，叫人参，在中国被认为是很珍贵的，也作药用，它能给老人和体弱的人恢复活力和阳气，且有令人信服的奇效。它的价格以白银来计算，是很贵的，常常高出它本身重量的三倍或者更多的倍数。这种根采集于陕西、山西、云南、辽东和朝鲜。①

在谈到中国的丝绸和瓷器时，卜弥格说：

> 江西省有一种花瓶，葡萄牙人叫 porsolana，中国人叫瓷器，只有一个地方生产，它就是饶州府（Yaocieufu）②，那里有生产它需要的一种白色的泥土，还有一种别的原料。如果要利用这些原料，首先得筛去其中的杂质，再把这些原料混在一起。可以肯定地说，那些没有这些白泥和一种它所需要的水的地方，是做不出这么精美的花瓶的。这种水有一种神

---

① 见《卜弥格文集》，张振辉、张西平译，华东师范大学出版社 2013 年版，第 190 页。

② 即景德镇。

秘的特性，如果没有它和那些必不可少的贵重的原料，绝不可能造出这么漂亮的瓷花瓶。①

他们还有许多质地最好的丝绸，在我看来，在全世界，没有一个有钱人不穿这种柔软的布料，它也大量地出口到了许多国家，可是人们却只知道比希拉（Bissina）②和大马士革用金线和银线缝制的美丽的丝织品③。据统计，中国的织造作坊每年要给朝廷的国库输送两百万担这种细软的丝绸（我没有查对，这里说的是两百万个作坊，还是两百万斤或担的丝绸）。虽然在整个帝国都养蚕，但是没有一个地方生产的丝绸比得上浙江省和它的省会杭州的丝绸，因为那里早在基督诞生前约1636年，就有生产丝绸的记载。④

卜弥格对中国皇帝和各级官吏的服饰以及中国朝廷里的各种礼仪也作过生动的描写，这些都是他在永历的朝廷里亲眼所见，而且他在他的《中国地图册》中，也绘制过许多穿了朝服的中国皇帝和各级官员以及他们参加社交活动的图像，所以他在《中国事务概述》中的描写显得很真实：

中国的皇帝很少出现在公众场合，他一旦出现，就要穿上非常珍贵的朝服，表示他是最高级的祭司，这是写在他们的圣书⑤中的传统，只有他有权公开地祭天。他的朝服用丝绸

---

① 见《卜弥格文集》，张振辉、张西平译，华东师范大学出版社2013年版，第192页。
② 比希拉，据说是欧洲古代的一个国家。
③ 叙利亚的大马士革古代盛产绸缎，曾运往欧洲。
④ 见《卜弥格文集》，张振辉、张西平译，华东师范大学出版社2013年版，第187页。
⑤ 卜弥格这里提到的圣书大概是指《礼记》或《仪礼》等书。爱德华·卡伊丹斯基注。

和金线缝制而成，上面各个部分都缀饰着许多象征品德的图像，如太阳、月亮、星星和行星，象征他的世界永远不会逝去。当他在祭祀中对太阳给予的光明表示感谢的时候，他衣服上的那些图像也表示了他是依附于太阳的。在皇帝的龙袍上还可见到一些高山和金蛇的图像，蛇皮上闪光，象征始终不渝和力量以及其他的品德和才能。鸟中之王的凤凰和野鸡都有漂亮的羽毛，能给眼睛展示一幅美丽的景象。在一些书中也有它们的图像，是高贵的象征。①

任夷著的《中国服装史》中，对周秦的服饰这样写道：

周制冕服的等级从高到低分为六级，主要以冕冠上旒的数量与衣裳上装饰的纹饰个数来区别，但都是黑色上衣配红色下裳，即所谓的玄衣纁裳。上衣、下裳的纹饰共有十二种，分别采用绘与绣的手工艺。十二种纹饰分为两类，一类为日、月、星辰、山、龙、华虫，此六种纹饰为绘制；另一类为宗彝、藻、火、粉米、黼、黻，此六种纹饰为绣制，依次排列在上衣的前胸、后背、双肩、两袖、裳前、裳后等部位，并以章纹的数量排列来严格划分级别。②

卜弥格在著作中还说：

皇帝龙袍的衣襟上还挂着一些金铃子，他走的时候这些铃子便响起来，所有迎候他的人便知道他已经来了，会相应

---

① 见《卜弥格文集》，张振辉、张西平译，华东师范大学出版社2013年版，第185页。
② 见任夷《中国服装史》，北京大学出版社2015年版，第14、15页。

地对他表示尊敬。皇帝服装戴在头上的那一部分叫冕冠，它的顶上有一个金色冠状的头饰，它不仅很宽而且有一个下臂长，上面用金线串挂着一些宝石，用以遮住皇帝的面孔。①

对照袁仄主编的《中国服装史》上的介绍，也是这样：

> 冕冠是帝王臣僚参加祭祀典礼时最贵重的一种礼冠，所以后来有人用"冠冕堂皇"的成语来形容人的仪容。其具体形制为：在冠的顶部覆盖一块木板，名綖。木板一般多作长形，前端略圆，后部方正，隐喻为天圆地方。在冕板的前后两端，垂有数条五彩丝线编成的"藻"，藻上穿玉珠，名"旒"，一串玉珠为一旒。冕旒有三旒、五旒、九旒及十二旒之别，穿着时按级别而定，其中以十二旒为贵，专用于帝王。②

卜弥格还写道：

> 皇帝在上朝的时候，总是手里紧握着一个称为圭的权标，它像一块小小的板子，是用珍贵的玉石做的，有四个手指宽、两个手掌长。总督和别的大官如要接近皇帝或者就在他的身边的时候，手里也要拿一块这样的板子，但它是用象牙做的。他们如要和皇帝谈话，就必须把它握在手中，在离去的时候，也要用它来遮住自己的眼睛和脸，以表示对皇帝的尊敬。皇帝在什么地方，那里所有高官的头上都要戴上挂着各种饰物

---

① 见《卜弥格文集》，张振辉、张西平译，华东师范大学出版社 2013 年版，第 186 页。
② 见袁仄主编《中国服装史》，中国纺织出版社 2005 年版，第 27 页。

的帽子,就像他们的朝服一样,在这些饰物上,也有上面提到的玉石。如果是皇亲国戚,他们头上的帽子靠近耳朵和后脑勺的地方也有这样的旒饰。大臣也要戴这样的帽子,但它上面的旒饰的位置低些。例如国老,他帽子上的旒饰就像在脑袋两边的两只耳朵样。宫里的皇后和嫔妃还有太监头上的官帽也有相应的饰物。在皇帝和大臣们的朝服上,还有一根金光闪闪的宽阔的带子,带子上挂着一些桃珠牌。他们的头发按照摩登方式(礼仪)的要求,梳结得很漂亮,发上还插着许多金色的玫瑰和珠玉发簪,扣上环扣。皇后要戴凤冠,冠上缀饰着成千上万颗宝石。

级别最高的大臣穿的是紫红色的缎子朝服,上面的饰物的确很多,在它的胸前和背上都绣了金龙和鸟中之王凤凰。有军衔的大臣的服上有老虎的图像,图像旁边还有两根丝制的饰带。此外还有一根四个手指宽的带子,根据军衔的高低不同,有金色的和银色的,带子上挂着犀牛角、玉和沉香。[①]

这篇名为《中国事务概述》的文章堪称一部明代社会生活的百科全书,不论从哪个方面都可看到卜弥格对感兴趣而又闻名于世的那些中国事务的了解和观察是极为细致和周密的,只可惜他为他的《中国地图册》中的17张中国行省的地图所写的说明今天已经遗佚了,要不然我们还可看到他对中国更多的了解。

三　卜弥格对中国动植物和中医的研究

卜弥格将其一生的主要精力用在对中国的动植物和中医的研

[①] 见《卜弥格文集》,张振辉、张西平译,华东师范大学出版社2013年版,第186、187页。

究上。其实在上面提到的《中国事务概述》中，除人参外，他还介绍了许多当时在国内外都很有名的动植物，如中国的漆树、沉香、樟脑树、茶叶、生姜、肉桂、甘蔗和药用植物大黄以及麝和麝香等，并对它们的采集、用途和用法都做了符合实情的介绍。在《卜弥格1658年11月20日在东京写给托斯卡拉的大公爵的信》中，他对中国闻名于世的燕窝甚至介绍得非常详细：

> 还有一种在中国和它的一些附属国可以见到的东西，这就是燕窝，这是一种非常有名和非常珍贵的食品。一磅这样的燕窝经常是同等重量银价的三倍或者更多的倍，它能医治体弱者和病者。这是一种燕子的窝，但人们说，它和我们的燕子种类不同。它以银鱼为食，这种鱼的鱼皮呈银灰色（它全身都是肉），它在海边的岩穴里产子，然后生出许多小鱼。燕子在11月和3月用这些小鱼筑巢，在巢里孵出雏燕。还有一些人说，这种燕子嘴里会吐出很多唾液，这种唾液在空气中会干涸，可以用它来筑巢，渔人在这些鸟巢中，挑出最好的，不管用什么办法，都要把它放在一些瓷碗里，然后切成块，是一种非常好的食品，可以放在鸡汤中炖煮或者以别的方法烹制。燕窝干了可以保存很长的时间，也可以运到很远的地方。[①]

出版于1656年的卜弥格《中国植物志》除对产于中国的椰子、槟榔、芭蕉、荔枝、龙眼、芒果、枇杷、波罗蜜、柿子、榴莲、胡椒、桂皮、茯苓、生姜、野鸡、松鼠、玄豹等三十种动植物作了系统的介绍外，还绘制了它们的图像，因为他第一次来到

---

① 见《卜弥格文集》，张振辉、张西平译，华东师范大学出版社2013年版，第296页。

中国居留海南岛的一年中,就见到过它们,并对它们进行了仔细的研究和描述。例如,关于中国的柿子:

> 在中国,生长着许多柿饼树和柿饼果。这种果实呈金黄带紫颜色,比橙子大。它的瓤很松软,呈淡黄色,瓤的表皮也是这种颜色。中间有核,把它晾干后像欧洲的无花果那样,可以保存多年。中国的医生把它当药用。①

关于生姜:

> 中国的生姜产量最高,质地最好。如果将它保存得好,一年都可以保持绿色不变。它的根过了很长时间都可以食用,在12月和1月采集的生姜表面呈黄色,把它放在潮湿的地方,是为了不失去水分……中国的医生们把生姜当药用,要病人多出汗,得让他喝生姜熬煮的水。他们认为,吃了生姜的根,可以防治血液循环器官的病。如果空腹把它吃下去,当天就可以给病人解毒。②

关于野鸡:

> 它的羽毛很不一般,它的肉非常好吃,它的体形特别大,中国人还有一种长尾鸡,它的尾部毛茸茸的,很漂亮,有六个手掌长。这种鸡栖息在高丽,即朝鲜以及中国的陕西和广西。③

---

① 见《卜弥格文集》,张振辉、张西平译,华东师范大学出版社2013年版,第325页。
② 同上书,第341页。
③ 同上书,第345页。

这种既真实又很生动的描写在《中国植物志》中可以列举很多。卜弥格对中国生长的动植物的研究和介绍在欧洲有很大的影响，因为它们不仅具有现实意义，且有深远的历史意义，正如波兰当代著名汉学家、卜弥格的研究专家爱德华·卡伊丹斯基先生所指出的那样，卜弥格的《中国植物志》"是欧洲发表的第一部论述远东和东南亚大自然的著作"，"它对中国植物（和动物）的介绍和其中的插图，是欧洲近一百年来人们所知道的关于中国动植物的唯一资料"。"在欧洲，不论17世纪还是18世纪，都没有一个植物学家像卜弥格那样，根据自己在中国的实地考察和经验，撰写和发表过什么东西。"①

卜弥格在他的作为一个著名医生的父亲的影响下，从小就酷爱医学，而且有过治病救人的实践，他来到中国后，便把他的大部分精力用在对中医的研究上，这当然也是出于他对中国的热爱。因此在他一生的科学著作中，有关中医的著作在数量上也是最多的。卜弥格这项研究的重点是以《黄帝内经》和魏晋医学家王叔和的《脉经》为代表的中国古代医学经典。此外他在南明永历皇帝的朝廷，从一些中医师那里，也学到许多中医临床的知识。随同他长期往返于欧洲的中国旅伴陈安德据说也懂中医，卜弥格在阅读中医典籍的时候，当然也能得到他的帮助。他在《耶稣会卜弥格1658年在暹罗王国给医生们写的前言》一文中，一开始就向欧洲人介绍说：

> 现在，我们向你们，最有名的先生们和整个欧洲提供一部著作的纲要，这部著作是世界上最遥远的角落（最遥远的一个地区）的一个最年长和最令人尊敬的医生的。你们应该

---

① 见《卜弥格文集》，张振辉、张西平译，华东师范大学出版社2013年版，第100页。

知道，他是生活在比阿维森纳①、希波克拉底②、盖仑③和塞尔苏斯④还要早许多个世纪的一个地方的一位很有能力和高贵的皇帝。根据文献记载，他生活在洪水泛滥⑤前大约四百年，在基督诞生前2697年，他就开始统治那个地方了。我们能不能了解到他的那个地方在哪里？这位大人物统治的那个地方叫Synpi，在中华帝国的河南省的开封市。⑥ 他的名字叫黄帝，意思是"黄色的皇帝"。是他第一个在中国制定了中医技艺（用药的方法）的原则，这个技艺被人们接受了，并且世世代代传了下来。他为他的帝国做出了很大的贡献，有许多事实都证明了，在运用这种技艺中许多有名的事例不仅都有记载，而且也流传下来了。⑦

这当然是一种外国人的说法，实际上，《黄帝内经》这部中国古代医学经典只是托名黄帝与岐伯、雷公等论医的一部著作。作者不可考，成书年代也说法不一，一说成于战国，一说成于秦汉之间，一说成于汉初。它并非成于一人，也非成于一时，而是自战国至汉初几代人的著作的积累，是中医临床经验的总结，其哲学思想的支柱是阴阳五行说。这一学说把人体看作一个有机的整

---

① 阿维森纳（Avicenna），即伊本·西拿（ibu-Sina，980—1037），阿拉伯著名医学家和哲学家，被誉为"医中之王"。阿维森纳是他的拉丁文名，系欧洲人对他的称呼。
② 希波克拉底（Hippokrates 或 Hippocrates，约前460—约前377），古希腊医学家，西方医学的奠基人。
③ 盖仑（Claudius Galenus 或 Galen，129—199，也译伽仑），古罗马医师、自然科学家和哲学家，继希波克拉底之后的古代医学理论家。
④ 塞尔苏斯（Aulus Cornelius Celsus，公元1世纪），在世时编撰过一部大型百科全书，现仅留下了其有关医学的部分。
⑤ 大概是指大禹治水。
⑥ 不知道Synpi是什么地方，但黄帝主要活动在河北和陕西一带。
⑦ 见《卜弥格文集》，张振辉、张西平译，华东师范大学出版社2013年版，第483页。

体，并把人体的疾病同外界的自然环境联系起来考察，提出了一套符合唯物辩证法原则的施治的医学方法，一直被中医学和中医临床学所继承和发展。卜弥格在他的《医学的钥匙》等著作中，通过对这部著作和其他中医经典的研究，也从哲学的高度，从对中医的阴阳五行、气血循环和宇宙运转、一年四时对人体机能运转的影响这些基本的理论，到脉诊治病和各种中医处方、药物的运用及其功效几乎无不论及。在《医学的钥匙》中，他一开始就说：

> 古时候的中国人认为，人所以能够活下来，并且保持健康，是因为其体内有两种能够结合在一起、互不抵牾的属性，一种叫阳，另一种叫阴。他们所说的阳就是原始温（calor primigenium），阴就是湿的成分（humidum radicale）。他们认定，上面提到的湿的成分和原始温（中国人叫阴和阳）是用来输送气和血的，它们也是连在一起的，但有一定的比例。如果一个人身上的原始温或湿的成分比例适当，那么他就处在最有活力和最健康的状态。[①]

"阳和阴"是人能不能活下去的决定因素。因为这两种属性在一个人的全身或者它的某些部分，在他的某些器官或内里中有时候会起变化，这样就会导致疾病的产生和失去活力，最后他就会死去。如果出现了与此相反的情况，也就是说他又恢复了他原来的状况，恢复了他的健康，那他就会长命百岁。因此照中国医生们的看法，对一个人来说，湿的成分阴和原始温阳是了解他的活力和健康状况的一把钥匙。如果他

[①] 见《卜弥格文集》，张振辉、张西平译，华东师范大学出版社2013年版，第486页。

身上的这两种属性比例失调，那他就会失去存在于他的气和血中的生命，因为整个人体和它的各个部分都是处于活动状态，都是互相渗透和关联的，它们要靠阴阳的滋养，维持他们的生命。①

卜弥格认为，人体内的气和血在人体内的十二根经中二十四小时成周期地不断循环，由于这种循环，便产生了脉搏。这种循环也和天的运转相对应。脉搏和呼吸的次数要成一定的比例，如果不成比例，人就处于病态，他在《论脉》中说：

> 人生命的循环沿着天的运转路线所指示的那条道路，和天的运转相对应——所有中国人都这么认为——它是阳和阴在十二根经中的血和气的移动而造成的。这种循环开始于凌晨三点（男人开始于凌晨一点，女人开始于三点），从肺部开始，经过十二个时辰（我们的二十四小时）后，第二天凌晨两点到肝脏结束。从肺部开始的这种类型的循环是固定不变的，由于它和呼吸，也就是吸进空气的存在，我们便有了生命，而且能够维持生命。空气中有湿气，把湿气分离出来，就能够创造温。呼吸和气都来自于肺。二十四小时即一昼夜的气血的流动，也就是循环和天运转的五十亭（pavilion）对应。根据这个规律（天的一次完整的周转），人的体内也会有一次完整的循环，或者一次完整的周转。他们还认为，在天的一次完整的周期中，一个健康人要呼吸一万三千五百次。
>
> 在一次充分的呼吸时间内，阳（即气）和阴（即血）在人体中流动六寸的距离，因此在我们的二十四小时（也就

---

① 见《卜弥格文集》，张振辉、张西平译，华东师范大学出版社2013年版，第486、487页。

是呼吸一万三千五百次）的时间内，血和气要走八百一十丈远。在一次呼吸的时间内，血和气要走六寸远，一个健康人的脉搏要跳动四次到五次，这个规律的发现已经长期运用在中国的医学中。由此便可得出一个结论：既然人在一个天文日（即二十四小时）要呼吸一万三千五百次，那么照这个数，脉搏的次数就不应多于七万六千五百次，也不应少于五万四千次，这个数就是在生命的一次循环中脉搏的次数，它和天周转五十亭相对应。如果在一次循环中脉搏的次数比这个正常的次数少或者多，那就是说脉的搏动太慢或太小，或者太快或太大，说明一个人的健康状况不好，他的器官和脉的运动规律不符合天的运动规律，他的机体功能不正常。

这样他们又确定了对一个健康人和一个病人在特定时间内的测算脉搏的方法。一个健康人一刻钟要呼吸一百四十次半，他的脉搏的次数不应少于五百六十二次，也不应多于七百零三次。在这个时候，他的生命循环中的血和气流动了八丈四尺三寸远或者更远一点的距离。像中国人说的那样，血和气的循环也包括每一个重要和比较不重要器官的循环，它们的循环是通过属于它们的经来进行的，和气的不停息的流动一起，造成了一个生命的圆圈。①

卜弥格在《医学的钥匙》中还说："和阴的运动同时进行的人体内跟血管内的血和气的循环半圈所需要的时间，和天体运转二十五亭是一样的。阳在人体的另一半边或在人体的造血器官中，通过气输送的时间和天体另外一个二十五亭也是一样的。"② 这里

---

① 见《卜弥格文集》，张振辉、张西平译，华东师范大学出版社2013年版，第362、363页。
② 同上书，第524、525页。

指出了阴阳对应和气血循环是中医理论的核心，这也是对《难经》中的一个观点的展述，即"人一呼脉行三寸，一吸脉行三寸，呼吸定息，脉行六寸。人一日一夜，凡一万三千五百息，脉行五十度周于身。漏水下百刻，营卫行阳二十五度，行阴亦二十五度，为一周也，故五十度复会于手太阴。寸口者，五脏六腑之所终始，故法取于寸口也"①。

对人体内各种器官的属性和特点，卜弥格根据《黄帝内经》中的论述，也进行了深入的研究，他认为每个器官都有金木水火土五行的属性：肺和大肠属金、肝和胆囊属木、肾和膀胱属水、心和小肠属火、脾和胃属土。它们的活动和一年不同的时节有联系，"一年有五个时节，春天主木和肝，夏天主火和心，夏末主土和胃，秋天主肺和金，冬天主水和肾"。人体内的十二根经将这些器官和有关的脉连在一起，脉搏反映在两只手的寸、关和尺这三个位置上。每个器官都有各种不同的颜色和好恶，从脉上可以看到通过经络连着它的器官的健康状况。他在有关名为《右手上的脉以及和它们有关的器官》的表格上介绍说：

> 第一个位置寸上的脉和肺器官有关。属金，干燥，白色，爱稻米和马肉，恶土。第九个开始活动，属于西方和天上称为 kin 的一部分，它的窗口是鼻孔……如果肺是热的，就会感到皮肤也是热的，如果肺是冷的，皮肤也变冷了。肺受到损坏，皮肤就显得干燥，毛发变得弯曲或者竖了起来，嘴老是张着，只呼不吸。病人长时期大便稀少，是治不好的。
>
> 第二个位置关上的脉和脾器官有关，属土，热，黄色，恶热，爱土和牛肉。第五个出生，在中间和天上称为 keu 的

---

① 《难经》原名《黄帝八十一难》，一般说是东汉时期的著作，作者不可考。这里的引文引自牛兵占主编《难经译注》，中医古籍出版社 2004 年版，第 1 页。

那一部分……如果有病，那是因为脾受到损坏，病人嘴上冰凉，脚肿，大便稀少，体内有沉重感，十二天后会死去。①

在名为《左手上的脉以及和它们有关的器官》的表格上，他又写道：

连着第一个位置寸的心器官属火，性热，有苦味，红色，爱黍和牛肉，恶热。第七个开始活动，属于南方和天上称为 Li 的那部分，有汗，心的窗口是舌头，舌的自然脉是浮脉。心有一根少阴经通到手上，这根经的脉在暑天是强脉，在冬天是弱脉。

连着第二个位置关的肝器官属木，青色，爱土、亚麻和鸡肉。第八个开始活动，属于东方和天上称为 Xin 的那一部分。肝的窗口是眼睛，肝的自然脉是弦脉。有根属于木的厥阴经从脚通到肺，暑热感到压抑，冬天感到乏力。如果肝胆受到损坏，病人眉毛下垂，第七天会死去。

连着第三个位置尺的肾器官属水，性寒，有咸味，黑色，爱豆和猪肉。第六个开始活动，属于西方和天上称为 Kien 的那一部分，肾的窗口是耳朵，肾的自然脉是深脉和涩脉。如果膀胱受到损坏，病人的牙暴了出来，脸红，眼呈黄色，肾也坏了，第四或第八天死去。②

在《黄帝内经》中，我们看到也有这样的说法：

---

① 译自爱德华·卡伊丹斯基提供的一张名为《右手上的脉以及和它们有关的器官》的表格的波兰文打字稿。
② 同上。

西方白色，入通于肺，开窍于鼻，藏经于肺，故病在背，其味辛，其类金，其畜马，其谷稻，其应四时，上为太白星，是以知病之在皮毛也，其音商，其数九，其臭腥。①

中央黄色，入通于脾，开窍于口，藏精于脾，故病在舌本，其味甘，其类土，其畜牛，其谷稷，其应四时，上为镇星，是以知病之在肉也，其音宫，其数五，其臭香。②

南方赤色，入通于心，开窍于耳，藏精于心，故病在五脏，其味苦，其类火，其畜羊，其谷黍，其应四时，上为荧惑星，是以知病之在脉也，其音徵，其数七，其臭焦。③

东方青色，入通于肝，开窍于目，藏精于肝，其病发惊骇，其味酸，其类草木，其畜鸡，其谷麦，其应四时，上为岁星，是以春气在头也，其音角，其数八，是以知病之在筋也，其臭臊。④

北方黑色，入通于肾，开窍于二阴，藏精于肾，故病在溪，其味咸，其类水，其言彘，其谷豆，去应四时，上为晨星，是以知病之在骨也，其音羽，其数六，其臭腐。⑤

这样，卜弥格根据《黄帝内经》的理论，述说人体各个器官的特性和它们有可能产生的各种疾病的表现以及连着这些器官的经脉和五行，把它们在天上对应的位置以及它们所受一年各个时节的影响都联系起来了，形成了一个有机的整体。虽然他所指的天上的那些位置我们不知道是什么，但是照《黄帝内经》中的说法，人体器官跟一年四时和天上的某颗星是有联系的，这和中国

---

① 见《黄帝内经》，天津出版传媒集团、百花出版社2015年版，第12页。
② 同上书，第11页。
③ 同上。
④ 同上。
⑤ 同上书，第12页。

古代所谓"天人合一"的说法是一致的。

与此同时，卜弥格在《舌诊》中认为中医这种治病的方法也和上述的理论有联系，他说：

> 为了说明这个问题，应当指出的是，照中国医生们的看法，人体五个器官和五行有五种颜色。舌头反映心的状况，心主管整个人体。心的颜色是红的，肺的颜色是白的，肝的颜色是青的，胃的颜色是黄的①，肾的颜色是黑的②。中国的医生说，红色和南方，和心火对应，红色是心的自然属性。如果心在一年四时中患了病，那么病人舌头的颜色就会起很大的变化，舌头上也没有舌苔。在中国，苔上一种很稠的物质，是舌头面上一层白色的薄膜，大量出现在早晨，是一种带黏性的物质或者泡沫，可以把它刮下来。如果它干了，看起来就像被烤干了一样，这说明病人患的是一种体表的病。如果是体内的病，这种带黏性的苔就不会凝固，而且更多的是出现在舌头的右边，它是由寒病引起的，从人体的上面逐步地往下走。如果苔也就是舌上那一层带黏性的物质看起来又干又粗糙，说明病人的腹中有热，那层黏性的物质的颜色是黄的。
>
> 如果舌头是白的，就和肺金的属性相对应，属于西边的那一部分。病从寒和过量的水中来，是洪脉。书中指出，舌上如果有一层薄薄的红色的东西，这说明脐下有热，腹中有寒，寒深入到了体内。

---

① 卜弥格认为"胃"和"脾"都属土，所以是黄的。
② 参阅"三十四难曰，五藏各有声、色、臭、味，皆可晓知以不？然，《十变》言肝色青，其臭臊，其味酸，有声呼，其液泣。心色赤，其臭焦，其味苦，其声言，其液汗。脾色黄，其臭香，其味甘，其声歌，其液涎。肺色白，其臭腥，其味辛，其声哭，其液涕。肾色黑，其臭腐，其味咸，有声呻，其液唾，是五藏声、色、臭、味也"。（元）滑寿著，李玉清、李怀芝校注：《难经本义》，中国中医药出版社2009年版，第60页。

黄色的舌苔跟属土的脾和腹相对应。水中的大寒把热降了下去，被腹部吸收，反映在黄色的舌苔上。如果腹部没有被大肠烤热，它就会变冷，如果整个舌头都是黄的，这说明胃变硬了，大肠也干了。青色的舌头和东方对应，属木，反映肝的状况，病一开始就反映出火太盛。如果舌头的颜色呈寒性，病是因为阴被破坏而引起的。如果舌头很干燥，像嘴巴被烤干了一样，嘴里的唾液不进喉咙，发烧，病人不感到冷。黑色的舌头和北方对应，这说明膀胱且主要是肾有病。如果舌头变黑，病人会发烧，他的病很重。①

卜弥格在这篇文章中还明确地指出，他这里的论述全部引自永历朝廷里的一些信仰基督教的医生们当时用过的一部医书，只是他没有说出这部医书的名字。

卜弥格指出，脉的运动是一个人的生命在他手上的某个位置的显示，通过脉的运动，也可看出一个人的健康状况是好是坏。因此，诊脉，了解一个人的脉的性质和状态是中医治病的主要方法。根据王叔和的《脉经》和其他一些典籍的提示，卜弥格认为，脉不属于阳，即属于阴，每种脉就像和它有联系的那个器官一样，都属于五行的一种。一般可以诊断的脉有下面几种：脉七飘，在外部，属于阳，有浮脉、芤脉、涩脉、寔脉、弦脉、紧脉和洪脉。脉中八，在内部，有微脉、深脉、缓脉、稀脉、迟脉、软脉、伏脉和弱脉。九道脉，就是九根经的脉，有长脉、短脉、虚脉、速脉、涩脉、代脉、抻脉、动脉和细脉。此外还有急进八脉，和十六根超常脉，这都是死脉。它们的性质各不相同，表现也不一样，能反映人体内和这些脉有联系的那些器官是处于健康状态还是有

---

① 《卜弥格文集》，张振辉、张西平译，华东师范大学出版社2013年版，第365、366页。

什么疾病，反映出人体处于健康状态的脉是正常的脉，反映出病态的脉是不及或太过的脉。这里仅举两种脉搏即外部的浮脉和芤脉为例，卜弥格说：

> 浮脉在面上，属于阳。如果诊断它的手指只按表面，会觉得它的搏动很强，如果手指往下按去，会觉得它很弱，像太过脉一样，比太过脉还大。……芤脉属于阳，通过手指的诊断，发现它的搏动很漂浮，在两边，中间歇止了，是空的，因此它没有变动。①

《脉经》上是这样说的：

> 浮脉，举之有余，按之不足。
> 芤脉，浮大而软，按之中央空，两边实。②

通过以上的对照，可以看到，卜弥格这里不仅引用了《脉经》上的提示，而且还参考了中国其他的医典，有的还可能是他从永历朝廷的医生在给病人诊脉治病的时候学来的，说明他对人体各种脉搏的性质和运行以及它所显示的疾病，进行了深入的研究。

卜弥格还在中国各地采集到了许多药用植物，也收集了不少中医的处方，在《中医处方大全》第一部分《对作者王叔和脉诊医病的说明》中，他对人体的许多不及或太过的病脉的治疗列举了 72 种处方，说明了这些汤药的熬煮和服用的方法。在《中医处方大全》第二部分《单味药，中国人用于医疗的单味药》中，他

---

① 《卜弥格文集》，张振辉、张西平译，华东师范大学出版社 2013 年版，第 548 页。
② （晋）王叔和撰：《脉经新译》，韩永贤译，学苑出版社 2006 年版，第 1、2 页。

甚至举出了289种治疗人身上各种疾病的中药，清楚地说明了它们的药性、能治什么病。这些处方和药物的列举当然都是有根据的。例如在《对作者王叔和脉诊医病的说明》中他说，治疗手上第一个位置的濇脉有半夏汤的处方：

　　取半夏和茯苓，混在一起取出半两，加上两杯水和七片鲜姜，熬煮到剩下一半的水，去渣滓，饭后服，如果止不住呕吐，再服一剂。①

经查找，我们在元代危亦林的《世医得效方》中，也发现了类似这样的处方，它的用法如下：

　　大半夏汤：【处方】半夏（汤洗七次，完用）二两　人参三钱三字　【用法】上分四服。每服水三盏，蜜二钱重，和水扬匀入药，煎至六分，去滓，温服。一法，有生姜七片。治法曰：呕家先渴，今反不渴者，以心下有支饮故也，治属支饮。②

治疗手上第二个位置的濇脉有小柴胡汤的处方：

　　取柴胡、赤芍药各一两，人参五钱，甘草三钱，桂皮四钱，混在一起后取出半两，加两杯水和七片姜，熬煮到剩下一杯水，去渣滓，乘热服下。③

---

① 《卜弥格文集》，张振辉、张西平译，华东师范大学出版社2013年版，第380、381页。
② （元）危亦林：《世医得效方》，第二军医大学出版社2006年版，第142页。
③ 见《卜弥格文集》，张振辉、张西平译，华东师范大学出版社2013年版，第381页。

在东汉张仲景的《伤寒论》中,也有类似这样的处方:

柴胡半斤,黄芩、人参、炙甘草、生姜各三两,半夏半斤,大枣十二枚。水煎去渣,分三次服,日三次。①

治疗第三个位置的濇脉有附子温中汤的处方:

取干姜、附子各五钱,炮白术一两,甘草二钱,桂皮七钱,混在一起后取出半两,加两杯水,煮到剩下一杯后,去渣滓,饭前乘热服下。②

在元代罗天益的《卫生宝鉴》卷二十三中,也有类似这样的处方:

炮姜、附子(炮,去皮脐)各七钱,人参、炙甘草、白芍药、茯苓、白术各五钱,草豆蔻(面裹煨,去皮)、厚朴(姜制)、陈皮各三钱。为粗末,每服五钱至一两,加生姜五片,水煎去渣,食前服。③

卜弥格列举的许多单味药,这里也可以举例说明,如卜弥格在介绍我们熟知的甘草时,说它"味甘甜,性温,入心和胃,是一种解毒和强身的药";我们今天知道它的功能是"和中缓急,润肺,解毒,调和诸药。炙用,治脾胃虚弱,食少,腹痛便溏,劳倦发热,肺痿咳嗽,心悸,惊痫;生用,治咽喉肿痛,消化性

---

① 见《中医大辞典》方剂分册,人民卫生出版社1983年版,第68页。
② 见《卜弥格文集》,张振辉、张西平译,华东师范大学出版社2013年版,第381页。
③ 见《中医大辞典》方剂分册,人民卫生出版社1983年版,第292页。

溃疡，痈疽疮疡，解药毒及食物中毒"。① 白术"这种根又苦又甜，性温，入胃，强胃，病人发高烧时，不可服用"；我们今天知道它"补脾，益胃，燥湿，和中。治脾胃气弱，不思饮食，倦怠少气，虚胀，泄泻，痰饮，水肿，黄疸，湿痹，小便不利，头晕，自汗，胎气不安"。② 姜黄"这种根味苦涩，性很寒，在月经来到的时候，通滞血"；我们今天知道它"破血，行气，通经，止痛。治心腹痞满胀痛，臂痛，癥瘕，妇女血瘀经闭，产后瘀停腹痛，跌扑损伤，痈肿"③。百合"这种根又苦又甜，性平和，入心和肺，补肌体组织，缓解咳嗽，治热病"；我们知道它"润肺止咳，清心安神。治肺痨久嗽，咳唾痰血；热病后余热未清，虚烦惊悸，神志恍惚，脚气浮肿"④。卜弥格的处方和上述医典中的处方只能基本上一致，因为他在阅读他能得到的中医典籍和在各地了解、调查研究那么多的中医处方和药物的时候，虽然能够得到中国人的帮助，但他一个人的力量，不可能把它们的药性和用法都了解得十分周全。可是我们应当看到，他作为一个外国人，三个半世纪以前在他的《对作者王叔和脉诊医病的说明》和《单味药》中对他列举的中医处方和药物的介绍跟中国的医典甚至今天中医的看法基本一致，实属不易，说明他当时的调查研究是多么认真和努力。他曾说他撰写《医学的钥匙》等有关中医的著作花了整整十年的功夫，其中有些著作更是在他几次往返于欧洲和亚洲的途中，在极其艰苦的条件下写成的，为了向欧洲传播他所热爱的中国古代的文明成就，他付出了毕生精力。

卜弥格对中国文明成就的研究和介绍不论从哪个方面来看，

---

① 见《中药大辞典》，上海人民出版社1977年版，第570页。
② 见《中药大辞典》，上海科学技术出版社1986年版，第672页。
③ 见《中药大辞典》，上海人民出版社1977年版，第1736页。
④ 见《中药大辞典》，上海科学技术出版社1986年版，第857页。

都有很大的科学价值,而且他的这些研究和介绍在中西方文化交流史上,都是开创性的,具有划时代的意义。我们知道,在明末清初来华的西方传教士大都是一些天文学家和数学家,他们的历史功绩在于他们来到中国后,把西方先进的数学和天文学的知识传授给了中国。但那个时候,向西方传播中国文明成就的欧洲人中,却只有卜弥格一人,也可以说,马可·波罗在14世纪向西方描述中国的美丽和富庶,对后世产生了很大的影响之后,在欧洲人中,就只有卜弥格继承了这个威尼斯人的伟大事业,而且卜弥格对中国的文化和科学的研究,涉及面要比他的这位先驱深入和广泛得多,所以爱德华·卡伊丹斯基先生曾经说过:"卜弥格无疑是欧洲第一位了解中医的秘密,掌握了有关中国药用植物知识的学者。""当航海民族——葡萄牙人、荷兰人和西班牙人只是部分地发现了中国和中国文化的时候,17世纪的欧洲人从卜弥格那里,对于中医学、中国动植物和矿物,实际上已经得到了全面的了解,卜弥格乃是向我们提供这种了解的第一个欧洲人。"他还说:"西方的传教士都是出色的天文学家和数学家,可是对于中国的医学和大自然,除了卜弥格,谁都说不出什么。"[①] 卜弥格介绍中国动植物特别是研究中医的著作不论在当时的欧洲,还是对后世都产生了很大的影响。如在他从欧洲返回中国的途中,在暹罗曾把他一部分中医著作的手稿交给他的一个旅伴——比利时来华传教士柏应理(1624—1692),要他将其寄到欧洲去出版,可是柏应理却交给了一个荷兰商人约翰·范里克。这个商人又把这些手稿寄到了印度尼西亚的巴塔维亚,即今天的雅加达,在那里被荷兰东印度公司的总督约翰·梅耶特瑟伊克征用,因为当时中医这门科

[①] 见《卜弥格文集》,张振辉、张西平译,华东师范大学出版社2013年版,第100页。

学早已传到了印度尼西亚，卜弥格用拉丁文和中文写的中医著作对当地的荷兰医生和药剂师们是有指导意义的。后来卜弥格的一部分中医著作手稿传到了欧洲，引起了广泛的重视，有的被欧洲的东方学家大量地引用，有的甚至被人冒名顶替发表，但他一生中两部最重要的著作——《中国植物志》和《医学的钥匙》都曾以他的名字分别于1656年和1686年在维也纳和德国的纽伦堡得到出版，流传于欧洲。他的《通过舌头的颜色和外部状况诊断疾病》这篇文章在1682年也发表过。他的《中医处方大全》那个时候在欧洲还出版过好几次，这都使得在17世纪最后的20年，欧洲人对中国的医药产生了很大的兴趣，荷兰的东印度公司热衷于把他们能够卖出高价的高级商品从中国运到欧洲，在这些商品中，就有享有盛名的"神奇的中国药"。由于卜弥格的介绍，这些"神奇的中国药"在欧洲大受欢迎，人们争相购买，用来治病。实际上，在17世纪和整个18世纪，卜弥格关于中医药的理论一直占有统治地位，没有人能取代他。当然，在西方早期的汉学家中，除卜弥格之外，也有人比较全面地介绍过中国的地理位置和自然环境，如意大利来华的传教士卫匡国（1614—1661）绘制的《中国新地图志》（1655）当时就有一定的影响。后来也曾有人继承卜弥格的研究并向西方介绍中医事业，如法国汉学家和医生雷慕莎（1788—1832），他和卜弥格一样，也是一位宫廷医生的儿子，父亲死后，雷慕莎开始学习医学，他看了卜弥格的《中国植物志》后，便对中国的动植物和中医产生了浓厚的兴趣，决心学习汉语。1813年，雷慕莎完成了他的题为《论舌上的征候》的博士学位论文答辩，这篇论文接触到了中国医生通过舌头上的征候来诊治疾病的论题，它也是根据卜弥格的《通过舌头的颜色和外部状况诊断疾病》中的观点写成的，此外他还发表过一篇《论中国人的医学》的文章。但是像卜弥格这样既全面又深入地向西方介绍中国文明成就的学者，却没有第二个。虽然西方有许多汉学家纷纷为他写传，如雷慕莎为他给法国的人名词典写过传记，法国另一位汉学家沙布烈还出版过《卜弥格传》，法国著名汉学家伯希和（1878—1945）也写过《卜弥格传补正》，但直到爱德华·卡伊丹斯基先生的《明王朝的最后特使卜弥格传》和《中国的使臣卜弥格》，才对卜弥格的一生和他的伟大成就做了最全面、深入和公正的评价。这两部著作近年已译成中文在中国出版。我们今天缅怀这位西方汉学的先驱和中国人民的朋友，是因为他对中国人民和中国文明成就的最真挚的爱和他那锲而不舍的求真精神，我们一定要继承他的伟大事业，为增进中波两国的传统友谊和文化交流做出更大的贡献。

（此文原载《欧洲语言文化研究》第 4 辑，收入本书时，文中所引卜弥格著作中论述的出处有所改变）

卜弥格与明清之际中学的西传

一 卜弥格的生平

卜弥格（1612—1659）是波兰17世纪来华的著名耶稣会传教士，西方早期为中学西传做出杰出贡献的先驱。卜弥格的波兰文原名叫米哈乌·博伊姆（Michał Boym），1612年出生在乌克兰的利沃夫（Lwów）。

卜弥格在澳门学了几个月的汉语，不久就登上了海南岛，被安排在海南岛琼州附近定安城里新成立的一个耶稣传教士使团里工作，他在这里住了差不多一年的时间。这时正值明末清初，清军已入关内，明崇祯皇帝朱由检1644年在煤山自缢后，万历皇帝的孙子桂王朱由榔于1646年在广东的肇庆称帝，年号永历，史称南明。这个朝廷里有一位位高权重的司礼监掌印太监，他叫庞天寿，早在天启年间或崇祯初年，在北京就接受了天主教信仰。此外还有一个德国的耶稣会传教士瞿安德（Andre—Xavier Koffler）[①] 曾给宫里的皇太后、皇后、太子和几个宫女施过洗，所以这是一个信仰天

---

① 瞿安德（1612—1652），德国传教士，1627年入耶稣会，1646年赴中国，曾与南明诸王共患难，给永历皇帝的嫡母、生母、外祖母和永历的皇后施过洗。在永历的抗清斗争中，帮助永历向澳门的葡萄牙人求援，后在1651年12月12日死于清兵之手。庞天寿曾命人找到了他的尸体，将其葬于被害之地。

主教的小朝廷。这时清军占领了福建和两广的一些地方，1647年，清军又占领了海南岛，岛上和明朝政府有公事往来的耶稣会使团因此受到了攻击。卜弥格曾被清军逮捕入狱，后来他越狱逃跑，来到了越南的东京（今越南河内），后又辗转来到了澳门。照波兰当代汉学家和卜弥格的研究家爱德华·卡伊丹斯基（Edward Kajdanski，1925— ）的看法，1649年初，永历朝廷里的皇太后曾请求当时葡萄牙驻澳门的总督派一个西方的传教士来协助瞿安德的工作，卜弥格因此被澳门葡萄牙殖民当局选派，来到了永历的朝廷里。卜弥格在这里不仅受到了皇帝和庞天寿的友好接待和留居，而且被皇帝封了官职，和他们的关系十分亲密。不久，卜弥格得到机会，经湖南、河南来到了陕西的西安，他在这里见到了著名的"大秦景教流行中国碑"。但永历朝廷由于清廷的进逼，想为抗清斗争远去欧洲争取救援，因此决定从朝廷里派一位使臣去欧洲，以求得罗马教廷和欧洲各国对此天主教小朝廷的军事援助。他们把这个特殊而又艰难的使命交给了他们所信任的卜弥格，并且派了一个中国人陈安德（Andreas Cheng）[①] 和他一同前往。卜弥格带着皇太后和庞天寿致罗马教皇、耶稣会总会长和威尼斯共和国元首的几封求援信，以及永历赠送给他们的礼物来到了罗马。但是当时中国政局的变化，使得罗马教廷认定南明必将灭亡，因此表示拒绝对南明的支援，只是要他回中国去。卜弥格从里斯本搭船返回东方，1659年8月22日死在广西边境，终年47岁。

卜弥格一生为向欧洲传播中国古代科学和文明成就做出了很大的贡献。他几次往返欧亚大陆，自他第一次从里斯本去中国的途中开始，一直到他最后来到东京，几乎利用了一切可以利用的

---

① 这是随同卜弥格去欧洲后又返回亚洲的中国旅伴。我们不知道他原来的中文名字，后来欧洲各国研究卜弥格的学者留下了各种不同的拼音文字的音译，这里的中文名称和拉丁语的拼音是卡伊丹斯基先生提供的。

时间，对中国当时政治局势的变化，中国的地理位置、行政划分、社会制度、文化习俗、著名物产和中国的动植物特别是中国的医学，都进行了广泛的考察和深入的研究，用拉丁文撰写了许多有关这些方面的很有价值的著作。其中重要的有《关于中国边界上防御野蛮人侵犯的城墙，鞑靼人是在什么情况下侵入中华帝国的？》《关于大哲学家孔子》《城隍神庙或者城神庙即护城的庙》《中华帝国简录》《中国事务概述》《中国地图册》《卜弥格关于西安大秦景教流行中国碑的一封信》《卜弥格根据大秦景教碑所编著的一部汉语词典》《在中国的波兰耶稣会的卜弥格神父1653年在罗马发表的一个关于天主教在那个国家的状况的报告》（简称《报告》)、《中国占星术》《中国植物志》《〈处方大全〉的另一篇前言》《对上述〈处方大全〉前言的补充》《中医处方大全》（这部著作分两部分，第一部分叫《对作者王叔和脉诊医病的说明》；第二部分叫《单味药，中国人用于医疗的单味药》，简称《单味药》)、《一篇论脉的文章》《通过舌头的颜色和外部状况诊断疾病》《耶稣会卜弥格1658年在暹罗王国给医生们写的前言》《耶稣会卜弥格认识中国脉搏理论的一把医学的钥匙》（简称《医学的钥匙》)、《卜弥格从东京写给托斯卡纳大公爵的信，1658年11月20日》等。

　　卜弥格的这些著作特别是他有关中国的动植物和中医的著作一写出来就引起了人们高度的重视。他第一次来到中国，在海南岛居住的一年中，对中国南方的动植物进行了大量的考察和深入的研究，并开始了他的《中国植物志》这部著作撰写的准备。这部著作大概完成于1653—1655年，这是西方研究中国动植物的第一部科学著作，曾于1656年在维也纳出版，还保存了原著中介绍的每一种动植物的中文名称和卜弥格为它们绘制的二十七幅图像。后来因为这部著作受到欧洲读者极大的欢迎，在1664年，又发表了它的法文译本，名为《耶稣会士卜弥格神父写的一篇论特别是来自中国的花、水果、植物和个别动物的论文》。卜弥格说他研究中医花了整整十年的功夫，主要是在他来到永历朝廷里的那段时间，完成了一系列论述中医的著作。他的这些中医著作的问世有过一段十分坎坷的经历：他第二次来到中国，途经果阿和暹罗的大城府时，得知他作为南明的特使，已经不能够去澳门了，便把他这时已经完成的一部分论述中医的著作手稿交给当时也去中国的旅伴、比利时来华传教士柏应理（Philip Couplet），希望他以后拿到欧洲去出版，但柏应理并没有把卜弥格的这些手稿带到澳门，然后从那里寄到欧洲去，而是把它们交给了一个荷兰的商人约翰·范里克（Jan van Ryck）。这个商人又把它们寄到了印度尼西亚的巴塔维亚①，于是这些手稿就被那里的荷兰东印度总督梅耶特瑟伊克（Johan Maetsuyker）扣了下来，后被那里的荷兰医生们利用。在1665—1671年，柏应理又给荷兰东印度公司一位首席大夫阿德列亚斯·克莱耶尔（Andreas Clayer）单独寄去了一些卜弥格的医学著作手稿。克莱耶尔1682年在德国出版的一部《中医指南》中，便将他所得到的卜弥格的《中医处方大全》《通过舌头的颜色和外部状况诊断疾病》《一篇论脉的文章》和《医学的钥匙》的部分章节，以他自己的名义发表了。后来他遭到了德国历史学家和东方学家拜尔（Gottlieb Siegfried Bayer）、法国医生和汉学家雷慕莎（Abel Remusat，1788—1832）等人的指责，说克莱耶尔在《中医指南》中剽窃了卜弥格有关中医的论著。不过法国另一位汉学家伯希和（Paul Pelliot，1878—1945）又为克莱耶尔辩护，说他为收集和保存卜弥格的医学著作，使它们能够发表出来，是有功的。1686年，柏应理还是将卜弥格的《放在〈处方大全〉前的另一篇前言，这同一个神父》《对上面〈处方大全〉前言的补充》和他的《医学的钥匙》以及作为这部著作"前言"的《耶稣会卜弥格1658年在暹罗王国给医生们写的前言》一起，以卜

---

① 即雅加达，张振辉注。

弥格本人的名义，在德国的纽伦堡出版了。①

卜弥格的《报告》因为反映了天主教在南明永历朝廷里传播的情况，受到欧洲一些国家的重视，早在1653年他在罗马的时候就刊印了它的意大利文本②，第二年又出了两个法文译本。后在慕尼黑又出了两个德文的节译本。他的《卜弥格关于大秦景教碑的一封信》和《卜弥格根据大秦景教碑所编著的一部汉语词典》也曾发表在阿塔纳修斯·基歇尔（Athanasius Kicher）1667年出版的《中国图说》这部著作中。基歇尔是著名的古埃及学家，对东方的语言和文化很感兴趣，后来他从卜弥格那里对中国有过多方面的了解，并在他的一系列著作中介绍过卜弥格的成就，与卜弥格结成了终生的友谊。除上述以外，卜弥格其他的著作都从来没有发表过，有的甚至已经遗佚。那些没有发表过的著作的手稿或抄本现保存在欧洲一些国家的图书馆和梵蒂冈或耶稣会的档案馆中。但不论是他发表过还是没有发表过的科学著作，它们早在17世纪，就使整个欧洲对于有着五千年文明的中国有了全面的认识，对西方早期汉学的发展以及中西文化交流都产生了深远的影响。因此后来许多西方的汉学家不仅在他们的著作中经常引用他的论著，而且纷纷为他树碑立传。

---

① 以上介绍的是爱德华·卡伊丹斯基先生提供的史料，经他同意能够公开发表。法国汉学家沙布烈（Robert Chabrie）在他撰写的《明末奉使罗马教廷耶稣会士卜弥格》中曾引用雷慕莎的话说："后来柏应理神甫不知用何种方法将此本从Cleyer手中夺回，在1686年刊布《医钥》新版，而将原撰人名补入。"沙布烈又说："其引起诸考据家之注意者，即在此《医钥》一书中。曾译为欧洲数种语言，在数地刊行。有一法文译本，题目《中国医术秘诀即在脉搏之完全认识者》，据称此本由一大有功能的法国人自广州寄来。然则即从卜弥格之拉丁文本转译，抑径由汉文直译欤？总之，此本于1671年在Grenoble城出版，已在柏应理于1686年刊布的《医钥》之先矣。此外意大利文译有《脉书》一部，1676年在米兰出版，又有英文译本一部，1707年在伦敦出版。"见沙布烈撰，冯承钧译《明末奉使罗马教廷耶稣会士卜弥格传》，上海商务印书馆1941年版，第117、118页。

② 雷慕莎认为有这个意大利文本，但它是1652年刊印的。伯希和说根本没有这个意大利文本，卡伊丹斯基先生说《报告》的全名是《在中国的波兰耶稣会的卜弥格神父1653年在罗马发表的一个关于基督教在那个国家的状况的报告》，简称《报告》。

如在 19 世纪上半叶，欧洲一些最重要的百科全书都介绍过卜弥格的生平，雷慕莎在法国出版的《传记大全》中写过他的传记，介绍了他的科研成就。法国汉学家沙布烈和伯希和也写过卜弥格的传记。中国早在 20 世纪 30 年代就有人介绍过卜弥格的业绩，如冯承钧在 1931 年出版的《景教碑考》和张星烺在 1934 年出版的《欧化东渐史》等著作中，都对卜弥格作过简短的介绍。冯承钧还将沙布烈和伯希和撰写的卜弥格的传记译成了汉文，前者叫《明末奉使罗马教廷耶稣会士卜弥格》，1841 年由商务印书馆出版；后者叫《卜弥格传补正》，1962 年发表在《西域南海史地考证译丛三编》上。这些传记对永历朝廷内部的情况和它如何接受了天主教信仰以及卜弥格出使罗马教廷的经过、他途中遇到的各种曲折和卜弥格的部分著作都作了详细的介绍，但对其中一些史实的细节和后来克莱耶尔是否剽窃了卜弥格的著作一事有争议。1988 年，中国学者方豪在他由中华书局出版的《中国天主教史人物传》中，也收进了卜弥格的传记，这部传记不仅介绍了卜弥格的生平，而且也提到了他几部最重要的著作如《报告》《卜弥格关于大秦景教碑的一封信》《中国地图册》《中国植物志》和《医学的钥匙》等。2006 年，上海古籍出版社出版的中国台湾学者黄一农的著作《两头蛇——明末清初的第一代天主教徒》的第十章"南明永历朝廷遣使欧洲考"也详细地论述了南明永历朝廷的抗清斗争、基督教在这个朝廷里的传播以及卜弥格出使罗马教廷的背景和经过，但未更多地涉及卜弥格关于中国的论著。20 世纪 70 年代，卡伊丹斯基就开始了对这位伟大先驱的研究，20 世纪 80 年代和 90 年代，他先后出版了两部关于卜弥格的传记著作：《明王朝的最后特使卜弥格》和《中国的使臣卜弥格》，对卜弥格的一生和他的伟大业绩作了全面和深刻的论述以及公正的评价，这两部著作都曾由笔者译成中文出版。此后，卡伊丹斯基和笔者又应北京外国语大学海外汉学研究中心主任张西平教授的约请，要在中国首次翻译出版卜弥格的著作，先由卡伊丹斯基将他已收集到的卜弥格的全部著作[①]从他的拉丁文原著译成波兰文，给笔者提供他翻译的波兰文打字稿，再由笔者转译过来，名为《卜弥格文集》。另外，由张西平教授从基歇尔的《中国图说》的英译本中转译过来的卜弥格的《卜弥格关于大秦景教碑的一封信》和《卜弥格根据大秦景教碑所编著的一部汉语词典》也收进了这部《文集》。这是目前在全世界能够收集到的卜弥格著作的汇总。2012 年是卜弥格诞生四百周年，这部《文集》已由华东师范大学出版社出版，它是在中国，也是在全世界的首次出版。

二　卜弥格对中国的研究

卜弥格 1647 年在海南岛上留居的时候，就开始了对中国的地理位置和行政划分的研究，后来他在这个基础上绘制了十八张中国地图，其中包括一张中国全国和当时的北京、山东、辽东、陕西、山西、河南、南京、浙江、福建、江西、湖广、四川、云南、贵州、广东、广西和海南省或地区的地图，合称《中国地图册》。在这些地图和对它们的说明中，他不仅标明了这些地方的山川河流和矿产资源，说明了这些地方拥有的府、州和县的数目，而且还绘制了许多明代的皇帝和政府官员行使政令、参加社会活动和他们的日常生活的图景。在今天看来，卜弥格的这些地图无论它们所示的地区的形状还是它们所在的地理位置都是正确无误的。它们所标明的各地的山川河流、矿产资源和府、州、县的数目和

[①] 其中除了上述卜弥格论述中国各个方面的著作外，还有三篇分别介绍他第一次来中国途经东非、他代表永历朝廷出使罗马途中和他第二次来中国途经暹罗的见闻的报道《卜弥格神父来自莫桑比克关于卡弗尔国的报道，1644 年 1 月 11 日》《卜弥格从中国去欧洲旅行的报告》和《卜弥格神父在泰国给总会长的报告，1658》，以及他最后来到越南的河内写的《卜弥格从东京寄给托斯卡纳大公爵的一封信，1658 年 11 月 20 日》。

中国史书上的记载，也相差无几。这就足以证明，卜弥格的地图是根据他在中国长时期的实地调查绘制而成的，具有很高的科学价值。① 卜弥格之前，在欧洲也有人绘制过中国地图，但这些地图的绘制者因为没有到过中国，他们所描绘的中国所处的地理位置和实际情况相差很远，卜弥格第一个改正了他们制图中的错误，由于他的这些地图的精确性和科学价值，对后世西方了解中国的地理位置、行政划分和绘制中国地图都提供了可靠的依据，因而也对西方早期远东地理学的发展产生了很大的影响。

关于中国封建社会的政治制度，卜弥格在他的著作中涉及面很广，如他在《中国事物概述》中，首先就谈到了他所了解的明代的税收制度，他说：

> 税收分两种，一是由农村缴纳，农民缴纳的物资有小麦或大米、棉花、丝绸、盐和其他的东西，合五千一百万。这些东西虽然使皇帝受益，但其中也有九分之一落入了地主老爷的手中。在城市里则收人头税，人头税有两种：一种是从里甲②里收，一个里有一定的人数；另一种是从十个人以下的

---

① 卜弥格在《中国事务概述》中说："这个有这么多人口的帝国有十五个王国或省，它们的名称是北京、南京、山东、河南、陕西、山西、四川、贵州、浙江、江西、福建、广东、广西、湖广和云南……最大的城市中国话叫府，全中国有一百六十个府，其中有十五个是省会。北京省的顺天府有二十万户，也就是里甲……还有二百三十四座大一点的城市叫州，每个州一般有一万里甲，也就是十万人。那些有城墙围着的称为县的城市有一千一百一十六座，每个县有约六千户（也就是七万或六万人）。"我们可以将卜弥格这里说的中国当时行省的划分和府、州、县的数目与《明史》记载加以对照。《明史·地理志一》："终明之世，为直隶者二：曰京师，曰南京。为布政使司者十三：曰山东，曰山西，曰河南，曰陕西，曰四川，曰湖广，曰浙江，曰江西，曰福建，曰广东，曰广西，曰云南，曰贵州。其分统之府百有四十，州百九十有三，县千一百三十有八。"见《明史》卷四〇，中华书局1995年版，第882页。见《卜弥格文集》，张振辉、张西平译，华东师范大学出版社2013年版，第182页。

② "明太祖改设里甲。元代的都合并为里。以一百一十户为一里，其中十户为里长，推选丁粮多者十人充任。里以下每十户为一甲，设甲首一人。"见蔡美彪等《中国通史》（八），人民出版社1994年版，第43页。

家庭里收。四年收一次，由省市的官员或财务人员来收，因此收税的人很多，任何一个家庭都不能免税。罗明坚①神父指出，有一亿四千万贯钱的税是从里甲这个系统收上来的，每个家庭一次要缴四贯钱的税。据统计，帝国这时期有三亿五千万人口，如果一年每个家庭缴四贯钱的税，那么他们就会缴一亿四千万贯钱的税。这里还要加上五千一百万的田税，一共有一亿九千一百万。老人、儿童、妇女、士兵、贵族、病弱和没有工作能力的先天性残疾可以免税。

曾德昭（Alvare de Semedo）②神父在不很多年前写道，后来中国遇到了战争和饥荒，许多地方的人口登记（那些规定各户要缴多少税的里甲中）都出现了混乱的局面，于是就有五千八百万人漏掉了没有登记，中国当时只有二亿九千五百万人，如果一甲人包括甲首在内按照每个由十个人组成的家庭缴四贯钱的标准缴税的话，那么这二亿九千五百万人就得缴一亿六千六百万的税款。这是金尼阁③神父在中国的时候，中国的政府所能收到的最高限额的税款，比罗明坚神父的那个时候要少多了。税收的多少取决于人口的多少，正像史书中所说，一些家庭的财产有时候少有时候多，每年都有变化。这样我们可以得出一个结论，朝廷每年的税收，如果加上开矿的收入，是不难超过两亿的。④

---

① 罗明坚（1543—1607），意大利传教士，1579年来华，1607年5月11日殁于萨莱诺。
② 曾德昭（1585—1658），葡萄牙耶稣会神父，1613年来华。
③ 金尼阁（1577—1628），法国耶稣会神父，1610年来华。
④ 见《卜弥格文集》，张振辉、张西平译，华东师范大学出版社2013年版，第181页。《中学西传的伟大先驱》这篇文章中引用的卜弥格著作的所有波兰文翻译的打字稿都是译者爱德华·卡伊丹斯基先生在和笔者一起编《卜弥格文集》的中文版时提供的，笔者对他无私的提供和允许将它们转译成中文表示衷心的感谢。

这里提到的农村缴纳的税包括农民给朝廷和地方政府缴纳的田税和给地主缴纳的地租,人头税就是城市的丁税,卜弥格这里提供的当时朝廷每年能够收到的税款和当时全国人口的数目虽不一定准确(他说他是根据和他同时代的一些西方来华的别的传教士的材料,而不是他自己调查的结果①),但他说的上述税收制度贯彻的过程和与此有关的一些情况的发生,还是很正确的。

此外,他的著作对中国朝廷里君臣应当遵守的礼仪和他们不同的服饰也介绍得非常详细,因为这些都是他在永历朝廷里的亲眼所见。他在《中华帝国简录》中说:

> 大臣在上朝的时候,总是排成一个半圆的队形,和皇帝保持一定的距离,他们相互之间,也要保持约五步远的距离,一直是跪着。我得到的信息不很确切,因此我不知道,他们这个时候能不能随心所欲地观看皇帝的行为举止,因为那些在我们之前早就制定了的皇宫里皇帝在或者不在的时候的大臣们的行为举止必须遵循的规章,现在依然是有效的。他们两手捧着权标,皇帝则手握一块叫 Tay② 的小板子,它有两个拳头长、四个手指宽,是用最珍贵的玉做的。高级武将和别的王爷也有这样的板子,但它们是用象牙做的。③ 他们在面奏皇帝的时候,为了表示对皇帝的尊敬,都要用这样的板子遮住自己的眼睛和脸,仿佛要表示自己的

---

① 根据葛剑雄、曹树基的统计,明"洪武二十六年全国人口总数大约为7270万"。"加上台湾、西藏两地的人口,崇祯三年的中国人口达到了约19250万,较之洪武二十六年(1393)的中国人口增加了1.65倍,人口的年平均增长率约为百分之4.1。"葛剑雄主编,曹树基著《中国人口史》第4卷,复旦大学出版社2000年版,第247、281页。
② 卜弥格这个拼音不知是从哪里来的。
③ 这里是指古代君臣在朝廷上相见时手中所拿的笏。

卑微，臣服于皇帝……皇亲国戚戴的官帽在后脑勺上有一对向上伸着的翅膀。大臣们的官帽形状相同，向下垂着，例如阁老的官帽在头的两侧伸开，像两只耳朵一样。他们乘坐的官轿上有一个躺椅，装饰得很漂亮，太监们也坐这样的轿子。皇后和大臣们的朝服上都用丝线绣了许多带花边的图画，闪着金光，还有一些金色的花朵，也是丝织的。他们的头发都很精致地梳成了一个发髻，发髻上插着金玫瑰花和金簪，金簪上还镶嵌着最贵重的宝石。皇后头上的凤冠也装点着无数的珍宝。

品级最高的大官穿的是紫红色的丝织官服，在胸前和后背上都有一个个的补子，上面画着或者绣着许多鸟兽的图像。文官分为九品，一品和二品的高官的官服的胸前和后背上绣的是漂亮的仙鹤和锦鸡。三品和四品官官服上绣的是孔雀和云雁，它也叫飞在云中的鹅。五品官官服上绣的是白鹇和长尾野鸡，它的翅膀有十个拳头那么长，翅膀的边上是黑颜色的。六品和七品官的官服上绣的是鹭鸶和另外一种叫鸂鶒的鸟，也就是紫鸳鸯，它的翅膀是卷起来的，像绸缎一样地闪光。八品和九品官的官服上绣的是朱雀鸟，它是鹅的一种。有美丽的黄鹂鸟的图像。有时候，在一些野蛮人居住的地区，一些文官的官服上也绣野兽的图像。

有军衔的大臣叫武官。他们的权力大小和地位高低也是以九个品位来划分的，最大的官为公和侯，皇帝的亲属驸马、伯爵以及和他们相近的官的官服的胸前和背上绣着麒麟，麒麟是一种独角的野兽，身上有白色的兽毛。一品和二品武官官服的胸前绣的是狮子，三品和四品武官的官服绣的是小老虎，五品和六品武官绣的是熊罴，七品武官的官服绣的是豹，八品和九品武官的官服的胸前和背后绣的是海马和犀牛。所有这些官员官服的两边都有一个丝绦子，背后也有一个绦子。

他们还用一根有四个拳头长,用犀牛角、玉、伽南香①或沉香做的各种颜色的牌子来表示他们不同的品位。这些牌子都呈椎形。②

卜弥格的著作中也有许多关于中国的城市建筑以及交通特别是水上运输的描写,就像《马可·波罗游记》那样,都充分地表达了他对中国的赞美。卜弥格年轻时热衷于对远东特别是对中国的考察,也曾受到《马可·波罗游记》的影响,他就是在它的引导下到中国来的,而且他对《马可·波罗游记》,尤其是这部书中提到的许多中国的城市有过很深的研究。例如他曾明确地指出,《马可·波罗游记》中提到的 Kataj 是指契丹,即中国的北方;Kambalu 是汗八里,即北京。他是《马可·波罗游记》在欧洲的第一个诠释者。

在《中华帝国简录》中,卜弥格写道:

> 根据庞迪我③神父和利玛窦神父的记载,中国的宫殿都很大,很宏伟,它们的建筑形式也不一样,其宽大的面积和雄伟的气势都胜过了欧洲的宫殿,但它们没有欧洲的宫殿那么精美的装饰。这种宫殿四周有三层围墙,呈正方形,第一道可以比作一座最大的城市的城墙。在第一道围墙和第二道围墙之间的很大一部分空地上,还盖着许多较为矮小的宫室,它们的大门上是金色的,这些宫室的建筑显示了高超的石雕艺术。在第二道和第三道围墙之间也有许多小的宫室,其中大都是国王的宫室。这些属于国王的宫室并没有连成一片,

---

① 伽南即沉香。
② 见《卜弥格文集》,张振辉、张西平译,华东师范大学出版社 2013 年版,第 170—172 页。
③ 庞迪我(Didaco de Pantoja,1571—1618),明末来华的西班牙天主教神父。

形成一个整体，而是分散在各个地方，但其分布的数量有一定的比例，用处也不一样。宫室的内部没有住房，但是它的周围有一些很大和很坚固的建筑物，这些建筑物的大理石大门装修得很精致，它们都以某种艺术的形式高高地耸立着。那里还有供休闲的花园、凉亭和林荫道，还有礼堂和休息室。但一般人只能在外面看一看（进到里面是不行的），这些建筑物都装饰得很漂亮，并且连成了一片。我见到过很多窗子，带有装饰的栅栏和用令人赞叹的上等木材做的家具，它们的颜色赏心悦目。这三道围墙里面还有一条条的小河，为了通行之便，河上到处都架起了小桥，河边上也有林荫道。这些桥上也有许多漂亮的大理石门楼和石头砌的凉亭。①

卜弥格这里写的大概是明洪武年间在首都南京建的皇宫，既表现了中国皇宫建筑传统的风格，又具有江南园林建筑的特点。在《中国事物概述》中，他对中国航运的描写也充满了热情，有时甚至带有一种惊奇感：

我要谈谈这个帝国那多得数不清的船舰和伟大的航运事业，这是因为大自然给了他们那么多的河流，还不算人工开凿的运河。人都说，在中国的大陆上，没有一个地方没有水，没有一个地方没有活动。人们最常见的是航运和许许多多的船只，在中华帝国，也有许多马和牛（水牛）。就像人们所见到的那样，到处都是繁忙的景象，在中国的土地上，没有内河航运的地方是很少的。金尼阁神父有一个完全可信的说法：在那广阔的水上的交通线上，可以看到中国船上有许多人在那里干

---

① 见《卜弥格文集》，张振辉、张西平译，华东师范大学出版社2013年版，第173页。

活。实际上他们船上的人并不多,跟我们船上的人数不能相比。在广州(Caton)城,有两万户居民住在船上。尊敬的利玛窦神父曾于1592年在中国的大江上走过,他写道:不管是农村还是城市,在所有的江河上,都有很多很多的船只。如果不是亲眼所见,是难以相信的,同时也很难理解他们是怎么居住在那些木头房子里。我也看见过在那些河上用芦苇秆和覆盖着一层编织物的木格子搭起的房子,这些房子都安放在(底部沉下去了)的小船上,它们的表面在水面上摇晃和游动,当船主把他的船在一个地方停下来后,还可以把这种房子搬到岸上去,再搭起来。像这样用编织物编起来的窝棚确实很多,看起来像河里突现出来的一些岛屿。用这种编织物还可以做木排,游到两意大利里那么远的地方去。朝廷有一万艘用于运东西的船,它们要将五个省的稻米和粮食运送到朝廷里去,运送到北京省去,每年要运送一百多万。①

卜弥格对中国闻名于世的建筑如长城、运河,物产如丝绸、瓷器、玉和玉器、漆和漆器、各种宝石、人参、燕窝、茶、沉香、花梨木和樟脑树等都进行过专门的研究。他认为秦始皇修长城是为了抵御北方胡人对中国的侵犯,但是秦长城后来为鞑靼人毁坏了,所以马可·波罗来到中国时,他没有见到长城,后来的长城是明洪武年间修的。他在《中国事物概述》中谈到中国的丝绸和瓷器时,对于这种当时在世界上十分先进的工艺真是赞叹不已:

> 如果说丝绸和养蚕,那在世界的东方,除了中国没有第二个国家能够掌握这种工艺。他们有许多质地最好的丝绸,

---

① 见《卜弥格文集》,张振辉、张西平译,华东师范大学出版社2013年版,第182、183页。

在我看来，在全世界，没有一个有钱人不穿这种柔软的布料，它也大量地出口到了许多国家，可是人们却只知道比希拉①和大马士革用金线和银线缝制的美丽的丝织品②。据统计，中国的织造作坊每年要给朝廷的国库输送两百万担这种细软的丝绸（我没有查对，这里说的是两百万个作坊，还是两百万斤或担的丝绸）。虽然在整个帝国都养蚕，但是没有一个地方生产的丝绸比得上浙江省和它的省会杭州的丝绸，因为那里早在基督诞生前约1636年，就有生产丝绸的记载。③

江西省有一种花瓶，（葡萄牙人）叫 porsolana，中国人叫瓷器，只有一个地方生产，它就是饶州府（Yaocieufu），那里有生产它需要的一种白色的泥土，还有一些别的原料。如果要利用这些原料，首先得筛去其中的杂质，再把这些原料混在一起。可以肯定地说，那些没有这种白泥和一种它所需要的水的地方，是做不出这么精美的花瓶的。这种水有一种神秘的特性，如果没有它和那些必不可少的贵重的原料，绝不可能造出这么漂亮的瓷花瓶。④

在《卜弥格从东京寄给托斯卡拉大公爵的一封信，1658年11月20日》中，卜弥格对在中国颇为名贵的燕窝也介绍得非常详细：

还有一种在中国和它的一些附属国可以见到的东西，这就是燕窝，这是一种非常有名和非常珍贵的食品。一磅这样的燕窝经常是同等重量银价的三倍或者更多的倍，它能医治体弱和

---

① 比希拉，据说是欧洲古代的一个国家，地望不明。
② 叙利亚的大马士革古代盛产绸缎，曾运往欧洲。
③ 见《卜弥格文集》，张振辉、张西平译，华东师范大学出版社2013年版，第187页。
④ 同上书，第192页。

病者。这是一种燕子的窝，但人们说，它和我们的燕子种类不同。它以银鱼为食，这种鱼的鱼皮呈银灰色（它全身都是肉），它在海边上的岩穴里产子，然后生出许多小鱼。燕子在11月和3月用这些小鱼筑巢，在巢里孵出雏燕。还有一些人说，这种燕子嘴里会吐出很多唾液，这种唾液在空气中会干涸，可以用它来筑巢，渔人在这些鸟巢中，挑出最好的，不管用什么办法，都要把它放在一些瓷碗里，然后切成块，是一种非常好的食品，可以放在鸡汤中炖煮或者以别的方法烹制。燕窝干了可以保存很长时间，也可以运到很远的地方。①

卜弥格在他的著作中，还提到新疆的和田玉，他所见到的玉和玉器大都是永历帝后和他的朝廷里的文官武将的生活用品或头饰和服饰。关于宝石、漆器、人参和茶，他也说明了它们的生长、制作的过程以及它们的质地、性能和用法。卜弥格也很关注中国的文化传统和民间习俗，实际上，他在上面提到的这些中国的特产不仅有很高的经济价值和实用价值，而且在中国的传统文化中，也都具有广泛的代表性，所以西方人很早就称我们为"丝国"和"china"。但卜弥格更重视对中国传统文化的代表孔子的研究，他在《关于大哲学家孔子》一文中说：

> 我们要记下来的第一个事实是，在全中国都很有名的教师孔子生活在基督前550年②……这位哲学家通晓各种各样的

---

① 见《卜弥格文集》，张振辉、张西平译，华东师范大学出版社2013年版，第296页。

② 卡伊丹斯基说：卜弥格正确地指出了孔子生于公元前551年，死于公元前479年。他的上司曾德昭在他的《中华帝国》（*Imperio de la Chine*）一书中，错误地认为孔子生活在公元前150年。

学科，首先是伦理学、政治和经济学。他那些已经遗佚的书①没有说明方法，但却有蕴含着思想和道德真理的格言，还有很多谚语。他教过书，表示了自己对于下层和上层的人们、统治者和被统治者、父母和孩子、兄弟和朋友以及老师和学生之间的关系的看法。他不仅力图实施一种真正的学说，而且他要培养最好的习俗和品德，要使它们在中国所有的阶层中得到普及，其中有他的追随者和忠于他的学生。他的理论和学说是伟大的，文人学士都埋头读他的书，因为这样他们就可以获得学位和官职。统治者真的是原封不动地接受了他的学说、指示和道德，以它们为准则，相互之间进行品评。由于这个原因，孔子的后代今天仍然享有许多名衔，拥有很多财富……孔子的学生从来没有把活着和已经死去的他看成是天主，也没有把他当成神祇。像利玛窦和金尼阁神父在他们的著作中说的那样，人们敬仰他是把他看成是一个伟大的英雄和杰出的慈善家，他是中国的统治者的老师。

过去所有世纪的执政者都要举行仪式，以表示对他的敬仰，他们还亲口赞美他的名字，亲热地呼唤他，把对他的崇拜和他们的财物都献给他。但是中国人从来不对他祈祷，对他没有任何祈求，也没有任何个人的期盼，关于这一点，在很早以前，中国一些杰出人物的著作中都提到了，许多研究著作更是对这进行了广泛的论述。历史学家们也不否认，他是值得信奉的，是权威……纪念孔子的仪式也在一些学院的礼堂里举行②，把他的名字用金字镶刻在一些牌匾上，也用金字写在当代的文献中。③

---

① 这里是指秦始皇焚书坑儒，把孔子的书烧掉了。
② 应当是在孔庙里举行。
③ 见《卜弥格文集》，张振辉、张西平译，华东师范大学出版社2013年版，第166、167页。

他在这里对孔子作为统治中国封建社会达数千年的儒家学说创始人的崇高地位和他的学说的基本特点，以及中国各阶层人们对这位先师的崇拜，作了很好的概括。

对于中国民间的习俗，卜弥格在他的著作中提得不多，但他只要提到了某种习俗，就对它进行详细的描述，如在《城隍神庙或者城神庙即护城的庙》一文中，他对"城隍神庙"这种中国民间的信仰作了这样的论述：

> 关于城隍神这个名称，中国的老百姓和中国著名的学者都说，它的意思是城墙和护城河，也就是防卫……在江西南昌府，为一个士兵的长官竖了一尊神像，表示对他的敬仰，因为他忠于这个城市的百姓，给了他们救助。因此国王总是给那种尊为神的人竖立神像，叫城隍神，意思是城墙和护城河的神，也就是护城的神。他们的庙宇在乡下、在城里，在各种不同的地方都可见到。警察长和总督还有省里户部即管户口和钱赋的官员都要来朝拜这些庙宇。在一些地方的居民中，还有一种土地城隍神的称呼，他就是护佑那个地方、那个省或那个国家的土地的神。这肯定不只一尊神，每一个乡、每一个城市都有自己的保护神，人们相信神会保佑和救助他们……中国人深信，城隍神也就是护佑城市的神，具有救助、保卫和惩恶的能力，因此它被认为是一个人身上的灵魂……这些城隍神也没有确定的身份，古时候说它没有形体，它的庙中竖的不是它的神像，而是它的一尊牌位，上面写了城隍神三个大字，也就是护佑城市的神。这个牌位的前面有许多对它的介绍，如出生在基督前的什么时候……因此城隍神庙里只留下了代表城市和乡村护佑神的牌位。①

---

① 见《卜弥格文集》，张振辉、张西平译，华东师范大学出版社2013年版，第168页。

在中国古代的神话中，就有守护城池的神，后来为道教所信奉，据任继愈主编的《宗教词典》有关条目上的说明，有关它的记载"最早的是三国吴赤乌二年（239）所建芜湖城隍。《北齐书·慕容俨传》亦有郢城城隍记载。唐以后郡县皆祭城隍。宋以后祀遍全国，如苏州祀春申君、杭州祀文天祥、上海祀秦裕伯，大率以有功于当地者为该地城隍。后唐清泰元年（934）封城隍为王，明太祖曾封京师城隍为帝，开封、临濠、东和、平滁以王，府曰公、县曰侯。洪武三年（1370）去号，但称某府、某县城隍之神。见《陔馀丛考》"。卜弥格这里不仅正确地指出了在中国老百姓的心目中，城隍有护卫城邦的职责，它就像这座城池的城墙和护城河一样，而且他还进一步地了解到中国人常常把保卫某个城市不受外敌侵犯或者为它的发展做出了巨大贡献的杰出人物尊为这个城市的城隍神，为他建庙，世代祭祀，以表敬仰。卜弥格对中国封建社会的政治制度、地区划分、经济发展和文化传统的了解在各方面虽不一定都很深入，但他涉猎范围之广，并都取得了一定的成就，是和他同时期的或早于他的西方汉学家所不能比的。

三 卜弥格对中国动植物和中医的研究

卜弥格在中国研究的主要对象是这里生长的动植物和中医。他在这方面的主要成果是他撰写的《中国植物志》和一系列有关中医的论著。由于这些论著曾在卜弥格生前和死后得以出版，几个世纪以来，在西方曾经产生很大的影响。他的《中国植物志》对椰子、槟榔、番木瓜、芭蕉、腰果、荔枝、龙眼、香果、波罗蜜、芒果、枇杷、番石榴、面包树、柿子、番荔枝、榴莲、胡椒、桂皮树、大黄、茯苓、生姜，野鸡、麝、松鼠、豹、绿毛龟、海马和蚺蛇等三十多种他所了解的主要生长在中国南方和南亚一带的动植物的特性和产地进行了详细的介绍，他所绘制的二十七幅它们的图像都是非常精确的。例如他在谈到芭蕉时说：

> 印度的无花果中国话叫芭蕉。这种树树干粗大，呈绿色，肉质不硬，有很多水分。看起来，它除了一根圆形的树干外，还有许多跟它连在一起的大片的树叶。这种树叶呈鲜明的绿色，有九个手掌那么长和两个半手掌那么宽。从这根树干和这些叶子中长出一根枝桠，上面有像花一样的东西，它会逐渐变成无花果。一株这样的芭蕉树有时能长出一千多个无花果，一个人很难把它们都摘下来。这些无花果有的很小，有的很大，小的只有一个指头大，大的比手掌还大，它们长在或大或小的树干（树枝）上。这种树一年开一次花，开得很多。这些花会结果，果实里有种子，种子在土里生根发芽，长出新的芭蕉来；然后再把这种新长出来的芭蕉移植到别的地方，最常见的是六个月后，它的树枝上又会长出新的果实来。这种无花果在它生长的树上，在树的枝丫上就成熟了。它有一层黄色的表皮，果瓤柔软，呈白色，味道又甜又香，很好吃。它的表皮很软，含有很多糖分。①

我们在科学出版社出版的《中国植物志》中，也可找到类似的论述："芭蕉的拉丁文名称为 Musa basjoo，它植株高 2.5—4 米。叶片长圆形，长 2—3 米、宽 25—30 厘米，先端钝，基部圆形或不对称，叶面鲜绿色，有光泽；叶柄粗壮，长达 30 厘米。花序顶

---

① 见《卜弥格文集》，张振辉、张西平译，华东师范大学出版社 2013 年版，第 307 页。

生，下垂；苞片红褐色或紫色；雄花生于花序上部，雌花生于花序下部；雌花在每一苞片内10—16朵，排成2列；合生花被片长4—4.5厘米，具5（3+2）齿裂，离生花被片几与合生花被片等长，顶端具小尖头。浆果三棱状，长圆形，长5—7厘米，具3—5棱，近无柄，肉质，内具多数种子。种子黑色，具疣突及不规则棱角，宽6—8厘米。"① 卜弥格对这些热带植物的描写显得形象和生动，很明显带有他个人的兴趣和感情的色彩。

对麝这种动物和麝香，卜弥格不仅在《中国植物志》，而且在《中国事物概述》中，都作过很深入的研究。他在《中国植物志》中说：

> 这个中国字是麝，葡萄牙语叫 almiscar，拉丁语叫 muscum。从这种动物身上能够获得一种称为麝香的东西。这个词由两个字组成，前面是麝，后面是香，它的意思是：身上有香气的鹿。麝这种动物确实像鹿，也像老虎。它身上长了许多毛，它的毛是灰色的，也有差不多黑色的。中国人叫麝香，葡萄牙人叫 almiscar，拉丁语叫 muscar 的这种东西就是麝这种动物的肾，它很自然地保存在麝的体内。②

在《中国事物概述》中，他谈到了麝香摄取的办法：

> 当月亮盈满的时候（有人说），猎人便去捕捉这种动物，他们在它的肚皮和肉之间可以找到一个血囊，要把这个血囊连它的包皮一起割取出来。在月满的时候捕到的这种动物的

---

① 《中国植物志》第16卷，第2分册，科学出版社1981年版，第12页。
② 见《卜弥格文集》，张振辉、张西平译，华东师范大学出版社2013年版，第347页。

血囊是最丰满的,把这种有麝香的血囊连皮一起从这种动物的身上取出来后,再放在阳光下晒干,这样它的柔性最好。麝的肉和鹿肉一样,很好吃。目前关于这种动物有各种不同的说法,有的说它像山羊,有的说它像猫①,但中国人说它像鹿和老虎。人们还将它的混杂着血和肉的排泄物搜集起来,放在一个球形的小袋子里,但这不是睾丸。在月满的时候,这种动物身上的麝香确实是一种带有很多血的东西。②

卜弥格的《中国植物志》是西方人编写的第一部中国植物志,它对中国的动植物和中国大自然的研究,在整个西方都具有开创的性质和划时代的意义。卡伊丹斯基曾对卜弥格的这部著作做过很高的评价,他说它"是欧洲发表的第一部论述远东和东南亚大自然的著作","它对中国植物(和动物)的介绍和其中的插图,是欧洲近一百年来人们所知道的关于中国动植物的唯一资料"。"欧洲,不论17世纪还是18世纪,都没有一个植物学家能够像卜弥格那样,根据自己在中国的实地考察和经验,撰写和发表过什么东西。"③

卜弥格来到中国后,他最关注的是中国医学,这一方面是因为他在他作为著名医生的父亲的影响下,从小就酷爱医学,而且还救治过病人;另一方面也是出于他对中国的热爱和对中医这门虽是医学但他过去在欧洲却从来没有接触过的学科极大的兴趣。所以他在这方面的研究涉及面也是最广博和最深入的,他这方面的研究成果也是最多的。卜弥格首先把他这项研究的重点放在《黄帝内经》和

---

① 卡伊丹斯基说,在欧洲17世纪,人们认为麝是一种像猫一样的小动物。
② 见《卜弥格文集》,张振辉、张西平译,华东师范大学出版社2013年版,第188、189页。
③ 爱德华·卡伊丹斯基:《中国的使臣卜弥格》,张振辉译,大象出版社2001年版,第12—13页。

魏晋医学家王叔和的《脉经》上,这是因为大概产生于秦汉时期的前者乃是中国古代中医理论和早期临床治病经验的总结,对后世中医的发展具有指导意义,后者则是中国古代关于脉搏的唯一的一部经典。他认为,读了这两部经典,就会对中医有个较为全面的了解。此外他在南明永历的朝廷里,从一些中医医生那里,也能学到许多中医临床的知识。随同他长期往返于欧亚的中国旅伴陈安德据说也懂中医,卜弥格在阅读中医典籍的时候,当然也能得到他的帮助。他在《耶稣会卜弥格在暹罗王国给医生们写的前言,1658年》中,曾经很有趣味地写道:

> 现在,我们向你们,最有名的先生们和整个欧洲提供一部著作的纲要,这部著作是世界上最遥远的角落(最遥远的一个地区)的一个最年长和在令人尊敬的医生的。你们应该知道,他是生活在比阿维森纳、希波克拉底、盖仑和塞尔苏斯要早许多世纪的一个地方的一位很有能力和高贵的皇帝。根据文献记载,他生活在洪水泛滥①前大约四百年,在基督诞生前2697年他就开始统治那个地方了。我们能不能了解到他的那个地方在哪里,这位大人物统治的那个地方叫Synpi,在中华帝国的河南省的开封市。② 他的名字叫黄帝,意思是"黄色的皇帝",他第一个在中国制定了中医技艺的原则,这个原则被人们接受了,并且世世代代地传下来了。他为他的帝国做出了很大的贡献,有许多事实都证明了,在运用这种技艺中的许多有名的事例不仅都有记载,而且也流传下来了。③

---

① 大概是指大禹治水的时代。
② 不知道Synpi是什么地方,但黄帝主要活动在河北和陕西一带。
③ 见《卜弥格文集》,张振辉、张西平译,华东师范大学出版社2013年版,第483页。

卜弥格在他论述中医的著作中，根据这部他所景仰的《黄帝内经》和其他一些他可能读过的中医典籍，在他的《一篇论脉的文章》中，对中医中的阴阳五行、气血循环、人体结构和一年四季对人体健康的影响这些属于中国古代哲学和医学的天人合一的基本理论，作了十分形象而又高度概括的论述，他说：

它[1]介绍了一种以中国的医生自己的原则和观点为依据的中国哲学的理论，这些原则和观点都反映在一部称为《内经》的有一百六十二章的最古老的法典（古书）中。我想一开始就具体地介绍一下中国哲学的一些基本的观点，所以我觉得有必要先来说明一下大自然中某些基本的规律和对应的现象。古代中国人的医学哲学的各种不同的原则一直没有得到充分的阐释，其中就包括五行的自然属性和它们活动的情况。对这些东西，我们在这里，要在一定的范围内加以说明。实际上，这些原则并不符合我们已经检验过的那些原则，但是它们在中国却得到了承认，被认为是准绳。它们在它们的祖国的土地上，得到了那里古时候的学者们权威的支持。这种技艺在那里得到了普遍的运用，这里可以看到，它是经过了很长时间的检验的，它的运用具有很大的科学性。现在我们就来深入到问题的核心：这里有两个概念，我们的医生通常把它们称为温和天生的湿，即温和湿的因素，中国人称之为阳和阴。照他们的看法，这是所有的物质形成的基础，它们存在并以某种方式活动在物质的内部。中国人还说，气是阳的载体，血是阴的载体。从阳和阴这两个概念（被认为是明和暗）出发，又产生了一些其他的概念，如出生（产生）、缩小（消失）、太过、不足、连

---

[1] 指中医。

在一起和分开（分散）。此外还有一些互相对立和矛盾的现象，它们使五行在天地之间的世界上所有的东西中出现征兆、发生变化，这些变化在一年中的不同季节有所不同，它们也发生在人体内。人体内的每个器官都具有阳和阴的自然属性，这些器官是从属于它们的，在或大或小的程度上要听从它们的命令。也就是说，这两种属性要影响到人的整个机体状况的好坏，决定一个人的生死。①

这就是中国的医学哲学的基本思想，它在脉诊时得到了运用，同时它也制定了治病的原则和规矩。中国人了解五行、一年四季和人的器官能够保持和谐和亲密的相互关系，五行造成的变化和破坏以及器官和脉行使功能的哲学基础。②

卜弥格认为，中国的医生治病，一是看病人的舌苔，二是诊脉，对这两种诊断的方法，他不仅有许多论述，而且还绘制了一系列有关的图像和图表。例如他在《通过舌头的颜色和外部状况诊断疾病》中说：

为了说明这个问题，应当指出的是，照中国医生们的看法，人体五个器官和五行有五种颜色。舌头反映心的状况，心主管整个人体。心的颜色是红的，肺的颜色是白的，肝的颜色是青的，胃的颜色是黄的，肾的颜色是黑的。③

---

① 见《卜弥格文集》，张振辉、张西平译，华东师范大学出版社 2013 年版，第 358 页。
② 同上书，第 361 页。
③ 见《卜弥格文集》，张振辉、张西平译，华东师范大学出版社 2013 年版，第 365 页。

卜弥格在这篇论文中还明确指出，他的这些论述都是引自永历朝廷里的一些信基督教的医生们用过的一部医书，虽然他没有说出这部医书的名字，但我们看到，他在这里把舌头的颜色所反映的人的内脏的健康状况和阴阳五行、一年四季以及东南西北四个方向对它们的影响联系起来，显然是《黄帝内经》和中医另一部经典《难经》对他的启示。关于人的脉搏，卜弥格的著作中也述说得很多。他认为人的经脉是贯穿全身的，它们向全身不断地输送着气和血，气和血在十二根经中二十四小时不断地循环，使连着它们的人体内的每一个器官都能够正常地运转和发挥功能，没有气血的循环或者停止这种循环，人就会死亡。由于气血的循环，便产生了脉搏，一个健康人在某个时刻脉搏的次数和他呼吸的次数有一定的比例，如果不成这个比例，他就处于病态。他在《医学的钥匙》中说：

中国人把天分为五十天亭，即五十度，一度相当于漏壶显示的四刻零十分。① 宇宙天体二十四小时五十亭的一个周转也会影响脉搏，它在二十四小时中的循环运动的距离为八百零十丈，输送内部的气和外部的血的阳循环十二小时，相当于天体周转的二十五亭。阴的循环在另一个十二小时，也就是天体周转的另一个二十五亭。因此，经过二十四小时，也就是天体周转的五十亭即五十度，脉的一次循环才全部完成。从这里可以得出什么？

第一个提示：在一昼夜，也就是五十个天亭，相当于中国的十二个时辰或欧洲的二十四小时，一个健康人要呼吸一万三千五百次，健康人在一次呼吸的时间内，他的动脉会跳动四次或五次。因此，一昼夜也就是二十四小时的

---

① 在卜弥格看来，既然天体在二十四小时内周转五十亭即五十度，那么它一小时便要周转两亭零五分，根据中国计算时间的方法，一个时辰等于两小时，所以天体在一个时辰中便会周转四亭即四度零十分。

脉搏不应少于五万四千次，也不应多于六万七千五百次。天的运动在时间上和脉的循环是互相对应和相等的，这就是说脉的循环运动既不慢于天的运动，也不比它快，它搏动的次数既不能少也不能多于上述的次数，这才是人体正常的状况。因此，如果脉的循环①不足或者太过，也就是说脉搏太慢，或者由于太慢而变小，或由于太快而变大，人就会感到难受。②

实际上，这个阴阳对应、天人合一的观点和计算脉搏的方法也是《难经》对他的启示，《难经》上说："人一呼脉行三寸，一吸脉行三寸，呼吸定息，脉行六寸。人一日一夜，凡一万三千五百息，脉行五十度周于身。漏水下百刻，营卫行阳二十五度，行阴亦二十五度，为一周也，故五十度复会于手太阴。寸口者，五脏六腑之所终始，故法取于寸口也。"③ 另外，卜弥格根据王叔和的《脉经》对他的提示，把一般可以诊断的脉分为下面几种：脉七飘，在外部，属于阳脉，有浮脉、芤脉、濇脉、寔脉、弦脉、紧脉和洪脉。脉中八，在内部，有微脉、深脉、缓脉、稀脉、迟脉、软脉、浮脉和弱脉。九道脉，就是九根经的脉，有长脉、短脉、虚脉、速脉、濇脉、代脉、押脉、动脉和细脉。此外还有急进八脉和十六根超常脉，这些都是死脉。它们的性质、表现和所在的位置各不相同，但都能反映出人体内部和它们有联系的器官是处于健康的状态还是患了什么病，反映出人体是处于健康状态的脉是正常的脉，否则就是太过或者不及的脉。

---

① 指血液循环。
② 见《卜弥格文集》，张振辉、张西平译，华东师范大学出版社2013年版，第525页。
③ 牛兵占主编：《难经译注》，中医古籍出版社2004年版，第1页。

卜弥格在他的著作中，不仅较为全面地论述了中医关于人体构造以及外部环境对它的影响的理论和治病的方法，还针对不同的脉象和人体其他方面的表现在他的《中医处方大全》（分两部分）中，开出了几百种药方。他在这部著作的前言，即《〈处方大全〉前的另一篇前言》中，首先就很详细地介绍了这些中药是怎么产生的，它们在中国治病的效应，几千年以来已被医生临床的经验所证实，它们同样适用于欧洲：

> 下面要介绍的这本书是一本关于治病的原则或方法的非常有用的指南，这些原则或方法是中国第一批功勋卓著的医生所发现和制定的。根据流传下来的记载，它们都经过了王叔和的整理和编纂。现在，所有中国的医生都极力想要继承他的这个传统，对他关于脉搏的论述没有任何怀疑，也完全相信他的这些治病的方法。根据这里所说的通过脉诊来治病，有他们长时期被认可的经验。这里介绍的药物也完全可以使病人恢复健康。但若遇到了下面的情况，如治病的方法不对，或者对脉搏的性质没有弄清楚，一种病的发生带有另一种并发症，或者这种病根本就治不好，那药物对它们也就没有用了。这本书中所提到的药物，都是用脉诊的方法治病时所需要的，我要将它们介绍得详细一点，以便欧洲的医生们也能够用它们治病。[①]

他认为中药分为汤药、丸药和散药三种，它们中又有复合药和单味药。复合药是医生为了治病开出的包括两种以上的药的药方，单味药是用来治病的一种单一的药。在《中医处方大全》名

---

① 见《卜弥格文集》，张振辉、张西平译，华东师范大学出版社2013年版，第374页。

为《对作者王叔和脉诊医病的说明》的第一部分中,他列举的复合药有72种,这里也可以将几种他开的药方和中医典籍中有关的药方加以对照,如他说的一种叫泻黄散的药可治人体中间部分的芤脉所显示的病:

> 取藿香叶、栀子仁、甘草各五钱,防风二两,石膏一两,混在一起后取出五钱,加两杯水熬煮,去掉剩下的渣滓后,过一些时候,可乘热服下。①

宋钱乙所著《小儿药证直觉》卷下方上说:"泻黄散又名泻脾散。治脾热弄舌。藿香叶七钱,山栀子仁一钱,石膏五钱,甘草三两,防风四两,去芦,切焙。上锉,同蜜酒微炒香为细末。每服一至二钱,水一盏,煎至五分,温服。清汁,无时。"② 还有一种大柴胡汤,可治左手第一个位置寸上的紧脉的病:

> 取柴胡二两、黄芩七钱、芍药三钱、半夏六又二分之一钱、枳实四枚、大黄五钱,混在一起后分成三份。给每一份加姜和枣,放在水中熬煮后,乘热服下。③

张仲景《伤寒论》上说:"大柴胡汤方。柴胡(半斤),黄芩(三两),芍药(三两),半夏(半升,洗),生姜(五两,切),枳实(四枚,炙),大枣(十二枚,擘)。上七味,以水一斗二

---

① 见《卜弥格文集》,张振辉、张西平译,华东师范大学出版社2013年版,第379页。
② (宋)钱乙著,李志庸校注:《小儿药证直诀》,中国中医药出版社2008年版,第47、48页。
③ 见《卜弥格文集》,张振辉、张西平译,华东师范大学出版社2013年版,第383页。

升，煮取六升，去渣再煎，温服一升，日三服。一方加大黄二两，若不加，恐不为大柴胡汤。"①

还有用六味地黄丸，可治迟脉的病：

> 处方：取生地黄、木通、甘草，混在一起后，加上一些芦苇的叶子，放在水中熬煮，用这种药汤将六味地黄丸送下。
>
> 六味地黄丸处方：取山药八钱，泽泻、牡丹皮、茯苓各三钱，熟地黄八钱，混起来后碾成粉末，加上蜜后烤熟，做成梧桐子大小的丸子，每一剂十粒。用上述药汤空腹送下。②

《小儿药证直诀》卷下方上说：地黄丸，"熟地黄八钱，山萸肉、干山药各四钱，泽泻，牡丹皮，白茯苓去皮，各三钱。上为末，炼蜜丸如梧桐子大，温水化下三丸"③。

卜弥格的这些处方和中医典籍上的有关处方几乎是完全一致的，虽然我们不知道他是不是给病人亲自诊过脉，用他列举的这些处方给病人治过病，他的这些处方也可能是他当时在中国能够见到的一些中医的典籍，或者他在永历朝廷里认识的那些医生提供给他的，但他将它们翻成了拉丁文后，到350多年后的今天，依然使我们感到他非常准确地表达了那些处方的原意。在《中国处方大全》名为《单味药》的第二部分中，他列举的简单药达289种之多，对每一种也都说明了它的药性和服法。我们也可举几种和我们今天对它们的认识加以对照。如我们熟知的当归，卜弥格说：

---

① 陆渊雷：《伤寒论今释》，学苑出版社2009年版，第149页。
② 见《卜弥格文集》，张振辉、张西平译，华东师范大学出版社2013年版，第387页。
③ （宋）钱乙著，李志庸校注：《小儿药证直诀》，第46页。

> 这种根很有用，味涩中带甜，性温，入心、肝和脾，当血中有一部分成了坏血时，能补上新血。这种植物的茎秆也有活血的作用，它的根上的毛祛坏血，它和 Elleborus 是一样东西。①

由上海人民出版社出版的《中药大辞典》在谈到这种药时说它"为伞形科植物当归的根，多年生草本"。功用主治："补血和血，调经止痛，润燥滑肠。治月经不调，经闭腹痛，癥瘕结聚，崩漏；血虚头痛，眩晕，痿痹；肠燥便难，赤痢后重；痈疽疮疡，跌扑损伤。"②

又如小茴香，卜弥格说：

> 这种种子涩中带甜，性温，入胃和肾，止肌肉疼痛，使机体兴奋。③

《中药大辞典》上说它"为伞形科植物茴香的果实。多年生草本"。功用主治："温肾散寒，和胃理气。治寒疝，少腹冷痛，肾虚腰痛，胃痛，呕吐，干、湿脚气。"④

卜弥格对这些"单味药"的介绍，可能有他自己的写法，他一个人在350多年前，对这其中的每一种药也不可能像我们今天集体编撰的中医著作写得这么翔实，但是他介绍的这些药物的性能，和我们中医学界对它们的认识，基本上是一致的，可见他对这项工作付出了多么大的努力，他的治学是多么严谨。但他却很

---

① 见《卜弥格文集》，张振辉、张西平译，华东师范大学出版社2013年版，第410页。
② 《中药大辞典》，上海人民出版社1977年版，第876、877页。
③ 见《卜弥格文集》，张振辉、张西平译，华东师范大学出版社2013年版，第422页。
④ 《中药大辞典》，上海人民出版社1977年版，第1591、1592页。

谦逊地说:"如果这里有的说得不对,那是因为我缺乏经验,而不是我的本意。大概还有一些完全不为人知的药,因此难以确认,在欧洲的药书中也找不到。为了改变这种局面,我作过一些努力,比如我曾提议编制一个中药的标本集,介绍这些药物的用处,并配以图像。为此我虽长期以来,利用我空余的时间,一直在搜集材料,上帝要我完成这项工作,但是我所得到的材料并不很多。"① 可是他的《通过舌头的颜色和外部状况诊断疾病》这篇文章和他的《医学的钥匙》这部巨著先后在1682年和1686年发表后,在欧洲各国产生了巨大的影响。他的《中医处方大全》那时还出版过好几次,从而引起了欧洲人对这种"神奇的中药"极大的兴趣,都热衷于向当时荷兰的东印度公司从中国运来的商品中,不断购买它,用来治病。实际上,也正如爱德华·卡伊丹斯基先生所说:"卜弥格无疑是欧洲第一位了解中医的秘密、掌握了有关中国药用植物知识的学者。""当航海民族——葡萄牙、荷兰人和西班牙人只是部分地发现了中国和中国文化的时候,17世纪的欧洲人从卜弥格那里,对于中国医学、中国动植物和矿物,实际上已经得到了全面的了解,卜弥格乃是向我们提供这种了解的第一个欧洲人。""西方的传教士都是出色的天文学家和数学家,可是对于中国医学和大自然,除了卜弥格外,谁都说不出什么。"② 卜弥格对中国动植物和中医的认识在欧洲好几个世纪都具有指导的意义,产生了深远的影响。例如雷慕莎的题为《论舌头上的征候》的博士论文,就是根据卜弥格的《通过舌头的颜色和外部状况诊断疾病》中的观点写成的。卜弥格是西方早期最杰出的汉学家之一,像他那样能在中国经过实地调查和研究,向西方如此广泛深

---

① 见《卜弥格文集》,张振辉、张西平译,华东师范大学出版社2013年版,第374页。
② 卡伊丹斯基:《中国的使臣卜弥格》,张振辉译,大象出版社2001年版,第12、13页。

入地传播中国古代文明成就的学者，不仅在他生活的那个年代，而且在他死后的几个世纪，都没有第二个。但他并不以此满足，他还希望他的事业后继有人，他的《卜弥格根据大秦景教碑所编著的一部汉语词典》就是因为他在西安见到那块著名的大秦景教流行中国碑后，不仅将上面的碑文译成了拉丁文（这是欧洲对这篇碑文的第一次翻译），而且将碑文中的1561个汉字逐一地译成了拉丁文，他用这种方法编成了一部小型的《汉语拉丁语字典》，以供以后来华的欧洲人学习和使用。我们知道，他的一生只活了47岁，在当时交通极不方便的情况下，他曾三次往返欧亚大陆，付出了大量的精力，此外他在中国的居留也只有两年多的时间，但他却能在如此困难的条件下和较短的时间内，写出了这么多涉及面极为广泛和具有高度的科学价值的关于中国的著作，表现了他的崇高品德和锲而不舍的求真精神。

（此文原载《中国史研究》2011年第3期，收入本书时，文中所引卜弥格著作中的论述的出处有所改变）

卜弥格著作的文学特色

卜弥格是一位西方早期为中学西传做出了伟大贡献的著名的汉学家，同时也是一位具有很高的文学素养的散文作家。他的一系列著作既有学术性的论著，又有许多是以散文或者特写的形式写成的，它们既有很高的科学价值，又有鲜明的文学特色，现对它们的文学特色举例论述如下。

一

卜弥格在南明永历的朝廷任职期间，曾受永历皇帝的委派出使罗马，以求得罗马天主教廷对永历"反满"斗争的军事援助。他的这次出使和其往返亚欧大陆的途中，有过许多珍贵的见闻，他对这些见闻的记载，大都以散文的形式写成，文字生动有趣，有鲜明的特色。这首先表现在，他在这些见闻的描写中，很注重反映他所见到的一些民族的人们的性格特点，如在《卜弥格神父来自莫桑比克关于卡弗尔国的报道，1644年1月11日》这篇文章中，他在谈到他所见到的非洲东海岸的卡弗人时说：

这里很少见到有什么城镇或者大一点的农户的集中地。他们总是一群群地到处漫游，以途中拾到的黍子（这里的黍子的颗粒比欧洲的大些)或者烤熟了的人肉为食,这都是他们在途中抓到的人。我问过一个卡弗尔人是谁把他卖了?他回答说:"别的卡弗尔人要把我吃掉。""那你怎么办呢?你是不是已吃过好几次人肉了呢?"他回答说两次:一次吃了一个人头,另一次吃了一只脚。还有一个人说,他吃了三次晒干了的人肉。①

几句很简单的答话,就很生动地表现出了这个卡弗尔人既野蛮而又质朴和单纯的性格,这大概也是这个野蛮民族共有的特点。卜弥格还说:

> 卡弗尔奴仆对自己的主人都非常忠实。如果有个奴仆想要逃跑,他的主人只要派另外一个奴仆拿着他的帽子,对那个想要逃跑的奴仆说:"我们的主人光着脑袋,要把这顶帽子给他戴上。"那个奴仆马上就会回来,求主人恕他无罪,于是这个主人又得到了他。不管哪个奴仆,要是知道有人咒骂了他的主人,即使他的主人没有命令他,他也会等着那个骂了他的主人的人一来,就把他刺死。②

也是几句很简单的话,就把这个民族的奴仆对主人的那种绝对的忠诚刻画得惟妙惟肖。

二

卜弥格的这些散文也很重视反映他所见到的一些国家和民族

---

① 见《卜弥格文集》,张振辉、张西平译,华东师范大学出版社2013年版,第248页。
② 同上书,第252页。

的风俗习惯，通过这种风俗习惯的描写，进而很真实地展示了他所到的那个国家的时代面貌。他在往返欧亚的途中，曾在当时的暹罗也就是今天的泰国待过一段时间，在那里他首先见到的当然是佛教的盛行，因为不论在 17 世纪中叶，也就是卜弥格经过那里的时候，还是现在，暹罗都是一个佛教的王国。佛教是当地人民传统的宗教，所以他对那里有关佛教的风俗习惯和富有典型意义的佛教建筑艺术都写了很多。除了佛教信仰之外，还有那里的自然环境、人民的生活方式和特色鲜明的物产，也是卜弥格十分关注的对象，他这方面的描写既细致入微，又绘声绘色，引人入胜，如他在《卜弥格从泰国给总会长的报告，1658 年》中写道：

> 暹罗王国幅员辽阔，因为森林很多，显得荒凉。森林里有许多野兽，主要是象、老虎和犀牛。这里有铁矿，更多的是铅矿和锡矿，锡甚至出口。这里经常发大水，首先是盛产大米。一年下三个月的大雨，水量充足。由于稻田低洼，雨水蓄在田里。如果下四个月的雨，就会淹没大部分的房屋。这些房屋都支撑在一些五个胳臂肘高的芦苇秆①上，屋顶上盖着茅草或棕榈叶，墙是用柳条和棕榈编织成的，固定在芦苇秆上，它们常常被误认为是鸡笼。在洪水泛滥时，这里是真正的威尼斯②，所有的事情都在从城里这一方游到另一方的小船上办理。只有寺庙在高地上，都是用石头砌的，很坚固，它们的建筑形式也很漂亮，显得匀称，细看像我们的教堂。里面的神像由木头或坚实的泥土塑成，形神逼真，外表呈金黄色，像镀了金似的，墙上挂着大部分是历史题材的画。

---

① 这就是竹竿，马可·波罗早先把它叫芦竹。爱德华·卡伊丹斯基注。
② 马可·波罗也说大城府像威尼斯。爱德华·卡伊丹斯基注。

国王的寺庙造价很高，它里面的浮雕不亚于欧洲的艺术品。那里有一扇非常漂亮的大门通往一些祭台，祭台上可以看见各个历史时期塑造的神像，它们看起来都那么精美，用的是和石膏差不多的材料。寺庙外面宽阔的院子里，耸立着许多金色的金字塔，这里叫螺旋塔。这都是为纪念死者或者活着的人而建造的，表现了对神的崇拜。

这里经常和到处都可见到这样的寺庙，几乎所有的庙里都有僧人，暹罗人称他们为和尚。如果不是亲眼所见，是很难相信的。和尚每天都要报时，具体地说，就是在正午和午夜时，跟着外面用木头槌子敲响的钟声，在烛光下唱歌。和尚剃头也剃胡子，肩上披着袈裟。如果他们已经受戒，就在胸前和胸的右侧捆上一条卷了几道的红布。他们和所有别的人一样，赤脚行走。每人都有一把大扇子，主持级别的和尚可以坐金轿子，轿后跟着一群和尚，他们排成了一队。

这个国家的每个居民都可以当和尚，和尚的标志就是穿一身金黄色的袈裟。每个人都必须付所得税，可是这些身穿袈裟的和尚却无需从他们耕种的土地的收获中，拿出钱来付所得税。许多人也给他们的儿子穿上这种袈裟，让和尚把他们带进庙里，教他们读和写，教他们唱歌。过了几年，他们有的成了和尚，有的脱下金色的袈裟还俗，这就听其自愿了。可是，他们若当了和尚，就不能结婚，如果他们中有人依附了女人，会被认定要判死刑的。他们都靠亲戚、朋友和寺庙的创立者或者那些爱施舍的人养活。这些人常常排成长队，为他们送来熟食，女人们也到他们家里来，给他们烹饪食物。他们接见来访的人，也不缺钱花，因为他们很节省，有钱只买他们必需的生活用品。给死者举行葬礼是他们的责任，在举行葬礼时，他们事先用纸和芦苇给死者做一个金黄色的漂亮棺材，敲着鼓把它送进寺庙。那里是死者的归宿，在焚烧死者的遗体时,把这个棺材一起烧掉。死者的亲属也给那些在这里念经和唱圣歌的和尚送来食品、衣服和钱财。这种仪式要延续许多天,以后在死者逝世的每一个周年还要举行。

……

有一天,我通过翻译问了和尚们的宗教信仰,他们谁都说不清他们要当和尚(选择了修道)的原因。有些人在寺庙里已经待了十五年到二十年,他们中大部分人都认为,杀生是罪过。我有幸在一个寺庙里找到了一张小画,画的是一个人杀了一头猪。在它近旁还有另一张画,画的是一个饿鬼①把这个杀了猪的人拖到了地狱的火中,这说明这头猪是饿鬼唆使他杀的。于是我问他们吃不吃猪、鸡和别的动物的肉。他们却回答说,吃肉并没有犯罪,因为他们表示了感谢,只有杀生的人才会遭到谴责。我又问,盗窃有没有罪?那些知道有贼,却把贼偷的东西藏起来的人有没有罪?他们说有罪。于是我又补充了一句,如果有人杀了猪,被判下地狱,那么你们这些吃了这头猪的肉,把它吞到了肚子里的人,是不是也会要受到同样的惩罚?他们承认他们回答不了这个问题,可他们说,别的和尚能够给我做出回答。②

看来当时的暹罗除了已很发达的佛教文明之外,这里还是一个水乡,农业当然是以种植稻米为主,但是有些地方还很荒芜,

---

① 饿鬼,"佛教六趣之一,据称种类很多,总的特征是常苦饥饿,其中有的腹如大鼓,咽喉似针,没有人给他们举行祭祀,使之常受饥饿;居于阎魔王的地下宫殿,也居人间坟地、黑山洞等处"。见任继愈主编《宗教词典》,上海辞书出版社1981年版,第874页。

② 见《卜弥格文集》,张振辉、张西平译,华东师范大学出版社2013年版,第279—281页。

没有开发，有许多生活在热带的野兽。此外，卜弥格在上面提到的非洲卡弗尔国，还看到了住在那里的葡萄牙人在亡人节有祭祖的习俗，他认为这种习俗古已有之，在全世界都具有普遍的意义，他说：

> 就像古希腊那样，葡萄牙人也有这么一个习惯，就是在追思已亡瞻礼来到的时候，要在亲人的坟上铺一块黑纱，摆上葡萄酒和甜食，再点上蜡烛。他们望弥撒以对忠实的亡人表示敬仰，然后神父还要走遍教区所有的坟墓，为亡人祈祷，在坟上洒圣水，在举起的时候不摇铃。① 男女黑人的手里都捧着圣水，也把它洒在坟上。谁更爱哪个死者，就在那个死者的坟上洒得更多。人们还把死者埋在教堂里挖出的坑洞里，但先要把他的遗体用布包上，然后把它放在泥里，或者在面上撒上一层土。②

其实亡人节祭祖的习惯在卜弥格的祖国波兰是早就盛行的，伟大的爱国主义诗人亚当·密茨凯维奇（1798—1855）在他著名的诗剧《先人祭》第二部（1823）中，就对波兰人民这种传统的习俗作过富有经典意义的描写，他在诗剧的"前言"中写道："先人祭是立陶宛、普鲁士和库尔兰的许多地方的普通老百姓为了悼念先人，也就是死去的先辈的一种非常隆重的仪式。这种仪式至今依然存在。它起源于异教时代，过去称之为'山羊宴'，由牧羊人、巫师、祭师和诗人（游吟诗人）一起主持。可现在，因为教会和财主想要根除这种带迷信色彩、应是受到谴责的风俗，老

---

① 这是说祭师把面包和一杯酒举起来的时候不摇铃。爱德华·卡伊丹斯基注。
② 见《卜弥格文集》，张振辉、张西平译，华东师范大学出版社2013年版，第253、254页。

百姓只好把这种仪式偷偷地放在一些小教堂或者离墓地不远的空房子里举行。他们在那里摆上各种食品、酒类和水果等供物，召来死者的灵魂。值得注意的是，这种用供物祭奠亡人的风俗好像是一切信仰异教的人所共有的，在荷马时代的古希腊、在斯堪的纳维亚、在东方和新大陆都有这种风俗习惯。我们的先人祭有其独特之处，那就是以异教的形式表现基督教的教义。特别是举行这种仪式的时间和悼亡日接近，老百姓都知道，菜肴、酒类和唱歌能够抚慰炼狱里的亡灵。"① 波兰著名批判现实主义作家、1924年诺贝尔文学奖获得者弗瓦迪斯瓦夫·莱蒙特（1867—1925）在他的获奖作品长篇四部曲《农民》（1902—1908）中，也对波兰农民传统的万灵节作了生动的描写。他说，这一天，不管是阔富人家还是普通农民都首先要到教堂里来，请神父给他们亲属的亡灵解除苦难，神父给他们搞了一些迷信活动后，便可借机对他们肆意敲诈勒索，这么一来，一些穷苦的农民在夜里悼亡时，就没有钱去买供品献给亲人的亡灵了，因此他们只能在自己已故亲人的坟前诉说亲人在世时有过的痛苦，表示对他们无尽的思念。这时候，墓地到处都可听到悼亡者的"肝肠寸断的叹息"，或者一阵阵的哀号和恸哭，充满了阴森悲戚的气氛。这里可以看到，不论密茨凯维奇还是莱蒙特，他们在自己的作品中反映的，都是自己民族的这一风俗习惯，这就必然地和波兰的社会状况、阶级压迫联系起来。卜弥格生活的年代比密茨凯维奇和莱蒙特早两个或两个半世纪，他当然也很熟悉波兰民族悼亡这个传统习俗的内容，但他在这里写的是在非洲卡弗尔国的葡萄牙人的悼亡，而且他也只是在旅途中路过这里，对这里的社会状况不可能有深入的了解，因此他可以根据兴趣，对在卡弗尔国见到的亡人节进行客观的描写，而无须进一步跟那个地方的社会状况和阶级压迫联系起来。

---

① 见张振辉《密茨凯维奇传》，外国文学出版社2006年版，第46、47页。

此外在《卜弥格神父来自莫桑比克关于卡弗尔国的报道，1644年1月11日》中，还有一种风俗习惯的描写表现了作者富于幽默感的思想情趣，也值得一提。卜弥格说：

> 我在那里有好几次都亲眼见过这样一种情况，就是在望弥撒后，黑人们都带着自己的孩子来到祭台前（在括号里我要加一句，女人们习惯将自己的小孩背在背上，就像平日背重东西一样，她们常把小孩抱来抱去，把他们的鼻子都压扁了，因此我们常见到的卡弗尔人的鼻子，至少部分是扁平的）。[①]

三

卜弥格有时就像一个小说作家一样，在他的散文体的作品中，善于编织离奇的故事，这些故事有的是他来到某个地方听人说的，有的则融入了他的文学性的虚构。如在《关于中国边界上防御野蛮人侵犯的城墙，鞑靼人是在什么情况下侵入中华帝国的?》这篇文章中，他谈到了秦始皇修筑万里长城和寻找长生不老的药，这些在司马迁的《史记》中都有记载，但他却借此发挥他的许多想象，使他关于这些故事的描写显得更加奇幻，富于浪漫主义色彩，这也可能是他在中国看了一些古代神话故事对他的影响：

> 因为多次的征战而筋疲力尽的皇帝有一次在他的皇宫里梦见地球遭到了毁灭，显出了非常强烈的色彩，仿佛掉在了

[①] 见《卜弥格文集》，张振辉、张西平译，华东师范大学出版社2013年版，第254页。

他的脚上。在皇宫的东边他见到了一个蓝肤色的年轻人，他的脸呈天蓝色，一双火眼金睛看起来就像铁在闪光。这个年轻人突然倒在地上，他想爬起来。这时在南边又出现了一个红肤色的年轻人，他说："我要为天帝效劳，天帝是一切事物最高的主宰，他是从一些星座来的，要毁灭地球。"过了不久，这两个年轻人就打斗起来，红肤色的很快就把蓝肤色的年轻人摔倒在地，蓝肤色的马上就咽气了。红肤色的年轻人然后朝南方望去，又拿起了武器。皇帝问他："你是什么人，来这里干什么？"他回答说："我是尧和舜皇帝的后代，来这里要毁灭这个世界，要发动战争。"皇帝在梦中见到了云朵，那些云显得很沉重，整个世界都变红了。他醒来后很害怕，想要弄清这个梦是什么意思，他认为这预示着他将遭遇不幸。因此他很惊慌，他在想，人为什么要死？吃各种不同的药能不能避免死亡？他想从他的内侍那里打听有没有长生不老的药。他们对他说，在东方的一些山的后面有一片大海，在海中的一些岛上住着一些长生不老的人，他们不知道什么叫死，他们能永远活下去。皇帝问他们："有没有人见过这些人？"他们回答说："徐福到过这些地方，见到过这些长生不老的人，他说他们都是一些和我们完全不同的人。"于是就把这个徐福请来见了皇帝，皇帝正要派人去寻找能够延长人的有限的寿命的药，便决定让他到那个海上去。难道真的能够延长一个人的生命，使他永远不死吗？[①] 过了不

[①] 徐福即徐市，据司马迁的《史记》记载：秦始皇东游琅邪期间，"齐人徐市等上书，言海中有三神仙，名曰蓬莱、方丈、瀛洲，仙人居之。请得斋戒，与童男女求之。于是遣徐市发童男女数千人，入海求仙人"。"方士徐市等入海求神药，数岁不得……"见《史记》第1册，中华书局1972年版，第247、263页。"又使徐福入海求仙药，多赍珍宝，童男女三千人，五种百工而行，徐福得平原大泽，止王不来。"《汉书》第7册，中华书局1975年版，第2171页。"长老传言秦始皇帝遣方士徐福将童男童女数千人入海，求蓬莱神山及仙药，止此洲不还。"《三国志》第5册，中华书局2011年版，第1136页。

久，皇帝又叫他的宫里一个他很信任的方士卢生去找一个住在最高的山岳中的长生不老的人，但是别的人并不信任这个方士。他在途中问了所有的人关于长生不老的人和圣人的情况以及他们吃了哪些能够长生不老的药草和药。他来到了离那座山不远的一个悬崖上，那些长生不老的人送给了他一本书，要他把这本书转交给皇帝，让皇帝自己算一算能活多少年，什么时候会死。等待他的只有死亡和牺牲。皇帝听了他的话后，有很多事情想要问他，但皇帝这时却闭着眼睛睡着了，没有听见这个方士的回答。皇帝又派他再一次到那里去，他克服了许多困难，回到帝国后，把他在东方广阔的土地上见到的一切都告诉了皇帝，他说在那片海上没有船。他在那些山中遇到了一些神奇的仙人，这些仙人要他告诉我们伟大的皇帝他们所见到的一切，他们叫天才。这种描写我见过很多。①

作为一个信基督教的散文作家，卜弥格更善于叙述宗教内容的故事，如在上述《卜弥格神父来自莫桑比克关于卡弗尔国的报道，1644年1月11日》这篇文章中，他谈到了圣母玛利亚，说的是在巴扎伊尼②有一幅神奇的圣母像，它创造过奇迹：

> 一个葡萄牙人派了一个卡弗尔女人去给他买葡萄酒。她买了酒后，在回来的途中摔倒了，把酒瓶也摔破了，因此她大哭起来，害怕遭到意外的鞭打。这时候她跑进了附近的一座教堂里。她在那里见到了这幅最神圣的童贞圣母的图像，便对着它大声地诉起苦来。当她带着虔诚的信仰走出教堂后，她在她摔倒的这

---

① 见《卜弥格文集》，张振辉、张西平译，华东师范大学出版社2013年版，第163、164页。
② 在果阿北边的印度西海岸上。

地方，又找到了一瓶完好的葡萄酒。她的主人尝了一下后问她，从哪里买来了这么好的酒？因为他不相信在这么一个落后的国家里能够买到这么好的东西。那个女奴向他保证，她是从一个酒商那里买来的。但是他仍不相信她说的是真话，于是又给了她一些钱，要她去同一家商店里再买一瓶来。这时候，女奴便承认出了奇迹，说出了在她那里发生了什么事。后来，不仅她而且还有许多别的女人也接受了这个信仰。此外我还听到过在一个瘫痪和瘸腿的穷人那里发生的奇迹。他因为很穷和有病，在巴扎伊尼这个地方大家都知道。有一天，他饿得要死了，便爬到一座教堂的门前，你们想想看，已经是深更半夜，教堂的门却自动地开了。他进来后，哭着向圣母讨吃的，因为他听说圣母创造过许多奇迹，他还一边祈祷一边诉说他如果找不到吃的，就会饿死。这时候，圣母便以这个乞丐的名义请求圣子大发慈悲，救一救这个饥饿的人。小耶稣便伸出了一只圣手拿着食物对他说："你过来，把这个拿走吧！"那个乞丐说："主啊！我拿不着食物，因为我的脚动不了。""起来，你拿得着的！"基督说。乞丐一边爬一边伸出了他的左手。基督说："不要伸左手，要伸右手。""主啊，我伸不了右手！""你试一试！"天主的儿子回答说。乞丐又试了一次，这一次他终于得到了食物。这个奇迹的出现使他感到非常高兴，因此他也接受了这个信仰。①

这样的故事卜弥格也许是在一些宗教书中读到的，或者是从哪里听到的，或者就是他的杜撰，但无论如何，这些故事充满了宗教幻想，充分表明了卜弥格的基督教的信念。

---

① 见《卜弥格文集》，张振辉、张西平译，华东师范大学出版社2013年版，第254、255页。

四

卜弥格的一生经历曲折，他所遭遇的那些事件，有的甚至是富于惊险性的，他在他的著述中，对于这些事件发生的经过，善于选择典型细节，写得生动有趣、引人入胜，同时也突出地表现了他作为一个基督教徒的思想和个性。如在《卜弥格从泰国给总会长的报告，1658年》中，他写自己在越南南边的海上，乘坐一艘中国人的船，要到河内去，途中遇到了风浪，非常危险，船只好靠岸。有一天，雷电烧毁了船上的一根桅杆，船主说巫婆问了航海家和渔人的保护女神妈阁，女神说这是因为有卜弥格这个外国人在船上，中国的水手们因此要把他赶下船去。这时正好有一个暹罗人要检查旅客的通行证，他们便叫他去离这里有半天路程的总督那里搞一张许可证来。等卜弥格离开，中国水手便起锚扬帆，准备开船，好借机把他甩掉，可这时他们却又发现他们船上有个荷兰领水员不在船上，没法开船。幸好荷兰人被找来后，坚持如果卜弥格没有回来，他就不开船，于是卜弥格这一次没有被甩掉。可是这个事件过了之后，海上又刮起了逆风，中国水手们又说，海上之所以有风浪，是因为卜弥格的行李中有一瓶从死人身上炼出来的油。要对他的行李进行检查，这时卜弥格有个随行的中国仆人陈安德坚决反对，那些水手们便大声吼叫了起来，说要监视卜弥格的行李。一些性情暴烈的人甚至把卜弥格的许多东西都翻了个底朝天。其中有个水手把他的一张画了佛拉芒派图画的皮纸撕破之后，一半扔到火里，另一半抛下了大海。还有一些人把一张画了一些圣像的小油画也扔到海里去了。那些水手手里还拿着刻有耶稣受难像的十字架、药品和一些漂亮的人像，并且追问卜弥格还有什么，他们要把这些东西或是扔到海里，或者据为己有。卜弥格看到这种情景十分愤怒，他大声地对他们说，他是一个信基督教的教徒，如果他们要杀他或者把他扔到海里去，他甘愿为信仰而死，在任何情况下也不乞求他们免他一死。中国水手当天晚上本来要杀他，但这时却有一个水手病了，患的是羊癫疯，要往海里跳，船长说他这是魔鬼缠身，问他要什么，他又疯疯癫癫地说他是船神。水手们接着问他，逆风和暴雨是不是船上的那个外国神父招来的，幸而他说了一句外国人无罪，这个所谓被魔鬼缠身的人的这句话又救了卜弥格。后来水手还折腾了他好几次，他都很坚决地对他们说："欧洲人不怕死，你们会对欧洲人的勇敢感到惊奇。"由此可见，卜弥格是一个有坚定信念的人，不管遇到什么危难困苦，他那百折不挠的意志丝毫也不会改变。他是个基督教徒，因此他也十分讨厌水手们搞的那些在他看来的歪门邪道。他说："看到他们由于害怕风浪，竟对魔鬼顶礼膜拜，我有时悔恨自己当初不该乘这条船。如果说我还没有遭到拷打或者被拿去受审的话，那是因为上帝在保佑我。"这里的描写形象生动，一环紧扣一环，使读者就像是身临其境，对卜弥格的遭遇和他的反抗感同身受。波兰著名哲学家和文艺理论家、西方20世纪现象学美学的主要代表罗曼·英加登（1893—1970）在他的名著《论文学作品》中曾经指出："再现的客体的情景最重要的功能在于表现和显示特定的形而上学质[①]。这种情况的发生是可能的，形而上学质在许多再现的情景中能够给我们显现出来的事实，就最好地说明了这一点。也正是在这种情况发生的时候，文学作品才能够最深刻地打动我们。文学的艺术作品只有在形而上学质的显示中，才达到了它的顶点。"[②] 卜弥格的临危不惧和慷慨

[①] 罗曼·英加登这里所说的形而上学质包括神圣、崇高、卑鄙、罪恶、悲哀、可怕、恶魔般、震撼人心、不可理解和神魂颠倒等生活中不同寻常现象的表现，卜弥格的慷慨激昂属于这种表现。

[②] 见罗曼·英加登《论文学作品》，张振辉译，河南大学出版社2008年版，第286页。

激昂正是这种形而上学质的最集中的表现,不管他出于什么思想立场,他的这种情感的突发能够最深刻地打动读者,因而也使他的作品的艺术特色得到了最充分的表现。

五

卜弥格虽对这些"竟对魔鬼顶礼膜拜"的中国水手表示不满,但他热爱他到过的中国,他在中国每到一个地方,对他见到的一切都观察得细致入微,在描写的过程中,往往抱着极大的热情,因此他笔下的中国的图景,就像《马可·波罗游记》中那样,每一幅都是那么生动有趣,美不胜收,使读者感到这里处处跳动着他的那颗热爱中国的心。如他在《中国事务概述》这篇文章中写道:

> 尊敬的利玛窦神父曾于1592年在中国的大江上走过,他写道:不管是农村还是城市,在所有的江河上,都有很多很多的船只。如果不是亲眼所见,是难以相信的,同时也很难理解他们是怎么居住在那些木头房子里。我也看见过在那些河上用芦苇秆和覆盖着一层编织物的木格子搭起的房子,这种房子都安放在(底部沉下去了的)小船上,它们的表面在水面上摇晃和游动,当船主把他的船在一个地方停下来后,还可以把这种房子搬到岸上去,再搭起来。像这样用编织物编起来的窝棚确实很多,看起来像河里突现出来的一些岛屿。[①]
>
> 金尼阁和曾德昭不仅用拉丁文,也用意大利文普及了许多关于中国的知识,他们很详细地介绍了这个国家的资源。

---

① 见《卜弥格文集》,张振辉、张西平译,华东师范大学出版社2013年版,第182、183页。

如果说丝织和养蚕，那在世界的东方，除了中国没有第二个国家能够掌握这种工艺。他们有许多质地最好的丝绸，在我看来，在全世界，没有一个有钱人不穿这种柔软的布料，它也大量地出口到了许多国家，可是人们却只知道比希拉①和大马士革用金线和银线缝制的美丽的丝织品②。

卜弥格来到永历的朝廷后，因为受到了永历皇帝的热情接待和信任，所以对这位"中国皇帝"的知遇之恩感激不尽，因此他在《中国事务概述》中还说：

> 我有时候在簇拥着我的主人，当时在广西省的永历皇帝的人群中，看到有许多文武大臣，他们因为观看了上面提到的皇帝祭天的场面，都感到莫大的荣幸。在一个或者两个月后，我又看见了他穿上了这一身衣服，身边有以辅臣③兼总督和军队的统帅天主教徒庞天寿先生为首的一大群最显要的大臣，他们在距离皇帝二十步远的地方就跪了下来。人们很难相信，在行这种大礼的时候，那些大臣或不太重要的臣子能够看见皇帝。可是早在我们这个时候以前，就已经规定了这种礼节。④

作为一个耶稣会的传教士，看到在比他先来永历朝廷的德国传教士瞿安德的努力下，永历皇帝的母亲、皇后和儿子，还有那

---

① 比希拉，据说是欧洲古代的一个国家，但谁也不知道这个国家在哪里。爱德华·卡伊丹斯基注。
② 叙利亚的大马士革古代盛产绸缎，曾运往欧洲。这一段见《卜弥格文集》，张振辉、张西平译，华东师范大学出版社2013年版，第187页。
③ 庞天寿在永历朝廷里的官职是司礼监掌印太监，不是辅臣。
④ 见《卜弥格文集》，张振辉、张西平译，华东师范大学出版社2013年版，第186页。

个参与了执政的皇太后都接受了基督教信仰,这里已经成了一个基督教的小朝廷,他感到十分高兴,这种喜悦之情,在他对永历的亲属都接受了基督教信仰的过程的描写中,处处溢于言表。如在《在中国的波兰耶稣会的卜弥格神父1653年在罗马发表的一个关于天主教在那个国家的状况的报告》中,他写道:

  谁都没有像上面提到的亚基楼①先生对瞿安德住在宫里感到那么满意。亚基楼为这位传教士的勤勉真是感动又感动,因为他总是不断地劝说皇帝和皇太后接受天主教信仰。从一开始他就让皇太后每天都做祈祷,她还不断地高喊:"我们的天父,圣洁的玛利亚,我信天主!"皇帝应她伟大的请求,对受洗也表示过同意。这位参与执政的皇太后要求接受圣洗的原因也是值得一提的:这是说,这位伟大的老太后有过一个真正的幻觉,也许是一个梦,她在梦中看见一张床上有一个小孩对她说:"如果你不接受我的法律②,我就要处死你。"后来,她一见到瞿安德神父赠送给皇帝的那幅圣母玛利亚的图像,就知道圣母手上抱的那个孩子就是那天晚上以死来威胁并且要打她的那个孩子。当时他还要另一个人给他施了洗③,这就是说,他不想让那个该诅咒的魔鬼妨碍她的受洗。
  但是皇太后碍于中国的法律,不愿见到瞿安德神父,她只想让亚基楼先生给她施洗。瞿安德不同意这样,他说他一定要亲自给她讲授那真正的信仰,因为只有这样,他才能保

---

① 即庞天寿。
② 指天主教。
③ 这个"他"是指圣母手上抱的这个孩子,即耶稣。基督教徒认为:耶稣基督钉死在十字架上,是为了拯救世人,使他们死后进入天堂。但他要成为救世主,他自己先要受洗,施洗者约翰就象征性地成了给他施洗的人,现在还有一个基督自己受洗的节,这位皇太后梦见的就是这个施洗者约翰。爱德华·卡伊丹斯基注。

证她不像许多别的皇帝和皇太后那样，下到地狱里去，而像她希望的那样，进入天堂。照天主教神父的习惯，他必须亲手给人们施洗，她在受洗的时候应当向天主表示顺从和对他无限的崇拜，以自己作为一个良好的榜样，把许多贵族老爷和平民老百姓都引领到天主那里去。

这是一个没有料到的结果，因为当时有许多不好的消息从各方面传来，表明局势动荡不安。皇太后急坏了，要不是亚基楼先生的劝阻，她几乎要上吊。亚基楼先生还以自己能说会道，向两个皇太后和皇后详细介绍了天主教的情况，使她们接受了瞿安德神父的洗礼。在施洗时，他还充当了教父，给参与朝政的皇太后取名烈纳[①]，给永历的生母取名玛利亚，给正宫皇后取名亚纳。在她们受洗之后，两个宫女也受了洗。

过了两天，皇帝平息了暴动，班师回朝，赞扬这三个女人接受了真正的信仰。她们也请求皇帝向她们给他展示的那幅基督和圣母的图像表示敬仰，并且保证他不再崇拜各种各样其他的神祇，而只崇拜一个真正的主——耶稣基督。这个保证后来他遵守了。

皇帝甚至想要领受圣洗，如果不是某种原因给他造成了阻碍的话。他每天都讲圣教的教义，早晚都以天主教的方式做祷告。他崇拜圣像，在各个方面都做得很好，只是不能保持夫妻间的贞洁，让妻子得以安心，由于人类共有的欲望，他不愿这么做。

因此，他的一个不是正宫皇后生的女儿突然死了。他以极大的悲痛请求瞿安德神父给他说明原因，神父简单地回答

[①] 烈纳（约1560—约1651），明末天启皇妃。永历帝时为皇太后，1648年领洗入天主教，同时入教的有永历的生母、皇后、皇太子等。

说，这是天主正义的惩罚，因为天主已经说得很清楚，只能有两个人，这就是一夫一妻，两人合为一体。天理良心，他应当抛弃其他所有的嫔妃，只留一个真正的妻子。

这个虔信基督的正宫皇后日以继夜地祈求天主的祝福，盼他赐给她一个皇位的继承者，这对皇家来说，是很重要的。瞿安德神父劝她为此而祈祷，于是她在耶稣像前点起了蜡烛，点了半天，让皇帝也在场，她终于盼来了幸福的时刻：过了十二个时辰，一个漂亮的皇子在夜里诞生了，整个皇室都有说不出的高兴。

瞿安德神父那尖刻的话语曾使皇帝温柔的耳朵感到很不舒服，但这位神父现在又被认为是最好的人，他在这个帝国什么要求都可以提出来。因此，他利用这个机会，要像人们所说的那样，来一个趁热打铁。他劝皇帝不仅把新生的皇子马上包扎起来，而且要在他小的时候，就教给他天主教的精神和习惯，教他崇拜天主。此外他还安排了一个场面，要让皇帝亲口做出保证：这个继承者长大成人后，根据福音书上的规定，只娶一个女人。

对这一点，皇帝和他的大臣们好久没有表示同意，直到皇子后来生了一场真正是要命的大病。他们不得不马上又把瞿安德神父召来，当他给皇子施洗，取名当定之后，皇子马上就恢复了健康，精神也好起来了。这当然是天主创造的奇迹。这一次，神父给皇子洒上圣水时，庞亚基楼又是他的教父。

皇帝因此感到很高兴，他即刻派了一个全部由信天主教的大臣组成的庞大的使团去了澳门，对真正的天主表示感谢。当这个城市的公民看见这个富丽堂皇的船队升起了皇家的绸旗，上面显现出了圣十字的标记，进到自己的港口的时候，他们表现了从未有过的喜悦。在大臣们下船，公开宣布自己是基督教徒①和天主教徒后，他们更是欣喜若狂了。于是身着盛装的使团在钟声和礼炮声中被请进了耶稣会的教堂，在葡萄牙人看来，这是一个极不平常的景象。这些真心实意的先生们随后又在一个大祭坛前跪了下来，以此对神秘的天主表示敬仰。在望弥撒时，他们献上了皇帝送来的礼品：两个烛台、两个香炉、两个装着鲜花的花篮，这些都是用最好的白银做的。还有香木，可以当香使用。皇太后还拿出两锭银子，买了香和两匹绸缎。②

以上看到，西方耶稣会的传教士让永历的皇室和皇帝本人接受天主教的信仰，虽然经历了一些曲折，但是在卜弥格的描写中，始终充满了温馨和乐观的情绪，而且他也说他真的看到了令人欣喜的结局。正是由于他对永历皇帝和他的信天主教的小朝廷的热爱和信任，所以他把当时已经南下，对这个朝廷造成了威胁的清军看成是侵略者，当永历派他出使罗马，以求得罗马教廷在军事上的援助的时候，他马上认定他能报效他的"中国皇帝"，为他效力的时候到了，便欣然接受了永历赋予他的这个使命，他在《在中国的波兰耶稣会的卜弥格神父1653年在罗马发表的一个关于天主教在那个国家的状况的报告》的接尾，十分恳切地说：

> 1644年，当上面提到的永历皇帝在广东省或广州登基的时候，人们见到了一种壳上有十字的白色的螃蟹，这本来只有天主才能见到的。但那时候，中国的皇帝和大臣们最感兴趣的并不是这个，他们要派一个特使到罗马宗座去，告诉那块圣地上的基督的全权代表③，说他们接受了基督信仰，希望

---

① 信基督教各教派的教徒都称为基督教徒。
② 见《卜弥格文集》，张振辉、张西平译，华东师范大学出版社2013年版，第263—265页。
③ 指教皇。

得到他的祝福。

既然中国皇帝陛下把这个艰难又光荣的事业托付于我，为了这件大事，我便冒着各种危险，经过澳门、果阿、莫卧尔、波斯、亚美尼亚、那托利亚，又从那里到罗马去了。①

而当他到了罗马，在向罗马教廷提出对南明永历的朝廷给予军事援助的要求并被拒绝后，他仍决定返回中国，他一定要和他的"中国皇帝"同生死、共患难，为此甘愿牺牲自己的一切。他当时在致罗马耶稣会总会长的一封信中曾经十分恳切地说：

我只要看到您的第一个信号，就马上到罗马来，我要回到中国的战场上去，即使付出名誉和健康的代价也在所不惜。②

六

卜弥格写他的文章有时候像古希腊哲学家和文学家那样，习惯于采取一种雄辩的方式。其实这种文体的运用，在波兰的文学史上早已有之，如比卜弥格整整早一个世纪的波兰文艺复兴时期著名的政论家和散文作家安杰伊·弗雷奇·莫杰夫斯基（约1503—1572）的著作，就堪称运用这种形式的典范。他最著名的政论著作《论对共和的改进》，分为《论习俗》《论法律》《论战争》《论教会》和《论学校》五个部分，对波兰社会各阶层所最关注的一切社会事务都提出了自己的先进的观点。为了充分表达他的观

---

① 见《卜弥格文集》，张振辉、张西平译，华东师范大学出版社2013年版，第265页。

② 同上书，第99页。

点，他在这部著作中，一方面以犀利的笔触，无情地鞭笞和揭露了波兰社会上的不公正、愚昧和落后以及各种腐败的现象，有的地方他甚至以"你"或"你们"这样的人称代词指明了这些社会弊病就是某个人或某个社会阶层造成的；另一方面他提出了在政治制度上的民主集中、社会平等和富国强兵等一系列正确的主张，言辞恳切，有很强的说服力，不仅对波兰政论文和散文以及杂文的创作，而且对波兰社会的发展，都产生了很大的影响。

卜弥格和莫杰夫斯基当然不一样，而且他所处的社会环境也不一样，但他的雄辩中所表现的那种无往而不胜的气势，和莫杰夫斯基颇为相似。作为一个虔诚的基督教徒，他在和别人就宗教信仰进行争论时，在语言和逻辑推理上的冲击力，是谁也阻挡不住的。在上述《卜弥格从泰国给总会长的报告，1658年》中，他说他在泰国遇到了一些伊斯兰教徒，便和他们发生了激烈的争辩，他对这次争辩的过程的描写，同样表现了非常激动的情绪。

卜弥格为说服和他争辩的那些伊斯兰教徒，除了运用比喻之外，还采取了一个最有效的办法，就是引用那些伊斯兰教徒最敬仰的伊斯兰教创始人穆罕默德和《可兰经》上说过的话，来证明基督教高于伊斯兰教，高于所有别的宗教，使对方无话可说。此外卜弥格作为一个基督教徒，就像上面所说的那样，他在暹罗最感兴趣的，当然还是那里的人民的宗教信仰，特别是那里最普及的佛教信仰，他对这一信仰和有关的习俗的了解和反映的过程中，虽然没有和谁进行过辩论，但也是采用一种雄辩的方式。对于他要了解的事物，定要向谈话者追根问底，把它了解个透。如他在暹罗的一个神庙里见到了一尊神像，便向一个和尚问它的来历，到最后他终于了解到，这尊神像是一个纪念像，代表那些生前给了神庙里的和尚有过许多施舍、为他们的暹罗王国做过好事的人们，并不带有迷信色彩：

有个和尚在他的一个寺庙里的住处用青铜铸了一尊佛像,它的脸像个年轻人,头上戴一顶王冠,腰带以下到脚板竖着一根小柱子。他们还有一些别的神像,有的是立着的,有的坐着,把腿盘成一个十字。我问这尊青铜铸的佛有没有自己的父母,他们说有。我又问它有没有妻儿,他们有的说没有。于是我又补充了一句,这是不是说,在他的父母把他生出来之前,你们这些居住在暹罗的人本来是没有佛的?他们面面相觑,感到很奇怪。我问这个佛是不是已经死了,他们没有反对。我又接着说,这是不是说,你们现在没有佛,才铸造了这尊佛像,向它顶礼膜拜呢?他们回答说,他们铸造佛像是为了纪念佛,因为佛慷慨大方,它给了和尚许多施舍,它为整个王国做了许多好事。后来我还问了许多问题,他们望着那些佛像,不能马上做出回答。他们那里有许多金色的佛像,我问这些佛像叫什么名字,他们说这些佛像只有一个名字。那为什么一个立着另一个又坐着呢?为什么一个戴着王冠另一个又没有戴呢?他们说只有一个真正的佛,铸造那么多佛像是因为人们都很崇拜它,它是可以崇拜的。[①]

七

卜弥格来到中国,对中国的医学进行系统深入的研究,写过许多介绍中医的著作,让欧洲早在17世纪,就对中国这门举世无双的宝贵学科的理论和实用价值有了全面的了解,这是他对中学西传做出的伟大贡献。他的这些著作当然都是以学术论著的形式写成的,但是这些论著深入浅出,有时根据他对中医理论的某种

[①] 见《卜弥格文集》,张振辉、张西平译,华东师范大学出版社2013年版,第281页。

理解，采取一些形象的比喻，就像老师在课堂上讲课那样，显得生动活泼，引人入胜，可读性强，几个世纪以来，对欧洲的读者产生了深远的影响。例如他在他的《一篇论脉的文章》中，对中医中的阴阳五行、气血循环和一年四季对人体健康的影响这些属于中国古代哲学和医学的天人合一理论，作了十分形象而又高度概括的论述，他说：

> 它①介绍了一种以中国的医生们自己的原则和观点为依据的中国哲学的理论，这些原则和观点都反映在一部称为《内经》的有一百六十二章的最古老的法典（古书）中。我想一开始就具体地介绍一下中国哲学的一些基本的观点，所以我觉得有必要先来说明一下大自然中某些基本的规律和对应的现象。古代中国人的医学哲学各种不同的原则一直没有得到充分的阐释，其中就包括五行的自然属性和它们的活动情况。对这些东西，我们在这里，要在一定的范围内加以说明。实际上，这些原则并不符合我们已经检验过的那些原则，但是它们在中国却得到了承认，被认为是准绳。它们在它们祖国的土地上，得到了那里古时候的学者们的权威性的支持。这种技艺在那里得到了普遍的运用，这里可以看到，它是经过了很长时期的检验的，它的运用具有很大的科学性。现在我们就来深入到问题的核心：这里有两个概念，我们的医生通常把它们称为天生的温和湿，即温和湿的因素，中国人称之为阳和阴。照他们的看法，这是所有的物质形成的基础，它们存在并以某种方式活动在物质的内部。中国人还说，气是阳的载体，血是阴的载体。从阳和阴这两个概念（被认为是明和暗）出发，又产生了一些其他的概念，如出生（产生）、缩小（消失）、太

---

① 指中医。

过、不足、连在一起和分开（分散）。此外还有一些互相对立和矛盾的现象，它们使五行和在天地之间的世界上所有的东西中出现征兆、发生变化，这些变化在一年中的不同季节有所不同，它们也发生在人的体内。人体内的每个器官都具有阳和阴的自然属性，这些器官是从属于它们的，在或大或小的程度上要听从它们的命令。也就是说，这两种属性要影响到人的整个肌体状况的好坏，决定一个人的生死。它们如果有了亏损，或者太过或不足，就得马上加以限制，或者重建，使两者回到原来保持平衡的状态。……这里有和整个宇宙大世界都很相似的东西，这个宇宙大世界有一些部分称为三才，即三种最完美的最完善的自然规律：上面是天，下面是地，中间是人，人成了天地的一部分。人体的本身也分成了三个部分或区域。上面一部分从头到胃脘，包括肺和胸，但只有胸的一部分，即横隔膜上面的那一部分。此外还有心和心包（心的镶边）。中间一部分一直到脐，包括横隔膜、肚或胃，还有它们近旁的脾、肝和胆。最后还有下面一部分：从脐到脚，包括肾、膀胱、尿道、大肠和小肠。打个比方说，上面提到的这三个区域可以这么形容，上面一部分是云彩，中间一部分是江河或者具体地说，是一些湖泊和池塘，江河是从湖泊和池塘里流出来的。……它们和五行即水、木、火、土和金保持了亲密的关系。特别是肾、肝、心、胃和肺这五个器官和五行有密切的联系。有人还说，对人体来说，阳和阴决定了它的构建还是破坏，这对一切关于脉的区分和诊断疾病的方法和理论的形成，都是有影响的。左边的心具有火的自然属性，因此它和红色对应，和别的器官不同的是，它有燃烧和发热的功能，它在夏天起的作用最大。肝和胆的自然属性和木有关，肾及膀胱和尿道跟水有关系。右边的肺跟金有关，脾和胃则跟土有关。这些属性在器官的活动中会表现

卜弥格著作的文学特色 673

出来，我们在这里也附了表格，以表达我们的观点。人们在谈到这里介绍的五行时说，有了湿，即水就会有丰收（他们认为，丰收首先来自于天），丰收毫无疑问意味着树木也就是植物的生长。树木和植物枯萎之后就会生火，即火气。火会留下灰烬，灰烬就是土。土生金，金生水，水又生木，这种变化在整个世界永不停息。人们说，人体中肾和膀胱与水的联系，就像母亲把自己的木的属性传给了肝也就是她的儿子那样（中国人常以父亲和母亲作比喻）。肝把自己的属性传给火的心，心传给土的胃，胃传给金的肺，肺传给水的肾。相反的是水灭火，火克金，金又克木，木克土，土又克水。这样肾的寒的属性就会被心的火所减弱或消除，心的热和火克肺的金，肺的金的属性会损害肝的柔和的属性，肝克胃，胃的土的属性又会损害肾、膀胱和尿道的属性。但是木克不了金，土也克不了木，水克不了土，火克不了水，金克不了火。因此，一个器官能不能克另外一个器官也取决于它们与之有密切相关的那个五行。[①]

毫无疑问，这里所说的人体的器官不仅从属于五行，也依从于一年的四季。一年四季对人有很大的影响，它们会以不同的方式显示它们的这种力量。人体的器官依从于一年的四季，在一年的四个季节中，他拥有阳和阴的多少是不一样的，这从一年四季所出现的不同的脉搏可以看得出来（一年可以分为二十四个小的时期，每个时期十五天）。一年四季都影响人的器官，对它们会产生良好的感应。一个人患了致命的病，他的每一个器官都遭到了破坏，而且会有病人在某个时候出现要死去的预兆。《内经》中有许多关于确认和诊断征

[①] 见《卜弥格文集》，张振辉、张西平译，华东师范大学出版社2013年版，第358—360页。

兆和不正常现象的论述，如果对它们不了解，就会误诊，造成危害。……因此每一个器官都依从于一年中相应的季节。在一年中的不同季节生的病对不同季节产生的脉有很大的影响，而脉又能显示器官状态出现的偏差。除了自然的脉搏之外，还有被迫形成的脉，这种脉影响到自然脉，使之成为适合于一年的那个季节的脉。

这就是中国的医学哲学的基本思想，它在脉趁时得到了运用，同时它也制定了治病的原则和规矩。中国人了解五行、一年四季和人的器官能够保持和谐和亲密的相互关系，五行造成的变化和破坏以及器官和脉行使功能的哲学基础。[1]

卜弥格能够以较为简短的语言，把中国古代哲学和医学思想的精髓有条不紊地说得这么清楚，说明他不仅对古代中医有透彻的了解，而且也显示了他的高超的文学语言的表达能力。他的著作有的写得妙趣横生，引人入胜，读者看了之后，总是爱不释手；有的激情澎湃，表现了对伦理道德上的理想的追求，能够引读者强烈的共鸣；有的则富于推理性和逻辑性，在对宇宙万物的思考中，表现了作者富于哲理的睿智，使读者回味无穷。卜弥格的著作不仅是西方早期对中国最全面和最真实，同时也是影响最大的介绍，而且由于这些介绍形象、生动，文笔优美，说理性强，在艺术上也给读者带来了美好的享受。

（此文原载《欧洲语言文化研究》第 6 辑，收入本书时，文中所引卜弥格著作中的论述的出处有所改变）

---

[1] 见《卜弥格文集》，张振辉、张西平译，华东师范大学出版社 2013 年版，第 361 页。

波中交往的历史渊源

波兰和中国很早就有交往，根据有关记载，早在13世纪中叶，也就是著名的马可·波罗来到中国之前，就有波兰人来到了今新疆和蒙古一带，对那里的风土人情进行过考察。后来在16和17世纪，有许多西方基督教的传教士来到中国，他们在中国传播他们的宗教信仰的同时，也把当时西方先进的科学知识带到了中国，使我们对于宇宙世界和大自然有了新的认识，这就是他们的西学东渐。正是在这种情况下，波兰也有一些基督教的传教士来到了中国，开始了和中国的交往。其中有的在中国各地考察，撰写了大量科学著作，向欧洲广泛介绍了中国古代的文明成就；有的同样将西方科学研究的最新成果带到了中国，也是他们的西学东渐。到18世纪、19世纪至20世纪上半叶，又有许多波兰人以不同的身份和目的来到中国，到过中国的许多地方，他们中有许多来到中国后都直接参加了中国的经济和交通运输的建设，以及中国人民反对西方殖民主义和日本帝国主义侵略的伟大斗争，为中国当时经济贸易的发展和人民获得自由和解放做出了伟大的贡献。除以上外，在这个时候，因为西方对中国的了解越来越多，加上当时东西方不断发展的贸易关系，在波兰国内，一些政界和文化界的著名人物，他们为波兰的民族复兴和国家强盛做过重要的贡献，对中国古老的文明也产生了极大的兴趣，同时表达了他们要和中国进行交往的殷切愿望。总的来说，所有这些波兰人不管是他们有没有来到中国，都表现出了对中国和中国人民非常友好的感情，有的把他们对中国历史和文化的研究成果写成了一系列的著作，向西方的广大读者作了如实的报道，使他们对中华五千年的古老文明有了进一步地了解；有的把他们来到中国的观感写成日记、回忆录甚至文学作品，在欧洲发表，真实地介绍了中国作为一个礼仪之邦的社会面貌和风土人情以及帝国主义和西方殖民主义侵略中国的历史实况。我们在研究波中两国交往的历史渊源的时候，是不能忘记这一点的。我在这里，因为得到了我的波兰友人、当代波兰最著名的汉学家爱德华·卡伊丹斯基先生的一部著作《长城的巨影——波兰人是怎么发现中国的》中有关这方面的材料，愿将几个世纪以来，在各种不同情况下来到中国，对中国进行过各种考察或者虽然没有来过中国，但因为热爱中国的文化并对它进行过研究的波兰友人和中国交往的情况，按他们生活和工作的年代的先后次序，作一个简单的介绍。

一

早在13世纪上半叶，因为蒙古人当时对欧洲包括对波兰的扩张（1240年蒙古军队曾入侵波兰），当时任波兰天主教方济各会会长的意大利人柏朗嘉宾受天主教教皇英诺森四世的派遣，于1245年4月16日，带着教皇致鞑靼皇帝的敕令，要去蒙古劝说蒙古汗停止对欧洲的侵犯，并且接受西方的基督教信仰。他从当时教皇的驻地法国的里昂出发，经捷克、波兰、俄罗斯、今新疆地区，于1246年夏抵达当时蒙古的都城喀拉库伦。当他途经波兰的弗罗茨瓦夫时，曾接纳一个和他属于同一修会的名叫贝内迪克特·波兰人（Benedykt Polak，约1200—1280。这个波兰文Polak的音译是波拉克，就是"波兰人"的意思，所以我在这里采取了意译）的波兰教友，一起来到了喀拉库伦。他们在这里参加了蒙古贵由汗的登基典礼，受到了大汗的礼遇。贝内迪克特·波兰人是历史上第一个来到东亚，并且途经了中国一些地方的波兰人，他来到中国甚至比马可·波罗（约1254—1324）还早，他在蒙古大汗那里获得了大汗送给他的许多礼品，如天鹅绒、丝绸、金头像和毛皮等，也交结了在大汗朝廷里的许多中国人。后来他和柏朗嘉宾对蒙古进行了长时期的考察，柏朗嘉宾写了一部名为《出使蒙古记》的著作，对蒙古的地理位置、自然环境、人民的宗教信仰和风俗习惯，以及蒙古的军事设施、战略战术都作了详细的介绍。贝内迪克特也写了一部《鞑靼史》，反映了他和柏朗嘉宾往返蒙古的各种见闻和他们带回蒙古大汗给教皇的回信的经过。

卜弥格［号致远，他的波兰文原名叫米哈乌—伯多禄·博伊姆（Michał Piotr[①]Boym，1612—1659），卜弥格是他的中文名字］是第一个来华的波兰耶稣会传教士，他出生在乌克兰的利沃夫。他的父亲帕维乌·耶日·博伊姆（Jerzy Paweł Boym）是一位著名的医生，担任过波兰国王齐格蒙特三世（1587—1632年在位）的御医。卜弥格14岁时生过一场大病，因为他从小就虔信基督，当时他曾发誓，如果恢复健康就要去远东传播天主教信仰。后来他在利沃夫耶稣会的高等学校毕业，在波兰的卡利什城学过哲学，后又在克拉科夫学过神学。这期间，他参加了波兰的耶稣会，同时也表现出了他对数学和自然科学研究非凡的才能。但他父亲的遗嘱中，希望他将来学医，卜弥格在父亲的影响下，年轻时曾以极大的兴趣，认真阅读过欧洲当时和早期的许多医学著作，同时他还在克拉科夫的医院里看护过病人。后来他又看到了《马

---

① Piotr 这个波兰名字也可译为彼得，但卜弥格是耶稣会士、天主教徒，这里按经中国天主教会教团批准，由南京爱德印刷有限公司2009年承印出版的《圣经》中的译法，译为伯多禄。

可·波罗游记》对中国十分美好的描绘，因而受到了它的影响，便向罗马天主教会连续十次提出过要去远东，首先是去中国传教的要求，前几次都被拒绝了，直到第十次，才得到教会的批准。因此他在罗马接受了教皇乌尔班八世的祝福后，便从罗马来到了葡萄牙的里斯本。1643年3月，他从里斯本出发，途经佛得角群岛，绕过非洲南端，来到非洲东海岸的卡弗尔国，然后又从这里乘船来到印度的果阿，再从果阿经印度南部沿海、马六甲海峡和越南南部沿海，来到了当时葡萄牙的殖民地澳门。他在澳门学了几个月的汉语，为去中国作好了和那里的人们进行交往的准备。1647年，他经过努力，终于登上了中国的海南岛，并被安排在海南岛琼洲附近定安城里新成立的一个耶稣会传教士使团里工作。卜弥格一到这里，就对岛上使他感到十分新鲜的自然环境和风土人情产生了极大的兴趣，他在这里住了差不多一年的时间，进行了大量的科学考察和研究工作，收集了许多有关中国动植物特别是医用动植物以及中国的地理位置和自然环境的资料，绘制了许多动植物和中国人生活场景的图像，为他后来撰写一系列有关中国的动植物和中医的著作并绘制中国地图作了充分的准备。

  1648年，卜弥格经澳门葡萄牙耶稣会授意，经中国的湖南和河南两省来到了陕西的西安，他在这里见到了著名的"大秦景教流行中国碑"。这块碑立于唐德宗建中二年（781），明天启三年（1623）出土，根据它的碑文记载，基督教早在唐贞观九年（635）就从波斯传入了中国，当时称为景教。卜弥格不仅复制了这块碑的碑文（《西安府碑文》），而且把它译成了拉丁文，对当时和后来欧洲了解基督教早期在中国传播和中西文化交流的情况有十分重要的意义。与此同时，卜弥格还根据他对这篇碑文的翻译，编了一本小型的中文拉丁文词典，这也是世界上第一部中文拉丁文词典。卜弥格来到中国，因为正是明末清初，当时清兵已入关内，明崇祯皇帝1644年在煤山自缢后，他的一些皇亲国戚和文武大臣都逃到了中国的南方，原任贵州总督的桂王朱由榔于1646年在广东的肇庆称帝，年号永历，称为南明。1649年初，卜弥格又受澳门葡萄牙耶稣会的派遣，来到了永历的朝廷里，他在这里不仅受到了皇帝和朝廷里一个位高权重的司礼监掌印太监庞天寿的友好接待和留居，而且被皇帝封了官职，和他们的关系十分亲密。可当时满清的军队了已经占领了中国南方的许多地方，对南明朝廷造成了很大的威胁，因为这个朝廷里的官员当时都信天主教，他们想派他们非常信任的卜弥格代表南明朝廷出使罗马天主教廷，希望求得罗马教廷对他们的军事援助。卜弥格欣然接受了南明这次对他的委派，又历尽千难万险，再次去了罗马。他的这次出使和求援虽因当时南明已经走向灭亡而没有成功，但这是中国古代封建王朝和西方进行的第一次外交活动，而且它的中方代表是一个对中国无限热爱的波兰人，因此它在中国外交史和波中文化交流史上，都具有十分重要的意义。

说到卜弥格在中国的传教，作为一个耶稣会传教士的他，当时非常赞同比他早一些来到中国的意大利传教士利玛窦在中国采取的顺应传教法，即在尊重中国传统的风俗习惯的前提下进行传教。这就像利玛窦那样，西方的传教士来到中国，要穿中国的官服，运用中国的宗教术语，尊重中国传统的礼俗，卜弥格认为只有这样，才会有很好的效果。而且他也自认为是利玛窦的事业的继承者，这充分说明了卜弥格对中国文化的尊重和对中国人民的热爱。后来他受命去罗马求援，到达意大利的威尼斯后，还把他在中国写的一部名为《中华帝国的耶稣会神父和中国的基督徒承认的道理、在中国的四品级传教士卜弥格提出的建议》的著作的几个抄写本，分别寄给了欧洲几个重要城市的天主教会的大学的校长，表示他对利玛窦和他的事业的继承和拥护。可是这却触怒了当时罗马的教廷，说他这是对异教的纵容，罗马教皇因此长时间地不愿接见他，而且他一度还被驱赶到了意大利的洛雷托。为了对中国的热爱，卜弥格付出了沉重的代价。

除此之外，更重要的是，卜弥格来到中国后，从一开始就对他在这里见到和想要了解的一切产生了极大的兴趣，并以无比坚强的毅力和求实精神，对中国的历史、政治制度、语言文字、文化习俗、地理环境、著名物产、动植物和中医等都进行了既广泛又深入的研究，撰写了一系列至今仍具有很高的科学价值的著作。此外他在这些方面的科学研究都也具有开创的性质，因为在他之前，没有一个西方人能够像他这样，在中国进行实地考察，写出这么多的全面介绍中国古代文明成就的著作。他的这些著作无论在当时还是对后世，都产生了深远的影响。卜弥格是中学西传的伟大先驱，他的这些成就的取得源于他对中国的无限热爱，他曾经说："这整个中国的土地是多么美好，那里的大自然比任何地方都要慷慨和大方。"为了对中国的爱，为了向西方传播中国古代的文明，他付出了毕生的精力。值得庆幸的是，他的至今我们能够收集到重要著作，如《中国地图册》《中国植物志》《单味药》《对作者王叔和脉诊医病的说明》和《耶稣会卜弥格认识中国脉诊理论的一把医学的钥匙》等也都已译成中文，并且汇成了《卜弥格文集》，于2013年在国内出版，受到了广泛的重规，因此他也被誉为是波兰的马可·波罗。

除了卜弥格外，这时期还有一位波兰耶稣会的传教士穆尼阁（Jan Mikołaj Smoguleski，1610—1656）也于1646年来到了中国，他甚至在中国住了10年。穆尼阁是一位著名的数学家和天文学家，他曾写过一部关于日月食的著作《天步真原》。他在南京工作期间，因为结识了一位中国学者薛凤祚（1599—1680），他的这部著作曾由薛凤祚译成了中文，向中国介绍了欧洲计算日食发生时间的方法。该书后曾收入清朝编著《四库全书》的第七百九十三册中。穆尼阁死后，薛凤祚将他的遗著加以辑录而成为《天学会通》，并将穆尼阁的《天步真原》和他的《天学会通》合编成一部《历学会通》,也收进了《四库全书》第七百九十五册中,这部著作的内容涉及天文、数学、医学、物理、水利等学科各个方面的知识,这是波兰西学东渐最早的见证。

此外,这一时期,因为中国同欧洲的交往增多,也有大量中国的艺术品和介绍中国文化的著作通过荷兰、法国传到了波兰,这曾引起波兰一个很有作为的国王扬·索别斯基三世(Jan Sobieski,1624—1696)极大的兴趣。索别斯基原是波兰军队的一个统帅,1672年10月,土耳其曾入侵波兰南部要塞卡敏涅茨—波多利亚一带,后又继续向南推移,1673年11月,扬·索别斯基率领波军在霍奇姆这个地方大败了土耳其的入侵,因此在1674年,他当选为波兰贵族共和国的国王,于1674—1696年在位。他在位期间,想进一步地了解中国,曾经写过一封信给和他同一时期的清康熙皇帝,表示要和清朝政府建立联系,还附上了他自己的肖像,后来他托比利时耶稣会传教士南怀仁把这封信带给了康熙。1677年,索别斯基在华沙还修建了一座夏天休闲的宫殿,叫维拉努夫宫,又叫夏宫,宫里当时收藏了许多有关中国的书籍和中国地图。索别斯基为了了解中国,还读过一些论述中国古代哲学思想的著作和中国的诗歌,他很尊崇孔子,也很爱读中国晋代田园诗人陶渊明的诗。1686年,他的夏宫还专门设立了一个"中国厅",这个厅完全是按中国风格布置的,厅里放置了来自中国的家具和瓷器等,因为17世纪末,波兰从荷兰和法国进口了大量中国的工艺品,包括刺绣、瓷器、红木雕花家具等,夏宫中的中国艺术品都来源于此,它们有些甚至保存到了今天。据说这个中国厅的墙壁上,最初还覆盖了绣有彩色花鸟人物的中国的锦缎,厅里放了紫檀木的雕花茶几,上面有金丝镶嵌,还有中国的木托盘、竹篮子和木刻佛像等。索别斯基国王后来在1688年11月6日,又托一位波兰传教士带过一封信到北京去,信中写道:"我们还不知道有什么关于中国事物的书。但是我想,不管怎样,能寄给我们各种各样的资料，主要是关于中国风土人情和文化艺术的资料，我们会十分高兴的。"这也充分体现了他对中国的热爱。

二

在18世纪，波兰和中国的交往更加密切，这里首先要提到的是斯坦尼斯瓦夫·伊格纳齐·克拉西茨基（Jgnacy Krasicki，1735—1801）。他是波兰启蒙运动时期一位杰出的政论家、文学评论家、诗人、剧作家和小说家，他出身于波兰热舒夫省萨诺克县杜别采克村一个贵族的家庭，年少时曾在利沃夫一所耶稣会的学校中学习，后又曾就读于在华沙的一个传教士的学习班，在这里阅读了大量西欧启蒙运动的思想家和作家的作品，接受了他们的启蒙思想的影响。后来克拉西茨基曾两次去过罗马，对古罗马的历史和文学有了更多的了解。回国后，由于他和当时主张对波兰文化和政体进行资本主义改革的波兰国王斯坦尼斯瓦夫·奥古斯特·波尼亚托夫斯基（Stanisław August Poniatowski，1764—1795年在位）的关系亲密，便成为朝廷里改革派的一员，在他们当时主办的最著名的官方杂志《莫尼托尔》上发表过许多政论文章，宣传国王提出的一系列在波兰国内进行资本主义改革的政策和启蒙运动的文艺思想。他的文学作品也突出地体现了他的资本主义启蒙的思想。

克拉西茨基的一生并没有去过中国，但他年轻时就对中国很感兴趣，并且写过许多关于中国的历史和文化、诗歌和戏剧甚至中国的果园种植的著作。特别是他在1781年出版的两卷本的百科全书中，收进了许多介绍中国的条目，他在关于中国的总条目中写道：中国是世界上最古老的国家，它北与鞑靼交界，南与东京（指越南的北部）、老挝和交趾支那为邻。据可靠资料，它是世界上人口最多、物产最丰富和管理得最好的国家。中国的长城有四百英里长,它的西边是一个有许多山脉和没有人烟的沙漠地带,东边是大海。中国有个孔夫子,他的学说是中国的宗教,中国人信仰的上帝是天,天是宇宙万物的创造者。在克拉西茨基的另一部著作《最需要的信息集》中,他又说孔子是中国古代的一个哲学家,他在基督前550年出生于齐国。后来在鲁国当过地方官,但是他的治理国家的思想和策略在那里实行不了,因此他去了宋国,在那里开始讲学,他有三千弟子,其中有七十二个是最优秀的。他的教学思想一是要使学生具有优良的品德,二是培养学生的口才,三是教导学生如何治理国家和坚守公民的职责,四是使学生养成良好的性习。后来孔子又回到鲁国,他七十三岁死去①,死后葬在山东的曲阜县。后来中国各地为纪念他,建了许多孔子庙。他的子孙也受到中国人的尊敬,有的在各朝各代还做了官,享有不向皇帝进贡的权利。克拉西茨基还说,孔子的四书有三种在他那个时候就译成了拉丁文,所以西方对孔子和他的学说早有了解。此外,克拉西茨基在他的《做诗和诗人》(1802)一书中,还介绍了中国的诗歌。他死后在1804年出版的《死去了的人的对话》中,甚至虚构了孔子和古希腊哲学家柏拉图的一段对话,说明孔子非常重视一个家庭成员之间的亲密关系,认为这是一座大厦的基础,如果这个基础不牢固,大厦就有倾倒的危险,这就说明了一个国家和这个国家每一个人的家庭的关系是多么密切。

  克拉西茨基在他的著作中,还谈到了中国封建社会的政治制度,他说中国的政府是一个君主专制的政府,在那里,君主是世袭的。中国还有一种仪式,在举行这种仪式时,皇帝要亲自拜天和耕地,他耕了后,朝廷里的大臣们也要耕。克拉西茨基还指出

---

① 孔子活了七十二岁(公元前551—公元前479)。

了唐朝皇帝太宗（637—671）①的朝廷里有基督教景教的耶稣会士，当时信景教的中国人很多。这从我们上面提到的"大秦景教流行中国碑"中的介绍可以得到证实。他还说唐太宗这个皇帝很朴素，他的衣着和别的人一样，他吃饭的时候，任何时候也不多于八个菜。他的朝廷里聚集了最有品格和最有学问的人，太宗根据他们的才能和专长，让他们参与政事，或者进行科学研究，他和他们的关系非常亲密。他还认为官吏要关心老百姓的福祉。一个国家如以武力去欺压它的百姓，它就会走向灭亡。克拉西茨基也说了唐太宗如何教育他的儿子高宗，他说："孩子们，你们要知道，水可载舟，水亦可覆舟。你们要记住，人民像水一样，统治者和舟一样。"②他在他的一个童话中也讲了这么一个故事。克拉西茨基还讲了唐朝的武则天，说她是中国历史上一个著名的女皇，她实现了唐太宗的政治理想，使唐朝的统治进入了它的黄金时代。此外，克拉西茨基也很称颂和他同时代的清乾隆皇帝，说他当了60年的皇帝（乾隆于1736—1795年在位），办事审慎，执政合理，他也打过仗，写过很多诗。他自己也认为他是一个标准的好皇帝，他以他的祖父康熙为榜样，造福于人民，也使他的国家走向了繁荣和富强。

1755年8月，法国著名启蒙运动、思想家和作家伏尔泰（1694—1778）在巴黎、枫丹白露③以及法国王室上演了他创作的歌剧《中国孤儿》，一般认为，他这个剧是根据中国元代杂剧作家

---

① 克拉西茨基这里大概弄错了，因为唐太宗的生卒年代是599—649，627—649年在位。

② 唐太宗"晚年立子李治（唐高宗）为太子，随事训诲，如见太子吃饭，说：'你知道耕种的艰难，你就常常有饭吃。'如见骑马，说：'你知道马的劳逸，不用尽地的力气，你就常常能骑牠。'如见乘船，说：'水可以载船，也可以覆船，民众好比水，人君好比船。'"见范文澜《中国通史简编》修订本第三编第一册，人民出版社1965年版，第94页。

③ 地名，在法国。

纪君祥的《赵氏孤儿》改编的，实际上，它写的是发生在宋末元初的一个故事，和《赵氏孤儿》写的春秋时代发生在晋国的一个故事并不一样①，但它赞扬了中华民族的文明和美好的品德，它的演出在欧洲各国曾引起很大的反响，该剧1806年也曾由耶日·拉多维茨基翻成波兰文在华沙出版，它的第一幕是波兰启蒙运动时期著名诗人斯坦尼斯瓦夫·特雷姆贝斯基（1739—1812）翻译的。这个波兰文译的剧本《中国孤儿》后来在克拉科夫上演，因而也

---

① 伏尔泰的《中国孤儿》是根据中国元代剧作家纪君祥的《赵氏孤儿》改编而成的。他阅读了耶稣会法国（一说比利时）神父马若瑟（1666—1735）的法译本《赵氏孤儿》后，写了他的这个剧本。虽然这两个剧本写的都是托孤救孤的故事，但在内容上有很大的差别。《赵氏孤儿》讲的是春秋时期发生在晋国的一个故事。晋灵公时，权臣屠岸贾为报个人私仇，杀害了赵盾一家三百余人。赵盾的儿子赵朔为晋灵公的驸马，他当时有一个不到半岁的孙子为晋灵公的女儿所生，为了避免这个婴儿遇害，公主将他托付给了一位经常出入驸马府的民间医生程婴。程婴随后把赵氏孤儿藏在药箱里，企图带出宫外，但被守门将军韩厥搜出，没想到韩厥也深明大义，他在迟疑当中，决定让程婴把婴儿带了出去，为赵氏留下唯一的血脉。他放走了程婴和赵氏孤儿，然后他自己也拔剑自刎。屠岸贾得知赵氏孤儿逃出，竟下令杀光晋国境内所有一个月以上、半岁以下的婴儿，违抗者杀全家诛九族。程婴此时不仅要救出赵氏孤儿，而且"要救晋国小儿之命"，于是他投奔了赵盾同僚已经退休的晋国大臣公孙杵臼。两人商定，以程婴亲生儿子冒充赵氏孤儿，藏在公孙杵臼的家里，再由程婴出首。于是屠岸贾派兵捉拿公孙杵臼，杀死了假孤儿，公孙杵臼随后撞阶而死。为了拯救赵氏孤儿，程婴献出了自己的独子，此后他便承当了护孤抚孤的重任。他因"揭发"公孙杵臼收留"赵氏孤儿"有功，被屠氏留下做门客，其子（实为赵氏孤儿）也被屠氏收为义子。20年后，程婴将屠氏诛杀赵氏家族一事告知赵氏孤儿。此时已是晋悼公当朝，在上卿魏绛的帮助下，赵氏孤儿杀了屠氏，诛其族。悼公赐赵氏孤儿姓赵名武，袭父祖爵位。程婴、公孙杵臼、韩厥等这些为拯救赵氏孤儿做出了牺牲的义士均受到朝廷嘉奖。伏尔泰的《中国孤儿》剧虚构了一个跟《赵》剧情节有些相仿的故事。但时间已改在宋末元初。南宋末年，成吉思汗攻陷北京。宋皇临死前向大臣张惕托孤。成吉思汗闻讯后四处搜捕大宋遗孤，以求斩草除根。张惕苦思救孤良策，最后决定以亲生儿子冒名顶替大宋遗孤。其妻伊达梅虽然支持丈夫，但强烈的母爱又使她拼死反对丈夫的决定，最后她竟向成吉思汗道出实情，以求保住儿子一命。早年成吉思汗流落北京时曾向伊氏求婚，遭拒绝，现在便以其夫、其子及大宋遗孤三人的性命为要挟，再次向伊氏求婚。关键时刻，伊氏以国家和民族利益为重，大义凛然，毫不犹豫地拒绝了征服者的逼婚，并积极投入救孤活动。与此同时，已被捕入狱的张惕面对征服者的严刑拷打，始终不改初衷。伊氏在救孤失败后也被捕入狱，决定与丈夫一同自刎，以报宋皇，以谢天下。成吉思汗又震惊又羞愧，终于下令赦免张惕夫妇，并收大宋遗孤及张惕之子为义子。剧本以成吉思汗恳求张惕留在宫中以中华民族的高度文明教化元朝百官而结束。伏尔泰在这个作品中，极力推崇我国儒家的仁义道德：重气节、讲情义，伸张正义，舍己救人，以儒家学说的文明战胜了彪悍而又野蛮的鞑靼人。

进一步地引起了波兰人对中国的兴趣。此外，18世纪50—70年代，在法国还曾流行一个所谓重农主义的经济学派，这个学派提出一切都要遵循"自然秩序"，认为农业生产乃社会财富和一切收入的唯一来源，这和中国古代重农抑商的政治理念有相似之处。在生产力发展水平比较低的条件下，农业是人们维持生存的物质基础，也是统治者剥削剩余产品的主要来源，所以中国古代帝王多以重农标榜自己的圣贤。儒家、道家和法家也都重农轻商，波兰当时是一个封建农奴制统治的国家，因为受到法国重农主义学派的影响，也对中国传统的重农思想十分注意。除以上外，这一时期在波兰出版的B.赫麦洛夫斯基的《新的雅典娜们[①]》、W.扎哈利亚谢维奇的《世界所有的部分都确定了》（1740）、K.韦尔维奇的《世界地理》（1773）和F.布尼茨基的《基督教信仰在中国普及的历史，还有关于这个国家的详细介绍》等（1775），都对中国当时各个方面的情况作了详细的介绍。

马乌雷齐·贝尼约夫斯基（Maurycy Beniowski，1746—1786）是波兰启蒙运动时期的一个著名的爱国者和波兰抗俄民族起义的参加者。他参加过1768年2月29日在今南斯拉夫的巴尔城成立的巴尔同盟，这个同盟维护波兰封建贵族的统治，反对国王实行的资产阶级启蒙思想的改革，但它也反对沙俄对波兰的入侵。贝尼约夫斯基作为这个同盟的成员，参加过对俄国的战争，并且在战斗受过伤，后被沙皇叶卡捷琳娜二世视为"波兰的暴动分子"，流放到了西伯利亚东部的堪察加半岛，他在那里曾和同他一样被流放的波兰的爱国者和革命者们一起，举行过一次暴动，然后乘船从这里出发，来到了中国。在他至今保存在伦敦大英博物馆中当年他去中国途中写的《从堪察加半岛到中国的广州的海上航行的日记》的手稿中我们得知，在他乘坐的那条船上除了他外，还有

[①] 雅典娜：希腊神话中的主要神祇之一，古代迈锡尼的神祇。

85个波兰的流放者,他们在去中国的途中到过马达加斯加、日本、中国台湾、琉球等地。这个《日记》的手稿报道了大量关于台湾、琉球、澳门和广州的信息。贝尼约夫斯基是第一个到过这些地方的欧洲人,也是第一个根据自己的见闻和感受,反映了这些地方当时的社会情况的欧洲人。他和他的旅伴因为都信天主教,他们在旅途中还成立了一个耶稣会。1749年5月24日他们航行到了琉球群岛的奄美大岛后,受到了当地居民的热情接待。他在日记中说:奄美大岛的居民讲的都是中国的方言,那里没有人讲日本话。这些讲中国话的人很愿意听贝尼约夫斯基给他们讲授天主教的教义,后来通过他和他的这个耶稣会的努力,在一年之内,这里就有260多个华人接受了这种信仰。贝尼约夫斯基在《日记》中还说:岛上只有中国和日本的商船,没有欧洲的商船。1372年,琉球就是中国的属国,从这个时候开始,中国的习俗、文化、艺术的表现在这里就到处可见,这里还可见到许多中国式的建筑。这里的居民懂礼貌,讲友情,他们都很勤劳、善良、乐于助人、大公无私。他们的身上从不携带武器,不威胁别人,他们的许多好的品德都是文明的欧洲所没有的。琉球人只有对死人的埋葬和中国人不一样,他们把死人埋入土中约两年后,又要把他的尸骨挖出来洗干净,然后放在两个陶瓷罐里,再把这两个陶瓷罐放在一个小教堂的祭台的两侧,是这样保存起来。贝尼约夫斯基在他的《日记》中还写了许多中国的文化和习俗对奄美大岛居民的影响。他说这里的居民从中国人那里学会了种植甘蔗、棉花和烟草,也学会了陶器的制作和酿酒,还有纺纱织布和养蚕的工艺。他和他的同伴还看见这里有许多美丽的村庄和住宅,有各种各样的水果如椰子、橘子、柠檬、菠萝、香蕉、西瓜、香瓜、葡萄,还种植了稻米、玉米、黍、豆、生姜和胡椒等。在一些农场里,贝尼约夫斯基还见到了许多蜜蜂的窝,那里种植了甘蔗、烟草和棉花。奄美大岛上的妇人都在家里织布。这个岛上的人还要贝尼约夫斯基娶岛上的女人为妻。贝尼约夫斯基说，他年轻时就开始修道，他要洁身自好，不结婚，因此他婉言拒绝了。

贝尼约夫斯基后来又去了台湾的东部，看到了那里的汉民在进行反清的斗争。他在他的《日记》中，对台湾的面貌也作了生动的描写，他说："弗尔姆斯①中国人称为台湾，当地人称为Pakkahimba②。它是我们已知的世界上最美丽和最富裕的海岛之一。岛上大部分地区的水稻和别的谷物的种植一年都有两熟。这里还生长着各种不同的树木和果树，养殖着许多动植物和鸟类，还有有角的牲畜如山羊。岛上有许多河流、湖泊和小溪，都盛产鱼类。它的海边上有许多广阔的码头和港湾。山上有金、银、朱砂、白铜和红铜等矿产，此外还有煤矿可以开采。弗尔姆斯岛上有八个州③，三个位于岛上西边的州上住的是中国人，每年都有中国的朝廷派来的使节收取这三个州给朝廷的贡赋。这是一种实物贡赋，按人头算，老百姓可以缴纳大米、麦、黍、盐、豆、生丝、黄金、白银和水银等，中国的皇帝每年都要派五百条船来把这些贡品运到朝廷里去。岛上的这些州也在不断地扩大自己的地盘，侵犯与它相邻的州，为的是增加自己享有的财富。岛上的居民都很懂得文明，讲礼貌，他们生性不很大胆。由于岛上的气候好，他们能够长时期居住下去；但因为土地肥沃，无需更多的劳动就会有好的收成，他们都比较懒惰，不爱干活。他们平日喜欢在海边上沐浴，在海滩上淘金，或者寻找贝壳和珍珠，但这只是偶然才能找到。弗尔姆斯岛上的老百姓穿的都是蓝色的棉布衣。社会上层人

---

① 弗尔姆斯（Fomos）是葡萄牙人的称呼，意思是最美丽的岛。
② 三千年前殷商时代，中国大陆的人就知道中国东南海滨有个台湾岛，那时候台湾称为"岱舆""员峤"，《尚书》中称台湾为"岛夷"，三国时称台湾为"夷洲"。这里的Pakkahimba是波兰文拼音，不知是指什么。
③ 1885年，清朝在台湾建省，有台北、基隆、新竹、台中、彰化、嘉义、台南、高雄、屏东九个市和台北、新竹、台中、台南、高雄、台东、花莲、澎湖八个县。这里说的"八个州"不知是指什么。

士的住宅既宽敞又漂亮，但不很高大。一般的老百姓就只有住农舍了，他们没有权利盖好一点的房子。他们的房子顶上盖的是茅草和芦苇秆，中间用一排排的篱笆墙隔着。上层人士的住宅有专门的餐室、客厅和娱乐厅。这里没有接待旅客的旅馆。旅客们可以到居民的家里去，那里会接待他们，给他们米饭、肉，以及烟和茶，供他们享用。弗尔姆斯的居民只和一些坐帆船来到这里的日本人做生意，也和中国人做生意。岛上的每一个州都有五个或者六个城市。每个城市都有一个教育机构，教年轻人读和写他们的文字和数字。他们说话很快，音调又高，但有时候又慢和低。他们从中国得到的书大都是算命先生和预言家写的，这些对他们在思想上有很大的影响。他们的宗教只崇拜一个天帝，要对自己的邻居行善。但是在不属于中国人管的那些地方还是在奴隶制统治下，大公和国王具有无上的权利。"①

　　后来他从台湾又去了福建。在去福建的途中，他遇到过从广东运送粮食去北京的航船，他在船上有一次生病发烧，还有人让他喝姜汤和放了糖的橘子皮泡水。他说，照中国人的法子，姜可以使病人发汗，橘子皮可以治咳嗽。后来贝尼约夫斯基到了澳门，1757年，葡萄牙的主教规定在澳门的外国人要讲葡萄牙语，要有葡萄牙姓名，信天主教，否则不准在这里居住。当时欧洲人主要是英国人来到广州，要和中国通商。此外还有法国、荷兰、丹麦、瑞典和西班牙的商人也来到了这里。但就在1757年，澳门总督在葡萄牙在印度果阿总督的支持下，推翻了这个主教的统治，又规定所有的外国人都可以来澳门居住。贝尼约夫斯基来到这里后，因为他是从俄国逃亡到这里来的，那里的人怕他给他们造成麻烦，要他马上离开澳门，但他称病，在这里多住了些日子。后来葡萄

---

① 见爱德华·卡伊丹斯基《长城的巨影——波兰人是怎么发现中国的》，（华沙）科学出版社2005年版，第105—107页。

牙驻澳门总督德·萨尔达尼亚（de Saldanha）帮他和一些法国人联系上，于是他乘一艘法国的船到法国去了。途中经过珠江口时，贝尼约夫斯基又受到了一个中国大官的友好接待，他要他在这里住几天，可以在各地参观。因而他这期间，无论去中国的什么地方，不仅对这些地方有了充分的了解，而且和那里的中国人结下了深厚的友谊。

三

1795年，波兰被沙俄、普鲁士和奥地利三国瓜分，此后有许多波兰人来到了西伯利亚和中国境内，其中有的和上面提到的马乌雷齐·贝尼约夫斯基一样，是因为参加了这一时期的波兰抗俄民族起义，被沙俄当局流放到了这里，他们也到过当时中国的境内。有的这时期成了沙俄帝国政府的外交官，他们曾经负有使命地被派往了中国。另外还有一些波兰的科学家和旅行家，也是因为参加了沙俄政府派往中国进行的各种考察的团体，来到了中国。总之，这些波兰人不管是在什么情况下来到中国，他们都对他们所见的中国各地的城市建设、经济和交通运输发展的状况、风土人情及西方殖民者对中国的侵略作了如实的报道，这些报道都充分表现了他们对中国人民友好的感情。后来他们把这些报道汇编成书，在西方出版，为西方读者能够真实地了解中国做出了很大的贡献。

前者例如法乌斯丁·切切尔斯基（Faustyn Ciecierski，约1770—1832），他年轻时曾在立陶宛的维尔纽斯大学学过哲学和神学，并获得哲学和神学博士的学位，后来他作为一个波兰的爱国者，参加过1794年由塔杜施·科希秋什科领导的波兰抗俄民族起义。波兰被以上三国瓜分后，参加过领导科希秋什科起义的亨利克·东布罗夫斯基将军1797年在意大利还成立了一个"波兰军团"，为恢复波兰民族的独立而斗争。切切尔斯基这时向波兰民众发布了和瓜分者进行斗争的号召，他还派他的亲信去了意大利，和东布罗夫斯基的"波兰军团"取得联系；与此同时，他也是波兰爱国者在立陶宛成立的一个爱国协会的成员，因此他后来被沙俄占领者逮捕并流放到了西伯利亚。他曾在当时属于中国的尼布楚城当过矿工，他所在的矿区在尼布楚城东边的中国的额尔古纳①，他在这里工作期间，写过许多日记，他的日记主要记载了1797—1801年这里发生的一些事情，后在1806年得到出版。他在他的日记中，说他见到过这一带中国的鄂伦春族人，他们都住在黑龙江的岸边，经常把他们的烟酒、狐狸和白鼬的毛皮还有貂皮拿到尼布楚来做买卖。他说这一带地区包括哈巴罗夫斯克②、黑龙江地区当时都属于中华帝国，有的和中国搭界。1840年英国对中国发动鸦片战争，开始了欧洲列强对中国的侵略，在中国划分势力范围，沙俄帝国也乘机占领了黑龙江出口处的北面和南面大片中国的土地。切切尔斯基日记中的这个记载是关于中俄那个时候关系的唯一的波兰文记载。他还说贝加尔湖和黑龙江出口一带俄国人从15世纪开始就称它为达斡尔，因为这里居住着一个叫达斡尔的民族，达斡尔人是契丹人的后裔，10世纪时曾在这里建立了一个称为辽的帝国③。这是一个非常漂亮的地方，欧洲人一看到这个地方的景色，就会赞叹不已。这个地方原来也是中国的，最初是蒙古人和满族人住在这里，还有通古斯人也和他们住在一起，

---

① 在黑龙江。
② 即现在俄国的伯力。
③ 辽是公元916年契丹族领袖耶律阿保机创立的一个王朝，国号契丹。947年改国号为辽，它的疆域东北到今日本海黑龙江口，西北到蒙古中部，南以今天津市海河、河北霸县、山西雁门关一线与宋朝接界。辽与北宋王朝对峙，是统治中国北部的一个王朝，1125年为金所灭。

中俄签订了一个条约后,中国就把这些地方让给了俄国。①

尤泽夫·科瓦列夫斯基(Jozef Kowalewski,1800—1878)也是一个西伯利亚的流放者。他出生在立陶宛的格罗德诺,曾在维尔诺大学学过西方古典哲学,年轻时和波兰伟大的爱国主义诗人亚当·密茨凯维奇交往密切。1817年9月,密茨凯维奇和他的几个最亲密的朋友一起成立了一个"学习爱好者会社",简称"爱学社",这个社团成立之初,只是为了社员之间在学习上互相帮助。1819年,在它的章程中便规定了要关心"民族的事业",通过"发展民族的教育为祖国谋福利",这样它就成了一个宣传爱国主义和民主思想的革命组织。科瓦列夫斯基当时也参加了这个组织。在19世纪20年代初,"爱学社"的秘密活动被沙俄占领者当局发现后,科瓦列夫斯基和这个组织的许多成员都被捕了,科瓦列夫斯基后被流放到西伯利亚的伊尔库茨克。后来他在这里遇到机会,参加了一个俄国派往中国的宗教使团,他在随团去中国的途中写过许多报道,都发表在1835年的《彼得堡周刊》上。科瓦列夫斯基来到中国后,又在北京待了半年。他在他的新闻报道上谈到他在中国和北京的见闻时曾说:"中国人第一眼看去都是一些很有教养、懂得礼貌和乐于助人的人。的确,这个民族的历史和所有来这里的旅游者都很肯定地告诉我们,中国的教育水平是很高的。这里有过许多能够为人类造福的发明。所有的政府都是根据纯粹是伦理道德的原则和健康合理的要求办事……但中国人看不起外国人。视他们为臣下。"② 科瓦列夫斯基还参观过北京的雍和宫,这个宫建于1694年,原是清雍正在他当皇帝以前的一座府

---

① 这里指中俄于1858年5月28且签订的瑷珲条约,根据这个条件的规定,俄国割去黑龙江以北、外兴安岭以南60多万平方公里的中国领土,并把乌苏里江以东的中国领土划为中俄共管。

② 见爱德华·卡伊丹斯基《长城的巨影——波兰人是怎么发现中国的》,(华沙)科学出版社2005年版,第165、166页。

第，因此在雍正死后，宫上盖的绿瓦换成了黄瓦以表示皇权。后来这里成了喇嘛庙。科瓦列夫斯基说他来到这里的那一天，这里的喇嘛非常客气地接待了他们，庙主人讲的是西藏语和蒙古语，招待他们喝了绿茶，这些茶都装在一些中国的酒杯里，杯子下面还放着一个银白色的盘子。后来科瓦列夫斯基还去了离北京安定门半公里远的一个天主教的修道院，因为他是一个天主教徒，在那里也受到了当时北京的天主教主教皮雷斯（Pius Pires）的友好接待。后来，科瓦列夫斯基还写过一本《天主教在中国的传播史》，可惜今天没有保存下来。

阿加顿·吉列尔（Agaton Giller, 1831—1887）也是一个西伯利亚的流放者。他出生在当时属于波兰沙俄占领区的卡利什，18岁时他曾偷越波兰沙俄占领区和普鲁士占领区的边界，来到了波兹南，在这里他又用一个假冒的名字，得到了一个普鲁士的护照。但是他1852年在克拉科夫被捕，后被转送给俄国宪兵队，在华沙西达德里监狱①里关了一年，又被沙俄当局流放到西伯利亚，在当时中俄边境上的尼布楚城服了五年劳役。1858年，他被转移到了今蒙古和俄罗斯边境上恰克图附近的一个特洛伊茨科撒夫斯克城堡。后来他又去过伊尔库茨克，还在那里建立了一所波兰学校和一个波兰图书馆。1860年他获准回到了华沙，曾参加1863年一月起义前的准备工作，在一月起义爆发期间，他还是起义后成立的波兰国民政府的领导成员之一。这次起义失败后，他在华沙隐藏了一段时间，然后去了德国的德累斯顿和莱比锡。他不论在波兰国内还是在国外流亡期间都写过很多著作，其中最重要的是他撰写的四卷本《波兰1861—1864年民族起义史》，曾于1867—1871年在巴黎出版。在流放西伯利亚期间，他写的《一个囚徒经过许多阶段去西伯利亚的旅行》（1867年在莱比锡出版）和《对西伯

---

① 西达德里当时是沙俄占领者专门用来囚禁波兰爱国者和革命者的监狱。

利亚外贝加尔湖地区的描写》（1867年在莱比锡出版，1870年再版）真实地介绍了俄国和中国当时的关系，特别是俄中在恰克图发展贸易的历史。吉列尔认为，在18世纪和19世纪初，恰克图是满清政府认可的俄中贸易的中心。因为在1726年，沙皇叶卡捷琳娜一世曾经派俄国的伯爵拉古津斯基作为她的特使去北京，但拉古津斯基在那里什么事也没有办成，他随后来到了今蒙俄边境的恰克图，这一年8月20日，便和当时在这里的中国官员进行谈判，双方订立了一个贸易协定，还划定了中俄之间在这里的边界。所有这一切都得到了北京政府的批准后，拉古津斯基当年便在这里建了这个特洛伊茨科撒夫斯克城堡，在城堡里还建了一个圣三位一体[①]教堂和一个仓库，后来这附近很快就成了一个贸易集散的中心。

吉列尔当时还发现了这里的金和银的售价很高，他认为，这是因为早在1840年鸦片战争以前，英国东印度公司在中国各地买通了一些官员，向中国进口鸦片，使中国的白银大量外流的结果。"金属，特别是金和银在中国比在欧洲价值更高，而且它们的售价每天都在上涨，是因为鸦片商从中国运走了大量的金属。在恰克图，俄国人用金子和银子去买茶，获得了大量的利润。有个中国商人有一个丝织的艺术品，他卖给一个他认识的人要一百个卢布，不还价。可是当对方愿用银子来买的时候，他的这个艺术品的售价就降到只值七十卢布的银子了。这个艺术品当时还是售价过高，我的一个熟人最后只用了价值二十卢布的银子就把它买了过来。"[②]

吉列尔认为，恰克图当时的商人主要是做中国茶的买卖，不管是俄国人还是蒙古人，都称中国茶为czaj，英文中的tea是福建

[①] 基督教的圣三位一体指圣母、圣子和圣灵的一体。
[②] 见爱德华·卡伊丹斯基《长城的巨影——波兰人是怎么发现中国的》，（华沙）科学出版社2005年版，第197页。

人的称呼。在中国有黑茶和绿茶，吉列尔在恰克图见到过九种茶，都是从中国各地运来的，这些茶在这里销售后，在整个俄国都可见到。吉列尔认为这九种茶中最好的是福建的龙山茶、安徽黄山的花茶和安徽龙井山的茶，但龙井山在浙江杭州的近郊，他这里把这个地方弄错了。吉列尔还说："东印度公司的商人在 16 世纪[①]第一次将中国的茶运往了欧洲，当时法国人把它做药用，在 18 世纪，茶这种饮料在欧洲已经是普遍地为人知晓了。1784 年，它又首次被运到了美洲。在 17 世纪初，莫斯科的使节从蒙古的阿尔泰汗那里回来，第一次将茶运送到了莫斯科。在汗赠送的礼物中，有两百包茶叶，使节们原想把它扔掉，但是在莫斯科识得了它的价值。现在，因为在中国爆发了起义[②]，终断了茶路。买卖城[③]的商人开始从上海运来了英国人经常购买的这种茶叶。这里的内行认为，它比福建的茶差一些。英国人认为蓝色和绿色的茶更有价值，中国人为了追求利润，便以各种方法将黑茶也染上了蓝色或绿颜色。"[④] "不同时期采摘的茶的好坏是不一样的，在每年二月和三月采摘的茶比在四月第二次采摘的茶要好些，而后者又优于在五月和六月第三次采摘的茶。恰克图人说他们得到的是每年第一次采摘的茶，但英国人在上海和广州买的是每年后面几次采摘的茶，他们要使人们相信，他们买到的茶是最好的。"[⑤]

  茶的运输通常是从上海的崇明岛海运到天津，再从天津运到通州，在这里打包后用骡子直接运往张家口，然后从张家口用骆驼运往买卖城。不经过北京，因为在北京要缴税。其实当时中国

---

  ① 他这里弄错了，应当是 17 世纪。
  ② 指太平天国起义。
  ③ 即今天蒙古的苏赫巴托，在恰克图西南。
  ④ 见爱德华·卡伊丹斯基《长城的巨影——波兰人是怎么发现中国的》，（华沙）科学出版社 2005 年版，第 198、199 页。
  ⑤ 同上书，第 200 页。

规定的茶税并不大，在俄国要抽的税更多。茶叶在运输途中，还有政府官吏的敲诈勒索和各种名目的盘剥，会给客商造成了极大的困难，不管在中国还是在俄国都是这样。此外，茶叶在中国沿海的运输途中还有可能遇到海盗的抢劫，也不安全，因此有的客商选择了走陆路，直接把茶叶运送到买卖城。

除了茶叶，中国人在恰克图还把他们的丝织品，如绸衬衫、夏天穿的衣服、窗帘以及瓷器、漆器、宝石、雕像、竹烟袋、生姜、苹果、葡萄、果子酱以及各种甜食卖给俄国人。俄国商人则将他们从意大利经过波兰、黑海边的敖德萨运来的铜、铁、云母、硫黄、珊瑚和念珠在恰克图卖给中国人。此外，他们把他们的挂钟和怀表、金属制的扣子、镜子、地毯、纸张、面粉和经过加工精制的糖也卖给中国人。还有鹿角、麝香、海狸、熊、狼、獾、猞猁、猾狸、黑貂、野兔和家兔、野猫和家猫、白鼠和银鼠的皮也是恰克图中俄双方交易的商品。

吉列尔也看到中国人在这里住的都是木质结构的房子，屋顶的边缘伸了出来，有柱子和走廊，走廊里的墙上贴着用红纸或黄纸写的题词，中间挂着一盏灯。大门上有各种装饰，如有宗教内容的图画和表示驱邪的图案等。"在这个乡镇的街道上，在几乎所有的房子里，都有中国人在那里活动。他们没有身份证件也可以到这里来，但不能去特洛伊科撒夫斯基城堡。一个中国人回到自己家里并不感到难受，他从一间房走到另一间房，把所有的东西都拿到手上，很感兴趣地望着它们，对来客伸手表示欢迎，一面抽吸着他的烟袋，休息之后便出去，大家都很习惯这样的会见。"[①]

吉列尔离开恰克图，来到伊尔库茨克居住期间，他在这里开设的那个图书馆的藏书中，还了解到了当时买卖城的一些情况，

[①] 见爱德华·卡伊丹斯基《长城的巨影——波兰人是怎么发现中国的》，（华沙）科学出版社2005年版，第204页。

说这里的"老百姓大都是中国人,也有少数的蒙古人,在他们中可以看到几个莫斯科佬从恰克图来买卖城参加娱乐活动。虽然天气十分寒冷,这里的中国人既没有皮袄,也没有穿保暖的大衣,他们冬天的衣服和夏天的不同只是多了一条棉裤。他们经常穿的是丝绸、呢子或棉料织的带袖的长袍。他们最喜爱的是深蓝色,穿上黑色或紫红色的长袍也是一种时髦,它的前面要紧紧扣上,背后有一条有几个手掌宽的缎带子作为装饰,它的袖口是皮毛做的。绿颜色的衣服只有过节时才穿。夏天则穿一件短上衣或者一个披到了腰部的披肩,这个披肩有两个很短的袖子,颈子通常是露着的。他们穿的皮鞋不带长筒,但它的白色的鞋底很厚。这种鞋并不好看,走起来也不方便,所以他们走起路来总是摇摇摆摆的"。"每个中国人的口袋里都有一双筷子,它是当餐叉用的。此外,在他的口袋里还装着一包烟或者他把这包烟就挂在他的裤带上。""在他们剃光了的头顶上要留一把头发,用来梳一根辫子,这根长长的辫子对一个男人来说,是他的装饰,也表现了他的尊严。他们不许留胡须。中国政府就像在波兰的俄国政府一样,对人们的衣装是有规定的。"①

"一个外来的王朝,也就是今天统治中国的王朝带来了剃头和剃须的时髦。这个王朝是由努尔哈赤即太祖开创的,他是一个伟大的战士、主持正义的国王。他是满州国的缔造者,死于1627年。他的继承者太宗死于1643年,太宗大大地扩展了满州国的疆土。他死之后,满人夺取了北京。篡权者李自成被赶走了。满洲统治者太宗的儿子顺治成了天子。满洲人很快就中国化了,但他们的衣着至今也没有改变。现在的起义者们②记得,他们的祖辈穿

---

① 见爱德华·卡伊丹斯基《长城的巨影——波兰人是怎么发现中国的》,(华沙)科学出版社2005年版,第209页。

② 指太平天国起义。

的衣服是不一样的。今天他们的衣着是遭受奴役的标志,因此这些起义者蓄了头发和胡须,穿上了他们祖辈穿过的旧式服装。中国人在所有别的民族中,表现的一个突出的特点,是对他们的过去和他们古老的习俗的热爱。这种保守主义在他们的思想中和他们生活方式及使用旧的用具上都有表现。许多旅行家都说他们虽然遭受了外来的侵犯,但他们的民族性并没有受损,他们一点也没有丧失他们的民族性。他们没有把侵犯者赶走,但他们通过对自己风俗习惯的坚守反使得这些侵犯者也变得和他们很相像了。好像是天命给予了他们进步的精神和保持的能力,要向新的世界展示他们的一种思想和生活方式,这种思想和生活方式是远古的东方所创造的。习惯上的保守主义和热爱过去在某些方面来说是一种民族的力量,因此中国人拒不接受异域文化的影响,而且在别的民族中宣传自己的文化,他们并不害怕异族的奴役,因为这种奴役夺不走他们精神和道德的财富,这就是他们的民族性。"[①]吉列尔对于当时在清统治下的中国的这种看法,现在看来依然是很正确的。

耶日·狄姆科夫斯基(Jerzy Tymkowski,1790—1875)原是一个波兰籍的沙俄帝国的外交官员,他出身于乌克兰的一个波兰贵族家庭,年轻时曾就读于基辅东正教会的一个学院,后毕业于莫斯科大学,供职于俄国外交部亚洲司。1819年,俄国东正教会驻北京的使团要更换一些它的成员,另外这里还要一些懂汉语和满语的人,为他们在中国宣传他们的教义,因此当时俄国外交部亚洲司就派了一个在1794—1808年曾在北京待了14年懂汉语的东正教大祭师P. I. 卡明斯基去了北京,并让耶日·狄姆科夫斯基和他一同前往。狄姆科夫斯于1820—1821年在北京呆了一年,回来

[①] 见爱德华·卡伊丹斯基《长城的巨影——波兰人是怎么发现中国的》,(华沙)科学出版社2005年版,第210、211页。

后他用俄文写了一本名为《1820—1821年经蒙古去中国的旅行》的回忆录，这本回忆录六年后曾译成波兰文出版。

狄姆科夫斯基在去北京的途中，到过张家口，他发现这座城不大，周围有一个要塞，有卫队看守。城里的人很多，他们看见外国人来了都很好奇。他从张家口去北京的途中还见到了长城，他在他的《1820—1821年经蒙古去中国的旅行》中说："最后我们见到了在一些高山下面有几座倒了的塔楼。那些山顶被云遮盖了的山脉，就像一条巨龙在延伸。这是一座非同寻常的巨大的建筑物的一条被剪断的带子，它就是中国著名的长城，是用人的手建造起来的独一无二的建筑物，也是人所完成的唯一的使命。这块永世长存的纪念碑傲然屹立在那些无法攀登的群山之上，它对一个外国人的眼睛造成了强烈的视觉冲击，阻止了他在感情上的冲动，使他想到了这个非凡的民族的一个非同寻常的杰作，就像它创造了一个奇迹。"[1] "这整个建筑物由于得到非常勤勉和小心的保护，它经过这么多的世纪，依然不见丝毫的破损。它就像是一道石头的围墙，用来抵御北方草原上那些好斗的蒙古人的进攻。"[2]

当时在俄国的外国人、流放者和俄国军队的战俘如果想要找到工作或者在军队里服役，他们必须改变自己原有的信仰，信东正教。狄姆科夫斯基当时是东正教徒，但他一到北京，就和这里的天主教的传教士取得了联系，他和他们的关系一直都很亲密。他为北京的信仰自由也曾感到十分惊奇，他在他的《1820—1821年经蒙古去中国的旅行》中说这里"对臣民们并不强行要求他们信任何一个宗教，恐怕只有那些违犯了政府的法律而被追捕的人。

---

[1] 见爱德华·卡伊丹斯基《长城的巨影——波兰人是怎么发现中国的》，（华沙）科学出版社2005年版，第180页。

[2] 同上书，第181页。

孔子、老子或者佛的信徒，甚至那些犹太人和耶稣会士，只要政府允许他们住在这个国家，他们之间都会相处得很好。中国的法律是建立在伦理道德的基础上，这些伦理道德的标准也都是他们的祖先给他们留下的圣书中规定的。皇帝是最大的祭司，中国人称为天子。他是这个国家的支柱，是所有古老的习俗和整个国家的灵魂的守护者，有了他的守护，这个国家的各个部门才能很好地工作。如果一切条件具备，一切都按章程制度办事，这难道不是我们想象中的最好的政府吗"[①]？他还说，清朝为了维护它的统治，允许任何宗教信仰的存在，满人信巫术，汉人信孔子和老子，蒙古族人信释迦牟尼佛，大家都受到政府机关的保护，相互之间都很友好。但当时的中国实际上只有三种信仰得到了政府部门的承认。

一是孔子的学说，它认为人世的一切都是大自然创造的，这是对天的崇拜。上天给人世制定了伦理道德的标准和风俗习惯，上自皇帝下至最普通的臣民都要遵守。二是老子的"道"的学说，老子和孔子是同时代的人，有很高的智慧，他只留下了一本叙说世界的形成的小书，但这本书对世界说得不很清楚。老子作为一个隐士，死后人们才开始读他的书，他的哲学思想是教人清心寡欲。三是从印度传来的释迦牟尼的佛教。清统治中国后，又带来了巫术，巫术是要召唤祖先的亡灵，只有满人信巫术。

狄姆科夫斯基在北京，还见到过中国皇帝的祭祀，他对这种祭祀是这么描写的："头一天就由一头穿着很阔气的大象把需要的供品运到庙里去，今天早晨五点，皇帝在许多大臣和六千兵马的护送下，到那里去了。任何一个居民都不能也不应去观看这个场面，所有大大小小的胡同和窗子都是关着的。一些旁边的小街都

[①] 见爱德华·卡伊丹斯基《长城的巨影——波兰人是怎么发现中国的》，（华沙）科学出版社2005年版，第171页。

被封闭了。一些守护着我们这个使团的人叫我们谁也不要到街上去。凡是皇帝和他的卫队要走过的那些房子的大门前都有岗哨，以防可能对他的各种袭击。"① 关于中国的皇帝和他的年号，狄姆科夫斯基说："一个新的皇帝登基便开始了一个新的时代，这时不用他的名字作为他的年号。康熙、雍正、乾隆、嘉庆、道光这些年号有平静和富裕等的意思，它们表明了这些皇帝统治的那个时代已经开始，但是这些年号都是在他们死了之后才用来称呼他们的。""中国的皇帝都有五个妻子，第一个被认为是一等妻子，是皇帝真正的妻子。所有的臣民都把她看成是国母，称她为皇后，意思是最高的女性统治者，她的儿子们有继承皇位的先决条件。另外四个也都有自己的名号、自己的住所、宫室和服侍她们的太监和宫女。此外，一个皇帝还有很多妃子，这些妃子都是每三年从全国最美丽的女子中选出来的。"② 但是基督教不承认一夫多妻制，所以不管是信东正教的狄姆科夫斯基还是信天主教的耶稣会士卜弥格，都只说皇帝的第一个妻子是他"真正的妻子"。

狄姆科夫斯基还到过北京的琉璃厂，他首先看见这里有几家铺店卖书，这里有中文书和满文书，数量很多，在店里摆得很整齐，但有的书店所保存的这些有学问的宝贝弄得并不十分干净，它们经常是论斤卖的。这些宝贝对老百姓能起教育作用，和我们的书一样，这里的人对书是很渴求的，也不管它们的价值如何。此外这条街上还有一些买奢侈品的商店，里面有字画，用碧玉、象牙、珍贵的树木雕成的装饰品和最漂亮的塑像。此外还有非常精美的玻璃器皿、瓷器和漆器等。在这些商店里可以看到皇宫里的东西，一些贪婪的太监在皇宫里非常机灵地偷了这些东西后，

---

① 见爱德华·卡伊丹斯基《长城的巨影——波兰人是怎么发现中国的》，（华沙）科学出版社 2005 年版，第 184 页。

② 同上书，第 185、186 页。

拿到这里来低价出售。此外这里有不少在广州进口的英国货。狄姆科夫斯基说这里还有一个专门制作和生产各色玻璃和石板的工厂，由一个满人和一个汉人掌管，它东西长6德国里，约1.2公里。在这个琉璃工厂前有一个大的广场，在新年的第一个月，从大年初一到十七，这里总是有很多人来来往往，他们有的出售小孩的玩具，有的表演各种喜剧，或者变戏法。①

关于中国的茶，狄姆科夫斯基说："这里最普遍的饮料是茶，但它不管是看起来还是味道都和欧洲的不一样。中国人从灌木丛中采集一些幼小的树枝在太阳下晒干，这种茶味道和气味都是最好的，对胃也没有伤害。"② 还有中国医生的治病，总是带服务的性质，他们给富人治病，一次或者好多次都只收1/4个银卢布，给穷人看病不收费或者收得很少。在药物中，中国人有时候将一些药用植物的根制成了颗粒，给病人服用。他们很看重人参这种树根，因为它可以增强人的体力，对那些全身都已衰竭的人也能焕发他们的青春，使他们返老还童。满洲产的人参很贵，3/10洛特③的人参值280个卢布，朝鲜产的人参要便宜些。在北京城南的商店主要卖用棉布和丝绸织的衣服和鞋，以及非常好的厨具，还有各种字画和石雕。北京城里所有的地方都卖食品，一些铺店或者亭子里可以见到米、面、用水汽蒸出来的面包④和橄榄。中国人吃的主要是猪肉，他们烹制的猪肉比我们的好吃得多，也更容易消化。但住在北京的满人、蒙古人和突厥斯坦人都吃羊肉，只有突厥斯坦人还吃牛肉。在北京近郊的一些江河中可以钓到新鲜的

---

① 元代曾在这个地方建有烧制琉璃的窑，始有今名。明永乐中期营建宫殿，在这里开设玻璃工厂。清康熙中期改为居民区，乾隆年间开四库馆，学人群集，乃开设书籍、古玩、字画、碑帖、文具等的铺店，而以书肆最盛。
② 见爱德华·卡伊丹斯基《长城的巨影——波兰人是怎么发现中国的》，（华沙）科学出版社2005年版，第190页。
③ 旧俄一种重量单位，1洛特等于12.8克。
④ 外国称馒头是蒸出来的面包。

鱼，特别是鲤鱼。这里还有许多燻鱼、咸鲤鱼和海虾，是从外地运来的。冬天，还要从黑龙江用骆驼给北京的朝廷运来鲟鱼和鲤鱼。这些东西主要由皇帝和朝廷里的大臣分享，也有一部分在市场上出售。

狄姆科夫斯基还谈到了在北京的基督教的传播，他说他们来到了一个教堂，"一些受了洗的中国人在教堂门口迎接我们，领着我们经过了教堂里开设的图书馆，然后就进到了教堂里面。它的里面的确是一座富丽堂皇和非常豪华的大厦，呈长圆形，周边有四个角，后来这里的修道院院长里贝尔（Ribeir）来了，他是北京天文学院的院士，头上戴的一顶帽子的上面有一个白色的小镶头，说明他是中国的六品官"①。

巴维乌·皮亚塞茨基（Paweł Piasecki，1843—1914）是个医生和植物学家，他也是个旅行家和画家，出生在俄国的奥廖尔，在莫斯科大学学过医，并获得了医学博士学位。1874 年他曾接受沙俄政府的邀请，参加了一个原来是要去中国西北进行考察的团体，要了解俄国西部的突厥斯坦和当时俄国人称为中国的突厥斯坦即新疆能否发展贸易。但是这个考察团后来并没有去那里，它于 1874 年 7 月中从恰克图出发，途经张家口，来到了北京，后来他们又到了天津，并且去了上海。当时住在上海的一些英国人、法国人和德国人看到这些俄国人来了，都感到惊奇，因为他们认为俄国人来到这里，会和他们争夺他们在中国的势力范围。他于 1874 年 10 月 20 日在上海写的日记中写道："一大早，我们刚刚醒来，还没有起床，一个中国的服务人员就打开了房门，从走廊里进到了我们的房里，很简单地问了一句：'是要茶还是咖啡？'我们也只是简单地回答了一句'要咖啡'！然后他就走了。第一个服务员走了之后，

---

① 见爱德华·卡伊丹斯基《长城的巨影——波兰人是怎么发现中国的》，（华沙）科学出版社 2005 年版，第 192 页。

跟着他来的是第二个,他的职务是给旅客整理被褥;第三个要来打扫卫生间,第四个又拿走了我们所有的皮鞋,要去擦洗。最后一个还要做更多的事,包括给我们点燃煤气。这就是中国仆人的分工。"[1] 皮亚塞茨基认为,这些活不像在欧洲那样,在一个旅店里,都是由一个人干的,所以在中国,许多人都要找这样的工作,虽然工钱不多。有一次,因为俄国在上海的领事馆在上海的一家银行里存了银币,皮亚塞茨基可以去那里开支票,他看到了中国人的工作效率很高,数那些钱币像机器一样的快,还很善于分辨其中的真假,他们把真币和假币马上就分开了。

后来皮亚塞茨基还写了一本《去中国旅游》[2] 的书,他离开上海后,从这里坐轮船沿长江经浙江、安徽,来到了湖北的汉口,他在这里要对江汉平原的地理资源进行考察,他在他的《去中国旅游》中,写了他在汉口过圣诞节、新年和中国人的春节的情况,还在这里看到了中国人制作的各种甜食和女人用蓝色的翠鸟毛做的头饰,也了解了中国人如何刻制图章,以及棕榈席或竹席和毛笔是怎么制作的。皮亚塞茨基说:"我在这里不说它们的制作工序了,因为这要占很多地方,我要说的只是,除了大家知道的中国人的耐心之外,我还经常为他们的手法之灵巧感到惊异,因为这种灵巧可以和机器加工的速度及精密比美。但我在说到他们的毛笔制作工艺的时候,不能不提到中国的大自然给他们提供的一种很有价值的材料,这就是竹子。谁如果手里没有拿到过用这种非同寻常的有用的树做成的任何一样东西,就说一根竿子吧,他对它就不会有所了解。在中国,所有的东西都是用竹子做的,这些我们很容易马上就可以列举出来,如房屋、用具、家

---

[1] 见爱德华·卡伊丹斯基《长城的巨影——波兰人是怎么发现中国的》,(华沙)科学出版社2005年版,第261页。

[2] 1873年在巴黎出版过它的法文本。

具、乐器、纸张、吃饭用的筷子、帽子、灯笼、扇子、席子、筛子、罗框、绳索、惩罚用的工具、轿子、竹枕和一些别的东西，这些都是用这种珍贵的原料做的。如果我们要把它弄弯或者折断，它就像铁一样的坚硬，但它又像最细小的丝线一样很容易就断了。它的幼芽①有点像龙须菜（天门冬），但是比龙须菜大得多，当食用，在我看来，它比龙须菜的味道也好得多。当竹子长起来后，它就是我说的那样，像铁一样地坚实有力，有时还要用火对它进行加工。"②

皮亚塞茨基认为这些竹制品不仅美观、经久耐用，而且价格十分便宜，老百姓都买得起，因此是很适用的。他说："这么便宜的竹制品，它的售价就是最穷的人也能接受。毫不奇怪的是，大自然非常慷慨地不仅给予了中国这么珍贵的材料，也给予了它那么多灵巧和热爱劳动的手。我有时候想，如果能充分地利用所有中国的这些劳动力，那会创造出什么呢？遗憾的是，他们中很多人都没有工作，这是因为没有那么的工作要他们去做。可是中国人干活不单是为了挣钱糊口，而经常是因为他们热爱劳动，就像艺术家热爱他们的事业一样，也不管他们干的是什么工作，这样的人是有他们的未来的。"③ 中国的劳动力的确十分便宜，皮亚塞茨对这一点十分了解，他在汉口见到过一些意大利的传教士在那里开展慈善事业，建起了托儿所和养老院，他还举例地说："这里在冬天，劳动力便宜表现得十分明显，因为田里已经没有活干。例如我在汉口居住的时候，以一个叫安格罗（Angelo）的神父为首的一些意大利传教士要建造一个教堂，为了避免水患对它的威

---

① 指竹笋。
② 见爱德华·卡伊丹斯基《长城的巨影——波兰人是怎么发现中国的》，（华沙）科学出版社2005年版，第265页。
③ 同上书，第266页。

胁，他们决定将这座教堂周围的地基加高九足①，约三米。这也不难看出，要完成这项工作需要多少泥土，而这些泥土又要从不近于一俄里的地方运过来，所有这些工作都得靠人力来完成，靠人们把这些泥土一袋袋在背上背过来，这些运输工从早干到晚，每个人只能得到100—200分钱的报酬，这就是说这么重的活，他们干一天只能挣得10—20戈比。这样的例子还可以举很多，但我这里只举这么一个了。"②

皮亚塞茨基也谈到了中国妇女缠足这样的陋习，他说："我们任何时候都不能不对这种剥夺了一个人生活中的一项最大的乐趣——自由和健康的活动——的最最毫无意义的习惯感到奇怪。在中国的历史上没有任何一个提示说明了这种无法理解的习惯产生的原因。有人说，好像是有一个女皇，她生出来脚就残废了，先是她的宫女都慢慢地学她的榜样，把自己的足弄残，后来这就成了一种普遍的习惯。"③

皮亚塞茨基的考察团后来去了甘肃，他于1875年7月10日过了黄河，经过天山山脉，最后去了哈萨克斯坦。他的这本《去中国旅游》1880年在彼得堡出版时，还开了一个展览会，展出了他在旅途中写的这些笔记和绘画，这一年俄国地理协会还授予了他一个大金质奖章，以表彰他增进人们对远东的大自然的了解所作的贡献。3年后他的这部著作的法文本问世时，又增添了他后来介绍的36种欧洲当时不了解的植物，其中有许多后来都用了他的名字，如皮亚塞茨基楤木、皮亚塞茨基葡萄、皮亚塞茨基鼠尾草等。

弗瓦迪斯瓦夫·米哈乌·扎列斯基（Wladyslaw Michal Zaleski,

---

① "足"为古长度单位，等于28.8厘米。
② 见爱德华·卡伊丹斯基《长城的巨影——波兰人是怎么发现中国的》，（华沙）科学出版社2005年版，第266、267页。
③ 同上书，第267页。

1852—1925）是一个波兰的旅行家和天主教传教士，也是一个植物学家。他年轻时曾在华沙和罗马学习和深造。1886 年，他以一个基督教使徒的秘书的身份被派往东印度传教，在那里住了 16 年。在 1887—1898 年，他去印度、爪哇、新加坡、中国、锡兰和日本的一些地方旅游，对这些地方的植物生长特别感兴趣，并且写了一系列关于这些植物的介绍，还绘制了 3 万多幅它们的图像，后来他把这些都编成了一个《植物图片集》（Iconotheca botanicam），把它交给了华沙大学植物分类研究所。此外他还用法文和波兰文写过一些他去以上这些地方的游记。1897 年出版了他的《去锡兰和印度旅游》（Voyage a Ceylon et aux Indes）一书，1898 年，他在克拉科夫又出版了一本他去广州、香港和澳门旅游的游记。他在新加坡旅游时，在他的游记中，写了许多居住在这里的中国人的情况。作为一个天主教的传教士，他在这里首先注意到的是天主教在这里的活动情况，他说："圣方济各东去日本和中国的途中，参观了这个城市，他有几封信都写了来到新加坡的日期，并且第一次申明了他是教皇的使者[①]。这里教会使团的驻地很漂亮，那条主要的街上有四个教堂：第一个教堂也是这里的主教的官邸，然后是中国的教堂、印度的教堂和葡萄牙的教堂，葡萄牙教堂要听令于澳门的主教。在马六甲教区有约十万个中国的天主教徒，他们建立了很漂亮的社区，他们都很虔诚、很勤劳。这一年，我在这些中国人中度过了第一个礼拜天，为了接待神圣的天父的代表，他们把教堂布置得像节日里一样，我在这里以主教的身份做了圣弥撒，给许多教徒做了涂膏油的

[①] 方济各·沙勿略（Fracisco Javier, 1506—1552），葡萄牙派至亚洲的天主教传教士。1540 年奉葡萄牙国王若奥三世派遣，以罗马教皇保罗三世的使者名义航海东来，于 1542 年抵印度果阿，后转至新加坡、马六甲等地。1549 年乘中国商船至日本山口和丰后水道沿岸等地传教。1551 年从日本乘葡萄牙商船抵中国广东上川岛，因明朝海禁甚严，无法入中国内地，死于该岛。

仪式。"① "男人比女人都穿得更加讲究和漂亮。每个中国人都留长辫子,这是可以理解的,但是欧洲人给它取了个不正确的名称,叫尾巴。"② 这种辫子还要求蓄得很长,由于行动不便,他们往往把辫子的尾端藏在口袋里。

"中国的少女总是那么令人不快地显得过于谦卑,几个老妇每个人都挂着两根拐杖,伸出她们的一双小脚,在匍匐前进。这种将女人变成残疾的野蛮的习俗是在她们童年的时候,就用布包住她们的脚,使它无法长大。但是这种习俗在居住在中华帝国之外的华人天主教徒中,几乎完全改变了。华人的小孩都很漂亮,特别是男孩,母亲照看着他们的辫子,就像一根蜡烛竖立在他的那个小脑袋上。当人们对这些孩子表示亲热时,他们都很顺从和听话,但是他们并不像印度小孩那么胆小。有两个孩子这时爬到了一个祭台上,要对我表示亲热,就是他的父母也无法把他们从我这里叫回去。他们中有一个头上戴了一项很大的金冠,上面可以看见一个闪闪发光的诺亚方舟。此外冠上还有用金线绣的各种各样的动物,从大象到小虾,什么都有。""我们离开教堂的时候,天色已经很晚了。这正是要放焰火的时候。谁若没有见过中国人放焰火,他就想象不出,中国人是怎么喧闹的。中国人放焰火,不像欧洲人那样在远处放,而是在人群中,找一个地方,让大家围成一个小小的圈子,在圈子里把焰火点燃后,人们就散开了,这时又马上响起了爆竹,火炮就像喷泉一样往上冲去,发出了从未有过的剧烈的爆炸声,然后乐队大声地奏响,也像燃起了爆竹一样的可怕。于是人们都在这一片喧闹和烟火中跳了起来,摇晃着手臂,甩动着长长的辫子。这样,几百个好斗的中国人就看见

---

① 见爱德华·卡伊丹斯基《长城的巨影——波兰人是怎么发现中国的》,(华沙)科学出版社2005年版,第232页。
② 见爱德华·卡伊丹斯基《长城的巨影——波兰人是怎么发现中国的》,(华沙)科学出版社2005年版,第232页。

了他们最喜爱的放焰火。"①

扎列斯基在新加坡待了10天后,乘轮船来到了香港,他说:"香港给我的印象真正是没有想到的。我想不到在中国的边境上会见到这么漂亮的地方,这是尼斯②被移到了中国的海岸上。许多别墅的周围都有花园,花园里盛开着山茶花和菊花。这里的天空和尼斯的一样,这里也有蓝色的、闪闪发亮的大海。这里的植物和尼斯的差不多,这里的气候也和尼斯这个季节的气候一样。"③ 在谈到香港这座城市的建设时他还说:"要在不到半个世纪的时间,在一个荒凉和没有人烟的小岛上建立起亚洲最美的城市,在一个只能躲避海盗的海湾上建立一个仅次于伦敦的世界第二大码头,该要付出多么大的坚持不懈的努力,英国人在差不多只有50年的时间里,表现了他们能力和精明强干。"④ 这里还建有疗养院和一些传教士养老的地方,还有印刷所,可以印制中文、日文、越南文和藏文的书。"香港教区是格列高利十五世教皇开辟的,占地面积狭窄,和澳门教区分开。这里有近六千个天主教徒,有欧洲人也有中国人。"后来扎列斯基还去了澳门,他说:从香港去澳门要乘坐很漂亮和方便的轮船,在海上只有三小时的行程。这里是欧洲文明最后一道边界线。轮船上有许多中国人,他们进到了自己的舱里后,要用一个铁的栅栏把舱门封住,再挂上一把大锁,使舱门打不开,在每一个舱前都有带枪的卫兵把守。这是为了防止中国的海盗上船来打劫,因为这种打劫不久前就发生过,他们不仅抢劫乘客的财物,还要破坏船上的发动机,使它无法行驶,在这种情况下,海盗就可以安然逃走了。"1898年1月21日,我们来到了澳门,葡萄牙过去的殖民地。这座

---

① 同上书,第232、233页。
② 法国南部海滨城市。
③ 见爱德华·卡伊丹斯基《长城的巨影——波兰人是怎么发现中国的》,(华沙)科学出版社2005年版,第234页。
④ 同上。

城市是中国天主教信仰产生的摇篮，就像印度的果阿一样。"① 扎列斯基还说：澳门是一个漂亮的城市，建立在远远地伸入海中的一个角落上，在两条大河的出口之间。它的街道很清洁，而且这种清洁保持得比他在亚洲见到的所有别的城市都好。所有的一切都表现了这里文明的特征。政府机关的办公楼不大，但盖得很漂亮。虽然这里大部分的居民仍然是异教徒，但澳门是一座具有天主教色彩的城市，这里有很多教堂，呈现了这里的美景。圣瓦弗日涅茨教堂是这里的政府在不久前新盖的，引起了所有人的注意。这里还有许多修道院。教区里的牧师讲宗教课，来听课的有中国人，到处都可见到无主教的宗教活动。

　　扎列斯基还讲到了这里的中国人是怎么过春节的。1898年1月21日是中国人的新年，他说："昨天是中国的新年，放了很多爆竹。中国人在街上穿上了漂亮的衣服，马路上铺满了一张张红颜色的纸，家家户户房门紧闭，为的是不把来年的幸福放走。但是这里出现了一个很重要但又很危险的情况，这就是中国人的新年这一天出现了日全食。因此要向神明隆重地献上供品，以求得上天的保佑，希望这条龙不要把太阳吃得太多。说真的，中国的太阳从来没有遇到过比现在欧洲的这条龙给它造成的这么大的威胁。俄国的战舰冬天就停留在旅顺港，这已靠近北京的大门了。德国人占领了胶州和四百平方英里的中国的领土。英国，有人说它正睁眼望着广东省的一部分，法国的舰队也在巨大的海南岛的周边巡逻。我们在巴塔维亚②的时候，就已经预见到了那里的政局，将一天比一天更加复杂，因此有人劝我们今年不要去中国旅游。但是中国的老百姓根本不问政事，他们更在乎的是太阳在他

---

① 以上见爱德华·卡伊丹斯基《长城的巨影——波兰人是怎么发现中国的》，（华沙）科学出版社2005年版，第235页。

② 印度尼西亚的雅加达的旧称。

们的新年这一天的越轨行为。在他们的概念中，日食表现了他们和龙的战斗，因为它要吃掉这个给人们带来了光明的珍贵的天体。一些虔诚的人便给神明献上了祭品，求神明不要让这条龙把太阳吃得太多。那些不信神的人就放起了爆竹、焰火，点起了火把，要以他们的大声喊叫和烟雾把龙吓走。胆子最大的人这时就向太阳开枪射击，要用子弹把龙打死。大家知道，只有普通老百姓、没有知识的人、乡下佬才是这样。那些有理智的人、学者都说，最近和日本打的一次仗①使他们睁开了眼睛，看到了文明以及和欧洲的接触给日本带来了多大的好处。如果这种思想认识能够统治中国，使这个国家走上了文明的道路，至少像日本现在这样，那么凭中国人的聪明才智和他们机灵果敢，他们的形象在亚洲就会改变。但是日本军事力量在很长一个时期，都将高居于中国之上。日本是个骑士民族，封建时代的宪法多少世纪都规定了要拿起武器，可是在中国，当兵被认为是低贱的职业。"②扎列斯基在这里，也看到了当时中国的愚昧和落后，他在这里很形象地借日食这种现象，说明了沙俄和西方殖民主义对中国的侵略，以及日本军国主义产生的历史根源，他认为中国只有学习西方现代的科学技术，发展生产力，使自己从一个贫穷落后的弱国变成一个具有西方现代文明的强国，才能抵御外来的强敌。

扎列斯基从澳门最后来到了广州，途中他搭乘的轮船在海上经过了许多小岛，然后进入了珠江，他看见在珠江的两岸有一些要塞，要塞上面飘着中华帝国的国旗，是一面黄色的旗帜，上面有一条红色的龙。他认为这个新的世界就像三千年前的北部欧洲一样，他说，这条"河上的风景像画的一样，很像我们看到的中

---

① 指1895年爆发的中日甲午战争。
② 见爱德华·卡伊丹斯基《长城的巨影——波兰人是怎么发现中国的》，（华沙）科学出版社2005年版，第238页。

国的瓷器上画的那种图像，有蓝色的小山坡，这里的树不很多。有的地方呈现出一座八层或者十层中国式的又瘦又高的宝塔，塔上每一层都有一个经过装饰的屋檐，屋檐上丛生着灌木，这些灌木的树根都扎在那许许多多的檐缝里。这条河上有很多小船，船上的帆布张开后就像蝙蝠的翅膀。在河的拐弯处，我们见到了两座哥特式的塔楼，高出海面上的一些平滑和较低的屋顶，这里就是广州。河里的小船多得只容我们的轮船有一条空道往前走去了。这些船真的都是一些可以移动的房子，这些房子通常有好几层，里面可以演戏、开旅馆。几十万中国人就是这样居住在水上。在我们到达码头之前，有很多中国人都在他们的船上，用手指着我们的轮船的夹板，他们想要帮我们这些旅游者把我们的包裹都搬出来，顺便挣几分钱。这时有两个传教士已经等在岸上了，他们让我们坐上了轿子，因为这里没有车辆。在我眼前出现的这一片景象是我真的料想不到的，我在东方看见过许多城市，但我承认，广州的街道是个什么样子我从来没有想过。你们想想看，那些狭窄的走廊，都细心地铺上了石板。只有一层楼的平房的两边的围墙都是用石头和砖砌的，砌得很好。盖在墙上的屋顶的檐边伸到了街上，大概只能放出一点点白光。街上有无数的店铺，每一栋房子都布置得那么整齐和优雅，店铺的招牌不是挂在门上，而是挂在街中间。因为中国人写字不像我们那样，从左到右，而是从上到下，这些招牌要竖着挂，上面用各种颜色书写的字体都镀了金，因而闪闪发光，给人的印象像在街上挂了许多彩旗一样。两百万中国人都挤在这些狭窄的街道上，这里的一切都在活动，充满了生机，从这些人的身边走过，便可看到他们那文雅和懂礼貌的行为举止和快乐的面部表情。我们都坐在轿子上的椅子上，现正把我抬着快步地往前走去，但是总要遇到一些人提着的一筐筐的鸡蛋或者别的要储存的食品，很难从他们中走过去。所有的街道都很直，也很短，经常会遇到一个个的直角，要走过去就得来一个急转弯。在每条街的尽头都有一扇大门，大门晚上是关着的。在不只一扇这样的大门上都装了一尊大炮，炮口对着大街。我们终于来到了这里的传教士团。克劳斯（Clausse）主教住在一栋很简陋的房子里，但是它的近旁有一个的确是非常富丽堂皇的教堂，它是亚洲最漂亮的教堂，它的纯粹是哥特式的风格使我们想起了维也纳的沃蒂夫教堂①，整个教堂都是用最坚实的花岗岩建造的，价值四百万法郎，其中大部分投资都是来自拿破仑第三和法国政府。但是中国人对这栋建筑物并不太喜欢，他们认为，高高的塔楼遮挡了'幸福之风'，使它吹不进这座城里。主教对他们解释说，所有在教堂的塔楼之间吹过的风都是幸福之风，但这也没有使他们信服。尽管这样，由于法国政府和北京的最高统治者的努力和协助，这个伟大的工程还是完成了"②。扎列斯基还说，现在广州教区和澳门教区已经分开，在这个教区工作的有48个法国的神父和11个中国人，这里还有135所天主教教会的学校，55000个天主教徒。此外还有6万个异教徒正要求给他们受洗。③后来扎列斯基就从这里到锡兰即今天的斯里兰卡去了。

四

根据爱德华·卡伊丹斯基的《长城的巨影——波兰人是怎么发现中国的》一书中的介绍，1894年爆发了中日甲午战争和在1895年签订中日马关条约后，日本因为占领了满洲的南部和辽东半岛，④

---

① Votiv-Kirche，奥地利首都维也纳一座哥特式的天主教堂。
② 见爱德华·卡伊丹斯基《长城的巨影——波兰人是怎么发现中国的》，（华沙）科学出版社2005年版，第240、241页。
③ 这个统计数字不一定精确。
④ 这个条约规定，中国割让台湾全岛及所有附属岛屿、澎湖列岛和辽东半岛给日本，同时开放沙市、重庆、苏州、杭州为商埠，允许日本人在中国通商口岸任便设立领事馆和工厂及输入各种机器。

暴露了它要侵占远东的野心，这便触犯了个俄国、法国和德国在这些地方的利益。俄国认为，在满洲修建中东铁路可以巩固它在这些地方的势力范围。这个时候，正值沙皇尼古拉二世在彼得堡登基，便邀请李鸿章参加了他的登基典礼。沙皇通过各种收买和许愿，使得李鸿章1896年在莫斯科，以中俄"共同防御"日本为名，于该年6月3日（清光绪二十二年四月二十二日）和俄国签订了一个《御敌互相援助条约》（通称"中俄密约"），声称为使俄国便于在中国东北运送部队，以防日本的入侵，"中国允许黑龙江、吉林地方接造铁路，以达海参崴，该事交华俄道胜银行承办经理"。因此在同年9月8日，中国驻德国和俄国的公使便与华俄道胜银行代表签订了一个《中俄合办东省铁路合同章程》，根据这个合同规定，成立了一个中东铁路修建的股份公司，当时有个波兰人斯坦尼斯瓦夫·盖尔贝茨（Stanisław Kierbedz）曾经担任这个公司的副总经理。后经他的介绍，有许多此前参加过俄国西伯利亚大铁道修建的波兰铁路工程师被派遣来到了中国的东北，参加了中东铁路的设计和修建。有的波兰工程师这时期还研究过中国东北的地质结构，绘制过黑龙江、吉林和辽宁省的地质地图。波兰建筑师康斯坦丁·约基什还为哈尔滨城的建立提出了第一个设计方案。波兰的工程师来到中国后，不仅参加了中国东北的铁路修建和这里的城市建设，有的还对内蒙古和东北的历史、地理和风土人情进行了深入的研究。此外还有人到过关内，在1907—1908年参加过从京汉铁路郑州站东至开封西至洛阳的汴洛铁路的修建。

如波兰经济学家尤泽夫·盖伊什托尔（Józef Gieysztor, 1865—1931之后），是他第一个用波兰文写了关于哈尔滨和中东铁路建设的报道，因为他曾作为华沙贸易高等学校和华沙工学院的教授，由当时俄国对中东铁路的一个管理机关的推荐，于1903年来到了满洲，目的是要考察当时的满洲和蒙古——那个时候经常称为呼伦贝尔的经济发展的状况。他在这里首先写了一篇《在远东》的文章，谈了他这次旅行的感想，于1904年发表在波兰的《环球》杂志上。后来他又写了一个说明这次考察内容的报告《中东铁路地区经济研究》，曾用俄文于1905年在彼得堡发表。后在1913—1916年，他又由这个中东铁路管理机关的推荐，曾两次去过日本、朝鲜和中国，想要促使这些国家共同签订建立中东和西伯利亚铁路交通网的协定。后来华沙大学教科书出版委员会在1931年又出版了他的另一部著作《铁路交通和贸易的发展》。

当时任哈尔滨副主教的一个叫格拉尔特·彼特罗夫斯基（Glart Piotrowski）的波兰人从1910年开始就在这里开办波兰学校并在中国人中传教。在19世纪末和20世纪初，波兰人在哈尔滨已建立了许多医院、学校和修道院。来到中国的波兰人对这里的一切最初都感到新奇，有的人在谈到他在这里的见闻和感受时说：

>我坐的是一条独木船，它的两边绑着两根竹竿，是为了保持船的平衡，使它不致摇晃和沉到河里去。我坐在船后面铺着的苇席上，我的船夫在前面划桨。我看着周围美丽的景色，发现这条河的两岸在这个季节都披上了最美的衣装。这里到处都是一片丰收的景象，牧场上的人们是那么欢乐，草地上长满了灌木丛，那些美丽村庄都歇息在这里的草丛中。
>
>在河中间的小岛上有成千上万只野鸭，它们就像这里的居民一样，见到我们一点也不害怕。可是村民们今天要去马英赶集，他们都聚集在这条河的岸边，看见我穿一身黑衣服都有点惊奇，因此他们大声地叫了起来。我听不懂他们在说什么，只知道他们那个卡拉、卡拉的叫唤声是外国人的意思。

北京的内城就像巴比伦和尼尼微①的建筑一样。它的城墙都是砖砌的，有十四米高，城墙上面有十六米宽，下面有二十米宽，周围都是它掩护下的居民的房屋。

皇帝最不自由，他一出宫就是一件国家的大事，街上所有的商店都要关门，路旁站着许多卫士和警察，不管是五百年前还是现在，皇帝的卫队中都有许多弓箭手。

卡齐米日·格罗霍夫斯基（Kazimierz Grochowski，1873—1937）是一个地质学家、考古学家和社会活动家。他出生在波兰卡托维兹省卢达县科哈维拉村，曾在波兰热舒夫省的雅斯沃县、乌克兰的利沃夫和波兰的克拉科夫上过中学，后在奥地利莱奥本和德国的弗赖贝格的矿冶学院里深造，于1901年获得了矿冶工程师的头衔。后来他去了俄国，并于1906年去了远东，目的是要去那里进行地质考察。他把沿途的见闻都写在了他的日记中，现在这些日记保存在华沙国民图书馆的手稿部中。1917年，格罗霍夫斯基又参加了一个瑞典的科学考察团，去了蒙古的西部，在蒙古住了差不多一年，也进行过地质考察。后在1918年，他想要回到波兰，但因那里爆发了战争，他走到了波兰东部的边境上，又不得不返回了东亚，但是后来战争殃及蒙古，他从1920年开始便迁居到了哈尔滨。那时哈尔滨已有波兰的移民区，而且这个移民区很有组织，因为早在1907年，这里就有一个称为"波兰小酒店"的具有文化教育性质的协会组织。后来在哈尔滨还开设了波兰的

---

① 公元前8至公元前7世纪古亚述的首都，亚述国王亚述巴尼拔（？—约公元前627）公元前668至公元前627年在位期间，为维护帝国统治，发动了一系列对外战争。约公元前662年远征埃及，约公元前646年攻占巴比伦城，公元前639年一度吞并埃及。他在首都尼尼微及巴比伦、乌鲁克等地大兴土木，营造宫殿和神庙。并建造了巨大的图书馆，收藏有关文学、医学、天文、地理、历史、数学、巫术等大量书籍，为后人留下了研究西亚历史珍贵的资料。

图书馆，通过慈善机构的捐助，还建立了医院和修道院，开办了波兰语的学习班和波兰学校，这里的波兰侨民还经常举行文娱晚会和其他的娱乐活动，爱好者可以随意来参加这些活动。沙俄政府被推翻后，在哈尔滨又出现了一些新的政治派别和它们的组织，如波兰社会主义党、波兰战事联盟、济助战争牺牲者协会、波兰慈善事业协会等。此外还有一个波兰政治委员会，负责和哈尔滨的政府机关联系，维护波兰侨民在哈尔滨的合法权益。此外这里还有两个天主教堂，一个波兰孩子上学的小学，以波兰著名作家、1905年诺贝尔文学奖获得者亨利克·显克维奇命名的波兰中学以及波兰的少年儿童和青年的组织。此外这里还出版了一系列的波兰报刊和杂志，如波兰战事联盟的机关报《波兰远东夜晚的信使》。《波兰信使》《哨所》这两个刊物都是一周出两次。在俄国和西伯利亚的波兰民族委员会还办了《独立》周刊，波兰远东政治委员会也办了个《远东来的波兰信函》等。

格罗霍夫斯基来到这里，就开始了他的科学考察和研究。这时，他和几个对远东问题感兴趣的外国人、中国人一起，成立了一个后来称为"满洲研究协会"的组织，协会会长由中国人尹里春担任，格罗霍夫斯基任副会长，专门研究满洲的地质结构。此外，格罗霍夫斯基和一些波兰侨民还创办了一个《波兰周刊》，它的第一期于1922年4月16日出版，三个月后，他就开始担任它的主编这个职务一直到1927年3月。为了引起当地一些波兰商人和工矿企业家的注意，这个周刊根据他的提议，从1923年开始，又增加了一个叫"贸易和工业栏"的副刊。后来在1925年，格罗霍夫斯基又办了一个名为《远东》的双月刊，在上面发表了不少反映满洲当时社会状况的文章。他是第一个研究了满洲历史和社会的波兰人，后来他的这些研究成果大都写在他的《波兰人在远东》一书中。他说："现在哈尔滨兴起的这片土地上最早的主人是肃慎人，在耶稣诞生前2225年就有人提到了他们。有的学者认为他们属于通古斯民族①，另外一些学者［如施密特（Schmidt）教授］认为他们属于土耳其民族，远古时期，从突厥斯坦迁移到这里来的。这是一个以打猎为生的民族，好斗、勇敢，常常和他们南边的邻居中国人打仗。在基督的第一个世纪初，在松花江中部两岸的大片土地上出现了一个强大的国家叫富裕②，这个国家的存在一直延续到基督之后的285年。这个国家北部的边界线上建造过一道长达数千公里的围墙。"③ 这一段历史考证不一定十分确切，但说明了格罗霍夫斯基当时对满洲起源产生了极大的兴趣。此外他对哈尔滨 Harbin 这个名称的由来也作过研究，他认为在19世纪，今天的哈尔滨所在地在松花江右边的岸上，属于吉林省。松花江左岸有过一个蒙古的公国叫北呼伦贝尔。东西方在这里发展贸易，哈尔滨（Harbin）原先叫哈拉滨（Halabin），是一个蒙古文的名称，意思是渡河，中国人把 Halabin 叫成了 Haerbin，哈尔滨（Harbin）是后来俄国人对它的称呼。

对当时的中俄关系，格罗霍夫斯基的看法是："俄国一直想要侵占中国的土地，它利用了一切可以利用和不可利用的手段，想要实现它的侵占的计划。并以发展贸易和进行外交活动为借口，来了解一些他们需要了解的情况，以便进一步地采取这种行动。"④ 在谈到俄国要在中国东北建中东铁路时他说："在满清统治的最后一些年，中国发生了许多大的事件。俄国已经失去了它在欧洲和巴尔干半岛的势力范围，因此它要把它的注意力放在对中国北方的一些省，也就是蒙古和满洲的占领上。谢尔

---

① 俄罗斯埃文基人的旧称。
② 富裕是黑龙江省齐齐哈尔市的一个县，这里生产各种经济作物。富裕县是一个多民族聚居的地方，有汉族、满族、达斡尔族和富裕柯尔克孜族等。在它的境内还有全国仅存的使用满语和富裕柯尔克孜语的村落。
③ 见爱德华·卡伊丹斯基《长城的巨影——波兰人是怎么发现中国的》，（华沙）科学出版社2005年版，第285、286页。
④ 同上书，第289页。

盖·维特部长修建中东铁路的计划就是他所要进行的这种'和平'侵占的一个主要步骤。虽然没有朝廷的任命但却掌握了一切大权的统治者李鸿章因为得到了三百万卢布'贿赂'的承诺,和俄国政府签署了授予它修建铁路的权利的协定,条件对俄国是很有利的。"①

格罗霍夫斯基在他的《去中国旅游》中也谈到了20世纪上半叶中波之间的贸易关系,他认为当时这种贸易是发展得很迟缓的,甚至落后于德国、捷克和丹麦的对华贸易。在20世纪20年代初,他认为波兰可以首先在哈尔滨、天津、上海、汉口这些地方发展贸易,要让那些了解这些地方的情况,了解当地居民的语言、风俗习惯、社会组织和经济发展状况的人来担任波兰领事馆的领事,做这方面的工作。波兰也可以向中国出口这里需要的水泥和玻璃等建筑材料和机器以及各种纤维织品和食品。此外,格罗霍夫斯基在哈尔滨,从1927年开始,曾担任过这所以亨利克·显克维奇命名的波兰中学的校长,并在该校给学生教自然和地理这两门课。这期间,他还提出了这里的波兰中学的教学内容要扩大到汉语、日语和英语以及远东的历史、地理和大自然等各个方面的知识。格罗霍夫斯基也很注重对学生伦理道德的教育。他说他看到社会上一些人只知道以各种不正当的手段谋取钱财,那么在学校里,就要使学生懂得伸张正义和遵守法规,与人交往要讲信义,不搞欺骗,要维护一个人的伦理道德的尊严,这比学校里其他课程对学生的教育更重要。

格罗霍夫斯基在哈尔滨工作期间,因为有他成立的这个满洲研究协会的资助,还去过满洲的许多地方,进行过一系列的考古研究,首先是在1915年、1924年和1927年,他曾多次去过位于

---

① 见爱德华·卡伊丹斯基《长城的巨影——波兰人是怎么发现中国的》,(华沙)科学出版社2005年版,第290页。

呼伦贝尔北部的一座称为"成吉思汗土城"的废墟进行考察，他说"在 Gan 河的右边和 Derbul 河①的左边的岸上有一座城市，周围都有城墙。元朝的时候，它和北京一样，是中国的第二个都城。我第一次于 1915 年第二次于 1924 年在这里都进行过考察，对这里的几栋可能是神庙的很大的房屋的一部分地基进行了发掘"②。他说，这座城的外墙呈正方形，它的边长各 585 米，每一边有一座大门，四个角上都有一座塔楼，他还通过对它的研究，绘制了这个"土城"的图像，包括它的老城和新城。格罗霍夫斯基认为它的老城是唐朝建立的，他在这里还发现了一个基督教景教的十字架，认为这座"土城"可能曾归《马可·波罗游记》中称为约翰或王罕神父的景教教主的家属或者他们的后代所有。但是城里的一些建筑物表明，它们比这座"成吉思汗土城"要古老得多，他甚至认为它们产生的年代是无法考证的。

1922 年，为庆祝中东铁路修建 25 周年，一些俄国人在哈尔滨举办了一个纪念展览会，同时组建了一个中国东省文物研究会，还设立了一个博物馆，它就是今天的黑龙江省博物馆，格罗霍夫斯基也是这个研究会和博物馆的创始人之一。在 20 世纪 20 年代和 30 年代，格罗霍夫斯基还对新疆戈壁沙漠的东部、内蒙古的呼伦贝尔城的南部、大兴安岭山麓一些古代的城防工事以及嫩江畔的前木古城和后木古城进行过长时期的科学考察，也获得了丰硕的成果。

瓦茨瓦夫·先罗谢夫斯基（Wacław Sieroszewski，1858—1945）是波兰 20 世纪上半叶著名的作家，和格罗霍夫斯基不同的是，他是一个西伯利亚的流放者。先罗谢夫斯基生于华沙，他年

---

① 这些河的名称是格罗霍夫斯基的波兰语拼音，不知道指什么河。
② 见爱德华·卡伊丹斯基《长城的巨影——波兰人是怎么发现中国的》，（华沙）科学出版社 2005 年版，第 295 页。

幼时，父亲因参加了1863年1月在华沙爆发的抗俄民族起义而被捕入狱，他是在母亲抚养下长大的。早在中学读书时他就参加了波兰秘密爱国组织，甚至被学校开除，此后他开始走向社会，独自谋生，并且较早地接受了波兰无产阶级革命家宣传的社会主义思想。1979年，才满20岁的先罗谢夫斯基因为参加革命思想的宣传被沙俄当局逮捕入狱，翌年被流放到西伯利亚，在西伯利亚几经易地，于1887年定居在雅库特民族居住的地区。流放刑满后，他于1892年来到伊尔库斯克，创作了长篇小说《林边》；1897年去克里米亚和高加索旅游，出版了短篇小说集《陷阱》。第二年他回到华沙，结识了波兰许多著名的作家和波兰社会党人，1900年，因参加华沙为波兰爱国诗人亚当·密茨凯维奇纪念碑落成而举行的示威游行，再次被沙俄当局逮捕入狱，后来又被遣送到伊尔库茨克，不久后在那里得到了一个地理考察协会的资助，以科学考察的名义，去日本、朝鲜和中国访问，后经暹罗、埃及和意大利，于1904年回到华沙。这期间，他创作了一系列反映中国、朝鲜、日本等国人民生活状况的小说和报告文学作品，其中主要的有《中国小说集》（1903）和《去远东》（1904）等。俄国1905年革命爆发后，他在加里西亚参加了波兰民族解放斗争。第一次世界大战期间他又参加了一个爱国组织，为波兰民族独立而战斗。波兰独立后，他曾先后担任参议员和波兰科学院院长等职。

先罗谢夫斯基的早期作品主要反映西伯利亚流放期间当地人民的生活状况，以及包括他自己在内的波兰流放者们在西伯利亚的处境。在他的《中国小说集》中，他首先述说了他对孔子的认识，他说："我们要保持平静，要互相帮助，记住天师的话，它表现了孔子最深邃的智慧和最广阔的思想境界：'你们要在土地上劳作，保持你们心中良好的习惯，对人们、对动植物，对能够创造美好生活的一切都要知恩图报，这样，天国就会降临到你们的土地上。'"他认为中国儒家的伦理道德和西方基督教的道德思想并无本质的区别。孝道在中国的古老文明中，表现为对祖辈的尊敬，是为了维护封建宗法制的传统，这是符合孔子的伦理道德和治国理政思想的。

先罗谢夫斯基又说："当我看见了它（北京）的高大的城墙、雄伟的庙宇、宫殿、门楼和有着十分庄严的线条的宝塔时，便懂得了中国对整个东方的影响是多少深远。可是现在，这个巨人正要死去。作为一个老人只能见到他过去的优美和福祉了。"为什么会这样，他在他最著名的长篇小说《洋鬼子》中作了既形象又正确的回答。先罗谢夫斯基因为到过中国，对19世纪末由于西方殖民主义者的入侵而沦为半封建和半殖民地中国的国情深有了解，他把中国当时发生的一些事，以极大的热情和坚持正义的立场反映在他的作品中。这部小说的主人公布热斯基出身于波兰一个爱国贵族的家庭，他舅父、大富商希涅特茨基介绍他参加了一个去中国的所谓科学和贸易考察团，在营口参加希涅特茨基开设的一家茶叶公司的经营管理。布热斯基到北京后，结交了中国举人王西陵，并把他的全家带到营口，安插在公司所属茶叶农场里当监工。公司经理对中国人进行残酷的剥削，王西陵也成了帮凶，激起了工人的反抗，这种反抗后来发展成暴动，并且得到市民的支持。这样，由公司工人和营口市民参加的反对外国殖民主义者及其走狗压迫的革命运动爆发了。营口的义和团战士也参加了斗争，并且站在前列，外国资本家在满清卖国政府的支持和配合下，对中国人民进行镇压，可是义和团战士和营口的工人阶级没有屈服，经过一场浴血战斗，终于把殖民主义者赶出了国门。

小说对殖民主义者进行了批判和谴责，热情讴歌了义和团和中国工人反帝反封建的革命斗争。作品中描写的这个科学贸易考察团就是由一些欧洲殖民主义者组成的，早在去北京的途中，他们就勾结沿途城市的中国封建官僚，强迫平民百姓给他们当保镖，对保镖任意打骂，曾激起他们的强烈反抗。在营口的茶叶公司里，经理宣称没有比中国工人更驯良的工人，他们什么也不要求，把劳动看成祷告一样，对他们不能让步。在公司所属的茶山里，外国资本家收买汉奸充当走狗，强迫工人进行超负荷的劳动，把中国人当成他们的奴仆。中国工人和义和团对殖民主义者表现了极大的仇恨，他们责问洋鬼子，你们为什么跑到我们美丽的国家来杀人？你们的知识和文明就是掠夺和杀人！他们充分意识到自己斗争的正义性，面对西方的洋枪洋炮，没有表现出丝毫的畏惧。与此相反的是，满清卖国政府在斗争中完全站在外国资本家一边，一方面镇压工人和义和团的反抗，疯狂屠杀革命者，另一方面又把他们从劳动人民身上榨取的血汗奉献给洋人，以邀功请赏。在这里，先罗谢夫斯基虽把肇事者写成是来华的波兰资本家，但实际上，他指的是西方殖民主义者，因为波兰和中国一样，当时也是遭受异族压迫的国家。他用中国人民称呼西方殖民主义者的"洋鬼子"作为小说的题目，就清楚地说明了他是从中国当时遭受西方殖民主义者的侵略和压迫的实际情况出发的。

先罗谢夫斯基不仅了解半封建半殖民地中国的国情和中国人民反帝反封建革命斗争的性质，而且作为一个亲身遭受沙俄民族压迫、参加过波兰民族解放斗争的作家，他在创作他的这部小说时，不能不想到他自己被迫流亡的不幸命运和早已沦亡的祖国，在思想上产生共鸣，因此他对殖民主义者的痛恨和对被压迫的中国人民的同情是很自然的。他的这种思想感情几乎反映在整个作品中，尤其突出地表现在对主人公的刻画上。布热斯基来到中国后，对中国人处处表示友好和尊敬，赞扬中国人是有教养的民族；在北京，他努力学习汉语，决心进一步了解中国；在营口的茶叶公司里，他反对资本家压迫工人，反对殖民主义者镇压义和团运动，他说："我没有看见欧洲给中国带来什么繁荣，他们在这里唯一干的，就是千方百计地攫取利润，我们有什么权利去杀害他们？就因为他们不让我们来到他们的国家吗？"

此外，先罗谢夫斯基出于对中国的热爱，对中国的风俗习惯也观察得很仔细。如小说中的布热斯基在王西陵家过春节的一段描写，把节日前打扫房间和院子、除夕守岁、放鞭炮、大年初一拜年、正月十五耍龙灯等都写得栩栩如生，使读者感到这段描写好像出自一个中国作家的手笔。因此，许多世纪以来，我们看到有那么多的波兰人来到了中国，他们都对中国的社会进行了深入的研究，表达了对于中国和中国人民的无限热爱。而像先罗谢夫斯基这样的爱国者和革命者因为他所深深感受他的民族遭受异族压迫的痛苦和他个人的苦难经历，能够对和他的民族一样，遭受西方殖民者的侵略和压迫的中国人民表达这么深厚的热爱和同情，从而彰显了他的国际主义精神，确实令人感动。

维托尔德·乌尔巴诺维奇（Witold Urbanowicz，1908—1996）是在第二次世界大战中，唯一参加了美国陈纳德将军所指挥的美军航空队，和侵华日军进行过战斗的波兰人，而当时他的祖国波兰，也正遭受德国法西斯的侵略和压迫。乌尔巴诺维奇来到中国的战场，也说明了他和所有的波兰爱国者一样，要实现他们早就提出的一个口号："为了我们和你们的自由"，这就是说，不仅为了他们一百多年来遭受异族压迫的波兰，而且也要为世界所有被压迫的民族的自由和解放而战斗。如果说这种国际主义思想精神曾经表现在先罗谢夫斯基的小说中的话，那么在乌尔巴诺维奇那里，就化为行动了。乌尔巴诺维奇生于1908年，1934年曾就读于波兰格鲁琼兹高等航空特技学校，并在那里毕业，他后来担任过以塔杜施·科希秋什科命名的波兰歼击机第三航空兵队的副队长。第二次世界大战爆发后，他在1940年担任过波兰军队303师的师长，在英国参加了反法西斯战斗。翌年他被派往加拿大和美国，又被任命为波兰驻华盛顿使馆的航空兵副武官。但他不愿当外交官，因此后来，他作为一个志愿者，参加了由陈纳德将军指挥的美国第十四航空队，第二次世界大战中在中国击落了 11 架日本侵略军的飞机。后来因为欧洲反法西斯联军要从英国进入欧洲大陆作战，乌尔巴诺维奇又来到了英国，参加了盟军。他作为波兰反法西斯的空军战士，在欧洲和中国的战场上，一共击落了 28 架敌人的飞机，为中国抗日战争和世界反法西斯战争的胜利立下了赫赫战功。战后他长期住在美国，写了几本书，如《中国上空的火》（人们更知道他这本书叫《飞虎》）和《昨天的开始》等，战后都曾在波兰出版。

他在《飞虎》一书中，首先表明他看到了中国在第二次世界大战中的重要地位，这就是他要和陈纳德一起来中国参加战斗的原因，他说："美国的战争专家不管是在中国到处乱跑，还是待在白宫里，都不知道那里的情况是怎么样的。同样，国会和罗斯福总统自己，也对中国的战场和中国在世界上的分量估计不足。陈纳德有许多可靠的关系，他对中国了解得很清楚。但他对华盛顿的官僚来说，只是一个在非常遥远的异国前线的航空兵军官，他们认为，他不应当干预大的政事……陈纳德批评这些人眼光短浅，认为单凭他们旧的观点，是看不明白中国的政局的，因此他没有听从华盛顿。"[1] 后来乌尔巴诺维奇和陈纳德一起来到了云南的昆明，他在《飞虎》中说："昆明是云南的省会，位于不到二千米高的高原上。是一座古老的城市，它诞生于基督前 1766 年，今天，它的老城还有城墙，但这道城墙是后来建的。它的南边有一个很大的滇池[2]，西边有一个西云寺，东边离城二十五公里处还有一个寺庙，是明朝时用青铜建造的。此外昆明的城南还有一些别的寺庙，在飞机上看就是这样。这是一个永远暴露在外不得安宁

---

[1] 见爱德华·卡伊丹斯基《长城的巨影——波兰人是怎么发现中国的》，（华沙）科学出版社 2005 年版，第 343、344 页。

[2] 滇池在昆明的西南。

的地方,马可·波罗曾经从这里走过,珠宝商的马班去缅甸的北部采玉,也要经过这里。还有缅甸那些好侵犯别人的国王也常到这里来。今天,那些彝族的捣乱分子几乎是很有规律地隔一段时间,就要来到这里的平原地带挑起战争和进行抢劫。在明朝的时候,云南省是北京朝廷里年轻的官吏流放的地方,朝廷让他们在这里当总督,他们在这里还盖了宫殿,有的宫殿也部分地保存到了今天。昆明的周围有大片的稻田,此外这里还可见到小麦、土豆、浅黄色的芥菜花,在平原上也有白色的罂粟,用来造鸦片。飞机场在昆明和滇池之间。我们的飞机从一个村庄里那些像牛角一样竖起的屋顶上飞过,在村庄的一边着陆。"[1]

乌尔巴诺维奇说他来到中国,只是为了帮助中国抗击日本的侵略,他从来不愿干涉中国的内政。后来在湖南的衡阳,带领他的一个中国人问他来这里干什么,他说:"我只是个飞行员,要和日本人打仗。我在一些靠不住的地方流浪,有时还要冒险,但有时候我又买了一些花瓶。我爱你们的国家。"他还说:"我从一个很远的国家到这里来,并不觉得有什么使命要议论你们家里的事。我只是个战士。"[2] 可见他对中国的援助是完全无私的,他热爱中国,也十分尊重中国人的风俗习惯和中国对自己一切的选择。

后来乌尔巴诺维奇也去过重庆,他说这座城市位于扬子江和嘉陵江之间一块石头的高地上,气候很不好,夏天气温高达40摄氏度,空气潮湿,从9月到第二年4月也总是大雾天,很难见到太阳。这座城市在基督前4世纪就已存在,它的街道狭窄,有的地方就是普通的人力车都难以自由地通行。乌尔巴诺维奇在这里的时候,因为重庆是中华民国的陪都,他看到这里集中了许多从

---

[1] 见爱德华·卡伊丹斯基《长城的巨影——波兰人是怎么发现中国的》,(华沙)科学出版社2005年版,第344—346页。

[2] 同上书,第352页。

当时已被日本占领的上海和南京等地来的中国军界、政界、外交界和学界的人士。他在重庆还听到过有人说波兰不论在他们国内还是国外都没有和德国法西斯进行斗争，他对这种造谣当然很不满意。后来他还见到过当时任国民党政府外交部部长的宋子文博士，他说宋子文这个人有文化修养、懂礼貌，宋子文当时还给了他一封介绍信，使他很方便地就结交了重庆各界许多著名的人士。如他在这里见到过宋庆龄，知道她是孙中山的遗孀，他说宋庆龄为人谦虚谨慎，不像她的两个姐妹宋蔼龄和宋美龄那样爱张扬。他还看到这里从1938年到1943年，都一直遭到日本飞机的轰炸，特别是重庆的老城，遭到了严重的破坏，死了好几千人，那些能够躲在江边的防空洞里的人才得以保全了性命。

乌尔巴诺维奇在他的《飞虎》中还谈到重庆当时的夜生活，他说这里的人都睡得很晚。他夜里也爱去大街上逛，看到这里有妓院、鸦片烟馆，还有人做投机买卖和黑市，他认为这是因为这个国家长期遭受战争的苦难和贫困的煎熬，人们在绝望中找不到出路，才出现了这种不良的社会现象。但是这里没有发生过凶杀的事件，而且乌尔巴诺维奇战后住在美国，也从来没有听说过中国有人因为凶杀而被捕的事件，这说明中国人是很正直和善良的。乌尔巴诺维奇战时交结过许多中国的友人，而且大都是一些普通人，对中国人民高尚的思想品德和近代以来遭受的西方殖民主义及日本军国主义的侵略压迫深有了解。他说，这个"国家正在遭受战争和贫穷给它造成的苦难，一个具有古老文化的大国本来有很大的潜力，可现在却愈来愈明显和越来越濒于绝望地在寻找出路。我不是职业的外交家，但我有很多朋友，他们都是一些普通人，我们互相都很信任，也可能因为这样，我看到了在重庆和我谈过话的任何一个外交家都没有注意或者看到的东西"①。

乌尔巴诺维奇作为一个外国人，不仅自愿来到中国，为中国人民从日本侵略者的压迫下获得解放而战斗，而且他在中国广泛地结交包括这里的许多老百姓在内的各阶层的人士，对中国的历史、中国人民的智慧和品德以及中国当时社会状况能有如此广泛的了解和深刻的认识，这确实是少见的。由于他在第二次世界大战中，在中国和在欧洲的战场上立下的赫赫战功，美国空军陈纳德将军曾授予他战争勋章，当时美国的空军司令阿诺德（H. H. Arnold）和中华民国外交部部长宋子文都写信给他，予以表彰。波兰战后的出版社在出版他的《飞虎》这本书时，在它的"前言"中写道："作者在叙述自己的感受和观察时，没有去深入地研究那些复杂的政治问题。他对政治和外交总是毫不掩饰地表现出不感兴趣，对这一切，他也没有表现过敬仰。他把他的注意力集中地投向了战争的悲剧，在这个时期，双方的牺牲者经常是那些没有防卫的人，那些无辜者，或者是为了履行一个战士的职责的参战者。这些冷静而且在心理上十分深刻的叙事充满了既深邃而又真实的人道主义，这是反对毫无意义的战争和它的残酷的呼声，是根据最深刻的道德原则提出的抗议。"②

除了上面所介绍的这些人物，还有许多波兰的友人，在各个时期也到过中国，他们在中国的各种见闻也都写在他们一系列的著作中，真实地反映了中国各个时期的社会状况，对中国和中国人民表示了友好的感情，我们永远不能忘记他们为向西方展示中国灿烂的古老文明所做出的伟大贡献。同时，我们也不能忘记近代以来，他们看到西方殖民主义和日本军国主义对我们的侵略，

---

① 见爱德华·卡伊丹斯基《长城的巨影——波兰人是怎么发现中国的》，（华沙）科学出版社2005年版，第361页。

② 见爱德华·卡伊丹斯基《长城的巨影——波兰人是怎么发现中国的》，（华沙）科学出版社2005年版，第362页。

能够坚持正义的立场和对我们的无私援助。今天我们看到，波兰作为一带一路沿线的重要国家不仅继承了波中友好的历史传统，而且他们在和我们的经贸关系及文化交流上，有了更大的发展，相信这种亲密的关系在中波两国之间，会创造更加美好的未来。

92 岁波兰汉学家的中国情缘

爱德华·卡伊丹斯基（Edward Kajdański）是波兰当代著名汉学家，他一生对于中国及波中交往历史和现状的介绍，其数量之多、范围之广，不仅在波兰无人可比，而且在西方也是极为少见的。他和他所敬爱的波兰汉学研究的开创者，也是我们所熟知的波兰 17 世纪中叶来华的耶稣会传教士卜弥格一样，把一生的全部精力都用在了让波兰乃至全世界全面认识和了解中国以及促进中波友谊的发展上。而今虽已 92 岁高龄，他仍在孜孜不倦地工作，希望有更多的精品力作传世。在这里，我要对这位中国人民的忠实朋友，也是我最亲密的朋友卡伊丹斯基表示崇高的敬意。

一个故乡在哈尔滨的波兰人

卡伊丹斯基的父亲是一位波兰铁路工程师，早年在俄国工作，因沙俄当时要在中国东北修中东铁路，和日本争夺势力范围，他在 1906 年和 1923 年曾两次被所在公司派遣，来到哈尔滨工作，并在这里结婚成家，卡伊丹斯基就在 1925 年出生于这样一个家庭。

最近，卡伊丹斯基先生作为我的故友又写信给我，向我深情回忆了他当年在哈尔滨的经历和往事，以表达他对故乡的热爱和眷恋。他说，他小时候先是住在哈尔滨新城（今东直大街）秋林公司附近的一座大楼里，他父亲当时是这家公司进口汽车技术部的主管和新式汽车展览会的负责人，家里原来是很富裕的。

可是，在他11岁那年，父亲就去世了，母亲当时没有工作，收入很少，从此家境每况愈下。他和母亲不得不搬到哈尔滨埠头区（今道里区）的一栋小房子里居住。后来他们又搬到了埠头区西边的一个更加贫困的城区，当时叫松花江小城，那里既没有石头马路，也没有人行道，不过离松花江很近。他们在那里一条叫水洼子街的一栋小木头房子里住了14年。当时在这个城区居住的除了中国人，还有许多朝鲜人和俄国人，有些中国人就与他们一家同住一个小院，是他的邻舍，也是他的中国朋友。因为住地靠近河边，假期的大部分时间卡伊丹斯基都是在河上度过的。那时候他常和小伙伴们租一条小船，划到对岸或者别的地方。冬天那里有很多溜冰场，年少的卡伊丹斯基也学会了溜冰，而且溜得很好。

卡伊丹斯基说，他一想起在哈尔滨上学的情景，就觉得没有比那个时候更美好的了。他就读的那所波兰中学以波兰著名作家、1905年诺贝尔文学奖获得者亨利克·显克维奇命名，这里有最优秀的教师，教学内容涉及的范围比波兰国内的中学还要广泛，学校里还开了中文课（由波兰和中国的教师任教）和英文课。他们还学过有关远东的历史和地理的课程，这门课是用英语讲的，有时候，老师还带领学生离开哈尔滨，到历史上曾经建立在东北的辽、金等国的古迹去访问，这大大地激发了他对东亚历史和考古研究的兴趣。后来他在哈尔滨工业大学继续深造，当时这里的教学水平也很高。正因为如此，他在这所学校毕业后，能够多年在波兰一些大的工厂（1000人以上的工厂）担任总工程师等要职。

卡伊丹斯基先生是1951年离开哈尔滨的，那时候这里的波兰人都要离开中国，由当时的波兰政府发给他们回国的路费。但是所有这些生长在中国的人告别哈尔滨到欧洲后，对故土真是一无所知。卡伊丹斯基在他的一本书中谈到他当年离开哈尔滨的感受时，只说了两句简单的话："这是我一生中度过了 26 个春秋的家，我没有别的家。"

汉学研究成果令人叹为观止

回国后，卡伊丹斯基作为一个工程师，曾就职于波兰一些工业部门，后因了解中国的情况，从 1957 年开始在波兰外贸部工作，并于 1963 年重返中国，在波兰驻华使馆商务处工作，1971—1972 年曾任波兰驻华使馆一等秘书，1979—1982 年任波兰驻广州总领事馆的总领事。作为波兰驻华外交官，他先后在北京、广州生活了近 20 年，成了名副其实的"中国通"。

长期以来，卡伊丹斯基利用业余时间和退休后的时间，一直从事汉学和东方学的研究。他以惊人的热情和毅力，撰写和出版了 30 多部著作，主要有《丝绸》《中华人民共和国 1949—1969 年经济发展概述》《中国和外部世界贸易关系发展概况》《珠江三角洲》《中国的建筑》《格罗霍夫斯基要塞》《圣彼得和保罗的一次不寻常的航行》《贝尼约夫斯基的秘密、发现、阴谋和造假》《长城的巨影——波兰人是怎么发现中国的》《中国百科全书》《西藏公主》《明王朝的最后特使卜弥格传》《中国的使臣卜弥格》《卜弥格描写的世界》《卜弥格的中医的秘密》《卜弥格文集》和《回忆我的大西洲》等。这些著作主要展现了他在三个方面的研究。

一是对中国古代"丝绸之路"的研究。如在《丝绸》中，他详细介绍了中国的丝绸和其他名贵物产，当年从中国运到中亚细亚、近东和欧洲后，因为它们高贵的品质和精美的制作工艺，是如何受到当地政府、社会各界著名人物和普通老百姓的极大欢迎和高度评价的，这不仅大大增进了古老的中国与西方的商贸和文化交流，而且使西方乃至整个世界都对中国的文明成就有了深刻的了解和认识。正因为这样，才有西方人把这段历史称为"丝绸之路"的历史，从而充分肯定了中国人民为促进世界文明发展所做的伟大贡献。卡伊丹斯基这部著作出版后，不仅在波兰受到高度重视，被定为波兰高等艺术学院的教科书，而且对于我们认识当年"丝绸之路"的重要历史地位，以及今天习近平主席为增进各国人民的合作和友谊所提出的"一带一路"倡议，也是很有帮助的。

卡伊丹斯基的另一部分著作，主要介绍了新中国成立后几十年经济建设的发展状况，并对中国取得的伟大成就给予了充分的肯定。特别是改革开放后，他认为中国经济放眼世界，得到了更加迅速的发展，同时也促进了世界各国经济的发展，增进了各国人民的交流和友谊，值得称道，这是一个外国人对在中国共产党领导下的经济建设最深刻的理解。

卡伊丹斯基著作内容的第三部分，也是他写得最多的，即波中文化交流史研究。在《长城的巨影——波兰人是怎么发现中国的》等著作中，他介绍了继17世纪波兰传教士卜弥格来到中国后，在18世纪、19世纪和20世纪上半叶，几十位波兰友人在中国的经历和生活的情况。在这些先后来到中国的波兰人中，有的参加过中国主要是东北早期的城市和铁路建设，也从事过当地的文化和教育工作；有的帮助中国人和外商建立、发展贸易关系，促使了中国早期的对外开放；有的派遣医疗队，支援中国的抗日战争，有的甚至直接参加了中国的抗日战争，在和日本侵略者的战斗中建立了不朽的功勋。这些波兰友人根据他们当年在中国各地的见闻，以各种形式向西方介绍了作为礼仪之邦的中国人民高度的文明素质、优良品德和对外国人的友好态度，充分表现了他们对中国和中国人民的无限热爱，为增进波兰乃至西方和中国的友谊做出了突出的贡献。

《中国百科全书》是卡伊丹斯基一生对中国认识的汇总，其中有关于中国5000年的历史、中国地理、中国文化传统和风俗习惯、中国历史和当代名人，以及新中国成立后特别是改革开放后经济发展的状况等诸多方面的介绍，共 880 条，是他花了 5 年时间才写成的。这部书的出版，使波兰广大读者对于中国这样一个文明古国的今天，能够获得全面的了解。

卡伊丹斯基还告诉我，在他的影响之下，他的女儿亚历山大从小就爱中国艺术，特别是中国的舞蹈和丝绸。此外她对"丝绸之路"的历史也很感兴趣，《丝绸》这部著作就是父女俩一起写的，《中国百科全书》中有关中国的丝绸、服装、舞蹈、戏剧和中国文化其他的条目也都出自她的手笔。《回忆我的大西洲》则是卡伊丹斯基先生对他当年在哈尔滨生活回忆的汇总，可见他对中国故乡具有多么深厚的感情。

波兰当代的卜弥格

卡伊丹斯基的研究填补了波中交流史的诸多空白，而其中最重要的成就，是他对卜弥格的研究。

卜弥格是波兰历史上最著名的汉学家。早在 17 世纪中叶，他就作为一个波兰耶稣会的传教士到过中国，并且通过他在中国的实地考察，撰写了大量科学著作，对中国当时的政治制度、地理位置、历史、语言和文化、风俗习惯、名贵物产、动植物和中医等都作了全面的介绍，是第一个向西方广泛介绍中国古代文明的西方人。卡伊丹斯基在读中学时就已经了解到卜弥格在中国南明朝廷里的活动情况，但他当时并不知道，卜弥格还有那么多关于中国的科学研究著作，因此他在 1978 年年初，就饶有兴味地开始了对卜弥格的研究。翌年担任波兰驻广州总领事馆的总领事后，在广东省政府的支持下，他在 1978—1981 年曾多次前往云南、广西、福建及海南等地考察，寻访卜弥格的足迹。他还在广州的中山大学图书馆获得了许多有用的资料。从中国回到波兰后，他就撰写了《珠江三角洲》和《明王朝的最后特使卜弥格传》这两部著作。

1989年5月，我应波兰文化部密茨凯维奇研究所邀请去波兰访学，结识了卡伊丹斯基先生。从那时起我就开始和他合作，对所有关于卜弥格的生平和成就的材料进行整理和研究。首先，我将卡伊丹斯基在20世纪90年代出版的《明王朝的最后特使卜弥格传》和《中国的使臣卜弥格》这两部著作翻译成中文出版，对卜弥格的生平作了初步的介绍；随后，我和卡伊丹斯基先生接受了当时北京外国语大学海外汉学研究中心主任张西平教授的建议，将目前我们能够收集到的卜弥格的所有著作都翻译成中文出版，以便中国学界和广大读者对这位波兰汉学家的伟大成就有更为全面的了解。其办法是先由卡伊丹斯基将卜弥格的拉丁文原著翻译成波兰文，再由我翻译成中文，编成《卜弥格文集》。经过我们十多年的努力，这部文集终于在2013年问世。

　　《卜弥格文集》在中国出版后，受到了读者和学术界的广泛欢迎和高度评价，同时也引起了党中央对这个历史人物的重视。2016年6月17日，在对波兰共和国进行国事访问前夕，国家主席习近平在波兰《共和国报》发表题为《推动中波友谊航船全速前进》的署名文章，就首先提到了卜弥格，说他"是首位向西方介绍中国古代科学文化成果的欧洲人，被誉为'波兰的马可·波罗'"。[1] 如果说卜弥格是"是首位向西方介绍中国古代科学文化成果的欧洲人"，是波兰汉学研究的开创者，那么在我看来，卡伊丹斯基就是波兰当代的卜弥格。

（原载《中国社会科学报》2017年7月13日的"国际月刊"）

---

　　[1]　爱德华·卡伊丹斯基先生2018年还出版了一部著作《我是怎么发现卜弥格——波兰的马可·波罗的》，在这部著作中，他不仅叙说了他这一生是如何发现和研究卜弥格的，而且也详细介绍了他是怎样和笔者合作，把这位波兰汉学研究的伟大先驱，介绍到中国来的。